KALTE
BOSHEIT

KALTE
BOSHEIT
(COLD MALICE)

TONI ANDERSON

Übersetzt von
MARTIN WICK

DEUTSCHE BÜCHER VON TONI ANDERSON

Romantische Krimis

Kalte Gerechtigkeit Serie
Ein kalter, dunkler Ort (A Cold Dark Place)
Kalte Jagd (Cold Pursuit)
Kaltes Morgenlicht (Cold Light of Day)
Kalte Angst (Cold Fear)
Kalte Schatten (Cold in the Shadows)
Kaltes Herz (Cold Hearted)
Kalte Geheimnis (Cold Secrets)
Kalte Bosheit (Cold Malice)
Eiskaltes Versprechen (A Cold Dark Promise)
Kaltblütig (Cold Blooded)

Kalte Gerechtigkeit – die Verhandler Serie
Kalt und tödlich (Cold & Deadly)
Kälter als die Sünde (Colder Than Sin)
Kalte böse Lügen (Cold Wicked Lies)
Kalter grausamer Kuss (Cold Cruel Kiss)
Eiskalt (Cold as Ice)

DEMNÄCHST ERHÄLTLICH …
Kalte Stille (Cold Silence)
Tödliches Spiel (The Killing Game)

Andere deutsche Titel
Im Sog Der Gefahr
Wogen Des Zorns

Auf meiner Website findest du alle deutschen Übersetzungen
meiner Bücher:
toniandersonauthor.com/german

Melde dich für meinen deutschsprachigen Newsletter an und
erhalte zwei kostenlose, exklusive „Kalte Gerechtigkeit"-
Kurzgeschichten sowie Informationen darüber, wann meine
nächste deutsche Übersetzung verfügbar ist.

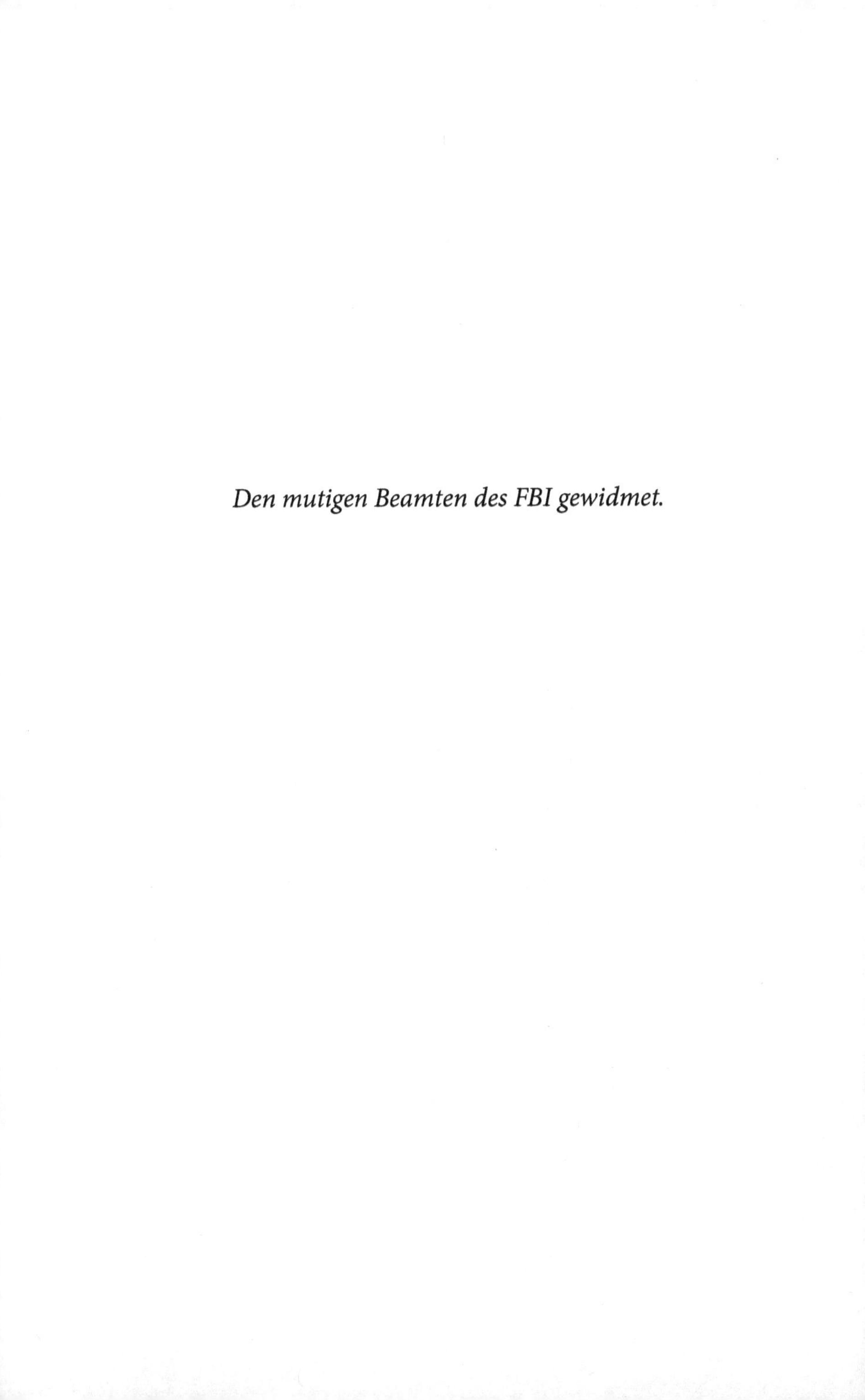

Den mutigen Beamten des FBI gewidmet.

ERSTES KAPITEL

Vor fast zwanzig Jahren. 22. August.

„RÄUM DEN TISCH ab, Theresa Jane."

Theresa Jane seufzte resigniert. Seit ihre Schwester Ellie zwei Monate zuvor ausgezogen war, war es nun jeden Tag ihre Aufgabe, den Tisch abzuräumen. Wenn sie nicht schnell genug war, warf ihre Mutter ihr einen bösen Blick zu, also stand sie eilig auf und begann, die Essensreste von den Tellern zu kratzen.

„Wann, hat dein Vater gesagt, kommt er nach Hause?" Ihre Mutter richtete die Frage an Walt, einen der beiden älteren Brüder von Theresa Jane.

Walt war siebzehn und besaß einen eigenen Truck.

Theresa Jane mochte Walt nicht besonders. Ihr anderer Bruder, Eddie, war ein Jahr älter als Walt. Er war mit ihrem Daddy heute Nachmittag in die Stadt gefahren, um ein paar Vorräte zu besorgen.

Sie mochte Eddie auch nicht besonders.

„Kann ich nicht genau sagen." Walt wischte sich mit dem Handrücken den Mund ab und schob seinen Teller fort.

Der Mund ihrer Mutter wurde schmal, und Theresa Jane ließ ihren Blick zu Boden sinken. Eine wütende Francis Hines schlug schnell auf das Erstbeste ein, das ihre Aufmerksamkeit erregte. Theresa Jane hatte gelernt, nicht dieses Erstbeste zu sein.

Sie ging um den Tisch herum, kratzte die Teller ab und sammelte das Besteck ein, versuchte, so unsichtbar wie möglich zu sein. Sie bahnte sich ihren Weg um ihre Mutter herum, um Walt, um Jacob, den Cousin ihrer Mutter, und um seine Freundin Lisa.

Ihr Daddy hatte auch eine Freundin, aber das durfte sie eigentlich nicht wissen.

Theresa Jane stupste ihren fünf Monate alten Bruder auf die Nase, der auf dem Tischchen seines Hochstuhls Kartoffeln zermatschte. Bobby gluckste sie an und sie grinste zurück. Er war das fröhlichste Baby der Welt, auch wenn sich nie jemand um ihn kümmerte.

Ihre Arme zitterten von dem Gewicht der Teller, aber sie wusste, dass sie den Gürtel zu spüren bekäme, wenn sie sie fallen ließ.

Das schrille Kreischen von Stuhlbeinen auf dem Dielenboden zerriss die Stille, als sich Kenny Travers erhob. Kenny war vor sechs Monaten hergezogen, nachdem er mit seinem Boss in einen Streit geraten war. Ihr Daddy mochte Kenny, weil er gut mit Pferden umgehen konnte. Ihre Mama glaubte, dass er etwas im Schilde führte. Er nahm ihr den schweren Stapel an Tellern aus der Hand und stellte ihn auf dem Tisch ab, dann packte er seinen eigenen Teller obendrauf und hob sie allesamt hoch. Sie lächelte ihn schüchtern an und er zwinkerte ihr zu. Kenny mochte ein „Nichtsnutz von Cowboy" sein, wie ihre Mama sagte, aber er war der einzige Mensch in Kodiak, der jemals nett zu ihr war.

Letzte Woche war Walt nett zu ihr gewesen – für ungefähr fünf Sekunden. Er hatte ihr seine Hilfe dabei angeboten, im Hühnergehege die Eier einzusammeln. Sie hätte wissen müssen, dass es ein Trick war. Sobald sie in der Scheune angekommen waren, hatte er sie in eine Pferdebox gesperrt, eine ihrer Hände gekrallt und sie sich auf den Schritt gelegt. Als sie nur daran dachte, drehte sich ihr der Magen um, und sie starrte ihn wütend an, wie er dort am Esstisch saß und rülpste.

Er war *ekelhaft*.

Jungs waren ekelhaft.

Sie war so froh, dass sie ein Mädchen war.

Zum Glück war am anderen Ende des Stalls plötzlich ein Hahn herumgeflattert, der Walt erschreckt hatte. Dank des Hahns hatte sie ihre Hand fortziehen und entkommen können. Vor der Stalltür war sie prompt mit Kenny zusammengestoßen, der sie am Arm festgehalten hatte. Ihr Gesichtsausdruck musste ihm verraten haben, dass etwas vorgefallen war, auch wenn sie keinen Piep gesagt hatte. Theresa Jane schrie meistens nur innerlich.

Dann war Walt aus dem Stall spaziert gekommen, hatte sich noch den Hosenstall zugemacht, und Kennys Augen waren ganz glänzend und gemein geworden. Seine Stimme war sehr leise gewesen, als er ihr gesagt hatte, sie solle zurück ins Haus gehen und dass er die Eier gleich mitbringen würde. Dann hatte er Walt am Kragen zurück in die Scheune gezerrt und die Tür verriegelt.

Zum Abendessen an diesem Tag war Walt mit einer aufgeplatzten Lippe erschienen. Er hatte ihren Blick gemieden und allen erzählt, er wäre gegen eine Tür gelaufen. Seitdem hatte er sie nicht mehr belästigt, aber sie traute ihm trotzdem nicht über den Weg.

Kenny Travers war ihr Schutzengel.

Sie sammelte die Gläser ein und wich Walts Fuß aus, als er ihr ein Bein stellen wollte. Sie folgte Kenny in die Küche, wo er den Stapel Teller auf der Abtropffläche abstellte.

„Danke." Sie legte den Kopf in den Nacken, um ihn anzusehen, wie er da über ihr thronte. Sie reichte ihm kaum bis zur Hüfte.

„Gern geschehen, kleines Fräulein." Er begann, heißes Wasser in die Spüle laufen zu lassen.

„Ich mach das." Sie zog sich einen Stuhl herüber, damit sie aus dem Fenster schauen konnte, während sie den Abwasch erledigte.

Kennys Mund verzog sich zu einem schiefen Lächeln und seine blau-grünen Augen funkelten, als er sie musterte. „Ich helfe doch gern, Kleines."

Nachdem sie auf den Stuhl geklettert war, waren sie fast auf Augenhöhe. Ihr Herz schien fast zu platzen, als sie ihn ansah. Vielleicht konnte sie ihn heiraten, wenn sie dreizehn war, statt einen von Daddys anderen Freunden.

Sie warf einen Blick über ihre Schulter in das Esszimmer, wo ihre Familie mit einer ihrer allabendlichen Tiraden über die Benzinpreise, die Regierung, die Steuern, den Präsidenten und über Afroamerikaner begann. Sie hatte noch nie in ihrem Leben einen schwarzen Menschen gesehen, aber wenn man dem glaubte, was ihre Familie erzählte, mussten schwarze Menschen sie nur sehen und würden sie schon umbringen. Es ergab keinen Sinn, aber sie war schlau genug, sich trotzdem zu fürchten.

Jetzt, da sie zehn Jahre alt war, ergaben die meisten Dinge keinen Sinn mehr – wie die Tatsache, dass ihr die Zahl Vierzehn auf den linken Arm tätowiert worden war. Sie mochte Mathematik, aber sie mochte die Zahl Vierzehn nicht mehr als andere Zahlen. Ihre Haut war an der Stelle ganz rot und geschwollen und juckte wie Giftefeu. Sie kratzte am

Schorf herum. Kennys Mund wurde so schmal, dass seine Lippen ganz verschwanden.

„Tut mir leid." Sie ließ den Blick zu Boden sinken.

„Du musst dich für nichts entschuldigen, Theresa Jane." Seine Stimme war leise und klang seltsam. Rau. Tief. Wie ein warnendes Knurren ihres Hundes Sampson.

Sie seufzte, spritzte Spülmittel zum heißen Wasser in die Spüle und wusste, dass sie Ärger bekommen würde, weil sie zu viel Schaum machte, aber sie tat es dennoch. „Mama sagt, wenn ich bei meinen Lektionen besser aufpassen würde, wäre ich auch nicht so verflixt blöde."

Er schluckte so laut, dass sie glaubte, ihm wäre etwas im Halse stecken geblieben. „Ist alles in Ordnung?"

Er nickte und räusperte sich. „Bist du sicher, dass du keine Hilfe beim Abwasch brauchst, kleines Fräulein?"

Sie stieß einen Seufzer aus. „Die werden nur sauer auf mich sein und sagen, dass ich faul bin, wenn ich es nicht alles allein mache. Und ich mag es nicht, wenn man mich beschimpft."

Kennys Augenbrauen zuckten und er beugte sich hinunter, um ihr zuzuflüstern. „Wie kann jemand, der auf seinem Hintern sitzt und nichts tut, dich faul nennen, wenn du die ganze Arbeit machst?"

Theresa Jane kicherte, weil Kenny immer genau das sagte, was sie insgeheim dachte. „Macht für mich auch keinen Sinn, aber das tun sie eben."

Kenny schüttelte den Kopf und sagte leise: „Du bist ein gutes Mädchen, Theresa Jane. Bitte ändere dich nie." Dann zögerte er, kam noch näher und murmelte ihr ins Ohr: „Wenn es jemals Ärger gibt, versprichst du mir etwas?"

Ihre Blicke trafen sich und sie nickte.

„Versteck dich in deinem Kleiderschrank oder unter deinem Bett. Komm nicht raus, für nichts und niemanden."

Theresa Jane streckte das Kinn vor und zog die Augenbrauen hoch. „Was für Ärger?"

Kenny warf einen Blick ins Esszimmer und seine Augen verfinsterten sich. „Egal, was für Ärger. Und schließ nachts deine Zimmertür ab. Versprochen?"

„Okay. Versprochen." Sie nickte neugierig, dann presste er die Lippen zusammen, sein Ausdruck wurde leer und er trat einen Schritt zurück. Dann drehte er sich um und verließ das Haus durch die Hintertür.

Hinter ihr kamen Schritte näher und sie testete mit den Fingerspitzen die Temperatur des Abwaschwassers.

„Du benutzt zu viel Spülmittel, du dummes Mädchen."

Theresa Jane schaute sie nicht an. „Tut mir leid, Mama."

„Was hat er dir gesagt?"

„Nichts, Mama."

Francis Hines stand neben ihr an der Spüle. „Hat er gesagt, wo er hin will?"

Theresa Jane senkte den Kopf. „Nein. Er ist einfach gegangen."

Francis schob die Gardine zur Seite und sie sahen zu, wie Kenny in seinen Truck stieg, den kurvigen Feldweg hinunterfuhr und dabei eine Staubwolke aufwirbelte, bevor er links auf die Straße in Richtung Stadt einbog.

„Vielleicht fährt er Daddy suchen?", schlug Theresa Jane vor und hoffte, das würde ihre Mama fröhlich stimmen.

„Ha. Dein Daddy ist nicht verschwunden, Theresa Jane. Er ist entweder betrunken oder…" Ihre Mutter verstummte, als sie ein Hupen hörten und sahen, wie der Truck ihres Vaters in die lange Auffahrt einbog und den Weg heraufgerumpelt kam.

Theresa Jane riskierte einen Blick ins Gesicht ihrer Mutter. „Er ist zu Hause", sagte sie heiter.

„Das ist er. Das ist er." Francis presste die Lippen zusammen. Dann drehte sie sich um und holte das Abendessen für Daddy und Eddie aus dem Ofen.

Theresa Jane machte sich auf alles gefasst, als ihr Vater das Haus betrat. Er runzelte grimmig die Stirn, als er sie auf dem Stuhl an der Spüle voll weißem Schaum stehen sah, schrie sie aber nicht an. Eddie kam hinter ihm in die Küche und schob sie zur Seite, um sich am Hahn ein Glas Wasser einzuschenken.

„Hey!" Sie verlor beinah die Balance und musste sich an seinem Arm festhalten, um nicht vom Stuhl zu fallen. Er riss ihre Finger von seinem Arm, als ob sie die Krätze hätte. „Pass bloß auf!"

Gott, war er nervig.

Er beugte sich zu ihr hinunter, bis sie schielen musste, um ihn anzuschauen. „Halt den Mund, Göre. Sonst bring ich dir Manieren bei."

Der stechende Gestank von Bier schlug ihr ins Gesicht, und ihr Magen rumorte. Ein Schauder des Ekels schoss durch sie hindurch. Er lachte, dann stolzierte er mit rotzfrechem Gehabe davon und sah dabei aus, als ob er sich in die Hosen gemacht hätte.

Sie streckte ihm hinter seinem Rücken die Zunge heraus.

Seit ihre ältere Schwester Ellie im Juni Harlan Trimble geheiratet hatte, behandelten ihre Brüder sie anders. Gemeiner.

Das gefiel ihr nicht.

Sie schrubbte mit dem Schwamm über den ersten Teller und stellte ihn auf dem Abtropfgestell ab. Schaumblasen glitten über den Edelstahl und in die Spüle hinein.

„Mach hin, Theresa Jane. Bis du mit deinem Getrödel fertig bist, ist es schon dunkel", schimpfte ihre Mutter. „Und sieh zu, dass du den ganzen Schaum abwäschst."

Theresa Jane schrubbte schneller und wünschte sich, sie wäre mit diesem Nichtsnutz von Cowboy Kenny Travers in den Sonnenuntergang davongefahren.

SECHS STUNDEN SPÄTER presste sich eine Hand über Theresa Janes Mund, während sie schlafend im Bett lag, und eine Stimme zischte ihr ins Ohr: „Steh auf. Die Bundesbeamten sind da!"

Die Worte ließen blanken Horror in ihr Herz fahren, während sie zu sich kam. Ihre Mutter ließ sie los und riss die Decke zurück. Obwohl es Sommer war, drang ein eisiger Luftzug durch ihren dünnen Schlafanzug, und Gänsehaut tanzte über ihre Arme.

„Zieh dich an", befahl ihre Mutter.

Theresa Jane zog die Sachen an, die sie gestern schon getragen hatte, und die in einem Häufchen neben dem Bett lagen.

„Warum sind sie hier? Was haben sie mit uns vor?" Sie war damit aufgewachsen, Geschichten über die Boshaftigkeit der Bundesregierung zu hören, und dass die Regierung kontrollieren wollte, was sie taten und dachten. Dass sie ihre Lebensweise zerstören wollte. Dass die Bundesbeamten Daddys hart verdientes Geld stehlen, auf ihr Land Steuern eintreiben und ihnen ihre Waffen abnehmen wollten. Waffen waren der einzige Weg, um sich gegen diese schlechten

Menschen zu verteidigen.

Theresa Jane war sich nicht ganz sicher, wer diese bösen Menschen waren, aber laut ihrer Familie waren sie überall. Und jetzt hatten sie es auf sie abgesehen.

„Wir lassen verdammt nochmal nicht zu, dass sie irgendwas erreichen", blaffte ihre Mutter.

Theresa Janes Herz hämmerte. Tränen traten ihr in die Augen. „Ich habe Angst, Mama."

Für einen kurzen Moment wurde der Ausdruck ihrer Mutter weicher. „Ich werde nicht zulassen, dass sie dir wehtun. Eher werde ich dich selbst erschießen, als zuzulassen, dass sie eines meiner Babys mitnehmen."

Theresa Jane zuckte zusammen.

„Bleib in Deckung." Ihre Mutter drückte ihr eine schwere Pistole in die Hand. Dann rannte sie geduckt in den Flur. Theresa Jane folgte ihr, hielt mit beiden Händen die Waffe fest. Sie wusste, wie man mit einer Waffe umging. Seit sie fünf Jahre alt war, hatte sie jede Woche Schießtraining erhalten und ihre Brüder bei den Zielübungen regelmäßig in den Schatten gestellt. Aber bei der Vorstellung, diese Waffe auf eine echte Person zu richten und abzudrücken, hätte sie am liebsten losgeheult.

Unbeholfen lief sie ihrer Mutter hinterher. Ein Schuss ließ sie so laut aufschreien, dass ihre Ohren schmerzten.

„Hör verdammt nochmal auf mit diesem elenden Gekreische", fuhr Eddie sie an. Er hockte hinter dem Kühlschrank, war nur ein dunkler Schatten, trotz des hellen Mondlichts, das durch die offenen Gardinen fiel. Walt war im Wohnzimmer und starrte aus den Fenstern, die Richtung Norden gingen.

„Die werden uns nicht lebend in die Hände kriegen",

bemerkte ihre Mutter, und ein Schauer des Grauens floss durch Theresa Janes Eingeweide.

Schreie erfüllten die Dunkelheit. Durch das Fenster konnte Theresa Jane ein oranges Leuchten sehen, das den Himmel erhellte. Der beißende Geruch von Rauch waberte durch die warme Nachtluft und setzte sich in ihrem Rachen fest.

„Sie versuchen, uns auszuräuchern." Ihr Daddy kam aus dem hinteren Teil des Hauses in die Küche gelaufen.

Oh, Gott.

Ihr Daddy wechselte einen Blick mit seiner Frau. „Sie haben das Haus umzingelt. Stan hat mir über Funk erzählt, dass Kenny tot ist. Hat ihn erschossen neben der Scheune liegen sehen."

Ein spitzer Schmerz schoss durch Theresa Janes Brust. Kenny durfte nicht tot sein. Nicht ihr Kenny.

„Ich hasse sie." Zorn brannte in ihrer Brust, obschon ihr Herz brach. „Ich hasse sie alle."

Ihr Vater musterte sie, und zum ersten Mal in ihrem Leben sah sie so etwas wie einen Anflug von Respekt in seinen Augen aufblitzen. „Geh und sichere das Fenster in deinem Schlafzimmer. Schieß auf jeden, den du nicht erkennst."

Theresa Jane nickte und eilte in ihr Zimmer zurück. Das Weinen eines Babys ließ sie vor der Tür innehalten. Alle hatten Bobby ganz vergessen, der in seinem Bettchen neben dem Ehebett ihrer Eltern schlief.

Sie hörte weitere Schüsse aus der Richtung der Küche, wusste aber nicht, wer sie abfeuerte. Bobbys Schreien wurde lauter, also lief sie ins Zimmer und hob ihn hoch, dann rannte sie zurück in ihr Schlafzimmer. Das Baby fühlte sich auf ihrer Haut ganz warm an, aber seine Windel war völlig durchnässt.

Ihr Hund Sampson folgte ihr und winselte unglücklich.

Sie zog Bobby den durchnässten Strampler und die Windel aus und warf sie auf den Boden. Dann legte sie ihren Bruder aufs Bett und wickelte ihn in ein Handtuch, das an einem Haken an ihrer Tür hing.

Immer mehr Schüsse knallten, und sie hörte Fensterscheiben bersten. Plötzlich fielen ihr Kennys Worte von früher am Abend wieder ein.

„Wenn es jemals Ärger gibt, versprichst du mir etwas? Versteck dich in deinem Kleiderschrank oder unter deinem Bett. Komm nicht raus, für nichts und niemanden."

Woher hatte er das gewusst?

Sie hatte keine Ahnung, aber irgendwie, da war sie sich sicher, hatte er es gewusst.

Sie starrte auf die Waffe, die sie aufs Bett gelegt hatte, dann zurück auf das Baby, das sie anlächelte, und war hin- und hergerissen, was sie tun sollte.

Kenny war tot, und sie musste ihn rächen, aber sie wollte auch nicht angeschossen werden oder sterben. Bobby gluckste, und es zerriss ihr das Herz. Theresa Jane wollte auch nicht, dass Bobby starb.

Sie erlaubte sich nicht, sich um den Rest ihrer Familie zu sorgen. Sie hörten ohnehin nie auf sie.

Sie ging zur Schlafzimmertür, drückte sie zu und drehte leise den Schlüssel um, damit niemand sie hörte und angelaufen kam. Dann klemmte sie einen Stuhl unter die Klinke. Als Nächstes hob sie das Baby hoch und presste es an ihre Brust. Sie nahm die Waffe, kletterte in ihren Schrank, schob Schuhe und alte Spielsachen zur Seite und rief Sampson, damit er zu ihnen kam. Dann zog sie die Tür des Schranks zu und legte sich auf den beengten Boden neben das Baby. Die

Waffe legte sie hinter sich, damit Bobby sie nicht in die Finger bekommen konnte.

Die Schüsse wurden immer lauter und Theresa Jane zitterte, als das Baby voller Schrecken aufschrie. Die Balken ihres Zimmers vibrierten von den Kugeln, die in das Holz einschlugen und rüttelten sie bis auf die Knochen durch. Sie kauerte sich über dem Baby zusammen und legte einen Arm um den Hund, beschützte sie beide, so gut sie konnte.

Die Schießerei schien stundenlang anzudauern. Endlich hörte sie die Stimme ihrer Mutter, die durch die zwei geschlossenen Türen gedämpft zu ihr herüberdrang.

„Theresa Jane?" Sie rüttelte an der Klinke der Schlafzimmertür. „Theresa Jane, bist du da drin? Mach die Tür auf. Theresa Jane! Mach die verdammte Tür auf!"

Theresa Janes Hand begann, sich langsam zur Tür des Schranks auszustrecken, dann hielt sie inne. Ihre Mutter klang wütend genug, um ihre Drohung von vorhin wahrzumachen. Theresa Jane war schlau genug, mehr Angst vor Francis zu haben als vor den Kugeln, die durch die Luft flogen.

„Theresa Jane, ich warne dich …" Die Drohung ihrer Mutter wurde von einem Schmerzensschrei und einem Schluchzen abgerissen.

Theresa Jane setzte sich auf.

Oh, Gott. War ihre Mutter angeschossen worden?

„Hilfe. Hilfe." Die Stimme ihrer Mutter wurde immer schwächer.

Theresa Janes Herz zog sich zusammen. Ihre Mutter war verletzt. Sie wollte zu ihr gehen, dann erstarrte sie, als sie hörte, wie ihre Mutter zu rufen begann. „Du warst schon immer ein widerspenstiges kleines Biest. Ich hätte dich ertränken sollen, als du noch ein Baby warst."

Heiße Tränen füllten Theresa Janes Augen. Ihr Hals war so zugeschnürt, dass sie kaum noch atmen konnte. Bobby begann, unruhig zu werden, und sie drückte ihn fest an sich, während Sampson seine Nase zwischen sie steckte und winselte. „Es ist okay, Bobby. Ich passe gut auf dich auf. Ich liebe dich, Baby." Sie küsste Sampsons nasse Schnauze. „Ich passe auf euch auf, für immer und ewig."

ZWEITES KAPITEL

DIE ZEIT WAR gekommen. All die Jahre des Planens, des Konspirierens, der Täuschungen waren endlich zu ihrem Ende gekommen.

Jetzt war es an der Zeit, zu handeln.

Die Zielpersonen waren sorgfältig ausgewählt worden. Jede einzelne von ihnen würde eine Botschaft senden, bis es Zeit für die ultimative Machtdemonstration war. Sollte die Regierung doch in kopflose Angst verfallen. Sollten sie doch ihre Reserven mobilisieren und tausende schwachsinniger Drohnen auf diese Sache ansetzen und versuchen, sie zu schnappen. Sie würden versagen. Es war zu spät. Sie reagierten zu langsam. Sie war zu clever. Der Plan war längst in Bewegung.

Jetzt war es an der Zeit für Vergeltung.

Es war noch dunkel. Die Luft des Februarmorgens war frisch und trocken. Sie zog sich die Mütze tiefer in die Stirn, wickelte den schwarzen Wollschal bis zum Gesicht hoch. Ihren schweren Wintermantel hatte sie bis zum Kinn zugeknöpft, um die Kälte abzuwehren und ihre Figur zu verbergen, ihre Weiblichkeit. Sie steckte ihre Nase in den Schal und mied den Blick eines Mannes, der ihr in einem Geschäftsanzug und einem Wollmantel entgegenkam.

Wenn sie ihren Auftrag vollenden wollte, durfte sie nicht riskieren, dass sich irgendjemand an ihr Gesicht erinnerte.

Ihre Finger zogen sich um den Griff der Pistole zusammen, die sie in ihrer Manteltasche versteckt hatte. Es war eine gewöhnliche Waffe mit normalen Patronen. Aber sie übermittelten eine klare Botschaft.

North Cleveland Park war eine der wenigen Gegenden in der Stadt, die nicht voller Überwachungskameras war. Wenn die Leute wüssten, in welchem Maße die Regierung jede ihrer Bewegungen überwachte, hätte ihre Organisation sicher mehr Mitglieder. Aber sie waren eine kleine, exklusive Vereinigung. Denjenigen vorbehalten, denen sie vertrauen konnten, die sich dazu verpflichteten, etwas gegen ihre Probleme zu *tun*, anstatt sich nur zu beschweren. Sie hielt ihren Kopf gesenkt, als sie rechts in eine Straße bog und den Hügel hinauflief, vorbei an wunderschönen, ein Jahrhundert alten Häusern, mit von Bäumen gesäumten Auffahrten und Gärten, die selbst im Winter von einem üppigen Dunkelgrün waren.

Noch drei Häuser.

Sie schaute sich nicht um, zog keine Aufmerksamkeit auf sich, als sie in die Einfahrt der Hausnummer vierundvierzig einbog. Sie schlich hinter das Haus bis zum Hintereingang, dann zog sie die Pistole aus der Tasche. Mit ihrer behandschuhten linken Hand betätigte sie energisch den kleinen, eisernen Türklopfer. Sie sah sich um. Die Rückwand des Hauses war von einer hohen Ligusterhecke und einer dichten Reihe Bäume zu jeder Seite abgeschirmt, dahinter erstreckte sich eine stark bewaldete Anhöhe. Von drinnen hörte sie Schritte näherkommen, eine Stimme, die etwas sagte, dann eine zweite, gedämpftere Stimme, die antwortete. Der Mann öffnete die Tür, seine buschigen, grauen Augenbrauen zogen sich fragend über seine faltige Stirn. Er öffnete den Mund, um etwas zu sagen – vermutlich irgendeinen schneidenden Kommentar, um sie in ihre Schranken zu weisen.

Sie gab ihm keine Chance.

Sie drückte zweimal ab. Der Schalldämpfer machte die Pistole schwerer als üblich, aber ihre Kugeln trafen ihr Ziel. Dann stieg sie über den toten Mann hinweg und betrat sein warmes Zuhause. Eine Frau stand mit offenem Mund neben dem Kühlschrank. Wieder drückte sie ab, und die Frau sank auf den Dielenboden. Sie kroch entschlossen davon. Die Überbringerin der Botschaft trat näher und setzte ihr eine Kugel zwischen die verängstigten, schwarzen Augen.

Keine Zeugen.

Sie sammelte alle Patronenhülsen ein.

Keine Beweise.

Sie trat über den Körper des toten Mannes, wich der dunklen Blutlache aus.

Kein Bedauern.

Sie ging davon.

DRITTES KAPITEL

ES WAR DER erste Arbeitstag für Steve McKenzie in seiner neuen Position als leitender Special Agent in Stellvertretung, oder ASAC, wie sie beim FBI sagten, und er war früh dran.

Im November erst hatte er als Teamleiter einer behördenübergreifenden Anti-Terroreinheit die Ermittlungen in einem Anschlag auf ein Einkaufszentrum in Minnesota abgeschlossen. Dieses Blutbad verursachte ihm immer noch Albträume, aber das war eben der Preis dieser Arbeit. Terroristen davon abzuhalten, weitere Menschen zu verletzen und zu töten, machte das wieder wett.

Vor dem Einsatz in Minnesota hatte er zwei Jahre lang in einer Krisenstabseinheit in Quantico gearbeitet. Die dort erworbenen Fähigkeiten brachte er nun bei seiner Stelle hier in der Zentrale in Quantico ein – ein notwendiges Übel, wenn man so wollte, um innerhalb des FBI die Karriereleiter hinaufzusteigen. Der einzige Nachteil war, dass sich ebendieses Herz der FBI-Operationen verdammt so anfühlte, als wäre man irgendwo an die Seitenlinie verdammt worden. Und seine beste Arbeit leistete er nun einmal dann, wenn er knietief in einem Shitstorm steckte.

Aber es war ein attraktiver Job, in den er all seine Fähigkeiten einbringen konnte, und das zu verbocken war keine Option. Sein Plan war es, leitender Special Agent, SAC, zu werden und für sein eigenes Einsatzteam verantwortlich zu sein, bevor er vierzig war. Und im reifen Alter von neununddreißig Jahren sah es ganz danach aus, als ob er es um Haaresbreite schaffen würde.

Im fünften Stock trat er aus dem Aufzug. Ein großer, bulliger Mann kam aus einem der Büros links von ihm auf ihn zu. Mac ging ihm entgegen, passierte einen kleinen, hölzernen Schreibtisch, um den eine Absperrkordel gehängt war und auf dem mit dem gebührenden Stolz ein gerahmtes Foto von J. Edgar Hoover auf der glänzenden Mahagonioberfläche stand.

„ASAC McKenzie?", fragte der Mann, der auf ihn zukam.

„Ja, Sir." Mac nickte und streckte ihm seine Hand entgegen. „Die meisten Leute nennen mich einfach Mac."

„Ich habe schon viel Gutes über Sie gehört, Mac."

„Alles Lügen", erwiderte Mac mit ernstem Gesicht. „ASC Gerald, nehme ich an?"

Der Mann nickte. „Ich gebe Ihnen schnell eine Tour durch das SIOC und helfe Ihnen, sich zurechtzufinden."

Gerald ließ seinen Dienstausweis über einen elektronischen Kartenleser gleiten und öffnete die Tür. Das SIOC – das Strategische Informations- und Operationszentrum – in den Tiefen der FBI-Zentrale war eine mehr als viertausend Quadratmeter große, hochmoderne Einrichtung, die aussah, als ob sie direkt aus einem Jason Bourne Film geklaut worden wäre.

Sie betraten einen großen Raum, in dem ein Konferenztisch stand und Monitore an der Wand befestigt waren. Gegenüber befanden ein kleineres Vorstandsbüro, eine Kaffeeküche und Waschräume.

„Dort halten der Direktor und der Generalstaatsanwalt jeden Morgen ihre Besprechungen über die wichtigsten

Themen des Tages ab." Der stellvertretende Abteilungsleiter sah auf seine Uhr, die aussah, als ob man damit Raketen zünden könnte. Er nickte einer Frau zu, die gerade ein paar Getränke bereitstellte. „Sie werden jeden Moment hier sein. In diesem Büro gibt es alles, außer einem Whirlpool." Gerald lachte über seinen eigenen Witz und durchquerte das Büro, dann betrat er ein weiteres, größeres Konferenzzimmer, breitete die Arme aus, um die Bildschirme und die Uhren an den Wänden, die die Uhrzeiten rund um den Globus anzeigten, zu präsentieren. „Wir haben insgesamt sechs Räume für die Kriseneinsatzteams, fünf große Bereiche für die laufenden Operationen, exklusive Bereiche für Einsatzbesprechungen und Konferenzzimmer. Wir arbeiten rund um die Uhr, 365 Tage im Jahr, vierundzwanzig Stunden am Tag, haben drei Überwachungseinheiten und eine Kriseninterventionseinheit."

Macs Aufgabe war es, als Verbindungsbeamter zwischen dieser Kriseneinheit und der in Quantico zu fungieren.

Gerald hielt in einem der Besprechungszimmer an und stemmte die Hände in die Hüften, während er sich umschaute, Stolz lag unübersehbar in dem Lächeln auf seinem Gesicht und dem selbstbewusst erhobenen Kinn. „Von hier aus leiten wir die Sondermissionen, wie die Operation gegen die somalischen Piraten."

„Das haben Sie von hier aus geleitet?" Mac war beeindruckt.

Die dunkelbraunen Augen des ASC funkelten zufrieden. „Jede einzelne Sekunde."

Das waren die Art Einsätze, in die Mac involviert sein wollte – eine Befriedigung für seinen inneren Adrenalin-Junkie und ein Weg, um wertvolle Einblicke in die ultimative

Leistungsfähigkeit des FBI zu erlangen. Aber er war lange genug beim FBI, um zu verstehen, dass die Arbeit zu fünfundneunzig Prozent aus Papierkram bestand und nur zu fünf Prozent aus explosiver Action. Und dieser Anteil an Papierkram wurde umso mehr, je weiter man die Karriereleiter hinaufstieg.

Jede FBI-Außenstelle hatte ein eigenes Operationszentrum, aber das SIOC ließ diese Zentren wie Medienräume in Mittelschulen aussehen. Von diesem Zimmer aus konnten sie die Position jedes einzelnen Flugzeugs im US-amerikanischen Luftraum verfolgen, auf sämtliche Verkehrskameras in fünf Bundesstaaten zugreifen und erfuhren es sofort, sobald irgendwo im gesamten Bundesgebiet Bombenkommandos oder Überwachungseinheiten ausgeschickt wurden. Es war wichtig, diese Informationen zur Verfügung zu haben, und die Kriseninterventionseinheiten brauchten Zugriff darauf. Vorfreude kroch langsam Macs Rückgrat hinauf, während er alles aufzunehmen versuchte. Dies war der Ort, für den er bestimmt war.

Ein Aufruhr brach aus, und mehrere Agenten kamen aus einem Mediensaal gegenüber geeilt. Einer von ihnen, eine junge Frau mit glattem, braunem Haar, blickte sich suchend um, bis sie Gerald entdeckte. Sie kam mit forschen Schritten auf ihn zu, in der Hand hielt sie ein Blatt Papier. Ganz offensichtlich war etwas vorgefallen.

„Was haben Sie da, Hernandez?" Gerald streckte seine Hand aus.

„Wir haben gerade gehört, dass ein Bundesrichter ermordet in seinem Haus in D.C. aufgefunden wurde."

Gerald nahm ihr den Zettel aus der Hand. „Was wissen wir?"

„Richter Raine Thomas vom US-Bundesberufungsgericht. Wurde heute früh in Cleveland Park erschossen, kurz bevor er zur Arbeit fahren wollte. Seine Frau wurde ebenfalls erschossen.“

„Haben sie schon jemanden gefasst?“

Die Frau schüttelte den Kopf. „Die örtlichen Polizeibeamten waren als Erste am Tatort, aber sobald sie die Identität der Opfer erkannt hatten, haben sie die Bundesbehörden gerufen. Es sind gerade Beamte aus dem Büro in Washington auf dem Weg dorthin.“

„ASAC Steve McKenzie.“ Gerald deutete mit seiner rechten Hand auf Mac. „Darf ich Ihnen Libby Hernandez vorstellen, eine der besten Analytikerinnen hier im SIOC. Mac ist gerade von der Kriseninterventionseinheit in Quantico zu uns gestoßen.“

Mac schüttelte die Hand der Analytikerin und machte sich keine Mühe, Gerald zu korrigieren. Es war nah genug dran. „Die Kollegen aus Washington haben die Ermittlungsleitung übernommen?“

Sie gingen zu Geralds Büro, die langen Schritte der Männer zwangen die Frau dazu, beinahe zu joggen, um mitzuhalten. Mac verlangsamte seine Schritte und bedeutete ihr, voranzugehen.

„Korrekt.“ Sie nickte und lächelte ihm dankbar zu.

Sie betraten Geralds Büro und er ging zum Schreibtisch und nahm den Telefonhörer ab. „Ich muss meinen Boss auf den neusten Stand bringen.“

„Ich würde gerne zum Tatort fahren und mit den ermittelnden Beamten sprechen. Wer weiß, vielleicht können sie unsere Hilfe gebrauchen“, sagte Mac.

Genaugenommen war der stellvertretende Abteilungsleiter

nicht sein Boss – das war noch immer der Leiter der Kriseninterventionseinheit –, aber Gerald war eben einer in einer langen Reihe von Vorgesetzten innerhalb der Strafverfolgungsbehörden.

Gerald schien amüsiert und tippte mit dem Finger auf den Telefonhörer. „Sie verstehen schon, dass wir genau dafür all diese Monitore und Computer haben, oder? Fernzugriff."

„Aber es gibt nichts, was vergleichbar damit wäre, wirklich am Tatort zu sein und ein Gespür dafür zu entwickeln, was passiert ist, und wie. Nur so haben die Agenten zum Beispiel überhaupt herausgefunden, dass eine Terroristin in die Anschläge auf das Einkaufszentrum in Minnesota involviert war." Mac hielt Geralds Blick stand. Sie wussten alle, dass dieselbe Terroristin versucht hatte, den Präsidenten der Vereinigten Staaten zu ermorden. Das konnte man nicht genug betonen. Er wusste nicht, wie lange Gerald schon in der Verwaltung arbeitete oder ob der Einsatz im Außendienst ihn noch immer mit Begeisterung erfüllte, aber für Mac war es so. Das war das Einzige, was ihm als SAC fehlen würde. „Ich glaube, bei einem Fall dieser Größenordnung direkt vor unserer Haustür wird sich ein kleiner Ausflug durchaus lohnen."

„Macht Sinn", räumte Gerald ein. „Lassen Sie mich herausfinden, wer vom Büro aus Washington dabei ist, und ich lasse die Kollegen wissen, dass Sie auf dem Weg sind." Er bedeckte die Sprechmuschel mit seiner Hand. „Haben Sie ein Auto?"

„Ich nehme ein Taxi."

Fünf Minuten später stand Mac wieder auf der Straße in der Innenstadt von D.C. und versuchte, ein Taxi heranzuwinken. Nur ein paar wenige hochrangige FBI-

Agenten besaßen zugeteilte Parkplätze direkt vor dem Gebäude, und er stand nicht auf dieser Liste. Es war eine eindrückliche Erinnerung daran, dass er zwar glauben mochte, der tollste Hecht zu sein, hier aber lediglich ein weiteres Rädchen im Getriebe war.

———

TESS FALLON SCHLOSS die Tür zum Haus ihres Bruders auf und legte ihre Laptoptasche auf dem Küchentisch ab.

„Cole?", rief sie durchs Haus. „Bist du da?"

Ihre Begrüßung wurde mit Stille erwidert, und sie seufzte frustriert auf. Sie sah auf die Uhr. Sie hatten sich um halb neun treffen wollen, um seine Steuererklärung durchzugehen, aber zu behaupten, ihr Bruder hätte andere Prioritäten, wäre eine Untertreibung.

„Zane, Andy, Dave?" Sie hielt inne. „Joseph? Irgendwer?"

Cole hatte das Haus von dem Geld gekauft, das er im letzten Jahr von ihrer Mutter geerbt hatte. Er vermiete Zimmer an drei seiner Kumpels, ebenfalls Mitglieder der Footballmannschaft der Uni, und sein bester Freund Joseph verbrachte mehr Zeit hier als in seinem eigenen Wohnheim.

Niemand antwortete ihr.

„Mist." Sie wand sich aus ihrem Mantel und hängte ihn über die Lehne eines Küchenstuhls. Sie versuchte, Cole auf dem Handy zu erreichen und fluchte, als sofort die Mailbox ansprang.

Er hatte offensichtlich vergessen, dass sie heute Morgen verabredet waren. Sie hatte um halb elf ein Treffen mit einem Klienten, einer einflussreichen Bürgerrechtsgruppe – ihr Spezialgebiet – und sie wusste mehr oder weniger, wo Cole seine Unterlagen aufbewahrte. Sie konnte natürlich auf ihn warten und ihre Zeit verschwenden, oder sie konnte sich der Sache einfach selbst annehmen.

Tess durchquerte das unordentliche Wohnzimmer mit dem polierten Dielenfußboden, der zerknitterten Couch und dem riesigen Flachbild-Fernseher. Zwei leere Müslischälchen standen auf dem Couchtisch, daneben zwei halb leere Kaffeetassen, was den Anschein vermittelte, dass jemand heute Morgen sehr eilig gefrühstückt hatte – oder sie hatten schon lange nicht mehr aufgeräumt.

Sie ging in den kleinen Anbau, den Cole als Büro nutzte. Das war strikt *sein* Bereich, und so ziemlich die einzige Regel, die es im Haus gab, war, dass die Jungs diesen unangetastet ließen. Zwei PCs und ein iMac standen aufgereiht an der Wand, darüber hing ein weiterer Flachbild-Monitor. Die Unterlagen ihres Bruders lagen willkürlich gestapelt neben dem Platz für seinen Laptop auf dem Schreibtisch.

Sie warf einen Blick auf die Papiere. Sie hatte ihn dazu gebracht, ihr automatisch jede elektronische Rechnung weiterzuleiten, sobald er eine Anschaffung tätigte oder bezahlt wurde. Trotzdem, es war das reinste Chaos.

Cole hatte sich dank eines Footballstipendiums an der American University in D.C. einschreiben können, sich dann aber am Ende der ersten Saison das Knie kaputtgemacht. Während er die Verletzung auskuriert hatte, hatte er damit begonnen, Software für Apps zu programmieren. Wie sich herausgestellt hatte, war er phänomenal gut darin.

Tess hatte nicht den geringsten Schimmer, was Programmieren anging, aber sie wusste, dass er ins Gefängnis kommen würde, wenn er keine Steuern zahlte. Das Gute an der Sache war, dass er mittlerweile mehr verdiente als sie, was zwar etwas demoralisierend war, wenn sie an die ganzen Jahre dachte, die sie in ihre Ausbildung als Steuerberaterin investiert hatte, aber wenigstens musste sie sich keine Sorgen darum machen, ihn während seines Studiums zu unterstützen oder seinen Studienkredit abzubezahlen.

„Also, wo hast du deine Haushaltsrechnungen versteckt, du Genie?" Sie blätterte durch den Stapel an Papieren, die auf dem Schreibtisch lagen und knirschte leise mit den Zähnen. Es war egal, wie oft sie ihn darum bat, auch diese Unterlagen zusammenzusuchen, er vergaß es jedes Mal – und trotzdem ließ sie ihn gerade mal wieder mit diesem Verhalten durchkommen.

Sie warf einen Blick auf den Aktenschrank, in dem er den Großteil seiner persönlichen Unterlagen aufbewahrte. Er mochte es nicht, wenn andere Leute seine Sachen durchschauten. Er hatte das noch nie gemocht. Und ihr gefiel es nicht, herumzuschnüffeln, aber sie musste auch Geld verdienen, und außerdem tat sie ihrem Bruder einen Gefallen. Wenn sie sein Verhalten schon unterstützte, sollte er mindestens zulassen, dass es für sie bequem war.

Sie öffnete die Schublade und hatte im Nu die Unterlagen gefunden, nach denen sie suchte: Internet, Telefon, Heizung, Versicherungen, Hypothek. Sie wollte die Schublade schon wieder schließen, als ihr ein glänzender, schwarzer Ordner ins Auge fiel.

Ihre Finger hatten ihn schon hochgehoben, bevor sie sich zurückhalten konnte. Scheinbar war sie krankhaft neugierig, aber wenn ihr Bruder wie verabredet erschienen wäre, wäre sie nicht gezwungen, durch seine Sachen zu wühlen. In dem Ordner befand sich das ausgedruckte Foto eines Mannes, den sie nicht kannte, zusammen mit ein paar persönlichen Details.

Sein Name, seine Privatadresse und seine Telefonnummer. Es gab noch Zettel für weitere Personen. Sie runzelte die Augenbrauen, als sie die Papiere eilig durchsah. Seltsam. Ein hellvioletter USB-Stick lag ebenfalls in dem Ordner.

Vielleicht waren es Professoren oder Klienten von Cole, für die er Software entwickelte. Oder vielleicht waren es potenzielle Investoren. Cole hatte davon gesprochen, seine eigene Firma zu gründen, aber Tess hatte darauf bestanden, dass er zuerst seinen Abschluss machte. Was nicht bedeutete, dass er auch auf sie hörte.

Grummelnd steckte sie den Ordner zurück in die Schublade. Cole würde nächsten Monat zwanzig Jahre alt werden. Ein erwachsener Mann, der in der Lage war, seine eigenen Entscheidungen zu treffen. Es ging sie nichts an.

Mit den Rechnungen in der Hand ging sie zurück in die Küche, wo mehr Platz war, um die Blätter auszubreiten. Sie schob die Postwurfsendungen und die Cornflakes-Packungen zur Seite. Cole war vermutlich in die Bibliothek gegangen. Oder er war überhaupt nicht nach Hause gekommen...

Im Sommer, nachdem er die High School beendet hatte, hatte er seine Brille durch Kontaktlinsen ersetzt und angefangen, ins Fitnessstudio zu gehen. Als er mit dem College begonnen hatte, war aus dem etwas übergewichtigen Jungen mit der schlechten Haut ein schlanker, durchtrainierter Mädchenschwarm geworden. Die Tatsache, dass sie ihn schon immer für gutaussehend gehalten hatte, war irrelevant. Heutzutage war es für ihn kein Problem mehr, Verabredungen zu bekommen, und sie wünschte sich, die Mädchen, die ihn in der High School ignoriert hatten, könnten ihn jetzt sehen. Aber bei der Vorstellung, dass ihr kleiner Bruder Sex hatte, wurde ihr so übel, dass sie den Gedanken schnell wieder aus ihrem Kopf verbannte.

Irritiert hämmerte sie mit dem Zeigefinger auf die Tasten ihres Taschenrechners. Sie könnte ebenso gut achtzig sein, wenn man sich ihr eigenes Liebesleben so anschaute. Vermutlich kamen selbst Achtzigjährige öfter raus als sie. Für ihre beste Freundin sitzengelassen zu werden und ihre eigene Firma zu gründen, hatte aus ihrem Liebesleben mehr Fiktion als Realität gemacht. Die Frist für die Steuererklärung stand vor der Tür. Das war die hektischste Zeit des Jahres für Tess, und sie hatte keine Zeit, über eine Beziehung überhaupt nur nachzudenken.

Dann hör doch auch auf, darüber nachzudenken.

Sie machte sich einen Kaffee und stellte das Radio an, um ein paar Hintergrundgeräusche zu haben. Es lief Ed Sheeran. Nie wieder große, dunkle, attraktive Taekwondo-Trainer, entschied sie. Was sie brauchte, war ein niedlicher Rotschopf, der Gitarre spielte.

Tess hatte sich kaum wieder mit ihrer Tasse Kaffee hingesetzt, als die stündlichen Nachrichten gesendet wurden. Ein Bundesrichter und seine Frau waren heute Morgen nur wenige Meilen von hier entfernt erschossen worden. Eine eisige Welle des Schreckens überkam sie, als der Nachrichtensprecher den Namen des Richters vorlas. Raine Thomas – ein ungewöhnlicher Name. Sie hatte ihn gerade in diesem Ordner im Schreibtisch ihres Bruders gelesen.

Warum besaß Cole persönliche Informationen über einen Richter? Einen Richter, der ermordet worden war? Ihre Hände zitterten, und sie verschüttete den Kaffee, verbrühte ihre Finger, und das ließ sie fluchen.

Sie stand auf und ließ sich dann sofort wieder auf den Stuhl fallen.

Nie im Leben war Cole in so etwas Verabscheuungswürdiges wie Mord verwickelt. Es *musste* eine vernünftige Erklärung dafür geben. Sollte sie ihn danach fragen? Und was genau sagen? *Hey Cole, wo warst du heute Morgen? Unterwegs, um einen Doppelmord zu begehen?*

Was, wenn er sie anlog? Schlimmer noch – was, wenn er ihr sagte, dass er involviert *war*? Was würde sie dann tun?

Entsetzen krallte sich mit eisigen Fingern in ihre Eingeweide und drehte sie langsam und quälend um.

Sie presste eine Hand auf ihren Magen. War es möglich, dass er trotz all ihrer Anstrengungen wie ihr Vater geworden war?

Nein. Sie weigerte sich, das zu glauben. Cole war der einzige Mensch auf der Welt, an den sie glaubte, und sie würde dieses Vertrauen nicht wegen eines Blatt Papiers aufgeben.

Nie im Leben wäre Cole fähig, einen Mord zu begehen. Vielleicht gehörte der Ordner einem seiner Kumpels?

Sollte sie mit der Polizei sprechen?

Nein, zum Teufel. Das war *keine* Option. Das würde nur bedeuten, viele Fragen beantworten zu müssen, mit denen sie sich nicht auseinandersetzen wollte.

Eines wusste sie mit Sicherheit. Ihr Bruder durfte nicht wissen, dass sie in seinen Sachen herumgeschnüffelt hatte. Sie sammelte die Unterlagen zusammen, eilte ins Büro zurück, öffnete den Aktenschrank und steckte jedes Blatt in den zugehörigen Ordner zurück. Mit zitternden Händen holte sie den schwarzen Ordner hervor und überlegte hin und her, ob sie ihn mitnehmen sollte.

Und dann was? *Sich zu einer Komplizin machen?* Diese Erkenntnis ließ flammende Panik durch ihre Nerven schießen. Das Letzte, was sie gebrauchen konnte war, von irgendjemandem mit dieser Akte in Verbindung gebracht zu werden. Mit ihrem Pullover wischte sie den Einband und die Blätter ab, die sie angefasst hatte und schob mit der Hand im Ärmel ihrer Strickjacke den Ordner vorsichtig an seinen Platz zurück.

Alles sah so aus wie vorher. Sie schob die Schublade zu und rannte zurück in die Küche, stand da und versuchte, wieder zu Atem zu kommen. Dann stopfte sie ihre Sachen in ihre Laptoptasche, wusch ihre Tasse aus, trocknete sie ab und stellte sie zurück in den Küchenschrank. Sie richtete auf dem Küchentisch wieder das gewohnte Chaos an. Dann schob Tess die Arme in die Ärmel ihres Mantels und blickte sich suchend um, um sicherzugehen, dass sie keine Spur ihres Besuchs hinterlassen hatte.

Sie atmete tief ein. Es sah alles genauso aus wie vor dreißig Minuten, als sie hereingekommen war.

Sie verließ das Haus und schloss die Tür hinter sich ab, dann saß sie für einen Augenblick zitternd und mit rasendem Herzen in ihrem Auto, während ihre sorgfältig aufgebaute Welt in sich zusammenbrach.

Dann erinnerte sie sich daran, um wen es hier ging. Um ihren Bruder, dem sie beim Laufen lernen zugesehen hatte, den sie zum Kindergarten gebracht hatte, dem sie beigebracht hatte, sich gegen fiese Mitschüler zu wehren. Ihr Bruder, den sie genau kannte und den sie mit jeder Faser ihres Körpers liebte. Nicht irgendein gewalttätiges Arschloch, das auf Waffen und Kämpfen stand, sondern ein eingetragenes Mitglied der Demokraten, der ihr am Valentinstag Blumen schenkte, wenn sie keinen Freund hatte, und sich selbst als Feminist bezeichnete. Zu seinem Geburtstag dieses Jahr hatte er sich von ihr gewünscht, beim WWF in seinem Namen eine vom

Aussterben bedrohte Tierart zu unterstützen. Nie im Leben konnte Cole einen Mord begehen, aber sie musste wissen, was los war und inwiefern er involviert war.

Blindes Vertrauen war etwas für Leichtgläubige und Narren. Sie verließ sich lieber auf Tatsachen und empirische Daten. Im Gegensatz zu Menschen logen Zahlen nie.

VIERTES KAPITEL

MAC SCHOB SICH durch die Massen von Gaffern, die sich auf dem Bürgersteig versammelt hatten, und hielt seine goldene Dienstmarke hoch, bevor er sich unter dem gelben Absperrband hindurchduckte.

Das Haus der Opfer befand sich in Cleveland Park, ein paar Meilen nordwestlich des National Zoos. Es war ein wunderschönes, älteres Gebäude, auf dem heutigen Markt locker mehr als eine Million Dollar wert. Schon allein dafür würde so manch einer töten.

An der Hausecke stand ein uniformierter Beamter der Polizei von D.C., notierte sich Namen und verteilte Handschuhe und Überschuhe. Mac unterschrieb auf dem Protokoll und zog die Plastikhüllen über seine Schuhe.

„Haben Sie Agent Ross gesehen?", fragte er den Kerl.

Der Beamte schüttelte knapp den Kopf. Er war kompakt gebaut, seine Schläfen grau meliert. Sein Mund war zusammengepresst, seine Augen schmerzerfüllt.

„Waren Sie der Erste am Tatort?"

„Das ist richtig", bestätigte er. „Ich kannte den Richter. Er war ein guter Mann. Das hat er nicht verdient."

Mac fragte nicht weiter nach. Es sollte eigentlich keinen Unterschied machen, aber die Stimmung war eine andere, wenn eine persönliche Beziehung zu dem Opfer bestand. Schwarzer Humor, der so oft von Strafverfolgungsbeamten und medizinischem Personal benutzt wurde, um sich von dem täglichen Grauen ihrer Arbeit zu distanzieren, kam in solchen Fällen nie zum Vorschein. Die Opfer wurden menschlicher. Verdienten mehr Respekt. Es war falsch, aber es war eine natürliche Reaktion.

„Sie sind hinten." Der Polizist deutete mit einem Kopfnicken in Richtung des Hauses. Mac setzte sich in Bewegung. Ein glänzender, schwarzer BMW parkte in der Garage. Eine Plane war vor den Eingang gespannt worden, um den Tatort vor den neugierigen Blicken der Schaulustigen abzuschirmen. Mac huschte um die Plane herum, und sein Magen überschlug sich.

Jetzt verstand er, warum der Streifenpolizist so furchtbar ausgesehen hatte.

Auf der Türschwelle lag ein Mann. Grauer Anzug, purpurrote Krawatte, die sich in einem Bogen über die Stufe legte. Kein Mantel. Keine Schuhe. Mac kam näher und betrachtete die Leiche.

Zwei Schüsse. Eine Kugel in die Brust. Eine in den Kopf. Aus nächster Nähe.

Ein Agent betrat sein Sichtfeld. Ende zwanzig. Durchschnittlich groß. Achtundsiebzig Kilo. Eher beflissen als abgekämpft, was ein vielversprechendes Zeichen war. Es war einfach, sich von diesem Job auffressen zu lassen.

„Agent Ross?", fragte Mac.

„Nein, Sir. Agent Atherton. Sie müssen ASAC McKenzie sein?"

Mac nickte. Wenigstens waren sie darüber informiert worden, dass er vorbeikam. „Ist der Rechtsmediziner schon da?"

Atherton schrieb irgendwas in seinen Notizblock und

sagte geistesabwesend: „Ist auf dem Weg."

„Was haben Sie bisher?"

„Zwei Opfer." Atherton bedeutete Mac, ihm ins Haus zu folgen.

Mac machte einen Bogen um das Opfer, bevor er ein sauberes, gepflegtes Zuhause betrat. Der beißende Geruch von verbranntem Kaffee erfüllte die Luft und vermischte sich mit dem metallenen Beigeschmack von Blut.

„Richter Raine Thomas und seine Frau Kate. Sie waren über dreißig Jahre lang verheiratet", erklärte Atherton. „Ein kombinierter Mord und Selbstmord scheint unwahrscheinlich, da auf beide Opfer zweimal geschossen wurde und es keinen Hinweis auf eine Waffe gibt, es sei denn, jemand hat sie beseitigt, bevor wir angekommen sind. Die Rechtsmedizinerin sollte es uns definitiv sagen können."

Wenn Männer sich umbrachten, dann begannen sie, soweit Mac mitbekommen hatte, nicht mit einem Schuss in die Brust und einem zweiten in den Kopf. Sie steckten sich die Waffe in den Mund und bliesen sich das Gehirn heraus.

Mac betrat die Küche, die hohe Decken hatte und in eine Zeitschrift für Innenarchitektur gehörte, bis auf die dunkelrote Blutlache, die sich unter dem Körper der toten Frau ausgebreitet hatte. Sie war weder schnell noch schmerzlos gestorben. Jetzt wünschte er sich, er hätte das Frühstück ausgelassen.

Sie lag auf ihrer Seite. Die Wunde in ihrer Brust sah aus, als ob der Schuss aus größerer Distanz abgefeuert worden war, vermutlich von der Tür aus. Pulververbrennungen auf der Haut des Opfers legten nahe, dass der zweite Schuss aus nächster Nähe erfolgt war. Ein Teil ihres Schädels war vollkommen zerstört. Blutspuren auf dem Fußboden zeigten, dass sie scheinbar versucht hatte, zu ihrem Mann zu kriechen.

Gold und Diamanten glänzten an ihrem Ringfinger.

„Anzeichen eines gewaltsamen Eindringens?", fragte Mac.

„Nein."

„Sicherheitsvorkehrungen?"

„Ein einfaches Alarmsystem, das nicht eingeschaltet war. Die Einschusswinkel der Kugeln im Richter deuten darauf hin, dass der Schütze draußen stand und in den Eingang gefeuert hat. Keine Anzeichen eines Kampfes. Kein Notruf. Die Nachbarn haben nichts gehört."

„Wurde ein Schalldämpfer benutzt?"

Atherton zuckte mit den Schultern. „Sieht so aus."

Mac betrachtete den Fußboden. Keine Beweismarkierungen für Patronenhülsen. „Der Schütze hat seine Hülsen eingesammelt?"

„Ja." Atherton atmete langsam aus. „Wer auch immer es war, hat keine offensichtlichen Spuren hinterlassen, bis auf zwei Kugeln in jedem der beiden Opfer. Auch keine Anzeichen für einen Raubüberfall. Der Täter hat weder Schmuck noch Laptops, Portemonnaies, Handys oder Bargeld mitgenommen, die alle offen herumlagen. Keine offensichtlichen Anzeichen für ein Sexualverbrechen."

„Gott." Mac stieß den Atem aus. Eine volle Kaffeekanne stand auf der Anrichte, zwei Scheiben Toast im Toaster, zwei Teller. Eine offene Butterdose und ein Marmeladenglas standen direkt daneben. Diese Leute waren mit ihrer ganz gewöhnlichen Morgenroutine beschäftigt gewesen, als jemand in ihr Haus spaziert war und sie erschossen hatte.

Es sah aus wie ein Auftragsmord.

„Irgendeine Idee, was das Motiv sein könnte?", fragte Mac.

„Noch nicht."

„Könnte es persönlich sein? Oder irgendeine Art von Rachemord? Was wissen Sie über den Richter oder die Fälle, denen er vorsaß?"

Atherton wirkte gequält, als ob Mac ihn aufhalten würde. Vermutlich tat er das auch.

„Ein Berufungsrichter auf Bundesebene. Hat sich hauptsächlich mit Patentstreitsachen und Veteranenangelegenheiten beschäftigt."

Kaum eine Brutstätte für Leidenschaft und Rache, auch wenn Veteranen mit Waffen umgehen und Patente Millionen wert sein konnten.

„Hat Thomas je irgendwelche Morddrohungen erhalten?"

„Das versuche ich gerade herauszufinden." Der Kerl seufzte, und sein Eifer schien etwas nachzulassen. „Wir stehen noch ganz am Anfang."

Mac sah sich um. „Wer könnte von dem Tod der Eheleute profitieren?"

Atherton schaute in seine Notizen. „Sie haben zwei erwachsene Kinder. Derzeit sprechen zwei unserer Agenten mit ihnen. Sie haben es aus den Nachrichten erfahren."

Himmel. Mac wollte sich gar nicht vorstellen, wie schrecklich das sein musste.

Atherton fuhr fort. „Wir haben noch kein Testament gefunden, aber es gibt einen Safe. Wir müssen außerdem den Namen ihres Anwalts herausfinden."

Mac stellte die naheliegende Frage. „Könnte es ein Hassverbrechen sein?"

Der Richter und seine Frau waren beide schwarz.

„Es ist noch ein bisschen früh, um das zu sagen." Diese Bemerkung kam von einer neuen Stimme.

Mac blickte auf. Der Kerl, der im Türrahmen stand, hatte

dunkle Haare, die länger waren, als es im FBI üblicherweise akzeptabel war, und diese scharfen Augen, die die Norm waren. „Sie sind ASAC McKenzie? Ich bin Mark Ross. Was können wir für Sie tun?"

Mac neigte den Kopf, als er seine Hand schüttelte. Dem Kerl gefiel es offensichtlich nicht, wenn ein ranghöherer Kollege durch seinen Tatort latschte. „Ich habe gerade beim SIOC angefangen und wollte mir den Tatort selbst anschauen."

„Ich habe Sie da noch nie gesehen. Seit wann sind Sie in der Zentrale?", fragte Ross und musterte ihn skeptisch.

Mac sah auf seine Uhr. „Seit zwei Stunden."

Die anderen Agenten lachten, dann blickten sie alle betreten auf die tote Frau, die auf dem Küchenboden lag.

„Ungefähr so lange würde ich es dort auch aushalten", erwiderte Ross.

Mac stemmte die Hände in die Hüften. Das war nicht der Punkt, aber warum sollte er diesen zarten Sprössling der Kameradschaft zerstören? „Ich bin der neue Vermittlungs-agent für die Kriseninterventionseinheit im SIOC. Ich wollte alle Hilfe anbieten, die wir haben."

„Weiß ich zu schätzen, aber ich glaube nicht, dass wir das SIOC zum jetzigen Zeitpunkt brauchen." Sein Tonfall schrammte haarscharf an Verachtung vorbei. „Sollte sich das ändern, sage ich Ihnen Bescheid."

Abserviert.

Mac blickte Ross unverwandt an, aber ihr stillsch-weigender Schwanzvergleich wurde von Stimmen unter-brochen, die von draußen hereinschallten.

„Das ist die Rechtsmedizinerin", erklärte Atherton wie ein eifriger Welpe, der beide Herrchen glücklich machen wollte.

„Passen Sie besser auf, wo Sie hintreten, sie ist sehr pingelig, was Blutspritzer angeht, und jagt mir eine Heidenangst ein. Ich begleite Sie nach draußen.“

Das letzte Mal, dass Mac sich so unerwünscht gefühlt hatte, hatte er mit einem Mitglied der US-Marshalls eine lebhafte Diskussion über Zuständigkeitsbereiche geführt. Aber wie würde er sich denn fühlen, wenn irgendein Großkotz aus der Zentrale versuchen würde, sich in seine Ermittlungen einzumischen?

Wie ein Hund, der seinen Knochen verteidigt.

„Nicht nötig. Ich finde den Weg.“

Atherton und Ross nickten abwesend. Es war ihnen offensichtlich vollkommen egal, solange er sie in Ruhe ihren Job machen ließ. Mac ging durch das wunderschöne Haus mit seinen warmen Farben und den vornehmen Möbeln, hielt an der Eingangstür inne und betrachtete ein Foto, auf dem der Richter in seinem Amtstalar abgebildet war. Daneben hing ein weiteres Foto, weniger formal, auf dem der Richter seine Frau küsste.

Sie schienen mehr als glücklich zu sein – sie sahen verliebt aus. Kein Zustand, an dem Mac jemals wieder leiden wollte.

Er presste die Lippen zusammen. Der Mord an einem schwarzen Richter würde in bestimmten Kreisen gefeiert werden. Fanatismus und regierungsfeindliche Stimmungen waren auf dem Vormarsch, obwohl sie im einundzwanzigsten Jahrhundert lebten.

Leider war es kein Verbrechen, Menschen aufgrund ihres Berufes oder ihrer Hautfarbe zu hassen. Aber es war ein Verbrechen, aus diesem Hass heraus zu handeln. Er schob seine alte Wut und seinen alten Abscheu fort und ließ die Agenten ihren Job machen. Es gab mehr als genug Verbrechen für sie alle.

FÜNFTES KAPITEL

„TOLLE SENDUNG HEUTE, Sonja.“

Der Wachmann ihres Radiostudios, das in der Innenstadt von D.C. gelegen war, schlug mit ihr ein, als sie auf den Hintereingang des Gebäudes zuging.

„Danke, Tommy.“ Sie lächelte ihn an und trat in die eisige Februarluft. Er war ein junger, gutaussehender Kerl, und sie wusste, dass es ihm schwergefallen war, sie zu akzeptieren, als sie hier zu arbeiten begonnen hatte. Aber sie hatte ihn für sich gewonnen.

Sonja lächelte selbstzufrieden.

Es war ihr Ziel, jeden für sich zu gewinnen, einen verängstigten, ignoranten, uninformierten Narren nach dem anderen. Sie hielt inne, um ihren grünen Lodenmantel zuzuknöpfen. Es war deutlich wärmer als heute früh um vier Uhr, als sie zur Arbeit gekommen war. Aber selbst nach sechs Jahren in den USA hatte sie sich noch immer nicht an die Kälte gewöhnt. Delhis Hitze war in etwa so, als ob man auf einen Grill geworfen und bei lebendigem Leibe geröstet wurde. Ihre Eltern waren immer noch jedes Mal ganz aufgeregt, wenn sie ihnen erzählte, dass es schneite.

Ihr Lächeln erlosch. Ihre Eltern wollten sie besuchen, aber sie fand immer wieder Ausreden.

Auch wenn ihre Sendung vor allem eine Musiksendung war, hatte sie sich damit einen Namen gemacht, sehr offen darüber zu reden, dass sie im falschen Körper geboren worden war. Sie hatte immer gewusst, dass sie eine Frau war, aber aus irgendeinem Grund waren ihre Gene durcheinandergeraten und sie war mit herumbaumelnden Geschlechtsteilen auf die Welt gekommen. Als Kind war es verwirrend gewesen, aber irgendwann hatte sie in einer Zeitschrift einen Artikel über transsexuelle Menschen und Geschlechtsumwandlungen gelesen. Dieser Artikel hatte ihr das Leben gerettet. Plötzlich war ihr klar geworden, was sie tun musste.

Ironischerweise war es vor allem die Tatsache, dass die LGBTQ-Rechte hier fortschrittlicher waren als in Indien, weshalb ihre Eltern froh darüber waren, dass sie in den Vereinigten Staaten lebte. Aber wenn sie wüssten, wie viele Mord- und Vergewaltigungsdrohungen sie tagtäglich bekam, würden sie sie auf der Stelle abholen und nach Indien zurückbringen.

Sonja wollte nicht, dass ihre Eltern sich Sorgen machten.

Sie hatte sich an den anonymen Hass und den Fanatismus im Internet gewöhnt. Es war die allumfassende Liebe, die sie so schätzte. Wenn sich jemand bei ihr meldete und erzählte, dass ihre Geschichte ihm oder ihr dabei geholfen hatte zu erkennen, was mit ihrem Leben nicht stimmte – das machte für sie alles wieder wett.

Sie ging die Stufen hinunter und nahm eine Abkürzung zwischen zwei Gebäuden hindurch, um zur nächsten U-Bahnstation zu gelangen. Eine Sendung am späten Abend bedeutete, dass sie keinen Schlaf bekommen würde. Aber es zahlte die Miete.

Die Sendung heute Morgen war lebhaft gewesen. Vermutlich hätte sie den Senator von North Carolina nicht während einer live Sendung als Vollidioten mit dem IQ einer

Amöbe bezeichnen sollen, aber als er darauf bestanden hatte, sie mit ihrem Geburtsnamen und nicht ihrem legalen Namen anzusprechen, war ihr einfach die Hutschnur geplatzt.

Unprofessionell, ja. Aber ihre Fans liebten es. Neider würde es immer geben.

Sie warf sich ihre Michael Kors-Handtasche über die Schulter und passierte eine Frau, die eingemummt war, als ob sie sich mitten in einer arktischen Kältewelle befänden.

„Morgen", sagte Sonja höflich. Ihre Großmutter hatte ihr immer gesagt, dass es nichts kostete, freundlich zu sein.

Der Ausdruck der Frau veränderte sich nicht, aber ihre Augen funkelten, als sie aneinander vorbeiliefen.

Sonja erschauderte. Es waren die kältesten Augen, die sie jemals gesehen hatte.

Eine Sekunde später schoss ein Feuerblitz durch ihren Rücken und Sonja sank in die Knie. Für einen Augenblick glaubte sie, jemand hätte mit einem Elektroschocker auf sie gezielt. Dann sah sie das Blut, das auf der Brust ihres neuen Mantels aufblühte – das Rot des Blutes verwandelte das hübsche Grün in ein hässliches Schwarz – und dann kamen die Schmerzen.

Sie konnte nicht mehr atmen. Sie presste die Hände auf die Wunde und versuchte, Luft zu holen, aber nichts passierte. Ihre Lunge war kollabiert.

Schritte kamen knirschend auf sie zu, klangen in der Stille des Morgens unerhört laut. Die Schmerzen ließen alles klarer erscheinen. Sie blickte auf, als die Frau vor ihr zum Stehen kam, eine große Pistole in der Hand. Sie sah aus wie eine Waffe aus einem Film, mit einem dieser krassen Schalldämpfer ausgestattet.

„Warum?", keuchte Sonja. Eine warme Flüssigkeit

blubberte in ihrem Hals. Blut. Kein gutes Zeichen. Ihre Angreiferin hob die Waffe und zielte auf ihr Gesicht. Sonja wollte schreien, aber es kam kein Ton heraus. Sie würde sterben, erkannte sie. Sie hob ihr Kinn. Wenn diese Schlampe sie umbrachte, würde sie zumindest nicht klein beigeben.

„Warum?", krächzte sie erneut.

Aber die Frau antwortete nicht. Kalte Bosheit funkelte hell in ihren Augen, als sie den Abzug drückte.

SECHSTES KAPITEL

SEIN NEUER JOB hatte einen großen Nachteil. Und Mac war mit ihr zum Mittagessen verabredet.

Er verließ das J. Edgar Hoover-Gebäude und lief in nördlicher Richtung die 10th Street entlang, ließ den riesigen Betonmonolith hinter sich, in der sich die FBI-Zentrale befand. Das Gebäude nahm einen kompletten Straßenblock ein, und obwohl er erst seit anderthalb Tagen dort arbeitete, hatte er sich schon dreimal verlaufen. Und das lag nicht an seinem miserablen Orientierungssinn. Wer auch immer das Gebäude entworfen hatte, hatte scheinbar völlig willkürlich Ziegelmauern platziert, und unerklärlicherweise immer direkt dorthin, wo er durch musste.

Das Gebäude war der ganze Stolz von Hoover gewesen, aber der Vater des FBI war gestorben, bevor die Bauarbeiten abgeschlossen worden waren. Es war über dreiundzwanzigtausend Quadratmeter groß und beherbergte über siebeneinhalb tausend Mitarbeiter. Es gab sogar einen eigenen Starbucks im Erdgeschoss.

Mac überquerte die E. Street und ging auf das Schaufenster von Lincoln's Waffle Shop gegenüber dem Ford Theater zu.

Der Laden war bis auf den letzten Platz besetzt, aber er hatte seine Frau schnell entdeckt.

Ex.

Ex-Frau.

Es war schon zwei Jahre her, aber er hatte noch immer Schwierigkeiten, sich an diese neue Bezeichnung zu gewöhnen. Das war das Problem, wenn man aussprach, was man dachte und meinte, was man sagte.

Was zur Hölle machte er hier?

Heather Surrey war eine kleine, temperamentvolle Blondine mit der Art von Kurven, die es einem Mann in den Fingern zucken ließ. Aber nicht ihm. Nicht mehr. Sie trug einen purpurroten Mantel und einen dazu passenden Hut. Die Farbe erinnerte ihn daran, wie sehr sie ihn während des Scheidungsprozesses hatte bluten lassen.

Wenn er sie jetzt anschaute, wurde sein Blick hart, genau wie sein Herz. Er war neugierig gewesen, warum sie mit ihm sprechen wollte, aber jetzt wollte er es eigentlich gar nicht mehr wissen. Er war drauf und dran, wieder umzudrehen, als sie ihn entdeckte, aufstand und ihm zuwinkte.

Verdammt.

Widerwillig betrat er das Restaurant. Der Kellner, ein gedrungener, gequält wirkender kleiner Mann fragte ihn, wo er sitzen wollte.

„Ich bin leider verabredet." Mac deutete auf eine lächelnde Heather, die auf einen freien Stuhl neben sich deutete – als ob sie nicht als verbitterte Feinde auseinandergegangen wären.

Er wollte wirklich *nicht* hier sein.

Mac wand sich durch die Touristen und die Stammkunden, die in dem engen Lokal zufrieden ihr Essen in sich hineinstopften. Es war laut und überfüllt und ein so beliebter Ort, dass sich während der Frühstücks-Rushhour eine Schlange vor dem Lokal bildete.

Es war ein ungewöhnliches Restaurant für Heather. Sie

stand auf Nobelrestaurants mit Kellnern und Stoffservietten. Genau deshalb hatte er diesen Laden ausgewählt. Außerdem war es nicht weit von seiner Arbeit entfernt.

Sie wollte ihm schon einen Kuss auf die Wange drücken, aber er wich ihr aus und ließ sich auf seinen Stuhl fallen. So heiß sie auch ohne Frage war, Mac konnte nicht glauben, dass sie tatsächlich einmal ein Paar gewesen waren, ganz zu schweigen von einem Ehepaar. Er musste für eine Weile den Verstand verloren haben.

„Du hast es tatsächlich geschafft", sagte sie mit einem breiten Lächeln, als ob sie alte Freunde wären. Theoretisch gesehen waren sie das auch, nahm er an.

Ex.

Ex-Freunde.

Vielleicht war er der Einzige, der sich noch nicht vollkommen an die neuen Bezeichnungen in ihrer Beziehung gewöhnt hatte.

Der Blick in ihren Augen verriet ihm, dass sie geglaubt hatte, er würde nicht aufkreuzen, und erleichtert darüber war, dass er sie nicht hatte sitzen lassen. Im Gegensatz zu anderen Menschen hielt er seine Versprechen immer.

„Was willst du, Heather?", fragte er, ohne Höflichkeiten auszutauschen.

Ihr Gesichtsausdruck wurde bei seinem nicht besonders freundlichen Tonfall angespannt. Sie holte Luft und blickte ihn unter schweren Wimpern hervor an. „Ich wollte einfach mal Kontakt aufnehmen, jetzt, wo du in D.C. bist."

Räumliche Entfernung war nicht das Problem gewesen. Dass sie mit anderen Leuten Kontakt aufgenommen hatte, war das Problem gewesen.

Er lehnte sich zurück, seine langen Beine schauten unter

dem kleinen Tisch hervor, damit er nicht versehentlich ihre Beine berührte. „Und was hält Lyle davon?"

Sie schluckte verkrampft und wandte ihren Blick den Postern an der Wand zu. „Lyle ist weg vom Fenster. Ich habe ihn verlassen."

Und plötzlich wurde ihm alles glasklar. Er hätte aufstehen und gehen sollen, aber sein innerer Sadist machte offensichtlich Überstunden.

Vor Quantico war er in Philadelphia stationiert gewesen, wo Heather Lyle kennengelernt hatte, als sie einen Job als die persönliche Assistentin dieses Arschlochs angenommen hatte. Lyle war ein ambitionierter Partner in einer Anwaltskanzlei, die landesweit Büros hatte. Nach der Scheidung hatten sie und Lyle sich in Washington niedergelassen, was Mac nur allzu recht war, zumindest bis gestern.

Mac schwieg. Alles, was er sagte, würde gegen ihn verwendet werden.

Der Kellner kam an ihren Tisch. „Was darf ich Ihnen bringen?", fragte er barsch.

Mac nahm die Speisekarte in die Hand und starrte darauf, ohne sie zu lesen, dann merkte er, dass er keinen Appetit mehr hatte. „Kaffee mit Milch, bitte."

„Ich nehme einen French Toast." Heather schenkte dem Kerl ein strahlendes Lächeln, das so falsch war wie ihre neuen Brüste.

Mac runzelte die Stirn. Was wollte sie von ihm? Geld? Er hatte kein Geld. Blut? Sie hatte ihn schon vollkommen ausbluten lassen.

Sie füllte die Stille. „Ich dachte vielleicht, dass..." Ihre Finger streckten sich über den Tisch, um nach seiner Hand zu greifen. Moment mal. Er zog eilig seine Hand zurück, als wäre

Heather eine Kobra, die gleich zubeißen würde, und faltete die Hände im Schoß.

Auf gar keinen Fall.

Das würde nicht passieren.

Nicht, wo gerade alles so gut lief.

Die einzige Sorte Frau, die er im Augenblick in seinem Leben gebrauchen konnte, war die Sorte, die seinen Körper für ein paar Stunden sexueller Befriedigung benutzen wollte, und nur unter der Bedingung, dass es seiner Arbeit nicht in die Quere kommen würde. Namen waren optional. Telefonnummern tabu. Niemand würde zwischen ihn und seine Ziele kommen.

Sein Kaffee wurde gebracht, Gott sei Dank. Mac schüttete ein Tütchen Zucker in die Tasse, rührte um und trank einen Schluck, dann stellte er die Tasse wieder auf den Tisch und hoffte, sie wäre Barriere genug zwischen ihm und welchem Drama auch immer gleich aus dem Mund seiner Ex-Frau kommen würde.

Heather preschte ungeniert voran, und er war scheinbar ein eiskalter Scheißkerl, denn anstatt sie aufzuhalten ließ er sie es Wort für Wort aussprechen. „Ich dachte, wir könnten vielleicht … also, unserer Beziehung eine zweite Chance geben?" Sie schaute ihn mit ihren großen blauen Augen und den Diamanten eines anderen Mannes an den Fingern an.

„Spinnst du?" Er beugte sich vor, damit er nicht laut werden musste. „Du hast mich durch sämtliche Gerichte gezerrt, mich beschuldigt, gewalttätig gewesen zu sein, meinen Ruf angegriffen. Du hast sogar die verfluchte Katze mitgenommen, verdammt nochmal, und dabei kannst du Katzen nicht leiden. Und jetzt willst du wieder mit mir zusammen sein?"

Heathers Lippen wurden schmal, als er fluchte, aber er

würde nicht mehr vorgeben, etwas zu sein, was er nicht war. Er fluchte. Viel. Und es gefiel ihm, verdammt nochmal.

„Ich habe diese Katze geliebt", behauptete sie.

Geliebt? Vergangenheit. Die Katze war also scheinbar tot, und sie hatte sich nicht einmal die Mühe gemacht, es ihm mitzuteilen. Diese Frau war ein verdammt hartes Stück Arbeit.

Sie streckte die Hand aus und legte ihre Finger endlich auf seinen Handrücken. Er zwang sich, nicht zusammenzuzucken.

„Ich war verletzt, und ich habe mich gewehrt. Ich habe Dinge gesagt, die ich nicht gemeint habe."

„Heather." Mac zog langsam seine Hand zurück, erleichtert, dass er keinen Funken des lustvollen Wahnsinns verspürte, der ihn überhaupt erst in diese Bredouille gebracht hatte. „Ich habe herausgefunden, dass im Büro deines Chefs Diktate aufzunehmen bedeutet hat, sich nackt auf seinem Schreibtisch zu rekeln. Was zur Hölle hast du denn geglaubt, was ich tun würde, wenn ich das herausfinde? Euch für einen Dreier Gesellschaft leisten?"

Mac bemerkte, dass er zu laut sprach, als eine Frau am Nebentisch ihnen einen interessierten Blick zuwarf.

„Lyle war ein Fehler", sagte Heather entschlossen. „Er hat seine Position ausgenutzt, um mich zu verführen ..."

„Heather", knurrte Mac.

Ihre Augen wurden schmal. „Was?"

Er sah weder weg, noch gab er nach. Sie war ihr ganzes Leben lang mit diesem Mist durchgekommen, weil sie ein verwöhntes Gör war, das so gut darin war, die Egos von Männern streicheln, wie russische Spione darin, Über-wachungskameras aus dem Weg zu gehen. „Erzähl mir doch keinen Blödsinn. Dir hat es gefallen, dass er stinkreich war."

„Mir hat es gefallen, *dass er da war*!" Sie wurde laut, dann schaute sie sich bestürzt um.

„Tja, daran hat sich nichts geändert, Schätzchen", ließ Mac genüsslich verlauten, und wie aufs Stichwort klingelte sein Handy, und er schaute auf die einkommende Nachricht. Er lächelte beißend. „Wie die Damen, so kommt auch mein Job immer zuerst."

Mit einer Geduld, die ihm neu war, zügelte sie ihr Temperament, anstatt in anzuschnauzen, wie sie es vermutlich eigentlich tun wollte. Sie musste wirklich verzweifelt sein.

„Mac, Liebling, ich liebe dich noch immer. Ich will es noch einmal probieren." Ihre Finger spielten mit dem Zuckertütchen, das vor ihr lag. „Du musst zugeben, dass wir etwas Besonderes hatten. Wir waren immerhin zwei Jahre verheiratet."

„In denen ich dir treu war und du mir nicht", bemerkte er kühl. „Das ist nicht gerade das, was ich als gute Ehe bezeichnen würde."

Heather starrte die Frau am Nebentisch an, die mittlerweile ganz ungeniert lauschte. Mac zwinkerte der Zuschauerin zu. Sie war Anfang sechzig, vielleicht noch älter, und schien sich bestens zu amüsieren. Zumindest einer hier hatte seinen Spaß.

„Ich habe einen Fehler gemacht. Du bist es, den ich liebe. Ich will *mit dir* zusammen sein."

Er zwang sich, bei dieser dramatischen Betonung nicht die Augen zu verdrehen. So, wie sie ihn verletzt hatte, war er davon ausgegangen, dass es ihm gefallen würde, sie so zu Kreuze kriechen zu sehen. Aber wie sich herausstellte, war es ebenso unbefriedigend, wie der Rest ihrer Beziehung. Das eigentliche Problem ihrer Ehe war es gewesen, dass sie seinen Stolz verletzt hatte, nicht sein Herz. Sie waren nie wirklich verliebt gewesen, nur voller körperlicher Begierde, und zu naiv, um den Unterschied zu erkennen.

Er tank seinen Kaffee aus, holte tief Luft und sagte sanft: „Es ist vorbei, Heather. Zwischen uns wird nie wieder etwas sein."

„Warum nicht? Wir können uns doch wieder vertragen …"

Sie bereitete ihm Kopfschmerzen. Er biss die Zähne zusammen. „Weil ich es nicht vergessen kann, wie du mich hintergangen hast, dieses Arschloch gefickt und mich dann ganz plump angelogen hast."

Heather zischte ihn an. „Ich habe einen Fehler gemacht! Ist das nicht eines deiner Mantras über Verbrecher? ‚Manchmal machen Menschen Fehler und treffen schlechte Entscheidungen, aber das bedeutet nicht, dass sie schlechte Menschen sind?'"

„Das heißt aber nicht, dass ich mit einer von denen verheiratet sein will." Er atmete mittlerweile schwer. Das sah Heather ähnlich, sein Mitgefühl als Waffe gegen ihn zu gebrauchen.

Er beugte sich weiter über den Tisch, als mehr Gäste anfingen, sie anzustarren. Mac wollte einfach nur seinen Job machen, und sie kam ihm in die Quere. Es war an der Zeit, seinen Standpunkt ein für alle Mal klarzumachen. „Du hast unsere Ehe verraten. Du hast dein Gelübde gebrochen. Und dann hast du mich vor Gericht gezerrt, mich einen schlechten Ehemann genannt, meine verdammte Katze mitgenommen, und jetzt glaubst du, ich würde jemals wieder mit dir zusammen sein wollen?" Und dann fiel es ihm wie Schuppen von den Augen. „Lyle hat eine Affäre, stimmt's?" Er musste lachen, auch wenn er das besser nicht tun sollte. Es war Karma. „Fickt er seine neue Assistentin? Vielleicht glaubt er, das ist Teil der Jobbeschreibung?" Mac lachte glucksend. Er wusste, dass er sich gerade wie ein Arschloch verhielt, aber er wollte, dass diese Scharade endlich aufhörte.

Heather nahm ihre Tasche und stand auf. „Ich hätte wissen sollen, dass du mir nicht mal einen einzigen, winzigen Fehler verzeihen würdest."

„Es war kein ‚einziger, winziger Fehler', Schätzchen, es war ein riesiges, massives ‚fick dich' an unsere Ehe. Und die Botschaft ist angekommen. Laut und deutlich. Ich bin vielleicht ein dummer Cowboy, aber ich mache denselben Fehler nicht zweimal."

Heather schlug ihm mit der flachen Hand ins Gesicht, dass es in seinen Ohren klingelte. Scheiße.

„Das war deine letzte Chance, und du hast sie vermasselt", spuckte sie aus.

Es wäre falsch, zu applaudieren, oder?

Sie ging zur Tür, ohne ihre Rechnung zu bezahlen.

Typisch Heather. Wie in alten Zeiten. Er verdrehte die Augen, warf eine Zwanzig-Dollar-Note auf den Tisch und folgte ihr in die eisige Winterkälte. D.C. erlebte eine Kältewelle, aber da er in Montana aufgewachsen war, war er weitaus Schlimmeres gewöhnt.

Darauf zu hoffen, dass die Frau tatsächlich abziehen würde, war sinnlos gewesen. Wo blieb denn da das Drama? Sie wartete auf dem Bürgersteig auf ihn, noch nicht zufrieden mit ihrem Abgang.

„Du glaubst, du bist unglaublich wichtig, nur weil du ein Bundesagent bist. Du glaubst, du bist so unfassbar clever und moralisch überlegen."

Er hätte fast laut aufgelacht. Es war wohl kaum moralisch

überlegen, schon am zweiten Tag im neuen Job mit seiner Ex zu streiten. Mac verschränkte die Arme und wartete ab, was noch kommen würde. Er wollte, dass sie alles sagte, was sie zu sagen hatte, und dann verschwand.

„Du versuchst ständig wettzumachen, dass du weißer Abschaum bist, aber weißt du was, Mac?" Heather stemmte die Hände in die Hüften und beugte sich zu ihm vor. „Du wirst immer weißer Abschaum sein."

Seine Augen wurden schmal, aber er hielt den Mund. Sie kannte seine Schwachstellen. Er würde ihr auf keinen Fall zeigen, dass ihre Worte ihn trafen.

Verärgert, weil sie keine Reaktion aus ihm herauskitzeln konnte, drehte sie sich auf dem Absatz um und ging davon.

Halleluja.

Ein junger, etwa zwanzigjähriger Mann pfiff anerkennend, als er sie davon marschieren sah. „Mit der waren Sie verheiratet?"

Mac musterte den Kerl, der seinerseits wiederum den herzförmigen Hintern seiner Ex-Frau beäugte.

„Glauben Sie mir, Kumpel, das ist es nicht wert."

Der Typ schüttelte den Kopf. „Ich weiß nicht, Mann…" Er sah aus, als wollte er ihr hinterhergehen. Schlimmer noch, Mac wusste, dass Heather ihm für seine Aufmerksamkeit aus der Hand fressen würde.

„Ersparen Sie sich die Kopfschmerzen und suchen Sie sich stattdessen einen hübschen Dobermann." Mac hatte die Hände in die Hüften gestemmt und seufzte. Männer waren von Natur aus dämlich, wenn es darum ging, der falschen Frau nachzustellen. „Und vergewissern Sie sich, dass Sie vollständig geimpft sind, bevor Sie Körperflüssigkeiten austauschen."

Der Kerl grinste ihn an und ging davon. Armer Junge.

Ein paar Anzugträger kamen aus dem Laden und musterten ihn neugierig. Er erkannte sie aus der Zentrale wieder. Na toll. Er starrte auf den Bürgersteig unter seinen Schuhen. Erst wenige Tage in D.C. und schon machte er Schlagzeilen. Außerdem wusste er, dass Heather nicht unbedingt aufgegeben hatte, nur weil sie davongestiefelt war. Er hatte sowohl ihre Weiblichkeit als auch ihren Stolz herausgefordert.

Die gute Nachricht war, dass sie nicht wusste, wo er wohnte. Die schlechte Nachricht war, dass er seine Handynummer ändern musste. Entweder das, oder er musste sie im Schlaf ermorden – was seinen Karriereambitionen vermutlich alles andere als zuträglich wäre.

TESS WAR FÜR diese Spionage-Sache nicht gemacht. Nach einer schlaflosen Nacht hatte sie beschlossen, ihren Bruder heimlich zu beschatten und herauszufinden, was Cole trieb, und mit wem er sich traf. Alles war besser, als zu Hause zu sitzen und sich Sorgen darüber zu machen, worin er womöglich verwickelt war. Er entdeckte sie, noch bevor sie die U-Bahnstation am Metro Center verlassen hatte.

„Hey, Schwesterherz, wo willst du hin?" Er wartete auf sie, bis sie ihn eingeholt hatte, legte ihr dem Arm um die Schulter und drückte sie fest an sich. Sie hatte den Vormittag mit ihrem Laptop in einem Café in der Nähe der Tenleytown U-Bahnstation verbracht und gearbeitet. Dann hatte sie ihn entdeckt, als er kurz vor halb zwölf den Hügel heruntergekommen war. Tess hatte ihre Sachen zusammengesammelt und bis jetzt geglaubt, sie hätte sich ganz passabel darin geschlagen, ihm heimlich zu folgen.

„Cole." Sie zwang Leichtigkeit in ihre Stimme, küsste ihn auf die Wange und bemerkte das glattrasierte Gesicht und den scharfen Geruch des Aftershaves, das er trug. Etwas in ihr wollte ihm Fragen entgegenschleudern und ihn schütteln, bis er ihr alles erzählte. Ein anderer Teil in ihr war krank vor Schuldgefühlen, weil sie diesem Jungen nicht vertraute, den sie doch von ganzem Herzen liebte.

Aber er war kein Junge mehr, ermahnte sie sich selbst. Er war ein großer, attraktiver Mann – der das Bild, den Namen und die Adresse eines Mordopfers in seiner Schreibtischschublade liegen hatte. Sie musste begreifen, was hier vor sich ging.

„Ich habe um eins ein Treffen mit einem Kunden. Dachte, ich schaue mir vorher noch die neue Ausstellung im Naturkundemuseum an", log sie.

„Du warst schon immer ein Nerd", zog er sie auf.

„Sagt der Junge, der programmiert."

„Nerds haben es einfach drauf." Cole stupste sie an, und sie lachte.

Ihr Bruder wäre nicht mal in den Mord einer Maus verwickelt, geschweige denn in den Mord an einem Bundesrichter.

„Wohin bist du unterwegs?" Sie bemühte sich, es beiläufig klingen zu lassen, aber ihre Stimme brach am Ende ein wenig.

„Ich treffe einen Freund."

„Jemand, den ich kenne?"

Er mied ihren Blick, wurde plötzlich ausweichend. „Jemand vom College."

Er log. Sie sah es daran, dass seine Ohren ganz rot wurden. Ihr Mund wurde trocken. Warum würde er sie wegen so etwas anlügen, es sei denn, er hatte etwas zu verheimlichen?

Sie sah weg, bevor er bemerkte, dass sie es mitbekommen hatte. Er hatte nie zuvor Geheimnisse vor ihr gehabt – jedenfalls nicht, dass sie gewusst hätte. Wie viele weitere Alarmzeichen hatte sie übersehen?

Sie gingen am Ford's Theatre vorbei. Auf der anderen Straßenseite beschimpfte eine Frau in einem purpurroten Mantel einen großen, gutaussehenden Mann in einem grauen Anzug.

Er kam ihr vage bekannt vor.

Sie runzelte die Stirn. An wen erinnerte er sie? Sie konnte ihn nicht einordnen. Vielleicht war es die Art und Weise, wie er sich bewegte. Oder es war seine selbstbewusste Statur, die sie an jemanden erinnerte. Vielleicht war es auch nur die Tatsache, dass sie letzten Samstagabend Jurassic World gesehen hatte und Chris Pratt nun neuerdings der Star in ihren Fantasien war.

„Die beiden stecken mitten in einem Ehekrach, Tess. Starr sie nicht so an, das ist doch peinlich für sie", wies Cole sie zurecht, und sie ließ sich von ihm weiterziehen, beinahe euphorisch vor Erleichterung.

„Er kommt mir bekannt vor." Wie konnte ein Junge, der sich Sorgen darüber machte, jemand anderen zu blamieren, kaltblütig zwei Menschen in ihrem Haus ermorden?

Cole sagte noch etwas, dann schnipste er direkt vor ihrem Gesicht mit den Fingern. „Du bist immer noch sauer auf mich, weil ich gestern Morgen unser Treffen vergessen habe, oder?"

Hallo? „Nein."

Seine Lippen verzogen sich. „Ich glaube dir nicht."

„Na schön. Ich war sauer, aber jetzt nicht mehr. Ist das eine Freundin, die du gleich triffst? Zufällig die, für die du mich gestern früh versetzt hast?" Sie zuckte über ihren eigenen

Mangel an Subtilität zusammen.

Cole lachte. „Ich habe dich nicht versetzt! Ich habe es einfach vergessen, okay?"

„Wie heißt sie?" Sie war von ihrem Bedürfnis, ein Alibi aus ihm herauszuquetschen, ganz angewidert, aber sie drängte dennoch weiter.

Sein Lächeln schien gequält. „Ich plaudere keine Bettgeschichten aus."

Tess verzog sarkastisch das Gesicht, wusste, dass sie die Sache fallen lassen musste, bevor er misstrauisch wurde. „Naja, immerhin hat einer von uns beiden ein Liebesleben."

Er zog eine Grimasse. „Ich möchte bitte wirklich nicht über das Liebesleben meiner Schwester nachdenken."

„Deine brüderliche Entrüstung ist eine rein theoretische Angelegenheit, also mach dir keine Gedanken darüber."

Er sah sie eindringlich an. „Jason war ein Arschloch. Du musst ihn vergessen. Du wirst jemanden finden, der tausendmal besser ist, und der dich hoffentlich auch verdient."

Sie lächelte. Das war noch ein Grund, weshalb sie ihren Bruder so liebte – er glaubte an sie, wenn sie selbst es nicht tat. Sie wollte ihn geradeheraus nach dem Ordner in seinem Schreibtisch fragen. Es gab mit Sicherheit eine plausible Erklärung. Sie öffnete den Mund, aber die Worte kamen einfach nicht heraus.

Was, wenn er log?

Das würde sie umbringen.

Ganz egal, wie sehr sie es sich wünschte, sie würde nie wieder blind vertrauen. Niemandem. Vor sechs Monaten war ihr Freund mit ihrer besten Freundin durchgebrannt, das furchtbarste Klischee eines Liebesdreiecks überhaupt. Jason und Julias Verrat hatte sie völlig überrumpelt, aber es war eine hilfreiche, rechtzeitige Mahnung dafür gewesen, nicht immer alles blind zu akzeptieren. Nicht einmal ihren Bruder. Sie wollte Beweise, keine Versprechen.

„Wann bist du mit deinem Klienten fertig?", fragte Cole.

Sie blinzelte ihn für einen Moment blöde an, dann erinnerte sie sich an die Geschichte, die sie ihm vorhin als Grund aufgetischt hatte, warum sie hier war. „Es dauert nicht lange. So gegen zwei? Halb drei?"

Er blickte auf sein Handy. „Ruf mich doch an, wenn du fertig bist, und wir gehen zu mir nach Hause? Dann suche ich die restlichen Unterlagen zusammen, die du für meine Steuererklärung brauchst."

Und sie könnte ganz zufällig diesen Ordner mit dem Foto finden und ihn direkt konfrontieren. Und seine Reaktion einschätzen.

„Klingt gut. Ich schreibe dir, wenn ich fertig bin, dann treffen wir uns an der U-Bahn."

„Bis später." Er zog ihr verspielt an den Haaren und ging davon, verschwand in der Menschenmenge, bevor ihr einfiel, dass sie ihn ja beschatten wollte.

Mist.

Sie drehte sich um und stellte fest, dass sie sich an der südöstlichen Ecke des Hoover-Gebäudes befand. Augenblicklich stürmte eine Flut aus furchterregenden Erinnerungen und seltsamen Zufällen auf sie ein, so als wollten sie ihr etwas sagen. Das FBI. Das Foto eines toten Richters im Schreibtisch ihres Bruders. Cole, der sich weigerte, ihr zu verraten, wen er zum Mittagessen traf.

Der Albtraum ging wieder von vorne los…

Oder, ermahnte sie sich irritiert, sie war einfach paranoid.

„Es ist kein Verfolgungswahn, wenn sie wirklich hinter dir

her sind." Die Worte ihres Vaters kreischten mit der Kraft einer Kettensäge durch ihre Gedanken. Schweiß trat auf ihre Stirn. Sie machte auf dem Absatz kehrt und lief eilig los. Sie joggte über die breite Avenue, dann ging sie in der Richtung weiter, in die Cole davongegangen war, entschlossen, diese Unsicherheit zu beenden.

Sie entdeckte ihn einen halben Straßenblock vor sich und versteckte sich hinter einem riesigen, eingetopften Busch.

Er sah nicht in ihre Richtung. Cole war vollkommen auf die Frau in seinen Armen konzentriert, mit der er herumknutschte, als ob sie ihm die Luft zum Atmen lieferte. Tess konnte das Gesicht der Frau nicht erkennen, aber sie war schlank und trug einen eleganten Hosenanzug und einen schwarzen Wollmantel. Und die Hände ihres Bruders bewegten sich definitiv vertraut über ihren Körper, dafür, dass sie zur Mittagszeit auf einer geschäftigen Straße mitten in der Innenstadt standen.

Tess lehnte sich gegen den massiven Terrakottatopf, ihr Herz hämmerte in ihrer Brust, ihr Atem rasselte durch ihre Lungen.

„Danke, danke, danke."

Eisige Kälte drang durch ihren Mantel und in ihre Knochen, ihr Rückgrat hinunter, aber sie rührte sich nicht. Ihr Bruder traf nicht etwa irgendeinen paranoiden Spinner, mit dem er den nächsten Schritt einer Revolution ausheckte. Nein, er hatte eine heiße, stürmische Affäre und wollte es für sich behalten.

Sie seufzte erleichtert auf, rollte ihre Schultern aus und lugte hinter dem Strauch hervor, um nachzusehen, ob die beiden noch auf dem Bürgersteig standen.

Die Straße war leer.

Natürlich war sie leer. Die beiden machten keine Stadtrundfahrt, sie hielten ein mittägliches Schäferstündchen ab.

Vielleicht war die Frau verheiratet. Dieser Gedanke störte sie, aber längst nicht so sehr wie die Vorstellung, Cole würde sich mit regierungsfeindlichen Aktivisten treffen, die eine nationale Terror-Agenda verfolgten.

Das hatte sie schon durch.

Sie richtete sich auf und hob ihr Gesicht zum Himmel, überrascht von den eisigen Tränenspuren auf ihren Wangen. Sie wischte sie fort, dann kam sie aus ihrem kleinen Versteck hervor und ignorierte die neugierig starrenden Blicke der Passanten. Ein Worst-Case-Szenario schien nicht mehr so abwegig, wenn man wie sie selbst schon einmal durch die Hölle gegangen war.

Sie hatte genug Arbeit, um die sie sich kümmern musste und entschied, dafür an einen ihrer Lieblingsorte zu gehen. Sie überquerte die Straße, ging die Stufen zum Naturkundemuseum hoch und passierte die Sicherheitskontrolle. Es gab immer noch offenen Fragen zu dem Foto, aber für den Augenblick konnte sie zumindest wieder durchatmen. Cole würde eine vernünftige Erklärung dafür haben, warum dieser Ordner in seinem Schreibtisch lag, und sie würde sich wie eine Idiotin fühlen. Sie war diejenige, die lügen und so tun musste, als ob sich nicht wüsste, was er zum Mittagessen verputzt hatte.

SIEBTES KAPITEL

MAC BETRAT DAS SIOC, und die angespannte Energie verriet ihm augenblicklich, dass etwas vorgefallen war.

Er schlüpfte in den Medienraum, in dem mehrere Agenten fünfzig verschiedenen Fernsehkanäle gleichzeitig betrachteten und die Trends auf den sozialen Medien verfolgten. In der heutigen Welt wurden die neuesten Nachrichten nicht von den Reportern der Nachrichtenagenturen veröffentlicht. Sie wurden rund um die Uhr von Augenzeugen über deren Handys gesendet.

„Was ist los?", fragte er Libby Hernandez, die Analytikerin, die ASC Gerald ihm gestern vorgestellt hatte.

Sie blickte von ihrem Platz auf. „Ein DJ aus Washington wurde ermordet aufgefunden, nachdem sie ihren Radiosender gegen halb zwölf heute Vormittag verlassen hat."

Mac schaute auf die Bildschirme. Herden von Reportern drängten sich auf einer Straße, etwa fünf Autominuten entfernt.

„Was wissen wir darüber?" Gerald erschien über Macs Schulter. Das Stimmengewirr aus den verschiedenen Sendungen, das durch die Lautsprecher plärrte, hatte sein Eintreten übertönt.

Hernandez tippte wild auf ihrer Tastatur herum und der Lärm wurde leiser. „Sonja Shiraz hat unter der Woche jeden Morgen ‚Sunrise mit Sonja' bei Radio WDC moderiert. Der

Notruf kam von einem Passanten, der sagte, er hätte eine Leiche in der Gasse gefunden. Einer der Sanitäter hat das Opfer erkannt.“

Mac ließ den Blick über die Bildschirme und die Nachrichtensendungen gleiten und saugte das Stimmengewirr auf. Die Ermordung einer Person des öffentlichen Lebens war zwar schockierend, aber auch nicht *so* schockierend. „Was kriege ich hier nicht mit?“

„Sonja Shiraz hieß früher Sanjay Patel“, informierte ihn Hernandez.

„Transsexuell?“ Ein banges Gefühl schlich sich in seinen Magen.

Hernandez nickte. „Sie hat ihre Erfahrung mit der Geschlechtsumwandlung in ihrer Sendung öffentlich gemacht, ebenso auf ihrem Blog. Hatte eine riesige Fangemeinde.“

„Und jede Menge Hassbotschaften erhalten, möchte ich wetten.“ Macs Blick fiel auf einen der Bildschirme. Erst ein schwarzer Bundesrichter, jetzt ein transsexueller DJ, beide innerhalb von nur zwei Tagen? Das gefiel ihm nicht. „Ich würde mir das gerne anschauen …“

Gerald schüttelte den Kopf. „Ich weiß, was Sie denken. Aber zwei Morde in zwei Tagen sind nicht besonders ungewöhnlich.“

„Sie waren beide bekannt. Möglicherweise die Ziele von Hassverbrechen?“

„Es gibt keine Beweise, die nahelegen, dass die Morde Hassverbrechen waren, ganz zu schweigen davon, ob sie miteinander in Verbindung stehen.“

„Wurde sie erschossen?“, fragte Mac.

„Leider ist es auch nicht besonders ungewöhnlich, erschossen zu werden.“ Gerald presste die Lippen zusammen.

„Die Washingtoner Agenten waren nicht besonders erfreut, als Sie gestern an ihrem Tatort aufgetaucht sind. Ich habe einen Anruf ihres SAC erhalten, der uns ermahnt hat, uns da rauszuhalten.“

„Ich habe nur meine Hilfe angeboten. Ich bin niemandem auf die Füße getreten.“ Mac verdrehte die Augen. Er hasste Büropolitik.

„Wie würden Sie es finden, wenn irgendein Anzugträger aus der Zentrale sich in Ihre Ermittlungen einmischen würde?“

„Angepisst, aber ich brauche von denen kein Freundschaftsabzeichen. Ich kann dabei helfen, diese Verbrechen aufzuklären. Ich weiß, wie diese Typen ticken.“

„Die Washingtoner Agenten?“, fragte Gerald verwirrt.

Mac lachte. „Rechtsextreme.“ Als er Geralds zweifelnden Gesichtsausdruck sah, fuhr er fort. „Ich habe ein Jahr verdeckt in David Hines Organisation ermittelt.“ Gerald sah überrascht aus, also fügte Mac noch hinzu: „Bevor ich zum FBI kam.“

Mehrere der umstehenden Agenten lauschten ihnen angestrengt, aber es war auch kein Geheimnis. Es war nur nicht allgemein bekannt.

„Das war Mitte der Neunziger. Da steckten Sie doch noch in den Windeln.“

„Es war mein erster Job als verdeckter Ermittler.“ Mac rieb sich den Nacken. „Ich war noch ein bisschen grün hinter den Ohren, das gebe ich zu. Deshalb hatten sie mich ausgewählt. Die Pioneers hätten niemals vermutet, dass hinter einem albernen Cowboy ein verdeckter Polizist steckte.“

„Sie müssen ja einen verdammt beeindruckenden Lebenslauf vorgewiesen haben, als sie zum FBI kamen.“ Er konnte einen Anflug von widerwilliger Anerkennung in

Gerald Stimme vernehmen.

„Ich hatte Glück, dass sie mich nicht an den Eiern aufgeknüpft haben", gab Mac ehrlich zu. „Nach der Schießerei wurde meine Identität aus den Berichten herausgehalten, aus Angst vor Racheakten der überlebenden Mitglieder. Diese Arschlöcher haben sich alle gegenseitig in die Pfanne gehauen, also war meine Aussage nicht mehr nötig." Mac versuchte, seine Ungeduld in Schach zu halten, während um ihn herum der Medienraum nur so schwirrte. „Die Sache ist die, während meiner Zeit mit ihnen hat David Hines häufig sein ‚Manifest' mit uns besprochen. Der erste Programmpunkt war der Mord an einem Bundesrichter. Als Nächstes der Mord an einem berühmten schwarzen Mann." Er neigte das Kinn. „Natürlich haben sie einen weitaus abfälligeren Begriff als ‚schwarz' benutzt."

ASC Geralds Mund wurde schmal. „Natürlich."

„Ich habe die genaue Formulierung vergessen, aber ich kann in meinen Notizen nachschauen. Als Nächstes standen berühmte Persönlichkeiten auf der Liste, die mit Homosexuellen sympathisieren, mit Juden, Mexikanern, Arabern, Abtreibungsbefürwortern. Danach folgte jeder beliebige Polizist, Bundesbeamte oder Politiker, den sie in die Finger bekommen konnten. Und zu guter Letzt der Präsident der Vereinigten Staaten höchstpersönlich."

Das ließ er jetzt erstmal sacken.

Diese Arschlöcher waren ganz erpicht darauf gewesen, den Präsidenten umzubringen, ganz unabhängig von seiner Politik oder seiner Ideologie – einfach nur deswegen, weil er der Mann im Weißen Haus war. Es hatte schon einen Attentatsversuch gegen Präsident Hague gegeben – Mac war vor Ort gewesen, und es hatte ihn zutiefst erschüttert. Die

Vorstellung, dass es einen weiteren Anschlagsversuch geben könnte, machte ihn rasend.

„Die Pioneers waren in den Neunzigern nicht allein mit ihrer regierungsfeindlichen Rhetorik, und weiße Nationalisten und Extremistengruppen sind seit dem letzten Jahrzehnt stark auf dem Vormarsch", sagte Gerald langsam.

„Es wäre angebracht, die anderen Behörden darauf hinzuweisen, ihre Alarmbereitschaft zu erhöhen."

Gerald betrachtete die Bildschirme, dann verschränkte er die Arme vor der Brust. „Einverstanden. Aber ich kann nicht absegnen, dass Sie sich weiter in diese Sache einmischen. Wenn es eine Verbindung zwischen Richter Thomas und dem DJ gibt, wird die Rechtsmedizinerin das Washingtoner FBI-Büro darüber in Kenntnis setzen, und die Leute dort werden sich darum kümmern. Bis wir nicht einen eindeutigen Hinweis darauf haben, dass es sich um Hassverbrechen handelt, halten wir uns raus."

Mac nickte und folgte ihm aus dem Medienraum in den etwas ruhigeren Korridor. Er würde lügen, wenn er behaupten würde, nicht enttäuscht zu sein, aber er wusste es besser, als das nach außen zu kehren.

„Die Geiselbefreiungseinheit wollte sich mit Ihnen treffen, um sich über ein verbessertes Netzwerk zwischen den diversen Verhandlungsführern auf nationaler Ebene zu unterhalten." Gerald schien beschäftigt und abgelenkt. Das SIOC zu leiten, musste kompliziert genug sein, selbst wenn kein Neuling aufschlug und alles durcheinanderbrachte.

„Ich werde mich sofort darum kümmern." Was ihn maximal ein paar Stunden kosten würde. Mac zügelte seine Frustration und versuchte, sein Bedürfnis, sich in jede Ermittlung einzubringen, zu unterdrücken. Er musste sich auf seine Karriere konzentrieren.

Also ging er auf die kleine Gruppe der Jungs von der Geiselbefreiungseinheit und der Krisenverhandlungseinheit zu, die sich in einem der Pausenräume hinter der Zentralen Kommandostelle zusammengefunden hatten. In dieser Kommandostelle würden sich sämtliche Experten zusammenfinden, sollte jemals eine Atombombe auf dem Staatsgebiet der Vereinigten Staaten explodieren. Zum Glück war alles ruhig. Hoffentlich blieb es auch dabei.

Der Raum selbst war eine Erinnerung daran, dass das SIOC die Besten der Besten auf kleinstem Raum versammelte. Es war das Warten, das Mac so ankotzte, und er vermisste den unmittelbaren Rausch einer Ermittlung. *SAC mit vierzig*, erinnerte er sich, als er nach Eban Winters Ausschau hielt, einem der besten Verhandlungsspezialisten weltweit und Leiter der Geiselbefreiungseinheit des SIOC.

Macs Handy piepte. Er sah auf den Bildschirm und erkannte, dass Heather ihm nun wuterfüllte Textnachrichten schickte.

Wie schön.

Er würde sich lieber mit hundert Rechtsextremisten herumschlagen als mit seiner Ex, was mehr über ihn verriet als über sie. Sie hatte ihm einen Gefallen getan, als sie die Affäre mit ihrem Boss gehabt hatte. Er war eindeutig nicht dafür gemacht, der romanische Held des glücklich-bis-an-ihr-Lebensende-Traums einer anderen Person zu sein. Lieber verhaftete er böse Jungs.

———

TESS STELLTE IHREN Laptop auf dem Küchentisch ab und zog

ihren Mantel aus. Cole brachte noch die Mülltonne für die morgige Abfuhr an die Straße. Sie ging durch das Haus zu Coles Arbeitszimmer, entschlossen, den Ordner ganz zufällig zu finden und ihre Frage loszuwerden, damit sie endlich aufhören konnte, sich Sorgen zu machen.

Sie stieß mit einem harten, männlichen Körper zusammen, der sie fast zu Boden warf. Joseph, der beste Freund ihres Bruders, krallte sich ihren Arm und hielt sie fest.

„Hallo, schöne Frau." Er lächelte zu ihr hinunter. „Endlich bekomme ich die reizende Tess auch mal zu fassen." Joseph beugte sich näher zu ihr. „Cole ist nicht zu Hause, aber du darfst mir gerne Gesellschaft leisten, während du auf ihn wartest." Seine Hände waren groß und warm und begannen, über ihre Hüfte ihn Richtung ihres Hinterns zu gleiten.

Sie riss sich von ihm los und trat einen Schritt zurück. „Nicht nötig, danke. Ich bin okay."

„Oh, du bist besser als okay, Tess. Du bist perfekt. Willst du nächstes Wochenende zu meiner Geburtstagsfeier kommen? Ich füttere dich mit Schokokuchen. Ich weiß, dass du Schokokuchen magst."

Er machte sie nervös und brachte sie aus der Fassung, aber sie musste auch zugeben, dass ein winziger Teil in ihr von seiner Aufmerksamkeit geschmeichelt war. Das hatte man davon, wenn man mit Verlierern ausging. Sie wollte ihn nicht noch ermutigen und verschränkte die Arme. „Die Feier zu deinem *neunzehnten* Geburtstag." Skeptisch zog sie eine Augenbraue hoch. Sie war dreißig, um Himmels willen.

Seine Stimme wurde zu einem Murmeln. „Aber es ist doch nur Kuchen, Tess." Nur, dass er das Wort ‚Kuchen' aussprach, als ob er ihn von ihrer nackten Haut lecken würde.

Hinter ihnen ging die Tür auf.

„Da ist er ja." Joseph ging zum Kühlschrank. „Will noch jemand ein Bier? Cole? Tess?"

„Gern." Ihr Bruder warf seine Jacke über einen der Küchenstühle.

Tess sah auf die Wanduhr. Es war noch nicht einmal vier Uhr nachmittags. „Euch ist schon klar, dass ihr noch minderjährig seid, oder?"

„Ernsthaft?" Joseph hielt Cole eine Flasche hin und ignorierte ihren Einspruch. „Wir sind alt genug, um in den Krieg zu ziehen und Sex zu haben", seine Augen fielen auf ihre Brüste, „aber nicht, um Bier zu trinken? Lebe mal ein bisschen, Tess."

Er hielt ihr herausfordernd eine Flasche hin, aber sie hatte sich seit der High School keinem Gruppenzwang mehr unterworfen, als sie von ihrem Lieblingssportlehrer dabei erwischt worden war, wie sie zum ersten und einzigen Mal an einer Zigarette gepafft hatte.

„Nein, danke." Sie lächelte ihn knapp an. „Diejenigen von uns, die ihren Lebensunterhalt verdienen müssen, haben noch zu tun."

„Autsch." Joseph zog eine Grimasse. „Deine Schwester bringt mich noch um, Junge."

Cole lachte. „Sie hat ja deine Nummer. Warst du heute an der Uni?"

„Drei Seminare, und ich habe ein Essay fertig geschrieben. Wo warst du?"

„Ich hatte was Wichtiges zu erledigen", murmelte Cole ausweichend und wurde rot.

Er hatte die Uni geschwänzt? Das machte er nie. Tess musterte ihn angespannt, aber er wich ihrem Blick aus.

Joseph nahm einen großen Schluck aus seiner Bierflasche.

„Ich hätte eigentlich eine Verabredung heute Abend, aber ich glaube, ich blase es ab.“

„Was du die fragliche Dame natürlich auch wissen lässt, oder müssen wir uns auf eine Flut an wütenden Nachrichten gefasst machen?“, fragte Cole spöttisch.

Joseph warf Tess einen abschätzenden Blick zu. „Hab ich noch nicht entschieden. Was denkst du, Tess?“

Tess versuchte, ihr Gesicht möglichst ausdruckslos zu halten. „Behandle sie anständig. Wenn du nicht vorhast, aufzutauchen, sag ihr wenigstens Bescheid. Niemand will wie der letzte Idiot dastehen und versetzt werden – vor allem niemand, der dich scheinbar genug mag, um sich mit dir zu verabreden.“

„Sie hat mich gefragt.“ Sein Grinsen verriet ihr, dass das oft vorkam.

Frauen fanden ihn attraktiv. „Wie würdest du dich denn fühlen, wenn du versetzt werden würdest?“

Er zuckte mit den Schultern, als ob das keine große Sache wäre. „Ich würde eine andere finden, die ich mit nach Hause nehmen kann.“

Tess stieß den Atem aus. Je mehr sie über Männer erfuhr, desto weniger mochte sie diese Spezies.

Schritte donnerten die Treppe hinunter und Zane und Dave stießen zu ihrer Runde dazu.

„Hey Tess.“ Zane grinste sie verschmitzt an und Dave wurde rot. Zane schien aus nichts zu bestehen als aus seidigem, schwarzem Haar und langen, schlanken Muskeln. Er war der Kapitän des Fußballteams und hatte eines dieser Gesichter, die ohne weiteres für eine Modelkarriere taugen konnten. Dave war ein stämmiger, rothaariger Bursche aus Oklahoma, der sich auf dem Spielfeld in einen teuflischen

Abwehrspieler verwandelte.

Ihre Blicke wanderten zu Cole, der in der Küche stand. „Willst du Medal of Honor mitspielen?", fragte Zane. „Wir wollen ein Turnier veranstalten."

Ihr Bruder sah aus, als wollte er Ja sagen.

„Nein", unterbrach sie. „Cole und ich müssen seine Steuererklärung fertig machen."

Joseph prustete beinahe sein Bier aus. „Erschieß mich doch gleich."

„Verlockend." Tess grinste ihn bissig an. „Aber ich muss mich erst um die Steuererklärung kümmern."

Ihr Bruder lachte. Zane und Dave kicherten. Die drei jungen Männer kämpften um den besten Platz auf der Couch, während Tess und Cole in sein Büro gingen. Cole klappte seinen Laptop auf, und eine leichte Röte legte sich über sein Gesicht, als der Bildschirmschoner erschien, der eine Frau oben ohne zeigte.

„Mist. Sorry." Eilig gab er sein Passwort ein. Tess versuchte zu erkennen, wie es lautete, aber er war zu schnell.

Anscheinend hatte ihr kleiner Bruder das weibliche Geschlecht entdeckt. Seine Mitbewohner waren ebenfalls nicht das, was man als schüchtern bezeichnen würde. Sie wollte sich gar nicht vorstellen, in welchen Ärger sie Cole mit hineinziehen konnten.

Solange es nichts war, wofür man verhaftet werden konnte, würde sie schon damit klarkommen.

„Ich brauche nur die Haushaltsrechnungen aus dem letzten Jahr", sagte sie. „Nebenkosten, Internet, Telefon, Versicherungen, Hypothek, Bankgebühren, Zinsen. Und alle anderen Ausgaben oder Einnahmen, die du noch vergessen hast."

Cole öffnete den Aktenschrank und begann, systematisch durch die Ordner zu schauen. Ihr zwangsneurotisches Hirn zuckte zusammen, als er die Unterlagen in die falschen Hefter zurücksteckte. Sie beugte sich über den Schreibtisch und starrte in die Schublade, wollte ihn wortlos dazu bringen, den schwarzen Ordner mit dem Bild des Richters darin herauszuziehen, damit sie ihn fragen konnte, was zur Hölle das war.

Cole sah auf und musterte sie fragend. „Alles in Ordnung, Schwesterherz?"

„Klar", sagte sie heiter. Zu heiter.

Sein Blick fiel auf die Tür und Tess schaute sich um und entdeckte Joseph, der im Türrahmen stand und die Aussicht genoss. Verdammt. Sie richtete sich vom Schreibtisch auf.

„Spielverderber", scherzte Joseph.

„Geh und such' dir jemand anderen zum Anglotzen", sagte Cole angewidert.

„Gute Idee. Vielleicht rufe ich deine Freundin an", erwiderte Joseph. „Gib mir mal ihre Nummer."

Cole zeigte Joseph den Mittelfinger.

„Du hast also eine Freundin?", fragte Tess.

Joseph kicherte und wandte sich ab.

„Nein." Cole sah nicht auf, aber sie konnte erkennen, dass er ihr nicht die Wahrheit sagte, so wie seine Ohren zu glühen begannen.

„Kenne ich sie?", drängte sie und war ehrlich neugierig, warum er es ihr nicht erzählen wollte.

„Nein."

„Wer ist es?"

„Lass gut sein, Tess", blaffte er.

Sie zuckte zusammen.

Geschäftig suchte Cole weiter nach den Rechnungen, seine

Bewegungen waren hektisch, aber die Unterlagen, die sie brauchte, förderte er dennoch nicht zum Vorschein.

Sie trommelte ungeduldig mit den Fingern auf seinem Schreibtisch herum.

„Willst *du* nach den Sachen suchen?" Cole starrte sie an, eindeutig verstimmt.

Sie ignorierte die Tatsache, dass er einen Witz machen wollte und nutzte die Gelegenheit, auf seine Seite des Schreibtisches herumzukommen und die Schublade selbst zu durchsuchen.

Er rollte mit seinem Stuhl zurück, als sie zügig die Akten aus dem Schrank zog. Seine zusammengebissenen Zähne ließen sie wissen, dass er sauer auf sie war, aber als sich ihre Blicke trafen, wurde sein Ausdruck sanfter.

„Tut mir leid. Ich wollte dich nicht so anblaffen."

„Aber du willst nicht über sie sprechen", sagte Tess leise.

„Genau."

„Ich hätte nicht so neugierig sein sollen."

Er schaute an die Decke, dann rieb er sich das Gesicht. Er warf einen Blick auf seine Mitbewohner und seinen besten Freund, die vor der PlayStation saßen und Bier tranken, und seufzte.

„Es gibt einen Altersunterschied zwischen uns. Sie will nicht, dass irgendjemand mitbekommt, dass wir zusammen sind."

„Ist sie älter als du?" Tess fragte sich, ob die Frau verheiratet war, fürchtete aber, dass sie es zu weit treiben würde, wenn sie das fragte.

Cole ließ das Kinn auf die Brust sinken und blinzelte sie an. „Du glaubst, ich würde mit einer Schülerin gehen?"

Er hatte recht. Er wurde nächsten Monat zwanzig. Eine

jüngere Freundin wäre ein absoluter Albtraum und erinnerte sie zu sehr an eine sehr dunkle Zeit in ihrem Leben. Er war nicht der einzige, der Geheimnisse hatte.

„Wie viel älter?" Sie versuchte, lässig zu klingen.

Cole verschränkte die Arme vor der Brust. „Mehr sage ich nicht. Ich habe dir schon mehr erzählt als ich sollte."

Tess musterte ihn. „Sei einfach vorsichtig, okay?"

„Muss ich mir jetzt einen Vortrag über Verhütung anhören?" Er zog eine Augenbraue hoch.

Tess stöhnte auf. „Muss ich den denn halten?"

Er schüttelte den Kopf.

„Gut. Ich meinte, sei vorsichtig mit deinem Herz. Und mit ihrem."

Seine Augen wurden schmal. „Jason war ein totales Arschloch. Das ist dir klar, oder?"

Ein Kloß formte sich in ihrem Hals und sie wandte sich wieder den Unterlagen zu, um zu verbergen, dass er einen Nerv getroffen hatte. „Und ich will wirklich keinen einzigen Gedanken mehr an ihn verschwenden."

„Wir sind nicht alle Idioten, weißt du." Cole öffnete sein E-Mail-Programm und ließ sie in Ruhe weitersuchen. Ihre Finger flogen über die Karteireiter, aber die Mappe mit dem Foto des toten Richters war verschwunden.

Wo zu Hölle war sie?

Tess schaute noch einmal alle Ordner durch und überprüfte, ob der Ordner nicht aus Versehen in einem anderen steckte. Er war nicht mehr da. Was hatte das zu bedeuten?

Ein violettes Etwas am Boden der Schublade erweckte ihre Aufmerksamkeit. Der USB-Stick. Eine ihr unbekannte Macht zwang sie, in die Schublade zu greifen und den Stick in ihrer Faust zu verstecken. Sie lehnte sich zurück. „Ich denke, ich habe alles, was ich brauche. Lass uns in die Küche gehen und die letzten Summen ausrechnen, und dann verspreche ich dir, dass ich dich für das ganze nächste Jahr damit in Ruhe lasse."

Cole maulte: „Wie lange dauert das?"

„Maximal ein paar Stunden. Hast du eine heiße Verabredung?"

Er stöhnte auf. „Geht dich nichts an."

Ihre Finger krallten sich um den Stick.

Cole schaute auf die Uhr und knurrte. „Ich hasse Steuererklärungen."

Tess zog eine Grimasse. „Niemand mag Steuererklärungen, Cole."

„Außer Steuerberater wie du. Und das Finanzamt." Seine gute Laune war zurückgekehrt. Sie stand auf, dankbar dafür, dass er wieder Witze machte. Als Cole vor ihr aus dem Zimmer ging, ließ sie den Stick in ihre Hosentasche gleiten. Sie blickte auf und entdeckte Dave, der sie mit argwöhnischem Blick beäugte.

Sie griff sich den Stapel Unterlagen und folgte ihrem Bruder durch das Wohnzimmer.

„Heißt das, dass uns eine Mieterhöhung bevorsteht?" Dave betrachtete zweifelnd den Blätterstapel.

Zane lachte, aber sein Blick klebte am Fernseher. „Cole entwirft eine neue App, die ihn zum Milliardär machen wird."

„Was für eine App?" Tess schaute ihren Bruder interessiert an.

„Ach, nichts." Cole starrte seinen Kumpel wütend an. Offensichtlich war es seit Neustem sein Ding, geheimniskrämerisch zu sein. Er ging in die Küche und begann lärmend, das dreckige Geschirr zusammenzuräumen.

„Naja, selbst wenn er Milliardär ist, muss er Steuern

bezahlen", sagte Tess ausdruckslos.

„Das einzige, was im Leben sicher ist, sind der Tod und die Steuern, hab' ich recht?" Joseph grinste, aber es verlieh seinem hübschen Gesicht eine bissige Kante.

„Wenn man bedenkt, wie viele Menschen versuchen, Steuern zu hinterziehen, würde ich eher behaupten, dass der Tod das einzige sichere im Leben ist, und ich kann nur hoffen, dass ich dem noch für einige Jahrzehnte aus dem Weg gehen kann."

„Sieh zu, dass du auch den Moment genießt, Tess", riet ihr Joseph. „Man weiß nie, wie lange man noch hat." Aus dem Mund eines leidenschaftlichen Hallodris hätte diese Binsenweisheit ziemlich flapsig klingen müssen, aber ausnahmsweise schien Joseph erstaunlich aufrichtig.

Sie schenkte ihm ein kleines Lächeln. „Ich genieße den Moment, sobald die Fristen für die Steuererklärungen vorbei sind."

Sein Blick wanderte zurück zum Videospiel, aber dann geiferte er sie mit seinem typischen Grinsen anzüglich an. „Ich stehe gerne zur Verfügung, wenn du jemals eine Schultermassage brauchen solltest."

„Ich bin über zehn Jahre älter als du", fuhr sie ihn entnervt an.

Er grinste. „Eine Frau, die auf ihre besten Jahre zugeht."
Tess verdrehte die Augen.

Joseph stand abrupt auf. „Du hast ernsthaft ein Problem mit dem Altersunterschied?"

Sie hatte mit einer ganzen Menge Probleme, was diesen jungen Mann anging. „Ich finde einfach die Vorstellung, dass eine Dreißigjährige eine Beziehung mit einem Studenten hat, etwas abstoßend."

„Aber wenn es andersherum wäre, würdest du nicht mal mit der Wimper zucken."

Sie blinzelte ihn an, konnte nicht fassen, dass sie sich von Mr. One-Night-Stand einen Vortrag über Geschlechtergleichheit anhören musste, aber sie würde es auch ein wenig geschmacklos finden, wenn ein dreißigjähriger Typ mit einer Erstsemesterin ausging. Kopfschüttelnd ging sie in die Küche, gerade rechtzeitig, um den wütenden Blick ihres Bruders zu erhaschen, eine Sekunde bevor er türenschlagend das Haus verließ.

Verdammt.

Tess legte die Unterlagen auf dem Küchentisch ab und starrte an die Decke. Wie hatte sie nur so taktlos sein können? Jetzt würde er ihr erst recht nicht mehr von seiner neuen Freundin erzählen.

Sie warf einen Blick über ihre Schulter und sah, wie Joseph im Türrahmen lehnte. Er zuckte mit einem „was kann man da schon machen"-Ausdruck mit den Schultern, dann ging er zurück zum Fernseher, während sie ihm grimmig hinterherschaute.

Hin- und hergerissen zwischen dem Drang, ihrem Bruder hinterherzulaufen, oder das hier einfach zu erledigen, setzte Tess sich hin und steckte ihre Ohrhörer ein. Je eher sie mit Coles Steuern fertig wurde, desto früher kam sie hier raus und konnte sich um ihre zahlenden Klienten kümmern, die es nicht zu ihrer Mission gemacht hatten, ihr das Leben schwerzumachen.

Sie wollte nicht an das Foto des toten Richters denken, oder an den USB-Stick, der ein Loch in ihre Hosentasche zu brennen schien. Vielleicht hatte sie sich nur eingebildet, diesen Ordner gesehen zu haben? Vielleicht wurde sie langsam verrückt? Das passierte Steuerberatern um diese Jahreszeit ständig.

Sie öffnete die Radio-App auf ihrem Handy und lauschte in der Hoffnung, der Mörder von Richter Thomas und seiner Frau wäre schon geschnappt, den neusten Nachrichten. Stattdessen berichtete der Sprecher über den Mord an einer berühmten Radiomoderatorin heute früh. Es wurde darüber spekuliert, ob der Mord von demselben Täter begangen worden war, der auch den Richter erschossen hatte.

Trotz der Tatsache, dass eine weitere Person umgekommen war, überkam sie eine riesige Welle der Erleichterung. Zu dem Zeitpunkt, als die Moderatorin erschossen worden war, hatte sie Cole beschattet. Nicht, dass sie je wirklich geglaubt hatte, ihr Bruder wäre in diese Sache verwickelt gewesen. Nicht wirklich. Aber hoffen und wissen waren zwei unterschiedliche Dinge.

Sie biss sich auf die Unterlippe, als eine neue Welle des Schamgefühls über sie hinwegrollte. Es war an der Zeit, ihrem Bruder die Wahrheit über so viele Dinge zu erzählen, aber vielleicht sollte sie damit zumindest so lange warten, bis er weniger sauer auf sie war. Alles, was sie getan hatte, hatte sie für ihn getan, aber mittlerweile hatten sich die Geheimnisse und Lügen zu einem riesigen Berg aufgetürmt, und wenn sie nicht aufpasste, würde dieser Berg die Liebe unter sich begraben, die sie immer füreinander empfunden hatten.

MAC ATMETE LANGSAM und ruhig aus, dann drückte er den Abzug, als ob er den G-Punkt einer Frau liebkosen würde, mit gerade genug Druck, um sie zum Explodieren zu bringen. Er traf das Ziel genau in der Mitte, dann noch einmal, und noch ein weiteres Mal, auf eine Distanz von fünfundzwanzig Metern. Er feuerte, bis das Magazin leer war.

Zufrieden kontrollierte er die Zielscheibe.

Als er beim FBI angefangen hatte, hatte er sich angewöhnt, täglich auf den Schießstand zu gehen. Damit hielt er nicht nur sein Können aufrecht – Agenten waren verpflichtet, mindestens viermal im Jahr eine Schießprüfung mit ihren Dienstwaffen zu absolvieren und mussten dabei mindestens achtzig Prozent erreichen –, sondern es war auch ein Augenblick, in dem sich seine Gedanken beruhigten, und sein Kopf frei war. Ironischerweise hatte er auf dem Schießstand die meisten Durchbrüche in seinen Ermittlungen.

Meditation durch heißes Blei.

Als Nächstes lud er Frangible-Geschosse in seine Dienstwaffe, die ihm vom Schusswaffenausbilder ausgehändigt worden waren, weil das FBI von den .40-Kaliber-Patronen der Glock-22 auf 9 Millimeter umstieg. Er zwang sich dazu, sich zu entspannen und nicht an die Ermittlungen zu denken, die nicht einmal seine waren. Die Morde störten ihn. Der Täter hatte keine Gnade oder Mitleid für seine Opfer gezeigt, und Mac hatte diese Art von blindem Hass schon einmal miterlebt. Man musste eine besondere Art von Soziopath sein, um ein derart kalkuliertes Verbrechen zu begehen.

Die Ermittler hatten nicht viel in der Hand. Keine Überwachungsaufnahmen. Keine Fahrzeuge oder Reifenspuren. Keine Augenzeugen. Keine Spuren. Keine DNA.

Mac ließ seine Gedanken aus dem Kopf entweichen. Alle, bis auf das Ziel. Er begann, in rapider Abfolge abzudrücken, ließ die Kugeln mitten im Ziel einschlagen. Zwölf Schüsse. Dreizehn. Und plötzlich traf ihn die Vision von diesem jungen, dunkelhaarigen Mädchen, das nur wenige Augenblicke, nachdem es mit seinen Brüdern den Boden ihres selbstgebauten Schießstands gewischt hatte, das Magazin ihres Revolvers leerte.

Seine letzte Kugel flog ungezielt durch die Gegend. Mist. Es war lange her, dass er zuletzt an dieses Mädchen gedacht hatte.

Neben ihm zog ein Ausbilder in seiner Nähe überrascht die Augenbrauen hoch. Mac schoss nie am Ziel vorbei. Er versenkte die letzte Kugel dort, wo sie hingehörte.

„Was war da los?", fragte der Kerl, als er seine Ohrschützer abnahm.

Mac zog eine Grimasse. „Musste niesen."

Der Ausbilder hob anerkennend das Kinn, aber Mac kam sich dennoch wie ein Idiot vor. Er würde nicht zugeben, dass er seinen Gedanken erlaubt hatte, abzuschweifen, während er mit Schusswaffen hantierte.

Er hockte sich hin, um die Patronenhülsen einzusammeln. Andere Schützen taten es ihm gleich. Er nickte ein paar Agenten zu, die er im SIOC gesehen hatte. Eine war eine gutaussehende Brünette mit blauen Augen, die ihm ein Lächeln zuwarf, das ihn wissen ließ, dass sie Single war.

Noch während er zurücklächelte, blitzte das schelmische Grinsen des kleinen Mädchens wieder in seiner Erinnerung auf. Gott, sie war niedlich gewesen. Völlig unverdorben, trotz des großen Bemühens ihrer Familie, sie auf ihrem irren Weg mit sich zu zerren. Er fragte sich, wo sie jetzt wohl sein mochte.

David Hines' Ideologie war weder überraschend noch einmalig gewesen. Sie wurde von tausenden anderen Menschen geteilt, die alle auf die ein oder andere Art Angst davor hatten, von Menschen, die sie nicht verstanden, ausgelöscht zu werden. Aber sein Manifest selbst war ziemlich konkret gewesen und hatte mit einem Angriff auf das Weiße Haus geendet. Die Einzelheiten des Manifests waren niemals veröffentlicht worden, auch wenn es unter den Mitgliedern der Pioneers kein Geheimnis gewesen war. Die Strafverfolgungsbehörden hatten Hines' handschriftliches Original niemals gefunden. Irgendwo da draußen wichste ein Verfechter der weißen Rasse vermutlich darauf ab, als ob es ein Porno wäre.

Die jüngsten Morde in Washington hatten Hines' Abfolge nicht haargenau befolgt. Stattdessen hatte der Täter verschiedene Zielgruppen zusammengelegt, um schneller voranzuschreiten. Oder vielleicht war es auch nur ein Zufall.

Es waren nicht seine Fälle. Mac war befohlen worden, sich da rauszuhalten. Aber er kannte die Pioneers besser als irgendjemand sonst außerhalb der Gruppe. Er konnte genauso gut ein wenig herumstochern – zumindest, um herauszufinden, wo sich die Hauptakteure derzeit aufhielten. Und ja, die Vorstellung, diesen Fall zu knacken, schmeichelte seinem Ego. Er würde lügen, wenn er das Gegenteil behaupten würde.

Die Erinnerung an die Leiche der jungen Ellie Hines blitzte in seinen Gedanken auf, wie schon so oft über die Jahre. Ihr „Ehemann" hatte ihr in den Rücken geschossen, als sie versucht hatte, während der Razzia aus seiner Hütte zu fliehen. Die Autopsie hatte ergeben, dass sie in der sechzehnten Woche schwanger gewesen war.

Wenigstens hatten Theresa Jane und ihr kleiner Bruder überlebt.

Verdammt, sie war mittlerweile dreißig. Vermutlich verheiratet und selbst Mutter. Das gab ihm das Gefühl, alt zu sein. Und auch wenn die Männer dieser Vereinigung das Böse in Person gewesen waren, waren es vor allem die Frauen mit ihren noch extremeren Ansichten und ihrer scheinbar bodenlosen Aufopferung für die Sache gewesen, bei denen sich ihm die Nackenhaare aufgestellt hatten. Francis Hines hatte ihn an eine Schlange erinnert, nur dass sie noch kälter gewesen war. Sie hatte ihm nie vollkommen vertraut, und er war sich sicher, dass David Hines ihn nur deshalb in seiner Nähe behalten hatte, damit Mac etwas von Francis' Zorn auf sich lenkte.

War Theresa Jane zu einer Frau wie ihre Mutter geworden, mit einem Herzen voller Hass und dem Verlangen nach Rache? War das Baby, Bobby, in dem Glauben aufgewachsen, seine Familie wäre von bösartigen Regierungsbeamten unrechtmäßig niedergemäht worden?

Es war möglich.

Mac hatte die Spur der Kinder verloren, nachdem sie zu einer Pflegefamilie gekommen waren. Anstatt nach Hause, würde er zurück ins Büro gehen und anfangen, herumzuwühlen. Es gab genug Überlebende. Die einzigen Todesopfer waren die Leute im Haus gewesen, die das Feuer eröffnet hatten, und die arme, unschuldige Ellie. In dem Versuch, seinen Mord an ihr zu vertuschen, hatte Harlan Trimble seine Hütte in Brand gesteckt, aber die Bundespolizei hatte es natürlich herausbekommen.

Harlan verbüßte eine lebenslange Haftstrafe, erzählte aber jedem, der es hören wollte, dass die Bullen ihn übers Ohr gehauen hatten.

Arschloch.

Mac warf die leeren Patronenhülsen in den dafür vorgesehenen Behälter, dann lud er seine Dienstwaffe mit

Hohlspitzpatronen und ging zum Aufzug.

„Gar nicht übel geschossen." Die hübsche Brünette holte ihn ein und lächelte, als er die Fahrstuhltür für sie aufhielt. Eine zweite Frau trat zu ihnen in die Kabine. Sie war blond und sah sehr starr aus, als ob ihr Gesicht einen Sprung bekäme, wenn sie lächeln würde. Er hielt auch für zwei weitere Agenten die Tür auf und wünschte, er könnte den Enthusiasmus aufbringen, das Interesse der Brünette zu erwidern.

„U Can't Touch This" von MC Hammer plärrte durch den Lift und einer der Typen grinste. Mac holte sein Handy aus der Tasche und stellte den Klingelton aus, ohne abzunehmen. Verdammt.

„Das Gefühl kenne ich", sagte der Mann. „Ex-Freundin?"

Mac verzog das Gesicht. „Ex-Frau." Er wollte nicht, dass sein Privatleben zum Bürotratsch wurde.

„Sind Sie neu hier in der Zentrale? Ich habe Sie noch nie zuvor gesehen." Der Mann streckte seine Hand aus. „Ich bin ASC Reece Jackson. Spionageabwehr."

Mac stellte sich den Agenten im Aufzug vor. Die hübsche Brünette, Paula Rice, hatte warme, weiche Haut und hielt seine Hand einen Augenblick zu lange fest.

Die Augen der Blondine musterten ihn unruhig. Sie hieß Fiona Green und arbeitete in der Datenverwaltung. Äußerlichkeiten waren trügerisch, denn er war Zeuge geworden, wie sie einer Fruchtfliege auf zwanzig Meter Entfernung die Eier weggeschossen hatte.

Jackson hielt Mac seine Visitenkarte hin. „Wenn Sie irgendwann Lust auf ein Bier haben, rufen Sie mich an." Der Kerl verließ im zweiten Stock den Fahrstuhl, ebenso alle anderen, bis auf Paula Rice.

Er konnte spüren, wie sie ihn den Rest der Fahrt in den vierten Stock über beäugte.

„Ich arbeite in der Tagschicht im SIOC, ich habe Sie schon gesehen." Ihre Augen waren fast dunkelblau. „Ich beaufsichtige hauptsächlich die IT-Techniker." Kurz bevor sich die Fahrstuhltüren öffneten, drückte sie ihm ihre Karte in die Hand. „Dito zu dem, was ASC Jackson gesagt hat – wenn Sie mal eine Kaffeepause und ein freundliches Gesicht gebrauchen können, rufen Sie mich an." So, wie sie ihm in die Augen starrte, schien sie sagen zu wollen, dass sie ausgesprochen freundlich sein konnte.

„Danke." Er steckte die Karte in seine Tasche und gab ihr im Gegenzug seine, hatte aber keinesfalls vor, sie anzurufen.

Sich mit jemandem von der Arbeit einzulassen, war eine dumme Idee, und was Frauen betraf, hatte er keinen Nerv mehr für dumme Ideen. Ab jetzt würde alles laufen wie geschmiert.

Na klar.

ACHTES KAPITEL

Ein paar Stunden später stand Tess nackt und nass unter der Dusche, als ein beharrliches, wiederholtes Klingeln an ihrer Haustür sie aus dem Bad stolpern ließ. Sie hatte sich eigentlich in ihren Pyjama schmeißen und den Abend mit dem Sichten von Steuererklärungen verbringen wollen. Wieder klingelte es. Sie griff nach ihrem Bademantel, wickelte eilig den weichen Stoff um ihren tropfnassen Körper und knotete den Gürtel so fest es ging um ihre Taille zusammen. Sie erwartete niemanden und es kam selten vor, dass jemand an ihrer Tür anklopfte, ohne vorher anzurufen. Sofort befürchtete sie einen Notfall.

Cole.

Sie rannte die Treppe hinunter und riss die Haustür auf, ohne vorher durch das kleine Fenster zu schauen. Jeder Tropfen Blut entwich aus ihrem Kopf, als sie den großen Fremden erblickte, der vor ihrer Haustür entspannt an der Wand lehnte.

„Erinnerst du dich an mich?“, fragte er.

Seine Stimme fügte die Puzzleteile ihrer Erinnerung zusammen. Vor zwanzig Jahren hatte sie kaum bis zu seiner Hüfte gereicht. Jetzt waren ihre Augen auf Höhe seines Kinns. Sie hielt sich an der Tür fest, um nicht zu schwanken.

Kenny Travers.

Ihre Hand schoss zu ihrem Mund und ihre Knie knickten

ein, als sie einen Schritt zurück machte. „Oh, Gott."

Er war noch immer schlank, auch wenn ihr seine breiten Schultern früher nie aufgefallen waren, und sein Kiefer hatte eine Härte, die Starrsinn verriet. Ihr Blick blieb an dem Grübchen an seinem Kinn hängen, an das sie sich nicht erinnerte, aber das letzte Mal, als sie ihn gesehen hatte, war sie auch erst zehn Jahre alt gewesen.

Ihre Blicke trafen sich. Sie hatte viel vergessen, aber nicht diese grünblauen Augen, leuchtend und unbeständig wie der Ozean.

„Ich dachte, du wärst tot", brachte sie schließlich heraus.

Er schaute über seine Schulter in die stille Straße, dann zurück zu ihr, betrachtete in aller Ruhe ihre nassen Haare und den Bademantel. „Bist du allein?"

Die Frage überraschte sie. „Ja."

„Ist es okay, wenn ich reinkomme?"

Sie zögerte, zog ihren Bademantel enger zusammen. Was wusste sie denn tatsächlich über diesen Kerl? Er konnte ein Vergewaltiger oder Mörder sein, nach allem, was sie von ihm wusste. Ihr Bauchgefühl sagte ihr, dass er nichts von alldem war, aber sie hatte schon vor langer Zeit gelernt, sich nicht auf ihre Instinkte zu verlassen.

In der Stille knallte eine Autotür ins Schloss. Es war ein paar Minuten nach sieben und schon stockfinster. Die Häuser in dieser ruhigen Straße gehörten größtenteils jungen Familien. Das letzte, was sie wollte war, dass irgendjemand herausfand, wer ihre Eltern gewesen waren.

Er zog seine Anzugjacke zur Seite und sie konnte eine goldglänzende Dienstmarke sehen, die an seinem Gürtel befestigt war, darüber eine Pistole in einem Schulterholster. Und plötzlich ergab alles Sinn.

Er war ein Polizist.

„Wir können auch in die FBI-Zentrale fahren, wenn dir das lieber ist, Theresa Jane." Seine Stimme hatte eine Weichheit, war nicht drohend, aber sie zuckte dennoch zusammen.

FBI-Zentrale? Die Haare in ihrem Nacken stellten sich auf. Warum war er hier? Was wollte er? Hatte das mit Cole zu tun?

„So hat mich schon sehr lange niemand mehr genannt." Sie wich zurück. Er verstand das als Einladung und schob sich an ihr vorbei in den Flur. Die leichte Berührung seines Ellenbogens ließ einen Funken durch sie hindurchzucken. Sie verschränkte schützend die Arme vor der Brust, eine Geste, die ebenso verräterisch wie wirkungslos war. Zum Glück schaute er sie nicht an.

Er ging durch den Flur in ihre Küche, wo er neugierig die Unterlagen betrachtete, die ausgebreitet auf ihrem Küchentisch lagen. Oben hatte sie ein Büro, aber sie arbeitete am liebsten am Küchentisch.

„Du bist was – Steuerberaterin?" Er gab sich keine Mühe, seine Skepsis zu verbergen.

„Warum?" All die Herabsetzungen aus ihrer Kindheit tauchten plötzlich allzu lebendig wieder in ihren Gedanken auf. „Hast du geglaubt, ich könne nicht zählen?"

Sein Mundwinkel zuckte nach oben und ließ Grübchen erscheinen, von denen sie nicht gewusst hatte, dass sie existierten. „Oh, ich habe immer schon geglaubt, dass du schlau bist, Kleines, aber wir wissen doch beide, was dein Daddy von Steuern gehalten hat." Er fuhr sich mit den Fingern durch die kurzen Haare. „Kann nicht behaupten, dass ich ihm *das* vorwerfen kann."

War das ein Test? Verdächtigte er sie, mit der verdrehten

Philosophie ihres Vaters zu sympathisieren? Es konnte nur einen Grund geben, weshalb dieser Mann nach zwanzig Jahren der Funkstille plötzlich bei ihr auf der Matte stand, und dieser Grund war sicher nicht, sich mit ihr über ihre beruflichen Fähigkeiten zu unterhalten.

War *sie* eine Verdächtige?

„Ich bin nicht mein Vater. Ich will mit dieser Welt nichts zu tun haben." Sie rieb sich den Oberarm, etwas, das sie immer tat, wenn sie nervös war. Seine Augen folgten ihrer Bewegung, und etwas in ihren Tiefen schien sich zu entfachen. Verdammt. Sie ließ ihre Hand sinken. „Und ich persönlich bin ein *großer* Freund davon, wenn Leute ihre Steuern zahlen. Ganz egal wie arm oder reich sie sind."

Er grinste, als ob er sich über sie amüsierte, und das machte sie stinksauer.

„Arbeitest du von zu Hause aus?", fragte er.

Tess stieß einen Seufzer aus und bemerkte, wie angespannt sie war – kaum eine Überraschung unter diesen Umständen. Er hatte in dieser Begegnung den eindeutigen Vorteil, vor allem, weil sie nicht einmal ordentlich angezogen war. „Ich habe versucht, für eines dieser großen Unternehmen zu arbeiten, aber den ganzen Tag in einem fensterlosen Großraumbüro zu verbringen, hat mir förmlich die Seele ausgesaugt."

„Das haben wir gemeinsam. Hast du denn viele Klienten?" Er deutete auf die ganzen ordentlich aufgetürmten Papierstapel.

„Ich habe gerade meine eigene Firma gegründet." Sie zuckte befangen mit den Schultern und fragte sich, worauf er anspielte. Fragte sich, ob er ihre Vergangenheit benutzen wollte, um sie irgendwie zu erpressen.

„Aber es ist gerade die geschäftigste Zeit des Jahres, oder? Wenn die Frist für die Steuererklärung vor der Tür steht?"

„Ja. Warum? Brauchst du einen Steuerberater?"

„Nein, danke." Er neigte den Kopf zur Seite wie eine Katze, die mit ihrer Beute spielte. „Du hast gesagt, du hast geglaubt, ich wäre tot, aber du scheinst überhaupt nicht überrascht, mich zu sehen."

Wieder zuckte sie mit den Schultern und seine Augen wanderten über ihren Körper. Sie bemerkte den exakten Moment, in dem er erkannte, dass sie eine erwachsene Frau und kein kleines, unwissendes Mädchen mehr war. Eine Woge der Genugtuung ergriff sie, auch wenn sie niemals etwas mit einem Mann wie ihm anfangen würde. Aber sie waren mittlerweile beide erwachsene Menschen und diese Erkenntnis ebnete das Spielfeld. Abgesehen von der Waffe und der Dienstmarke.

„Ich habe dich heute in der Innenstadt gesehen, aber ich konnte dich nicht einordnen", gab sie zu. „Ich hasse solche Rätsel. Ich glaube, mein Gehirn hat seitdem die ganze Zeit unterbewusst versucht, herauszufinden, woher ich dich kenne." Sie hatte keinen Grund, ihm irgendwas zu verheimlichen. Sie hatte ihn nicht beschattet. „Du hast dich auf der Straße mit einer Frau in einem roten Mantel gestritten."

„Das hast du gesehen?" Er sah sie seltsam an.

„Sie war schwer zu übersehen."

Er stöhnte und stieß ein eindrucksvolles Fluchen aus. „Es würde mich nicht überraschen, wenn das heute Abend auf CNN gesendet wird."

„Wer war sie denn? Die Frau im roten Mantel?" Tess wusste nicht, warum sie das Bedürfnis hatte, eine so persönliche Frage zu stellen. Nur, dass dieser Mann nie um Erlaubnis gebeten hatte, einfach so in ihr Leben hineinzuplatzen. Sie wollte es wissen.

„Hast du Kaffee da?", fragte er.

Was?

„Kaffee. Ein warmes Getränk, das neunzig Prozent des Bluts von Strafverfolgungsbeamten bildet." Er war schon dabei, Wasser in die Kanne zu füllen, als ob er ein alter Freund und kein praktisch Fremder war, den sie seit zwanzig Jahren nicht gesehen hatte.

Sie holte das Kaffeepulver aus dem Tiefkühlfach und befüllte den Filter, gab acht, ihm nicht zu nah zu kommen, während er den Wassertank auffüllte. Dass er Polizist war, ergab komischerweise Sinn.

Kenny Travers hatte nie wirklich zu den Rechtsextremen gepasst, mit denen sie aufgewachsen war. Zunächst einmal war er immer freundlich zu ihr gewesen. Er hatte niemals Hass oder Verachtung verbreitet. Sicherlich, er hatte die Kirche der Pioneers besucht und sich immer so verhalten, wie es erwartet wurde, aber er war ihr nicht wie die anderen Menschen auf der Kodiak-Anlage vorgekommen. Sie hatte sich mit ihm sicher gefühlt.

„Die Dame im roten Mantel war meine Ex-Frau", sagte er schließlich und lehnte sich ungezwungen an die Anrichte, während sie auf den Kaffee warteten.

Sie hatte nicht mit einer Antwort gerechnet. „Sah für mich nicht gerade nach einer Ex aus." Sie sah ihn misstrauisch an, wollte seine Aufrichtigkeit prüfen, musste ihn einschätzen.

Sein Mund wurde schmal. „Ihr zweiter Mann hat sie gerade verlassen. Sie glaubt, sie könne ihm eins auswischen, indem sie wieder mit mir zusammenkommt."

„Aber du hast kein Interesse?" Anscheinend war heute ihr Tag, um überall ihre Nase hineinzustecken.

Er warf ihr einen Blick zu. „Ich habe mir angewöhnt, nicht zweimal denselben Fehler zu machen."

Sie lächelte ihn an und klimperte unschuldig mit den Wimpern. „Noch etwas, was wir gemeinsam haben."

Er lachte und der Klang seiner Stimme rollte wie eine sanfte Woge über ihren Körper. Er hatte schon immer eine Stimme gehabt, die beruhigend wirkte. Sie erinnerte sich, wie er einmal ein verängstigtes Fohlen beruhigt hatte, nicht lange, nachdem er in Kodiak erschienen war. Er hatte der vor Angst schäumenden Kreatur so lange zugeredet, bis es ein zitterndes, aber vertrauensvolles Wrack gewesen war, und das Pferd war ihm überallhin gefolgt, bis ihr Daddy es an einen benachbarten Rancher verkauft hatte. Wenn sie so darüber nachdachte, würde auch sie ihm überallhin folgen.

Ihre Wangen wurden heiß. Aber dieser Mann war einer der wenigen Lichtpunkte ihrer Kindheit gewesen – warum sollte sie sich nicht zu ihm hingezogen fühlen? Zur Hölle, sie hatte ihn heiraten wollen …

„Naja, jedenfalls ist deine Ex sehr hübsch." Perfekte Blondine, perfekt gestylt. Tess wusste nicht, warum sie darauf herumritt, nur dass es ihr verriet, dass schlaksige Brünette mit unbändigem Haar nicht sein Typ waren.

„Heather hasst es, als hübsch bezeichnet zu werden. Man könnte fast meinen, es wäre eine Beleidigung. Sie bevorzugt elegant oder wunderschön." Sein Blick wanderte über Tess' Erscheinung und blieb an ihren Lippen hängen. „Ich hatte schon immer eine Vorliebe für hübsch."

Seine warmen Augen schienen Interesse zu verraten, aber sie konnte sich nicht erlauben, zu vergessen, warum er eigentlich hier war – nicht, um bei einer Tasse Kaffee über die alten Zeiten zu plaudern. Er spielte mit ihr. Sie wusste es, aber es hatte trotzdem eine Auswirkung auf ihren Puls. Als sich die Kaffeekanne füllte, holte sie zwei Tassen aus dem Schrank.

Es war an der Zeit, über das zu reden, was sie trennte – die Geschehnisse dieser längst vergangenen Nacht. „Wurdest du während der Razzia wirklich angeschossen? Daddy hat erzählt, du wärst umgekommen."

Er presste die Lippen zusammen. „Nein, ich bin nicht erschossen worden. Ich habe es so aussehen lassen, damit ich durch die Rückwand der Scheune kriechen und verschwinden konnte, bevor die Hölle losbrach." Ein Muskel in seinem Kiefer spannte sich an. „Das waren meine Befehle."

Also war er damals definitiv ein verdeckter Polizist gewesen.

Die meisten Bewohner der Anlage hatten sich kampflos ergeben. Trotz ihrer großen Worte waren die Pioneers in sich zusammengefallen wie eine Sandburg im Regen. Alle, außer Harlan Trimble und den Eltern.

„Wusstest du, dass ich beinahe mitgekämpft hätte, nachdem sie mir erzählt hatten, du wärst umgekommen?" Ihre Lunge fühlte sich an, als ob sie zu Eis gefroren wäre, und jeder Atemzug drohte, ihren Brustkorb aufzubrechen. „Mama hat mir eine Pistole in die Hand gedrückt, und Daddy hat mir befohlen, aus meinem Fenster zu schauen und auf jeden zu schießen, den ich nicht erkenne." Aufgeladenes Schweigen füllte nach ihrem Geständnis die Küche. „Es war nur deine Warnung, die du mir früher am Abend mitgegeben hattest, die mich aufgehalten hat. Stattdessen habe ich Bobby und Sampson genommen und mich in meinem Kleiderschrank versteckt."

Er hatte sie also beinahe umgebracht und gleichzeitig ihr Leben gerettet. Diese Erkenntnis hing in der Luft wie ätzender Rauch. Sie erinnerte an ein Vertrauen, das so nicht mehr existierte.

Mac trat einen halben Schritt auf sie zu, dann hielt er inne und runzelte die Stirn. „Ich wollte dich und deinen Bruder da rausholen, bevor die Razzia anfing, aber meine Vorgesetzten haben es nicht zugelassen. Sie haben gesagt, es würde die Pioneers am Ende nur alarmieren, das etwas vor sich geht. Ich hätte dir nicht sagen sollen, was ich gesagt habe."

„Es hat mir das Leben gerettet."

„Du hast dir selbst das Leben gerettet, indem du dich versteckt hast." Er klang wütend.

Sie nickte. Er hatte recht. Sie war ein zehnjähriges Mädchen gewesen, das allein in einem Schusswechsel zurückgelassen worden war, als die Hölle losgebrochen war. Es machte sie fertig, das so deutlich vor Augen geführt zu bekommen.

Mitleid füllte seinen Blick.

Tess hasste Mitleid. Sie hob das Kinn und versetzte ihm den tödlichen Hieb. „Und was war mit Ellie?"

Die Kaffeemaschine zischte. Er drehte sich um und starrte aus dem Küchenfenster, während sie beobachtete, wie sein Adamsapfel auf und ab hüpfte.

„Harlan hat Ellie erschossen." Er wandte sich wieder zu ihr um.

„In den Rücken. Ich habe es in der Zeitung gelesen." Ihre Stimme wurde rau. Sie sprach normalerweise nicht über den Mord an ihrer Schwester. Wie konnte sie darüber reden, ohne nicht auch zu offenbaren, wer sie wirklich war? „Wenn du also damals schon Polizist warst, muss das Gesetz doch erkannt haben, dass sie verheiratet worden war, obwohl sie erst dreizehn Jahre war. Aber sie haben nichts unternommen, richtig?"

Seine Augen wurden dunkel und stürmisch. „Es war nicht illegal. Scheiße, es ist noch immer nicht illegal."

„Es ist widerwärtig, und das weißt du. Und Harlan Trimble hat meine Schwester jeden Tag vergewaltigt – trotz dieses albernen Ehescheins war es Vergewaltigung und Pädophilie. Die Polizei wusste alles, aber sie haben nichts getan, um sie zu retten. Sie haben nicht gedacht, dass sie es wert sei, gerettet zu werden, oder? Genau wie ich und Bobby. Keiner von uns war es wert, gerettet zu werden."

„Sie haben behauptet, es wäre nicht ausreichend." Er schluckte angestrengt, und seine Augen glänzten. Aber sie traute ihm nicht. Er war ganz offensichtlich ein begnadeter Schauspieler. Er hatte so getan, als ob sie ihm wichtig gewesen wären, und hatte dann unschuldige Kinder zurückgelassen, damit sie sich allein gegen einen Haufen Soziopathen und tausende Schüsse Munition behaupteten.

Sie bemühte sich nicht, ihre Verbitterung und ihren Ekel zu verbergen. Sie und ihr Wohlergehen waren ihm doch scheißegal. Es war zu spät, um ihr diesen Müll zu erzählen. Diese kleine Erinnerungstour hatte nur damit zu tun, dass er seinen Job machte, ganz egal, was es kostete.

„Du bist wegen der Morde hier, hab' ich recht?"

„WAS WEISST DU über die Morde?", fragte er und sah sie prüfend an.

„Ich bin keine Idiotin. *Kenny*. Wir waren beide jeden

Sonntag in der Kirche, wenn mein Vater davon gepredigt hat, genau diese Art von Gewalttaten zu begehen." Ihre Zähne bissen sich in ihre volle Unterlippe. Sie war nervös, und er konnte es ihr kein bisschen vorwerfen. „Seid ihr Typen sonst nicht immer zu zweit unterwegs?" Ein verächtlicher Tonfall schlich sich in ihre Stimme, was tausendmal besser war als Verletzung.

„Ich bin nicht dienstlich hier, Theresa Jane. Ich will dir keinen Ärger machen, wenn du gar nichts falsch gemacht hast. Ich habe nur ein paar Fragen und suche nach Antworten." Seine Stimme war leise und sanft, aber sie zuckte dennoch zusammen.

Vor heute Abend hatte er sich Theresa Jane immer als dieses vorwitzige Mädchen mit dem welligen Haar und Millionen von Sommersprossen vorgestellt, das ihn mit Bewunderung betrachtete, egal was er tat. Das Bild, wie sie auf einem Stuhl an der Spüle stand und von der untergehenden Sonne in einen strahlenden Engel verwandelt wurde, war eine liebenswerte Erinnerung, die sich hin und wieder in seine Gedanken schlich und eine willkommene Abwechslung zu den Leichen bot, die ihn üblicherweise in seinen Träumen verfolgten. Dass er genau dieses Mädchen mitten in einem Schusswechsel allein zurückgelassen hatte, lastete permanent auf seinem Gewissen.

Und sie wusste es.

Tess Fallon mochte dasselbe lange, dunkle Haar wie Theresa Jane Hines haben, aber sie war kein Kind mehr. Ihre Augen waren von der gleichen grünbraunen Farbe wie die ihrer Mutter. Aber dort hörten die Ähnlichkeiten auch schon auf.

Während Francis Hines ihm das Blut in den Adern hatte

gefrieren lassen, tat das die erwachsene Version von Theresa Jane … nicht.

Ihre klaren, hellbraunen Augen folgten ihm, aber ihr Blick war nicht mehr länger voller Bewunderung. Er war voller intelligentem Argwohn.

Zögerlich machte er einen Schritt auf sie zu, dann hielt er inne. Verdammt. Er war ein guter Polizist gewesen, und die Razzia war als Erfolg gewertet worden, aber das machte ihn nicht automatisch auch zu einem guten Menschen. Tess Fallon war intelligent genug, diesen Unterschied zu kennen.

„Eines muss ich deinem Daddy lassen. Er konnte eine verdammt eindrucksvolle Predigt halten." Er starrte auf die Kaffeemaschine, feuerte die Kanne wortlos an, sich schneller zu füllen. „Ich heiße nicht Kenny Travers. ASAC Steve McKenzie, FBI."

Diese Information ließ ihre Augenbrauen in die Höhe schnellen. „Klingt beeindruckend." Sie klang ganz und gar nicht beeindruckt. „Schottisch?"

„Mein Ur-Ur-Urgroßvater kam während des Goldrausches '48 aus den Highlands hierher." Das Lächeln, das er ihr zuwarf, sollte charmant wirken. Ihr grimmiger Blick ließ ihn wissen, dass er noch daran arbeiten musste.

Endlich war der Kaffee fertig, und Mac füllte zwei Tassen mit der kräftigen, kolumbianischen Röstung, während Tess die Milch aus dem Kühlschrank holte. Es brachte sie völlig aus der Fassung, wie zu Hause er sich offenbar in ihrer Küche fühlte. Er schien sich hier wohler zu fühlen, als beim Mittagessen mit seiner Ex.

„Der Zucker ist in der Dose da, neben dem Herd."

Er hielt mit ausgestreckter Hand inne und starrte sie an. „Du erinnerst dich, wie ich meinen Kaffee trinke?"

Ihre Lippen wurden für einen Augenblick ganz schmal und erinnerten ihn an ihre Mutter.

„Wie sich herausgestellt hat, habe ich ein fantastisches Gedächtnis für unbedeutende Trivialitäten. Vermutlich habe ich mich deshalb an dein Gesicht erinnert."

Autsch. Er fragte sich, ob er das irgendwie benutzten konnte.

„Eines der Talente, die mich zu einer guten Steuerberaterin machen." Sie hob streitlustig das Kinn.

Er bemerkte den Sprung in ihrer Rüstung, ihren verletzten Stolz, und erinnerte sich, wie ihre Familie sie behandelt hatte. Als ob sie dumm wäre, weil sie sich nicht stillschweigend ihrer Ideologie gefügt hatte. Das war einer der Gründe gewesen, weshalb er sie so gemocht hatte.

War sie noch immer dieses lustige kleine Mädchen? Oder hatten die Geschehnisse dieser schrecklichen Nacht und der zwanzig Jahre danach sie in die Knie gezwungen?

Er hielt ihr eine Tasse hin und hob seine eigene wie zu einem Toast. Der Kaffee war heiß und stark und brachte ihn auf Touren. „Es ist nicht verkehrt, ein gutes Gedächtnis zu haben."

„Manchmal schon." Sie stieß ein trockenes, humorloses Lachen aus, als sie den Becher zum Mund hob.

Verdammt. Seine Stimme wurde sanft. „Das ist lange vorbei."

Sie starrte ihn an, als ob er verrückt geworden wäre. „Manche Dinge vergisst man nicht. Niemals."

Er verzog das Gesicht. Sie ließ ihn nicht so einfach davonkommen. Sein Blick sank hinunter zu dem feuchten Bademantel, der an ihrem schmalen Körper mit den wohl platzierten Rundungen klebte.

„Hast du noch immer das Tattoo?", fragte er und schlürfte nonchalant seinen Kaffee.

Tess zog den Bademantel enger um ihren Torso zusammen, realisierte vielleicht nicht, dass sie dadurch nur die Form ihres Körpers betonte. Oder vielleicht war es ihr durchaus bewusst, und sie spielte nur mit ihm wie auf einer Geige.

Sie kaute auf ihrer Unterlippe herum, eine nervöse Angewohnheit, die sie schon als Kind gehabt hatte. Es warf ihn in der Zeit zurück und erfüllte ihn mit Bedauern.

Aber sie hatte recht damit, nervös zu sein.

Wenn sie unschuldig war, würde sie sich Sorgen darüber machen, dass er das Leben, das sie so mühsam für sich aufgebaut hatte, durcheinanderbringen würde. Und wenn sie schuldig war, und plötzlich aus heiterem Himmel ein FBI-Agent auftauchte, der mit ihrem Leben auf der Kodiak-Anlage in Verbindung stand? Ja. Dann wäre er selbst an ihrer Stelle auch nervös.

„Warum fragst du nach dem Tattoo?" Ihre Augen bohrten sich in ihn.

„Du weißt, warum." Er ließ sie auch nicht so einfach davonkommen.

Ihre Augen wurden groß. Das Tattoo würde genau beweisen, wie verbunden sie mit der Ideologie ihres Daddys war. Sie stellte ihren Kaffeebecher ab und zog den Bademantel von ihrer Schulter. Er ertappte sich dabei, wie er die Luft anhielt. Sie zog den Ärmel weiter hinunter, passte aber auf, den Stoff über ihren Brüsten festzuhalten.

Mac stellte seinen Becher ab und kam auf sie zu. Als er die Hand ausstreckte und die samtweiche Haut ihres Oberarms berührte, spannte Tess sich an.

Als sie neun Jahre alt gewesen war, hatte ihr Vater

entschieden, jedem Mitglied der Pioneers die Zahl vierzehn einzutätowieren. Es war weniger auffällig als ein Hakenkreuz, bedeutete aber im Endeffekt das gleiche – zumindest für weiße Nationalisten. Kenny war diesem Schicksal entkommen, indem er behauptet hatte, allergisch auf die Tinte zu reagieren.

„Pi?" Er grinste sie an.

Sie hob spöttisch eine Augenbraue. „Das hast du erkannt?"

Seine Mundwinkel zuckten. Touché. „Mein Mathelehrer an der High School hat demjenigen zehn Dollar geboten, der die meisten Nachkommastellen von Pi auswendig lernte."

„Du hast gewonnen?"

Er nickte.

„Wie viele Kommastellen hast du denn auswendig gelernt?"

„Fünfzig."

„Weil du so ehrgeizig warst?"

Sein Lächeln verlor den Humor. „Weil ich das Geld brauchte."

Sie zog den Bademantel wieder über ihre Schulter, band den Gürtel fest zu. Sie roch nach Erdbeeren und seine Finger juckten.

Er hatte nicht damit gerechnet, so auf diese Frau zu reagieren.

„Das Tattoo abzuändern, war die Idee meiner Adoptivmutter. Ich war ohnehin schon ein Mathe-Freak." Aus nächster Nähe konnte er goldene Streifen zwischen dem Braun und Grün ihrer Iris erkennen. „Ich wollte es entfernen lassen, bevor die anderen Kinder an der Schule es bemerkten und anfingen, Fragen zu stellen. Sie dachte, ich könnte vielleicht aufarbeiten, was sie mir angetan hatten, indem ich es mir zu eigen machte. Ich war elf, als es zu Pi wurde."

Mac starrte sie eindringlich an, stand in der engen Küche viel zu nah neben ihr.

„Willst du noch nach anderen Tattoos suchen?" Falls sie sarkastisch hatte klingen wollen, kam es falsch heraus.

Die Glut, die mit einem Mal zwischen ihnen knisterte, überraschte sie beide. Er wich zurück, nahm seinen Kaffeebecher wieder in die Hand. Die Stille zwischen ihnen schien sie mit einer ganz neuen Spannung herauszufordern.

„Warst du schon immer ein Bundesagent? Damals, meine ich?", fragte sie nach ein paar peinlichen Momenten der Stille.

Für einen Augenblick erwiderte er nichts, dann trank er in einem Zug seinen Kaffee aus. Mac spülte die Tasse aus und stellte sie auf das Abtropfgestell. „Ich war damals bei der Landespolizei von Idaho. Kodiak war mein erster Einsatz. Ein paar Jahre später bin ich zum FBI gegangen."

„Meine Eltern wären rasend gewesen, wenn sie herausgefunden hätten, dass du ein Polizist warst." Die Vorstellung schien sie zu amüsieren. Es gab nicht viele Menschen, die David und Francis Hines zum Narren gehalten hatten.

Mac spazierte uneingeladen in ihr Wohnzimmer. Auf dem Papier zumindest wohnte sie allein, eine unverheiratete Frau ohne Freund, der bei ihr wohnte, ohne Kinder. Aber das bedeutete nicht, dass es auch in Wirklichkeit so war. Sie konnte einen langjährigen Freund haben oder nebenbei Zimmer vermieten.

Sie folgte ihm, hielt sich mit beiden Händen an ihrem Becher fest, war nicht bereit, ihn aus den Augen zu lassen. Ehrlich gesagt konnte er ihr das auch nicht verübeln.

Er war beinahe schockiert gewesen, herauszufinden, dass sie so nah an D.C. wohnte, in einer ruhigen Gegend von Bethesda. Nahe genug, um für einen Dreifachmord schnell mal in die Stadt zu fahren. Er hatte entschieden, sich die Sache selbst anzuschauen.

Er war sich nicht sicher, wonach er suchte. Ausgaben von *Die Turner-Tagebücher* voller Eselsohren oder andere rassistische Hassschriften? Vielleicht noch eine Konföderiertenflagge, die an der Wand hing?

Mac entdeckte zwei gerahmte Poom-Diplome, die mit kunstvollen silbernen Schriftzeichen verziert waren. Er schaute genauer hin. Tess Fallon hatte zwei schwarze Gürtel in Taekwondo. Beeindruckend.

„Wer ist das?" Er deutete auf ein gerahmtes Foto auf dem Kaminsims.

„Meine Mom."

„Im Ernst?" Er drehte sich überrascht zu ihr um. „Dir ist schon klar, dass sie schwarz ist?"

„Ist mir durchaus aufgefallen", antwortete sie schlagfertig. Sie starrte ihn für einen Augenblick an, als ob sie abwägte, wie viel sie noch preisgeben sollte. „Niemand wollte mich. Die Leute wollten Bobby, aber nicht mich. Sie war die einzige Person, die bereit gewesen war, uns beide aufzunehmen."

Scheiße. Eine weitere Dosis Schuldgefühle überkam ihn. Die Welt war voller Vorurteile, und Kinder aus rechtsextremen Vereinigungen standen auf der niedlich-und-süß-Skala relativ weit unten. Er wollte nicht daran denken, wie sehr sie darunter gelitten haben musste. Aber er konnte es sich nicht leisten, sie mit Samthandschuhen anzufassen.

„Sie war für ein Jahr unsere Pflegemutter, dann hat sie die Adoption beantragt. Ich bin in Leesburg aufgewachsen."

„Ist das Bobby?" Ein Bild der drei stand ebenfalls auf dem Sims und zeigte einen molligen Teenager mit dunklen Haaren und einer Brille.

Sie nickte.

Der Junge hatte eine gewisse Ähnlichkeit mit David Hines. Wie weit diese Ähnlichkeit reichte, war das, was ihn am meisten interessierte.

„Stehen du und deine Mom euch nah?", fragte er vorsichtig.

Ihr Ausdruck verfinsterte sich und sie wandte den Blick ab. „Wir *standen* uns nah. Sie ist gestorben. Letztes Jahr. Herzinfarkt."

Bedächtig rückte er das Foto auf dem Sims zurecht, räusperte sich. „Es gibt etwas, was ich dich fragen muss."

Jeder Muskel in ihrem Körper spannte sich an.

Er zwang sich, ihre Verletzlichkeit und ihren Schmerz und die Schuld darüber, was sie erlitten hatte, nur weil ihre Eltern ihre Eltern gewesen waren, zu ignorieren. Mac hatte hier einen Job zu erledigen. Ein Job, dem er sein Leben verschrieben hatte. Also dachte er stattdessen an den toten Richter und seine Frau, die ermordet worden waren, als sie sich auf einen ganz normalen Tag vorbereitet hatten. „Wo warst du am Montagmorgen zwischen sieben und acht?"

NEUNTES KAPITEL

ABEL ZINGEL SCHLOSS die Türen der Synagoge ab und rüttelte noch einmal an der Klinke, nur zur Sicherheit. In letzter Zeit hatte es eine Reihe von Einbrüchen gegeben, und er wollte nicht, dass irgendwelche Vandalen in das Gebäude eindrangen, nur weil er nicht richtig abgeschlossen hatte. Das würde Rabbi Hirsch ihm noch jahrelang vorhalten.

Die Hühneraugen an Abels Füßen pochten, als er sich auf den langen Weg nach Hause machte. Dienstags hatte seine Frau immer das Auto, damit sie den Wocheneinkauf erledigen konnte. Eigentlich mochte er es, zu Fuß zu gehen, aber es gefiel ihm weniger gut, wenn seine Ohren vor Kälte brannten. Er zog seinen Hut tiefer in die Stirn und vergrub seine Hände in den Taschen seines Mantels, versuchte, den bitterkalten Wind abzuhalten.

Seine Frau machte Lammkoteletts und Ofenkartoffeln zum Abendessen und sein Magen knurrte vor Vorfreude. Seine Tochter Ruth und ihr Verlobter würden zum Essen kommen, um ihre Hochzeitspläne zu besprechen.

Abel schmatzte mit den Lippen. Er konnte das brutzelnde, saftige Fleisch schon förmlich riechen. Judith war die beste Köchin der Welt. Schon allein dafür hätte er sie geheiratet, aber sie war außerdem wunderschön, innerlich wie äußerlich, und sie hatten zusammen vier wundervolle Kinder bekommen. Alle vier waren aufs College gegangen und hatten angesehene Berufe ergriffen.

Es waren großartige Kinder. Er war auf jedes einzelne stolz, aber insgeheim konnte er zugeben, dass Ruthie sein Liebling war.

Abel kam beim Feinkostladen an der Ecke an und entschloss sich, eine Flasche guten Rotweins zu kaufen. Er verließ den Laden mit einer feinen Flasche koscherem Merlot unter dem Arm und machte sich an den Aufstieg auf den Hügel, auf dem das Haus stand, das er seit mehr als zwei Jahrzehnten sein Zuhause nannte. Sie planten, bald in etwas Überschaubareres umzuziehen, aber sowohl Judith als auch er liebten das Haus so sehr, dass keiner von ihnen bisher konkrete Anstalten unternommen hatte, sich nach etwas Kleinerem umzuschauen.

Der Wind heulte, und die Äste der Bäume klapperten wie dünne, trockene Knochen. Es war dunkel. Auf der einen Seite der Straße lag ein Hain, in dem er immer mit dem Hund spazieren gegangen war. Er vermisste diesen alten Hund. Vielleicht sollten sie sich wieder einen Welpen zulegen. Etwas, was ihn aktiver werden ließe und seiner Frau ein größeres Gefühl von Sicherheit vermitteln konnte, wenn er nicht zu Hause war.

Er hielt für einen Augenblick inne, um zu Atem zu kommen, dann marschierte er weiter, überquerte die Straße und bog in den Weg ein, in dem er wohnte. Die Straßenlaterne auf halber Höhe der Straße war kaputt, und er verzog verärgert das Gesicht. Er hatte schon zweimal bei der Stadtverwaltung angerufen, und sie hatten ihm versichert, sie würden die Laterne reparieren. Abel richtete seinen Blick auf den unebenen Bürgersteig, weil er in der Dunkelheit nicht stolpern und sich das Fußgelenk brechen wollte.

„Rabbi Zingel?", rief eine leise Stimme, und ein Schatten tauchte zwischen zwei geparkten Autos am Straßenrand auf.

Er blinzelte die Gestalt an, konnte ihr Gesicht aber nicht erkennen. „Kann ich Ihnen helfen?"

„Sie sind Rabbi Zingel, richtig?"

„Ja. Kenne ich …"

Der Schmerz in seiner Brust brannte wie Feuer. Die Weinflasche rutschte unter seinem Arm hervor und zerschellte auf dem Gehweg. Er sank auf die Knie und die Gestalt kam näher. Ein fahler Lichtschein fiel auf die runde Mündung einer Pistole, die in der Dunkelheit über ihm schwebte, und Abel wusste, dass er sterben würde.

„Warum tun Sie das? Was habe ich Ihnen jemals getan?" Die Mündung der Pistole kam näher und er musste an das Leid denken, dass seine Frau und seine Kinder durch diesen sinnlosen Gewaltakt erleiden würden.

„Mein Gott und Gott meines Volkes…", begann er.

Für einen Augenblick flammten erneut Schmerzen in ihm auf, dann umfing ihn die Dunkelheit.

ZEHNTES KAPITEL

„D U WILLST, DASS ich dir ein Alibi liefere?" Das Leuchten verschwand aus ihrem Gesicht.

Anspannung knisterte in der Luft, als Mac ihre Körpersprache beobachtete, um festzustellen, ob sie das bestätigte, was sie sagte. „Du weißt, dass ich das fragen muss."

Sie verschränkte ihre Arme, jede Faser ihres Körpers schien abwehrend und empört. „Ich erinnere mich nicht genau, wo ich am Montagmorgen war." Ihre Augen blickten nach oben rechts.

Mist. Sie log. Die Leute logen die Polizei oder das FBI ständig an. Die Frage war nur, was sie zu verheimlichen hatte?

„Aber heute Morgen, als die Radiomoderatorin erschossen wurde", sie hatte sich schon zusammengereimt, was die Polizei offiziell noch nicht zugeben wollte, „war ich in einem Café und dann in der U-Bahn."

„Kann das jemand bezeugen?"

Sie nannte ihm den Namen des Cafés in der Nähe von Tenleytown und die U-Bahnstation, an der sie ausgestiegen war.

„Sag ihnen nicht, weshalb du das fragst", sagte sie. „Bitte."

Er runzelte die Stirn.

Tess legte die Stirn in die Hand und sah aus, als ob sie sich plötzlich nicht gut fühlen würde. Aber was sollten die Leute denn ehrlich gesagt auch denken, wenn das FBI anfing, Fragen zu ihren Aufenthaltsorten zu stellen? Er zwang sich, weiter zu fragen. Sie war weder eine Freundin von ihm noch seine Lebenspartnerin. Er musste seinen Job machen.

„Irgendeine Idee, wer diese Morde verübt haben könnte?"

„Ich habe es dir schon gesagt. Ich habe mit niemandem von damals mehr Kontakt."

„Was ist mit deinem Bruder?"

„Eddie?" Ihr platzte ein hässliches Lachen heraus. „Mit diesem Irren habe ich nichts zu tun."

Eddie Hines saß noch immer im Landesgefängnis von Idaho seine Haftstrafe ab. In der Wirbelsäule eines SWAT-Beamten war eine Kugel gefunden worden, die zu Eddies Waffe gepasst hatte. Der Beamte hatte Glück gehabt, dass er nicht querschnittsgelähmt war. Um diesen Punkt zu unterstreichen, war er zu jeder von Eddies Bewährungsanhörung in einem geliehenen Rollstuhl und mit einem „Ich hätte tot sein können"-Schild aufgekreuzt.

„Ich meine deinen anderen Bruder."

Sie streckte die Hand aus, um sich an der Sofalehne festzuhalten. „Er weiß nichts über all das."

Mac runzelte die Stirn. „Du meinst, über die Morde?"

„Nein", spuckte sie barsch hervor. „Über nichts von alledem. Nichts über die Pioneers. Nichts über die Anlage in Kodiak. Nichts darüber, wer unsere Familie tatsächlich ist. Nichts." Sie ballte die Fäuste und öffnete sie wieder. „Und ich will, dass das auch so bleibt."

Was zur Hölle? „Was denkt dein Bruder denn über seine Abstammung?"

„Ich habe ihm erzählt, dass wir die Kinder von Trudys Großcousine mütterlicherseits sind. Habe ihm erzählt, unsere Eltern wären in Oregon umgekommen und Trudy hätte uns aufgenommen.“

„Du hast ihn über seine Eltern belogen?“ Heilige Scheiße.

Sie stemmte eine Hand in die Hüfte. „Komm mir jetzt bloß nicht mit diesem vorwurfsvollen Ton, ASAC Steve McKenzie.“

„Sorry, Tess.“ Er kam auf sie zu, bis sie nur noch wenige Zentimeter voneinander entfernt standen. „Mir war nicht klar, dass du das Alleinrecht darauf hast, die Identität zu wechseln.“

Sie zuckte zusammen und blinzelte, als ob sie Tränen zurückhalten wollte. „Wenn irgendjemand verstehen kann, warum ich diese Abscheulichkeiten hinter mir lassen wollte, dann doch wohl du. Du solltest gehen. Jetzt.“

Als er sich nicht von der Stelle rührte, ging sie zur Haustür und riss sie weit auf, wartete darauf, dass er den Hinweis verstand. Verdammt. Er hatte es vermasselt. Als er wieder neben ihr stand, öffnete er den Mund, um etwas zu sagen.

Sie war schneller. „Nicht die Stadt verlassen, habe ich recht?“ Die Linien um ihren Mund waren voller Verbitterung. Ebenso ihr Tonfall.

„Ich wollte sagen: Falls jemand aus Kodiak Kontakt mit dir aufnimmt …“

„Das werden sie nicht.“

„Aber falls doch …“

„Werden sie nicht!“ Sie schien kurz davor, in Tränen auszubrechen, kämpfte aber dagegen an.

Während seiner Zeit als Agent hatte er alle Arten von Tränen gesehen. Es waren immer die Tränen, die nicht fielen, die ihn am meisten berührten.

Er zog eine Visitenkarte aus der Tasche, nahm ihre Hand und schloss ihre Finger um die Karte. Bei der Berührung ihrer Haut schoss etwas Unerwartetes durch seinen Körper. Und trotz ihrer Wut spürte auch sie es – er sah es in ihren Pupillen, die größer wurden, und an ihren Lippen, die sie leicht öffnete. Sie versuchte, sich aus seinem Griff zu befreien, aber er ließ nicht los und gab nicht nach.

Stattdessen zog er sie in eine steife Umarmung. Sein Atem strich über ihre Haare, als er ihren Scheitel küsste – als ob sie noch immer das kleine Mädchen wäre, das er vor all den Jahren gekannt hatte.

„Ich bin hier nicht der Buhmann, Tess", murmelte er in ihr Haar.

Sie hielt den Kopf gesenkt, die Augen geschlossen, ihre Hand presste sich wie ein glühendes Brenneisen auf sein Herz.

„Ich auch nicht, aber das scheint niemanden zu interessieren."

Sie zog sich aus seiner Umarmung, und er ließ sie los. Dann ging er davon, wie er es schon vor zwanzig Jahren getan hatte.

Er saß in seinem Auto, starrte auf das Haus und wusste, dass sie ihn ebenfalls beobachtete.

Die unerwartete Anziehung zwischen ihnen hatte ihn aus dem Nichts erwischt. Er hatte vergessen, wie es sich anfühlte, einen anderen Menschen wirklich zu wollen. Aber er konnte es sich nicht erlauben, etwas mit der Tochter eines der berüchtigtsten Rassisten aller Zeiten anzufangen. Das würde sich auf seinem Lebenslauf nicht gerade gut machen.

Diese dumme Umarmung hatte ihn aus dem Gleichgewicht gebracht und ließ ihn nun wie einen verfluchten Stalker in seinem Auto hocken. Er hatte gehofft, etwas von der Feindseligkeit, die sein unerwartetes Auftauchen bei ihr hervorgerufen hatte, zu vertreiben und sie für seine Seite gewinnen zu können, sollte er in Zukunft ihre Hilfe brauchen.

Aber nun hatte sich der frische Geruch ihres Shampoos in seine Nase geschlichen, und die Berührung ihrer weichen Haut reizte seine Sinne. Ihr Anblick im feuchten Bademantel – zu wissen, dass sie darunter nackt war – hatte ihn völlig abgelenkt. Und verflucht nochmal, wenn diese Umarmung sich nicht angefühlt hatte, wie nach Hause zu kommen …

Es war unwahrscheinlich, dass sie in die aktuellen Morde verwickelt war. Es schien unwahrscheinlich, dass eine Steuerberaterin, die von einer schwarzen Frau aufgezogen worden war, plötzlich anfing, gemäß den Glaubenssätzen ihres Daddys irgendwelche Leute umzubringen. Aber wer weiß? Er hatte in seiner Karriere schon verrücktere Dinge gesehen. Morgen würde er ihr Alibi überprüfen und sie dann von seiner To-do-Liste streichen.

Leider.

Dann hatte er eben schmutzige Gedanken, und wenn schon? Es würde nirgendwo hinführen. Sie war tabu. Und er hatte seine Wünsche und sein Verlangen im Griff.

Mac startete den Motor. Was er definitiv tun musste, war, mehr über ihren kleinen Bruder herauszufinden. Seine Akte war geschlossen, aber ein Freund von Mac im Justizministerium arbeitete gerade daran, sie öffnen zu lassen. Das würde vermutlich eine Weile dauern, ganz zu schweigen davon, dass sie einen richterlichen Beschluss brauchten, aber er würde den Jungen schließlich ausfindig machen, und sei es auch nur, um ihn als Verdächtigen auszuschließen.

Er könnte zurückkommen und noch einmal mit Tess sprechen, aber es war nicht sein Fall. Außerdem reizte ihn die Vorstellung, mehr Zeit mit ihr zu verbringen, ein wenig zu sehr, und er würde die Chance auf seinen Traumjob nicht für eine Frau, die er kaum kannte, aufs Spiel setzen.

Vor zwanzig Jahren waren die Strafverfolgungsbehörden auf Bundes- und Landesebene von Idaho zunehmend nervös über die Aktivitäten von David Hines wachsender Gruppe von weißen Nationalisten geworden, die sich unter dem Banner einer christlichen Kirche, exklusiv für Weiße, zusammengerottet hatten.

Anscheinend war Jesus Christus die einzige Person im Nahen Osten gewesen, die als Weißer geboren wurde.

Ganz sicher.

Er hatte Tess niemals einen Vorwurf dafür gemacht, Teil von etwas gewesen zu sein, worüber sie keine Kontrolle gehabt hatte. Wenn sie unschuldig war, wollte er sie nicht in die Öffentlichkeit zerren. Deshalb war er allein und inoffiziell hier erschienen. Aber sie verheimlichte definitiv etwas, und er würde herausfinden, was es war.

Die Pioneers hatten die meisten Informanten entlarvt, bevor diese überhaupt nur in die Nähe der Anlage gekommen waren. Mac war neu in Idaho gewesen, frisch von der Polizeiakademie, und war auf einer Ranch aufgewachsen.

Der Cowboy Kenny Travers hatte also begonnen, auf einer Rinderfarm in der Nähe von Kodiak, Idaho, zu arbeiten, und verbrachte seine freie Zeit damit, in der örtlichen Kneipe herumzuhängen. Er hatte die Bekanntschaft von Eddie Hines gemacht. Sie hatten Billard gespielt, rassistischen Blödsinn verbreitet, mit Mädchen geflirtet. Es hatte ein paar Monate gedauert, Eddies Vertrauen zu gewinnen, aber dann hatte ihn der Kerl auf die Anlage und in den Schoß der Gemeinde eingeladen.

Der Rest war Geschichte.

Hatte Eddie noch immer Verbindungen nach draußen?

Besuchten die weißen Nationalisten ihren Kumpel im Gefängnis? Wusste Eddie-das-Arschloch, wer in die neuesten Mordanschläge involviert war? Und würde er diese Informationen gegen seine Freiheit eintauschen?

Oder war dieser Mörder ein unbeschriebenes Blatt in der Szene?

Soweit Mac wusste, gab es keine Hinweise darauf, dass die Pioneers in diese neuen Morde verwickelt waren. So verlockend die Vorstellung auch war, einfach aufzukreuzen und Eddies wutverzerrtes Gesicht zu sehen, wenn er herausfand, dass Kenny Travers in Wirklichkeit ein verdeckter Ermittler gewesen war, Mac wurde hier gebraucht. Er hatte eine Zusammenfassung der Ermittlungen in dem Fall an das FBI-Büro in Boise geschickt und darum gebeten, dass einer der Agenten dort Eddie befragte, um herauszufinden, mit wem er kommunizierte.

Mac presste die Lippen zusammen. Er erinnerte sich an jedes Detail aus dem Jahr, das er in diesem Höllenloch verbracht hatte. Jeden Hitlergruß, jede rassistische Beschimpfung, die er hatte aussprechen müssen.

Das mochte bewiesen haben, dass auch ein armer Junge aus Montana einen Unterschied machen konnte, aber er hatte das Gefühl gehabt, seine Seele verkauft zu haben. Er war gezwungen gewesen, danebenzustehen und konnte nichts unternehmen, während er Dinge hatte mit ansehen müssen, die ihm körperliches Unwohlsein verursacht hatten – wie ein Mädchen, das zur Ehe mit einem Mann gezwungen wurde, der alt genug war, um Macs Vater zu sein.

Sein Magen drehte sich um, als er an die Kinder dachte. Theresa Jane – *Tess* – und die anderen, die wie Leibeigenen behandelt worden waren, oder noch schlimmer. Die meisten von ihnen waren gehirngewaschene Lakaien gewesen, aber Tess hatte immer schon Zunder gehabt und hatte mehr gelacht als jeder andere an diesem verfluchten Ort.

Das Bild, wie sie in dem weißen Bademantel in ihrer Küche stand, blitzte in seiner Erinnerung auf. Es kam ihm nicht so vor, als ob sie heute noch viel lachen würde.

Bis heute wusste er nicht, ob Theresa Jane – *Tess, verdammt nochmal* – sexuell missbraucht worden war oder nicht. Er hatte keinen Zugriff auf ihr psychologisches Gutachten gehabt, auch wenn er Informationen für die Ermittlungsberichte geliefert hatte. Dass Walt bei dem Schusswechsel umgekommen war, war nichts, was Mac auch nur im Geringsten auf dem Gewissen lastete. Aber Ellie…

Er wachte noch immer mit Angstschweiß auf, wenn er im Traum ihre Schreie hörte. Wenn Mac sie geheiratet hätte, so wie David Hines es gewollt hatte, dann hätte sie überlebt. Er hätte nicht mit ihr schlafen müssen. Sie würde jetzt irgendwo ihr Leben leben und vielleicht wie ihre Schwester für andere Leute die Steuern machen.

Er hatte seinen Boss angefleht, mit dem Zugriff zu starten, als er herausgefunden hatte, dass sie mit Trimble verheiratet worden war, aber sie waren noch nicht bereit gewesen, und die Ehe mit einer Minderjährigen war nicht illegal, solange die Eltern ihr Einverständnis gaben – es war noch immer nicht illegal, und zwar in mehr Bundesstaaten, als einem Großteil der amerikanischen Bevölkerung vermutlich klar war. Die Beweise, die sie zu diesem Zeitpunkt gehabt hatten, waren nicht ausreichend gewesen, um den Anführer zu verhaften und die Anlage ein für alle Mal stillzulegen. Zwei Monate, nachdem die dreizehnjährige Ellie verheiratet worden war, hatte der strohdumme Kenny Travers in einem der

Pferdeanhänger in einer der Scheunen ein Versteck mit gestohlenen Waffen entdeckt. Das war der Anfang vom Ende der Pioneers gewesen. Aber für die arme, süße Ellie war es zu spät gewesen.

Er legte den Gang ein und rollte langsam an Tess' Haus vorbei. Im Licht seiner Autoscheinwerfer erschien ihre Silhouette im Fenster, als sie ihn beobachtete, wie er davonfuhr. Es war an der Zeit, sich von diesem Teil seines Lebens zu verabschieden. Es gab kein Zurück.

Ein paar Sekunden später klingelte sein Handy. Es war das Büro – nicht etwa Tess, die ihn bat, zurückzukommen und etwas zu beginnen, was sie nicht beginnen sollten.

„McKenzie", meldete er sich ungeduldig.

„Es hat einen weiteren Mord gegeben. Ein Rabbiner auf der Munroe Street", informierte ihn ASC Gerald kurz angebunden.

Scheiße. „Wann?", fragte Mac.

„Vor zwanzig Minuten."

Er stieß den Atem aus. Na gut, immerhin wusste er jetzt mit Sicherheit, dass Tess ein Alibi für diesen Mord hatte.

„Der Direktor will, dass so schnell wie möglich eine Sonderermittlungseinheit aufgestellt wird."

Mac konzentrierte sich mit messerscharfem Fokus auf das, was der Kerl da sagte.

„Ich habe Ihre Bedenken, dass die Morde am Richter und dem DJ Hassverbrechen waren, gestern meinem Boss gesteckt."

Mac hielt die Luft an.

„Unsere Vorgesetzen möchten, dass Sie diese Sondereinheit leiten, von der Zentrale aus."

Macs Faust schnellte in die Luft.

„McKenzie? Sind Sie noch da?"

„Ja, Sir. Danke, Sir." Aufregung flimmerte durch ihn hindurch. Wie der Anschlag auf das Einkaufszentrum in Minnesota war das hier die Art Fall, die eine Karriere ausmachte und ihn direkt zum SAC befördern konnte. „Kann ich mein eigenes Team zusammenstellen?"

„Ein paar Mitglieder davon", gestattete Gerald. „Schicken Sie mir eine Liste der Agenten, die Sie wollen. Ich kontaktiere das Ministerium für Innere Sicherheit, die Polizeibehörde von D.C. und das FBI-Büro hier in Washington. Ich lasse mir alles schicken, was es bisher über diese Morde gibt."

„Bitten Sie die Beamten und Agenten, die schon in den Fällen ermitteln, auch zur Sondereinheit zu kommen. Dadurch haben wir zusätzliche Beamte vor Ort und können die Informationen, die sie schon gesammelt haben, schnellstmöglich analysieren. Sagen Sie der Rechtsmedizinerin, dass sie die Leiche des Rabbis nicht bewegen soll, bis ich angekommen bin." Mac sah auf seine Uhr und schrieb sich die Adresse auf. „Ich bin in einer halben Stunde da."

„Verstanden." Gerald legte auf.

Macs Herz hämmerte vor Aufregung, und er trat aufs Gaspedal, als ob es ein Rennen zu gewinnen gäbe.

Vier Morde in sechsunddreißig Stunden. Jemand brachte in dieser herrlichen Stadt Menschen aufgrund ihres Glaubens und ihrer Hautfarbe um. Das war nicht das Amerika, in dem er leben wollte. Er hatte diesen Kampf schon einmal gekämpft, aber diesmal hatten sie ihm auf seinem eigenen Boden den Krieg erklärt, und diesmal waren sie es, die sich in Schatten hüllten. Aber er verstand, wie diese Typen tickten. Er verstand, wie sie hassten. Irgendwann würden sie einen Fehler machen. Nur leider gab es bis dahin tausende, wenn nicht sogar

Millionen potenzieller Zielpersonen im Großraum von D.C.

Und jede einzelne von ihnen schwebte in Gefahr.

TESS SCHLOSS DIE Haustür, drehte den Schlüssel im Schloss und legte ihre Stirn gegen das kalte Holz. Sie würde ihrer Kindheit niemals entkommen, aber sie würde auch nicht zulassen, dass ihre Vergangenheit den einzigen Menschen, den sie liebte, zerstörte. Sie schaltete das Licht aus, ging zurück ins Wohnzimmer und starrte durch das Fenster auf die leere Straße, lange, nachdem Steve McKenzie davongefahren war.

Hatte er wirklich vermutet, sie wäre in diese Sache verwickelt?

Andererseits, warum nicht? Ihre Familie war schließlich ein Haufen wahnsinniger Spinner gewesen.

Sie starrte auf die Visitenkarte in ihrer Hand. Das edle, metallisch glänzende, eingestanzte FBI-Logo schien ihre Versuche, ein neues Leben für sich und ihren Bruder zu schaffen, geradezu zu verhöhnen.

ASAC Steve McKenzie. Sie fuhr mit dem Daumen über seinen Namen.

Ihr zehnjähriges Selbst hatte ihn mehr als ihre eigenen Eltern geliebt, aber das machte ihn noch lange nicht zu einem Freund. Vor zwanzig Jahren hatten McKenzie und seine Kollegen von der Polizei sie ihrem Schicksal überlassen. Sie hatte sich und ihren Bruder gerettet und würde jetzt als Erwachsene nicht plötzlich anfangen, sich auf die Polizei zu verlassen.

Tess schloss die Augen, als ihr klar wurde, dass sie genauso paranoid klang wie ihre Eltern damals. *Traue niemandem* war scheinbar das Familienmotto.

McKenzies Besuch hatte alles wieder hochgeholt. Das erstickende Umfeld, in dem sie aufgewachsen war. Die Schießerei, die ihre Kindheit beendet hatte. Die giftigen letzten Worte ihre Mutter.

Im Morgengrauen hatten die Kugeln endlich aufgehört, in das Zuhause ihrer Kindheit einzuschlagen. Die Stille, die darauf gefolgt war, war noch furchteinflößender gewesen, als der Schusswechsel. Unglaublicherweise musste sie an irgendeinem Punkt eingeschlafen sein. Nur um von einem lauten Schlag wieder aus dem Schlaf gerissen zu werden, als die Polizisten das Haus stürmten. Sie hatte nicht geschrien, als zwei maskierte Männer die Tür ihres Kleiderschranks aufgerissen und ihre riesigen schwarzen Waffen direkt auf sie gerichtet hatten, auch wenn sie Todesangst gehabt hatte. Die Polizisten hatten sie dort vorgefunden, wie sie Cole an ihre Brust gedrückt und Sampson an seinem Halsband festgehalten hatte, während er die Männer anknurrte.

Sie hatte geschrien, als sie ihren Bruder aus ihren Armen genommen hatten. Ein anderer Mann war hereingekommen und hatte Sampson davongeführt. Sie war durchsucht worden, behutsam aber entschieden. Sie hatte geglaubt, die Männer in den schwarzen Masken würden sie umbringen. Stattdessen hatte einer von ihnen sie auf seine Arme gehoben, ihr Gesicht gegen seine Brust gedrückt und ihr gesagt, sie solle ihre Augen geschlossen halten, während er sie aus dem Haus getragen hatte.

Sie konnte sich noch immer an den Geruch seiner Uniform erinnern – Rauch und Schweiß und Schießpulver. Sie hatte versucht, ihre Augen nicht zu öffnen, sie hatte es wirklich versucht. Er hatte sogar seine Hand über ihr Gesicht gelegt, aber im Augenwinkel hatte sie dennoch die Leiche ihrer Mutter sehen können, als der Mann vor dem Schlafzimmer über sie hinweggestiegen war. Francis Hines' Augen waren weit aufgerissen gewesen. Diese toten Augen – die dieselbe Farbe und Form wie ihre eigenen hatten – erschienen Tess noch immer in ihren Albträumen. In der Küche hatten sich die Strahlen der aufgehenden Sonne in den Perlmuttknöpfen des Lieblingshemds ihres Daddys gebrochen, der tot auf dem Boden gelegen hatte. Ein dunkler Blutfleck hatte sich auf dem hellblauen Stoff des Hemdes ausgebreitet.

Ihr Magen hatte sich überschlagen, und sie hatte ihre Nase fester gegen die Brust des Fremden gepresst. Er hatte seine Hand auf ihren Kopf gelegt und sie gedrückt, versucht, sie zu beruhigen.

Er war der Feind, aber in diesem Augenblick hatte er versucht, den Schmerz und die Angst zu besänftigen, die mit einer Macht durch sie hindurchströmten, wie es ihre Familie niemals vermocht hatte. Anstatt ihr wehzutun, hatte der Fremde sie in Sicherheit gebracht und sichergestellt, dass sie nicht verletzt war. In diesem Augenblick wurde ihr klar, dass ihre Familie sie all die Jahre über angelogen hatten. Sie hatte unkontrolliert zu weinen begonnen, und er hatte sie in den Arm genommen und gewiegt, bis sie eingeschlafen war.

Rückschauend fragte sie sich, warum sie überhaupt geweint hatte. Die Mitglieder ihrer Familie waren Monster gewesen, die versucht hatten, ihr ihre verdrehten Glaubenssätze einzuimpfen. Sie hatten sie herabgesetzt und misshandelt, wenn sie es in Frage gestellt oder ihre Regeln nicht befolgt hatte. Walt hatte versucht, sie sexuell zu missbrauchen, und sie war sich sicher, dass er es irgendwann auch geschafft hätte. Vermutlich wäre sie mit dreizehn Jahren mit einem der vielen Verlierer verheiratet worden, die unablässig zum Anwesen ihres Vaters geströmt waren. Wenn sie sich gewehrt hätte, wäre sie aus purer Boshaftigkeit umgebracht worden, und sie hätten es als gerechte Strafe deklariert.

Es war keine gerechte Strafe. Es war Missbrauch.

Die einzige Person, die sie vermisste, war Ellie.

Ein Kloß stieg Tess in den Hals, als sie an den Tod ihrer Schwester dachte.

Nein, Kenny Travers hatte nie wirklich dorthin gepasst. Sie fragte sich, wie er sein wahres Wesen so lange hatte verbergen können, während er von einem so allumfassenden Hass umgeben gewesen war.

Der Kaffee rumorte in ihrem Bauch, als die Erinnerungen durch ihre Gedanken kreisten. Etwas in ihr wünschte sich, sie könnte diese Zeit und den Ort, von dem sie kam, einfach vergessen, aber ein anderer Teil in ihr war stolz. Sie war stark genug gewesen, sich trotz allem, was sie erlitten hatte, ihr Mitgefühl und ihre Menschlichkeit zu bewahren. Sie war widerstandsfähig genug gewesen, um zu gedeihen und zu einem anständigen und ehrenwerten Menschen heranzuwachsen.

Tess starrte durch das dunkle Zimmer auf die Fotografie ihrer Mutter. Was hätte sie an ihrer Stelle getan?

Trudy Fallon war die erste wirklich grundgute Person gewesen, die sie je kennengelernt hatte. Sie war die Tochter einer wohlhabenden weißen Mutter und eines mittellosen schwarzen Vaters gewesen, die sich im College kennengelernt und verliebt hatten, und schließlich gegen den Wunsch ihrer Eltern geheiratet hatten. Die Ehe hatte nur wenige Jahre gehalten, und die kleine Trudy war zwischen zwei Welten hin und hergereicht worden, ohne wirklich irgendwo hinzugehören. Das war es, was sie so perfekt für Tess und Cole gemacht hatte. Sie verstand, wie es war, sich ungeliebt und ungewollt zu fühlen. Sie hatte verstanden, dass Herkunft nicht automatisch definierte, wer man war, sondern dass die inneren Werte ausschlaggebend waren. Zu dritt hatten sie sich ihre eigene kleine Familie aufgebaut, eine Familie, die mit einer tiefen, beständigen Liebe füreinander gesegnet war. Als ihre Adoptivmutter im letzten Jahr gestorben war, hatte sie das mehr geschmerzt, als ihre gesamte Familie in Kodiak zu verlieren.

Sie schüttelte ihre Melancholie ab und eilte nach oben, um sich einen warmen Pyjama anzuziehen.

Dann ging sie wieder in die Küche, um zu arbeiten. Aber die Stille war bedrückend, also schaltete sie den Fernseher ein, nur um sich sofort zu wünschen, sie hätte es nicht getan.

Die Nachrichten berichteten über den Mord an einem Rabbiner.

Es lief ihr eiskalt den Rücken hinunter.

Sie hatte sich einen Funken Hoffnung bewahren können, dass der Mord an dem Richter und seiner Frau sowie an der transsexuellen Moderatorin nur unglückliche Zufälle gewesen waren. Washington D.C. war eine große Stadt. Die Opfer waren prominent gewesen, was immer auch Feinde anzog, unabhängig von Glauben, Politik oder Sexualität.

Aber der Rabbiner …

Er war keine Berühmtheit. Er war nicht besonders bekannt. Laut dem Nachrichtensprecher war er nur ein freundlicher, älterer Herr gewesen, der von seiner Familie und seiner Gemeinde geliebt und für seine Güte und Nächstenliebe geachtet wurde.

Furcht schoss durch ihre Adern.

Sie rief Cole an, aber sie erreichte ihn nicht.

War er wirklich so sauer auf sie, oder hatte er etwas zu verbergen?

Dann erinnerte sie sich an etwas, was ihr den Boden unter den Füßen fortriss. Montag – der Tag, an dem der Richter und seine Frau kaltblütig ermordet worden waren – war der dreiundzwanzigste Februar gewesen.

Wenn er noch leben würde, wäre das der fünfundsechzigste Geburtstag ihres Vaters gewesen.

Sie schluckte wiederholt, weil ihr Magen drohte, sich zu überschlagen.

Hatte einer seiner Jünger sich dazu entschlossen, zum zwanzigsten Jahrestag der Razzia auf die Anlage irgendeine Art von Statement abzugeben? Jahrestage waren in regierungsfeindlichen Kreisen eine große Sache. Da musste man nur Timothy McVeigh fragen.

Oder war das einer dieser schrecklichen Zufälle, die hin und wieder auftauchten und die Welt wie durch einen kosmischen Scherz ins Chaos stürzten?

Sie ging im Wohnzimmer auf und ab. Die ganze Sache war einfach dem Plan, den ihr Daddy immer und immer wieder gepredigt hatte, so ähnlich. Die Sprache so abscheulich, dass sie sich mit unauslöschlicher Tinte in ihr Gedächtnis geschrieben hatte – wie das Tattoo, das sie ihr als Kind verpasst hatten. Schon wenn sie sich nur an seine Stimme erinnerte, musste sie würgen. Wie hatte er diese verdrehte Botschaft predigen und glauben können, das wäre in Ordnung? Wie hatten all die Menschen, die sie damals gekannt hatte, so abartig und irrgeleitet sein können?

Ihre Mutter hatte sie nicht überrascht.

Francis Hines war eine kalte Frau gewesen, die sich nur an den Zwängen gestört hatte, denen sie sich als Frau in einer rassistischen, nationalistischen Gemeinschaft ausgeliefert sah, aber nicht an der Ideologie. Wenn überhaupt, hatte sie nur einen noch härteren Kurs gefahren.

Hin und wieder blitzte das Antlitz ihrer Mutter in Tess' eigenem Spiegelbild auf, oder in einem Foto, das aus einem schlechten Winkel aufgenommen worden war.

Es machte ihr Angst.

Beim Gedanken daran, dass sie die DNA mit ihrer Mutter teilte, wollte sie sich am liebsten die eigene Haut von den Knochen reißen.

An dieser Grenze zum Wahnsinn gab es natürlich noch andere, die den Glauben der Pioneers teilten. Sie waren nicht die einzigen Spinner da draußen gewesen, aber die Verbindung zum Geburtstag ihres Vaters ... Die Tatsache, dass die Razzia genau zwanzig Jahre her war ...

Sie betrachtete Steve McKenzies noble Visitenkarte. Sollte sie ihn anrufen und darüber informieren, dass es der Geburtstag ihres Vaters war? Aber er war vom FBI. Das hatte er doch sicherlich schon selbst herausgefunden? Vielleicht war er aus diesem Grund heute hier aufgetaucht.

Aber viel wichtiger war es, herauszufinden, warum Cole ein Foto von diesem Richter in seinem Schreibtisch hatte. Und warum hatte er es wieder verschwinden lassen?

Tess saß auf der Sofakante und sah sich immer wieder die gleiche Berichterstattung im Fernsehen an. Eine Reihe von geparkten Autos in einer dunklen Straße, die an beiden Enden mit gelbem Polizeiband abgesperrt worden war, damit die Reporter nicht näher herankommen konnten. Ein Zelt, das über der Leiche errichtet worden war. Streifenwagen mit blinkenden Blaulichtern, die eine seltsame, futuristische Atmosphäre erzeugten. Kleine Gruppen von Streifenpolizisten, die herumstanden und wütend und nervös wirkten.

Ein Mann in einem FBI-Anorak betrat das Zelt, in dem der Rabbiner lag. Tess spulte die Aufnahme zurück. McKenzie.

Zumindest für diesen Mord hatte sie nun also ein Alibi.

Aber Cole? Verdammt.

Die Polizei machte keine Angaben darüber, wie der Rabbiner umgekommen war, aber der Reporter deutete an, dass ein Zeuge gedämpfte Schüsse gehört hatte – genau, wie bei den anderen Morden.

Tess schaute auf das Foto ihrer Adoptivmutter auf dem Kaminsims. Was würde sie tun?

„Die Angst wächst, dass im Großraum von Washington D.C. eine Serie von Hassverbrechen verübt wird", sagte der Reporter. „Wir haben gerade die Information erhalten, dass das FBI eine Sonderermittlungseinheit zu diesen Fällen aufstellt. Sprecher des FBI haben bisher keine Aussagen gemacht, außer darauf hinzuweisen, Ruhe zu bewahren und wachsam zu bleiben. Sie bitten jeden, der hilfreiche Hinweise hat, sich zu melden."

Tess ging in ihre Küche und ihr Blick fiel auf ihre Handtasche, in der der USB-Stick steckte.

Wenn sie Beweise dafür fand, dass Cole in diese Morde verwickelt war, würde sie ihn an die Polizei verraten? Würde sie den kleinen Bruder verraten, den zu lieben und mit ihrem eigenen Leben zu beschützen sie geschworen hatte, als sie beide noch Kinder gewesen waren? Diese Vorstellung bohrte sich wie ein Messer in ihre Brust.

Er war ein guter Junge, und sie liebte ihn mehr als sie

irgendjemanden sonst je geliebt hatte, aber war es möglich, dass er in einen Mordkomplott verwickelt war? Was, wenn noch weitere Menschen umgebracht werden sollten? Menschen, die noch gerettet werden konnten? Ihr Mund wurde trocken. Es war eine unmögliche Entscheidung, aber letztendlich hatte sie überhaupt keine Wahl. Wenn Cole schuldig war, würde sie es McKenzie im Handumdrehen mitteilen, wenn sie dadurch unschuldige Menschenleben retten konnte.

Sie zog den kleinen Stick aus ihrer Tasche. Schweißperlen traten auf ihre Stirn, als sie ihn in den USB-Anschluss ihres Laptops steckte.

Es dauerte einen Augenblick, bis alle Dateien geladen waren. Tess stand da und ballte nervös die Hände zu Fäusten. Filmdateien. Sie klickte auf eines der Icons, ihr Herz hämmerte vor Angst.

Schweres Atmen erfüllte den Raum. Sie blinzelte und starrte mit großen Augen auf den stoßenden Hintern, der den Bildschirm füllte. Der Mund klappte ihr auf. Wow. Sie hatte nicht gewusst, dass man sowas auch im Stehen hinkriegen konnte.

Sie öffnete eine zweite Datei. Eine junge Frau in einem enganliegenden Outfit erschien auf dem Bildschirm, beugte sich vor, um ein Auto zu waschen. Tess war klar, wo das enden würde, und schloss die Datei. Sie sah an die Zimmerdecke und stieß einen erleichterten Seufzer aus.

Es war die Pornosammlung ihres Bruders.

Sie fuhr sich mit den Händen über das Gesicht und musste lachen. Wie zur Hölle sollte sie das wieder in seine Schublade schmuggeln, ohne dass er es bemerkte?

Und wenn schon. Sie warf den Stick aus und klappte den

Laptop zu.

Die Verbindung zwischen ihrem Bruder und dem Foto des Richters war ihr noch immer nicht klar, aber zumindest enthielt der Datenstick keine Liste mit Zielpersonen in einer Mordserie.

Eine Last lag auf ihrer Brust. Ganz egal, wie sehr sie es sich wünschte, sie konnte die unbeantworteten Fragen nicht ignorieren, die ihr im Nacken saßen. Es gab nur eine Person, die womöglich Antworten liefern konnte, aber dafür musste Tess etwas tun, das sie geschworen hatte, niemals zu tun. Sie musste ihren Bruder konfrontieren.

ELFTES KAPITEL

COLE BLICKTE SEINER Geliebten hinterher, als sie sich vom Bett erhob, nackt ins Badezimmer ging und sachte die Tür hinter sich schloss.

Das Zimmer war mittlerweile fast komplett ins Dunkel getaucht, und er lehnte sich in die Kissen zurück. Dann hörte er, wie sein Handy in seiner Jeans vibrierte. Er wusste, dass es Tess war, die wieder anrief, um sich zu entschuldigen, aber er war noch immer sauer, also sollte sie ruhig noch ein bisschen zappeln.

Wer zum Teufel glaubte sie zu sein, dass sie ihm sagen könnte, mit wem er zusammen sein durfte? Ihre Erfolgsbilanz in Liebesdingen bestand aus nichts als Verlierern und Waschlappen.

Er schüttelte das Kissen auf und legte sich auf die Seite, wartete auf seine Geliebte. Sie hatten sich kurz vor Weihnachten kennengelernt, und sie zögerte noch immer, sich mit ihm in der Öffentlichkeit zu zeigen. Zum Teil lag das am Altersunterschied. Zum Teil an ihrem Job.

Ihm war beides herzlich egal, aber sie war empfindlich, was das anging, und er wollte sie nicht aufregen. Der Kommentar seiner Schwester hatte ihm vor Augen geführt, dass er noch so sehr glauben konnte, Carolyns Sorgen wären albern, aber altmodische Einstellungen waren noch immer überall vorzufinden. Es war seltsam, wenn man bedachte, dass Tess

College bist …“

„Hey.“ Er griff nach ihrer Hand. „Es hat auch ein *paar* Vorteile, dass ich noch so jung bin.“ Er legte ihre Hand direkt auf den Vorteil, der ihm vorschwebte.

Ihre Augen wurden groß und ihre Mundwinkel zuckten. „Ernsthaft? Schon wieder?“

Er grinste sie an. „Komm zurück ins Bett und finde es heraus“, lockte er sie.

„Ich habe einen Anruf erhalten. Ich muss ins Büro.“ Sie versuchte, ihre Stimme streng klingen zu lassen, aber er konnte spüren, wie sie ins Wanken geriet und sah ihren hungrigen Blick, als ihre Zähne sich in ihre Unterlippe gruben.

„Sag, du wärst krank.“

Sie verdrehte die Augen, als er sie zu sich zog.

„Wir sind nicht alle im College, das ist dir klar, oder? Meine Arbeit ist wichtig.“ Eine Falte erschien zwischen ihren Brauen, als ihr dieser weitere Unterschied zwischen ihren Lebensrealitäten klar wurde.

Er beugte sich vor und fuhr mit der Zunge über einen ihrer perfekten Nippel.

Sie schauderte, legte den Kopf in den Nacken, seufzte und vergrub ihre Finger in seinen Haaren. „Wir haben keine Zeit.“ Aber sie wand sich auf eine Art unter ihm hin und her, die seinen Puls beschleunigte.

„Wir beeilen uns.“ Seine Hand glitt zwischen ihre Beine.

Sie stöhnte auf, dann drückte sie seine Schultern hinunter, sodass er auf dem Rücken lag. „Das müssen wir auch.“

Sie setzte sich rittlings auf ihn, nahm ihn in sich auf und sein Verstand setzte aus.

„Du kannst dir nicht vorstellen, wie gut sich das anfühlt.“ Er fuhr mit seinen Händen über ihre Brüste, kniff in die empfindliche Haut.

Sie lachte und schnappte nach Luft. „Ich glaube, ich habe eine ziemlich gute Vorstellung davon."

Sie fing an, ihn zu reiten, langsam, bestimmte das Tempo und die Tiefe. Sie beugte sich über ihn und sein Mund fand ihre Nippel. Seine Hände fuhren über ihren Hintern, drängten sie gegen sich, so wie sie es mochte. Ihre Fingernägel gruben sich in seine Schultern.

„Ich habe ein Monster erschaffen", flüsterte sie.

Das hatte sie. Sein Verlangen für sie war unersättlich und es war ihm egal, wer davon wusste.

Sie schaute ihm in die Augen, während sie sich aufrichtete und ihn heftiger fickte. Seine Finger berührten ihren Kitzler und rieben ihn. Sie bäumte sich unkontrolliert auf und ihre Muskeln zogen sich um ihn zusammen wie ein Schraubstock. Sie grinste, als sie wieder zu Atem kam, hielt für keinen Augenblick im Rhythmus inne und griff hinter sich, um die straffe Haut hinter seinen Eiern zu reiben. Obwohl er es so lange wie möglich hinauszögern wollte, trieb sie ihn augenblicklich über den Abgrund, als ob sie eine Lunte angezündet hätte. Dann beugte sie sich über ihn und lachte, während er nicht mehr wusste, wo oben und unten war.

„Ich liebe dich", platze er heraus und sein Herz galoppierte. Er schloss die Augen und verfluchte sich insgeheim.

Aber sie protestierte nicht, wie er es erwartet hatte. Sie zog ihn mit sich in die Dusche und küsste jeden Zentimeter seines Körpers, bewies einmal mehr, dass eine Frau auf dem Höhepunkt ihrer Sexualität eine College-Studentin in jeder Hinsicht ausstach.

MACS BLICK SCHWEIFTE durch den Kriseneinsatzraum, der seinem Team zugewiesen worden war. Ein Meer von Gesichtern aus mindestens acht unterschiedlichen Organisationen starrte ihn erwartungsvoll an, einschließlich ASAC Lincoln Frazer von der Fallanalyseeinheit, der per Video aus seinem Büro zugeschaltet war. Es war Mitternacht, aber innerhalb des hermetisch abgeriegelten, fensterlosen SIOC gab es keinen Unterschied zwischen Tag und Nacht.

Special Agent Mark Ross – der Kerl, der so angepisst gewesen war, als Mac am Montag den Tatort besucht hatte – hatte sich auf den nächstbesten Stuhl fallen lassen und blickte ihn aus rot unterlaufenen Augen an. Er hatte vermutlich kein Auge zugetan, seit der Richter umgebracht worden war. Der FBI-Agent aus Washington fasste zusammen, was sie bisher hatten: Keine Zeugen. Keine eindeutigen Beweise. Keine Drohschreiben. Keine offensichtlichen Leichen im Keller. Kein eindeutiges Motiv, abgesehen davon, dass der Mann ein Bundesrichter mit dunkler Hautfarbe gewesen war.

Als Nächstes brachte die Kommissarin der Washingtoner Mordkommission alle auf den neuesten Stand. Annabel Dunbar hatte glänzende, schwarze Haare, die verdammt kurz geschnitten waren, und trug Hosen, die so eng waren, dass Mac sich fragte, wie sie noch atmen konnte, geschweige denn gehen. „Im Gegensatz zum Richter und seiner Frau wurde Sonja Shiraz mit Drohbriefen, Hassmails und Hass-Tweets geradezu überschwemmt."

Mac war alt genug, um die Vorstellung, Tweets auf mögliche Hinweise zu untersuchen, seltsamer zu finden als die Tatsache, dass die Moderatorin eine Geschlechtsumwandlung hinter sich hatte.

„Ich will, dass alle Briefe und Nachrichten zur Analyse an die zuständigen Labore weitergeleitet werden. Machen Sie sämtliche Verfasser dieser Nachrichten ausfindig, und nehmen Sie sie in die Datenbank auf.“

„Das sind verdammt viele Leute“, bemerkte die Kommissarin. „Hauptsächlich Trolle.“

„Die Trolle kommen auch in die Datenbank.“ Die Anonymität des Internets kehrte die schlimmsten Seiten mancher Menschen nach außen. Vielleicht hatte der Hass, den es zuweilen schürte, eine Mordserie losgetreten. „Ich will, dass registriert wird, wenn diese Leute die Angewohnheit hatten, andere zu belästigen – und lassen Sie uns überprüfen, ob irgendjemand von diesen schikanierten Leuten zufällig umgekommen ist.“ Mac beauftragte Libby Hernandez, sich darum zu kümmern. „Legen Sie besonderes Augenmerk auf Sonjas Blog und ihre anderen Social-Media-Kanäle, auf denen sie über ihre Geschlechtsumwandlung gesprochen hat. Außerdem auf Kommentare zu Artikeln über sie.“ An allen Stellen, an denen die ganzen Trolle eben herumhingen.

Ein paar der Agenten rutschten unruhig auf ihren Stühlen hin und her. Einer hob die Hand. „Welches Pronomen sollen wir in den Berichten benutzen? Geburtsname oder … wegen der Umwandlung?“

Ein paar der Typen kicherten wie kleine Kinder. Detective Dunbar stemmte die Hände in die Hüften und blickte sie finster an.

Mac warf ihnen ein lässiges Grinsen zu, aber sie sollten besser auf den Ausdruck in seinen Augen achten, bevor sie zurücklächelten.

Ihre Gesichter wurden ernst. Eine leichte Röte legte sich

über die Wangen des Agenten, der die Frage gestellt hatte. Fakt war, dass viele Leute Probleme mit dem Konzept der Geschlechtsumwandlung hatten. Mac hatte selbst eine Weile gebraucht, um es zu verstehen, dann hatte er begriffen, dass es eine ernste Angelegenheit sein musste, wenn Menschen gewillt waren, ihre Geschlechtsteile mit einem Skalpell umwandeln zu lassen, und man es dementsprechend auch als ernste Angelegenheit behandeln sollte.

„Behandeln wir Ms. Shiraz mit dem gleichen Respekt, den Sie auch Ihrer Schwester oder Ihrer Mutter entgegenbringen würden, was meinen Sie?"

Detective Dunbar entspannte sich merklich. „Sonjas Eltern kommen heute aus Indien an. Als ich mit ihnen telefoniert habe, waren sie untröstlich. Sie hatten geglaubt, sie wäre hier sicherer als in Indien." Sie presste die Lippen zusammen und starrte auf den dunkelgrauen Teppich. „Ich fühle mich, als ob ich Sonja im Stich gelassen hätte, weil es hier in D.C. passiert ist. Ich will diesen Bastard schnappen, bevor er noch jemandem etwas antut."

Mac erkannte den Wunsch nach Gerechtigkeit, der sie antrieb. Das Bedürfnis, die Verbrecher für ihre Taten zahlen zu lassen. Dieser Wunsch brannte in einigen Menschen hell genug, dass ihnen die langen Arbeitstage und die schlechte Bezahlung egal zu sein schienen.

Diese Bastarde zur Strecke zu bringen war sein persönlicher Ansporn und er konnte sehen, dass es Dunbar ähnlich ging.

Nachdem der Detective fertig war, übernahm Mac. „Wir haben vier Opfer. An jedem Tatort waren es zwei Kugeln in jedem Opfer, keine verirrten Kugeln. Die Kriminaltechnik setzt ihre Untersuchung der Tatorte fort. An den ersten beiden

Tatorten wurden keine Patronenhülsen gefunden, der Täter ist also offensichtlich vorsichtig und akribisch, aber", er grinste, „einer der Kriminaltechniker hatte am letzten Tatort mehr Glück. Er hat eine Patronenhülse gefunden, die unter einem der parkenden Autos in einen Gully gerollt war."

Eine Welle der Aufregung breitete sich unter den Agenten im Raum aus.

„Agent Gabriel Harm ist der leitende Ballistik-Experte des FBI und wird die Patronenhülse und die Kugeln analysieren." Mac deutete auf Gabe Harm, der am hinteren Ende des Raumes saß. Er war aus Quantico hochgekommen, um die Beweise abzuholen, und war für die Besprechung dageblieben, während die Gerichtsmedizinerin ihr Ding machte. Die Kugeln der anderen Tatorte waren bereits auf Fasern, Fingerabdrücke und DNA untersucht worden, und diese Proben waren in das Labor in Quantico gesendet worden, wo sie weiter analysiert wurden.

Mac hatte früher schon mit Harm zusammengearbeitet. Der Kerl war ein Genie, was Waffen und Munition anging.

„Die Geschosse, die aus den Opfern geholt wurden, sind in keinem besonders guten Zustand", erklärte Harm leise. „Aber ich tue mein Bestes. Es hilft, dass eine Patronenhülse gefunden wurde. Ich kann sie durch die Nationale Ballistik-Datenbank jagen und überprüfen, ob die Waffe schon einmal bei einem anderen Verbrechen benutzt wurde. Es ist ein langwieriger Prozess. Erwarten Sie also keine Wunder."

Mac nickte. „Wir müssen wissen, ob wir es mit einem oder mehreren Tätern zu tun haben. Die Mordwaffe zu bestimmen ist also extrem wichtig."

Macs Handy vibrierte in seiner Tasche. Er schaute auf den Bildschirm für den Fall, dass es dringend war. Aber es war nur

Heather, die wieder versuchte, ihn anzurufen, sich für ihre zornigen Nachrichten entschuldigen und ihn sehen wollte. Schon wieder.

Er ignorierte es.

Vergeben und vergessen lag nicht in seiner Natur. Wenn er einen Makel hatte – und er hatte jede Menge davon –, dann stand nachtragend zu sein ganz oben auf dieser Liste. Er war nicht stolz darauf, aber so war es nun einmal.

Er hatte ihren Stolz beleidigt und er wusste aus Erfahrung, dass sie nun entschlossen wäre, ihn zurechtzustutzen. Was in ihrem Fall erfinderischen Sex bedeutete, und zwar jede Menge davon. Ein winziger Teil seines Gehirns geriet in Versuchung, einfach nur, um ihr zu beweisen, dass sie einen Fehler gemacht hatte, als sie ihn sitzengelassen hatte. Aber der Rest seines Verstandes erkannte, dass das eine sehr dumme Idee war.

Ihre Affäre mit ihrem Boss hatte ihn in seiner Männlichkeit beleidigt, und er war in den letzten zwei Jahren sehr beschäftigt damit gewesen, mit mehr als einer Frau zu beweisen, wie falsch sie gelegen hatte. Er würde nicht einen riesigen Schritt zurück machen, nur um sein Ego zu besänftigen.

Mac konzentrierte sich wieder auf die Teambesprechung.

„Agent Makimi." Er hatte in Minneapolis mit der Agentin zusammengearbeitet und wusste ihre akribische Arbeitsweise fast so sehr zu schätzen, wie es ihm Freude bereitete, sie aufzuziehen. Sie war ebenfalls aus Quantico hergekommen, wo sie derzeit einen Einsatz mit der Verhandlungseinheit für Geiselnahmen absolvierte. „Ich möchte, dass Sie die Datenbank durchsuchen und sich mit den anderen Behörden zusammentun, um nach weiteren Fällen zu suchen, die möglicherweise mit diesen drei Morden in Verbindung stehen.

Der Täter hat nicht einfach so aus dem Nichts heraus damit begonnen, wie ein Auftragskiller Leute umzubringen. Es muss einen Vorlauf geben. Er oder sie muss irgendwo Erfahrung gesammelt haben."

„Agent Carter." Elijah Carter war Agent des örtlichen FBI-Büros und hatte den Ruf, ein Akademiker zu sein, der tatsächlich seine eigenen Schnürsenkel zubinden konnte. Das war ein willkommener Unterschied zu manch anderen dieser Genies, mit denen Mac schon gearbeitet hatte. „Suchen Sie nach allen möglichen Verbindungen zwischen den Opfern. Es muss einen Grund dafür geben, weshalb diese Personen ausgewählt wurden."

„Walsh." Dylan Walsh war in Minneapolis sein Stellvertreter gewesen. Sie hatten beide eine ähnliche Geschichte, kamen aus kaputten Elternhäusern und hatten sich über Stationen als Streifenpolizisten bis zum FBI hochgearbeitet. Während Mac aussah wie ein Cowboy in einem Anzug, sah Walsh aus wie ein MMA-Kämpfer, was bei verdeckten Ermittlungen durchaus hilfreich sein konnte, allerdings die Tendenz aufwies, Neulinge zu verschrecken. Walsh war aus New York eingeflogen. „Ich will, dass Sie mit der Einheit gegen Hassverbrechen zusammenarbeiten, um mögliche Verbindungen zu einheimischen Terrorgruppen oder rechtsnationalen Extremisten aufzudecken."

Die Frau aus der Einheit gegen Hassverbrechen hob ihren Bleistift. Agent Harrison war eine attraktive Frau. Ihre Haare waren blond und zu einem strengen Dutt gebunden. Sie hieß Debbie mit Vornamen und laut Hernandez wurde sie von allen nur „Blondie" genannt. Mac würde bei Agent Harrison bleiben.

„Haben wir schon einen juristischen Standpunkt dazu, ob

es sich um ein Hassverbrechen oder Terrorismus handelt?"

Jetzt versuchte sie also, ihn als ignorantes Landei dastehen zu lassen.

Mac stemmte die Hände in die Hüften. Das war eine haarige Angelegenheit, über die sich die Presse liebend gern hermachen würde, und Harrison wollte dem Verfahren ohne Frage ihren Stempel als die lokale Expertin aufdrücken, die sie ja auch war. Bis zu einem gewissen Punkt.

„Bis wir nicht Motiv und Absicht herausgefunden haben, müssen die juristischen Definitionen auf sich warten lassen. Offensichtlich gibt es eine Überschneidung zwischen Rechtsextremisten, Inlandsterrorismus und Hassverbrechen." Das wusste er aus eigener Erfahrung. Niemand konnte per se dafür verurteilt werden, ein „Hassverbrechen" begangen zu haben. Aber die Bezeichnung konnte dafür genutzt werden, bereits vorhandene Anklagen zu verschärfen und das Strafmaß zu erhöhen.

Inlandsterrorismus war eine ganz andere Nummer, aber die Regeln und Maßstäbe hinsichtlich dieser Anklagen waren selbst für Strafverfolgungsbeamte verwirrend. So verwirrend, dass das FBI und die Gefängnisbehörde sich nicht darauf einigen konnten, wie viele Häftlinge genau im Augenblick wegen Inlandsterrorismus inhaftiert waren.

„Wir suchen nach dem Mörder oder den Mördern dieser vier Personen, und es ist naheliegend, dass das Hauptmotiv für diese Morde Hautfarbe, Religion oder Sexualität der Opfer waren." Mac blickte sich im Raum um. Alle waren hoch konzentriert. „Terroristen haben es auf Zivilisten abgesehen, um ihre Agenda zu verfolgen, die in ihrem Kopf Sinn macht – und die muss nicht zwangsläufig für irgendjemand anderen Sinn ergeben. Dieser Mörder hat Zivilisten ermordet und ich vermute, dass er ebenfalls eine Agenda verfolgt. Für mich macht ihn das zu einem Terroristen, aber unsere PR-Abteilung kann das in ihren Pressemitteilungen ausfechten. Das ist nicht meine Aufgabe." Gott sei Dank. „Täter von Hassverbrechen werden generell entweder in Adrenalinjunkies, Verteidiger ihres Territoriums, Vergeltungstäter oder Täter mit einer politischen Agenda eingeteilt, und ich kann noch nicht sagen, mit was für einem Täter wir es hier zu tun haben. Ich hoffe, die Fallanalyse kann uns dabei helfen."

Die Agentin der Einheit gegen Hassverbrechen blickte ihn grimmig an, als ob er ihr die Tour vermasselt hätte.

Was sollte er sagen? Er enttäuschte die Menschen. Oft.

„Schick mir die Ermittlungsberichte", sagte Frazer. „Ich schaue sie mir so schnell wie möglich an."

„Lass das Brennan machen", erwiderte Mac mit einem bissigen Grinsen. „Er schuldet mir noch jede Menge Schlaf."

Mac hatte letzten November in Minnesota mit Brennan zusammengearbeitet. Der Kerl hatte die Kronzeugin in dem Anschlag auf das Einkaufszentrum heimlich versteckt und sie, ihren Sohn und sich selbst dadurch fast umgebracht. Und dann hatte sich der Bastard auch noch eine Kugel eingefangen, die eigentlich für den Präsidenten der Vereinigten Staaten gedacht gewesen war, was es ein bisschen schwieriger gemacht hatte, ihm den Hintern zu versohlen. Mittlerweile sollte er aber wieder auf den Beinen sein.

„Brennan hat zu tun. Du musst mit mir Vorlieb nehmen. Was ich dir sagen kann", meinte Frazer zum sichtlichen Ärger der Hassverbrechens-Agentin, „ist, dass bei gewalttätigen Extremisten die Wahrscheinlichkeit größer ist, dass sie als Kinder Opfer von schwerem sexuellen Missbrauch geworden sind, und viele von ihnen waren extremer Vernachlässigung ausgesetzt.“

Das ließ Mac an eine andere Zeit und einen anderen Ort denken, aber seine Sympathie galt ausschließlich den aktuellen Opfern. Misshandelt oder nicht, jeder musste seine eigenen Entscheidungen darüber treffen, in welche Richtung sein Leben ging.

„Etwa sechzig Prozent der befragten Extremisten haben angegeben, schon einmal über Suizid nachgedacht zu haben, zudem gab es oft eine Vorgeschichte von psychischen Problemen bei ihnen selbst oder in ihrer Familie. Psychologische Probleme scheinen bei Einzeltätern sogar noch weiter verbreitet zu sein.“

Es war hilfreich zu wissen, dass viele dieser Leute psychische Probleme hatten, aber er wunderte sich über diejenigen, die ohne diese einfache Entschuldigung dafür, sich wie ein Arschloch zu verhalten, handelten.

„Die typischen Einzeltäter sind außerdem oft Männer“, meldetet sich die Hassverbrechens-Agentin eifrig zu Wort, „die alleinstehend sind, mit einer Vorliebe für Waffen, die eine militärische Ausbildung haben, Zielpersonen in Regierungskreisen auswählen und für gewöhnlich selbst bei dem Anschlag umkommen.“

Mac nickte. „Aber dieser Fall ist nicht typisch und fällt schon jetzt nicht mehr in das Muster eines terroristischen Einzeltäters. Wir können es uns nicht leisten, Vermutungen anzustellen, vor allem wenn wir nicht wissen, mit wie vielen Tätern wir es zu tun haben.“ Er war kein großer Freund von indizienbasierter Fallanalyse – es war zu einfach, etwas Wesentliches zu übersehen. Aber eine schnelle und dreckige Vorgehensweise war manchmal nicht verkehrt, nicht nur im Schlafzimmer.

Natürlich musste genau in diesem Augenblick ein Bild von Tess in diesem albernen Bademantel in seinen Gedanken aufblitzen.

„Es lohnt sich, darauf hinzuweisen", ergänzte Frazer, „dass, was Massenmörder angeht, eine zunehmende Wahllosigkeit der Angriffe auf umso schwerwiegendere psychische Probleme hinweist."

„Und diese Angriffe sind diskret, berechnet und präzise", fügte Mac nachdenklich hinzu.

Frazer nickte, blickte für Macs Geschmack viel zu ernst drein. „Was mich vermuten lässt, dass wir es mit einem kalten, berechnenden Psychopathen zu tun haben, der diese Morde bis ins kleinste Detail genau plant. Jemand, der glaubt, in jeder Hinsicht überlegen zu sein, sowohl den Opfern als auch den Strafverfolgungsbehörden gegenüber. Jemand, der nicht erwischt werden will – zumindest nicht, bis seine Mission vollendet ist. Ich tendierte im Moment dazu, dass es ein Täter mit einer politischen Agenda ist."

„Und seine Mission fängt womöglich gerade erst an", stimmte Mac zu. Das war ein ernüchternder Gedanke.

Laut der Experten stellten Psychopathen etwa ein Prozent der Gesamtbevölkerung dar, aber fünfundzwanzig Prozent aller Gefängnisinsassen. Das war einer der vielen Gründe, weshalb die Jobs von Mac und seinen Kollegen so sicher waren. Zum Glück schlugen nicht alle Psychopathen eine Karriere als Verbrecher ein.

„Agent Ross." Er wandte sich an den Washingtoner FBI-Agenten, der ihn am Montag vom Tatort verjagt hatte. Macs Grinsen verriet einen Anflug von Triumph. „Sie und Detective Dunbar sprechen mit der Familie des Rabbiners und den Gemeindemitgliedern seiner Synagoge. Finden Sie heraus, ob

Rabbi Zingel in letzter Zeit irgendwelche Drohungen erhalten hat oder ob er jemals Kontakt mit Richter Thomas oder Ms. Shiraz hatte. Vergleichen Sie die Ergebnisse Ihrer Befragung mit den Drohungen gegen Richter Thomas und seiner Frau sowie der Moderatorin." Er sah auf die Uhr. „Es lohnt sich möglicherweise, sich zunächst auf den Rabbiner zu konzentrieren, weil er weniger prominent war und es weniger Trubel in seinem Umfeld geben wird." Zingel war nicht besonders bekannt. Er war nicht einmal der oberste Rabbiner der Synagoge. „Noch irgendwelche Anmerkungen?", fragte er in die Runde.

„Was ist mit deiner Arbeit im David Hines-Fall? Wie schätzt du das ein?", fragte Frazer wie aus dem Nichts.

Macs Augen wurden schmal, als sein Blick auf den Bildschirm fiel. Ihm war nicht klar gewesen, dass Frazer darüber Bescheid wusste. „Darüber wollte ich eigentlich gar nicht sprechen."

Frazers Mund zuckte.

„Sie waren bei den Ermittlungen gegen die Kodiak-Anlage dabei?" Der andere Agent der Hassverbrechenseinheit beugte sich vor. Blondie war mittlerweile auf ihren Computer konzentriert, machte sich vermutlich mit dem Fall vertraut. Oder sie spielte Candy Crush.

Mac öffnete den Mund, um die Sache herunterzuspielen, als Frazer fortfuhr. „Er war nicht nur dabei. Er hat ein Jahr als verdeckter Ermittler in der Organisation gelebt und die gesamte Basis für den Zugriff gelegt."

Es gab ein paar überraschte Gesichter im Raum, einschließlich bei den Leuten, mit denen er über die Jahre immer wieder zusammengearbeitet hatte.

„Das war vor meiner Zeit beim FBI." Mac versuchte es

herunterzuspielen, aber anscheinend war Frazer heute ganz besessen von ihm.

„Er hat das Versteck mit den gestohlenen Waffen entdeckt, die die Pioneers an verschiedene andere extremistische Vereinigungen verkauft haben, um ihren bevorstehenden Krieg zu finanzieren. ASAC McKenzies Einsatz hat ein ganzes Netzwerk von Rechtsextremisten zu Fall gebracht, bevor sie ihre Pläne ausführen und einen zweiten Revolutionskrieg starten konnten.“

„Waren Sie bei dem Zugriff dabei?“ Der Hassverbrechens-Typ schien ganz fasziniert von der Vorstellung zu sein.

Mac nickte. Er erinnerte sich nicht gern daran, aber es schien, als ob man es ihn nicht vergessen lassen würde. Im Gegensatz zu Waco oder Ruby Ridge war der Einsatz als taktischer Erfolg gewertet worden, mit dem die Landespolizei gern beim FBI protzte.

Ganz versehentlich unterbrach Mac die Videoübertragung zu Frazer, als er gerade noch etwas hinzufügen wollte. „Ich habe es nicht erwähnt, weil es nicht zwangsläufig relevant für diese Ermittlung ist.“

Dutzende Augenpaare blickten ihn erwartungsvoll an.

„Ich wollte die Ermittlung nicht in irgendeine Richtung beeinflussen und ich bin mir sicher, dass die Kollegen der Hassverbrechenseinheit zusammen mit Agent Walsh die aktuelle Liste von rechts- und linksextremen Spinnern gründlich durcharbeiten werden, richtig?“

„Wie war das?“ Agent Ross starrte ihn eindringlich an und ignorierte Macs Versuch, die Diskussion abzuwürgen. „In so einer bigotten Gemeinschaft zu leben, meine ich?“

Mac dachte an die Naziinsignien und die Konföderiertenflaggen an den Wänden, die Hitlerbüste, die in der sogenannten Kirche einen Ehrenplatz eingenommen hatte. Jeder Moment, in dem er dazu gezwungen gewesen war, vor dem größenwahnsinnigen Hines zu salutieren, traf ihn wie ein Messer in die Brust, wie ein Verrat an jeder Wertvorstellung, an die er je geglaubt hatte. Er erinnerte sich daran, wie sie einen Kerl grün und blau geprügelt hatten, weil er ein Chicago Bulls-T-Shirt getragen hatte, und wie sie versucht hatten, einen schwarzen Mann mit ihrem Truck zu überfahren. Der Kerl war in den Straßengraben gesprungen und hatte überlebt. Gott sei Dank.

Wie war das? „Als ob man in Teer versinkt. Als ob man giftigen Rauch atmen würde." Er zuckte mit den Schultern.

„Hat Sie jemals irgendwer verdächtigt?"

Mac starrte Ross an. Warum war er so interessiert daran? „David Hines' Frau – Francis – hat mich nie gemocht, aber ich glaube, das hatte mehr mit meinen ungehobelten Manieren zu tun und weniger damit, dass sie mich verdächtigt hat, ein verdeckter Ermittler zu sein. Die Frau hatte keine Probleme damit, mit einem Geisteskranken ins Bett zu gehen, aber Gott behüte, dass jemand beim Essen die Ellenbogen auf den Tisch legte."

„Was ist mit der Tochter, die überlebt hat?", fragte Ross.

„Sie war erst zehn, als der Zugriff stattgefunden hat." Mac sah ihn prüfend an. Er hatte gehofft, Tess aus der Ermittlung heraushalten zu können.

„Alt genug, um zu verstehen, dass ihre Familie bei einem Schusswechsel mit der Polizei umgekommen ist", merkte die Hassverbrechens-Lady an. Sie fing an, ihm richtig auf die Nerven zu gehen.

„Ich kannte sie. Sie war nicht wie die anderen. Sie war ein gutes Kind."

„Menschen können sich ändern", warf Ross ein.

„Ich habe heute mit ihr gesprochen." Seine Irritation ließ Macs Geduldsfaden verdammt dünn werden. Gegen Tess zu ermitteln, war eine Verschwendung von FBI-Ressourcen. „Ich habe herausgefunden, dass sie in Bethesda lebt und beschlossen, ihr einen Besuch abzustatten. Das Dekor ihres Hauses bestand nicht etwa aus brennenden Kreuzen oder Insignien aus dem Dritten Reich." Und ihr Tattoo war auf eine Art und Weise clever, die ein Rechtsradikaler nicht begreifen würde. „Ich habe mich zum Zeitpunkt der Ermordung von Rabbi Zingel mit ihr unterhalten. Sie ist nicht die Mörderin."

„Sie kann aber trotzdem in die Verschwörungen involviert sein oder wissen, wer der Täter ist", insistierte die Hassverbrechensabteilung.

„Soweit ich sagen kann, ist sie ebenso unschuldig wie damals."

„Sie glauben also nicht, dass die Pioneers irgendwie mit dieser Sache in Verbindung stehen?" Lady Hassverbrechen schaute mit einem selbstgefälligen Blick, dem er nicht traute, von ihrem Computer auf.

„Die meisten Mitglieder der Hines-Familie sind tot oder im Gefängnis. Gab es andere Bewohner der Anlage, die solche Verbrechen planen und ausführen könnten? Möglicherweise." Mac blickte sie mürrisch an. „Diejenigen, die für die Staatsanwaltschaft ausgesagt haben, haben sich nach den Gerichtsverfahren in alle Winde zerstreut. Diejenigen, die ins Gefängnis gewandert sind, waren nicht clever genug, um solche Verbrechen zu begehen, ohne nicht eine meilenlange Spur an Hinweisen hinter sich herzuziehen. Ich sage nicht, dass wir sie ignorieren sollten, aber verlieren Sie nicht das große Ganze aus dem Blick."

„Es ist der zwanzigste Jahrestag des Zugriffs."

Das war ihm bewusst. „Im August."

„Vielleicht ist es die Vorbereitung zum Jahrestag?", schlug Ross vor.

„Ist Ihnen bewusst, dass der letzte Montag, der Tag, an dem der Richter und seine Frau umgebracht wurden, David Hines' fünfundsechzigster Geburtstag gewesen wäre?"

Scheiße.

„Hat seine Tochter das während Ihrer privaten Unterhaltung zufällig erwähnt?" Die Augen der Hassverbrechens-Agentin funkelten vor Gehässigkeit.

Jeder Muskel in Macs Körper spannte sich an. Tess musste es gewusst haben, aber sie hatte kein verdammtes Wort gesagt.

Das änderte alles.

„Sie hat ein wasserdichtes Alibi für den Mord an dem Rabbiner und hat mir zur Überprüfung Informationen über ihren Aufenthaltsort während des Mordes an der Radiomoderatorin gegeben, aber wir können noch einmal mit ihr sprechen."

Das war genau das, was er zu vermeiden gehofft hatte, aber es war ihre eigene Schuld. Gottverdammt. Natürlich musste ihr aufgefallen sein, dass diese Sache am Geburtstag ihres Vaters begonnen hatte. Sein Kiefer wurde steif vor Wut. Er konnte nicht glauben, dass sie es ihm nicht erzählt hatte – aber warum sollte sie auch? Trotz allem, was sie verband, war er praktisch ein Fremder. Ein Fremder, der sie am Vorabend der Apokalypse den sprunghaften Launen ihrer Familie überlassen hatte.

„Walsh", wandte er sich an den Agenten, dem er am meisten vertraute. „Sprechen Sie morgen früh mit ihr." Er brauchte jemanden, der objektiv war, jemand, der Tess nicht zwanzig Jahre zuvor aus einer Scheune hatte rennen sehen, als ob der Teufel höchstpersönlich hinter ihr her gewesen wäre. „Besorgen Sie außerdem eine richterliche Verfügung, um an die Akten ihres kleinen Bruders zu kommen. Sie sind geschlossen und sie sagt, er weiß nichts über seine leiblichen Eltern." Plötzlich war das eine Priorität.

„Ich kümmere mich darum, Boss."

Mac rieb sich das Gesicht. „Okay, Leute. Es gibt eine Menge zu tun." Er schaute auf seine Uhr. „Wir sehen uns um neun Uhr morgen früh wieder. Ich werde per Videoschaltung dabei sein."

„Videoschaltung?", fragte Walsh.

Mac grinste ihn grimmig an. „Ich muss einen Flieger erwischen."

ZWÖLFTES KAPITEL

T ESS STAND IN der Schlange für die Sicherheitskontrolle. Sie war seit Stunden unterwegs und fand sich in einer Reihe von ähnlich mürrisch dreinschauenden Leuten wieder, die alle darauf warteten, durchsucht und durchgelassen zu werden.

Als sie an der Reihe war, machte sie sich auf das Schlimmste gefasst und ging auf den Gefängniswärter zu.

„Name?"

„Tess Fallon." Sie hielt dem Beamten ihren Ausweis hin.

Seine Mundwinkel verzogen sich zu einem kleinen Lächeln. „Ich habe Sie hier noch nie gesehen."

„Ich war auch noch nie hier", bestätigte sie.

Sein prüfender Blick fiel von ihrem Gesicht auf ihre Hüften, dann wandte er sich wieder seinem Computerbildschirm zu. Nach einem Moment blickte er zu ihr auf. „Sie stehen nicht auf der Liste." Seine Augen wurden kälter. Er war verärgert, dass sie seine Zeit verschwendete.

„Es ist ein Notfall. Ich habe den Antrag erst gestern Abend eingereicht, aber ich hatte gehofft, eine Ausnahmegenehmigung zu erhalten."

Er gab ihr ihre Unterlagen zurück. „Sie brauchen eine offizielle Genehmigung, bevor sie den Häftling sehen können. Nächster."

„Sie verstehen nicht..." Ihr Mund wurde trocken. Was

konnte sie jetzt sagen? Dass sie sich Sorgen machte, ihr Bruder wäre in einen Mord verwickelt? Aufgrund welcher Beweise? Dem Geburtstag ihres Vaters? Sie warf einen Blick auf die große Wanduhr – nur noch fünfzehn Minuten, bevor die Besuchszeit begann. Sie wollte nicht über Nacht in Idaho bleiben. „Ich bin extra aus D.C. hergekommen." Während ein Wintersturm aufzog, vor dem sie hoffte, noch nach Hause zu kommen.

Der Mund des Wärters wurde zu einer schmalen Linie. „Die Informationen stehen alle auf unserer Homepage. Sie hätten es sich durchlesen sollen, bevor Sie herkamen."

Sie hatte sich die Webseite durchgelesen, aber sie war verzweifelt und hatte gehofft, ihren Charme nutzen zu können, um trotzdem durchgelassen zu werden. Sie hätte vermutlich mehr Glück damit, einen Dämonen heraufzubeschwören.

Ein Schauder der Wahrnehmung fuhr ihren Rücken hinauf und eine Sekunde später streckte jemand die Hand über ihrer Schulter aus.

„Sie gehört zu mir."

Eine goldene Dienstmarke erschien, aber sie hatte die sanfte Stimme mit dem verwaschenen Dialekt schon erkannt.

Steve McKenzie. FBI.

Verdammt.

„Haben Sie denn eine Genehmigung vom Gefängnisdirektor?" Der Wärter adressierte ihn noch kühler als sie, während er McKenzies Marke inspizierte.

Sie warf einen Blick über ihre Schulter und entdeckte McKenzie, der viel zu nahe bei ihr stand. Er trug einen dunkelgrauen Anzug, ein weißes Hemd und eine blutrote Krawatte, die vor staatlicher Autorität und Kompetenz nur so strotzte.

Er warf ihr einen schiefen Blick zu, als der Wärter sich abwandte und den Telefonhörer ans Ohr nahm.

Tess mied McKenzies Blick und bohrte die Fingernägel in ihre Handflächen. Sie konnte nicht glauben, dass er hier war. Konnte nicht glauben, dass er versuchte, ihr Zutritt zu verschaffen. Irgendetwas musste passiert sein – hatte es mit Cole zu tun? War noch jemand umgekommen? Bei diesem Gedanken zog sich ihr Magen zusammen.

Nach einem Moment wandte sich der Wärter wieder zu ihnen und sprach mit McKenzie. „Der Gefängnisdirektor sagt, Sie können durchgehen, aber niemand sonst."

„Lassen Sie uns beide durch und ich spreche mit dem Direktor über Ms. Fallon. Er kann die endgültige Entscheidung treffen." McKenzie und der Wärter schienen in einen Pisswettbewerb verwickelt zu sein. Tess hatte von klein auf gelernt, dass ein Hund, der sein Gesicht verloren hatte, seinen Unmut direkt am nächsten Opfer ausließ. Der Wärter bedeutete McKenzie, durchzugehen. Sie beobachtet ihn nervös, wie er seine Dienstwaffe abgab und seine Tasche durchsucht wurde.

Als der Wärter Tess durchwinkte, stoppte er sie direkt nach der Schranke mit einer starken Hand auf ihrer Schulter. „Ich muss Sie durchsuchen."

Ihr ganzer Körper spannte sich an. Nicht, dass sie nicht erwartet hätte, durchsucht zu werden – Schmuggel war zweifelsohne ein Problem in einem Gefängnis. Sie hatte ihre Sachen in einem der Besucherschließfächer verstaut und hatte nichts bei sich. Sie hob die Arme und der Wärter fuhr langsam, aber bestimmt mit seinen Händen über ihren ganzen Körper, war ein wenig zu gründlich. Er bestrafte sie, und sie musste ihren Instinkt, davonzulaufen, unterdrücken. Nichts davon wäre einem zufälligen Beobachter aufgefallen, aber das gemeine Funkeln in seinen genervten Augen ließ sie alles wissen, was sie darüber wissen musste, und wie sehr ihm sein Job in diesem Augenblick gefiel. Sie fühlte sich von diesen wenigen Bewegungen seiner Hände förmlich vergewaltigt und war dankbar, dass sie eine Jeans trug.

Dann öffnete er den Mund, und sie wusste, dass er eine noch intimere Durchsuchung anordnen würde. Ihre Knie wurden weich, und sie kämpfte gegen das Bedürfnis an, zu schreien. Diese Sache war zu wichtig, als dass sie davonrennen konnte, aber sie war sich nicht sicher, ob sie es ertragen konnte, dass ein Fremder sie nackt sah und sie an ihren intimsten Stellen berührte, nur damit sie jemandem, den sie verabscheute, ein paar Fragen stellen konnte, die er vermutlich ohnehin nicht beantworten würde. Und jetzt, wo McKenzie hier war, musste sie das vielleicht auch gar nicht mehr. McKenzie konnte Eddie konfrontieren, und sie konnte nach Hause fliegen. Ein unnötiger Ausflug, aber wenigstens würde ihre Würde intakt bleiben.

„Der Gefängnisdirektor hat nicht den ganzen Tag Zeit." McKenzie tippte ungeduldig auf seine Armbanduhr. Er hatte die Durchsuchung mit ausdruckslosem Blick verfolgt, aber Tess konnte den Sturm in seinen tornadogrünen Augen erkennen.

Der Wärter ließ die Schultern sinken und hob das Kinn. Er trat einen Schritt zurück und ließ sie passieren. „Ich sehe Sie dann, wenn Sie wieder zurückkommen, Ms. Fallon."

Großartig.

McKenzie griff nach ihrem Ellenbogen und lenkte sie zu einem weiteren Wärter. Dieser Kerl war größer, und seine

Augen schienen freundlicher. Er stellte sich als Officer Pennington vor.

Er lächelte Tess an, sprach aber mit McKenzie. „Ein paar der Kollegen sind verärgert, weil das FBI das Gefängnis vor ein paar Jahren untersucht hat. Sind nicht besonders gut darauf zu sprechen, wenn ein Bundesagent seine Nase hier hereinsteckt."

Fantastisch.

„Das war hier?", fragte McKenzie und zog eine Grimasse.

„Aber sicher", erwiderte der Wärter mit einem Lächeln. „Sie wollen mit dem Insassen Hines sprechen?"

Nicht wirklich.

„Korrekt", bestätigte McKenzie mit dieser ungezwungenen Art, die er hatte. Jeder mochte diesen Kerl automatisch. Das nutze er mit Sicherheit zu seinem Vorteil.

„Kennen Sie ihn?", fragte sie den Wärter.

Das helle Lächeln in seinem dunklen Gesicht blendete sie fast. „Ich weiß aus Prinzip ganz genau, wo die rechtsextremen Insassen untergebracht sind." Pennington lachte. „Zudem ist er schon länger hier als ich – seit das Gefängnis besteht." Seine dunklen Augen wurden hart. „Toi, toi, toi, dass er auch noch hier ist, wenn ich schon längst wieder woanders bin."

„Das kann man nur hoffen", stimmte sie zu.

Die Augen des Wärters verharrten auf ihrem Gesicht, als ob er jeden einzelnen ihrer Züge genau musterte. Konnte er die Familienähnlichkeit erkennen? Eddie hatte immer eher wie ihre Mutter ausgesehen. Mit Ausnahme von Tess' Haaren und Augen sowie dem gelegentlichen schneidenden Blick sah sie ihrem Großvater mütterlicherseits ähnlich.

„Was wollen Sie von ihm?", fragte Pennington, während sie den Flur hinuntergingen.

„Ich fürchte, darüber kann ich keine Auskunft geben, bis

ich mit dem Gefängnisdirektor gesprochen habe", antwortete Mac mit offensichtlichem Bedauern.

Der Wärter musterte sie beide mit einem kühlen Nicken, bevor er sie in ein Büro winkte. In dem Zimmer drehte sich ein großer, drahtiger Mann zu ihnen um und blickte sie über den Rand seiner Brille hinweg an. In einer Hand hielt er einen Stapel Papiere.

Eine Sekretärin mit wohlwollendem Gesichtsausdruck tippte auf der Tastatur eines Computers herum.

„Direktor Flowers, Sie haben Besuch", sagte Pennington.

„Danke, Hal", sagte Flowers zu dem Wärter. „Ich lasse Sie wissen, wenn ich Sie wieder brauche."

Hal Pennington nickte und schlendern langsam davon.

„Vielen Dank, dass Sie uns so kurzfristig empfangen, Mr. Flowers." McKenzie schüttelte dem Mann die Hand. „Und das Sie uns die Erlaubnis für das Gespräch erteilen."

Tess war überrascht, dass McKenzie eine Erlaubnis brauchte. Sie war davon ausgegangen, dass das FBI einfach hereinmarschieren und tun konnte, was es wollte. Scheinbar nicht.

„Können Sie mich darüber in Kenntnis setzen, worum es geht?", fragte der Gefängnisdirektor.

„Nein. Tut mir leid. Das ist Bestandteil einer laufenden Ermittlung."

„Und Sie sind ebenfalls hier, um Eddie Hines zu sehen?" Gefängnisdirektor Flowers musterte sie nachdenklich.

Tess nickte.

Der Gefängnisdirektor verzog leicht den Mund. Er betrachtete die Papiere in seiner Hand. Tess konnte ihr Foto erkennen. Er las sich den Besuchsantrag durch, den sie gestern Abend eingereicht hatte.

Der Mann blickte auf und durchbohrte sie förmlich mit seinem Blick. „Das ist das erste Mal in zwanzig Jahren, dass Sie Ihren Bruder besuchen?"

Sie räusperte sich. „Ja, Sir. Ich hatte kein Bedürfnis, irgendetwas mit Eddies Lebenswandel zu tun zu haben."

„Er hat keinen Lebenswandel, er sitzt im Gefängnis." Sein knapper Tonfall klang scheltend.

Ihr Rücken wurde steif wie Stahl. Erlaubte er sich ein Urteil über sie?

„Er vertritt also nicht mehr länger rechtsradikale Ansichten?", fragte Mac, was nicht das war, was Officer Pennington hatte durchscheinen lassen.

Die Augenbrauen des Gefängnisdirektors zuckten nach oben. „Das habe ich nicht gesagt. Aber er ist ein vorbildlicher Insasse und hat zu Gott gefunden. Er scheint seine Verbrechen aufrichtig zu bedauern. Er war zum Zeitpunkt seiner Vergehen erst achtzehn Jahre alt. Es ist schwer, die Glaubensgrundsätze abzulegen, mit denen man aufgewachsen ist." Der Blick, den er Tess zuwarf, schien behaupten zu wollen, dass sie voller Hass und Vorurteile sein musste. Sie wollte etwas erwidern und ihn korrigieren, aber McKenzie war schneller.

„Tess war erst zehn, als ihr Bruder verhaftet wurde. Sie hat seine Ansichten nie geteilt", informierte er den Mann. „Sie können ihr keinen Vorwurf machen, diesen Teil ihres Lebens hinter sich lassen zu wollen."

Bei der ungewohnten Erfahrung, wie jemand anderes für sie in die Bresche sprang, musste Tess schlucken.

Der Ausdruck des Gefängnisdirektors behielt sich ein Urteil vor. „Warum also plötzlich dieser Sinneswandel?"

Weil sie befürchtete, dass Eddie es irgendwie geschafft hatte, ihren kleinen Bruder zu beeinflussen und ihn in ein

Mordkomplott zu verwickeln? Sie wollte nicht, dass McKenzie etwas über den Ordner in Coles Schublade erfuhr, nicht bis sie auch nur den kleinsten Hinweis darauf gefunden hatte, dass Cole etwas mit dem Mord an dem Richter zu tun hatte. Dann würde sie zum FBI gehen. Vorher nicht.

Tess sah McKenzie an, aber der zog nur eine Augenbraue hoch, half ihr nicht aus.

„Haben Sie von dem Mord an dem Bundesrichter in D.C. diese Woche Montag gehört?", fragte sie.

Der Gefängnisdirektor nickte.

Sie warf McKenzie einen Blick zu – wusste er Bescheid darüber? „Montag wäre der fünfundsechzigste Geburtstag meines Vaters gewesen. David Hines. Ich will sicher gehen, dass mein Bruder nicht in etwas involviert ist, was ihn in Schwierigkeiten bringen könnte."

Sie sagte nicht, welcher Bruder.

Erneut warf der Gefängnisdirektor einen Blick auf ihren Besuchsantrag. „Ich vermute, es kann nicht schaden, wenn Sie ein paar Minuten mit ihm sprechen, aber wenn Sie ihn zu einem Mord befragen wollen, sollte er vermutlich besser seinen Anwalt anrufen."

„Er wird nicht zu einem Mord befragt, Direktor Flowers", sagte McKenzie. „Er spricht nur mit seiner Schwester, die er seit Jahren nicht gesehen hat, und ich würde mir auch gerne anhören, was er zu sagen hat."

Der Gefängnisdirektor richtete seinen schmalen Körper auf und blickte sie aus zusammengekniffenen Augen an.

„Sie wollen das Gespräch aufzeichnen?"

McKenzie nickte. „Ich habe einen richterlichen Beschluss." Er fischte einen Zettel aus seiner Tasche.

Tess schluckte angestrengt.

„Ich glaube, Tess kann ihm Informationen entlocken, die ich nicht aus ihm herausbekommen würde. Und wenn er nichts zu verbergen hat, kann es bei seiner nächsten Bewährungsanhörung sogar helfen, wenn er sich kooperativ zeigt."

„Sie würden für ihn aussagen?", fragte der Gefängnisdirektor mit hochgezogenen Augenbrauen.

„Wenn er sich geändert hat, so wie sie sagen, dann ja, das würde ich. Aber zuerst muss ich mich vergewissern, dass er mit diesen neuen Verbrechen nichts zu tun hat, damit ich mich bei den Ermittlungen auf andere Dinge konzentrieren kann. Können Sie mir eine Liste all der Personen besorgen, mit denen er entweder per Post Kontakt hatte oder die ihn besuchten?" Seine letzte Anfrage richtete er an die Sekretärin, die ihn anlächelte, als er ihr seine Visitenkarte reichte.

Der Kerl hatte mehr Charme als erlaubt war, und nutzte das scheinbar, um seinen Willen zu bekommen.

Gefängnisdirektor Flowers nickte zustimmend und rieb sich den Kiefer. „Sie können mit ihm sprechen", sagte er zu Tess. „Die Besuchszeit hat gerade begonnen. Sie haben fünf Minuten, um sich vorzubereiten. Ich lasse Eddie hochbringen, aber es sollte Ihnen klar sein, dass er nicht mit Ihnen sprechen muss, wenn er nicht möchte."

„Fünf Minuten Vorbereitungszeit reichen völlig", versicherte ihm McKenzie.

Tess' Mund wurde so trocken, dass sie kaum noch schlucken konnte. Die Vorstellung, Eddie verkabelt gegenüberzutreten, kam ihr nicht besonders schlau vor. Was, wenn er Cole belastete? Ihre Nerven bäumten sich auf, aber sie zwang sie hinunter. Wenn Cole involviert war, würde sie ihn nicht für immer beschützen können. Sie war durch damit, sich für das Verhalten anderer verantwortlich zu fühlen. McKenzie nahm ihren Arm und zog sie in eine Toilette auf der gegenüberliegenden Seite des Flurs. Dass es die Damentoilette war, schien ihn nicht zu stören.

Er wirbelte sie herum und schob sie gegen die Tür. Sie starrte ihn bei diesem plötzlichen Wandel von gutem Kerl zu knallhartem Kotzbrocken erschrocken an. Ihr Puls setze ein paar Schläge aus.

„Du hast mich vor meiner Sondereinheit wie einen verdammten Idioten dastehen lassen, weil mir nicht klar war, dass diese Morde am Geburtstag deines Daddys angefangen haben." Sein Gesichtsausdruck war streng, aber aus irgendeinem Grund war es nicht Angst, die sie verspürte.

„Und wie ein verdammter Idiot dazustehen ist etwas Neues für dich?"

Etwas blitzte in seinen Augen auf. „Warum zur Hölle hast du das gestern Abend nicht erwähnt?"

Sie versuchte, sich aus seinem Griff zu befreien, aber er ließ sie nicht los. Tess starrte ihn wütend an. „Ich habe mich erst daran erinnert, als du schon weg warst."

Er verzog den Mund. „Sagt die Frau, die sich nach zwei Jahrzehnten daran erinnert, wie ich meinen Kaffee trinke."

Sie biss die Zähne zusammen. Es gefiel ihr nicht, dass seine Berührung all ihre Nerven zum Leben erweckt hatte. Sie würde ihm nicht verraten, dass sie sich damals alles über ihn gemerkt hatte. Ihr kindliches Herz war verliebt gewesen.

„Hören Sie, ASAC McKenzie, ich habe fast mein ganzes Leben damit verbracht, die Erinnerungen an meine Eltern aus meinen Gedanken zu verbannen. Ich habe es zu meiner Lebensaufgabe gemacht, soviel wie nur möglich über meine Familie zu vergessen."

Er war nicht überzeugt. „Du hättest mich anrufen können, als es dir wieder eingefallen ist. Ich bin mir ziemlich sicher, dir meine Karte gegeben zu haben, für den Fall, dass du noch irgendwelche Erleuchtungen haben solltest." Sein Tonfall verriet einen Anflug von Sarkasmus. „Stattdessen bist du in ein Flugzeug gestiegen. Erklär mir bitte, wie das nicht verdächtig aussehen soll?"

Sie starrte auf seine großen Hände, die ihre Oberarme festhielten. Sie hatte genug Taekwondo-Training absolviert, um ihn zum Loslassen zwingen zu können, aber sie wollte keine Anklage wegen eines Angriffs auf einen Regierungsbeamten oder etwas Bescheuertes in der Art riskieren. Bei ihrer Geschichte würde sie jedes Mal verlieren, wenn es Aussage gegen Aussage stehen würde.

Er lockerte seinen Griff, ließ aber nicht los.

„Warum bist du heute hierhergekommen?", wollte er wissen.

„Als ich erkannt hatte, dass es Daddys Geburtstag war, musste ich herkommen. Ich musste wissen, ob diese Sache mit meiner Familie zusammenhängt. Eddie ist der Einzige, der mir das sagen kann." Sie hob das Kinn und hielt seinem prüfenden Blick stand, der ihre Lügen entlarven wollte. „Ich habe mir ein anständiges Leben aufgebaut, ASAC McKenzie. Wenn die Pioneers in diese Morde involviert sind, könnte das womöglich alles zerstören." Sie hatte sich auf die Arbeit für gemeinnützige Vereine und Bürgerrechtsorganisationen spezialisiert. Wenn diese Klienten herausfanden, wer sie wirklich war, würden sie ihr nie wieder ihre steuerlichen Informationen anvertrauen. Ihre junge Firma wäre tot, noch bevor sie richtig damit begonnen hatte.

Seine Finger zogen sich enger um ihren Arm zusammen

und für einen Augenblick streiften seine Knöchel über die Seite ihrer Brust. Sie zuckte zusammen. Seine Nasenlöcher wurden groß und er schluckte angestrengt. Er ließ sie los, trat aber nicht zur Seite.

„Nenn mich einfach Mac. Das machen alle." Er fuhr sich mit den Fingern durch die Haare, ließ sie zu Berge stehen. Eine silberne Strähne durchzog das ansonsten warme Braun. Aus der Nähe betrachtet, hatte sein Gesicht mehr Falten, als in ihrer Erinnerung. Feine Linien umspielten seine Augenwinkel. Seine Brauen waren kompakte, dunkle Blitze voller Charakter. Eine kleine Narbe durchschnitt seine rechte Wange.

Ihre Blicke trafen sich.

„Was willst du von mir, Mac?" Das *Du* und sie kurze Form seines Namens kamen ihr etwas zu leicht über die Lippen. „Eine Entschuldigung dafür, dass ich existiere? Oder willst du mich wie den Rest meiner Familie zu Staub zermalmen?"

Seine Hände lagen auf ihren Schultern und er drückte sie. „Sei einfach die Person, von der ich hoffe, dass du sie bist."

Was sollte das denn bedeuten?

Er zog etwas aus seiner Laptoptasche. Ein winziges Mikrofon.

„Wusstest du, dass ich hier sein würde?", fragte sie.

„Das wusste ich in dem Moment, als ich das Gefängnis betreten habe", erklärte Mac. „Aber so ist es besser. Ich wollte vorgeben, Kenny Travers zu sein. Ihm weis machen, dass ich nach dem Zugriff entkommen und untergetaucht bin, und jetzt bei neuen Aktionen gegen die Regierung dabei sein wolle. Wenn das nicht funktioniert hätte, hätte ich ihn direkt konfrontiert und ihm erzählt, dass ich in Wirklichkeit ein verdeckter Ermittler war und die Pioneers eigenhändig zu Fall gebracht habe. Ich bin mir ziemlich sicher, dass der darauf folgende Wutausbruch die ein oder andere bittere Wahrheit ans Licht gebracht hätte. Aber so ist es viel besser. Womöglich wird er dir vertrauen. Hier." Er hielt ihr ein kurzes Kabel hin. „Bring das an der Innenseite deines BHs an."

„Er wird doch merken, dass etwas los ist."

„Verhalte dich einfach ganz natürlich. Vergiss, dass das Mikro da ist. Du machst das schon."

Sie nahm ihm das Kabel ab und öffnete die obersten Knöpfe ihrer Bluse, dann schob sie das Abhörgerät unter ihr Unterhemd, steckte es unter den Bügel ihres BHs und ruckelte es zurecht. Zum Glück trug sie dunkle Farben, die das Ding besser verbargen.

„Warum glaubst du, dass er mit mir sprechen wird?" Sie blickte zu ihm auf, als sie ihre Bluse wieder in die Jeans stopfte.

Seine Pupillen waren groß und seine Nasenlöcher wurden weit, als er tief einatmete. Verdammt, sogar seine Wangen verrieten eine Spur von Feuer.

Seine Hand schloss sich über ihrer, als sie die obersten Knöpfe schließen wollte. „Lass die offen. Vielleicht lenkt ihn das ab. Mich jedenfalls lenkt es ordentlich ab."

Die Vorstellung, dass ihr Bruder Interesse an ihrem Körper haben könnte, war ekelerregend, aber sie wusste, dass Mac recht hatte. Eddie war schon immer ein Tier gewesen. Sie konnte sich nicht vorstellen, dass das Gefängnis ihn irgendwie verändert hatte.

„Kannst du es sehen?", fragte sie.

Seine Finger ballten sich zu Fäusten, als er einen Schritt zurücktrat. „Nein, man kann es nicht sehen."

Sie warf ihm einen kritischen Blick zu. „Es sind nur Brüste, Mac. Komm mal wieder runter."

Er murmelte etwas Unverständliches, dann drehte er sich

um und beobachtete sie im Spiegel.

„Was, wenn er nicht mit mir sprechen will?“

Irritation legte sich über sein Gesicht. „Warum denn nicht?“

„Er ist fast neun Jahre älter als ich. Wir hatten schon nicht viel gemeinsam, als wir noch unter einem Dach gewohnt haben. Ich habe für ihn überhaupt nicht existiert, außer als jemand, der sein dreckiges Geschirr abräumt.“

Mac runzelte die Stirn. „Ich bin auch neun Jahre älter als du und ich wusste, dass du existierst.“

Sie schaute ihn aus gesenkten Augen heraus an. „Du warst anders.“

Sein Ausdruck wurde ernst, als er sich wieder zu ihr herumdrehte. „Sei dankbar, dass Eddie dich nicht beachtet hat.“

Sie blickte ihn verwirrt an. „Wie meinst du das?“

Macs Mund wurde schmal und er sah hin- und hergerissen aus. „Wusstest du, dass Ellie schwanger war, als sie starb?“

Alles Blut wich aus ihrem Gesicht und sie musste sich an der Wand festhalten, um die Balance nicht zu verlieren. „Nein.“

Er musterte sie aufmerksam, auch wenn sie nicht verstand, wieso. „Ellie war in der sechzehnten Woche schwanger, als sie starb.“ Und damit verließ er die Toilette.

Was? Sechzehn Wochen? Vier Monate schwanger? Das war unmöglich. Es ergab keinen Sinn. Ellie war erst zwei Monate verheiratet gewesen und hatte vorher nie einen Freund gehabt. Sie hatte Harlan Trimble nicht einmal gemocht…

Oh, Gott.

Tess hielt sich den Bauch, als Wut und Trauer sie übermannten. Das bedeutete, dass Ellie schwanger geworden war, als sie noch zu Hause gelebt hatte, und keiner der Pioneers wäre so dummdreist gewesen, sich an David Hines' Mädchen heranzumachen.

Dieser Bastard. Dieser gottverdammte Bastard. Tess hatte das Gefühl, in Flammen zu stehen. Sie folgte Mac in den Flur.

„Wusstest du das?", fragte sie.

Seine Lippen waren zwei schmale Linien. Schmerz lag in seinen Augen. „Nein. Ich wusste es nicht. Wusstest du es?"

Ihre Augen wurden groß und ihr Hals war wie zugeschnürt. Sie schüttelte stumm den Kopf. Nach jenem Tag mit Walt in der Scheune hätte es ihr klar werden müssen, hätte sie ahnen müssen, dass er Ellie das gleiche angetan hatte. Wie hatte sie nur so naiv sein können?

Weil du zehn warst, Tess.

„Waren sie es beide oder nur Walt?"

„Ich bin mir nicht sicher, aber rückblickend denke ich, dass sie es beide waren."

Wie sehr sie sie alle verabscheute. Eddie, Walt, ihre Eltern. Sie mussten es doch geahnt haben und hatten trotzdem nichts dagegen unternommen?

„Was soll ich ihn fragen?"

Mac zuckte mit den Schultern. „Finde heraus, ob er etwas darüber weiß, was in D.C. los ist. Wer dafür verantwortlich ist. Sieh zu, ob du ein paar Insiderinformationen bekommen kannst."

Sie nickte. „Ich bezweifle allerdings, dass er darauf reinfällt. Wenn ich zum allerersten Mal hier aufkreuze?"

„Versuche dein Bestes, Tess. Menschenleben könnten davon abhängen."

Sie sah ihn vielsagend an. Sie war nicht eine seiner Lakaien. Dann nickte Tess Officer Pennington zu und folgte ihm den langen Korridor hinunter. Mac blieb, wo er war, kam nicht hinterher, ließ sie wissen, dass sie auf sich allein gestellt war. Nicht gerade etwas Neues, aber heute brannte die Einsamkeit besonders. Sie machte sich Sorgen um Cole. Die Vorstellung, ihn an diesen Hass zu verlieren war beinahe mehr als sie ertragen konnte.

Sie wurde in einen großen Raum geführt, in dem viele kleine Tische aufgebaut waren. Insassen in orangen Overalls saßen ihrem Besuch gegenüber. Ihr Blick wanderte suchend durch den Raum, aber sie konnte ihren Bruder nirgendwo entdecken. Dann sah sie, wie er durch den Wartebereich am Ende des Raums kam und sich auf einen der freien Stühle fallen ließ. Wusste er, wer ihn besuchte? Kümmerte es ihn?

Officer Pennington führte sie zwischen den Tischen hindurch. „Sie haben Besuch, Hines.“

Eddies Augen waren von der gleichen kobaltblauen Farbe wie die Augen ihres Vaters, aber dort hörte die Ähnlichkeit auch schon auf. Eddie hatte schon immer mehr wie ihre Mutter ausgesehen, mit ihren strengen Augenbrauen und ihrem markanten Kiefer. Er war mittlerweile fast vierzig und sah mager aus. Seine Haut hatte eine Blässe, die sein anderweitig attraktives Gesicht schlecht aussehen ließ. Er trug keine Handschellen oder Fesseln. Das hier war kein Hochsicherheitsgefängnis. Seine Fingernägel waren dreckig. Selbst nach all den Jahren stieß er sie ab.

Seine Augen musterten sie von den dunklen Haaren auf ihrem Kopf bis zu den schwarzen Stiefeln an ihren Füßen, verharrten auf ihren Brüsten, so wie Mac es vorausgesagt hatte.

„Na, hallo, Süße. Womit kann ich dir helfen?“ Sein unverschämter Tonfall hatte sich um keinen Deut verändert.

Er erkannte sie nicht. Das zuckte wie ein Blitz durch sie hindurch. Ebenso die Tatsache, dass er scheinbar öfter weiblichen Besuch empfing, den er nicht kannte.

Sie rutschte auf den harten Plastikstuhl und hielt ausreichend Abstand zu ihm. „Erinnerst du dich nicht an mich?“

Er betrachtete sie genauer, dann zog sich einer seiner Mundwinkel nach oben. Seine Augen allerdings veränderten sich nicht, sie blieben so kalt wie der tiefe Ozean, wie die Augen ihres Daddys.

„Die kleine Theresa Jane. Ganz erwachsen und kommt mich besuchen. Womit habe ich dieses Vergnügen verdient?“ Seine Worte liefen ihr wie Eis den Rücken hinunter.

„Ich dachte, es wäre an der Zeit.“

Sein Kopf neigte sich zur Seite, sein Lächeln verrutschte. „Nach zwanzig Jahren ist es mehr als an der Zeit.“

Noch lange nicht.

„Längst.“ Sie räusperte sich. „Ich hätte früher herkommen sollen.“

Eddie grinste, ließ einen abgebrochenen Eckzahn aufblitzen, der ihn animalisch aussehen ließ.

„Warum? Du hast mich gehasst. Ich habe dich wie Dreck behandelt.“

„Du bist die einzige Familie, die ich noch habe.“

„Was ist mit Bobby passiert?“, fragte er scharf und seine Augen wurden schmal.

„Bobby geht es gut“, berichtigte sie. „Aber er erinnert sich nicht an die Zeit von damals.“ Und sie wollte sichergehen, dass es auch dabei blieb.

Sie suchte in Eddies Gesicht nach einem Hinweis darauf, dass er mit ihrem kleinen Bruder in Kontakt getreten war, aber sie hätte nicht sagen können, ob er log oder nicht. Er hatte im Gefängnis die Kunst des Überlebens perfektioniert und jemanden so Naives wie sie anzulügen war mit Sicherheit ein Kinderspiel für ihn.

„Das letzte, was ich gehört habe war, dass du und Bobby von irgendeiner reichen Schlampe adoptiert wurdet und eure Namen geändert habt. Seit zwanzig Jahren hat niemand mehr von euch gehört." Seine schmalen Augen betrachteten sie gierig.

„Wir haben getan, was nötig war, um zusammenbleiben zu können." Sie wollte mit ihm nicht über ihre Adoptivmutter sprechen oder über das wundervolle Leben, das sie miteinander geteilt hatten. Sie würde ihm keinerlei Informationen geben, die er gegen sie verwenden konnte. „Also, wer von euch beiden hat Ellie geschwängert?" Sie versuchte, es beiläufig klingen zu lassen.

Er lachte und das Geräusch riss ein Stück aus ihrer Seele heraus. „Ich hatte Ellie ganz vergessen."

Vergessen? Und er war weder schockiert über ihre Worte noch stritt er ab, seine eigene Schwester angefasst zu haben. Er hatte sie vergessen. Tess' Hände zitterten in ihrem Schoß. Sie wollte ihm das Grinsen aus seinem schmalen Gesicht prügeln. „Ich kann nicht glauben, dass Daddy dir nicht bei lebendigem Leibe die Haut abgezogen hat."

Ihr Vater hatte mit eiserner Faust regiert.

Eddie tippte mit den Fingern auf den Tisch. „Daddy hat nichts davon gewusst. Er hätte uns umgebracht."

Uns. Ihn und Walt. Gott. Übelkeit stieg in ihr auf. „Mama hat es gewusst?"

Francis Hines musste noch kaltschnäuziger gewesen sein, als Tess sich erinnern konnte.

„Mama hat Daddy weisgemacht, dass ein paar Jungs angefangen hätten, Ellie unter den Rock zu schauen, und dass es an der Zeit wäre, sie zu verheiraten. Harlan wusste nicht, dass sie schon gebrauchte Ware war, als er sie abbekam."

Gebrauchte Ware? Wut brannte wie Feuer unter ihren Rippen.

Eddie lachte. „Mama war fuchsteufelswild, als sie mitbekam, dass Ellies Regel ausblieb. Sie hat Ellie verdroschen, bis sie ihr erzählt hat, was passiert war. Dann hat sie mich und Walt verdroschen, aber sie hat es Daddy nie erzählt." Er lehnte sich zurück und zuckte scheinbar unbehaglich mit den Schultern. „Ich war immer ihr Liebling."

Liebling? War er wirklich so herzlos? Sich mehr darum zu kümmern, das Lieblingskind zu sein, als um die Schwester, die er vergewaltigt hatte? Sie blickte in sein verkniffenes Gesicht. Seine Augen hatte er auf den V-Ausschnitt ihrer Bluse gerichtet, so unbekümmert über die Sünde des Inzests wie eh und je.

Tess hätte am liebste die Arme vor der Brust verschränkt, wollte aber das Mikrofon nicht dämpfen. Sie holte tief Luft und ignorierte seine Versuche, sie aus dem Konzept zu bringen. „Ich erinnere mich, wie Mama dich mit dem Gürtel verhauen hat, weil du unverschämt zu ihr warst."

„Mama war keine einfache Frau, aber sie hat uns auf ihre Art geliebt."

Tess schnaubte wütend auf. „Sie wollte mich in der Nacht der Razzia erschießen."

Sein Grinsen ließ sie wissen, dass ihn das nicht juckte. „Die arme kleine Theresa Jane, immer kriegt sie Ärger. Du hättest eben lernen sollen, deine Schnauze zu halten und zu tun, was man dir sagt."

„So wie Ellie, meinst du wohl?"

„Du denkst, dass Ellie nicht freiwillig bei unseren Spielen mitgemacht hat. Als sie sich dran gewöhnt hatte, hat sie es gemocht. Wir haben ihr Geld gegeben, damit sie uns nicht verpfeift."

„Ich glaube dir nicht."

Seine Augen wurden schmal, er genoss ihre Qual. „Zuerst hat Walt ihr gedroht, sie umzubringen, wenn sie es jemandem erzählt. Aber irgendwann hat es ihr gefallen. Wir haben Gummis benutzt, ich habe keine Ahnung, wie sie schwanger werden konnte. Vielleicht hatte sie noch jemand anderes." Er zuckte mit den Schultern, als ob es ihm egal wäre.

Tess' Magen drehte sich um – wie lange war das vor sich gegangen? Ellie war erst dreizehn gewesen, als sie gestorben war.

„Hattet ihr vor, als Nächstes mich zu missbrauchen?"

Sein saurer Atem streifte sie, als er auflachte. „Ich hätte noch mindestens zwei Jahre meine Finger von dir gelassen, solange, bis du ein Paar hübsche Titten gehabt hättest." Sein Lächeln erreichte seine Augen nicht. „Aber Walt hat mich angefleht, ihm zu helfen, er war völlig verzweifelt, weil seine übliche Muschi plötzlich an einen anderen weitergereicht worden war. Harlan ließ Ellie nicht aus den Augen, sobald sie verheiratet waren – war vermutlich das erste Mal seit Jahren, dass er was zu ficken hatte. Und Walt war ein zu großes Arschloch, um eine richtige Freundin zu finden."

Dass er so über ihre Schwester sprach – über jemanden, den er scheinbar gemocht hatte – ließ Tess speiübel werden. Etwas in seinen Worten weckte ihre Aufmerksamkeit.

„Walt hat in der Scheune versucht, mich anzufassen. Wusstest du das?" Sie fragte sich, ob er über den Plan seines Bruders Bescheid gewusst hatte.

Er kratzte mit den Zähnen über seine Unterlippe. „Wie gesagt, ich hatte eine Freundin, die gemacht hat, was ich wollte. Walt war ein ungeduldiges Arschloch." Eddie musterte sie von oben bis unten. „Ich habe dir nicht zugetraut, den Mund zu halten. Keine Möse der Welt wäre es wert gewesen, dass Daddy das herausbekommt." Er dehnte seinen Nacken, erst nach links, dann nach rechts. „Deine Titten haben sich übrigens prächtig entwickelt. Sind sehr …", er wackelte mit den Augenbrauen und grinste, „… drall."

Sie starrte ihn an. Er war ekelerregend, aber sie konnte es sich nicht erlauben, ihr Entsetzen zu zeigen. „Ich erinnere mich an deine Freundin. Sandy oder Candy oder …"

„Brandy." Er richtete sich auf. „Wie zur Hölle kannst du dich daran erinnern?"

Sie erinnerte sich daran, wie ihre Mama ihren Daddy angeschrien hatte, als sie ein Damenparfum an ihm gerochen hatte. Er hatte gesagt, das wäre von Eddies Freundin gewesen, die zu nah neben ihm gestanden hätte. Mama hatte ihm nicht geglaubt.

Eddies Ausdruck wurde angespannter. War er sauer, dass sie sich an etwas erinnerte, was womöglich wichtig war, oder angepisst, weil sie nicht anbiss?

Sie legte ihre Hand auf den Tisch und starrte Eddie aus niedergeschlagenen Augen an. „Du musst es vermissen – Sex."

Um seine Augenwinkel deuteten sich kleine Fältchen an, als ob er amüsiert wäre. „Du wärst überrascht."

„Bist du schwul?" Sie tat, als ob sie schockiert wäre. Schwul zu sein war in der Welt der Rechtsextremisten genauso schlimm, wie schwarze Haut zu haben.

Er starrte sie lange an, dann blickte er zu einer der Vollzugsbeamtinnen, die am anderen Ende des Raumes stand, und leckte sich die Lippen. „Nein.“

Tess' Augen wurden groß. Womöglich war es nur ein Bluff, aber es hätte sie nicht überrascht, wenn er mit einer der Wärterinnen hier ein Verhältnis hatte. Wie jeder Soziopath konnte Eddie sehr charmant sein, wenn er wollte. Und Sex war definitiv etwas, was er brauchte.

Sie strich sich eine Haarsträhne hinter das Ohr und zwang sich, ihn anzulügen. „Das freut mich. Ich würde es hassen, dich leiden zu sehen.“

Ein Lächeln spielte über seine Lippen. Er beugte sich vor und berührte ihre Hand. „Lügnerin.“

Sie erstarrte und zog ihre Hand zurück, warf ihm einen kalten Blick zu.

„Du hast ihre Augen“, sagte er plötzlich. Barsch.

Sie wusste es. Hasste es. „Und du hast Daddys.“

„Ja.“ Er stieß den Atem aus. „Aber ihre waren immer furchteinflößender.“ Eddies Mund wurde schmal und sie teilten beinahe ein Lächeln, als sie sich gemeinsam an ihre Kindheit erinnerten.

Wenn er nur nicht Ellie vergewaltigt hätte, würde Tess vermutlich Sympathie für den Kerl empfinden. Was für eine Chance hatte er denn gehabt? Aber Ellie war lieb und rücksichtsvoll und süß gewesen. Und dieses Arschloch, ihr eigener Bruder, hatte sie wie ein Stück Fleisch behandelt.

Steve McKenzie hatte gewusst, was er tat, als er Tess diese Information aufgebürdet hatte.

Eine gezackte Narbe lief hinter Eddies rechtem Ohr entlang, als ob jemand versucht hätte, es abzuschneiden. Eddie sah, wie sie die Narbe anstarrte, aber er klärte sie nicht auf. Er starrte einfach zurück, mit dem Gesicht ihrer Mama und den Augen ihres Daddys.

Es war seltsam zu denken, dass diese Ähnlichkeit alles war, was von ihren Eltern übriggeblieben war. Das, und ein sehr verdrehtes Vermächtnis des Hasses.

„Jemand hat sich wegen der Morde in D.C. bei mir gemeldet", erzählte sie ihm. Tess musste irgendwas sagen, um das Thema zur Sprache zu bringen, weil Eddie das ganz offensichtlich nicht tun würde.

„Wer?" Er fragte nicht, welche Morde. Diese Tatsache schickte ein Schaudern ihren Rücken hinunter. Sie hoffte, McKenzie würde es auch mitbekommen.

„Er hat seinen Namen nicht genannt."

Eddie lachte und lehnte sich mit gefalteten Händen zurück. „Ist das so? Und jetzt bist du hier, um herauszufinden, ob ich etwas darüber weiß?"

„Weißt du etwas?" Sie legte es darauf an.

„Ich weiß nur, dass du unseren Eltern versprochen hast, auf die Bullen zu schießen, aber stattdessen hast du deine Tür abgeschlossen und dich wie ein Feigling mit Bobby versteckt."

„Ich war zehn", blaffte sie ihn an.

„Du konntest besser schießen als wir alle." Missgunst funkelte in seinen Augen. Etwas hatte sich verändert. Er verströmte Gefahr.

„Ich war eine gute Schützin. Aber das heißt nicht, dass ich darauf vorbereitet war, einen anderen Menschen umzubringen."

„Selber schuld." Er wackelte mit seinem Fuß, sah auf die Uhr an der Wand. Die anderen Besucher begannen, aufzustehen und sich zu verabschieden.

Tess war übel. Sie hatte es vermasselt und hatte nichts Brauchbares aus ihrem Bruder herausbekommen. Sie fühlte sich beschmutzt davon, nur mit ihm in einem Raum zu sein, geschweige denn, die gleichen Gene zu teilen.

„Wenn sie herausfinden, dass du etwas über die Morde weißt und nichts sagst, kommst du womöglich niemals hier raus, das ist dir klar, oder?" Nicht, dass sie wollte, dass er entlassen wurde.

„Wer hat behauptet, ich würde etwas wissen?" Seine Augen wurden schmal und er winkte sie mit seinem Zeigefinger näher.

Sie beugte sich zu ihm. Vorsichtig.

„Aber wenn ich etwas wüsste…"

Sie hielt den Atem an und rückte noch ein bisschen näher.

„Würde ich es dir nicht erzählen, du hinterhältige, kleine Schlampe." Sein heißer Atem strich über ihren Nacken. Eddie krallte sich ihre Haare und knallte ihr Gesicht auf den Tisch. Sie konnte sich gerade noch schützend die Hände vor das Gesicht halten, bevor der zweite Schlag kam, aber sie konnte Rufe hören und sah, wie Leute wegrannten. Eddie zerrte sie über den Tisch wie eine Lumpenpuppe und umklammerte mit beiden Händen ihren Hals.

„Warum bist du noch am Leben?", zischte er in ihr Ohr.

Angst brannte in jeder Zelle ihres Körpers. Sie ruderte zurück, während er sie gegen die nächste Wand schleuderte.

„Keiner kommt näher oder ich breche ihr den Hals!", brüllte er. Seine Hand fuhr unter ihre Bluse und er schrie zornig auf, als er das Mikro fand. „Du verräterische Schlampe. Du hättest sterben sollen, wie Mama es wollte."

Tess' Blick war verschwommen und seine starken Arme drückten ihr die Luft ab. Sie stemmte ihren Kopf gegen seine

Brust, um mehr Luft zu bekommen. Er stank nach Schweiß und Hass.

Die Wärter kamen vorsichtig näher, aber Eddie würde sie niemals loslassen. Eher würde er sie umbringen.

Sie holte tief Luft, zügelte ihre Panik, ignorierte die Schmerzen und fokussierte ihre Gedanken. Mit einer Hand schlug sie mit aller Kraft in seinen Schritt, dann drehte sie sich nach innen und schlug ihm mit der anderen Hand ins Gesicht.

Er schrie vor Schmerzen auf und Tess duckte sich unter seinem Arm fort. Blut schoss aus seiner Nase. Sie rannte davon, als die Wärter hinter ihr zugriffen.

„Du Schlampe! Du verdammte kleine Fotze. Ich werde dich finden. Ich werde zu deinem hübschen kleinen Haus kommen und warten, bis du schläfst, und dann werde ich dich ficken, bis du grün und blau und blutig bist. Und wenn du mich dann um Gnade anbettelst, werde ich dir mein Messer in deine scheiß Eingeweide treiben."

Tess zitterte am ganzen Körper. Sie hatte keinen Zweifel daran, dass er genau das tun und jede Sekunde genießen würde.

Plötzlich war McKenzie an ihrer Seite. Einer der Wärter warf ihm das kleine schwarze Abhörgerät zu, dann zog Mac sie aus dem Besuchsraum. Eddie drehte vollkommen durch, brüllte herum, dass Kenny Travers ein hinterhältiger Wichser wäre und dass auch er krepieren würde.

Tess' Körper begann, auf den Angriff zu reagieren, und ihre Zähne klapperten so sehr, dass sie kaum etwas sehen konnte, geschweige denn, gehen.

„Warte hier." Mac holte seine Tasche, dann führte er sie zum Ausgang. Er hielt an, um seine Waffe abzuholen. Gerade als er sie in sein Holster steckte, trat der Gefängnisdirektor zu ihnen.

„Ich muss Sie sprechen." Flowers Ausdruck geradezu vor Anspannung. „Ich muss wissen, was da drin passiert ist."

Mac sprach in einem forcierten Flüsterton. „Sie haben Überwachungsaufnahmen, also wissen Sie genau, was passiert ist. Ich schicke Ihnen eine Kopie der Audioaufnahme, sobald es von der Zentrale abgesegnet ist."

„Brauchen Sie einen Arzt, Miss?" Officer Pennington stand vor Tess und tastete behutsam ihren Nacken ab.

Tess zuckte zusammen, dann schüttelte sie den Kopf. „Es ist nichts gebrochen." Sie berührte ihre Nase und Pennington reichte ihr eine Box Taschentücher. Dankbar zog sie ein paar davon heraus. „Es tut nur weh." Und war peinlich. Und machte sie wütend. „Zum Glück ist er ja rehabilitiert, habe ich recht?"

Der Wärter von vorhin kam auf sie zu und blockierte den Ausgang. „Ich muss sie durchsuchen, bevor sie geht."

Mac platzte die Hutschnur. „Sie hat schon genug durchgemacht."

Tess verdrehte die Augen und hob ihre zitternden Arme. Officer Pennington trat zu ihr hin und durchsuchte ihre Kleidung mit deutlich mehr Effizienz und deutlich weniger Unverschämtheit als der andere Wärter es vorhin getan hatte.

Pennington trat einen Schritt zurück. „Sie ist sauber."

„Schön. Lassen Sie sie gehen." Der Gefängnisdirektor nickte. Er deutete mit dem Finger auf Mac. „Ich will bis heute Abend die Kopie der Aufnahme auf meinem Schreibtisch liegen sehen."

Der angepisste Wärter beäugte sie zornig, ließ sie aber passieren. Tess holte ihre Sachen aus dem Schließfach, dann traten sie und Mac eilig aus dem Haupteingang.

Es schneite heftig, eine unwillkommene Überraschung. Mac legte ihr seinen Arm um die Schulter, weil sie unkontrolliert zitterte. So viel dazu, noch vor dem Sturm wieder nach Hause abzureisen.

Er führte sie zu seinem Auto und schloss auf. „Steig ein."

Sie schlüpfte auf den Beifahrersitz und saß mit ihren Sachen auf dem Schoß wie betäubt da. Sie war zu erschüttert, um etwas anderes zu tun, als zu zittern.

Mac setzte sich hinter das Steuer und startete den Wagen.

„Heilige Scheiße, Tess. Ich dachte, er würde dich umbringen. Wo hast du denn sowas gelernt?"

Er bemerkte, dass sie nicht mehr normal reagieren konnte, nahm ihr Gepäck und warf es auf den Rücksitz. Dann beugte er sich über sie, zog den Gurt heraus und schnallte sie an.

Sie hob eine Hand, um ihre Nase zu berühren, die schmerzte und geschwollen war. „Taekwondo, du erinnerst dich?" Und wenn sie keinen schwarzen Gürtel hätte, würde sie jetzt vermutlich tot im Besuchsraum liegen und auf den Rechtsmediziner warten, während Steve McKenzie auf ihre Leiche starrte.

Hätte es ihm etwas ausgemacht? Sie bezweifelte es. Nicht wirklich. Bis auf die Informationen, an die er dann nie herankommen würde, und bis auf den Ärger, den die ganze Sache für seine Karriere bedeuten würde.

„Bist du in Ordnung?", fragte er.

Sie schnappte fassungslos nach Luft. Ihr Nasenrücken pochte, ihre Kopfhaut brannte und ihr Hals war so wund, als ob jemand Bleiche in ihre Luftröhre geschüttet hätte. Sie war nicht in Ordnung. Sie drehte sich zu ihm um, um ihm das zu sagen, aber dann sah sie, wie blutleer seine Lippen waren, bemerkte die Sehnen, die verkrampft an seinem Nacken hervorstanden. Blanke Angst stand in seinen Augen. Angst um sie. Vielleicht machte es ihm tatsächlich etwas aus. Mehr, als ihr bewusst gewesen war.

„Ich werde es überleben." Wieder berührte sie ihre Nase und zuckte ein wenig zusammen. „Es tut weh. Aber es hätte schlimmer sein können." Viel schlimmer.

„Scheiße. Tess. Ich hätte nie erwartet, dass er dich angreift. Es tut mir so leid."

„Vorbildlicher Insasse und all das." Sie versuchte, einen Witz daraus zu machen. „Ich schätze, Familie bringt das Schlimmste in uns zum Vorschein."

„Du bist keine Hines. Du bist eine Fallon." Er legte seine Hand auf ihr Bein und drückte es sanft. Sie spürte den Abdruck seiner Finger wie ein Brandmal durch ihre Jeans hindurch. „Du warst unglaublich."

Eilig nahm er seine Hand wieder fort, als ob im gerade eingefallen wäre, wen genau er da berührte. Eine Hines, keine Fallon.

„Genau. Unglaublich." In ihrem Kopf begann sich alles zu drehen und sie wühlte durch ihre Handtasche, um noch ein paar Taschentücher und ein Aspirin herauszuholen.

„Wann geht dein Flieger?", fragte er und fuhr vom Gefängnisparkplatz.

„Um fünf." Und bis dahin wollte sie sich einfach nur zu einer Kugel zusammenrollen und ihre Wunden lecken.

„Meiner geht in vierzig Minuten." Er beugte sich vor und starrte in den Himmel. „Mit etwas Glück kommen wir beide noch hier weg, bevor der Schneesturm richtig losgeht."

„Hoffen wir es." Ihr Hals zog sich zusammen und Tränen brannten in ihren Augen, aber sie weigerte sich, sie loszulassen. Eddie war ein abstoßendes Monster und mit ihm verwandt zu sein war eines der vielen Dinge, für die sie sich schämte. Jetzt wollte sie nichts mehr als nach Hause zu fliegen und zu vergessen, dass sie jemals eine andere Familie außer Cole gehabt hatte.

Das FBI musste jetzt zusehen, wie es ohne ihre Hilfe zurechtkam. Sie würde mit Cole sprechen und ihm ihre Vergangenheit erklären. Hoffentlich würde er ihr sagen können, warum er diesen Ordner in seinem Schreibtisch hatte, und es würde sich sicherlich als unschuldiger Zufall herausstellen – aber, wenn es das nicht war, würde sie ihn dazu bringen, sich zu stellen. Sie wollte nicht daran glauben, dass er in einen Mord verwickelt war. Er war nicht wie Eddie oder Walt oder Francis oder David. Er war wie sie.

Und hoffentlich würde er ihr für all die Lügen verzeihen können, die sie ihm erzählt hatte. Aber es war an der Zeit für die Wahrheit. Sie die Nase voll von Lügen.

RoguePawn75: Wir haben ein Problem.

Sie befanden sich in einem sicheren, exklusiven Mitglieder-Chatroom im Darknet. Die Wahrscheinlichkeit, dass irgendjemand diese Unterhaltung mitbekam, war sehr gering, aber nicht ausgeschlossen. Die Wahrscheinlichkeit, dass jemand ihren Standort oder ihre wahren Identitäten zurückverfolgen konnte? Praktisch gleich Null. Bis sie das geschafft hätten, wäre die Revolution schon längst losgetreten.

MustangGuardian: Was für ein Problem?

RoguePawn75: Habe mitbekommen, dass ein verdeckter Ermittler die Kodiak-Anlage vor der Razzia infiltriert hatte. Dieser Bulle ist jetzt der FBI-Agent, der die Sonderermittlung zu den Morden leitet. Heißt Steve McKenzie. Hat sich früher „Kenny Travers" genannt. Habe ihn nie getroffen.

Der leere Bildschirm war so voller Bedrohung, dass ihr das Unbehagen den Rücken hinunterlief und sie sich dabei ertappte, wie sie nervös wurde.

RoguePawn75: Er ist für die ganze Sache verantwortlich – für das Auffinden des Waffenlagers, für die Razzia, für Davids Tod …

MustangGuardian: Wie konntest du davon nicht wissen?

RoguePawn75: Ich habe dir gesagt, ich hatte vermutet, dass jemand innerhalb der Organisation sie verraten hat. Mir war nur nicht klar, dass es ein Bulle gewesen ist.

MustangGuardian: Das hätte dir aber klar sein sollen. Hast du noch weitere Fehler gemacht?

Gott, sie hasste die Macht, die dieser Mann über sie hatte. Sie dachte an all ihre sorgfältigen Pläne, all die Jahre der Aufopferung, die Anstrengung, ihren Plan fehlerfrei auszuführen, und noch immer behandelte er sie wie ein Kind. Als ob er der Anführer wäre. An manchen Tagen hasste sie ihn mehr, als sie ihn liebte.

RoguePawn75: Nein. Alles andere läuft einwandfrei.

Eine dritte Person erschien in dem Chatroom.

EagleScreamr: Er muss das Manifest gelesen haben. Ihm wird klar werden, was wir vorhaben, bevor wir die

Chance dazu haben.

RoguePawn75: Nein, wird er nicht. Wir hinterlassen die Spuren, die sie finden sollen. Alles läuft genau nach Plan.

MustangGuardian: Was, wenn dieser Agent herausbekommt, wer du bist, bevor du die Mission vollenden kannst?

RoguePawn75: Wird er nicht.

MustangGuardian: Wie willst du ihn davon abhalten?

Der leere Bildschirm kam ihr vor wie ein hungriges Raubtier, das gefüttert werden wollte.

RoguePawn75: McKenzie muss eine Lektion darüber erteilt bekommen, was mit Leuten passiert, die uns verraten. Ich habe eine Idee, wie wir ihm das beibringen können.

Schnell umriss sie ihren Plan. Er war nicht vorbildlich, aber die Chancen standen gut, dass er funktionieren würde. Wenn er funktionierte, wäre es eine fantastische Demonstration ihrer Gerissenheit. Wenn nicht, wäre es immer noch der Beginn ihrer Rache gegen diesen Bastard. Gegen den Mann, der ihr Leben zerstört hatte.

RoguePawn75: Aber ich kann es nicht machen. Ich muss andere Botschaften übermitteln und mich an den Zeitplan halten.

Keine Antwort.

All ihre Opfer, und niemand sonst war gewillt, Verantwortung zu übernehmen?

EagleScreamr: Ich mache es.

Unbehagen überkam sie.

MustangGuardian: Bist du sicher?
EagleScreamr: Ja. Wann?

Sie dachte für einen Augenblick darüber nach. War es falsch, ihn in eine so gefährliche Mission hineinzuziehen? Was, wenn er es vermasselte? Wenn er erwischt werden würde? Was, wenn er es nicht durchziehen konnte?

Für gewöhnlich verspürte sie nichts, wenn sie ein Leben auslöschte, aber die Leute, die sie umgebracht hatte, waren auch keine Menschen. Sie waren Ungeziefer, das vernichtet werden musste. Sie zwang die unerwarteten Befürchtungen aus ihren Gedanken. In diesem Krieg musste jeder von ihnen Opfer bringen.

RoguePawn75: Dafür braucht es präzises Timing. Ich werde dich kontaktieren. Sei darauf vorbereitet, jeden Augenblick zu starten, und stelle sicher, dass du keine Spuren hinterlässt.

Sie loggte sich aus und starrte in die Luft. Die ganzen Jahre der harten Arbeit, der sorgfältigen Planung, und jetzt hing alles davon ab, was in den nächsten Tagen passierte. Aber die Gerechtigkeit würde nicht für immer auf sich warten lassen. Das FBI sollte sich besser darauf gefasst machen, zu ernten, was es gesät hatte. Die Regierung würde sich nicht für immer an die Macht klammern können und nur diejenigen, die auf den bewaffneten Widerstand vorbereitet waren, würden über-leben.

Sie war bereit.

Diese Morde waren für David und bildeten die Eröffnungssalven ihrer Revolution. Ihre Namen würden in die Geschichtsbücher eingehen, würden für immer miteinander verbunden sein.

Sobald sie die erste Phase der Mission abgeschlossen hatte, würden sich tausende Mitstreiter erheben und dem Kampf beitreten. Diese Leute kannten vielleicht noch nicht ihren Namen, aber es würde nicht mehr lange dauern, bis er gleichbedeutend mit der kühnsten Aktion der Geschichte werden würde. Sie würde die Republik für diejenigen retten, für die sie bestimmt war, und alle anderen von ihrem Land vertreiben.

DREIZEHNTES KAPITEL

ALLER CHARME DER Welt und selbst seine staatliche Dienstmarke konnten am Check-In-Schalter des Flughafens nichts für ihn ausrichten. Anscheinend kam in den nächsten fünfzehn Stunden – und womöglich noch darüber hinaus – niemand per Flugzeug nach Boise hinein oder heraus.

„Es muss doch irgendeinen Weg geben?", flehte Tess die Dame am Schalter an.

Die Frau musterte Tess' geschwollene Nase und die Quetschungen an ihrem Nacken und warf Mac einen nervösen Blick zu. Er war sich sicher, dass es nichts bringen würde, abzustreiten, etwas mit Tess' Verletzungen zu tun zu haben. Und es war letztendlich seine Schuld, dass sie angegriffen worden war.

Eddies Angriff war aus dem Nichts gekommen. Mac hatte wie versteinert im Beobachtungsraum gestanden, hatte nicht gewusst, was es bewirken würde, wenn Eddie sehen würde, wie Kenny Travers plötzlich von den Toten auferstand. Wäre das der letzte Strohhalm gewesen, der diesen Wichser dazu gebracht hätte, Tess den schmalen Nacken zu brechen? Es war ein Risiko, das Mac nicht hatte eingehen wollen. Also hatte er sich nicht vom Fleck gerührt, hatte sich nur inständig gewünscht, diese Frau niemals in eine derartige Gefahr gebracht zu haben.

Hatte irgendetwas sie verraten? Oder hatte Eddie von

Anfang an vorgehabt, sie anzugreifen, und hatte nur auf den richtigen Zeitpunkt gewartet? Hatte er mit ihr gespielt, bis die Besuchszeit vorbei war? Vertrieben sich Psychopathen im Gefängnis so ihre Zeit? Und warum hatte er Tess überhaupt angegriffen, wenn seine Haftstrafe fast verbüßt war?

Vielleicht gefiel es dem Kerl im Gefängnis. Vielleicht hasste dieses Arschloch Tess wirklich dafür, dass sie in der Nacht des Zugriffs nicht umgekommen war. Was ironisch war, weil Eddie das einzige Familienmitglied über zehn Jahre gewesen war, das überlebt hatte. Oder vielleicht wusste er etwas über diese Morde und dachte, Tess würde ihn womöglich verraten… Das war eine verlockende Vorstellung.

Woran konnte sie sich womöglich noch erinnern, das Mac in dieser Ermittlung weiterhelfen könnte?

Er fragte sich, was Eddies ehemalige Freundin wohl heute machte. Mac schickte Dylan Walsh eine Nachricht an eine sichere Nummer und bat ihn, dieser Sache dringend nachzugehen.

Mac musste sich die Aufnahme der Unterhaltung zwischen Tess und Eddie anhören, um zu überprüfen, ob es weitere Hinweise gab. Er hatte die Liste von Eddies Besuchern und Kopien seiner Korrespondenz, ebenso den Verlauf seiner Internetaktivität, die Mac ebenfalls an Walsh weiterleitete. Wenn Eddie mit irgendjemandem über diese Morde sprach, würden sie es herausfinden. Es war nur eine Frage der Zeit. Allerdings war die Zeit leider nicht auf ihrer Seite. Es lag in der Natur von Ermittlungen, sich mit gletscherartiger Geschwindigkeit vorwärtszubewegen, aber diese Morde mussten so schnell wie möglich gestoppt werden.

Eddie-das-Arschloch durfte sich nun über ein paar zusätzliche Jahre in Haft freuen, aber wenn jemand sein ganzes Leben im Knast verbracht hatte, war das vielleicht keine schlechte Sache. Wie würde der Kerl denn in der echten Welt zurechtkommen?

Die Schalterdame tippte energisch in ihren Computer, schaute Tess aber schließlich mit spürbarem Bedauern an. „Es tut mir wirklich leid, Ma'am, es gibt nichts, was ich heute noch für Sie tun kann. Es ist nicht nur der Schnee, eine unserer Enteisungsmaschinen ist defekt. Unsere Techniker arbeiten gerade daran, aber sie warten derzeit auf ein Ersatzteil, das aus Utah hochgebracht wird."

„Die Straßen sind noch offen?" Mac hob fragend das Kinn und ignorierte ihre Missbilligung.

Sie nickte. „Der Sturm kommt aus dem Norden. Die Straßen Richtung Süden sind alle noch offen."

Mac schaute auf seine Uhr. Die Vorstellung, wegen etwas so Unberechenbarem wie einem Schneesturm über Nacht nicht im Büro sein zu können, machte ihn verrückt, aber er war in Montana aufgewachsen und erkannte die Sinnlosigkeit dessen, mit dem Wetter zu streiten. Mutter Natur waren seine Pläne egal. Er schaute in seine Wetter-App, dann schlenderte er zum Schalter der Mietwagenfirma.

„Haben Sie noch einen Geländewagen?"

Der Kerl nickte.

„Ich muss ihn in Salt Lake City abgeben können."

Der Kerl füllte die Formulare aus, während Tess Mac langsam durch die Abflughalle folgte und ihren Rollkoffer hinter sich herzog wie ein Kind seinen Teddy.

Mac ließ den Schlüssel in seiner Hand klimpern und nickte dem Mitarbeiter einen Dank zu.

Tess' hellbraune Augen wurden groß, als sie den Autoschlüssel entdeckte. „Du willst mit dem Auto fahren?"

„Wir sind hier am südlichen Rand des Sturms und die Wettervorhersage bestätigt, dass er sich in den nächsten Stunden nach Norden bewegt. Salt Lake City ist südlich von hier, und an einem klaren Tag sind es nur fünf Stunden mit dem Auto. Der Flughafen dort ist viel größer, und ich setze lieber darauf, von dort einen Flieger zu erwischen, als hier in Boise herumzusitzen und Däumchen zu drehen."

Sie biss auf ihrer Unterlippe herum. Abgesehen von dem Blut unter ihrer Nase, das sie abgewischt hatte, hatte sie sich nicht weiter zurechtgemacht, und mehrere Haarsträhnen waren aus ihrem Pferdeschwanz entkommen. Und auch wenn ihre Gene verdreht sein mochten, war sie eine der hübschesten Frauen, denen er je begegnet war.

„Willst du mitfahren?", bot er an.

Ihre Augen wurden riesig. „Das würde dir nichts ausmachen?"

Mac unterdrückte ein Lächeln. Ernsthaft? Er würde sich sofort auf die Gelegenheit stürzen, sie stundenlang zu löchern, um seine Erinnerungslücken zu schließen. Die Tatsache, dass er sie attraktiv fand, kam ungelegen, aber er würde schon damit klarkommen.

„Aber ich fahre jetzt los." Es gab noch etwas, was er sich unterwegs anschauen wollte.

Sie nickte bereitwillig.

Während Tess kurz auf der Toilette war, kaufte er zwei Kaffee. Dann luden sie ihre Koffer und Laptoptaschen in den Kofferraum des brandneuen Jeep Cherokees und stiegen ein.

Tess zitterte, und Mac war sich nicht sicher, ob das eine Reaktion auf Eddies Angriff war, oder an dem eisigen Winter lag, in den sie sich nun begaben. Er stellte die Heizung an und drückte ihr eine braune Papiertüte in die Hand.

„Vorräte." Ihre Blicke trafen sich und er grinste sie an.

Sie linste in die Tüte. „Donuts?"

„Du mochtest damals Süßigkeiten." Sie war nicht die einzige mit einem guten Gedächtnis.

„Das war, bevor ich die Bedeutung des Wortes ‚Kalorien' gelernt hatte." Mit spitzen Fingern zog sie einen der Donuts heraus, dann reichte sie ihm die Tüte zurück. Sie aß langsam, trank ihren Kaffee. Ihr Gesicht bekam etwas Farbe, aber die roten Striemen an ihrem Hals und ihr geschwollener Nasenrücken leuchteten noch immer grell wie Neonlichter.

Es war ein Fehler gewesen, sie zu benutzen. Er hatte unterschätzt, wie gefährlich Eddie war.

Der Schnee fiel in dicken Flocken, und die Scheibenwischer mussten sich anstrengen, sie zu vertreiben. Trotz der Vorhersage schien der Schneefall nicht nachzulassen, aber Mac war mit dieser Gegend und dem Fahren in solchem Wetter vertraut. Er vermisste die Winter in Montana sogar. Ihre Strenge hatte eine ursprüngliche Schönheit. Eine elementare Herausforderung an das tägliche Leben.

Nach dreißig Minuten wurde die Schneedecke auf der Straße schließlich dünner. Das Auto ließ sich einfacher handhaben, und Mac fuhr schneller.

„Ist dir aufgefallen, dass er nicht gefragt hat, von welchen Morden ich gesprochen habe?" Tess brach die entspannte Stille.

Er nickte. Es war ihm aufgefallen. Dieser Hurensohn wusste definitiv darüber Bescheid, was in D.C. vor sich ging.

Ein Ausdruck von Abscheu huschte über ihr Gesicht. „Wenigstens kann ich jetzt aufhören, mich schuldig zu fühlen, weil ich in den letzten zwanzig Jahren keinen Kontakt zu ihm gesucht habe. Er ist widerlich. Hast du gehört, was er über mich gesagt hat? Dass er abwarten wollte, bis ich gewachsen war?" Sie wickelte sich enger in ihren Mantel. „Was für ein Tier."

„Ich habe es gehört." Eddies Worte hatten ihn nicht überrascht. Eddie war schon immer ein ekelhafter Arsch gewesen, und das Gefängnis hatte ihn in keiner Weise weicher gemacht. Macs Finger krallten sich fester um das Lenkrad. Es hatte eine Zeit gegeben, als er selbst diese perverse, sexistische Sprache benutzt hatte, um sich bei dem Kerl anzubiedern. Bei dem Gedanken daran wurde ihm schlecht.

„Wusstest du, dass Ellie missbraucht wurde?"

„Nein, das hatte ich dir doch schon gesagt. Gott, nein." Er warf ihr einen aufgebrachten Blick zu. Dann verebbte seine Entrüstung. „Bis auf die Tatsache, dass sie zwangsverheiratet wurde. Und vertraue mir, dafür werde ich mir nie verzeihen können."

Ihre nächsten Worte ließen ihn zusammenzucken. „Ich vertraue nicht mehr. Zu viele harte Lektionen."

Sie wollte sich nicht bei ihm einschmeicheln. Sie stellte eine Tatsache fest.

Tess streifte ihre Schuhe ab, zog die Knie an die Brust und rollte ihre Schultern ein. Auf ihren Socken waren mathematische Symbole abgebildet, und sie wackelte mit den Zehen, als ob sie sie wärmen müsste.

„Walts Schlafzimmer war neben meinem. Ellies war am weitesten vom Schlafzimmer unserer Eltern entfernt. Ich erinnere mich nicht, irgendwas gehört zu haben, und sie hat mir nie erzählt, was los war." Kummer und Bedauern schlichen sich in ihr Gesicht, als ob das, was geschehen war, ihre Schuld gewesen wäre. Aber das war es nicht.

„Du bist nicht in einem Umfeld aufgewachsen, in dem Mädchen gelernt hatten, für sich selbst einzutreten. Ellie war vermutlich zu verwirrt oder zu verängstigt, um sich zu wehren. Abgesehen davon glaube ich nicht, dass die Misshandlungen im Haus deiner Eltern stattgefunden haben. Deine Brüder waren extrem gut darin, andere zu manipulieren und zu bedrohen, aber sie waren nicht besonders mutig."

„Was du nicht sagst", stimmte sie zu. „Kinder anzugreifen …"

Francis Hines' Verhalten war umso schockierender. Wenn es stimmte, was Eddie erzählt hatte, dann hatte sie ihre Tochter einem ekelhaften, alten Mann geopfert, um die Tatsache zu vertuschen, dass ihre Söhne ihre Tochter geschwängert hatten.

Mac hätte Ellie retten können, aber er hatte es nicht getan. Diese Schuld wurde niemals kleiner.

„Wusstest du, dass er eine Freundin hatte?", fragte Tess. „Eddie?"

Mac runzelte die Stirn. „Es gab ein paar Frauen, mit denen er ausging, an die ich mich erinnere. Eddie war nicht gerade der Typ, der eine Frau zuvorkommend behandelte. Er hat sie wie Dreck behandelt, sobald er bekommen hatte, was er wollte, aber manche Frauen finden sich leider immer wieder in solchen Beziehungen wieder."

„Ich erinnere mich an Brandy. Sie hatte immer wahnsinnig knappe Sachen an und trug zu viel Make-up. Ist immer mit einem Motorrad herumgefahren." Ein Lächeln bahnte sich in ihren Mundwinkeln an. „Ich fand sie cool. Aber Mama hat immer gesagt, sie sei eine Schlampe."

Mac erinnerte sich dunkel an die junge Frau. Es war ein wertvoller Hinweis, den sie nur erhalten hatten, weil Tess sich bereit erklärt hatte, ein Kabel zu tragen.

„Was war mit dir?", fragte Tess. „Hattest du damals eine Freundin?"

„Nein. Ich hatte zu viel Angst, meine Identität zu verraten, wenn ich mich mit jemandem einlassen würde. Obwohl", er grinste, „es ist möglich, dass ich die ein oder andere ‚Verabredung' hatte. Ich war neunzehn und wollte dazugehören."

„Und die Mädchen mochten dich. Genau, daran kann ich mich sehr gut erinnern." Sie lachte und Mac sah, wie ihre Wangen ganz rosig wurden.

„Es ist lustig. Damals kam mir unser Altersunterschied vor wie tausend Jahre. Jetzt ist es plötzlich vollkommen irrelevant", sagte sie zaghaft. „Die Zeit ändert alles."

Mac rutschte unruhig auf seinem Sitz hin und her. Er glaubte nicht, dass sie mit ihm flirtete. Sie schien sich noch immer in einer Art Schock zu befinden.

Er zumindest betrachtete sie keineswegs mehr als Kind. Als sie das Kabel an ihrem BH befestigt hatte, war er vollkommen erstarrt, so als ob jemand seine Füße in Beton gegossen hätte. Sie hatte nicht einmal wirklich Haut gezeigt, aber allein die Vorstellung, sie hätte es tun können, hatte ihn in den Bann gezogen.

Idiot.

Er musste ausgehungerter sein, als es ihm bewusst gewesen war. Wenn er darüber nachdachte, hatte er seit vor der Ermittlung in Minnesota keinen Sex mehr gehabt. Er hatte gelernt, damit klarzukommen, weil es sich nicht ändern würde, bis der neue Fall abgeschlossen war, und das konnte noch Monate dauern.

„Ich glaube, Daddy hat Mama auch betrogen."

„Was?" Das war ihm neu. „Wie kommst du darauf?"

„Ich bin einmal mit ihm in die Stadt gefahren. Eddie war irgendwohin verschwunden, ein Schwein schlachten, glaube ich – vermutlich sogar mit dir, wenn ich jetzt darüber nachdenke. Mama hat mich losgeschickt, um Lebensmittel einzukaufen, aber Daddy wollte nicht, dass ich mitkomme. Er hat mir ein Eis gekauft und mich mehr als eine Stunde im Truck warten lassen, bevor wir weiter zum Laden gefahren sind. Ich habe eine Frau gesehen, die mich aus einem Fenster über einer Bar beobachtet hat. Jemand hat sie geküsst, aber wer auch immer es war, stand im Schatten, und ich konnte sein Gesicht nicht sehen. Womöglich war es überhaupt nicht Daddy, vielleicht war es nur meine Einbildung, aber ich erinnere mich, wie Mama sich beschwert hat, hin und wieder ein Damenparfum auf Daddys Hemden zu riechen. Er wurde jedes Mal wütend und hat es abgestritten."

Über der Kneipe im Ort hatte es ein Zimmer gegeben, das die Stammgäste manchmal benutzt hatten, wenn sie eine Frau abgeschleppt hatten. Tess würde von diesem Zimmer nichts gewusst haben, und er erinnerte sich, dass David Hines ab und an verschwunden war, wenn sie alle zusammen in die Kneipe gegangen waren. Mac hatte nie herausbekommen, wohin der Kerl sich abgesetzt hatte, war aber immer davon ausgegangen, dass es um Geschäfte der Pioneers gegangen war. Er wäre ihm gern gefolgt, aber wenn jemand ihn erwischt hätte, wäre seine Identität aufgeflogen.

Aber vielleicht war David Hines einfach nur ein ganz gewöhnlicher Ehebrecher gewesen, der versucht hatte, seine Sünden zu vertuschen. Hinter Francis' Rücken eine Affäre zu haben, verlangte jede Menge Eier, selbst für einen Mann von David Hines' Statur.

„Ich habe die Namen von Eddies Freundinnen in meinen Notizen stehen. Ich überprüfe sie, sobald ich wieder in D.C. bin. Vielleicht können wir sie zurückverfolgen." Die Notizhefte flogen irgendwo in seiner neuen Wohnung herum.

„Du hast dir Notizen gemacht?"

„Ja." Er trat auf die Bremsen, als sie an einem Anstieg hinter einem Lastwagen herfuhren. „Ich musste sie heimlich machen und habe sie in einem Geheimfach in meinem Truck versteckt. Die Pioneers hätten mich gelyncht, wenn sie herausbekommen hätten, dass ich ein Polizist war."

Ihre Augen betrachten ihn eindringlich. „Was du getan hast, war unglaublich mutig."

Er zuckte mit den Schultern, ihre Anerkennung war ihm unangenehm. Heute würde er vieles anders machen. „Ich habe nur für zwölf Monate das gleiche Leben geführt wie du. Das ist wohl kaum besonders mutig, wenn eine Zehnjährige es hinbekommt."

„Ich hatte aber keine Wahl und ich habe es nicht besser gewusst." Ihre Gedanken schienen für einen Augenblick abzuschweifen und ihre Augenbrauen runzelten sich. „Wir kannten nichts anderes."

„Weißt du, wie sich deine Eltern kennengelernt haben?" Er war neugierig.

„Ich habe keine Ahnung. Ich erinnere mich daran, wie sie erzählt haben, das Land in Kodiak nach ihrer Hochzeit gekauft zu haben. Mama kam aus einer wohlhabenden Familie. Sie hat mir die Hütte gezeigt, in der sie die erste Zeit gewohnt haben, während sie das Haus bauten." Ihre Augen wurden unruhig. „Vor dieser Hütte hat es mich immer gegruselt..."

Mac erinnerte sich an die Hütte. Sie hatte auf einem Hügel oberhalb der Anlage am Waldrand gestanden und hatte einen endlosen Ausblick über die Ebene geboten. Aber es hatte keine richtige Zufahrtsstraße gegeben, weshalb David Hines einen anderen Platz für das Hauptgebäude ausgewählt hatte. Mac hatte die Hütte einmal durchsucht. Sie war verlassen gewesen, aber nicht verfallen. Bis auf ein paar Decken in einer Zedernholzkiste und Holzscheiten für ein Feuer im Winter war die Hütte leer gewesen.

„Glaubst du, Eddie und Walt sind mit Ellie dort hingegangen?"

„Entweder dorthin oder in die Scheune, wo Walt auch dich das eine Mal angegriffen hat." Galle stieg in ihm auf. „Ich habe dich nie gefragt, ob Walt dich an dem Tag..." Gott, er konnte es nicht einmal aussprechen.

Sie schüttelte eilig den Kopf. „Er hat meine Hand gegriffen und mich gezwungen, ihn anzufassen, aber ich bin davongerannt." Ihre Augen funkelten. „Das ist mit ein Grund, weshalb ich mit Taekwondo angefangen habe. Ich hatte Trudy erzählt, was passiert war, und sie hat vorgeschlagen, Kampfsport zu machen."

Was ihr heute vermutlich das Leben gerettet hatte. Seine Finger krallten sich um das Lenkrad. „Sie klingt nach einer wundervollen Frau."

Tess schluckte hörbar, als ob sie ihre Gefühle unterdrücken musste. „Ja, das war sie. Sie hat mir alles beigebracht, was ich in der Isolation meiner Kindheit nicht gelernt hatte. Sie war die intelligenteste Person, die ich jemals kennengelernt habe." Tess sah ihn an. „Danke für das, was du damals mit Walt gemacht hast."

„Ich habe nicht genug getan."

„Was auch immer du getan hast, es hat ihn mir in diesen letzten Wochen vom Hals gehalten."

Mac blickte starr auf die Straße, der Geist von Tess' Schwester schwebte zwischen ihnen. „Es war nicht genug."

„Ellie hätte dir verziehen, das weißt du, oder? Sie war niemals nachtragend."

Plötzlich konnte er nicht mehr sprechen, die Erinnerungen an dieses liebe, kleine Mädchen mit den rotblonden Haaren und den Sommersprossen überwältigten ihn.

Er fuhr weiter, während sich die Stille zwischen sie legte.

Als er sie wieder anschaute, sah er etwas Puderzucker wie Staub auf ihrer Wange kleben. Ein Auge auf die Straße gerichtet, wischte er ihr den Zucker mit dem Daumen ab. Ihre Haut fühlte sich an wie Seide.

Er räusperte sich. „Du hast etwas vom Donut im Gesicht."

Sie schob seine Hand zur Seite und wischte sich den Puderzucker ab. „Das war es wert. Erinnere mich daran, dass ich das gesagt habe, wenn ich nicht mehr in meine Hosen passe."

„Ich begreife nicht, wie du so normal werden konntest", sagte er ehrlich.

„Ich nehme das mal als Kompliment." Ihre Lippen verzogen sich zu einem schiefen Lächeln. „Wenn ich nicht ihre Augen hätte, würde ich vermuten, man hätte mich bei der Geburt vertauscht."

„Man kann ja träumen." Mac räusperte sich.

Ihr Blick wurde nachdenklich. „Du glaubst, diese Morde stehen auf irgendeine Art mit den Pioneers in Verbindung, oder?"

Mac zuckte mit den Schultern. Er durfte zu einer laufenden Ermittlung keine Auskunft geben. Und er wurde daran erinnert, was seine oberste Priorität war. Sein Job. Nicht

Tess' Wohlergehen. „Ich leite die Sonderermittlungseinheit in den Morden. Jemand anderes aus dem Team wird dich noch einmal befragen."

Tess schaute ihn misstrauisch an. „Du glaubst noch immer, ich könnte involviert sein?"

Er schüttelte den Kopf. „Ich nicht, weshalb jemand anderes die schwierigen Fragen stellen muss."

„Du überlässt mich wieder meinem Schicksal." Sie schien unbeeindruckt und nicht weiter überrascht, und er fühlte sich wie ein Stück Scheiße. „Scheint ja Usus zu sein, was dich und deine Kumpels von der Strafverfolgung angeht."

Mac biss die Zähne zusammen, aber er konnte die Tatsache nicht ignorieren, dass er nicht objektiv war, was Tess Fallon anging. Das brauchte sie allerdings nicht zu wissen. Er blickte kurz auf die Uhr auf dem Armaturenbrett und fluchte.

„Was?"

„Ich verpasse eine Teambesprechung."

„Kannst du dich nicht per Telefon zuschalten?", fragte sie. „Ich kann fahren." Sie kramte ein paar Kopfhörer aus ihrer Tasche und ließ sie vor seiner Nase hin- und herschaukeln. „Die leihe ich dir, damit die böse Tochter des toten, rechtsnationalen Anführers nicht irgendwelche vernichtenden Beweise mithören kann, die sie an… Gott, was weiß ich, irgendjemanden ebenso abscheulichen weiter verraten kann."

Mit einem resignierten Seufzen hielt Mac am Straßenrand an, stieg aus und ging um das Auto herum, dankbar, dass der Sturm abflaute, auch wenn die umliegenden Felder und Hügel mittlerweile von einer dicken Schneeschicht bedeckt waren. Tess rutschte hinter das Steuer und stellte den Sitz ein, während er auf dem Beifahrersitz Platz nahm.

Er wählte und steckte sich die Stöpsel in die Ohren. „Kein

Wort. Okay? Ich würde irgendwann gerne mein eigenes Regionalbüro leiten und ich bin mir ziemlich sicher, mit diesem Ausflug schon mindestens fünfzig FBI-Regeln verletzt zu haben."

Sie salutierte verschmitzt und bog wieder auf die Straße ein. Mac behielt die Straßenschilder im Auge, weil Tess noch nicht wusste, dass sie einen kleinen Abstecher machen würden. Ein Abstecher, der wer weiß was für Erinnerungen hochholen würde, mit denen sich keiner von ihnen beiden auseinandersetzen wollte, die aber etwas Brauchbares losschlagen konnten. Schuldgefühle drohten, in ihm aufzusteigen, aber er zwang sie weg. Er musste einen Mörder schnappen und je schneller das passierte, umso schneller konnte Tess zu ihrem beschaulichen Leben in der Vorstadt zurückkehren.

———

ER WAR ALLEIN zu Hause und lag auf der Couch. Seine Hand war über seinen Schwanz ausgestreckt, er schaute ein NHL-Spiel und fragte sich, ob er sich die Mühe machen sollte, sich einen runterzuholen. Er hatte vorhin erst Sex gehabt, aber er war noch immer geil.

Sein Handy klingelte. Vorfreude schoss in jede seiner Nervenzellen, als er die Nummer sah. Er hatte auf ihren Anruf gewartet. „Ist es so weit?"

„Noch nicht", sagte sie knapp. „Es ist etwas dazwischengekommen."

Er war klug genug, keine Fragen zu stellen, aber er war seltsam enttäuscht. Er war sich nicht sicher, ob er schaffen würde, worum sie ihn gebeten hatte – etwas in ihm hatte furchtbare Angst davor, es zu vermasseln, etwas anderes in ihm konnte es gar nicht erwarten, sich zu beweisen.

„Es wird jetzt ernst. Bist du sicher, dass alles an Ort und Stelle ist?"

„Ich bin sicher." Auch wenn es nicht schaden würde, noch einmal alles zu überprüfen. Er stand von der Couch auf und ging nach oben.

Er hörte, wie sie schluckte, und ein vertrautes Gefühl von Verlangen schoss durch ihn hindurch. Lächerlich. Er hob die Matratze an und benutzte das Laken, um den Ordner hervorzuziehen und aufzuklappen. Sämtliche Informationen über die Zielpersonen waren genau hier, wo er sie versteckt hatte. Er runzelte die Stirn. Scheiße. Wo zur Hölle war der USB-Stick?

„Schickst du mir heute Abend eine weitere Nachricht?", fragte er und versuchte, die Unterhaltung in die Länge zu ziehen und nicht auszurasten. Er schaute unter dem Bett nach. Nichts. Vielleicht war der Stick im Aktenschrank herausgefallen. Eilig lief er die Treppe hinunter und in das Büro.

„Ja." Ihre Stimme klang ausdruckslos.

„Ist es…"

„Ist es was?", schnappte sie.

„Ist es einfach?", blaffte er zurück. Herrgott. Warum musste sie immer so eine Zicke sein?

Ein paar Sekunden überraschter Stille füllten den Raum zwischen ihnen.

„Es wird einfacher, je öfter man es macht. Du wirst es schon hinkriegen. Betrachte es einfach so, wie deine Jungfräulichkeit zu verlieren."

Das war eine Allegorie, mit der er etwas anfangen konnte.

„Ich denke, es wird morgen so weit sein, aber unternimm nichts, bis ich es dir sage. Das Timing muss haargenau stimmen." Sie klang abgelenkt. Vielleicht war sie schon bei ihrem nächsten Auftrag? „Erinnerst du dich an alles, was ich dir gesagt habe?"

„Ich erinnere mich." Dunkle Sachen ohne auffällige Markennamen tragen, Baseballkappe, Verkehrs- und Überwachungskameras meiden, die sie für ihn auf einer Karte markiert hatte. Nicht gesehen werden. Nicht erwischt werden. Den Fluchtweg kennen, bevor er losging.

„Ich rufe dich morgen an."

„Mach's gut", sagte er, aber sie hatte schon aufgelegt.

Er steckte die Hand tief in die Schublade und tastete auf dem Boden herum. Nichts. Wo zur Hölle war das Ding?

Er ging zurück in die Küche, holte ein Paar Gummihandschuhe unter der Spüle hervor und zog sie über. Dann holte einen ganzen Stapel der Akten aus der Schublade und tastete noch einmal auf dem Boden herum. Der Stick war nicht da. Er holte tief Luft, um nicht panisch zu werden, holte den Rest der Akten aus dem Schrank und schaute in die Schublade, dann unter den Schrank. Er kontrollierte sämtliche Schubladen.

Schweiß brach ihm aus. Auf dem Stick war die verschlüsselte Originaldatei ihres Plans und die Liste der potenziellen Opfer. In den falschen Händen konnte dieser Stick alles ruinieren. Wo zum Teufel war er?

Er rieb sich das Gesicht. Er konnte es sich nicht erlauben, einen so dummen Fehler zu begehen. Vorsichtig steckte er die Ordner zurück, schaute in jedem einzelnen nach, bevor er ihn in die Schublade schob. Dann durchsuchte er jede Schublade im gesamten Büro, jedes Glas und jedes Gefäß, in dem jemand einen USB-Stick aufbewahren würde, einschließlich aller Laptoptaschen und Rucksäcke im Haus.

Panik wummerte in seinem Herzen, machte es schwer, zu atmen. Sie würde ihn umbringen, wenn jemand anderes diese Informationen in die Finger bekam, bevor die Zeit gekommen war.

Die Erinnerung an Tess, wie sie die Schublade durchsuchte, ließ sein Herz stocken.

Sie musste den Stick mitgenommen haben.

Aber warum? Ahnte sie etwas? Oder hatte sie einfach einen Stick gebraucht und ihn ausgeborgt?

Etwas an der Art und Weise, wie sie ihn in letzter Zeit beobachtete, machte ihn nervös.

Er wischte sich den Schweiß von der Stirn und stand auf, stellte sicher, dass das Zimmer wieder genauso aussah wie vorher. Das Hockeyspiel lief noch immer, aber das war ihm jetzt vollkommen egal. Er zog die Gummihandschuhe aus und zog sich einen einfachen, schwarzen Kapuzenpulli und eine dunkelblaue Baseballkappe über.

Dann nahm er den Schlüssel zu ihrem Haus vom Schlüsselbrett. Er wollte Tess nicht wehtun, aber er musste diesen Stick finden, so oder so.

Seine Schwester würde seiner Vergeltung nicht im Wege stehen.

VIERZEHNTES KAPITEL

EINE STUNDE SPÄTER schreckte Tess aus dem Schlaf hoch, sie war eingenickt.

Mac saß wieder am Steuer. Es hatte aufgehört, zu schneien. Eine dünne, weiße Schneedecke lag über der Gegend, so weit das Auge reichte, und fahle Wolken hingen tief über den umliegenden Hügeln. Macs Konferenzschaltung war einseitig und nicht besonders aufschlussreich gewesen. Die Quintessenz war gewesen, dass sie zwar niemanden geschnappt hatten, es aber auch keine weiteren Mordopfer gegeben hatte. Bisher.

Sie fuhren durch Twin Falls. Tess hatte die Schilder für das Craters of the Moon-Monument und Preserve gesehen.

Während sie Meile um Meile hinter sich ließen, rumorte ein Gefühl der Vorahnung in ihr, das sie nicht erklären konnte. Tess holte ihr Handy hervor und wollte auf die Karte schauen, hatte aber keinen Empfang. Im Handschuhfach fand sie eine Faltkarte und breitete sie umständlich auf ihrem Schoß aus. Sie fand die Straße, auf der sie unterwegs waren, und fuhr mit dem Finger den Verlauf ihrer Strecke nach. Die Anlage selbst war auf der Karte nicht vermerkt, aber die Stadt Kodiak, südwestlich davon, schon. Ihr Puls legte einen kurzen Sprint ein. „Wir sind nicht weit von der Anlage entfernt."

Mac nickte leicht mit dem Kopf, antwortete aber nicht.

„Ich war nie wieder dort." Sie wandte sich zu ihm um und

blickte ihn an. „Du?"

„Nicht seit den Tagen nach dem Zugriff." Seine Finger tippten einem lautlosen Rhythmus folgend auf das Lenkrad.

Tess starrte in den langsam dunkler werdenden Himmel. Es war erst Nachmittag, aber die Dämmerung schien bereits einzusetzen. Sie zitterte. Sie hatte niemals in diesen Teil der Welt zurückkehren wollen, aber jetzt war sie so nah, dass sie beinahe magnetisch angezogen wurde. Etwas schien sie zu rufen. Ein unerwarteter Drang. Oder vielleicht war es auch das Bedürfnis, ihre Dämonen zu begraben. Zu wissen, dass dieser Teil ihres Lebens wirklich und wahrhaftig Geschichte war. „Können wir hinfahren? Haben wir so viel Zeit?"

Es gab einen Flug um acht, den sie beide erwischen wollten, aber Mac sah aus, als ob er sich diese Frage selbst gerade stellte. Schließlich nickte er und fuhr an der nächsten Abfahrt vom Highway ab.

Der Großteil des Bundesstaates bestand aus Wüste, Gebirge und Wäldern, aber dieser Teil im Süden von Idaho war fruchtbares Ackerland. Endlose Felder, die zwischen Hügeln und vereinzelten Wäldern lagen.

Er bog erneut ab, und dann fuhren sie bergauf, die Form der Hügel kam ihr im schummrigen Licht ihrer Kindheitserinnerung vage bekannt vor. Sie erinnerte sich, wie sie auf der Ladefläche eines Trucks gesessen und Eis gegessen hatte, den geschmolzenen Tropfen mit ihrer Zunge nachgejagt war und wie eine Irre gekichert hatte, als Ellie es ihr gleichgetan hatte.

Gott, sie vermisste ihre Schwester.

Tess schloss die Augen. Wenn die Polizei nicht aufgetaucht wäre, hätte sie mit Sicherheit ein ähnliches Schicksal wie das dieser guten Seele erwartet. Bei der Vorstellung, wie Walt oder Eddie sie anfassten, musste sie würgen. Stattdessen war sie gerettet worden und von so einer Person, wie ihre Eltern sie gehasst und gefürchtet hatten, mit Liebe und Güte aufgezogen worden. Eine gute Person. Eine weise Person. Eine schwarze Frau, die die Welt in all ihren Schattierungen sah.

Tess öffnete die Augen. „Ich habe die Landschaft hier immer geliebt.“

Ihr Atem beschlug das Fenster, und sie wischte mit ihrem Ärmel die Scheibe frei. McKenzie stellte die Heizung höher. Sie wollte ihn fragen, ob er die ganze Zeit vorgehabt hatte, die Anlage zu besuchen, aber er hatte wohl kaum geplant, sie im Gefängnis anzutreffen, noch dass ein Schneesturm den Flughafen stilllegen würde.

„Es ist wunderschön“, gab er zu. „Aber nicht so schön wie in Montana.“

„Kommst du wirklich von dort?“, fragte sie überrascht.

„Geboren und aufgewachsen.“ Sein Mund verzog sich in ein schiefes Lächeln und wieder bewunderte sie seine Grübchen.

Sie ignorierte die Wirkung, die sein Aussehen auf ihren Puls hatte, lehnte sich zurück und starrte aus dem Fenster. „Hast du noch Familie da?“

„Nein.“ Er schüttelte den Kopf. „Mein Dad hat mich aufgezogen, aber das war eher ein Zufall als eine Wahl. Meine Mom ist an Krebs gestorben, als ich noch klein war.“

„Das tut mir leid.“ Sie knibbelte an einem eingerissenen Fingernagel herum und gab dann dem Verlangen nach, mehr über ihn zu erfahren. „Vermisst du sie?“

Er nickte, aber sein Gesicht zeigte keine Regung.

Es ging sie nichts an, aber es gab noch keine

ausgesprochenen Regeln in ihrer Beziehung. Es war unbekanntes Terrain – oder vielleicht machte sie sich auch etwas vor. Vielleicht war sie tatsächlich eine Verdächtige, und er folgte den Regeln. Es machte keinen Unterschied. Die winzigen Funken der Anziehung, die immer wieder zwischen ihnen hin- und herschossen, waren nichts im Vergleich zu der Vergangenheit, in die sie getränkt waren. Sie konnte ebenso gut einfach seine Gesellschaft genießen. Sie hatte nichts falsch gemacht.

Aber Cole womöglich schon... Sie verdrängte den Gedanken. Er war mit ihr unterwegs gewesen, als die Radiomoderatorin erschossen worden war.

Wollte ihm womöglich jemand die Schuld anhängen? Das schien ebenso unwahrscheinlich wie die Vorstellung, dass Cole selbst den Abzug drücken und einen anderen Menschen umbringen würde.

„Ich vermisse Francis nicht", sagte sie plötzlich. Sie schauderte. „Eddie hat mich daran erinnert, dass ich ihre Augen habe."

Wieder nickte Mac, bestätigte nur, was sie schon wusste.

Du warst schon immer eine widerspenstige kleine Zicke. Ich hätte dich ertränken sollen, als du noch ein Baby warst.

Die letzten Worte ihrer leiblichen Mutter schrillten in ihrer Erinnerung wider. Kein Wunder, dass Tess ihren Tod nicht bedauerte.

„Wenn es je irgendjemanden gegeben hat, der keine Kinder hätte bekommen sollen, dann Francis Hines. Und dann fünf Kinder zu haben?", sagte sie. „Totaler Irrsinn."

„Die Pioneers waren keine besonders großen Freunde von Verhütung, wenn ich mich recht entsinne", bemerkte Mac trocken. „Zu beschäftigt damit, ihre neue Republik zu gründen.“

Tess vergrub sich tiefer in ihrem Mantel. Ihr wurde nicht richtig warm, seit Eddie ihr seinen Unterarm in den Hals gerammt hatte.

„Ich glaube nicht, dass ich Kinder bekommen werde.“

Er schaute sie an. „Warum nicht?“

„Was, wenn ich wie meine Eltern werde?“

„Wirst du nicht.“

„Was, wenn meine Kinder so werden?“, insistierte sie. So irrational es auch klingen mochte, es machte ihr wirklich Sorgen.

„Anlage und Umwelt, Tess. Was ist denn aus deinem kleinen Bruder geworden?“

Die Gefühle schnürten ihr den Hals zu. „Er ist ein toller Junge.“ Aber irgendwas war los. Und er hatte sie noch immer nicht zurückgerufen.

„Na bitte. Ich für meinen Teil finde, du wärst eine tolle Mutter.“ Er schenkte ihr ein Lächeln und seine wilden Augen verwandelten sich in ein dunkles Graublau.

„Ich habe mich nie richtig bei dir bedankt. Für deine Arbeit als verdeckter Ermittler.“ Sie schaute ihn an, entschlossen, ihm zu sagen, was sie ihm sagen musste. „Ohne dich wäre ich jetzt entweder tot, vergewaltigt oder eine rechtsextreme Spinnerin.“

„Du warst nie wie der Rest von ihnen.“ Er grinste, und Funken tanzten über ihren Körper wie eine Feder über ihre nackte Haut. Diese alberne Schwärmerei für ihn war gesund und tat ihr gut. Aber davon brauchte er nichts zu wissen. Es hatte nichts zu bedeuten. Er war ein gutaussehender Kerl, und es gab keinen Grund, nicht für eine Weile die Aussicht zu genießen. Solange sie keine Dummheiten beging, wie etwa diesen lachenden Augen oder den niedlichen Grübchen zu vertrauen.

Sie konnte spüren, wie er sie aus dem Augenwinkel heraus betrachtete.

„Ich habe mich nie wie sie gefühlt", erklärte sie. „Ich habe nie in diese Familie gepasst. Ich habe nie irgendwohin gepasst."

Mac nickte. „Ich weiß, wie sich das anfühlt. Aber du musst jetzt noch keine großen Entscheidungen treffen, weißt du? Du bist noch jung …"

Sie lachte schnaubend. „Dreißig ist nicht jung."

„Verglichen mit neununddreißig schon", sagte er trocken.

Sie grunzte. „Neununddreißig ist auch nicht alt. Und ich wette, du passt ganz wunderbar zu den anderen Agenten beim FBI. Tatsächlich glaube ich sogar, dass die *Agentinnen* alle ganz hin und weg von deinem Charme sind. Ich bin überrascht, dass du noch keine Frau und einen Stall voller Kinder hast …" Sie hielt inne und verzog das Gesicht. „Sorry, das hätte ich nicht sagen sollen. Ich hatte nicht an deine Scheidung gedacht."

Er zuckte mit den Schultern. „Heather wollte nie Kinder haben."

„Aber du hast sie trotzdem geheiratet?"

„Wer hat denn gesagt, dass ich Kinder will?", fragte er verwundert.

„Ich erinnere mich, wie du mit neunzehn warst. Du hast mehr Zeit mit den Kindern verbracht, als mit den Erwachsenen."

„Die Kinder waren netter."

Beide zogen sie eine Grimasse.

Mac wandte seine Aufmerksamkeit wieder den Kurven

der Straße zu. „Heather war vollkommen falsch für mich. Ich weiß gar nicht, warum ich sie überhaupt geheiratet habe." Dann legte sich ein Anflug von Schamesröte über seine Wangen.

Es war phänomenal, dass ein Mann seines Alters noch rot werden konnte.

„Ich schätze, es ist dir gerade wieder eingefallen", sagte Tess staubtrocken.

„Der Sex war gut", gab er zu. „Aber noch lange kein Grund, sich gleich so einen Klotz ans Bein zu binden." Sie würde ihm nicht erzählen, dass sie so lange keinen guten Sex mehr gehabt hatte, dass sie sich kaum noch erinnern konnte, was das überhaupt sein sollte. Sie wollte nicht, dass das am Ende in irgendeiner FBI-Akte stand.

Im College, vermutlich. Mit einem Jungen, in den sie verliebt gewesen war, der aber losgezogen war, um seine Träume zu erfüllen, während sie zu Hause geblieben war und Trudy geholfen hatte, Cole großzuziehen. Ihr kleiner Bruder war erst elf gewesen, und sie hatte sich geweigert, ihn alleinzulassen. Sie war in Georgetown zur Uni gegangen, um in der Nähe bleiben zu können. Sie dachte an ihren letzten Freund, der so viele Dinge in ihrem Leben ruiniert hatte. „Beziehungen werden überbewertet."

„Klingt, als ob ich nicht der einzige bin, der sich die Finger verbrannt hat."

Sie zog eine Grimasse. „Vibratoren machen deutlich weniger Scherereien als Männer."

Seine Mundwinkel zuckten. „Machen aber nicht so viel Spaß."

„Spaß?" Sie lachte auf.

Er warf ihr einen Blick zu. „Sex sollte eigentlich Spaß

machen, oder?"

„Dann habe ich offensichtlich immer die falschen Kerle gehabt, aber das wusste ich natürlich schon." Ihre eigenen Wangen brannte nun auch ein wenig. Obwohl sie nicht glauben konnte, dass sie gerade diese Unterhaltung führten, konnte sie sich viel zu einfach vorstellen, mit Mac Sex zu haben. Sie betrachtete die dunklen Stoppeln, die sein Gesicht aufrauten, und stellte sich vor, wie sie über ihre Haut kratzten.

Sie wollte wetten, dass Sex mit ihm Spaß machte, aber das wäre den Preis nicht wert, den sie am Ende beide dafür bezahlen müssten.

„Was?" Seine Stimme klang tiefer.

Sie schaute zu ihm und bemerkte, dass er mit einem Auge auf die Straße blickte, mit dem anderen an ihren Lippen hing.

„Nichts." Sie wusste, dass dieses Geplänkel nicht echt war, nirgendwohin führen würde, und das machte es so unverfänglich. Für Strafverfolgungsbeamte war sie eine Ausgestoßene. Karriere-Kryptonit. Sie nahm es auf die leichte Schulter. „Ich kann nicht glauben, dass ich mein Sexleben mit einem Bundesagenten bespreche. Ich bin nicht davon ausgegangen, dass FBI-Agenten überhaupt Sex haben."

Mac verschluckte sich fast. „Soll das ein Witz sein? In Strafverfolgungskreisen gelten FBI-Agenten als ausgesprochen heiß. Die Jungs von der Rauschgift- oder von der Sprengstoffeinheit ... diese Typen hingegen haben Probleme mit ihrem Image."

Ihre Aufmerksamkeit richtete sich wieder auf die Landschaft. Und dort, links von ihnen, entdeckte sie die zerklüftete Spitze eines Berges, der an jedem Tag ihrer Kindheit über ihr gethront hatte.

Ihr Herz zog sich angsterfüllt zusammen.

Mac hatte sie in das Gespräch verwickelt, um sie von der traumatischen Heimkehr abzulenken. Sie streckte die Hand aus und griff nach seinem Arm, hoffte, er würde verstehen, dass sie ihm wortlos dankte. Worte waren jetzt unmöglich.

Er bog rechts ab, und sie rutschte nervös auf ihrem Sitz herum, als ihr altes Zuhause vor ihnen auftauchte. Der rostige Stacheldrahtzaun war ersetzt worden, aber die Anordnung der Felder war schmerzhaft vertraut. Sogar die Kühe sahen aus wie immer.

McKenzie hielt am Straßenrand an, passte auf, nicht in den Graben abzurutschen. Er ließ den Motor laufen. Ein wuchtiges Gatter versperrte den Weg zur alten Auffahrt.

Sie starrten auf die Anlage, beide in ihren Gedanken verloren. Das Schild, das früher stolz an zwei hohen Balken gehangen hatte, war mit dunkelgrauer Farbe überstrichen worden, möglicherweise, um zu verhindern, dass das Gelände zu einem Mekka für Rechtsradikale wurde.

Drei der Häuser waren abgerissen worden, ebenso wie einige der älteren Wirtschaftsgebäude. Die Scheune, in der Walt versucht hatte, sie zu missbrauchen, stand allerdings noch. Diese Scheune verkörperte sowohl das Gute als auch das Schlechte ihrer Kindheit.

Auf einer Farm aufzuwachsen, Aufgaben zu haben und sich um die Tiere zu kümmern, war nicht schlecht gewesen. Eine Schwester zu haben, die sie mit jeder Faser ihres Seins liebte, hatte auch nicht geschadet. Und ob sie es zugeben wollte oder nicht, auch Kenny Travers hatte ihr Leben erträglich gemacht.

Aber die Schläge, wann immer sie nicht haargenau tat, was von ihr verlangt wurde, die unablässige Arbeit, das Nichtvorhandensein einer formalen Bildung, der Mangel an

Freunden, der konstante Schwall an Hass und Bösartigkeit und zwangsverabreichter Propaganda, mit der sie versucht hatten, ihr kritisches Denken und eine eigene Meinung abzugewöhnen.

Damals hatte sie nichts anderes gekannt, aber wenn sie heute zurückschaute?

Ein Albtraum.

Verdammt, was hatten sie sich nur dabei gedacht?

Die Asche ihrer Eltern war irgendwo über diesen Feldern verstreut worden, so wie es in ihrem Letzten Willen und Testament gestanden hatte, aber es gab kein Grab und keinen Stein, an dem man ihrer gedenken konnte.

War ihr Geist noch immer hier? Hatten ihre Seelen endlich Frieden gefunden?

Tess drückte ihre Tür auf und sprang aus dem Auto, versank bis zu den Knien im tiefen Schnee.

„Tess", warnte McKenzie. „Du kannst da nicht reingehen."

Das Haus, in dem sie aufgewachsen war, stand etwa zweihundertfünfzig Meter entfernt an der verschlungenen Auffahrt. Sie hatte vermutet, dass die Anlage mittlerweile vollkommen verfallen wäre, aber alle noch stehenden Gebäude waren frisch gestrichen, und das Haupthaus hatte ein neues Dach.

Jemand hatte es renoviert.

Lebte hier jemand?

Das war doch nicht möglich. Aber wer hatte dann das Gebäude hergerichtet? Und warum?

Ihr Herz hämmerte wie wild in ihrem Brustkorb. Sie kletterte über das Gatter, ignorierte das „Zutritt verboten"-Schild und Macs drängende Rufe.

Was wollte er schon tun? Sie verhaften?

Die kalte Luft fühlte sich wie Nadelstiche in ihrer Lunge an und erinnerte sie an all die eisigen Winter, die sie auf diesem Hügel verbracht hatte. All die Male, in denen sie das Eis in den Trögen hatte zerschlagen müssen, damit die Tiere trinken konnten.

Auf der Auffahrt reichte ihr der Schnee nur noch bis zu den Knöcheln, und sie schritt eilig auf das Haus zu, hielt sorgfältig Ausschau nach einem Lebenszeichen. Hinter ihr schlug eine Autotür ins Schloss, und Macs fantasievolles Fluchen hallte durch das Tal.

Der Wind ließ die Äste der umstehenden Pappeln ächzen und trieb ihr die Tränen in die Augen. Sie ging weiter, kam an der Stelle vorbei, wo Harlan Trimbles Haus gestanden hatte, und wo ihre Schwester gestorben war. Ihr Hals war wie zugeschnürt.

Das Haus zog sie an. Es war ein eingeschossiges Haus, schien von vorne gesehen trügerisch klein und hatte ein Esszimmer und insgesamt fünf Schlafzimmer gehabt – auch wenn die Zimmer von Ellie und ihr nicht größer als die Schuhschränke manch anderer Leute gewesen waren. Ihre Eltern hatten noch mehr Kinder gewollt, aber Francis hatte mehrere Fehlgeburten und zwei Totgeburten erlitten, bevor Bobby auf die Welt gekommen war. Tess erkannte das Küchenfenster, wo sie so oft gestanden und den Sonnenuntergang betrachtet hatte.

Für einen Augenblick stand sie regungslos da, als die Geister ihrer Vergangenheit um sie herumzutanzen schienen. Hier waren die meisten Mitglieder ihrer Familie umgekommen, und auch wenn sie sie nicht besonders gemocht hatte, gab es eine Verbindung zwischen ihnen, etwas Unsichtbares,

Unzertrennliches, Ungewolltes. Blut.

Sie trat auf die Veranda, die zur Küche führte.

Mac griff nach ihrem Arm. „Tess. Du kannst nicht einfach in das Haus von jemandem marschieren."

Sie schüttelte seine Hand ab und riss die Tür auf. Sie war nicht abgeschlossen. Jemand musste hier leben… Aber wer?

Sie machte das Licht an. „Irgendjemand zu Hause?", rief sie.

Keine Antwort.

Die Küche war noch so wie immer, und doch anders. Neue Geräte, warmes Terrakotta an den Wänden, ein geschliffener Dielenboden. Ein Bild an der Wand, auf dem Blumen abgebildet waren, anstatt der alten schwarz-weiß-Westernfotos, die ihre Mutter bevorzugt hatte.

„Tess", insistierte Mac. „Wir dürfen nicht hier sein."

Erinnerungen schlugen über ihr ein. Zersplitterte Fensterscheiben. Pfeifende Kugeln. Ein so unerträglicher Lärm, dass sie sich selbst bei der Erinnerung daran die Ohren zuhalten musste. Sie starrte auf die hübschen Möbel. Die Einschusslöcher an den Wänden waren ausgebessert worden, und es war klar, dass entweder jemand hier wohnte, oder das Haus als Ferienhaus vermietet wurde.

Zorn stieg in ihr auf.

Sie deutete auf einen Punkt auf dem Boden, da, wo früher der Kühlschrank gestanden hatte. „Dort ist Walt gestorben." Sie zeigte auf die Stelle vor der Spüle. „Daddy. Ich erinnere mich, wie er dort in einer Blutlache lag." Sie ging ins Esszimmer, dann in den Flur, von wo aus es in die Schlafzimmer ging.

Tess deutete auf die Stelle vor der Tür, die einmal zu ihrem Zimmer geführt hatte. „Dort ist Mama gestorben." Die

Augen ihrer Mutter hatten offen gestanden. Ihr Gesicht hatte selbst im Tod noch hart und verbittert ausgesehen. „Ich bin mir ziemlich sicher, dass ich nicht mehr leben würde, wenn die Polizisten sie nicht erschossen hätten.“

Sie trat in das Zimmer, als ob sie über eine Leiche hinwegtreten würde, und schauderte bei der Erinnerung daran. Das Bett war ausgetauscht worden, und ein kleiner Schminktisch stand in der Ecke, in der früher nur ein Stuhl gestanden hatte. Sie ging zum Kleiderschrank und öffnete ihn. Im Schrank hing eine Reihe leerer Drahtbügel. Sie betrachtete den kleinen, beengten Raum, dann drehte sie sich zu Mac um, der jede ihrer Bewegungen mit einem besorgten Gesichtsausdruck verfolgte.

Sie sollte ihn von seinen Qualen erlösen.

„Hier habe ich mich mit Bobby und Sampson versteckt.“ Ihr Hals tat weh von der Anstrengung, ihre Gefühle zu zügeln. „Jetzt sieht es ganz klein aus, aber in jener Nacht war es der einzige Ort auf der Welt, der sich sicher anfühlte.“

Tränen traten in ihre Augen, aber sie weigerte sich, sie fallen zu lassen. Die Zeit für Tränen war vorbei.

Jemand nutzte die kranken Ideale ihrer Familie, um einen neuen Krieg anzuzetteln, aber sie weigerte sich, sich von ihnen mit in den Abgrund reißen zu lassen. Jemand hatte dieses Haus renoviert, während es in ihren Gedanken zu existieren aufgehört hatte. Sie musste wissen, wer es war und warum er das getan hatte.

Tess trat an das Fenster und schaute hinaus, nahm die Aussicht in sich auf, die für so viele Jahre ihre gewesen war. So viel hatte sich verändert, aber das nicht. Ein Feld, ein paar Bäume, dahinter die Hügel. Sie stieß den aufgestauten Atem aus, wünschte sich etwas, was sie nicht richtig benennen konnte – vielleicht Normalität. Einfach die Art Kindheit, die sie vermissen konnte.

„Ich weiß nicht einmal, was mit meinem Hund passiert ist." Sie schlang die Arme um ihre Schultern. Die Polizisten hatten Sampson mitgenommen, und die Leute vom Sozialamt hatten ihr nicht gesagt, wo er hingekommen war. Je mehr sie sich beschwerte, umso herablassender hatten sie sie behandelt.

„Ich habe ihn zu mir genommen."

Sie sah ihn überrascht an. „Was?"

Mac zuckte mit den Schultern und sah verlegen aus. „Ich habe ihn mitgenommen. Ich habe versucht, zu erreichen, dass ihn das Sozialamt bei dir lässt, aber sie haben gesagt, sie seien ja kein Tierheim und würden ihn nicht nehmen. Er war ein toller Hund." Er zuckte wieder mit den Schultern. „Ich habe mich gut um ihn gekümmert."

Tess atmete mit geöffnetem Mund ein und musterte Mac in der Reflexion der Scheibe. „All die Jahre habe ich mich gefragt, was mit ihm passiert ist. Ich habe mir Sorgen gemacht." Sie schluckte angestrengt. „Noch etwas, wofür ich mich bei dir bedanken muss."

Er rieb sich den Nacken. „Er hat noch vier Jahre gelebt und ist schließlich friedlich eingeschlafen. Hat mir keine Sekunde Ärger gemacht, aber wann immer ein Truck vor dem Haus gehalten hat, hat er die Ohren gespitzt und so sehr mit dem Schwanz gewedelt, dass ich Angst hatte, er würde noch umfallen. Ich glaube, er hat darauf gewartet, dass seine beste Freundin zurückkommt und mit ihm spielt."

Aber sie war nie gekommen.

Tess konnte kaum noch atmen. Ihr Blick verschwamm. Aber erneut ließ sie die Tränen nicht fallen. Sie hatte diesen Hund vergöttert und ihn schrecklich vermisst, aber wenigstens hatte er ein liebevolles Zuhause gehabt.

So viel Unausgesprochenes stand zwischen ihnen, aber Tess fühlte sich auf eine Art und Weise mit diesem Mann verbunden, die sie nie zuvor mit irgendjemand empfunden hatte. Vielleicht war es die Tatsache, dass er alle Geheimnisse kannte, die sie die ganzen Jahre über verheimlicht hatte – Dinge, die sie nie jemandem verraten hatte. Vielleicht war es auch die Anziehung zwischen ihnen, die mehr als nur oberflächlich zu sein schien. Sie vertraute ihm nicht, aber verdammt, sie mochte ihn. Sehr sogar.

Sie waren so versunken darin, sich in die Augen zu schauen, dass sie das Knarzen der Holzdielen erst hörten, als es schon zu spät war.

FÜNFZEHNTES KAPITEL

D AS KLICKEN EINER Waffe ließ Mac für den Bruchteil einer Sekunde erstarren, dann stellte er sich schützend vor Tess.

Der Mann hatte ein Gesicht voller Falten, eine rote, knollige Nase, einen stoppeligen Kiefer und kleine Knopfaugen. Die wenigen Haare auf seinem Kopf waren strähnig und grau wie der bewölkte Himmel über ihnen.

„Könnt ihr nicht lesen? Auf dem Schild steht ‚Zutritt verboten'.“

Mac hob langsam die Hände und musterte die Waffe – ein Smith & Wesson-Revolver, der vermutlich so alt war wie der Mann, der ihn hielt. Mac wusste es besser, als sich als FBI-Agent auszuweisen, während jemand in diesem Teil der Welt eine Waffe auf ihn richtete. Am Ende glaubte der alte Kerl noch, Mac wegen unerlaubten Betretens des Grundstücks zu erschießen, wäre sein Freifahrtschein, um einen Bundesagenten zu beseitigen. Regierungsfeindliche Ansichten waren in manchen Gegenden der Staaten tief verwurzelt.

„Immer mit der Ruhe. Wir haben keine bösen Absichten.“ Mac ließ seinen Dialekt dicker werden.

Tess stemmte die Hände in die Hüften. „Es dürfte wohl ziemlich schwierig sein, mein eigenes Grundstück unerlaubt zu betreten, oder etwa nicht? Stecken Sie die Waffe besser weg, bevor sich noch jemandem verletzt.“

Ihre Augenbrauen schnellten gebieterisch in die Höhe, und Mac musste aufpassen, dass ihm der Mund nicht aufklappte.

„Ich schätze, das hattest du versäumt zu erwähnen, Süße", wisperte er ihr zu. Das erklärte, warum sie seine Warnungen vorhin ignoriert hatte. Mac war nie in den Sinn gekommen, dass Tess es geschafft haben könnte, das Grundstück zu behalten. Ihre Adoptivmutter musste es irgendwie hinbekommen haben. Die Frage war nur, warum?

Der alte Mann kniff die Augen zusammen und ließ den Lauf seiner Pistole sinken. „Na, sieh mal einer an. Francis' und Davids kleines Mädchen?"

Ein eiskalter Schauer lief Mac den Rücken hinunter. Er hatte einen solchen Tonfall als Reaktion auf die Hines-Familie seit zwanzig Jahren nicht mehr gehört.

Er warf Tess einen Blick zu und wünschte, er könnte sie zur Seite nehmen und ihr sagen, wie sie diesen Typen ausspielen sollte. Er wollte mehr erfahren, aber der Kerl würde wohl kaum mit einem Bundesagenten sprechen. Aber er musste ihr überhaupt nichts erzählen. Tess war in einem Umfeld aufgewachsen, das ihren Vater vergöttert und diejenigen bestraft hatte, die der Herde nicht gefolgt waren.

„Theresa Jane." Sie nickte und runzelte die Stirn, als sie ihre Hand ausstreckte. „Tut mir leid, ich erinnere mich nicht an Sie…"

„Wie auch? Du warst noch ein kleines Mädchen, als ich dich das letzte Mal gesehen habe. Jessop. Henry Jessop."

„Ah … jetzt erinnere ich mich. Sie sind der Landwirt, der das Land pachtet?"

Er nickte. „Hoffe immer noch darauf, dass du es mir verkaufst …" Er steckte die Waffe in das Holster an seinem

Gürtel.

Mac erkannte den Namen des Mannes. Seine Ranch grenzte nordwestlich an das Gelände. Jessop hatte allem Anschein nach nicht direkt mit dem Komplott der Pioneers, die Regierung zu Fall zu bringen, in Verbindung gestanden, aber David Hines hatte viel Zeit auf Jessops Ranch verbracht. Jessops Name war durch das System der Justizbehörden gejagt worden, aber es hatte keine Auffälligkeiten gegeben. Unter den Cowboys, die die örtliche Kneipe frequentiert hatten, hatte der alte Kerl als ziemlich harter Brocken gegolten, für den zu arbeiten nicht einfach war. Mac bezweifelte, dass Jessop sich an einen Nichtsnutz von Cowboy wie Kenny Travers erinnerte.

„Ich muss mit meinem Bruder sprechen, bevor wir entscheiden, ob wir verkaufen oder nicht", erklärte Tess.

Mac bemerkte, dass sie nicht verriet, mit welchem Bruder sie sprechen musste.

Sie würde Bobby bald von seinen leiblichen Eltern erzählen müssen, was ihr offensichtlich widerstrebte. Die ganze verworrenen Geschichte und all das. Aber was, wenn ihm schon jemand anderes alles erzählt hatte? Was, wenn ihr kleiner Bruder gerade damit beschäftigt war, seine Eltern zu rächen, an die er sich nicht einmal erinnerte? Würde Tess ihn verraten oder würde sie sich mitschuldig machen? Mac wusste es nicht. Und er hoffte, er würde es nie herausfinden müssen.

In den letzten Stunden hatte es keine wirklichen Entwicklungen gegeben, aber zumindest auch kein weiteres Mordopfer. Die Labore analysierten die Beweise so schnell sie konnten, und alle anderen gaben ihr Äußerstes, um den Täter einzukreisen, er selbst miteingeschlossen, auch wenn das hier natürlich nicht gerade die orthodoxeste Art und Weise war, eine Sondereinheit zu leiten.

Der alte Mann kratzte sich den grauen Kopf. „Eddie? Eddie wird nicht verkaufen."

„Nicht Eddie." Tess lächelte kühl und der alte Kerl schien für einen Moment erschrocken. In diesem Augenblick sah sie aus wie ihre Mutter. „Mein kleiner Bruder. Bobby."

Eddie hatte sein Anrecht auf dieses Grundstück in dem Moment verwirkt, als er auf einen Polizisten geschossen hatte.

Der alte Mann blinzelte und nickte. „Natürlich. Bobby."

„Ich habe nie meine Erlaubnis gegeben, dass Sie das Haus hier vermieten dürfen." Ihr Tonfall war mild, aber Mac ließ die Hand zu seinem Holster gleiten und den Druckknopf lösen, nur für den Fall, dass der alte Mann sich angegriffen fühlen sollte.

Jessop hatte so viel Anstand, beschämt auszusehen. „Ich konnte doch nicht einfach dabei zusehen, wie alles verfällt. Dachte, es wäre vielleicht was für Eddie, wenn er wieder rauskommt – angenommen, sie lassen ihn je raus. Es gibt Serienmörder, die weniger Zeit absitzen als er", sagte er verbittert. „Ich verdiene mit dem Vermieten kein Geld", versicherte er. „Ich stecke alles wieder in die Instandhaltung, und den Rest lege ich auf ein Sparkonto, damit er von etwas leben kann."

Also stand Jessop der Familie nahe genug, um sich um Eddie kümmern zu wollen. In was war er sonst noch involviert? Mac wollte es herausfinden.

„Ich weiß es zu schätzen, dass Sie an Eddie denken, Mr. Jessop. Es ist mir ein wenig unangenehm, dass ich so lange gebraucht habe, um nach Idaho zurückzukehren, aber es war schwer für mich, mich den Erinnerungen an diese Zeit zu stellen."

Mac betrachtete ihre noch immer geschwollenen Nase. Wenn man es nicht besser wusste, könnte man die Röte auch für eine Auswirkung der Kälte halten. Die anderen Striemen wurden von ihrem blauschwarzen Samtschal verdeckt, den sie um den Hals gebunden hatte. „Ich hätte mich vor Jahren bei ihm melden sollen, aber es war zu riskant. Deshalb bin ich jetzt hier. Um Eddie zu sehen."

Das war keine Lüge, und sie blieb vage genug, um sich nicht zu verraten.

Dank seiner Zeit in dieser Gemeinschaft wusste Mac, dass die wichtigen Dinge nicht gleich in der ersten Unterhaltung zur Sprache kamen – Fanatismus, Verschwörungen, Verrat. Diese Dinge brauchten in der Regel Zeit.

Jessop wandte seine Aufmerksamkeit Mac zu und seine Augen wurden härter. „Und wer sind Sie?"

Mac traf innerhalb von Bruchteilen einer Sekunde eine Entscheidung und hielt ihm seine Hand entgegen. Er trat einen Schritt vor und schüttelte die Hand des anderen Mannes herzlich. „Mac Stevens. Theresa Jane hat mir die große Ehre erwiesen, einzuwilligen, meine Frau zu werden. Und Sie sind der Erste, der es erfährt. Wir haben noch nicht einmal einen Ring. Freut mich, Sie kennenzulernen, Mr. Jessop."

Der Kerl schien über seinen Stehgreifantrag alles andere als beeindruckt zu sein.

„Also, was macht ihr hier draußen?"

„Wir sind auf dem Weg von Salt Lake City nach Boise", improvisierte Mac. „Theresa Jane hat mir erzählt, dass sie mir etwas zeigen wollte. Ich vermute, das hier."

Mac entdeckte einen dunklen Klumpen Kautabak im Mund des Mannes. Er hatte auch eine Weile Kautabak gekaut, um bei den anderen Cowboys dazuzugehören. Die Erinnerung an den bitteren Geschmack lag plötzlich wieder auf seiner Zunge wie Öl und er musste dagegen ankämpfen, nicht auszuspucken.

„Ich wollte das Gelände wiedersehen", sagte Tess leise. „Ich hatte das Gefühl, es wäre an der Zeit, nach Hause zu kommen."

„Kann nicht glauben, dass es fast zwanzig Jahre her ist." Jessop schüttelte den Kopf.

Mac wurde unruhig.

„Die Zeit stumpft die Erinnerungen leider nicht ab", sagte Tess.

Mac fragte sich, wie viele Albträume sie von der Schießerei im Laufe der Jahre gehabt hatte. Er betrachtete den Kleiderschrank und sah ein Einschussloch in der Tür, etwa einen Meter über dem Boden. Wenn Theresa Jane sich während der Schießerei aufgesetzt hätte, wäre die Kugel mitten durch sie hindurchgegangen. Ihm wurde wieder mit aller Eindrücklichkeit klar, wie viel Glück sie gehabt hatte. Es war reiner Zufall gewesen, dass sie diese Nacht überlebt hatte. Er würde gut daran tun, sich daran zu erinnern, wenn sie ihm das nächste Mal dafür danken wollte, dass er sie gerettet hatte.

„Standen Sie meinen Eltern nahe?", fragte sie Jessop eindringlich.

Der Mann ging aus dem beengten Schlafzimmer. Er war fast so groß wie Mac, aber seine Schultern waren gebeugt, und er hatte einen Bierbauch. Aber Mac unterschätzte ihn nicht. Die Arbeit auf einer Ranch trainierte Muskeln, von denen Fitnessstudios noch nie gehört hatten. Mac ging Jessop in die Küche hinterher, und Tess folgte ihnen.

„Waren feine Leute. Wundervolle Nachbarn."

Solange man weiß, hetero und bigott war, dachte Mac,

und die Galle wollte ihm aufsteigen.

Tess lächelte höflich und rieb ihr Tattoo, als ob es zu jucken begonnen hätte. Das tat sie immer, wenn sie nervös war. „Ich schätze, ich hätte vorher anrufen sollen, um Bescheid zu sagen, dass wir vorbeikommen. Ich hatte nicht erwartet, dass das Haus noch steht, ganz zu schweigen davon, dass es noch genutzt wird. Das hat mich völlig überrascht."

„Die meisten Leute meiden diesen Ort." Jessop lehnte sich an die Spüle.

Mac musste daran denken, wie Tess am Tag des Zugriffs an genau demselben Ort gestanden und den Abwasch gemacht hatte.

„Manche behaupten, es würde hier spuken."

So, wie sich die Haare in Macs Nacken aufgestellt hatten, als er durch die Tür gekommen war, wollte er das gerne glauben. Und wenn sich irgendjemand in ein Schreckgespenst verwandeln würde, dann sicher Francis Hines.

Tess schaute auf ihre Armbanduhr und runzelte die Stirn. „Auch wenn ich mich noch so gerne mit Ihnen unterhalten würde, wir müssen leider weiter."

„Warum kommt ihr nicht zum Abendessen rüber auf meine Ranch, bevor ihr weiterfahrt?", bot Jessop plötzlich an.

Tess wollte schon den Kopf schütteln, aber Mac unterbrach sie eifrig. „Ich könnte schon was essen."

Ihre Augen blitzten ihn an. „Ich glaube nicht, dass wir so viel Zeit haben."

Mac sah auf seine eigene Uhr, und wie aufs Stichwort knurrte sein Magen. Wenn sie blieben, würden sie wahrscheinlich den Flug um acht Uhr verpassen, aber es gab noch einen späteren Flieger. Herauszubekommen, was dieser Kerl zu erzählen hatte, war den Umweg womöglich wert.

Jessop winkte Tess' Bedenken zur Seite. „Ich habe einen Eintopf auf dem Herd stehen und Brot im Ofen. Das ist schneller, als irgendwo auf dem Weg an einem Restaurant anzuhalten. Und essen muss der Mann ja." Seine joviale Sorge um Macs Wohlergehen machte Mac nervös. Er traute dem Kerl nicht.

„Sind Sie sicher, dass es keine Umstände macht?", fragte Tess noch einmal.

Ihr Widerwille war laut und deutlich zu hören.

Jessops Knopfaugen wurden schmal. „Ich habe noch ein paar Dinge, die du vielleicht haben willst. Sachen deiner Eltern…"

Jetzt war Mac endgültig an Bord.

Könnte dieser Kerl vielleicht etwas Wesentliches zu den derzeitigen Ermittlungen beisteuern? War er womöglich sogar involviert? Tess schaute ihn an. Sie sah unsicher aus, und er wusste, dass es falsch war, aber er tat es trotzdem.

„Meine Verlobte und ich wären geehrt, mit Ihnen zu Abend zu essen, Mr. Jessop."

Tess warf ihm einen bösen Blick zu, aber der alte Kerl kümmerte sich nicht um sie. Ihr Mann hatte gesprochen, und das war alles, was in dieser Gegend hier zählte. Als sie Jessop nach draußen folgten, legte ihr Mac die Hand auf den Rücken. Sie verspannte sich, entzog sich aber nicht seiner Berührung.

„Sollen wir Ihnen einfach folgen?", schlug Mac vor. Offiziell wusste er nicht, wo Jessop wohnte.

„Wir können einfach über die Ranch fahren. Ich schließe das Tor auf." Jessop nickte und ging zu einem alten, verbeulten Truck, den er vermutlich schon länger fuhr, als Tess auf der Welt war. Am Kühler des Trucks war ein Schneepflug angebracht. Mac ignorierte die eisige Feuchtigkeit, die sich langsam in seinen Schuhen breitmachte, und folgte Tess die Auffahrt hinunter.

„Danke, dass du mitgespielt hast", sagte er hinter ihrem steifen Rücken.

Eine Wolke stieg in die Luft, als sie den Atem ausstieß. „Ich hatte nicht gerade eine Wahl." Sie schlang die Arme um ihren Oberkörper und flüsterte: „Glaubst du, der Kerl ist in die Morde involviert?"

Mac nahm ihren Ellenbogen, als sie durch eine Schneewehe stapften. „Macht Sinn, dass jeder mögliche Plan, den Tod deiner Eltern zu rächen oder ihre Mission auszuführen, von einem ehemaligen Pioneer und jemandem, der ihnen nahegestanden hat, gestartet wird. Jessop ist damals auf dem Radar aufgetaucht, aber er war nie bei irgendwelchen Treffen und hatte keinerlei Verbindung zu den gestohlenen Waffen, die wir zurückverfolgt hatten, zumindest nicht, soweit wir wissen. Aber selbst, wenn er selbst nichts damit zu tun hat, hat er womöglich hilfreiche Informationen über jemanden, der involviert ist."

Er öffnete die Beifahrertür und half Tess auf ihren Sitz. Er versuchte, nicht darauf zu achten, wie weich sie sich unter seinen Fingern anfühlte. Wie einfach und natürlich es sich anfühlte, mit ihr zusammen zu sein.

Sie saß da und ihre Augen musterten ihn nervös. „Wenn er herausbekommt, dass du ein Agent bist, kriegen wir richtig Probleme."

Mac neigte den Kopf zur Seite. „Sehen wir also zu, dass er es nicht herausbekommt."

„Kann man das Nummernschild von diesem Auto zu Steve McKenzie vom FBI zurückverfolgen?"

Er nickte. „Sicher, wenn er Kontakt zu jemandem von der

Mietwagenfirma hat oder einen Polizisten kennt, der das für ihn herausbekommen kann."

Ihre Augen wurden groß. „Du glaubst, sie haben Polizisten auf ihrer Seite?"

Mac lachte trocken. „War das nicht eine Wunschvorstellung deines Dads? Einen Gesetzeshüter zu rekrutieren, der die Mission in seiner eigenen Behörde vorantreibt?"

Tess schloss die Augen und schauderte. Er legte seine Hand auf ihre Schulter und beugte sich hinunter, um ihr einen Kuss auf die Stirn zu geben, aber sie schaute plötzlich auf und sie erstarrten beide. Wenn er sie jetzt nicht küsste, würde es verdächtig aussehen. Sie schien das genau im selben Augenblick zu erkennen. Also fuhr er mit seinen Lippen flüchtig über ihre, überrumpelt von den Funken, die durch seine Adern schossen wie geschmolzenen Lava.

Sie biss sich auf die Unterlippe, und er konnte einen Anflug der Lust in seinen Lenden spüren.

Mac zuckte zusammen, als der Truck hupte. Was zum Teufel war hier gerade passiert?

Jessop hatte das Gatter aufgeschlossen und wartete ungeduldig darauf, dass sie ihm folgten. Mac schlug die Beifahrertür zu, dann ging er um das Auto herum und stieg ein, ignorierte die Tatsache, dass er seit Jahren nicht mehr so auf eine Frau reagiert hatte. Vielleicht noch nie in seinem Leben.

Er startete den Motor und fuhr eine Auffahrt hinunter, von der er geglaubt hatte, sie vor zwanzig Jahren hinter sich gelassen zu haben. Schauer liefen seinen Rücken hinunter wie wutschnaubende Geister, und die Erinnerung an den Kuss mit Tess kribbelte auf seinen Lippen, aber er konzentrierte sich auf die Aufgabe, die vor ihm lag. Sich zum jetzigen Zeitpunkt ablenken zu lassen, könnte sie beide das Leben kosten.

TESS STARRTE AUS dem Fenster, während sie an altvertrauten Feldern vorbeifuhren. Sie entdeckte einen Hügel, auf dem sie im Winter immer Schlitten gefahren waren – einige der wenigen unbeschwerten Augenblicke ihrer Kindheit. Dann ein kleines Dickicht, in dem sie eine geheime Burg gebaut hatten, als sie kaum aus den Windeln heraus gewesen war. Selbst Eddie war damals noch lustig gewesen.

Sie wollte nicht an Eddie denken.

Die zwanzig Jahre im Gefängnis hatten das wenige an Herz, das er hatte, nur verhärtet. Und doch wollte sich dieser alte Mann, Jessop, um ihn kümmern, als ob er irgendeine arme, verlorene Seele wäre. Ihr rauer Hals schmerzte. Der arme Eddie. Der arme, brutale, perverse, sadistische Eddie.

Ihr war nicht bewusst, wie angespannt sie war, bis Mac nach ihren Händen griff und die verkrampften Fäuste löste, die sie in ihrem Schoß geballt hatte.

„Es wird alles gut gehen."

„Das hast du vorhin auch gesagt, als du mich überredet hast, mich verkabeln zu lassen." Sie stieß ein wenig damenhaftes Schnauben aus. „Gut, dass ich in Selbstverteidigung ausgebildet bin, sonst wäre ich jetzt tot." Sie rieb sich den Hals, zog den Schal so zurecht, dass die Blutergüsse verborgen waren.

„Es tut mir leid, dass er dich angegriffen hat. Ich hätte eine Wache in der Nähe positionieren sollen." Ein Muskel arbeitete in seinem Kiefer. „Wir müssen nicht lange bei Jessop bleiben. Wir essen, sammeln die Erinnerungsstücke ein, die er für dich aufbewahrt hat …“

„Gott, ich hoffe, es ist nicht die Hitlerbüste.“

„Dieses verfluchte Ding habe ich gehasst. Verursacht mir immer noch Albträume“, stimmte Mac zu, und sie schauten sich entsetzt an. „Hoffentlich bekomme ich eine schnelle Vorstellung von dem Kerl, kann vielleicht sein Haus kurz inspizieren, ohne dass er es mitbekommt, und wir kommen rechtzeitig wieder hier weg, um den letzten Flieger zu erwischen.“

„Bist du deshalb gestern bei mir zu Hause vorbeigekommen …“ – War es wirklich erst gestern gewesen? – „…um ‚eine schnelle Vorstellung‘ von mir zu bekommen?“ Sie konnte nichts dagegen tun, dass sich Verbitterung in ihren Tonfall schlich. Sie warf es ihm nicht vor, aber es war einfach furchtbar, dass ihr nie wirklich vertraut wurde. Aber sie hatte gut reden. Sie hatte ihrem Ex, Jason, oder ihrer besten Freundin, Julie, auch nie ihre wahre Identität verraten. Deren letztendlicher Betrug hatte bewiesen, wie richtig ihre Entscheidung gewesen war.

Mac presste die Lippen zusammen. „Ich bin nur bei dir vorbeigekommen, um für mich selbst zu bestätigen, was ich schon über dich zu wissen glaubte.“ Er warf ihr aus schmalen Augen einen Blick zu. „Aber da du es leider versäumt hast, den Geburtstag deines Daddys zu erwähnen, werden weitere Agenten mit weiteren Fragen auftauchen.“

Sie lachte bitter auf. „Also ist es meine Schuld, dass das FBI es nicht herausgefunden hat?“

Sein grimmiger Blick erlosch, und er wandte sich ab. „Nein. Es hätte mir auffallen sollen, aber ich war zu beschäftigt damit, vier Morde zu untersuchen, und dieses Puzzleteil ist mir einfach durch die Lappen gegangen.“

Dass sie ihm die Schuld gegeben hatte, ließ sie selbst ganz klein vor Schuldgefühlen werden. Er hatte recht. Menschen waren umgekommen. Ihre Befindlichkeiten waren egal. „Mir ist die Bedeutung des Datums tatsächlich erst wieder eingefallen, nachdem du schon weg warst. Es tut mir leid, dass ich nicht angerufen habe."

Sie berührte ihre Lippen, die noch immer von dem bedeutungslosen Kuss schwirrten, den Mac ihr aufgedrückt hatte, als sie in den Geländewagen geklettert war. Er hatte einen Blitz des Verlangens bis in ihr Innerstes geschossen.

Sie war wirklich erbärmlich.

Sie hatte Cole noch immer nicht erreicht. Hatte er ihr ihre dumme Bemerkung über ältere Frauen und jüngere Männer tatsächlich noch immer nicht verziehen? Ihre Doppelstandards schrien mit jeder Sekunde lauter, während sie in diesem Auto neben einem Mann saß, in den sie verknallt war, seit sie zehn Jahre alt gewesen war. Damals war ihr Altersunterschied von neun Jahren unüberwindbar erschienen. Jetzt, mit dreißig, schien es irrelevant.

Gefährliche Gedanken, aber für den Moment musste sie sich damit abgeben. Vielleicht war es zum Besten. Je bereitwilliger sie dem FBI helfen wollte, umso besser war das sicherlich für ihren Ruf? Es war einen Versuch wert. „Was soll ich mit Jessop machen?"

„Versuche, ihn dazu zu bringen, über deine Eltern zu reden, aber sei nicht zu offensichtlich. Du weißt, wie paranoid diese Leute sind."

„Es ist keine Paranoia, wenn sie wirklich hinter dir her sind." Sie verstärkte den Dialekt ihres Vaters und zuckte mit den Augenbrauen.

Macs Augen wurden groß. „Das ist ein bisschen

unheimlich.“

Sie lachte. „Daddy war unheimlich. Was sonst noch?“

„Wir geben beide unser Bestes, uns umzuschauen und gleichzeitig so zu tun, als ob es uns völlig egal wäre. Ich bin ein...“ Er betrachtete seinen Anzug und seine Krawatte. „Was zur Hölle mache ich beruflich, wenn ich in meiner Freizeit einen Anzug trage?“

„Ölindustrie. Das sind mehr oder weniger die einzigen Anzugträger, mit denen diese Typen sprechen. Öl und Gas, oder Prediger.“

„Prediger können wir vergessen.“ Sein Mund wurde schmal. „Ich schätze, dann arbeite ich also für eine Ölfirma.“

„Okay.“ Sein Mangel an Enthusiasmus amüsierte sie, aber sie versteckte es. Sie mussten ernst bleiben. „Reduzieren wir die Details auf ein Minimum. Verschwiegenheit funktioniert in beide Richtungen.“

Seine Augen funkelten verschmitzt. „Du bist ziemlich gut darin.“

„Zu lügen?“, stieß sie hervor.

Er stöhnte auf. „Ich hoffe nicht, ansonsten werde ich wie der letzte Idiot dastehen, wenn ich wieder in der Zentrale bin.“

Sie warf ihm einen stechenden Blick zu. Bedeutete das etwa, dass er für sie die Hand ins Feuer gelegt hatte? Oder dass jemand anderes glaubte, sie wäre eine Verdächtige?

„Du bist sehr gut darin, schnell zu reagieren. Dich anzupassen.“

„Das muss ich auch sein. Ich habe mein ganzes Leben damit verbracht, meine wahre Identität zu verbergen, Mac. Das macht einen wachsam und zurückhaltend mit Informationen.“

Mac schaute sie einen Augenblick lang an, dann fingerte

er nach seinem Handy. „Mist. Kein Empfang." Er stopfte das Handy zurück in seine Tasche. „Sieht so aus, als ob es wirklich nur du und ich sind."

Tess zog eine Augenbraue hoch. „Ist das okay für dich?"

Er schenkte ihr ein träges Grinsen. „Ich hatte schon schlimmere Partner."

Aber sie hatte nicht gelogen. Sie fand es schwer, zu vertrauen. Ehrlich gesagt, vertraute sie überhaupt nicht. Vielleicht war sie tatsächlich so paranoid, wie ihre Familie es gewesen war, aber so wollte sie nicht sein. Sie wollte Teil eines Teams sein. Sie wollte eine der Guten sein.

In der Ferne tauchte Jessops Farmhaus auf.

Sie betrachtete es, wie es in der hübschen Schneelandschaft dalag. „Ich kann mich nicht erinnern, jemals hier gewesen zu sein."

„Ich war einmal hier." Er schaute sie an. „Ich bin mit einem jungen Hengstfohlen im Schlepptau hergeritten, das dein Daddy irgendwo aufgetan hatte." Pferde trotteten über die Weiden und erinnerten ihn an ein anderes Leben. „Dieser Jessop hat eine Schwäche für Pferdefleisch."

Tess ertappte sich, wie sie Macs Hände beobachtete, die sich um das Lenkrad legten. Große Hände. Starke Hände. Kräftig und mit langen Fingern, die eher dafür gemacht schienen, Tiere zu zähmen, als böse Buben. Es waren seine Augen, die sie am meisten anzogen, das wurde ihr plötzlich klar. Nicht nur wegen ihrer faszinierenden Farbe, die zwischen grün und blau changierte wie Sonnenlicht auf einem flachen See. Es war die Intelligenz, die sie dort sehen konnte, verbunden mit Mitgefühl. Intelligenz war für jede kluge Frau ein Aphrodisiakum, aber Mitgefühl wurde viel zu oft unterschätzt. Es war mehr wert als Geld, Macht, sogar als Wahrheit.

Es verlieh der Stärke eine Moralität und dem Leiden einen Trost. Allein dafür könnte sie sich schon in ihn verlieben.

Sie schob ihre Gedanken zur Seite. Mit der Erinnerung an eine kindliche Schwärmerei konnte sie umgehen. Aber nicht mit der Vorstellung von mehr.

Sie blickte auf das Haus. Es war aus hellen Steinen erbaut, mit einer weiß gestrichenen Veranda. Es gab Ställe und ein Nebengebäude auf der anderen Seite einer Koppel. Ein paar Vollblüter standen in der Nähe des Zaunes, wurden von ihren Scheinwerfern angestrahlt. Beide Tiere trugen schwere Decken, um sie vor der Kälte zu schützen.

Jessop parkte neben den Eingangsstufen, und ein Bewegungsmelder ließ die Beleuchtung anspringen.

Mac hielt sich schützend die Hand vor die Augen. „Das ist ja wie bei einem verdammten Gefängnisausbruch."

Tess lachte schnaubend.

Er fuhr mit dem Wagen einmal im Kreis, damit sie Richtung Straße parkten. Umso schneller würden sie hier wieder wegkommen.

Ihr Herz hämmerte, und ihr Mund wurde trocken. „Ich will wirklich nicht hier sein, McKenzie", murmelte sie.

„Es wird alles gut gehen. Lass ihn einfach reden."

Jessop ging die Stufen zur Eingangstür hinauf und wartete auf sie. Die Angst, die über ihre Haut kroch, als sie ausstieg, beruhigte sie nicht im Geringsten.

SECHZEHNTES KAPITEL

U NBEHAGEN RUMORTE UNTER Macs Haut. Oberflächlich war Jessop der perfekte Gastgeber, aber irgendetwas an dem Kerl alarmierte alle seine Sinne. Eine Erschütterung der Macht.

Mac hatte diese Sache nicht geplant. Er sollte eigentlich in D.C. sein und eine Sondereinheit leiten. Aber diese Gelegenheit war einfach zu einmalig, als sie links liegenzulassen, vor allem durch den zusätzlichen Vorteil, Tess dabei zu haben. Als FBI-Agent hätte er keine Chance auf Zutritt. Aber als Theresa Jane Hines' Verlobter war er praktisch Teil der Familie.

In den Regeln stand nichts darüber, dass es einem Agenten untersagt war, zu lügen, um an Informationen für seinen Fall zu kommen, aber Mac wusste, dass die besten Lügen diejenigen waren, die der Wahrheit so nahe wie möglich waren. Er würde lügen, wenn er behaupten würde, keinen Spaß an der Sache zu haben.

Mac hatte sicherlich nicht erwartet, jemals wieder in dieser Gegend verdeckt zu ermitteln, und doch war er wieder hier, waren *sie* hier und arbeiteten zusammen.

Er wollte Tess vertrauen.

Er beobachtete sie, als sie mit einer duftenden Schale Rindfleischeintopf vor sich am Tisch saß. Sie hatte nicht viel gegessen. Ihren Schal hatte sie über ihrer enganliegenden schwarzen Bluse bis unter das Kinn hoch gebunden, um die Striemen zu verbergen, die ihr Bruder ihr verpasst hatte. Ihre dunklen, welligen Haare hatte sie zu einem unordentlichen Knoten gebunden, und obwohl sie blass aussah und kein bisschen Make-up trug, war sie geradezu lächerlich schön.

Alles an ihr, von ihrem beschaulichen Leben als Steuerberaterin bis hin zur Tatsache, dass Eddie versucht hatte, sie umzubringen, schrie nur so nach ihrer Unschuld. Aber sie war klug. Wenn sie involviert war, dann war es absolut möglich, dass sie das alles bis ins letzte Detail geplant hatten – einschließlich Eddies Angriff, sollte sie vermuten, die Behörden wären ihr auf den Fersen.

Und auch wenn er überzeugt davon war, dass sie auf derselben Seite standen, verheimlichte sie definitiv etwas. Und er musste herausfinden, was dieses Etwas war.

Sie spürte, wie er sie anstarrte und schenkte ihm ein neugieriges Lächeln.

Mac lächelte zurück, aber so sehr er ihr auch vertrauen wollte, er konnte seine Karriere nicht darauf verwetten.

Mac griff sich eine weitere Scheibe des frisch gebackenen Brotes. „Haben Sie das alles selbst gemacht?", fragte er Jessop. Er war gegen seinen Willen beeindruckt. Er konnte kochen, aber er fand selten die Zeit dazu, und es machte ihm auch keinen Spaß, wenn er doch nur allein aß.

Jessop nickte und kaute, bevor er antwortete. „Meine Frau ist vor ein paar Jahren gestorben, Gott hab sie selig." Er schlug ein Kreuz. „Habe eine Tochter, aber sie wohnt an der Ostküste."

Henry deutete auf ein Foto, das auf dem Kühlschrank stand, auf dem ein kleiner Junge die Hand einer älteren Frau hielt, vermutlich Jessops verstorbene Frau. „Als meine Mary gestorben war, musste ich entweder kochen lernen, oder ich wäre verhungert." Er tätschelte seinen runden Bauch. „Zum Glück ist kochen kein Hexenwerk. Man braucht nur ein bisschen Geduld, wie mit allem anderen auch." Ein Lächeln spielte über sein faltiges Gesicht.

„Es schmeckt wirklich hervorragend. Vielen Dank", sagte Tess mit warmer Stimme, auch wenn sie nicht viel gegessen hatte.

Sie schlürfte an ihrem Rotwein. Mac ignorierte sein Glas. Er wollte einen klaren Kopf behalten, um auf alles reagieren zu können, was sich womöglich noch ereignen würde.

Jessop löcherte sie nicht mit Fragen. Mac sah es so: je weniger die Menschen fragten, umso mehr hatten sie vermutlich zu verheimlichen.

Mac leerte seinen Teller und lehnte sich zurück, sein Magen war angenehm gesättigt, auch wenn seine Neugier noch unbefriedigt war. Aber er wartete ab, während Tess und Jessop ein paar Erinnerungen über ihre Eltern austauschen. Tess lächelte, aber Mac konnte die Anspannung erkennen, die jede wirkliche Freude in ihren Augen unterband. Sie versuchte nicht, es vor Jessop zu verstecken. Warum sollte sie auch? Was Jessop anging, war die Hines-Familie von der Polizei brutal ermordet worden – warum sollte das nicht Trauer und Anspannung in der einzigen überlebenden Tochter hervorrufen?

„Dein kleiner Bruder – wie alt ist er jetzt?", fragte Jessop.

„Er wird nächsten Monat zwanzig." Tess lächelte. „Und mit einsachtundachtzig ist er mittlerweile alles andere als klein."

„Groß wie sein Daddy."

Tess lächelte zurückhaltend. „Mein Daddy kam mir

immer vor wie ein Riese. Ich schätze, sie sind jetzt etwa gleich groß."

„Was macht er?" Jessop wischte sich mit dem Handrücken den Mund ab. Etwas an dieser Bewegung warf Mac in seine eigene Kindheit zurück, zu seinem eigenen Vater, wie er aß, trank, um sich schlug.

Sein Kiefer verkrampfte sich.

Tess tupfte sich die Lippen mit einer Serviette ab, und Mac beobachtete, wie der alte Mann sie mit einem Funkeln in den Augen beäugte. Dieses Funkeln kam einem Anflug von Lust nahe genug, um so etwas wie Besitzanspruch in Mac aufkeimen zu lassen.

Na großartig. Er war eifersüchtig wegen einer Frau, die seine falsche Verlobte spielte.

„Wir sollten besser aufbrechen." Mac musste zusehen, dass er sich auf den Heimweg machte, und er konnte sehen, dass Tess nicht über ihren Bruder sprechen wollte. „Könnte ich kurz Ihr Bad benutzen, bevor wir fahren?"

„Natürlich. Setz dich so lange ins Wohnzimmer, Theresa Jane. Ich hole die Sachen, die ich vorhin erwähnt habe."

„Brauchen Sie Hilfe mit dem Geschirr?", bot sie an.

Ein Kloß formte sich in Macs Hals. Es erinnerte ihn an all die Male, in denen Tess als Kind ausgenutzt worden war. Nicht, weil sie schwach gewesen war – sondern weil sie gut gewesen war.

Jessop schüttelte energisch den Kopf. „Gäste helfen nicht beim Abwasch. Meine Frau mag tot sein, aber sie würde sich im Grab umdrehen, wenn sie das herausbekäme."

Jessop führte ihn zum Gästebad im Erdgeschoss, in dem sich auch eine kleine Duschkabine befand. Die Dekoration bestand aus volkstümlichen Stücken. Keine einzige Klan-Kutte weit und breit. Mac schaute in das Spiegelschränkchen. Rasierer und Deodorant. Keine Medikamente.

Mac wusch sich die Hände und verließ das Bad so leise wie möglich. Jessop kam mit einem kleinen Pappkarton in den Armen aus einem Zimmer. Mac konnte einen kurzen Blick in den Raum erhaschen, bevor der alte Mann die Tür fest hinter sich zuzog. Es sah aus wie das Zimmer eines Teenagers, mit Postern an der Wand und einem Computer auf einem Tisch. Der Bildschirm des Rechners war dunkel, aber unter dem Schreibtisch leuchtete ein kleines Licht, was nahegelegte, dass der Rechner eingeschaltet war.

Er musste diesen Rechner unbedingt in die Finger bekommen.

„Kann ich helfen?" Er bot Jessop an, den Karton zu tragen.

„Nicht nötig. Bitte." Jessop deutete mit einer Hand den Weg.

Widerstrebend ging Mac ins Wohnzimmer, wo Tess mit ausgestreckten Armen vor dem Kamin stand, um sich die Finger zu wärmen.

Im Zimmer stand eine zu weich aussehende Couch mit Blumenmuster und auf einem Sideboard an der Wand waren mehrere gerahmte Fotos aufgestellt. Kaum ein nationalistischer Sündenpfuhl, aber Mac hatte schon vor langer Zeit gelernt, dass der Anschein von Anstand manchmal genau das verbarg.

Jessop stellte den Karton auf dem Couchtisch ab und lächelte Tess an, aber sie kam nicht näher.

„Ich würde für kein Geld der Welt irgendwo anders wohnen wollen, aber das heißt nicht, dass ich nicht ein paar Dinge ändern würde, wenn ich könnte – wie zum Beispiel das Wetter", erklärte Jessop.

„Die Welt ist alles andere als perfekt", stimmte Mac ihm zu. „Das Wetter ist das geringste unserer Probleme."

Jessop gluckste leise in sich hinein, biss aber nicht an.

Tess lehnte sich an den hölzernen Kaminsims und versteckte ein Gähnen. „Tut mir leid. Ich bin plötzlich todmüde."

Mac bezweifelte, dass sie letzte Nacht ein Auge zugetan hatte.

„Was, hattest du nochmal gesagt, machst du beruflich?", fragte Jessop sie plötzlich.

Mac erstarrte. Sie hatten sich keinen alternativen Beruf für Tess überlegt. Sie lächelte freundlich. „Ich habe eine Eierfarm, unten in Mississippi. Freiland Hühner. Sie gehört mir und einer Freundin zusammen, obwohl ich meinen Anteil vermutlich verkaufen werde, sobald Mac und ich verheiratet sind." Sie klimperte mit den Wimpern.

Macs Augen wurden groß. Was zur Hölle war mit dem Vorhaben passiert, sich beim Lügen so nahe wie möglich an die Wahrheit zu halten?

Jessop zog die Augenbrauen hoch. „Gibt nichts auszusetzen an Landwirtschaft."

Verdächtigte er sie? Oder las Mac zu viel in die Situation hinein? Verdeckt zu ermitteln, war immer ein sehr einsamer Job, aber sich um einen Partner sorgen zu müssen, war schlimmer.

„Was ist da drin?" Tess starrte auf den Karton, als ob er voller Spinnen wäre. Sie kam noch immer nicht näher. Mac konnte es ihr nicht verübeln.

„Die Bullen haben das meiste mitgenommen, nachdem sie deine Familie ermordet haben."

Mac zuckte innerlich zusammen.

„Aber nicht alles."

Mac beugte sich vor, als der alte Mann den Karton öffnete. Was zur Hölle hatten sie damals übersehen?

Jessop zog eine mit Eselsohren übersäte Ausgabe der Turner-Tagebücher hervor.

Mac hätte am liebsten die Augen verdreht.

Tess machte ein paar Schritte auf den Couchtisch zu und nahm das zerfledderte Buch in die Hand. Sie spitzte die Lippen, als sie diesen rassistischen Müll durchblätterte. „Ich muss dieses Buch als Kind hundertmal gelesen haben." Sie blätterte um und eine der Seiten löste sich und segelte zu Boden. Sie beugte sich hinunter, um sie aufzuheben. „Ich habe Bilder reingemalt."

Sie drehte sich zu ihm um, um ihm die Blumen zu zeigen, die in dicker, schwarzer Kugelschreibertinte in die Seitenspalte gemalt waren. Sie klang nostalgisch, aber Mac konnte die darunterliegende Ironie hören. Dieses Stück Dreck und die Bibel waren die beiden einzigen Bücher gewesen, die auf der Anlage erlaubt gewesen waren, also hatte sie es natürlich hundertmal gelesen.

Eddie und Walt hatten außerdem noch einen Stapel Playboys unter ihren Matratzen gehortet, und Mac bezweifelte, dass sie die beiden einzigen Sünder in der Gemeinschaft gewesen waren. Abscheu über die beiden Brüder und über sich selbst stieg in ihm auf. Er hätte die Mädchen besser beschützen müssen. Aber er wusste noch immer nicht, wie er das hätte anstellen und gleichzeitig die Organisation zu Fall hätte bringen sollen. Er war ein blutjunger Polizist gewesen, der noch nach seinem Platz in der Welt gesucht hatte. Er hatte versucht, zu beweisen, dass er das Vertrauen seines Bosses verdiente. Rückblickend, und mit zwanzig Jahren Erfahrung auf dem Buckel, konnte er sehen, dass keine seiner Entscheidungen damals leicht gewesen war.

Wie aufs Stichwort holte Jessop die alte Familienbibel aus dem Karton und reichte sie Tess.

Ihre Lippen öffneten sich ein wenig, als ob sie angenehm überrascht wäre, aber Mac konnte sehen, wie ihre Augen zusammenzuckten.

„Mamas Bibel." Sie strich mit der Hand über den Einband. „Gott hab sie selig." Ihre Augenbrauen zuckten ihm zynisch zu, als Jessop sich umdrehte. Offensichtlich teilte sie Macs Meinung darüber, dass Francis' Seele schon lange vor ihrem Tod verkümmert und krepiert war.

„Ich hatte auch irgendwo die Bibel deines Daddys, aber ich habe sie verlegt."

Mac runzelte die Stirn. Wie konnte man so etwas verlegen? Vielleicht hatte der Typ sie auf Ebay verkauft oder bewahrte sie heimlich bis zu Eddies Entlassung auf. Tess ging zu dem Karton und legte die Bücher zurück. Dann holte sie ein Lesezeichen mit gepressten Gänseblümchen heraus. „Das hat Ellie gebastelt."

Ihre Hände zitterten. Mac erkannte, dass es die erste greifbare Verbindung zu ihrer Schwester war, seit sie Ellie verloren hatte. Er legte ihr den Arm um die Schulter und zog sie an sich, während sie mit den Tränen kämpfte.

„Mordende Hurensöhne", murmelte Jessop.

„Ja." Tess blinzelte schnell und hob ihr Kinn.

Mac ignorierte Jessops Lüge. Er hatte schon vor langer Zeit akzeptiert, dass manche Menschen in ihrer eigenen Realität lebten, eine Realität, die nicht immer Sinn ergab. Kein Argument der Welt konnte sie dazu bringen, ihre Meinung zu ändern. Sie waren glücklich in ihrer Fantasiewelt, und so lange sie niemandem Schaden zufügten, sollten sie seinetwegen in ihrer selbstgewählten Ignoranz weiterleben.

Aber sobald sie die Grenze überschritten …

Er zog Tess an sich, und sie legte ihren Kopf auf seine Brust und schloss die Augen. Sein Herz zog sich ein klein wenig zusammen, weil sie ihm genug vertraute, um sich von ihm trösten zu lassen.

„Ich wollte dich nicht aufregen." Jessop runzelte die Stirn, als er sie ansah. „Dachte, du hättest vielleicht Interesse an ein paar Dingen aus deiner Vergangenheit."

„Das habe ich. Danke." Ihre Haare streichelten Macs Kiefer, als sie nickte. Sie waren seidig und dufteten leicht nach Lavendel. Sie zog sich von ihm zurück, als ob ihr plötzlich bewusstwurde, wie er sie im Arm hielt – als ob sie wirklich verliebt wären.

„Es ist nur so unerwartet, all diese Dinge wiederzusehen, nachdem ich sie für immer verloren geglaubt hatte." Sie steckte das Lesezeichen andächtig neben die Bücher in den Karton. „Vielen Dank. Ich bin wirklich sehr dankbar dafür."

Jessop nickte und schenkte ihr ein Lächeln. „Besuchst du morgen Eddie?"

Tess hob das Kinn und ihre Augen funkelten. „Natürlich."

„Ihr könnt gerne hier übernachten … Das erspart euch die Fahrt durch den Schnee heute Nacht. Ist nicht jedermanns Sache, wenn man nicht dran gewöhnt ist."

Mac hatte Autofahren quasi in Eis und Schnee gelernt, aber er war versucht, das Angebot dennoch anzunehmen. Dann hätte er die Möglichkeit, noch weiter herumzuschnüffeln.

„Vielen Dank, aber nein." Tess bereitete seinen Überlegungen ein Ende. „Wir müssen weiter. Stimmt's, Liebling?"

Mac konnte den harten Befehl in ihrem Tonfall hören, auch wenn sie ihn mit triefender Süße aussprach. Aber das Flehen in ihren Augen war der entscheidende Faktor. Das, und die Tatsache, dass er dringend zurück nach D.C. musste.

„Wir wissen Ihr Angebot zu schätzen, Mr. Jessop …"

In der Küche begann ein Telefon zu klingeln.

Jessop hielt seine Hand hoch. „Entschuldigt mich. Ich will nur sichergehen, dass es kein Notfall mit dem Vieh ist. Bin sofort wieder da." Er verschwand, bevor einer von ihnen etwas erwidern konnte.

Das war Macs einzige Chance. „Warte hier."

Er ließ Tess keine Zeit, zu diskutieren, sondern ging zügig in das Schlafzimmer, aus dem Jessop den Karton geholt hatte. Er schaute sich um. Eine Klaue des Ekels krallte sich in ihn. Über dem Bett hing die unverkennbare Konföderiertenflagge an der Wand. Eine Bibel, die Mac als David Hines' Ausgabe erkannte, lag auf dem Nachttisch.

Warum hatte Jessop sie angelogen?

Mac ging zum Computer und bewegte die Maus, betete, dass der Rechner hochgefahren war.

Der Bildschirm ging an und zeigte einen Chatroom mit grünem Hintergrund im Browser. Die Seite hieß One-Drop-2-Many – ein Tropfen Blut zu viel – und man brauchte keinen Doktortitel, um zu verstehen, was damit gemeint war. Es war ein Chatroom für Rassisten. Leider war die Zeit im Chat abgelaufen, und man musste ein Passwort eingeben, um sich wieder einzuloggen.

Ein Geräusch hinter ihm ließ ihn herumfahren. Tess drückte die Tür auf, kreidebleich und mit panischen Augen. Er öffnete den Mund, um ihr zu sagen, dass sie Jessop ablenken solle, als er den alten Mann hinter ihr stehen sah. Jessop presste seinen Revolver gegen ihre Schläfe.

Scheiße. „Was soll das?“, verlangte Mac zu wissen.

Jessops Lächeln wurde widerlich, und Mac wusste, dass sein Geheimnis aufgeflogen war. Tja. Scheiße.

„Ich mag es nicht besonders, wenn man mich anlügt. Vor allem nicht Leute, die meine Gastfreundschaft genießen.“

Mac gab sich keine Mühe, es abzustreiten. Die Millionen-Dollar-Frage war nur, wie er es herausgefunden hatte.

„Ich war mir nicht sicher, ob ich gern gesehen gewesen wäre, wenn Sie die Wahrheit gewusst hätten.“ Was hatte der Kerl herausgefunden? „Ich entschuldige mich für den Mangel an Transparenz. Vielen Dank für das Abendessen, aber wir müssen jetzt wirklich los…“

Jessop spuckte auf den Boden. Tess verzog angewidert das Gesicht, und Mac musste grinsen, obwohl ihm das Herz bis zum Hals schlug.

„Finden Sie das komisch?“

„Nein. Sir. Dass sie eine unschuldige, unbewaffnete Frau mit einer Waffe bedrohen, ist alles andere als komisch.“ Er stemmte die Hände in die Hüften, machte sich zu einem größeren Ziel, aber Jessop biss nicht an und bewegte seine Pistole keinen Millimeter von Tess’ Kopf weg.

Scheiße nochmal.

Tess’ Augen waren voller Angst. Eine Aktion wie im Gefängnis konnte sie jetzt auf keinen Fall riskieren, nicht mit einer Pistole an der Schläfe.

„Wir fahren und vergessen, dass das hier jemals passiert ist …“

„Ich denke nicht.“ Der alte Mann krallte seine Finger in Tess’ Haare und zerrte daran, ließ sie schmerzerfüllt aufschreien.

Wut schoss durch Mac hindurch. Das war heute das zweite Mal, dass Tess so grob behandelt wurde.

Sie beugte den Kopf in den Nacken, sicher um den Schmerzen entgegenzuwirken. „Mac denkt so wie wir", rief sie. „Ich habe ihn rekrutiert, so wie Daddy es gewollt hat."

„Wenn du das wirklich glaubst, dann bist du ein noch größerer Dummkopf, als ich gedacht hätte", fuhr Jessop sie verächtlich an. „Du", er deutete auf Mac. „Hol ganz langsam deine Waffe hervor und leg sie auf das Bett."

Langsam zog Mac seine Glock hervor. Ihr Gewicht fühlte sich in seiner Hand wundervoll vertraut an. Er hob sie hoch und zielte direkt auf Jessop. Der Mann riss die Augen auf und schob Tess vor sich – typisch Feigling, er versteckte sich hinter einer Frau.

Mac neigte den Kopf zur Seite und zielte. „Eine der ersten Lektionen, die sie uns in der Akademie beibringen, ist es, niemals die eigene Waffe herzugeben."

„Dann stirbt sie", erklärte Jessop kühn.

„Sie aber auch." Macs Lächeln war eiskalt. Sobald er seine Waffe hergab, wären Tess und er Vergangenheit.

Sie befanden sich in einer Pattsituation, und der alte Mann wusste es. Mac ging auf den Computer zu und klickte auf die Maus. „Mit wem haben Sie sich unterhalten, Henry? Sind Sie in die Morde in D.C. involviert? Reden Sie mit uns, und ich kann einen Deal für Sie aushandeln, der womöglich verhindert, dass Sie für den Rest Ihres Lebens in ein Bundesgefängnis wandern." Mac holte sein Handy aus der Tasche und begann, eine Nummer zu wählen, auch wenn er keinen Empfang hatte. Jessop konnte das nicht mit Sicherheit wissen. Diese Leute glaubten, die Befugnisse der Regierung gingen weit über das hinaus, wozu sie tatsächlich berechtigt war. „Ich kann es nicht erwarten, dass die Experten in unserem Labor diesen Rechner auseinandernehmen und herausfinden, mit wem Sie zusammenarbeiten.“

Jessops Waffe zielte plötzlich auf Mac. Mac warf sich nach rechts, während Tess ihren Ellenbogen in das Gesicht des Mannes krachen ließ. Sie wand sich aus seinem Griff. Mac versuchte, einen Schuss abfeuern, aber der Kerl war schon verschwunden. Also half er zuerst Tess auf die Füße und schob sie hinter sich. „Alles okay?“

„Alles bestens“, erwiderte sie. „Wo ist er hin?“

Mac runzelte die Stirn, lauschte angestrengt. „In die Küche, glaube ich.“

„Glaubst du, er versucht zu fliehen?“, fragte sie. Aus Richtung der Hintertür knallte etwas und sie schlichen vorsichtig in den Flur, dann durch das Wohnzimmer. Tess wollte nach dem Karton greifen.

„Lass es.“

„Ich will nur das Lesezeichen.“

„Nein. Das ganze Haus wird gerade zu einem Tatort. Fass nichts an.“ Er nahm ihre Hand und zog sie zur Küche, sicherte den Raum, bevor er ihr bedeute, ihm zu folgen.

„Glaubst du, Jessop ist in diese Sache involviert?“

„Definitiv.“

„Vielleicht ist er auch nur ein alter Kauz, der Regierungsbeamte hasst. Du weißt selbst, wie viele es von denen hier in der Gegend gibt und wie verrückt sie alle sind.“

„Du kannst dir nicht vorstellten, wie sehr mich das beunruhigt.“ Er bedeutete ihr, sich hinter den Herd zu ducken, dann nahm er den Hörer des Telefons ab. Kein Freizeichen. Er folgte dem Verlauf des Kabels. Jessop hatte es aus der Wand gerissen. „Verdammt.“

Er musterte Tess. „Zieh deinen Mantel an, falls wir zu Fuß flüchten müssen." Er nickte zum Stuhl. Sie reichte ihm auch seine Jacke und er zog sie an. „Er lauert uns womöglich auf. Oder aber er ist losgerannt, um Verstärkung aus dem Nebenhaus zu holen. Ich gehe zuerst raus und dann nach rechts." Er warf ihr den Schlüssel zum Jeep zu. „Ich will, dass du sofort zum Jeep rennst, schnell und geduckt. Starte den Motor und lass ihn laufen. Wenn Schüsse fallen, fährst du sofort los."

„Was ist mit dir?"

Er warf ihr einen Blick zu. „Ich komme schon klar."

Sie verdrehte die Augen. „Hast du eine zweite Waffe?"

Er nickte.

„Gib sie mir."

„Ich werde dir keine Waffe geben."

„Traust du mir nicht?" Sie klang schockiert.

„Weiß ich noch nicht." Ehrlichkeit funktionierte in beide Richtungen.

Sie zuckte ein wenig zurück, als ob er sie geohrfeigt hätte.

Verdammt. „Okay, ich vertraue dir, aber ich will nicht, dass du zu einer Zielscheibe wirst."

„Aber ein unbewaffnetes Bauernopfer zu sein ist okay, oder was?"

Mist.

Er war nicht so töricht, auf emotionale Erpressung hereinzufallen, aber er wollte verdammt sein, wenn sein Bauchgefühl ihn nicht gerade anschrie, dass sie auf derselben Seite waren. Er zog die Glock-17 aus seinem Knöchelholster. Wenn er falsch lag, was sie anging, dann würde er sehr bald mehr verlieren als nur seine Karriere. Ihre Augen wurden groß, als er ihr die Waffe reichte.

„Erinnerst du dich daran, wie man sie benutzt?"

Sie nickte. „Ich gehe immer noch regelmäßig auf den Schießstand."

„Gut." Es war ein Risiko, aber er wollte nicht, dass sie wehrlos war, falls ihm etwas zustoßen sollte. „Die ist nur zur Selbstverteidigung. Beteilige dich nicht an einer Schießerei, wenn du nicht musst. Du willst nicht so wie Eddie enden."

Sie schluckte hörbar, ihre Augen waren riesig.

„Ich gehe zuerst raus. Warte nicht länger als eine halbe Sekunde, bevor du mir folgst, und dann rennst du so schnell du kannst zum Jeep. Verstanden?"

„Verstanden."

Er berührte ihre Wange. „Es wird alles gut gehen."

Ein Schuss krachte und das Küchenfenster zersplitterte. Tess duckte sich und schrie auf, als die Glasscherben durch die Küche flogen. Die Erinnerungen an den längst vergangenen Zugriff auf das Zuhause ihrer Kindheit flackerten wieder deutlich in ihren Augen auf.

Verdammt. Durch die Vordertür zu flüchten war Selbstmord, und die Vorstellung, dass Tess angeschossen wurde, gefiel ihm ganz und gar nicht. Er griff nach ihrer Hand und zerrte sie mit sich. „Planänderung."

***

TESS KONNTE NICHT glauben, dass sie sich in den letzten vierundzwanzig Stunden von einer langweiligen Steuerberaterin in der Vorstadt von D.C. zu einer Person gewandelt hatte, die in einen *weiteren* Schusswechsel in der Wildnis von Süd-Idaho verwickelt war.

„Komm." Mac zerrte sie mit sich.

Sie hielt die Pistole, die er ihr gegeben hatte, auf den Boden gerichtet und duckte sich so tief sie konnte, während sie ihm zurück ins Wohnzimmer folgte. Mac schaltete das Licht aus, und die Welt wurde zu einer Masse aus verwirrenden Schatten. Das Feuer im Kamin glühte, und Tess warf einen Blick auf den Karton mit den Dingen, die Jessop ihr gegeben hatte. Sie ging darauf zu, als in der Küche ein weiterer Schuss knallte.

„Was zum Teufel machst du da?", fragte Mac und hielt abrupt inne.

Es war zu dunkel, um die Sachen im Karton zu erkennen, aber sie steckte die Hand hinein und tastete nach dem Lesezeichen, das Ellie ihr zum neunten Geburtstag geschenkt hatte. Tess war es egal, ob es ein „Beweismittel" war. Es war ihre einzige greifbare Verbindung zu ihrer toten Schwester, und niemand würde ihr das wegnehmen. Sie steckte das Lesezeichen in ihre Tasche.

„Komm schon", drängte Mac ungeduldig.

Sie roch etwas in der Luft.

Mac fluchte.

„Was ist das?", fragte sie.

„Benzin." Seine Stimme klang seltsam. „Dieser Hurensohn will uns ausräuchern."

Geduckt rannte sie zu ihm. „Das ist doch völliger Wahnsinn. Er verliert sein ganzes Haus."

„Wenn wir entkommen, dann verliert er weit mehr als nur das. Tätlicher Angriff und versuchter Mord an einer Zivilistin und einem Bundesagenten? Und das in seinem Alter. Er wird im Gefängnis sterben."

Sie folgte Mac auf den Fersen, war versucht, nach seinem Hemd zu greifen, damit er sie nicht zurücklassen konnte.

„Wenn er in die Morde involviert ist, gibt es hier vielleicht Beweise, und er versucht, sie so zu vernichten?", schlug sie vor. „Womöglich will er nicht, dass das FBI das Haus durchsucht und seine Komplizen identifiziert?"

Wieder fluchte Mac, dann rannte er in das Zimmer, in dem er vorhin herumgeschnüffelt hatte.

„Jessop kam mit gezogener Waffe vom Telefon zurück", erzählte sie ihm. „Jemand muss ihm gesagt haben, dass wir den Verlust meiner Familie nicht gar so betrauert haben, wie wir es hätten tun sollen."

Mac begann, die Kabel aus dem Rechner zu reißen. Tess ging zum Fenster. Dicker Schnee lag zweieinhalb Meter unter ihr. Sie konnte Fußspuren erkennen, und der starke Gestank der widerwärtigen Benzingase stieg ihr in die Nase. Sie schob den Riegel auf, öffnete das Fenster und wurde augenblicklich von der eisigen Luft und dem Benzingeruch umfangen.

Wenn diese Dämpfe sich entzündeten, saßen sie in der Scheiße, und wenn man bedachte, dass im Wohnzimmer ein fröhliches Feuer im Kamin brannte, war es nur eine Frage der Zeit, bis das ganze Haus in Flammen stand. Bei der Vorstellung, bei lebendigem Leibe zu verbrennen, drehte sich ihr der Magen um.

„Ich gehe zuerst", sagte Mac. „Reich mir den Computer runter."

„Schnell."

Mac steckte seine Waffe ins Holster und kletterte durch das Fenster, dann ließ er sich zu Boden fallen. Tess stemmte das schwere Gerät hoch und beugte sich so weit hinunter, wie sie konnte, damit Mac ihr den Rechner abnehmen konnte.

Ein Geräusch ließ sie hochschauen und sie spürte, wie etwas nach ihrem Fußgelenk griff.

Sie schrie auf und ließ den Rechner fallen. Mac fing ihn auf. Als Tess sich an den Fensterrahmen klammerte, fiel ihr Macs Pistole aus der Hand in den Schnee. Jessop hielt ihr Bein fest, aber Mac griff nach ihrer Hand. Sie hatte das Gefühl, geviertelt zu werden, aber mit einem entschlossenen Ruck zerrte Mac sie aus dem Fenster und sie landete auf ihm. Er hielt sie fest und rollte sie beide augenblicklich zur Seite, bis sie außerhalb von Jessops Sichtfeld waren.

Ein lauter Knall ließ sie zusammenfahren und ein paar Meter von ihnen entfernt spritzte der Schnee hoch.

„Sie fackeln noch das ganze verdammte Haus ab, Sie Wahnsinniger!", schrie Mac Jessop an. Dann rauschte das Zischen von Flammen über sie hinweg und setzte eine schwache Benzinspur im Schnee in Brand.

Mac griff nach ihrer Hand und zerrte sie auf die Füße. Ein durchdringender Schrei ertönte aus dem Haus und Tess blickte entsetzt zum offenen Fenster hinauf. Warum sprang Jessop nicht hinunter, so wie sie? Ein zweiter Schuss hallte durch die Nacht und sie starrte aufs Fenster, versuchte zu verstehen, was gerade passiert war, aber es ergab keinen Sinn.

Die Flammen züngelten hungrig über die trockenen Balken, die Vorhänge des Schlafzimmers hinauf, wurden lauter und wilder, während sie das alte Haus verschlangen.

Mac versuchte, den Rechner vor der Hitze zu schützen. Tess sah die Glock im Schnee liegen und hob sie auf. Mac legte ihr einen Arm um die Schulter und sie stolperten von dem brennenden Haus fort. Sie erreichten den Jeep und er warf den Computer auf die Rückbank. „Steig ein."

„Was ist mit Jessop?"

„Er ist tot."

Tess taumelte durch den Schnee. Der Gestank von Rauch

und Benzin klebte an ihren Klamotten. „Woher weißt du das?"

Macs Mund war schmal. „Der zweite Schuss. Er hat den einfachen Ausweg gewählt."

Tess presste die Hände auf ihren Bauch, um die Übelkeit zu unterdrücken, die in ihr aufsteigen wollte. Sie kletterte auf den Beifahrersitz und schnallte sich an. Mac stieg ein, startete den Motor und legte den Gang ein. Sie hielt ihm die Glock hin, dankbar dafür, sie nicht gebraucht zu haben.

Stumm steckte Mac sie zurück in sein Knöchelholster.

Tess drehte sich um und starrte auf die Flammen, die mittlerweile das ganze Erdgeschoss verschlungen hatten und sich nun zum zweiten Stockwerk hocharbeiteten. Innerhalb einer Stunde hatte Henry Jessop ihnen Abendessen serviert und versucht, sie umzubringen.

„Willst du die Polizei rufen?", fragte sie.

Mac schüttelte den Kopf. „Die Rancharbeiter werden das Feuer jeden Moment bemerken und mit dem Wasser aus dem Brunnen dafür sorgen, dass es nicht auf die anderen Gebäude übergreift. Bis die Feuerwehr hier ist, ist das Haus abgebrannt. Und solange ich nicht weiß, wie Jessop herausgefunden hat, dass ich vom FBI bin, werde ich keinem örtlichen Polizisten trauen." Er warf ihr einen Blick zu. „Ich hoffe, der Rechner enthält genug Informationen, um uns direkt zum Mörder von D.C. zu führen."

Sie starrte entsetzt auf das Haus. „Da ist gerade ein Mann gestorben. Wirst du das nicht melden?"

„Ich werde einen Bericht einreichen, sobald wir in Salt Lake City sind." Mac bog von der Auffahrt auf die Landstraße ein.

Noch einmal drehte sie sich um. Orange Flammen ließen den Schnee erstrahlen wie die Farbpalette des Teufels.

Horror überkam sie, als ihr bewusst wurde, was eben passiert war. „Er wollte uns umbringen." Sie hielt sich mit der Hand den Mund zu, um die Schluchzer zu unterdrücken, die aus ihr herausbrechen wollten.

„Ja. Und uns vermutlich in den Wäldern verscharren. Niemand hätte es jemals herausgefunden." Er bemerkte ihren entsetzten Gesichtsausdruck, und ein Schauder überkam ihn. „Es tut mir leid Tess. Es ist meine Schuld, dass dir schon wieder etwas zugestoßen ist. Du wolltest nicht zu Jessop. Ich hätte deine Instinkte respektieren sollen."

Ihr Körper reagierte mit Schock auf das, was passiert war, und sie klapperte unkontrolliert mit den Zähnen. Wenn sie umgekommen wäre, hätte sie Cole niemals die Wahrheit erzählen können, die ganze Wahrheit, nicht die konstruierte Version der Medien. Die Vergangenheit ihrer Familie war nicht schön, aber ihre Version war korrekt und sprach von Menschen, nicht von Monstern. Sie musste ihm alles erzählen. Bevor es zu spät war.

Starke, warme Finger legten sich über ihre geballten Fäuste und drückten sie sanft. „Bist du in Ordnung?"

„Nein. Landschaftlich mag es vielleicht hübsch sein, aber Idaho scheint mir wirklich nicht zu bekommen."

„Wir haben scheinbar in ein Wespennest gestochen", stimmte Mac zu. „Ich schätze, wir haben jemanden gehörig angepisst – und wir müssen herausfinden, wer dieser jemand ist."

„Diese Leute müssen aufgehalten werden." Sie brachte die Worte kaum heraus.

Seine Finger drückten ihre Hände fester. „Deshalb gehe ich jeden Tag zur Arbeit."

Ihre Hände drehten sich herum und sie flocht ihre Finger

in seine. Er war ein mutiger Mann und sie wusste, dass er seinen Job sehr ernst nahm. Konnte sie ihm vertrauen, sich ihrem Bruder gegenüber richtig zu verhalten? Oder würde er von Cole automatisch das Schlimmste erwarten?

„Mein kleiner Bruder heißt Cole. Cole Fallon." Sie schloss die Augen, vielleicht um sich vor ihrem eigenen Verrat zu verstecken. „Er ist Student in D.C."

Sie konnte ihn gerade so zwischen ihren fast geschlossenen Lidern erkennen.

Mac presste die Lippen zusammen. „Ich weiß. Aber danke, dass du es mir gesagt hast."

Tess atmete heftig ein, als sie das hörte. Ermittelten sie gegen ihren Bruder, weil er etwas Bestimmtes getan hatte, oder war er allein aufgrund seiner Familie schuldig?

Sollte sie den Ordner mit den Bildern des ermordeten Richters darin erwähnen? Sie fing an zu glauben, dass sie sich das blöde Ding nur eingebildet hatte. Alles, was sie mit Sicherheit wusste war, dass ihr Verstand zu erschöpft war, um in diesem Augenblick eine angemessene Entscheidung zu treffen.

„Er ist ein guter Junge. Ein guter Mensch", beharrte sie.

„Dann sollte er auch keine Probleme haben, oder?", fragte Mac vorsichtig. Zu vorsichtig.

Himmel nochmal.

Mac drehte die Heizung bis zum Anschlag auf.

Ihre Vergangenheit versuchte, ihre Gegenwart mit ihrer Hässlichkeit zu verschlingen. Ganz egal, wie schnell sie davonrannte, sie würde ihren Klauen nie ganz entkommen können. Vielleicht war es an der Zeit, innezuhalten und sich ihr zu stellen.

SIEBZEHNTES KAPITEL

MAC FUHR OHNE Pause, während er seine Optionen abwägte. Tess schlief oder tat so, als ob sie schlafen würde. Ihre Augen waren geschlossen, und die dunklen Schatten unter ihren Augen und ihre hohlen Wangen zeugten von Erschöpfung. Was für ein beschissener Tag. Zwei Leute hatten versucht, sie umzubringen, und beide Male war es seine Schuld gewesen. Er hatte sie gebeten, für ihn zu lügen, und hatte es dann nicht geschafft, sie zu beschützen. Er konnte noch immer die Übelkeit spüren, die der Anblick von Jessops Revolver an ihrer Schläfe in ihm ausgelöst hatte. Der widerliche Gestank von Benzin war auch nicht gerade zuträglich gewesen.

Vielleicht hatte Tess recht damit, niemandem zu vertrauen. Ihm zu vertrauen hatte sie heute zweimal fast das Leben gekostet.

Zuerst hatte er vorgehabt, direkt zum FBI-Büro in Salt Lake City zu fahren, aber vor allem musste er den Tatort in Jessops Haus sichern lassen und so schnell wie möglich diesen Rechner nach Quantico bringen.

Er wählte die Nummer der nächstgelegenen FBI-Außenstelle in Potacello, ein paar Meilen entfernt. Dann steckte er sich Tess' Kopfhörer in die Ohren, damit sie die andere Seite der Unterhaltung nicht mithören konnte, nur für den Fall, dass jemand etwas Vertrauliches sagte. Trotz der späten Stunde kam er direkt zum ranghöchsten Agenten durch.

Er stellte sich vor. „Sie müssen eine Ermittlung aufgrund eines gelegten Feuers und einer selbst zugefügten, tödlichen Schussverletzung in der Nähe von Kodiak aufnehmen." Er erklärte, was passiert war und womit diese Vorkommnisse in Verbindung standen.

Der Agent hörte aufmerksam zu, dann sagte er: „Ich muss Sie und die andere Zeugin befragen."

„Wir werden in Salt Lake City beide ausführliche Aussagen machen. Ich muss diese Beweise so schnell wie möglich nach Quantico bringen. Menschenleben könnten davon abhängen."

Der Agent hielt sich zurück. Vermutlich wollte er seine Zeit nicht damit verschwenden, mit einem leitenden Special Agent zu diskutieren. Der Kerl würde seine Geduld noch brauchen, wenn er sich mit den Anwohnern vor Ort herumschlagen musste.

„Wissen Sie von irgendwelchen Sympathisanten der Rechtsextremen innerhalb der örtlichen Strafverfolgungs-behörden?" Das FBI versuchte, immer auf dem neusten Stand zu sein, was das anging, aber bei über 18.000 Strafverfolgungs-behörden in den USA war es letztes Endes Aufgabe der örtlichen Behörden, ein Auge darauf zu haben, wen sie einstellten. Ein interner Bericht aus dem Jahr 2006 hatte vor einer ansteigenden Infiltrierung der Behörden durch rechtsextreme Gruppierungen gewarnt – Ghost Skins, also Beamte, die eine offensichtliche Zurschaustellung ihrer wahren Ideologien vermieden, um in einflussreiche Positionen zu gelangen und Ermittlungen und Abläufe von innen heraus zu beeinflussen.

An manchen Tagen bereitete die Richtung, die dieses Land einschlug, Mac Sorgen. Es machte ihn umso entschlossener, für das zu kämpfen, was er unter dem amerikanischen Traum verstand. Und das beinhaltete ganz sicher nicht den Ku Klux Klan oder seinesgleichen.

„Der Sheriff da draußen hat den Ruf, hart aber fair zu sein. Ein paar seiner Hilfssheriffs sind da weniger … urteilsfähig, sage ich mal. Aber abgesehen von den üblichen Berichten über übermäßige Gewalt …" – was, egal ob wahr oder nicht, immer ein Thema war – „…haben wir nicht mitbekommen, dass jemand speziell Probleme macht. Warum?"

„Jemand hat Jessop einen Hinweis gegeben, dass ich für das FBI arbeite. Sprechen Sie mit dem zuständigen Büro, und fordern Sie Kriminaltechniker an. Ich will, dass das Haus abgesperrt und Zentimeter für Zentimeter durchsucht wird. Die Zentrale wird zusätzliche Hilfe abnicken, falls Sie sie benötigen."

„Dafür, dass Sie die Sondereinheit in den Morden in D.C. leiten, sind Sie verdammt weit weg von zu Hause. Glauben Sie, es gibt eine Verbindung zwischen den Morden und den Pioneers?"

Mac wollte nicht, dass diese Information an die falschen Ohren drang. „Ich weiß nur, dass Jessop mich und meine Begleitung mit einer Waffe bedroht hat, als er herausgefunden hat, wer ich bin. Und als wir ihm entkommen sind, hat er sein Haus in Benzin getränkt und es abgefackelt. Dann hat er sich umgebracht. Wir hatten verdammtes Glück, dass wir lebendig da rausgekommen sind."

Der andere Agent fluchte.

„Ich will nicht, dass irgendjemand außerhalb des FBI mitbekommt, was passiert ist, und irgendwelche wilden

Vermutungen anstellt. Wir müssen das, was wir wissen, so vertraulich wie möglich behandeln, damit wir diese Leute schnappen können, bevor noch jemand zu Schaden kommt."

Als Nächstes rief er Dylan Walsh an. „Irgendwelche neuen Entwicklungen?", fragte er.

Der Kerl gähnte. „Abgesehen davon, dass ich tatsächlich ein paar Stunden Schlaf abgreifen konnte? Nein. Nichts."

Mac schaute auf seine Uhr. Halb acht hier, also halb zehn an der Ostküste. Schlaf war bei so großen Ermittlungen immer Mangelware. Er machte sich nicht die Mühe, sich dafür zu entschuldigen. „Irgendwelche neuen Morde?"

„Noch nicht."

Das waren immerhin gute Neuigkeiten. Täter, die eine Mission verfolgten, hörten selten von allein auf, aber wenn der Mörder mitbekommen hatte, dass Jessop tot war, würde er vielleicht untertauchen und dem FBI damit genug Zeit geben, seine Identität herauszufinden.

„Ich muss wissen, mit wem der verstorbene Henry Jessop aus Kodiak Falls, Idaho, heute Abend telefoniert hat, und wie er herausgefunden hat, dass ich vom FBI bin."

„Brauche ich keinen richterlichen Beschluss für seine Telefondaten?"

„Doch. Aber der Typ hat versucht, mich umzubringen, und hat anschließend sein Haus abgefackelt, während er selbst noch drin war. Ziemlich sicher, um Beweise zu vernichten, möglicherweise solche, die mit den Morden in D.C. in Verbindung stehen, auch wenn es noch nicht vollkommen bewiesen ist. Es dürfte kein Problem sein, die Anordnung zu erhalten." Mac rutsche unruhig auf seinem Sitz hin und her und warf einen Blick in Tess' Richtung. Sie schien noch immer zu schlafen.

„Hat Eddie Hines dir diesen Hinweis geliefert?“

Etwas an Walsh' Tonfall alarmierte ihn, dass etwas passiert war.

„Nein. Wir sind auf dem Weg nach Salt Lake City an der Kodiak-Anlage vorbeigekommen und haben angehalten. Wir haben diesen Jessop dort angetroffen, und er hat uns zum Abendessen eingeladen, auf seiner Ranch nebenan. Er war den Pioneers zugetan, also dachte ich, es würde sich womöglich lohnen, seine Einladung anzunehmen. Warum?“

„Wir?“, fragte Walsh, anstatt auf seine Frage zu antworten.

„Ich bin im Gefängnis Eddies Schwester über den Weg gelaufen. Sie hat sich bereiterklärt, sich für uns verkabeln zu lassen. Irgendwie muss er spitzbekommen haben, dass sie mit uns zusammenarbeitet. Er hat sie angegriffen.“

„Die gleiche Schwester, die du gestern Abend besucht hast?“, fragte Walsh beiläufig.

„Ja.“

„Ist sie jetzt gerade bei dir?“

„Mhm.“

„Verstehe.“

Was zur Hölle hatte das zu bedeuten?

„Kann sie mich hören?“

„Nein.“

„Boss, wir haben gerade eine Nachricht von den U.S.-Marshalls reinbekommen – die, wenn ich mich recht erinnere, nicht deine größten Fans sind.“

Konnte sein, dass einer von ihnen versucht hatte, ihm während der Ermittlungen im Terroranschlag in Minneapolis eine reinzuhauen, aber die Stimmung war extrem angespannt gewesen, nachdem die Terroristen zwei Marshalls umgebracht hatten.

„Eddie Hines ist vor etwa einer Stunde aus dem Gefängnis ausgebrochen", informierte ihn Walsh. „Die Gefängnisleitung glaubt, er hatte Hilfe von draußen."

Verdammter Mist. Mac dachte angestrengt nach. Könnte Eddies Angriff auf Tess eine Finte gewesen sein? Könnte sie Eddie etwas zugesteckt haben, das ihm geholfen hatte, zu entkommen? Und im Farmhaus war sie mit Jessop allein gewesen, während er im Bad gewesen war … dieser Gedanke flatterte rastlos durch seinen Schädel. Nur, dass es überhaupt keinen Sinn ergab. Der Wärter hatte sie gründlich durchsucht – Mac hatte dabei zugesehen und hätte dem Arschloch am liebsten eine verpasst. Und Mac hatte ihr auf Jessops Farm seine Ersatzwaffe gegeben. Wenn sie mit Jessop unter einer Decke gesteckt hätte, hätte sie ihm eine Kugel in den Schädel jagen, seine Leiche verscharren, den Mietwagen verschwinden lassen und abhauen können. Niemand hätte je herausgefunden, was ihm zugestoßen war.

„Die Schwester ist nicht die Komplizin, Dylan."

„Wenn du dir da sicher bist …" Sein Kollege klang nicht überzeugt.

Verdammt. Schon wieder stand Tess unter Beschuss, weil sie ein Mitglied der Hines-Familie war. Oder war er so von ihrem hübschen Äußeren und ihrem reizenden Lächeln geblendet? Vielleicht trickste sie ihn nach Strich und Faden aus, und er war zu dumm, es zu bemerken.

„Naja, wenn mir irgendwas zustoßen sollte", sagte er seinem Kollegen, „dann weißt du ja, wen du zuerst befragen musst."

Er warf einen Blick auf den Beifahrersitz und sah, dass Tess nicht mehr schlief. Ihr Blick war starr auf ihn gerichtet und voller Enttäuschung. Er legte auf.

„Es ist nicht so, wie du denkst, Tess."

Ihre Lippen verzogen sich.

„Eddie ist ausgebrochen." Er sah, wie eine Woge der Angst über ihr Gesicht rollte und wünschte, er müsste nicht derjenige sein, der ihr diese schlechte Nachricht überbrachte. „Die Gefängnisleitung glaubt, du hättest ihm was zugesteckt, was ihm dabei geholfen hat."

Ihre Augen wurden groß, als sie verstand, dann wurden sie schmal vor Wut. „Nach allem, was er Ellie angetan hat, will ich einfach nur, dass er in der Hölle schmort und niemals entlassen wird." Sie schlang die Arme um ihren Oberkörper. „Er hat mich angegriffen." Ihre Hand glitt zu ihrem Hals. „Er hat gedroht, mich aufzuspüren und mir schreckliche Dinge anzutun. Er ist die letzte Person, die ich aus dem Gefängnis befreien würde."

„Er wird nicht in deine Nähe kommen, Tess. Verdammt, überleg mal, nicht einmal wir kommen zurück nach D.C., und wir könnten einfach in einen Flieger steigen. Eddie hat keine Chance." Er griff nach ihrer Hand, aber sie zog sie fort.

Ihr Lächeln war verbittert. „Das kannst du nicht sicher wissen."

„Ich werde nicht zulassen, dass dir etwas passiert …"

„So wie im Gefängnis? So wie bei Jessop? Entschuldige, wenn ich nicht wirklich daran glaube, dass du mich beschützt, wenn du mich schon zweimal in die Schusslinie gebracht hast, und ich zweimal fast gestorben wäre."

Mac versteifte sich, aber sie hatte recht. „Die Marshalls werden ihn schnappen, bevor er es nach D.C. schafft."

„Ich bin kein naives junges Ding, dem man irgendwas darüber erzählen kann, dass alles gut gehen wird, Mac. Du weißt, was ich durchgemacht habe. Wenn ich also Angst davor haben will, was mein perverser Bruder womöglich mit mir anstellen wird, dann steht mir das zu. Wenn ich mir Sorgen darüber machen will, dass die Behörden irgendwie versuchen könnten, mir die Schuld für seinen Ausbruch in die Schuhe zu schieben, auch wenn das totaler Quatsch ist, dann steht mir das zu. Ich habe erlebt, wie das System funktioniert. Ich weiß, dass unschuldige Menschen ins Kreuzfeuer geraten. Sowohl im übertragenen Sinne als auch wortwörtlich." Sie verschränkte die Arme und biss die Zähne zusammen. Sie starrte aus dem Fenster, und er konnte ihr Spiegelbild in der Scheibe erkennen. Verängstigt. Verletzlich. Resigniert.

Verdammt.

Er sollte seinen Vorgesetzten anrufen und ihn auf den neusten Stand bringen, aber er wollte sich lieber mit einem Haufen Antworten bei ihm melden, anstatt mit einem Haufen Fragen. Als Leiter der Sondereinheit genoss Mac jede Menge Autonomie. Es war an der Zeit, ein paar Gefallen einzufordern.

Er rief Lincoln Frazer an, der bessere Kontakte hatte als irgendjemand sonst, den er kannte. Der Kerl war gerade zu Hause, als er anrief. „Kennst du jemanden mit einem Privatjet, der mich in Salt Lake City abholen und so schnell wie möglich nach Quantico fliegen kann?"

Im Hintergrund bellte ein Hund, und Mac glaubte, eine Frau lachen zu hören.

„Rufe ich zu einem schlechten Zeitpunkt an?", fragte er neugierig.

„Nein." Frazer räusperte sich. „Es gibt Leute, die ich wegen eines Jets fragen kann, aber warum bist du überhaupt in Utah, wenn du eine Sondereinheit in D.C. leiten sollst?"

„Ich leite die Sondereinheit in D.C. Aber ich wollte Eddie

Hines heute Morgen einen Besuch im Gefängnis abstatten. Danach ist er ausgebrochen.“

Frazer fluchte.

Mac erzählte ihm von den heutigen Ereignissen, ignorierte Tess' angespanntes Schweigen, wann immer er ihre Beteiligung erwähnte, und achtete darauf, sich weiterhin auf die Straße zu konzentrieren, um keinen Wildunfall zu verursachen. Ein Totalschaden wäre das Letzte, was sie jetzt noch gebrauchen konnten.

„Hast du die Festplatte des Computers?“

Mac warf einen Blick auf die Rückbank. „Ja. Jessop hat mit irgendjemandem auf einer Seite namens One-Drop-2-Many kommuniziert, aber ich konnte die Unterhaltung nicht einsehen. Könnte auch unverfänglich sein.“ So unverfänglich wie eine Hass-Webseite eben sein konnte.

„Lass mich ein paar Anrufe machen. Ich werde sehen, ob Alex Parker oder Ashley Chen uns mit der Seite weiterhelfen können. Wenn wir schnell sind, hat die Person, mit der Jessop kommuniziert hat, möglicherweise noch nicht mitbekommen, dass sie kompromittiert ist. Was hast du jetzt vor?“

„Ins Büro nach Salt Lake City zu fahren, um eine Aussage zu machen. Den ersten Flieger nach Quantico zu nehmen, den ich kriegen kann, und von dort zurück nach D.C. zu fahren. Heute Abend noch, wenn möglich.“

„Bist du sicher, dass die Schwester nicht involviert ist?“

„So sicher wie ich sein kann.“

Für einen Augenblick verstummte Frazer, hörte vielleicht all die Dinge, die Mac nicht sagen konnte oder wollte. „Ruf mich wieder an, wenn du eine Aussage gemacht hast, und ich lasse dich wissen, wie es mit dem Jet aussieht. Eine Sache noch, lass die Festplatte nicht aus den Augen. Niemals.“

Eine intakte Beweiskette war essenziell, ebenso, wie dieses Ding schnellstmöglich in ein Labor zu bringen. „Habe ich nicht vor." Er legte auf und rieb sich das Gesicht.

„Soll ich für eine Weile fahren?", fragte Tess.

„Nein, geht schon."

Dunkle Schatten lagen unter ihren Augen, aber der Tag war noch lange nicht vorbei.

„Wir müssen am FBI-Büro in Salt Lake City halten und Aussagen dazu machen, was bei Jessop vorgefallen ist."

Sie verkroch sie tiefer in ihren Mantel. „Bekomme ich Probleme, weil ich mich vom Tatort entfernt habe?"

„Du hast die Anweisungen eines Strafverfolgungsbeamten befolgt." Er drückte ihren Arm und versuchte die Tatsache zu ignorieren, dass diese Berührung etwas in ihm beruhigte. „Erzähle ihnen einfach, was passiert ist. Ich arbeite daran, uns anschließend so schnell wie möglich nach D.C. zurückzubringen."

Sie schluckte und wandte sich von ihm ab. Tess war müde und sauer und ehrlich gesagt konnte er ihr das auch nicht vorwerfen. „Ich will einfach nur nach Hause."

Er auch. Bevor dieses Arschloch noch jemanden umbrachte.

ES WAR DAS erste Mal, dass Tess in einem FBI-Büro war, und sie hoffte, dass es auch das letzte Mal sein würde. Sie war seit mehreren Stunden hier und wiederholte ein ums andere Mal dieselben Details. Die Agenten, die sie befragten, waren ausnahmslos unwirsch und hatten sich bisher nicht überzeugen lassen. Es gefiel ihnen nicht, dass sie den Tatort verlassen hatte, es gefiel ihnen nicht, dass sie am selben Tag ihren Bruder im Gefängnis besucht hatte, an dem er ausgebrochen war, es gefiel ihnen nicht, dass ihr Nachname früher ebenfalls Hines gewesen war.

Ihr gefiel das auch nicht.

Sie schienen überzeugt davon zu sein, dass sie etwas mit Eddies Ausbruch zu tun hatte, und die Vorstellung, dass er irgendwo da draußen war und Jagd auf sie machte, war beängstigend.

„Wann haben Sie das Anwesen in Idaho zuletzt besucht?", fragte die Agentin, deren Gesichtsausdruck nahelegte, dass sie permanent einen üblen Geruch in der Nase hatte.

„Das habe ich Ihnen doch schon erzählt. Ich bin vor heute kein einziges Mal dorthin zurückgekehrt, und der Besuch heute war eine vollkommen spontane Idee, weil ich aufgrund des Sturms nicht zurückfliegen konnte." Tess' Mund war trocken, und sie brauchte unbedingt einen Schluck Wasser. Aber sie weigerte sich, diese Leute um irgendetwas zu bitten.

Die Agentin lehnte sich zurück und tippte mit ihrem Kugelschreiber auf ihrem Notizblock herum. Tess hatte ihre schriftliche Aussage schon unterschrieben. „Warum haben Sie das Grundstück behalten?"

„Meine Adoptivmutter hatte es gekauft."

„Hatte sie auch rechtsextreme Ansichten?"

Feuer brannte in jeder Faser ihres Körpers. Tess beugte sich vor. „Wagen Sie es nicht, Trudy Fallon Bosheit oder Gemeinheit zu unterstellen. Sie war einer der besten Menschen überhaupt – besser als Sie, mit Ihren eingefleischten Vorurteilen und Ihrem fehlenden Mitgefühl."

Der andere Agent tippte seine Partnerin an, und die Agentin schaute auf den Bildschirm seines Laptops. Ihre

Augen wurden groß. Tess vermutete, dass sie ein Foto von Trudy gefunden hatten.

Was hätte es wohl alles gebraucht, um die beiden davon zu überzeugen, dass sie keine fanatische Rechtsextremistin war, wenn Trudy nicht schwarz gewesen wäre? Hatte ihre Mom gewusst, wie sehr sie die Einstellungen und Ansichten von Tess und Cole verändern würde, als sie sie adoptiert hatte? Vermutlich. Trudy war nicht nur intelligent gewesen, sondern auch weise.

„Meine Mom war überzeugt davon, dass man sich seiner Vergangenheit stellen und sie in etwas Positives verwandeln sollte, anstatt darunter zu leiden. Ich habe erst nach ihrem Tod erfahren, dass sie das Grundstück behalten hat." In ihrem Testament hatte Trudy Tess dazu bestimmt, das Gelände zu verwalten, bis Cole einundzwanzig war. Dann würden sie beide entscheiden können, was sie damit machen wollten. Tess vermutete, dass Trudy es so eingefädelt hatte, damit Tess Cole irgendwann die Wahrheit über ihre Eltern erzählen musste.

Es war höchste Zeit dazu.

Ein Anflug von Emotionen machte sich in ihrem Hals breit, und sie brachte kein Wort mehr heraus. Tess vermisste ihre Mom. Es war noch kein Jahr her, und der Schmerz über ihren Verlust saß noch tief.

Das Pochen in ihren Schläfen hatte vor einer Stunde begonnen und ließ nicht nach. Es fühlte sich an, als ob eine winzige Person in ihrem Schädel saß und ihr immer wieder ein Messer in die Augen rammte. Sie legte den Kopf in die Hände und schloss die Augen.

„Sind wir fertig?"

Die Frau brummte missbilligend und schaute auf ihre Notizen.

„Ich bin eine Zeugin, keine Verdächtige, richtig?" Tess schob ihren Stuhl zurück. „Ich kann also gehen, korrekt?" Sie stand auf, versuchte, selbstsicher zu wirken, nicht feige. Die Agenten versuchten offensichtlich, sie aus irgendeinem Grund aufzuhalten, aber sie war sich ziemlich sicher, dass sie gehen konnte, sofern sie nicht verhaftet wurde. „Wo ist ASAC McKenzie?"

Die Agentin warf ihr einen griesgrämigen Blick zu, aber der andere Agent gab nach. „Ich bringe Sie nach draußen. Lassen Sie mich sehen, ob ich ihn finden kann."

Tess nickte, dann musste sie sich den Kopf halten und blinzelte ihn aus einem Auge an.

Was für ein Tag.

Sie folgte dem Agenten, während die Agentin ihnen hinterhereilte, und stieß fast mit Mac zusammen, der mit ein paar Kollegen feixend durch den Korridor spazierte. Er schien in dieser Umgebung vollkommen zu Hause zu sein, und sie hätte am liebsten die Augen verdreht, wenn nur ihr Schädel nicht so wehgetan hätte. Nie im Leben hatte dieser Mann Schwierigkeiten damit, irgendwo dazuzugehören.

Er hielt sie an der Schulter fest und blickte die beiden Agenten streng an. „Bist du okay?"

„Nein. Ich habe wahnsinnige Kopfschmerzen", stieß sie zwischen zusammengepressten Zähnen hervor. „Und ich habe es satt, verhört zu werden. Ich will weg hier. Jetzt."

„Sie haben sie bis jetzt befragt?" Seine Stimme war scharf, als er sich an die beiden Agenten wandte.

„Sie ist Teil einer rechtsnationalen Organisation, die womöglich in ..."

„Tess ist kein Teil irgendeiner rechtsnationalen Organisation." Mac klang aufgebracht.

„Sie war Mitglied der Pioneers …“

„Sie war zum Zeitpunkt des Zugriffs zehn Jahre alt, verdammt nochmal.“ Mac wurde nicht laut, aber sein Zorn war unübersehbar.

Trotz ihrer Erschöpfung und der Schmerzen schien etwas in ihr zu schmelzen.

„Sie hat den Tatort verlassen …“

„Sie ist mit mir mitgekommen. Hätte ich sie zurücklassen sollen?“ Mac stemmte die Hände in die Hüften. „Wenn sie nicht mit mir mitgekommen wäre, hätte sie sich den Befehlen eines Bundesagenten widersetzt. Haben Sie schon mal davon gehört, zwischen Hölle und Fegefeuer wählen zu müssen, Agent Coats?“

Coats, deren Namen Tess bis jetzt nicht gekannt hatte, war noch lange nicht fertig. „Es war wichtig sicherzustellen, so viele Antworten wie möglich zu bekommen, wenn wir diese Ermittlungen effizient durchführen wollen.“ Die Frau gab nicht nach, auch wenn sie nun defensiv klang.

„Warum sind Sie dann nicht auf dem Weg zur Ranch oder verhören Leute, die tatsächlich Antworten auf Ihre Fragen haben könnten?“, fragte Mac.

„Weil sie mehr Spaß daran hatte, mich zu foltern“, platzte Tess heraus.

Mac musterte sie eindringlich, dann schob er sie durch den Korridor, bis sie neben einer Bank stand. „Setz dich hier hin, ich besorge dir etwas gegen deine Kopfschmerzen.“

Allein dafür hätte sie sich in ihn verlieben können. Sie nickte, hielt die Augen geschlossen und lehnte den Kopf an die kühle Wand hinter sich.

Sie konnte hören, wie Mac aufgebracht mit seinen Kollegen sprach, aber sie achtete nicht auf das, was er sagte. Es war ihr mittlerweile egal. Sie war fertig hier.

„Hier."

Sie schaute auf ihre Hand, in die Mac zwei rote Tabletten gedrückt hatte, dann reichte er ihr einen Plastikbecher mit Wasser.

„Danke." Sie schluckte die Pillen hinunter und füllte den Becher noch einmal am Wasserspender auf, bevor sie ihn in den Müll warf.

„Auf geht's."

Sie folgte ihm zum Jeep und er öffnete ihr die Beifahrertür. Es war beinahe Mitternacht und die Nacht war so kalt und elendig, wie sie sich fühlte.

„Fahren wir zum Flughafen?" Sie wollte nach Hause, wollte schlafen, wollte vergessen, dass sie jemals die dämliche Idee gehabt hatte, zurück nach Idaho zu kommen.

Mac zog eine Grimasse. „Wir haben Tickets für den ersten Flieger morgen früh. Alle Leute mit Privatjets, die ich kenne, sind selbst unterwegs." Seine Augen funkelten. „So viel zu Kontakten."

Es gefiel ihr nicht, wie ihr Herz anfing zu tanzen, wenn er so lächelte, also sah sie aus dem Fenster. Ein FBI-Büro betreten zu haben war eine gute Erinnerung daran, wer Mac wirklich war.

„Ich bin dafür, ein Motel in der Nähe des Flughafens zu finden und ein paar Stunden zu schlafen.", sagte er beiläufig.

„Ich auch." Schlaf war etwas, was ihr in der letzten und vorletzten Nacht nicht vergönnt gewesen war. Sie hatte vielleicht für eine Stunde gedöst. Das Hämmern in ihrem Kopf wurde dank des Schmerzmittels ein wenig schwächer, und sie atmete tief durch. Sturmwolken hingen tief am Himmel, und Tess vermutete, dass es die Wetterfühligkeit war, die ihr diese

Kopfschmerzen verursachte. Ihr Schädel war ihr eigenes Barometer. Der Stress und der anhaltende Gestank von Benzin machten es nicht besser.

Mac fuhr in Richtung Flughafen, aber die meisten Schilder der Motels standen auf „Belegt".

Ihre Kopfschmerzen ließen so weit nach, dass sie ohne Schmerzen die Augen öffnen konnte. Mac wollte die Spur wechseln, und sie zuckten beide zusammen, als hinter ihnen eine aggressive Hupe ertönte.

„Scheiße", sagte Mac. „Sorry."

Tess sah ihn besorgt an. Seine Augen waren rot unterlaufen und sein Mund schmal. Trotz seiner scheinbaren Unermüdlichkeit grub sich die Erschöpfung in seine Züge ein, aber er war zu dickköpfig, um es zuzugeben. Er war stundenlang gefahren und hatte in letzter Zeit vermutlich auch nicht gerade viel geschlafen. Nachdem sie zehn weitere Minuten herumgefahren waren, fanden sie endlich ein Motel mit freien Zimmern. Mac fuhr auf den Parkplatz und hielt neben einem schäbig aussehenden Büro an.

Es war ein einfaches Motel am Rande des Highways. Nicht gerade das Ritz, aber auch keine komplette Absteige. Auf der anderen Seite des Parkplatzes gab es eine Bar. Eine Reihe von Lastwagen belegte die eine Seite der Parkbuchten, Geländewagen und Minivans die andere.

Mac betrat das Bürohäuschen und Tess wartete im Wagen. Als er zurückkam, waren seine Lippen zu einer schmalen Linie zusammengepresst und Tess bemerkte, wie blass er war.

„Es gibt nur noch ein freies Zimmer, aber es hat zwei Betten. Es sind gerade drei Messen in der Stadt. Comic Con, irgendein wissenschaftliches Ding und eine Jahresversammlung für Autoren. Wir können weitersuchen, für den unwahrscheinlichen Fall, dass wir noch was Gehobeneres finden, aber ehrlich gesagt … Ich bin k.o.“

„Lass uns das Zimmer nehmen. Ist ja nicht so, als ob wir gleich übereinander herfallen würden.“ Trotz der Tatsache, dass sie ihn attraktiv fand, bestand keine Chance, dass sie so dumm sein würde, sich mit einem Bundesagenten einzulassen.

Er musste trotz seiner Erschöpfung grinsen, und seine Grübchen kamen wieder zum Vorschein. „Das sagst du jetzt, aber dieser Körper hier ist bekannt dafür, die Frauen geradezu verrückt zu machen.“ Er hielt inne, um den Effekt zu vergrößern. „Oder vielleicht ging das nur meiner Ex so.“ Er nahm sein Handy aus der Mittelkonsole. „Und vielleicht war es nicht mein Körper, vielleicht war es mein Mund …“

„Spar's dir, McKenzie.“ Tess unterdrückte ein Gähnen und griff sich ihre Handtasche und ihren Koffer. „Selbst, wenn du einer der Chippendales wärst, ich bin zu müde, als dass es mich kümmern würde.“ Sie war tatsächlich so müde, dass sie jeden Augenblick umfallen könnte.

„Bist du sicher?“ Er war plötzlich wieder ernst.

„Bleib einfach auf deiner Seite des Zimmers. Ich bleibe auf meiner. Wir werden es schon überleben.“

ACHTZEHNTES KAPITEL

MAC STARRTE ERST auf das große Doppelbett mit seinen durchgelegenen Kissen und dem hässlichen, braunen Überwurf, dann auf Tess.

„Ich schwöre, der Kerl an der Rezeption hat gesagt, zwei Betten." Dieser verlogene Drecksack.

„Dann hat scheinbar irgendjemand das eine Bett geklaut." Anstatt auf der Stelle kehrt zu machen, zog Tess ihren Koffer in das Zimmer und legte ihn auf einem Stuhl ab.

„Ich kann auf dem Boden schlafen", bot Mac an.

Als sie einen Blick auf den Teppich warf, schüttelte sie sich. „Du fängst dir noch irgendwas ein und krepierst. Und dann wandere ich am Ende ins Gefängnis, weil sie glauben, *ich* hätte es getan. Okay, wir hatten beide einen Scheißtag." Sie klang resigniert. „Ich springe unter die Dusche, ziehe mich um und schlafe. Bleib auf deiner Seite des Bettes, ich bleib auf meiner. Das ist nicht intimer als wenn wir im Auto übernachten würden."

Sie hatte recht.

Es war ein furchtbarer Tag für sie gewesen, obwohl er lügen würde, wenn er behauptete, den Adrenalinrausch nicht genossen zu haben – nicht, sie in Lebensgefahr zu sehen, aber neue Hinweise für seine Ermittlung aufzudecken. Diese Informationen rechtfertigten seine Entscheidung, zu einem so kritischen Zeitpunkt nach Idaho zu fliegen.

Sein Handy klingelte, und MC Hammer plärrte sein „Can't Touch This". Mac fluchte.

Tess lachte, und die Anspannung in ihrem Gesicht schien sich etwas zu lösen. „Ich hätte dich nie für einen Rap-Fan gehalten."

Mac stellte das Handy auf stumm, ohne den Anruf anzunehmen. „Meine Ex. Die wieder einmal beweist, wie schlecht ihr Timing ist."

„Sie ist hartnäckig."

Mac rollte mit den Schultern. „Sie mag es nicht, wenn man Nein zu ihr sagt."

„Spielst du ihr vor, du wärst schwer zu kriegen?"

Seine Augen wurden schmal. „Ich spiele nicht."

„Vielleicht liebt sie dich noch immer."

„Wenn sie mich lieben würde, wäre sie nicht mit ihrem Boss ins Bett gesprungen." Mac verstummte. Das war nichts, worüber er mit Tess sprechen wollte.

„Bist du sicher, dass es nicht nur dein Stolz ist, der dich davon abhält, zurückzurufen?"

Seine Gedanken wurden plötzlich sehr still. „Du glaubst, ich kenne den Unterschied zwischen Liebe und Stolz nicht?"

„Das ist es nicht …"

„Es ist genau das. Würdest du jemandem vergeben, der dich betrogen hat?"

Ihre Augen funkelten ihn an. „Nein. Würde ich nicht. Aber ich habe auch noch nie jemanden so sehr geliebt, dass ich ihn geheiratet hätte, oder?"

Und damit öffnete sie ihren Koffer, nahm ihren Kulturbeutel und einen Pyjama heraus, ging ins Badezimmer, machte die Tür hinter sich zu und schloss ab.

Herrgott nochmal.

Mac rieb sich mit den Händen über das Gesicht, versuchte, sein müdes Hirn aufzuwecken. Er hätte sie nicht so anblaffen sollen, aber er mochte es nicht, wenn man ihm Schuldgefühle dafür machen wollte, eine schlechte Ehe hinter sich gelassen zu haben. Aber vielleicht war es nur Tess. Alles an Tess ließ Schuldgefühle in ihm hochkommen, vor allem die Gedanken über sie, die er strengstens für sich behielt.

Er las die Nachricht von Heather – noch mehr von dem Blödsinn, ihn zu fragen, ob sie sich auf einen Kaffee treffen konnten. Er schüttelte frustriert den Kopf. Wozu? Hoffte sie, Lyle würde sie zusammen sehen? Warum sollte sie Lyle überhaupt wieder zurück wollen, nachdem er sie betrogen hatte? War Mac naiv, weil er glaubte, dass Treue einen integralen Teil einer Beziehung darstellen sollte? Er dachte an seine Bekannten, die gesunde Beziehungen führten. Nein, er war nicht naiv. Heather war egoistisch und gierig. Lyle genauso.

Rückblickend erkannte er, dass er Heather teils aus Lust geheiratet hatte, teils weil sie ihm wie die Art Frau erschienen war, die ihn bei seinem Boss gut aussehen lassen würde. Sie war gesellig – zu gesellig, wie sich herausgestellt hatte – und wusste, wie man bei den richtigen Leuten ankam. Er wollte gar nicht darüber nachdenken, was für ein Desaster es gewesen wäre, wenn sie sich an einen seiner Kollegen statt an ihren eigenen Boss herangeschmissen hätte. Aber Heather war nicht wirklich eine schlechte Person. Sie war eine Lügnerin und eine Ehebrecherin, aber ihr größter Fehler war, dass sie bedürftig nach Zuwendung war. Sie brauchte Aufmerksamkeit. Sie musste immer im Mittelpunkt stehen, und es machte ihr nichts aus, eine Szene zu machen, damit es dazu kam.

Mac wand sich aus seiner Jacke und hängte sie über eine Stuhllehne. Er sollte versuchen, ein paar Stunden Schlaf zu bekommen, solange er die Möglichkeit dazu hatte. Er musterte das Bett. Es sollte in Ordnung sein, solange keiner von ihnen beiden die unsichtbare Mittellinie überschritt.

Er war ein Profi. Er würde es schon hinkriegen.

Wenn seine Vorgesetzten herausbekommen sollten, dass er diese Nacht im selben Bett wie die einzige überlebende Tochter von David und Francis Hines verbracht hatte, während auch nur die geringste Chance bestand, dass sie in diese Morde involviert war, dann konnte er sich davon verabschieden, in nächster Zeit sein eigenes Büro zu leiten. Nur dass es seinen Job tatsächlich einfacher machte, in Tess' Nähe zu sein. Er würde womöglich ihr Vertrauen gewinnen können, was offensichtlich nichts war, was sie einfach so verschenkte.

Vermutlich war sie unschuldig, und in diesem Fall stellte diese Situation kein Problem dar. Herauszufinden, dass ihr Bruder programmierten konnte, ließ jede Menge Alarmglocken schrillen, wenn man die ganze Chatroom-im-Darknet-Sache betrachtete. Der gemeine Durchschnittsbürger wusste nicht, wie er seine Identität im Internet maskieren konnte, aber Cole Fallon durchaus.

Die Wasserrohre schepperten, als sie die Dusche anstellte.

Selbst in seinem übermüdeten Zustand hatte er keine Schwierigkeiten, sich Tess nackt vorzustellen.

Das Lichtflackern riss ihn aus seinen niederen Gedanken.

Nutze einfach die zwangsläufige Nähe, um die Ermittlungen voranzutreiben.

Beiläufig hob Mac den Deckel von Tess' Koffer an und linste hinein. Nichts Verwerfliches. Ein paar Klamotten, einschließlich überraschend aufreizender Unterwäsche, und ein eReader. Er schaltete ihn ein und schaute nach, was für

Bücher sie mochte. Seine Augenbrauen schossen nach oben, als er die Titel und die Einbände entdeckte. The Devil's Doorbell, Taking Turns, The Dom's Dungeon. Scheinbar mochte sie erotische Romane. Er machte sich eine mentale Notiz, sich einige der Bücher anzusehen – rein zu Recherchezwecken.

Sie hatte einen Laptop dabei, aber er kannte sich nicht gut genug aus, um ihr Passwort zu knacken – das sie mit Sicherheit hatte – bevor sie wieder aus dem Bad kam.

Mac stellte seine Reisetasche auf der Kommode neben dem Bett ab. Wenigstens konnte er die Frau so im Auge behalten. Sehr genau im Auge behalten… Halte deine Freunde in deiner Nähe, aber deine Feinde noch näher und all das. Nicht, dass er Tess als seine Feindin betrachtete. Das hatte er nie getan.

Das war das eigentliche Problem.

Was Tess Fallon anging, war er einfach nicht objektiv.

Er setzte sich auf die Bettkante und die Federn der Matratze quietschten. Großartig. Er schlüpfte aus seinen Schuhen, legte sich aufs Bett und starrte auf die braunen Wasserflecken an der Decke. Im FBI-Büro in Salt Lake City hatten sie die Festplatte aus Jessops PC entfernt, die jetzt in einer Beweistüte in seiner Reisetasche lag. Dieses Beweismittel würde nicht von seiner Seite weichen.

Er gähnte. Zur Hölle damit. Er würde für einen Augenblick die Augen zumachen, bis sie wieder aus dem Bad kam.

Das Nächste, was er mitbekam war, wie er erschrocken in dem stockfinsteren Zimmer hochfuhr und im Zimmer nebenan eine Matratze quietschen hörte.

Wo war er?

Dann begann das Stöhnen.

„Das glaub ich jetzt nicht", murmelte er genervt.

Eine Stimme murmelte in der Dunkelheit. „Wenigstens die scheinen ihren Spaß zu haben."

Tess.

Mac atmete langsam aus. Er hatte vergessen, wo er war und mit wem. Er warf einen Blick auf den Radiowecker. Ein Uhr nachts.

Mist.

„Wenn ich irgendwas auf meine Erfahrungen geben kann, dann ist die ganze Sache bald vorbei." Ihre Stimme war ein samtiges Flüstern.

Zumindest hatte sie Sinn für Humor. Er drehte sich zu ihr um. Sein Blick war verschwommen, aber vom Parkplatz fiel Licht durch die dünnen Vorhänge ins Zimmer und machte es relativ einfach, etwas zu erkennen. Er konnte ihre Silhouette sehen, die unter der Decke steckte. Er selbst lag komplett angezogen über der Bettdecke. Definitiv eine gute Sache.

„Was glaubst du, wie lange es dauern wird?" Seine Stimme war rau. Er sollte nicht schon wieder mit Tess über Sex sprechen, aber er war neugierig. Und bis der Typ im nächsten Zimmer gekommen war, würde keiner von ihnen beiden schlafen können.

„Drei Minuten?" Ihre Stimme klang warm und träge. „Maximal vier."

„Drei Minuten? Mit wem zur Hölle warst du denn zusammen?"

Sie grunzte auf eindeutig undamenhafte Art und Weise. „Scheinbar bin ich so unfassbar sexy, dass es meine Schuld ist."

Er grinste. „Es gibt Pillen für so was."

Er konnte ihr Lächeln im Dunkeln leuchten sehen.

„Habe ich gehört. Aber es ist irgendwie schwierig, das in ein unverfängliches Gespräch einfließen zu lassen, bevor man mit jemandem ins Bett geht. Vielleicht hätte ich etwas davon ins Essen streuen sollen." Für einen Augenblick verstummten sie und lauschten dem Quietschen des Bettes nebenan. „Er hat mich mit meiner besten Freundin betrogen, sogar nachdem ich ihr erzählt hatte, dass der Sex lausig ist", sagte sie leise. „Sie sind tatsächlich nach Vegas abgehauen und haben dort geheiratet."

„Arschlöcher."

„Ich kann keinem der beiden verzeihen, also kann ich deine Gefühle für deine Ex gut nachvollziehen. Tut mir leid, wenn ich dir vorhin ein schlechtes Gewissen gemacht habe. Es geht mich nichts an." Ihre Stimme war leise, so als ob sie sich Sorgen machen würde, seine Gefühle verletzt zu haben.

„Ich hätte dich nicht anblaffen sollen."

Ihre eigene Matratze quietschte, als sie sich zu ihm herumdrehte. Die rostigen Federn ließen sie beide in die Mitte sinken. Sein Mund wurde trocken, obwohl die Decken und zwei Lagen von Klamotten zwischen ihnen waren. Alles an dieser Situation fühlte sich intim an. Intimer, als er seit Jahren mit irgendjemandem gewesen war. Vielleicht sogar jemals.

„Julie hat immer behauptet, eine Sexgöttin zu sein, also war es vielleicht tatsächlich meine Schuld", schniefte Tess.

„Deine beste Freundin hat sich selbst zur Sexgöttin ernannt?" Mac konnte sie nicken spüren. „Das darf man?"

„Scheinbar schon", murmelte Tess.

„Also kann ich mich selbst auch zu einem Sexgott erklären?" Er sprach leise, auch wenn keine Gefahr bestand, dass ihre Nachbarn durch ihre Unterhaltung gestört werden würden, dem rhythmischen Schlagen ihres Kopfteils nach zu urteilen.

Tess lachte. „Nur, wenn du wirklich gut bist."

„Ich halte zumindest länger als drei Minuten durch …"

„Sexgott." Ihr Lachen hallte durch das Zimmer. Er hatte Tess nicht oft lachen gehört. Es war ein schönes Geräusch.

„Und die Frau kommt immer zuerst", fügte er hinzu. Das konnte er sich nicht verkneifen, auch wenn er es besser wissen sollte. Er schloss die Augen, wollte versuchen, wieder einzuschlafen.

„Super-Sexgott." Sie seufzte.

Aus dem anderen Zimmer ertönte ein Crescendo von Geräuschen und Schreien – von der guten Sorte. Dann die erhoffte Stille. Die Show war vorbei. Gott sei Dank. Mac schloss die Augen. Das Zimmer war warm und er begann, einzudösen.

„Nicht, dass das immer funktioniert", murmelte sie.

„Was?"

„Nichts", erwiderte sie schnell. Zu schnell.

„Ja, Baby. Auf die Knie." Eine dritte Stimme meldete sich nebenan zu Wort und das Geräusch eines klatschenden Schlags hallte durch die dünne Wand herüber.

„Das ist nicht euer verdammter Ernst", stöhnte Mac.

„Sind die zu dritt?", fragte Tess entgeistert.

Mac erstickte seine Frustration und kniff die Augen zusammen. Scheiße. „Scheint so."

„Oh, mein Gott." Sie setzte sich auf und presste ihr Ohr an die Wand über dem Bett.

Mac griff nach ihrer Hand und zog sie zurück aufs Bett. „Das kannst du nicht machen, Tess!" Herr im Himmel.

„Warum nicht?" Sie versuchte, sich aus seinem Griff zu

befreien, aber er ließ sie nicht los.

„Du kannst nicht andere Leute beim Sex ausspionieren."

„Aber sie stören mit ihren Mätzchen meine Privatsphäre. Es ist nicht meine Schuld, dass ich ihnen zuhöre."

Er hielt ihre Hand fest, bis sie nachgab und sich widerwillig zurück ins Bett legte.

„Dazuliegen und sich das anzuhören, ist eine Sache. Aber dein Ohr an die Wand zu pressen, ist etwas ganz anderes."

„Du bist ein Spielverderber", beschwerte sie sich.

Irgendwelche sexbesessenen Gedanken tauchten in ihm auf, als sie das sagte. Er konnte auch Spaß haben. Tatsächlich könnten sie sogar in diesem Augenblick verdammt großen Spaß haben, wenn Tess nicht ein ehemaliges, wenn auch unwillentliches Mitglied der Pioneers wäre. Er schluckte und ermahnte sich, Tess' Hand loszulassen.

„Wie lange ist es her, dass du nicht mehr mit dem Kerl zusammen bist, der dich mit deiner besten Freundin betrogen hat?" Beiläufig bleiben. Nach Informationen fischen. Nicht daran denken, was die Leute im Zimmer nebenan wohl gerade machten oder was sie beide machen könnten, wenn die Umstände nur ein klein wenig anders wären.

„Es war im letzten Sommer", antwortete sie düster. „Als sie verheiratet aus Vegas zurückkamen. Das war das Erste, was ich von dieser Sache mitbekommen habe. Es tat ihnen beiden wirklich wahnsinnig leid." Ihre Stimme wurde leiser und er konnte sie über das rhythmische Schlagen aus dem Nebenzimmer kaum noch hören. Verdammt. Dabei zuhören zu müssen, wie jemand anderes Sex hatte, und gleichzeitig neben einer attraktiven Frau im Bett zu liegen, hatte ungewollte Auswirkungen auf sein bestes Stück.

Na wunderbar. Genau das, was er jetzt gebrauchen

konnte.

„Jason und ich haben beide in einem Taekwondo-Club unterrichtet. Ich hatte Julie überzeugt, einen Kurs in Selbstverteidigung zu belegen.“

„Zumindest hast du es herausgefunden, bevor du Ernst mit ihm gemacht hast.“ Betrogen zu werden tat immer weh.

„Wahre Liebe scheint ein gemeiner Mythos zu sein.“

„Was du nicht sagst“, stimmte er zu. „Und seitdem hast du keinen Freund gehabt?“

Das Bett ruckelte, als sie den Kopf schüttelte.

„Die einzige männliche Aufmerksamkeit, die mir seitdem zuteilwurde, kam von den College-Kumpels meines Bruders, die scheinbar glauben, sie würden Extrapunkte dafür kriegen, alles zu verführen, was eine Vagina hat.“

Mac konnte sich genau vorstellen, was diesen Burschenschaftsjungs durch den Kopf ging, wenn sie Tess sahen. Er biss die Zähne zusammen.

„Mein kleiner Bruder ist sauer auf mich“, gab sie leise zu. „Er hat gehört, wie ich gesagt habe, dass die Vorstellung von einem jungen Mann mit einer älteren Frau ekelig wäre, und dann habe ich herausgefunden, dass er eine ältere Freundin hat. Taktgefühl war noch nie meine Stärke.“

Mac legte diese Information innerlich zu den Akten. Nebenan wurde noch immer gevögelt und er spielte mit dem Gedanken, mit gezogener Waffe dort vorbeizuschauen.

„Er und seine Freunde haben mir eine Lektion in Sachen Gleichberechtigung erteilt. Das war demütigend, weil sie noch so jung und naiv sind, aber trotzdem recht hatten. Ich war sexistisch.“

Mac grunzte. „Ich schätze, es kommt auf den Altersunterschied an. Wen kümmert es, solange alle erwachsen sind und niemand ausgenutzt wird.“

An manchen Tagen war er beeindruckt davon, wie reif er klang.

„Wann war deine letzte Beziehung?“ Als er nicht antwortete, fügte sie hinzu: „Tut mir leid. Ich schätze, das ist zu privat für unsere Unterhaltung. Es ist nur so, du weißt so ziemlich alles über mich …“

„Ich wusste nicht, dass dein Ex ein Schlappschwanz von Arschloch ist.“

Sie lachte, aber es klang traurig. Sein Schweigen hatte ihr das Gefühl gegeben, ein Außenseiter zu sein, wieder einmal, aber er würde auf keinen Fall seine fragwürdige Liste an namenlosen Gelegenheitsbekanntschaften mit Tess durchsprechen. Ihre Frage nach seinen „Beziehungen“ in den letzten zwei Jahren beschämte ihn ein wenig.

„Naja, es ist schön zu wissen, dass ich noch ein paar Geheimnisse bewahren konnte“, sagte sie.

„Bist du im Bett immer so gesprächig?“, fragte er amüsiert.

„Nein.“ Sie klang entsetzt. „Ich bin überhaupt nicht gesprächig. Ich bin leise. Zu leise.“ Diese Bemerkung hing zwischen ihnen wie eine Herausforderung, und er tat sein Bestes, sie zu ignorieren. Die Vorstellung, sie zum Schreien zu bringen … sie zu berühren, das keusche Küsschen von vorhin wieder aufzugreifen und wie verrückt weiterzutreiben? Es machte ihn wahnsinnig.

Sie legte die Hände auf ihre Wangen, als ob sie brennen würden. „Es ist mir so unangenehm, dass jemand, drei Jemande, nur einen Meter von uns entfernt wilden Sex haben, während wir hier regungslos wie zwei Leichen liegen. Nicht“, sie wurde energischer, „dass ich denke, wir sollten Sex haben.“ Ihre Brust hob und senkte sich ein paar Mal rasch, als ob sie hyperventilieren würde.

Sie mochte es vielleicht verneinen, aber Mac wusste, dass sie von ihm angezogen war. Er hatte gesehen, wie sie ihn beobachtete. Er wusste, dass sie auf ihn stand, auch wenn sie es nicht wollte. Das war schon immer so gewesen.

Und jetzt, da sie erwachsen war, war diese Anziehung nicht mehr nur einseitig.

Das konnte er nutzen.

Noch während er darüber nachdachte, schob er den Gedanken fort. Wenn Tess so unschuldig war, wie er glaubte, dann war sie schon oft genug benutzt worden. Er würde seinen Job machen, aber er würde ihr nicht wehtun. Trotzdem, es schadete nicht, die Grenzen ein wenig auszutesten. „Du hast vorhin gesagt, dass das nicht immer funktioniert. Was hast du damit gemeint?"

Das Hämmern nebenan wurde lauter und lauter. Wenn er nicht so k.o. wäre, hätte er sie noch angefeuert.

„Nichts", murmelte Tess.

„Hast du Orgasmen gemeint?"

Sie vergrub den Kopf unter ihrem Kissen. „Können wir bitte nicht darüber sprechen?"

„Willst du mir erzählen, dass dein Ex dich nie zum Orgasmus gebracht hat?"

Sie murmelte etwas Unverständliches.

„Dir ist klar, dass ihn das zu einem unfassbaren Arschloch macht, oder?"

„Sex wird überbewertet."

Die Frau im Nachbarzimmer begann zu schreien.

Wow. „Ich glaube, sie hat die Nachricht nicht erhalten." Ihm wurde heiß. „Es reicht." Er setzte sich auf. „Ich klopfe an die Tür, zeige ihnen meine Dienstmarke und jage ihnen ein bisschen Angst ein."

Sie nahm das Kissen von ihrem Gesicht. „Pass auf, dass sie dich nicht für einen wilden Vierer rekrutieren."

Er blinzelte. „Was?" Dann erinnerte er sich an die Bücher auf ihrem Kindle.

„Du weißt schon – ein heißer Polizist steht vor der Tür, und sie laden ihn ein, ein bisschen mit seinen Handschellen herumzuspielen?"

„Ein heißer Polizist?"

Sie versetzte ihm einen leichten Schlag in den Bauch.

Er lachte. „Hast du Gruppensex-Fantasien, Tess?"

„Was?" Sie verschluckte einen entsetzten Schrei. „Nein!"

„Ich bin vom FBI", erinnerte er sie mit vorgespieltem Ernst. „Ich finde heraus, wenn du mich anlügst…"

Sie schlug ihm noch einmal gegen den Bauch, und er schnappte sich ihre Hand, nur für den Fall, dass sie versehentlich die tiefer gelegenen Regionen traf und mehr erwischte, als sie sich erhofft hatte.

Mac legte sich wieder hin und rollte sich auf die Seite. „BDSM? Mit der Betonung auf S wie Spanking?"

Sie knurrte. „Ich mag es einfach, dich zu schlagen." Sie zog ihre Hand weg, und er ließ sie los, bevor er noch etwas wirklich Dummes machte – wie etwa, sie tiefer an sich hinab zu führen. Er spielte mit dem Feuer, aber er würde die Sache nicht weitertreiben, als bis zu diesem Necken.

„Ich stehe auf gar nichts. Bei der Vorstellung, dass mir irgendein Typ die Augen verbindet und mir den Hintern versohlt, möchte ich am liebsten jemandem einen Haken versetzen."

„Aber du liest gern über solche Sachen?", riet er. Er konnte spüren, wie ihr Gesicht immer heißer wurde.

„Woher zum Teufel weißt du das? Hast du meine Lesegewohnheiten untersuchen lassen? Steht das in irgendeiner Fallakte? Tess Fallon liest gerne Lexi Blake und Beth Kery – setzt sie unbedingt auf irgendeine Überwachungsliste?" Sie wurde wütend, und er griff nach ihrer Hand, als sie ihn erneut schlagen wollte.

Mac stützte sich auf die Ellenbogen, beugte sich zu ihr und strich ihr eine Haarsträhne aus dem Gesicht. Sie regte sich auf, kein Wunder. Er würde auch nicht wollen, dass jemand so in seinem Privatleben herumschnüffelte. „Es ist okay, Tess. Das steht in keinem Bericht. Ich wollte dich nur aufziehen. Ich habe vorhin einen Blick auf deinen eReader geworfen", gab er zu.

„Weil du dachtest, ich würde was genau lesen? Irgendeine Neonazi-Scheiße?"

„Ich war neugierig. Das ist alles", beruhigte er sie. Er hielt ihre Finger fest, die sich mit aller Kraft gegen ihn stemmten, aber er drohte ihr nicht. Er wollte nicht, dass sie ihm mit irgendeinem Ninja-Trick die Nase brach.

„Ich war nur neugierig", flüsterte er noch einmal. Er legte sich wieder hin, ihre Schultern berührten sich, er hielt noch immer ihre Hand, während die Ménage-à-trois im Nebenzimmer fröhlich vor sich hin bumste.

„Als ich ein Kind war, haben sie versucht, mich in allem zu kontrollieren. Was ich getan habe, was ich gelernt habe, was ich gedacht habe, was ich gelesen habe." Ihre Worte trafen ihn wie ein Vorschlaghammer.

Scheiße. Er sagte nichts. Daran hatte er nicht gedacht, als er in ihrem Privatleben herumgeschnüffelt hatte. Sie hatten versucht, jeden in ihrem autoritären System zu kontrollieren. Mac hatte immer bewundert, wie stark Tess gewesen war, um dieser Ideologie des Hasses zu widerstehen, die alles gewesen war, was sie je erlebt hatte.

„Niemand wird mir ein schlechtes Gewissen dafür einreden, dass ich lese, was zur Hölle ich will."

„Ich würde nicht einmal im Traum daran denken."

„Ich lese alles Mögliche, von Erotika bis Fantasy", erklärte sie grimmig. „Und es macht mich rasend, dass ich nicht einmal so ein kleines Geheimnis für mich behalten kann."

Mac drückte ihre Hand. „Ich hätte nicht herumschnüffeln sollen. Ich werde es in keinem Bericht erwähnen."

Ihre Schulter stupste seine an, aber er hielt ihre Hand nur noch fester.

„Aber es ist meine Angelegenheit, Mac. Nicht die des FBI."

„Ich werde es dem FBI nicht verraten, Süße."

„Du *bist* das FBI", brachte sie hervor.

„Nicht heute Nacht." Und ausnahmsweise wünschte er sich, das wäre wahr. „Heute Nacht bin ich nur der gute, alte Steve McKenzie, der neue Dinge über eine Frau erfährt, die er mag und die er besser kennenlernt."

Was leider stimmte.

Und da war sie, die unbeholfenen Stille, die den Raum zwischen ihnen füllte. Nach allem, was sie zusammen durchgestanden hatten, konnten sie nicht leugnen, dass es eine Verbindung zwischen ihnen gab, etwas, das normalerweise Jahre braucht, um sich zu entfalten. Es machte ihn ein wenig traurig, dass die Anziehung zwischen ihnen so verboten war. Oder vielleicht war sie auch nur deswegen so reizvoll.

„Wie lange können die denn noch durchhalten?" Tess klang gequält, als das Treiben nebenan wieder lauter wurde.

Er lachte. „Wenn es nur der eine Typ wäre, dann vielleicht

eine Stunde, sofern er sich seine Kräfte einteilt."

„Das ist eine verdammte Lüge."

Gott, sie war lustig. Und die Vorstellung, ihr zu beweisen, wie lange ein Mann durchhalten konnte, war plötzlich sehr reizvoll.

Mac drückte erneut ihre Finger.

„Wenn es zwei Typen und eine Frau sind, wonach es sich anhört, dann kann sich diese Show gut und gerne die ganze Nacht lang hinziehen."

„Ich bin so müde, ich schlafe meinetwegen auch in der Badewanne." Sie zog sich ein Kissen über den Kopf.

Ihm fiel etwas ein, an das er schon vor zehn Minuten hätte denken sollen. Er kramte in seiner Tasche, tastete suchend mit den Fingern in der Dunkelheit herum.

„Hier." Er hatte ein paar Ohropax dabei, die er für den Schießstand benutzte. Sie nahm sie ihm aus der Hand und stopfte sie in ihre Ohren. Für ein paar Minuten starrten sie beide an die Decke, dann übermannte ihn die Erschöpfung und er ließ sich in die Dunkelheit sinken. Gerade, bevor er ganz eingeschlafen war, spürte er, wie sich ihre Hand wieder in seine schob und sie sanft seine Finger drückte.

Sein Herz machte einen Sprung. Für einen erschreckenden Moment spielte er mit dem Gedanken, noch einmal ihre Lippen zu schmecken, seine Hand über ihren Körper streifen zu lassen und ein paar ihrer Lieblingsszenen nachzuspielen. Dann ließ sie seine Hand los und drehte ihm den Rücken zu.

Das Gefühl der Einsamkeit, das ihn umfing, überraschte ihn. Ein FBI-Agent. SAC mit vierzig, erinnerte er sich.

Er versuchte, sich in diese Worte einzuhüllen und ihnen einen Wert zu geben.

Das verbitterte Lächeln seines Daddys blitzte in seinen

Gedanken auf und erinnerte ihn daran, was mit Menschen passierte, die nicht irgendeinem moralischen Kompass folgten. Er konnte Tess nicht haben, nicht einmal für einen One-Night-Stand, vorausgesetzt, sie hätte an so etwas Oberflächlichem und Flüchtigem überhaupt Interesse. Es war nicht ihre Schuld. Es war eine Frage der Sichtweise, und er wollte verdammt sein, wenn ihm das nicht das Gefühl gab, ein absoluter Hurensohn zu sein.

Aber selbst, wenn sie Interesse hatte, er konnte sich ein Interesse an ihr nicht leisten. Es war vollkommen egal, wie versucht er war. Das Einzige, was zählte, war zu beweisen, dass er wusste, wie er seinen Job zu machen hatte. Zu beweisen, dass er seinen Eid wert war und ehrbar genug, das amerikanische Volk zu beschützen, eine unbeeindruckte Seele nach der anderen.

———

TESS RISS DIE Augen auf. Alle Geräusche waren gedämpft, so als befände sie sich unter Wasser. Ein schweres Gewicht drückte sie hinunter, zerquetschte ihre Lungen. Undurchdringliche Dunkelheit umfing sie. Sie bekam nicht genug Sauerstoff, die Luft, die sie atmete, war süßlich und abgestanden. Ihr war furchtbar heiß, sie hatte das Gefühl, zu ersticken, lebendig begraben zu werden. Todesangst donnerte durch ihre Brust, und sie schrie, bäumte sich auf, versuchte, sich zu befreien.

„Es ist alles okay. Tess. Himmel, Tess!"

Starke Hände rissen die Decke fort, die ihr Gesicht bedeckte, und griffen nach ihren Schultern.

Es war noch immer dunkel, aber nun konnte sie Schatten

erkennen, Grautöne. Sie konnte sich wieder bewegen. Sie konnte atmen. Die Geräusche waren noch immer gedämpft, aber dann fiel ihr ein, dass sie Ohropax in den Ohren hatte. Sie zog die Dinger heraus, während sie die Decke fortstrampelte, ihre Lungen pumpten, Schweiß machte ihre Haut klamm.

Steve McKenzie starrte auf sie herunter, eine dunkle Silhouette von Mann. Ihr Herz begann nun aus einem ganz anderen Grund zu galoppieren.

„Ich konnte nicht atmen. Ich bin in Panik geraten."

„Habe ich gemerkt." Seine Stimme war weich. Tief, aber nicht schroff.

Sie hatte seine Stimme immer geliebt. Seine Stimme beruhigte sie, linderte die Angst, die ihren Körper zu versteinern schien.

„Tut mir leid", sagte sie.

Er lächelte.

Sie streckte die Hand aus und fuhr über seine Wange. Rau wie Schmirgelpapier an ihrer weichen Handfläche. Das gefiel ihr sehr.

„Tess."

Sie legte einen Finger auf seine vollen Lippen, spürte die Hitze seines Munds, die sich in ihre Haut brannte. „Als ich ein kleines Mädchen war, war ich bis über beide Ohren in dich verliebt."

Die Stille des Raums drängte von allen Seiten auf sie ein.

„Ich weiß."

Sie atmete seinen warmen Geruch ein, fragte sich, wie es wohl wäre, jeden Morgen neben ihm aufzuwachen. Gefühle schnürten ihr die Kehle zu. Schmerz. Verbitterung. Akzeptanz. „Aber du hast mich trotzdem zurückgelassen."

„Ja."

Etwas schimmerte in seinen Augen, als er ihr die Haare aus der Stirn strich, bevor er sich hinunter beugte und seine Lippen sanft über ihren Mund fuhren.

„Es tut mir leid", flüsterte er.

Tess ließ zu, dass sich für einen Augenblick Stille ausbreitete. Sie ließ zu, dass ihre gemeinsame Geschichte sich niedersenkte.

„Ich weiß." Sie setzte sich auf und erwiderte seinen zarten Kuss. Schmeckte ihn. Er versteifte sich, und sie dachte, er würde sich jetzt zurückziehen. Er tat es nicht. Seine Hände griffen nach ihren Schultern, und er beugte sich vor, bis er auf ihr lag, es sich zwischen ihren Beinen bequem machte, während er ihre Lippen mit seinen öffnete.

Sie öffnete sich für ihn. Berührte, neckte, erforschte seinen Mund mit ihren Lippen, ihrer Zunge, ihren Zähnen, während er es ihr gleichtat. Ihre Finger fuhren über seine Schultern und hoch in seine kurzen Haare.

„Das können wir nicht machen", sagte er, aber im selben Augenblick legte er seine Hand über ihre Brust und fand ihren Nippel unter dem weichen Baumwollstoff.

Sie strich mit ihren Händen über seine Schultern, seinen Rücken hinunter, spürte die Stränge der Muskeln, die an beiden Seiten seiner Wirbelsäule hinunterliefen. Ihre Finger fanden die Wölbung seines Rückens, als er ihr Pyjamaoberteil hochschob und ihre Brust enthüllte. Dann neigte er den Kopf und nahm die empfindliche Kuppe zwischen seine Lippen. Lust ließ sie erschaudern, dass sich ihre Zehen einrollten.

Ungeduldig zerrte er das Oberteil über ihren Kopf und starrte staunend auf ihren nackten Oberkörper.

Hitze breitete sich in ihrem Brustkorb aus, als die kühle Luft ihre Haut streifte. Und dann küsste er sie wieder, rieb mit seinem T-Shirt über ihre Nippel und heiße Funken des Verlangens schossen durch sie hindurch. Tess küsste ihn zurück, krallte ihre Finger in seine Haare, während seine Hände ihren Körper hinunterfuhren, seine Finger sich auf ihren Kitzler pressten, sie sanft streichelten. Träge. Gleichmäßig. Als ob er absolut keine Eile hätte. Kein Grund zur Hast.

Ihre Hüften wölbten sich nach oben, ihr Körper verzehrte sich nach der Erlösung, die so nah zu sein schien. Und trotzdem berührte er sie nur sanft, weigerte sich, das Tempo zu verändern, bis sie ganz rasend vor Lust und Verlangen war. Sie hielt den Atem an, während er seine geschickten Finger in ihre Pyjamahose steckte, aber er drang nicht in sie ein. Er neckte die empfindliche Haut ihrer Schamlippen, erregte sie gemächlich, behielt seine ruhigen Bewegungen bei, während etwas in ihr es schnell und hart wollte. Aber schnell und hart mit einem Mann hatte ihr noch nie einen Orgasmus beschert.

Woher wusste er, wie er sie so wahnsinnig vor Lust machen konnte? Woher wusste er, dass ihr Körper genau das brauchte, auch wenn ihr Verstand etwas ganz anderes verlangte?

Allein war sie schon oft zum Höhepunkt gekommen, aber noch nie mit einem Partner. Sie konnte ihn an ihrem Oberschenkel spüren, heiß und hart, und wollte ihn endlich auch in sich spüren, aber was er da machte... Was er da machte, ließ jede Zelle ihres Körpers zusammenfahren und sich wieder lösen, immer und immer wieder, bis sie es nicht mehr aushielt. Aber sie wollte nicht, dass dieses Gefühl jemals aufhörte.

Ihr Körper begann zu beben, und sie konnte keinen klaren Gedanken mehr fassen, nichts mehr verarbeiten. Jeder ihrer

Sinne richtete sich nur noch auf die beschwörende Berührung zwischen ihren Beinen.

Sie öffnete ihre Beine, flehte ihn wortlos um das an, was sie zu brauchen glaubte, aber er streichelte sie nur weiter, langsam, sanft, trieb sie unaufhaltsam auf den Höhepunkt zu, bis sie direkt am Abgrund balancierte.

Er presste seine Handfläche auf ihren Venushügel und glitt nur mit einer Fingerspitze in sie hinein, kniff gleichzeitig ihren Nippel fester, als sie erwartete hatte. Sie stürzte in den Abgrund, im freien Fall, ihr Körper bebte den ganzen Weg hinunter bis zum Grund, schlug in einer Lawine der Lust auf, die jede Zelle in ihrem Körper zerschellen zu lassen schien.

Während sie schwer atmend da lag und nach Luft rang, zog er seine Hand heraus und beugte sich hinunter, um sie zärtlich auf die Lippen zu küssen.

Er setzte sich auf und wollte aufstehen.

Sie hielt sein Handgelenk fest. „Willst du nicht…"

Seine Lippen verzogen sich zu einem frustrierten Lächeln. „Ich kann nicht."

Dann stand er auf, nahm seine Reisetasche und ging ins Badezimmer, ließ sie in der kalten, abgestandenen Luft und in dem leisen Zorn zurück, wieder einmal nicht gut genug zu sein.

NEUNZEHNTES KAPITEL

IHR PREPAID-HANDY PIEPTE und zeigte damit eine neue Nachricht an, während sie den Whitehaven-Pfad im Dumbarton Oaks Park entlanglief. Es war noch dunkel. Sie hatte in letzter Zeit nicht besonders viel Schlaf abbekommen, und der Druck, ein Doppelleben zu führen, begann sich bemerkbar zu machen.

Sie konnte es nicht mehr erwarten, bis diese Täuschung endlich vorbei war, und sie ihre finale Botschaft überbringen und den offenen Krieg beginnen konnte. Sie konnte es nicht erwarten, endlich zu offenbaren, wer sie war, und mit tausenden anderen zusammen, die ebenso dachten wie sie, ihre Erfolge zu feiern. Es war ein Aufruf zum Handeln, der unverkennbar war. Die Bundesregierung hatte dem Volk die Republik gestohlen. Nun würde das Volk sie zurückerobern.

Sie wurde langsamer, um die Nachricht zu lesen, für den Fall, dass es wichtig für die Mission von heute Morgen war.

Ein Link erschien. Langsam lud sich ein Bild. Sie kam stolpernd zum Stehen, atmete schwer in der kalten Luft, als schließlich das Bild eines abgebrannten Farmhauses erschien. Ihr Herz hämmerte in ihren Ohren wie Kanonenfeuer. Von dem Haus war nichts übriggeblieben, bis auf zwei instabil aussehende Kaminschächte. Die verkohlten Balken rauchten noch immer im grellen Licht der Flutlichter. Der Schnee war schwarz vor Ruß und aufgewühltem Dreck.

Aber sie erkannte es.

Hastig überflog sie den Artikel. „Ein Mann, Henry Jessop, vermutlich tot. Vermutlich Brandstiftung. FBI ermittelt."

Sie hockte sich hin, hielt sich mit einer Hand an der Erde fest. Nein! Er konnte nicht tot sein.

Sie hielt sich die Hand vor den Mund. Warum wurde sein Tod vom FBI untersucht? Hatten sie ihn mit den Morden in D.C. in Verbindung gebracht? Hatten sie ihn mit ihr in Verbindung gebracht? Sie blickte sich um, suchte nach Anzeichen dafür, dass das hier eine Falle war, und sich Agenten in den Büschen versteckten, bereit für den Zugriff. Aber es war zu dunkel, um irgendetwas zu erkennen.

Wut stieg in ihr auf.

Sie musste das Handy zerstören und herausbekommen, was das FBI wusste. Der alte Mann hatte sie sicher nicht verraten. Es bestand kein Zweifel daran, warum er tot und das Haus zerstört worden war. Er hatte sich geopfert, anstatt die Sache zu verraten. Er war ein Märtyrer. Ein weiterer Held, der sein Leben der Revolution gewidmet hatte. Sie würde ihn nicht enttäuschen.

Sie hörte leise Schritte, die hinter einer Biegung näherkamen und vom Rauschen des Baches überlagert wurden, dessen Winterhochwasser Richtung Innenstadt strömte. Sie befand sich an einer abgelegenen Ecke des Pfades, neben einer schmalen Schlucht, durch dunkle Schatten und dicht stehende Bäume von der Straße abgeschirmt. Obwohl die Bäume keine Blätter trugen, konnte sie niemanden entdecken, der sich versteckte. Wenn das FBI hier war, dann würde sie nicht untergehen, ohne ein paar von ihnen mitzunehmen. Sie zog ihre Baseballkappe tiefer in die Stirn, dann tastete sie nach der Waffe, die sie in einem Holster an ihrem Rücken trug. Sie hatte diesmal keinen Schalldämpfer dabei. Er hätte nicht hineingepasst.

Sie begann zu joggen, langsam, als ob sie eine lange Strecke vor sich hätte – was der Fall war.

Der Kongressabgeordnete Adam Trettorri erschien vor ihr, hielt sich an seine frühmorgendliche Winterroutine. Er war einer der jüngsten Politiker in D.C. Gutaussehend. Ein Army-Veteran. Und er gab offen zu, schwul zu sein.

Er war eine Schande. Die schlimmste Art von Monster, gerade weil die äußere Hülle so perfekt war.

Sie wartete, bis er an ihr vorbeigelaufen war, bevor sie die Pistole zog. Dann drehte sie sich um und zielte auf die Mitte seines Körpers. Der Knall war ohrenbetäubend und hallte von den Wänden der Schlucht wider.

Er taumelte und fiel auf die Knie.

Sie näherte sich, bewegte sich zügig. Sie musste hier so schnell wie möglich verschwinden. Das Navy-Observatorium war nicht weit von hier entfernt, ebenso das Haus des neuen Vizepräsidenten, einschließlich all der Secret Service-Beamten, die das mit sich brachte.

Trettorri lag auf dem Bauch, er bewegte sich nicht. Eine Blutlache breitete sich unter seiner rechten Flanke aus. Sie versuchte, ihn mit dem Fuß auf den Rücken zu rollen, aber er war verflucht schwer.

Sie beugte sich hinunter, um ihn umzudrehen, überrascht, als er nach ihrem Fußgelenk griff und daran zerrte. Sie fiel auf den Hintern und krabbelte hektisch zurück, ihre Nikes rutschen auf den glitschigen Blättern aus. Trettorri richtet sich trotz seiner Schusswunde auf und versuchte, ihr die Waffe aus der Hand zu reißen.

Obwohl er verwundet war, war er stärker als sie. Sie wand

sich und kämpfte gegen ihn an. Sie starrte in seine entschlossenen blauen Augen und verspürte einen Schub der Angst.

„Die Taliban haben mich nicht kleingekriegt." Seine Stimme war heiser, aber er sprach weiter. „Ich will verdammt sein, wenn irgendeine hasserfüllte kleine Schlampe in meinem eigenen Land das schaffen sollte."

„Das hier ist nicht dein Land", spuckte sie aus. „Abschaum wie du hätte schon bei der Geburt ertränkt werden sollen."

„Das Gleiche habe ich über dich gedacht." Er lachte, obwohl er in Blut und Schweiß gebadet war und offensichtlich furchtbare Schmerzen hatte.

Sie grub ihre Finger in die Wunde auf seinem Rücken und er bäumte sich voller Qual auf. Sie sprang auf die Füße. Sie war voller Blut und es würde nicht lange dauern, bis die Bullen den Schüssen nachgehen würden. Sie musste hier verschwinden.

Ohne ein weiteres Wort zielte sie auf den Freak, der schweratmend im Dreck lag, und drückte ab.

Blut spritzte und sie nickte zufrieden und lächelte. Schien ganz so, als ob diese hasserfüllte kleine Schlampe ihn doch kleinbekommen hätte.

Sie rannte hinunter zum Bach und wusch sich das Blut von Händen und Gesicht. Ihre Kleidung war schwarz, also würden die Blutflecken nicht zu sehen sein. Sie watete mit ihren Laufschuhen im eisigen Uferwasser herum und entschied, den Bach zu durchqueren und durch den Wald zum nahegelegenen Wanderwegsystem des Rock Creek Parks zu laufen. Sie musste jeden Zentimeter ihres Körpers abschrubben, um die widerlichen Spuren dieses Bastards loszuwerden. Sein Geruch brannte noch immer in ihrer Nase.

Eine weitere Botschaft war überbracht worden.

Ihr Körper bebte und ihre Zähne schlugen aufeinander, bis sie zu laufen begann. Nach hundert Metern wurde ihr Blut wieder wärmer und ihre Muskeln brannten. Einen halben Kilometer südlich der Stelle, an der sie den Kongressabgeordneten erschossen hatte, entfernte sie die SIM-Karte aus dem Handy und warf sie in den Bach. Das Handy folgte wenige Sekunden später.

Sie grinste und lief weiter in Richtung ihres Zuhauses.

Das FBI hatte verdammt nochmal nichts in der Hand und würde auch nichts herausfinden, bis es zu spät war. Henry Jessops Tod markierte den Beginn der Revolution. Es würde nicht mehr lange dauern, bis die ganze Welt wusste, was für ein Held er gewesen war. Was für Helden sie beide waren. Sie war bereit, diesen Krieg anzuführen. Zur Hölle, sie hatte schon damit begonnen. Bald würden ihr andere nachfolgen, und diese ganze Charade würde endlich ihr Ende finden.

MAC SCHÜTTELTE ALEX Parker die Hand, dem Experten für Cybersicherheit der Fallanalyseeinheit 4. Er hatte schon während der Ermittlungen zum Terroranschlag in Minneapolis mit dem Kerl zusammengearbeitet, aber sie waren sich nie wirklich begegnet. Jetzt saß er mit ihm und Lincoln Frazer zusammen in irgendeinem abgeschotteten Raum im Laborkomplex von Quantico, wo Experten die Auswirkungen verschiedener Viren und Trojaner auf unterschiedliche Computersysteme analysierten. Sie hatten alle elektronischen Geräte vor der Tür lassen müssen und waren im Prinzip komplett von der Außenwelt abgeschnitten.

„Danke, dass ich Ihren Jet benutzen durfte." Mac lächelte,

auch wenn etwas in ihm sich sehr düster anfühlte. „Es war ein Vergnügen, Ihre Geschäftspartnerin kennenzulernen."

„Haley ist ein Unikat", stimmte Parker ihm zu.

Mac hatte gegen fünf Uhr morgens einen Anruf erhalten, dass er mit Parkers Geschäftsjet direkt nach Quantico mitfliegen könnte. Tess hatte sich dafür entschieden, auf den kommerziellen Flug zu warten, auf den sie gebucht waren, und hatte behauptet, erst mittags in D.C. sein zu müssen. Sie versuchte, ein wenig Distanz zwischen ihnen aufzubauen.

Allerdings. Nach ihrer überhaupt nicht so unschuldigen Begegnung versuchte sie definitiv, etwas Distanz zwischen ihnen aufzubauen.

Mac ließ es zu.

Er musste Tess aus seinen Gedanken verbannen. Vielleicht würde er sie anrufen, wenn diese ganze Sache vorbei war, nur um sich zu verabschieden. Sie wären beide besser beraten, so zu tun als ob sie niemals eine Nacht miteinander verbracht hätten, in der sie anderen Leuten beim Sex zugehört und schließlich der Versuchung nachgegeben hatten.

Scheiße aber auch.

„Haley redet gern." Parker musterte ihn. „Glauben Sie nicht alles, was sie Ihnen erzählt, es sei denn, es geht um den Preis ihrer Schuhe. Mit dem Geld, das sie für Schuhe ausgibt, könnte man ein ganzes Land der Dritten Welt bewaffnen."

„Ich habe die Schuhe gesehen."

Parker schnaubte. Mac kannte ein paar Details dieser Geschichte von Kollegen aus dem FBI. Alex Parker war in einem marokkanischen Gefängnis inhaftiert gewesen, und Gerüchten zufolge, war er dort gelandet, weil er für die CIA gearbeitet hätte, auch wenn die CIA die Verbindung immer geleugnet hatte.

Sie würden so etwas nie zugeben.

Haley hatte ein paar Lücken aufgefüllt. Sie, Alex Parker und ein weiterer Freund aus ihrer Zeit am MIT hatten ihre eigene Sicherheitsfirma aufgebaut und waren nun so begehrt, dass sie kaum hinterherkamen. Haley kümmerte sich um das Management, rekrutierte neue Mitarbeiter, erledigte die Logistik und gab im Prinzip allen anderen vor, was sie zu tun hatten.

„Haben Sie die Festplatte?", fragte Parker.

Mac reichte ihm die Tüte mit der Festplatte aus Jessops Computer. Parker trug Latexhandschuhe und unterschrieb auf dem Protokollzettel, dann holte er die Festplatte heraus. Mac versuchte, sich darauf zu konzentrieren, was Parker machte, als der die Festplatte an etwas anschloss, das mehr wie eine komplizierte Schaltplatte und weniger wie ein tatsächlicher Computer aussah.

Mac hatte nicht gewusst, dass er und Parker mehr Gemeinsamkeiten hatten als ihm klar gewesen war. Beide hatten sie ihre Mütter an den Krebs verloren, als sie noch sehr jung gewesen waren, und Parkers Vater war ein professioneller Spieler gewesen, der in einer Gasse in Carson City umgebracht worden war. Klang so, als wäre der Kerl ein ebenso großer Verlierer gewesen wie Macs eigener Vater.

Parkers Freundschaft mit Lincoln Frazer, der dafür berüchtigt war, distanziert und unnahbar zu sein, war der Anlass für jede Menge Tratsch im FBI, aber Haley wusste auch nicht mehr darüber als er. Mac hatte Frazer das erste Mal während seiner Zeit in L.A. getroffen. Frazer hatte den Ruf, kritisch und zynisch zu sein. Ein Perfektionist, der keine Geduld mit Narren hatte. Mac und Frazer hatten nicht wirklich viel miteinander gesprochen, bis sie beide einer

Sondereinheit zugeteilt worden waren, die einen Serienmörder gejagt hatte, der in Hollywood Prostituierte umgebracht hatte. Sie hatten den Kerl erwischt und er war in einer für Kaliforniern rekordverdächtigen Zeit hingerichtet worden.

Gute Zeiten.

Nach und nach waren Mac und Frazer gute Freunde geworden, als sie beide in Quantico gearbeitet hatten, aber es hatte Jahre gedauert, diese Freundschaft zu etablieren. Frazer und Parker hatten sich von Anfang an bestens verstanden. Parker hatte etwas Faszinierendes und schien auf vielen Ebenen kompetent zu sein. Mac hatte das Gefühl, der Kerl hatte mehr Geheimnisse als das *Politbüro*.

Lincoln Frazer hätte im FBI ziemlich weit aufsteigen können, wenn er nur gewollt hätte, aber er hatte sich entschieden, in der Fallanalyse zu bleiben. Sein Schwerpunkt lag auf der Jagd nach Kriminellen, nicht darin, die Politik des FBI zu bestimmen, auch wenn der Kerl ein Faible für Macht hatte.

Als die Stille zu unangenehm wurde, fragte Mac ihn: „War das eine Frau, die ich letzte Nacht in deinem Haus gehört habe?"

Frazer musterte ihn aus schmalen Augen.

„Er hat jetzt zwei von der Sorte. Und einen Hund", meldete sich Parker zu Wort, ohne aufzuschauen. „Und trotz seiner grimmigen Miene liebt er es."

Frazers Mundwinkel zuckten. „Haben du und Rooney schon ein Datum festgelegt?"

Parker knurrte. „Hat sie dir nichts erzählt?"

„Was denn?"

Parker schaute ihn finster an. „Nachdem Mallory mir monatelang erzählt hat, sie würde warten wollen, bis das Baby auf der Welt ist, hat sie urplötzlich entschieden, dass sie noch im April heiraten will."

„Ist das ein Problem?", fragte Frazer.

„Nichts ist ein Problem, wenn es bedeutet, dass sie endlich vor den Altar tritt, aber ihre Mutter will eine große, noble Hochzeitsfeier und ich will einfach nur Mallory und einen Priester. Rate mal, wer von uns beiden seinen Willen bekommt?"

„Senatorin Tremont ist eine formidable Wahl für ein Kräftemessen mit seiner Schwiegermutter."

„Als ob ich das nicht wüsste."

Frazer versteckte ein Grinsen. „Also habt ihr sechs Wochen, um eine Hochzeit zu planen?"

„Ungefähr. Weshalb ich trotz Mallorys Einwand einen Hochzeitsplaner aus D.C. engagiert habe. Hoffentlich muss ich nichts weiter machen, als aufzutauchen und ‚Ja' zu sagen."

Mac und Frazer lachten gleichzeitig auf. Sie hatten beide die Scherereien einer Hochzeit und einer Scheidung hinter sich. Frazer hatte das offensichtlich weit hinter sich lassen können, etwas, das Mac nicht erwartet hätte.

Die Erinnerung, neben Tess zu schlafen, blitzte durch seine Gedanken. Es hatte etwas Besonderes gehabt, mit einer Frau in einem Bett zu schlafen, ohne Sex zu haben. Was schön und gut gewesen war, bis sie ihn mit ihrem Albtraum aufgeweckt hatte. Und sie Sex gehabt hatten.

Es war nur natürlich gewesen, dass er angetörnt gewesen war – eine attraktive Frau neben ihm, ein euphorischer Dreier nebenan. Ihr süßer Geruch und ihre Wärme, die seine Sinne umspielt hatten. Es wäre besorgniserregender gewesen, wenn er nicht mit einem steinharten Schwanz aufgewacht wäre. Aber dem nachzugeben? Kolossal dämlich. Er hatte keine

Ahnung, woher er die Selbstkontrolle genommen hatte, an dem Punkt aufzuhören, wenn doch das Ziel in so greifbarer Nähe gewesen war.

Zum Glück hatte er sich davon abhalten können, diese letzte Grenze zur Selbstzerstörung zu übertreten, aber das war eher eine Formalität als eine Rettungsaktion, sollte irgendjemand beim FBI herausbekommen, was in diesem Motelzimmer vor sich gegangen war.

Verdammte Scheiße.

„Was ist mit dir?", fragte Frazer ihn unerwartet, während Parker die Festplatte bootete und das Passwort umging.

Mac starrte ihn ausdruckslos an.

„Ich habe gehört, deine Ex hat sich von ihrem neuen Mann getrennt."

Wo zur Hölle hatte Frazer das denn gehört?

„Sie lastete wie ein Fluch auf meinem Leben", stimmte Mac zu.

„Wie sieht das mit der Tochter aus, Tess Fallon?", fragte Frazer.

Mac verschränkte die Arme. „Mit der Tochter ist gar nichts los."

„Ich habe nie behauptet, dass etwas los ist." Frazers blaue Augen funkelten plötzlich amüsiert. „Ich habe nur gefragt, wie es mit ihr aussieht. Glaubst du, dass sie die Wahrheit erzählt, wenn sie behauptet, nichts mit den Morden zu tun zu haben?"

Mac dachte objektiv über die Frage nach. „Sie hat ein Alibi für den Zeitpunkt des Mordes am Rabbi und der Radiomoderatorin. Sie ist von einer schwarzen Frau aufgezogen worden und macht die Steuererklärungen für eine Reihe gemeinnütziger Vereine und Bürgerrechts-organisationen. Soweit ich es einschätzen kann, ist sie eine vorbildliche Bürgerin." Er konnte verdammt nochmal nur hoffen, dass sie eine vorbildliche Bürgerin war, nachdem er sie in der Dunkelheit zum Beben, Zittern und Stöhnen gebracht hatte. Ansonsten war seine Karriere Geschichte. „Es könnte aber alles eine Täuschung sein", gab er zu. „Sie fühlt sich sehr verantwortlich für ihren kleinen Bruder, weshalb sich mir ein paar Fragen über seine mögliche Beteiligung stellen. Sie hat Eddie-den-Arsch in all den Jahren seiner Inhaftierung kein einziges Mal kontaktiert." Er starrte durch das Fenster in der Tür auf die anderen FBI-Beamten, die ihrer Arbeit nachgingen. „Als sie ein Kind war, war sie nicht wie die anderen Pioneers. Sie war aufgeweckt und nett. Sie konnte ihre Lebensumstände damals ja nicht ändern. Ich mochte sie", gab er zögernd zu. „Ich mag sie immer noch. Sie ist ein netter Mensch."

„Nett?" Frazers Tonfall klang ein wenig verächtlich.

„Was stimmt denn nicht mit ‚nett'?", forderte Mac ihn heraus. Obwohl nett natürlich nicht das passendste Wort war, mit dem er Tess beschreiben würde.

Frazer zog die Augenbrauen hoch.

„Na schön. Sie ist blitzgescheit, arbeitet hart und ist trotz ihrer missratenen Verwandtschaft verdammt lustig." Und sexy. Diesen Gedanken behielt er jedoch für sich. Er begehrte Tess Fallon auf eine Art und Weise, die er sich lange nicht mehr zugestanden hatte, nicht seit er entdeckt hatte, dass der Lieblingsort seiner Frau beim Diktieren auf dem Schreibtisch ihres Chefs war.

Frazer warf ihm ein schiefes Grinsen zu, aber was immer er noch hatte sagen wollen, wurde von einem schrillen Piepen der Maschine unterbrochen, an der Parker gerade arbeitete.

Mac sah zu, wie Parker durch einen unverständlichen

Strang an Code scrollte. Der Kerl schrieb sich ein paar lange Zahlenreihen auf.

„Ich habe sie überprüft", sagte Parker. „Frazer hat mich gestern Abend kontaktiert und ich habe ein bisschen Zeit damit verbracht, mich in die One-Drop-2-Many-Webseite zu hacken. Ich habe Tess' IP-Adresse und ihren Profilnamen überprüft, während ich auf den Zutritt gewartet habe. Ich konnte keine Hinweise darauf finden, dass sie ihre Spuren verwischen wollte oder irgendeine verfänglichere Seite als Tumblr besucht hat."

Eine Welle der Erleichterung überkam Mac.

Parker schaute auf. „Bei ihrem Bruder war es ein bisschen komplizierter, vor allem, weil ich nicht genug Zeit hatte, sein VPN auszutricksen."

Die Maschine piepte wieder und Parker wandte sich seiner momentanen Aufgabe zu.

„Haben Sie irgendwas auf der One-Drop-Seite finden können?", fragte Mac.

Parker verzog den Mund. „Eine ganze Menge, aber es ist alles verschlüsselt, es sei denn, man ist als verifizierter Nutzer angemeldet. Wer auch immer die Seite gebaut hat, versteht sein Handwerk. Es gibt keine finanziellen Transaktionen, was es schwerer macht, Leute zurückzuverfolgen. Einer meiner dubioseren Online-Aliasse bewirbt sich gerade um eine Mitgliedschaft, aber ich habe das Gefühl, das läuft eher über Empfehlungen als dass man sich einfach selbstständig anmeldet." Er zuckte mit den Schultern. „Ich habe alles kopiert und es an die Kollegen vom Hassverbrechen in der Zentrale geschickt, aber es wird dauern. Ich habe außerdem einen meiner neuesten Rekruten damit beauftragt, die anonymen Nutzernamen zu knacken. Er kommt frisch von der High School. Ich habe mir mit Google einen Kampf um ihn geliefert."

„Warum ist er dann zu Ihnen gekommen?", fragte Mac neugierig.

Parker grinste ihn an. „Ich habe ihn zu einem Wettkampf herausgefordert, wer von uns beiden zuerst eine bestimmte Telefonnummer innerhalb der NSA-Datenbank hacken kann."

Macs Augen wurden groß. „Sie haben die NSA gehackt?"

„Ich habe einen laufenden Vertrag mit ihnen, regelmäßig Penetration-Tests durchzuführen. Der Wettbewerb war eine Falle. Ich habe den Jungen gewinnen und ihn die Nummer anrufen lassen, die zufälligerweise die Nummer des Büros war, in dem wir uns befanden. Sobald ich den Anruf angenommen hatte, ist sein gesamtes System mit Ransomware lahmgelegt worden." Ein kühles Lächeln spielte um Parkers Augen. „Er wollte wissen, wie ich das angestellt hatte. Ich habe ihm gesagt, wenn er sechs Monate für mich arbeitet, würde ich es ihm verraten."

„Aber würden Sie ihm hinsichtlich Informationen in einer FBI-Ermittlung trauen?"

Parker musterte ihn ruhig. „Ohne seine Hilfe werden die Ermittler diese Identitäten nicht entschlüsseln können. Man lernt nicht zu hacken, indem man sich bei Facebook anmeldet und seine Passwörter im Schlüsselbund sichert."

„Woher wissen Sie, dass Sie ihm vertrauen können?" Mac war noch nicht überzeugt.

„Man schaut sich an, was diese Leute mit den Geheimnissen und Schwachstellen anstellen, die sie aufdecken. Wenn sie sie an den höchsten Bieter im Darknet verkaufen, unabhängig davon, wer der Käufer ist oder was er mit diesen Informationen vorhat, dann will man vermutlich nicht, dass diese Person für einen arbeitet. Wenn sie die Informationen auf dem grauen Markt anbieten, um für die medizinischen Behandlungskosten ihrer Mutter zu bezahlen, und genau aufpassen, an wen sie verkaufen, dann lohnt es sich vermutlich, sie zu rekrutieren."

Mac nickte. Er verstand nicht viel von Computern über E-Mail und das Internet hinaus, aber er begriff die Aufrichtigkeit, mit der Menschen handelten. Wenn sie ehrbar waren, auch wenn niemand zuschaute, dann waren sie vermutlich gute Menschen. Aber selbst gute Menschen machten manchmal böse Dinge.

„Irgendetwas auf Jessops Rechner?", fragte er und nickte zum Bildschirm.

Parker zog eine Grimasse. „Wollen Sie die gute oder die schlechte Nachricht?"

Mac stöhnte.

Frazer entschied: „Die schlechte."

„Ich wusste schon immer, dass du ein Pessimist bist. Jemand hat vor nicht allzu langer Zeit die Festplatte gesäubert und neu formatiert."

„Und die gute Nachricht?", drängte Mac. Er hatte darauf gehofft, etwas Konkretes aus dem Rechner herauszubekommen.

„Einige meiner Jungs können sicherlich jede Menge Informationen aus dem Ding rauskriegen, die noch nicht überschrieben sind, aber es wird eine Weile dauern."

„Kann das FBI das nicht hier machen?"

Parker und Frazer schauten sich an. „Chen könnte es versuchen."

Frazer verzog das Gesicht. „Sie ist noch bis morgen Abend in New Orleans."

„Es ist eure Entscheidung. Das FBI wird die Festplatte sicher irgendwann knacken können, aber meine Jungs sind diejenigen, an die sich das FBI wendet, wenn es feststeckt." Parker zuckte lässig und selbstsicher mit den Schultern. „Ich biete euch hier einen kostenlosen Service an, aber wenn ihr es lieber im eigenen Haus lassen wollt…"

Mac atmete tief ein. „Wir nehmen jede Hilfe an, die wir kriegen können."

Parker grinste. „Es gibt noch weitere gute Neuigkeiten. Jessop hat den Rechner benutzt, nachdem er gesäubert wurde." Er gab ein paar Befehle ein und lud die Daten auf einen leeren USB-Stick. „Hier ist eine Liste all seiner Kontakte und E-Mail-Adressen. Und Kopien seiner E-Mails. Ich habe gestern Abend seine Handydaten abgerufen und entdeckt, dass er regelmäßig ein Prepaidhandy in D.C. angerufen hat. Könnte unser Killer sein. Ich habe eine Falle gelegt, sodass ich sofort alarmiert werde, wenn das Handy sich das nächste Mal in einen Funkturm einwählt, aber irgendwas sagt mir, dass der Nutzer des Handys es sofort loswerden wird, sobald er oder sie mitbekommt, dass Jessop tot ist, und anschließend so viele Spuren wie möglich vernichten wird, die eine Verbindung zu Jessop beweisen könnten. Ich habe noch die alten Daten darüber, an welchen Funktürme sich das Handy eingewählt hat, die leite ich weiter."

„Ziemlich fleißig."

„Habe nicht gerade viel geschlafen."

Mac auch nicht. Aus anderen Gründen. „Das ist eine große Hilfe. Vielen Dank. Irgendeine Ahnung, wer Jessop gesteckt hat, dass ich ein Agent bin?"

Frazer meldete sich zu Wort. „Ja. Jessop hat einen örtlichen Hilfssheriff angerufen, aber der behauptet fest, dass

Jessop sich nur nach ein paar Eindringlingen auf seinem Gelände erkundigt hat, also hat er für ihn die Informationen zu deinem Mietwagen abgerufen. Als er mitbekommen hat, dass du Agent bist, hat er Jessop eingebläut, keine Dummheiten zu machen. Offensichtlich hat Jessop nicht auf ihn gehört."

Mac nickte. „Wir müssen den Hilfssheriff im Auge behalten. Nur für den Fall."

Frazer nickte. „Ich habe schon mit den Leuten von der Datenbank gesprochen. Ich bleibe dran." Es gab ein System, mit dem die Untersuchungen von Beamten der Strafverfolgungsbehörden verdeckt wurde, damit sie selbst nicht mitbekamen, dass sie unter die Lupe genommen wurden.

„Irgendwelche Spuren von David Hines Manifest?", fragte Mac.

„War das sein Name dafür?", fragte Parker.

„Nein. Er hat es so was wie ,Der Weg der Pioneers' genannt oder irgend so ein Quatsch", erklärte Mac.

Parker tippte den Titel ein, bekam aber keine Ergebnisse.

„Können Sie mir ein paar Textpassagen zukommen lassen? Womöglich haben sie es unter einem Haufen Zeug vergraben. Die Techniker können nach verborgenen Inhalten suchen."

Mac hob das Kinn. „Ich muss in meiner Wohnung nachschauen, aber ich bin mir ziemlich sicher, dass ich mir ein paar Notizen dazu gemacht habe. Es gab eine einzige Kopie in Buchform, aber wir haben sie auf der Anlage nicht finden können."

Hatte Tess recht? Hatte Hines eine Geliebte gehabt? Hatte sie womöglich das Original aufbewahrt?

„Ich bin fertig hier." Parker stand auf. „Geben Sie die

Festplatte den anderen Analytikern, vielleicht können sie etwas Nützliches in den Dateien finden.“

Frazer nickte. Sie tüteten die Festplatte wieder ein und Frazer unterschrieb auf dem Protokollzettel.

Mac schaute auf die Uhr. Fast zehn. „Ich muss mich mit der Einheit der U.S. Marshalls für geflüchtete Insassen in Verbindung setzen und fragen, ob sie Eddie mittlerweile geschnappt haben.“

Frazer zog eine Grimasse. „Die Tatsache, dass er genau jetzt entkommen ist, wo der ganze Mist hier passiert, macht mir Sorgen.“

„Ich glaube, er denkt, die Revolution geht jeden Augenblick los, und das will er nicht verpassen.“ Mac war sauer. „Er hat Tess bedroht.“

„Hat er es ernst gemeint?“, fragte Parker.

Mac presst die Lippen zusammen und spürte, wie sich der Druck in seiner Brust aufbaute. „Ja. Er hat es ernst gemeint. Aber er ist nicht clever genug, um den Marshalls durch die Lappen zu gehen.“

„Es sei denn, er hat Hilfe von außen.“

Und plötzlich dachte Mac schon wieder an Tess.

Sie verließen den abgeschirmten Raum, und sofort fingen ihre drei Handys an zu klingeln wie einarmige Banditen.

Mac fluchte, als er die erste Nachricht las. „Ein weiterer Anschlag. Ein Kongressabgeordneter.“

„Das Prepaidhandy hat sich in einen Funkturm in der Nähe des Navy-Observatoriums eingewählt“, informierte Parker sie.

„Das ist in der Nähe der Stelle, an der Trettorri erschossen wurde.“

„Also haben wir eine plausible Verbindung zwischen

Jessop und dem Mörder", sagte Frazer.

Mac biss so fest die Zähne zusammen, dass sein Kiefer schmerzte. „Ich muss zurück nach D.C." Sie gingen zum Haupteingang. Mac erhielt eine weitere Nachricht, die ihn abrupt stehenbleiben ließ. „Leck mich doch am Arsch."

„Was ist los?"

„Die Ballistikanalyse zur Patronenhülse, die am Tatort des Mordes am Rabbi gefunden wurde, ist zurückgekommen. Harm konnte sie einer Waffe zuordnen, die vor zweiundzwanzig Jahren bei einem Raubüberfall benutzt wurde." Er schaute auf. „Eine Pistole, von der angenommen wird, dass sie aus dem Lager an gestohlenen Waffen von David Hines und den Pioneers kommt."

Die Verbindungen zu einer Gruppierung, die er vor Jahren eliminiert zu haben glaubte, multiplizierten sich. Diese Sache war noch lange nicht vorbei.

„Ich dachte, wir hätten alle Waffen konfisziert?", fragte Frazer.

Mac nickte. „Die meisten, aber wir waren nie ganz sicher, wie viele Waffen schon vor der Razzia verkauft worden waren, und wie viele überhaupt von diesem Händler gestohlen worden waren. Er war nicht gerade der verlässlichste Zeuge."

„Was für eine Waffe ist es?", fragte Parker.

„Smith & Wesson Sigma. Eine halbautomatische Pistole, 40er Kaliber."

„Die sind 1993 in Serie gegangen, also war es zur Zeit des damaligen Raubüberfalls eine neue Waffe", erklärte Parker.

„Die Tatsache, dass sie jetzt für diese Morde genutzt wird, muss symbolisch sein. Vielleicht hat David Hines sie Jessop gegeben, der sie wiederum dem Mörder gegeben hat?" Mac zuckte mit den Schultern. „Ich werde kurz mit Harm sprechen, wo ich schon mal hier bin. Vielleicht kann er mir noch mehr verraten."

Parker schaute auf die Uhr. „Ich kann Sie in etwa einer Stunde mit nach D.C. nehmen. Ich muss zur Anprobe für einen neuen Smoking." Sein Ausdruck legte nahe, dass er lieber ohne Fallschirm aus einem Flugzeug springen würde, als sich vermessen zu lassen.

„Du hast doch einen Smoking", sagte Frazer.

Parkers Mund wurde schmal. „Anscheinend brauche ich noch einen zweiten, in dem ich dann heiraten kann."

„Mallory ist es wert." Frazer verkniff sich ein Grinsen und klopfte Parker auf den Rücken.

„Schön, dass du so denkst. Du als Trauzeuge wirst nämlich auch einen brauchen."

Frazer kniff die Augen zusammen. „Mist."

Parker nickte. „Gern geschehen."

Wieder vibrierte Macs Handy mit einer einkommenden Nachricht. „Können Sie mich an der George Washington Uni-Klinik rauslassen?"

„Klar", antwortete Parker.

„Was gibt es in der Uni-Klinik?", fragte Frazer.

Mac zeigte ihnen Walshs Nachricht.

Trettorri lebte.

ZWANZIGSTES KAPITEL

E S WAR NOCH nicht spät, als das Taxi vor Tess' Haus in Bethesda hielt, aber es wurde schon langsam dunkel. Sie hatte den Großteil des Tages damit verbracht, auf dem Flughafen von Denver festzusitzen und auf ihren Anschlussflug gewartet, der sich aufgrund technischer Schwierigkeiten verzögert hatte. Sie hätte Macs Angebot annehmen können, mit einem Privatjet nach Quantico zu fliegen, aber sie musste nach ihrer ereignisreichen Nacht ein wenig Distanz zwischen sich und ihn bringen.

Es war ihr unfassbar peinlich, was sie getan hatten. Oder vielmehr, was sie nicht getan hatten. Es hatte die Kluft zwischen ihnen klar und deutlich aufgezeigt.

An welchem Punkt war er dazu übergegangen, ihr nur noch einen Mitleidsorgasmus zu bescheren? Wann war der Punkt gekommen, als er sich so weit von mitgerissen-im-Moment entfernt hatte und zu einem klaren Kopf gekommen war, dass er sie zum Höhepunkt bringen und sanft zu Boden gleiten lassen konnte, als ob er ihr irgendeinen Gefallen getan hätte?

Oder vielleicht war er zu überhaupt keinem Zeitpunkt mitgerissen gewesen. Vielleicht war das alles nur für sie gewesen.

Herrgott nochmal, sie war stinksauer und gedemütigt und einfach verdammt wütend.

Sie hatte seine Gesellschaft viel zu sehr genossen, als es gut für ihr Herz war. Sie hatte nicht geplant, etwas mit diesem Mann anzufangen, der ihre tiefsten, dunkelsten Geheimnisse aufgedeckt hatte, auch wenn er die meisten davon schon peinlich genau kannte.

Dann hatte er sie geküsst, und sie hatte reagiert wie eine hysterische Jungfrau.

Was sie nicht war.

Sie brauchte keinen Mann.

Sie fischte in ihrem Portemonnaie herum und reichte dem Taxifahrer ihre Kreditkarte. Ihre Finger berührten den USB-Stick in ihrer Handtasche. Sollte sie ihn einfach wegwerfen und so tun, als ob sie ihn nie entdeckt hätte? Oder ihn Cole zurückgeben, wenn sie auch mit ihm über ihre Eltern sprach?

Warum nicht alle Beichten auf einmal hinter sich bringen? Wenn sie schon einmal dabei war, würde sie ihn auch über den Ordner befragen. Vielleicht hatte jemand anderes ihn in seine Schublade gelegt? Vielleicht hatte er eine absolut unschuldige Erklärung dafür.

Oder vielleicht hatte sie sich die Mappe auch nur eingebildet.

So wie ihre Gedanken gerade rasten, war das absolut plausibel. Sie spitzte die Lippen. Nein, das war schlicht und einfach pures Leugnen. Sie nahm die Quittung vom Fahrer entgegen, stieg aus dem Taxi, hängte sich ihre Laptoptasche über die Schulter und zog ihren Koffer hinter sich her.

Sie war ein Wrack. Nur sporadischer Schlaf in den letzten drei Nächten. Ein Techtelmechtel mit einem Mann, dem sie nicht vertrauen konnte. Sorgen um den einen Bruder, Angst vor dem anderen. Panik davor, dass ihr Name an die Presse gelangen, und ihr Ruf ruiniert werden würde.

Aufgrund des verspäteten Flugs hatte sie einen Termin mit ihrem wichtigsten Klienten absagen müssen, der nicht erfreut gewesen war. Es würde ein Wunder brauchen, um diesen Schlamassel zu überstehen, ohne dass ihr Geschäft ernsthaft darunter litt.

Der Gedanke an ein Bad und ihr Bett war verlockend. Sie wollte nur in ihr Zuhause und raus aus dieser hässlichen Welt. In den Nachrichten hatte sie gesehen, dass ein schwuler Kongressabgeordneter auf eine Art angeschossen worden war, die Ähnlichkeit mit dem Mord an dem Richter und seiner Frau, der Radiomoderatorin und dem Rabbiner aufwies. Der Kongressabgeordnete lag im Krankenhaus, sein Zustand war kritisch. Sie betete, dass er überlebte und der Polizei sagen konnte, wer diese grauenhaften Verbrechen beging.

Eddie war noch immer auf der Flucht. Sie schauderte, als sie sich in der stillen Straße umschaute.

Der einzige Vorteil davon, den ganzen Tag in einem Café am Flughafen von Denver herumzuhängen, war, dass Eddie keinen Schimmer gehabt hatte, wo sie zu finden gewesen war. Der Nachteil, zu Hause zu sein, war es, dass Eddies brutale Drohungen durch ihre Gedanken dröhnten wie ein nervenzerreißender Gong.

Sei tapfer, Tess.

Eddie wusste nicht, wo sie wohnte. Sie war nicht im Telefonbuch aufgeführt, und sie hatte sich mit ihrer neuen Adresse auch noch nicht zum Wählen registriert. Sie war glücklicherweise anonym.

McKenzie hatte sie gefunden ... aber er war auch vom FBI.

Sie schloss ihre Haustür auf. Der vertraute Anblick ihres Zuhauses erfüllte sie mit Erleichterung. Ihr Haus war nicht besonders luxuriös, aber es war ihr Zuhause. Sie schloss die Tür hinter sich zu und schob den Riegel vor.

In der Küche stellte sie Handtasche und Laptop auf dem Tisch ab, dann stapfte sie mit ihrem kleinen Koffer nach oben, warf ihn auf das Bett und begann, die Badewanne einzulassen. Sie warf die Schmutzwäsche in den Wäschekorb und packte die wenigen Kosmetikartikel aus, die sie dabeigehabt hatte. Das Lesezeichen, das Ellie ihr vor all den Jahren gebastelt hatte, lag in der Reißverschlusstasche ihres Koffers. Die gepressten Blumen wurden von vergilbtem Tesafilm festgehalten, und das ganze Lesezeichen wirkte so zerbrechlich, dass Tess Angst hatte, es würde in ihren Fingern zu Staub zerfallen. Sie platzierte es andächtig auf ihren Nachtisch. Morgen würde sie es einrahmen lassen.

Sie ging durch ihr Haus, nervös und angespannt, und wusste nicht genau, warum. Sie zog die Vorhänge zu und überprüfte, ob die Hintertür abgeschlossen war. Die Vorstellung, dass Eddie frei herumlief, machte ihr eine Heidenangst. Vielleicht verursachte ihr genau diese Tatsache dieses penetrante Unbehagen. Oder vielleicht war es auch nur das schmerzhafte Gefühl, das einen überkam, wenn man jemanden mochte, aber herausfand, dass der andere die Gefühle nicht erwiderte. Sicher, er fand sie vielleicht ein bisschen attraktiv, aber das würde sich nie mit seiner Liebe für seinen Job messen lassen können, was auch in Ordnung war. Er sollte sich nicht zwischen diesen beiden Dingen entscheiden müssen.

Aber das war der offensichtliche Konflikt. Eine Frau wie sie würde seine Karriere zerstören, und das wollte sie nicht. Er war dafür geboren worden, Special Agent zu werden. Sie bewunderte ihn und seine Kollegen. Sie sorgten für die

Sicherheit der Menschen. Retteten Menschen.

Aber … sie hatten sie gerettet, und Tess fühlte sich, als ob sie im reifen Alter von zehn Jahren vor Gericht gestanden hätte und verurteilt worden wäre.

Sie schüttelte das Selbstmitleid ab. Der Schmerz würde irgendwann verschwinden. Das tat er immer. In ein paar Tagen oder Wochen würde sie alles über ASAC Steve McKenzie vergessen haben, von seinem markanten Kinn bis zu seinen Grübchen.

Was viel besser war als an diese Augen zu denken oder sich an das Gefühl der Sicherheit zu erinnern, das sie letzte Nacht empfunden hatte, als er neben ihr gelegen hatte. Oder an das leidenschaftliche Verlangen, dass sie überwältigt hatte, als er sie mit seinem Mund und seinen Händen berührt hatte. Sie seufzte tief und zog sich aus, während sie vom Schlafzimmer ins Bad ging. Tess steckte ihre widerspenstigen Haare hoch, dann ließ sie noch etwas kaltes Wasser nach und kippte eine ordentliche Dosis Badeschaum in die Wanne. Sie musste sich entspannen.

Langsam ließ sie sich in das dampfende Wasser hinab, dann lag sie da und starrte an die Decke. Die Wärme des Wassers drang in ihre angespannten, müden Muskeln.

Was Mac jetzt wohl machte?

Vermutlich ermittelte er in dem jüngsten Mordversuch.

Der Abgeordnete hatte Glück, dass er noch lebte, aber er lag im Koma, und die Ärzte wussten nicht, ob er es überleben würde.

Sie betete, dass er es schaffte. Hoffentlich würde er morgen früh mit nichts Schlimmerem als Kopfschmerzen aufwachen und ihnen eine Beschreibung des Täters liefern.

Ihr Blick fiel auf den Deckel der Toilette, und das vage

Gefühl der Beunruhigung, das sie verspürt hatte, explodierte in eine regelrechte Welle der Panik. Der Deckel war oben. Sie ließ den Klodeckel niemals oben. Sie stand auf, griff nach ihrem Bademantel und wickelte sich mit zitternden Fingern darin ein, was es schwer machte, schnell zu sein. Badewasser spritze auf den Boden, als sie hektisch aus der Wanne stieg.

Gestern Morgen war sie überstürzt abgereist, aber es hatte trotzdem keinen Grund gegeben, den Klodeckel oben zu lassen.

Sie rannte in ihr Schlafzimmer, fingerte den Schlüssel zu ihrem Waffenschrank aus ihrem Schmuckkästchen und holte ihre Ruger LC9s aus dem Safe. Ihr Herz hämmerte wie verrückt, als sie Lauf und Magazin kontrollierte. Entsichert und geladen.

Ihr Finger schwebte über der Notruftaste ihres Handys, aber sie zögerte.

War Cole hier gewesen und hatte einfach die Toilette benutzt? Er war der einzige, der einen Schlüssel zu ihrem Haus hatte.

Sie wählte seine Nummer. Und wieder einmal ging die Mailbox ran, aber diesmal wurde sie wütend. „Hör zu, Cole, es nervt langsam. Ich muss mit dir sprechen. Warst du bei mir zu Hause, als ich nicht hier war? Ich weiß, es klingt verrückt, aber der Klodeckel ist oben, und ich habe ihn nicht so zurückgelassen. Ruf mich an, okay? Ich werde jetzt mit gezogener Waffe das Haus durchsuchen. Ich meine es also todernst damit, dass du mir bitte sofort Bescheid geben sollst, wenn ich mir hier wegen nichts in die Hose mache."

Sie stopfte das Handy in ihre Tasche. War es Eddie gewesen? Arbeitete er mit dem Mörder in D.C. zusammen, und hatten sie herausgefunden, wo sie wohnte? Ein anderer, schrecklicher Gedanke schlich sich ein. Was, wenn Cole ihre Anrufe nicht ignoriert hatte? Was, wenn er verletzt oder entführt worden war?

Ihr Mund wurde staubtrocken.

Sollte sie die Polizei anrufen? Um ihnen was zu sagen? Der Klodeckel war oben? Dass sie sich mit ihrem Bruder gestritten hatte, und er ihre Anrufe ignorierte? Er war ein erwachsener Mann, kein Kind mehr. Die Polizisten würden sie auslachen. Sie betrachtete ihren feuchten Bademantel. Und nie im Leben wollte sie der Polizei in nichts als einem nassen Bademantel gegenübertreten, aber sie würde die Waffe auch nicht lange genug zur Seite legen, um sich anzuziehen.

Tess atmete ein paarmal tief durch. Sie würde das schaffen. Sie würde ihr Haus nach jemandem absuchen, der sich versteckte. Sie begann damit, vorsichtig unter ihr Bett zu schauen, dann in den Kleiderschrank, aber es war niemand hier.

Ihr Griff um die Waffe wurde fester. Was, wenn Eddie irgendwo hervorsprang und sie überwältigte… diese Vorstellung zog ihr das Herz zusammen. Mit ihren Kampfsportfähigkeiten konnte sie sich gegen die meisten Bedrohungen wehren, aber seine Körpergröße und die Intensität seines Hasses gaben ihm womöglich einen Vorteil, wenn sie die Waffe verlieren würde.

Dann verlier eben nicht die Waffe, Mädchen.

Sie zuckte zusammen, als die Stimme ihres Daddys durch ihre Erinnerung hallte. Aber dann musste sie daran denken, dass sie schon immer ein besserer Schütze als Eddie gewesen war und die letzten zwanzig Jahre nicht in einer Zelle verrottet war. Sie hatte in diesen zwanzig Jahren gelernt, sich zu verteidigen.

Tess konzentrierte sich angestrengt, versuchte, die Anwesenheit eines anderen Menschen zu spüren, obwohl ihr eigenes Blut ohrenbetäubend durch ihre Adern rauschte. Nichts. Vielleicht existierte ihr sechster Sinn nicht. Sie dachte darüber nach, Mac anzurufen, für den Fall, dass es wirklich Eddie war, aber sie wollte nicht, dass er glaubte, sie würde ihm nachstellen. Vor allem nicht, da er seine Ex-Frau scheinbar so dafür verachtete, ihm hinterher zu laufen.

Außerdem ermittelte er gerade in einer Mordserie.

Sicher, er würde informiert sein wollen, wenn Eddie hier auftauchte, aber wenn ihr einziger Hinweis ein hochgeklappter Klodeckel war, würde er sicher nicht viel Geduld dafür haben. Sie wollte nicht noch blöder vor ASAC Steve McKenzie dastehen, als sie es ohnehin schon tat. Vorsichtig schlich sie sich aus dem Badezimmer und öffnete die Tür zum Gästezimmer, das als ihr Büro diente, und das sie so gut wie nie nutzte.

Auf den ersten Blick schien alles normal zu sein. Aber eine der Schubladen war nicht ganz zugeschoben, und Tess hätte sich das nicht so durchgehen lassen. Sie war ein klein wenig zwanghaft, was das anging. Sie betrat das Zimmer und öffnete mit dem Ärmel ihres Bademantels die Schublade. Der kleine Stapel an Bargeld, den sie zu Hause aufbewahrte, war noch da.

Sie biss die Zähne zusammen, während sie den Rest des Hauses durchsuchte, aber es hatte sich niemand versteckt, nichts anderes war durcheinandergebracht worden, und die Türen waren alle abgeschlossen.

War es möglich, dass sie sich diese Dinge einbildete? Die Mappe bei Cole? Den Klodeckel? Wurde sie etwa verrückt?

Was für ein Einbrecher ließ denn das Bargeld da, benutzte aber die Toilette? Einer, der vergewaltigte und mordete. Oder einer, den sich eine alleinlebende, nervöse Frau nur eingebildet hatte?

Ernüchtert und unsicher, ob tatsächlich jemand in ihrem Haus gewesen war, oder ob sie einfach nur langsam ihren Verstand verlor, ging sie zurück nach oben. Die Wanne hatte ihren Reiz verloren. Der Duft von Lavendel konnte ihre Nerven nicht beruhigen.

Sie zog sich einen frischen Pyjama an und schaltete alle Lichter aus, bis auf die Lampe im Eingangsbereich, deren Schein die Treppe erhellte. Das Licht gab ihr ein Gefühl der Sicherheit, wie trügerisch auch immer es sein mochte. Sie legte sich in ihr Bett, hieß seine vertraute Umarmung willkommen. Sie war erschöpft und musste unbedingt mal wieder eine Nacht durchschlafen.

Tess spielte mit dem Gedanken, Mac anzurufen und ihn wissen zu lassen, dass sie zurück in D.C. war, aber das würde wie eine erbärmliche Anmache klingen. Er wusste schon, dass sie von ihm angezogen war – hallo? – und das hasste sie. Der Wunsch, seine Stimme zu hören, überwältigte beinahe ihren gesunden Menschenverstand und verriet ihr mehr über ihre Gefühle für diesen Kerl, als sie wissen wollte.

Er hat nur wegen deiner Verwandtschaft Interesse an dir.

Traurigkeit senkte sich schwer auf sie nieder. Die Kameradschaft der letzten Nacht, bevor sie es durch ihr Herumgemache kaputt gemacht hatten, war wie ein kurzer Einblick in das Leben anderer Menschen gewesen. Glücklicher Menschen. Normaler Menschen. Menschen in liebevollen Beziehungen. Was verrückt war, weil sie praktisch Fremde waren, die sich in einer Beziehung zueinander befanden, die in Mord, Hass und Fanatismus verankert war.

Aber…

Sie seufzte müde und legte ihre Ruger neben Macs

Visitenkarte und Ellies Lesezeichen auf den Nachttisch.

Die Vorstellung, Steve McKenzie in ihrem Leben zu haben, war ein Traum, keine Realität. Ihre Realität bestand daraus, um ihr Leben zu kämpfen und ihren kleinen Bruder so gut sie konnte zu beschützen. Wenn Eddie es auf sie abgesehen hatte, würde sie bereit sein.

Sie dachte an ihre wunderschöne Schwester und daran, was Ellie hatte durchmachen müssen. Schon allein dafür würde sie den Bastard erschießen.

Allerdings konnte sie es sich nicht erlauben, erst zu schießen und dann die Fragen zu stellen. Wenn sie einen Fehler machte, würde sie eingesperrt und der Schlüssel weggeworfen werden. Unschuldig, bis die Schuld bewiesen ist, galt nicht für Leute wie David Hines' einzige überlebende Tochter, und sie hatte kein Bedürfnis, ins Gefängnis zu wandern.

Sie schloss die Augen, ihr Herz hämmerte noch immer in ihrer Brust. Bei dem Puls würde sie niemals einschlafen.

Denk an etwas anderes.

Macs Grübchen blitzten in ihren Gedanken auf, zusammen mit diesem bübischen Grinsen, das seine Augen so verwegen funkeln ließ. Und die Art, wie seine Stimme sie einwickelte, dieser ländliche Akzent, den er so angestrengt zu vertuschen versuchte. Und die Art, wie er sie berührt hatte, sie unablässig bis zu der Stelle getrieben hatte, an die nie zuvor ein Mann sie gebracht hatte.

Sie grinste über ihren inneren Star Trek-Nerd.

Nach und nach verlangsamte sich ihr Herzschlag, und ihr Atem ging ruhiger. Sekunden später schlief sie tief und fest.

———

MAC SPAZIERTE IN den Einsatzraum im SIOC, in dem sich die Sondereinheit befand, und hatte das Gefühl, Monate lang weg gewesen zu sein, anstatt nur achtunddreißig Stunden.

Die Medien überschlugen sich in ihrer Berichterstattung über die Hassmorde im Herzen von D.C. Das letzte Mal, als die Stadt in solche Angst versetzt worden war, hatten die Beltway-Heckenschützen willkürlich unschuldige Menschen erschossen. Zehn Menschen waren gestorben. Einer der Schützen war erst siebzehn Jahre alt gewesen. Der andere hatte die Todesstrafe erhalten, und Mac hoffte, der jetzige Mörder würde dem Heckenschützen eher früher als später Gesellschaft leisten.

Aber die Aufmerksamkeit der Medien bescherte ihnen leider keine Hinweise. Stattdessen feuerten sie die Hysterie nur noch weiter an, was niemandem weiterhalf.

„Wird Trettorri durchkommen?", fragte Walsh ihn auf dem Weg zum Pausenraum, in dem Mac seinen Arbeitsplatz eingerichtet hatte.

„Er lebt", antwortete Mac.

Die brünette Agentin, die er auf dem Schießstand getroffen hatte, schaute ihn an und schenkte ihm ein Lächeln. Er nickte ihr zu, und Walsh beäugte sie mit offenkundigem Interesse.

„Eine Freundin von dir?", erkundigte er sich.

Macs Liebesleben war schon jetzt kompliziert genug. „Denk, was du willst."

Nur ein paar Agenten saßen herum. Mac schaute auf die Uhr. Abendessenszeit. Im Krankenhaus hatte er ein Sandwich gekauft und es im Stehen verschlungen. Danach hatte er am Tatort vorbeigeschaut, war zu seiner Wohnung gefahren, und hatte seine alten Notizbücher herausgesucht. Dann hatte er ein paar saubere Klamotten geschnappt und seine Einsatz-Reisetasche neu gepackt, bevor er den Vizedirektor der strafrechtlichen Ermittlungsverfahren auf den neuesten Stand über die Entwicklungen in Idaho gebracht hatte. Er hatte schon während der Ermittlungen in Minneapolis mit dem Direktor zusammengearbeitet. Der Kerl war in Ordnung, solange man die Regeln befolgte. Anscheinend lief Mac Gefahr, in dieser Hinsicht etwas einzuknicken.

Jetzt war er am Verhungern. Wenn er Glück hatte, konnte er einen der anderen Agenten dazu überreden, ihm einen Burger und Fritten mitzubringen. Und dann würde er hoffentlich noch jemanden finden, der für ihn anschließend ins Fitnessstudio ging, um die Kalorien auch wieder abzutrainieren.

Er rollte seine Schultern.

„Die zweite Kugel hat seinen Schädel gestreift, ist aber nicht eingedrungen. Hat Trettorri vermutlich augenblicklich ausgeknockt", berichtete Mac. „Die Wunde hat alles vollgeblutet. Der Schütze muss es eilig gehabt haben, ansonsten hätte er gemerkt, dass der Kerl noch atmet. Die erste Kugel hat viel mehr Schaden angerichtet. Ist direkt durch die linke Lunge, ein Splitter ist in seinen Torso abgeprallt und hat eine Ader verletzt. Der Mann hat sehr viel Blut verloren." Mac war universeller Blutspender und die Krankenschwester hatte ihm gestattet, Blut zu spenden, während er darauf gewartet hatte, mit dem behandelnden Arzt zu sprechen. „Der Chirurg ist zuversichtlich, dass sie den Schaden der Kugeln repariert haben, aber sie machen sich Sorgen über mögliche Hirnschäden durch die Gehirnerschütterung. Sie behalten ihn auf der Intensivstation, bis er stabil ist. Wir haben Agenten vor seiner Zimmertür postiert, um sicherzugehen, dass niemand den Anschlag zu Ende bringt." Als er zum Tatort gekommen war, waren die Beweise bereits eingesammelt worden, um sie vor dem beginnenden Regen zu schützen. Mögliche Spuren in der Umgebung waren von den Ersthelfern zertrampelt worden, die getan hatten, was sie konnten, um das Leben des Abgeordneten zu retten.

„Ich habe einen Agenten mit den zwei 40er-Kaliber Patronenhülsen ins Labor nach Quantico geschickt", informierte ihn Walsh, „damit Harm gleich loslegen kann."

„Irgendwelche weiteren Beweise?"

„Keine Zeugen, keine Überwachungskameras. Es scheint fast so, als ob der Schütze genau weiß, wo überall Kameras installiert sind, und die Tatorte dementsprechend auswählt."

Mac war der Gedanke auch schon gekommen.

„Aber es sieht so aus, als ob Trettorri mit jemandem gerungen hätte, und dessen DNA ist möglicherweise unter seinen Fingernägeln und auf seiner Kleidung. Ein Agent hat der Schwester geholfen, seine Kleidung einzusammeln und Proben von seinen Fingernägeln zu nehmen, während er für die OP vorbereitet wurde. Ist alles zusammen mit den Patronenhülsen auf dem Weg ins Labor."

Hernandez brachte Mac einen Kaffee und stellte die Tasse auf seinem Schreibtisch ab.

Mac runzelte über diesen persönlichen Service die Stirn. „Danke, Libby."

„Habe mir gedacht, den könnten Sie gebrauchen. Sie können letzte Nacht nicht viel Schlaf bekommen haben", erklärte sie.

Er schaute sie ausdruckslos an.

„ASC Gerald will wissen, wann die nächste Teamsitzung

ansteht, damit er entweder nach Hause geht oder dafür hierbleibt", sagte sie ihm.

Mac fuhr seinen Computer hoch. „Sagen Sie ihm, sie findet in zehn Minuten statt. Ich will, dass alle auf den neuesten Stand gebracht werden. Ich schicke gleiche ein E-Mail an alle raus." Angeblich hatte er irgendwo eine Assistentin, aber sie arbeitete nur zu normalen Bürozeiten, und er hatte sie noch nicht kennengelernt.

Hernandez nickte und ging. Mac schickte die E-Mail mit der Bitte, sich schnellstmöglich einzufinden, an alle in der näheren Umgebung heraus. Das hier war eine sich rapide entwickelnde Ermittlung, und er musste wissen, ob er etwas übersehen hatte. Er schaute in seine Textnachrichten. Kein Wort von Tess. War sie sicher in D.C. gelandet?

Er sagte sich, dass es ihr bestimmt gut ginge, aber er machte sich Sorgen um sie.

Freunde passten aufeinander auf, oder nicht? Nur dass er sich entschieden hatte, Distanz aufzubauen, nachdem er letzte Nacht die Grenze zwischen Freundschaft und Liebhaber deutlich überschritten hatte, erinnerte er sich. Sie hatte offensichtlich die gleiche Entscheidung getroffen, und sie anzurufen und sicherzugehen, dass es ihr gut ging, verwischte die Grenzen ihrer Beziehung nur weiter und machte die Dinge noch komplizierter. Diese ganze Sache war ohnehin schon kompliziert genug.

Verdammt.

„Was hast du da?", fragte Walsh und deutete mit dem Kinn auf die schwere Plastiktüte.

Mac grinste grimmig. „Meine Notizen zur Pioneers-Ermittlung. Ich möchte, dass du und Carter sie nach irgendwelchen Hinweisen auf das Manifest von Hines durchsehen. Er hat es auch ‚Der Weg der Pioneers‘ und ‚Weg zur Revolution‘ genannt, je nachdem, mit wem er gesprochen und wie viel Alkohol er getrunken hatte." Mac durchsuchte seine Schreibtischschublade nach dem Tablet, auf dem er sich dieser Tage Notizen machte. „Soweit ich mich erinnern kann, hat Hines behauptet, sie würden eine Reihe symbolischer Morde begehen, damit ihre Feinde markiert werden würden und ihre ‚Armee‘ die Ankündigung für den kommenden Krieg erhalten würde. Nach den Morden würde er seine Anhänger dazu aufrufen, entweder das Weiße Haus oder das Kapitol zu bombardieren – das Ziel änderte sich ständig, je nachdem, was Hines an diesem Tag über die Leber gelaufen war. Ich habe dringend um erhöhte Sicherheitsvorkehrungen und Wachsamkeit an beiden Orten gebeten." Die kaltschnäuzige Geringschätzung für Menschenleben, Recht und die Verfassung dieses Landes hatte ihm immer einen kalten Schauer über den Rücken gejagt. Bei der Vorstellung, dass einige seiner Mitbürger diesem Irrsinn nacheiferten, hätte er am liebsten mit der Faust auf irgendetwas eingehauen, am besten etwas, dass zurückschlagen würde.

Walsh nahm die Notizbücher entgegen. „Großartig. Ich kann es gar nicht erwarten, deine Sauklaue zu entziffern." Macs Handschrift war nicht besonders hübsch. „Ich werde aber nicht etwa über irgendwelche schnulzigen Liebesgedichte zwischen den Zeilen stolpern, oder?"

Mac lehnte sich zurück und grinste. „Vergleich ich dich mit einem Sommertag? Du hast mehr Hässlichkeit und …"

„Schnauze", grunzte Walsh.

„Ich frage mich, was die Pioneers mehr zur Weißglut getrieben hätte?", fragte Mac ironisch. „Dass ich ein verdeckter Ermittler war oder die Tatsache, dass ich Shakespeare zitieren kann. Ich bin mir ziemlich sicher, dass sie mich so oder so erschossen hätten.“

„Ich kann immer noch nicht fassen, dass du in dem Fall verdeckt ermittelt hast. War es wirklich so schlimm?“

Mac dachte an das Jahr zurück, das er dort verbracht hatte. „Das ist ja das, was es so beängstigend macht. Manchmal war es überhaupt nicht schlimm. Manchmal war es toll, Teil einer eng gestrickten Gemeinschaft zu sein, die sich scheinbar umeinander kümmerte. Und dann wieder kochte einfach wie aus dem Nichts dieser Hass hoch – gegen Schwarze, Juden, Abtreibungsbefürworter. Im Prinzip gegen jeden, der nicht so aussah und sich nicht so verhielt und dachte wie sie. In einem Moment boten sie einem frisch gebackenen Brötchen mit Butter an, im nächsten Moment schimpften sie darüber, dass die anderen die Weltherrschaft übernehmen würden und gestoppt werden müssten.“

Walsh verzog das Gesicht.

„Es war, als würde man in Satans Version von *Unsere kleine Farm* leben.“

„Du hast dort gute Arbeit geleistet, Mac“, sagte Walsh.

„Offensichtlich aber nicht genug.“ Mac seufzte, lehnte sich zurück und fragte sich, was zum Teufel er hätte anders machen können. „Ich muss die Marshalls anrufen, um ein Update zu bekommen.“

„Immer noch keine Spur von Eddie?“

„Nicht dass ich wüsste. Ich persönlich hoffe ja, dass er sich irgendwo in den Wäldern von Idaho in einen Eiszapfen verwandelt hat. Hast du seine Freundin von damals ausfindig machen können?“

Walsh nickte. „Ich denke ja. Eine Frau namens Brandy Jordan hat ihn während seines ersten Jahres in Haft häufig besucht. In den späteren Jahren war sie noch ein paar Mal da, aber viel seltener. Ich habe ihre Informationen an das Büro in Coeur d'Alene geschickt, damit die Kollegen dort ihre letzte bekannte Adresse überprüfen, die wir von der KFZ-Behörde haben."

„Ich will, dass sie zur Befragung hergebracht wird, und ich will mit dem für die Befragung zuständigen Beamten sprechen. Sie weiß womöglich, wo Eddie ist oder wer seine Freunde sind."

„Bist du sicher, dass Eddies Schwester nichts verheimlicht?" Walsh schaute ihn skeptisch an.

Mac blickte unverwandt zurück, verstand, was der Kerl ihn fragte. „Sie hat ihm nicht geholfen, zu entkommen, Dylan. Er hat ihr fast das Genick gebrochen, als er sie gestern angegriffen hat."

„Das kann auch ein Ablenkungsmanöver gewesen sein."

„Vielleicht, wenn sie als Kinder etwas füreinander übriggehabt hätten, aber das war nicht der Fall gewesen. Die beiden älteren Brüder haben das ältere Mädchen sexuell missbraucht, und ich habe mitbekommen, wie Walt versucht hat, das Gleiche mit Tess zu machen. Tess hat die beiden gehasst. Die Jungs waren Schweine – und das ist eine Beleidigung für Schweine."

„Sind wir uns hundertprozentig sicher, dass Walt tot ist?", fragte Dylan Walsh.

„Es sei denn, der Kerl im Leichenschauhaus hat uns angelogen." Mac zog eine Grimasse.

Walsh schien noch immer nicht von Tess' Unschuld überzeugt zu sein. Das Schlimmste war, dass Mac es an seiner Stelle auch nicht wäre. Aber er war da gewesen. Er hatte es erlebt.

EINUNDZWANZIGSTES KAPITEL

Zehn Minuten später saß Mac vor versammelter Mannschaft und überflog die Truppe, um zu sehen, wer noch fehlte. Ein paar der Analysten, die feste Arbeitszeiten hatten. Ross, Atherton und Dunbar. Die Beamten hatten gestern begonnen, mit den Familien der Mordopfer über Drohungen zu sprechen, die die Opfer möglicherweise erhalten hatten, und gingen heute weiteren Hinweisen nach.

Mac begann mit Elijah Carter, der links von ihm neben dem Hassverbrechens-Duo saß. „Irgendwelche Verbindungen zwischen den Opfern?"

„Wir haben ein paar grundsätzliche Überschneidungen, beispielsweise, dass sie alle die digitale Ausgabe der Washington Post abonniert hatten, den gleichen Handyanbieter genutzt haben und hin und wieder in denselben Supermärkten einkaufen waren, mit der gleichen U-Bahn-Linie gefahren sind und so weiter. Aber nichts Auffälliges, wenn man bedenkt, dass sie alle im Nordwesten der Stadt gewohnt haben. Es gibt keine Hinweise auf Kommunikation zwischen den Opfern, aber ich bin immer noch dabei, ihre Social-Media-Konten durchzuschauen, ebenso ihre Kreditkartentransaktionen, um zu überprüfen, ob sie gleiche Veranstaltungen besucht haben. Ms. Shiraz hat ihre persönliche Meinung auf Blogs und in den sozialen Medien konstant öffentlich gemacht, aber die anderen haben nicht mal regelmäßig Facebook genutzt – bis auf die

Frau des Richters. Sie hat jede Menge Bilder ihrer Enkelkinder gepostet." Carter rieb sich die Augen, und die Hassverbrechens-Lady wich vor ihm zurück, als ob er ansteckend wäre. „Ich habe auch Trettorri mit in die Überprüfung der Verbindungen aufgenommen, aber da kommen die gleichen pauschalen Dinge dabei heraus. Danach nehme ich mir weitere Gemeinsamkeiten vor, ob sie vielleicht mit den gleichen Leuten befreundet waren und so weiter. Ein paar der Analysten arbeiten schon daran."

Ross, Atherton und Dunbar kamen in den Raum und entschuldigten sich wortlos für ihre Verspätung. Dunbar trug eine hautenge Lederhose und Agent Ross hatte Schwierigkeiten, seine Augen nicht über ihren Hintern wandern zu lassen. Schön zu sehen, dass Mac nicht der einzige Kerl mit Frauenproblemen war.

Seine Ex. Nicht Tess, versicherte er sich. Er würde sich mit Heather auseinandersetzen müssen, sobald er eine Stunde Zeit für sich hatte. Sie fing an, ihm richtig auf die Nerven zu gehen und sich auf seine Arbeit auszuwirken. Tess würde er einfach loslassen müssen. Es war ja nicht so, als ob er sie vorher noch nie zurückgelassen hätte.

Genau. Als sie zehn gewesen war.

Arschloch.

Zur Hölle, er fing an, sich wirklich zu hassen, wenn es um seinen Umgang mit Tess Fallon ging.

„Was haben Sie herausgefunden?", fragte er die Nachzügler.

Dunbar übernahm die Führung, was ihre Kollegen zu irritieren schien, aber sie grinste Ross an, während sie sprach. Mac vermutete, dass sie beide ausgesprochen ehrgeizige Individuen waren, was schön und gut war, solange sie

Resultate lieferten. „Sowohl der Rabbi als auch die Radiomoderatorin haben der Polizei und dem FBI Drohungen gegen ihre Person gemeldet. Vor etwa einem Jahr hatte jemand ein Hakenkreuz an die Synagoge geschmiert, in der der Rabbi arbeitet, und er hat Anzeige erstattet. Sonja Shiraz hat tausende von abartigen E-Mails und Briefen bekommen, in denen ihr sonst was angedroht wurde, dafür, die Seiten gewechselt zu haben. Der Richter hat nie irgendwelche Drohungen gemeldet, und ich habe mit einigen seiner Kollegen in den Bundesgerichten gesprochen, von denen keiner etwas darüber mitbekommen hatte, ob das Ehepaar Thomas Probleme mit Hasskommentaren gehabt hätte. Er war beliebt, respektiert, hat sich nicht mit Dummköpfen ab- gegeben. Anschließend haben wir mit Trettorris Mann gesprochen.“

Ross verschränkte die Arme und schien sich damit arrangiert zu haben, die zweite Geige in Annabel Dunbars Darbietung zu spielen.

„Der Ehemann hat versprochen, einen Mitarbeiter aus Trettorris Büro alle Hassmails und Drohbriefe zusam- mensuchen und sie uns so schnell wie möglich zukommen zu lassen.“ Sie stemmte die Hände in die Hüften. „So, wie er das ausgedrückt hat, scheint es, als ob es eine ganze Menge davon gibt. Aber Trettorri hat das alles im Büro gelassen, um ihr Zuhause nicht zu besudeln – seine Wortwahl, nicht meine. Das ist alles, was wir bis jetzt haben.“ Sie zuckte übertrieben mit den Schultern und lehnte sich an die Wand. Abgesehen von ihrer Hose und ihrem einwandfreien Körper erinnerte sie Mac sehr an sich selbst. Hungrig darauf, sich zu beweisen. Überzeugt, den Job erledigen zu können. Entschlossen, niemals Schwäche zu zeigen. Sie hatte nicht lange gebraucht, um ihren Platz im SIOC zu finden. Mac schätzte, in spätestens einer Woche wäre sie bereit, die Ansagen zu machen.

„Miki?", forderte Mac Agent Makimi auf.

Die Agentin rieb sich die Stirn. Nur ein Narr würde sie als Agentin oder als Frau unterschätzen. „Ich habe die Datenbank nach ähnlichen Verbrechen durchsucht." Sie presste die Lippen zusammen. „Viele mögliche Verbindungen, aber nichts Konkretes. Keine Fälle, bei denen die Waffe verwendet wurde, die Agent Harm identifiziert hat."

„Wie ähnlich sind die Verbrechen?", fragte Mac.

„Möglicherweise Hassverbrechen, basierend auf Hautfarbe, Religion oder sexueller Orientierung. Ohne großes Tamtam an abgelegenen Tatorten durchgeführt. Keine Zeugen. Die Patronenhülsen wurden nicht in allen Fällen eingesammelt, aber es gab ein paar Vorfälle, bei denen es so war. Ein Doppelmord legt nahe, dass der Täter keine Zeugen riskieren wollte. Sieht so aus, als ob ein junger Mann zufällig während der Ermordung eines arabischen Mannes vorbeikam und dafür eine Kugel in den Schädel kassiert hat."

„Irgendwelche Opfer in D.C.?"

Sie lächelte. „Das wäre zu einfach, oder? Memphis. Phoenix. Seattle. New Haven."

„Setzen Sie sich mit den dortigen Polizeistationen und FBI-Büros in Verbindung. Finden Sie heraus, ob die uns noch irgendwelche Informationen über diese Verbrechen geben können, die eine Verbindung herstellen. Egal was für Hinweise – vor allen DNA-Spuren oder Zeugenaussagen, die nicht in der Datenbank aufgeführt sind."

„Es ist ungewöhnlich, einen Einzeltäter zu haben, der sich nicht für seine Tat feiern lassen will", bemerkte die Hassverbrechens-Agentin.

Mac stimmte ihr zu. „Für gewöhnlich sind sie so prahlerisch, dass sie sich selbst stellen, wenn die Polizei sie nicht schnell genug schnappt, aber unser Täter scheint in absehbarer Zeit nicht aufzuhören. Er oder sie hat eine Mission." Er blickte die Agentin an, war ausnahmsweise mal einer Meinung mit ihr. „Noch irgendwelche anderen Hassorganisationen auf dem Radar?"

Sie und ihr Partner tauschten einen Blick aus. „Alles deutet darauf hin, dass diese Sache mit David Hines' Pioneers, ehemals von der Kodiak-Anlage in Idaho, zusammenhängt. Wir schauen uns die Leute genauer an, die dort waren oder verdächtigt werden, der Organisation nahegestanden oder mit ihr sympathisiert zu haben."

„Könnte uns jemand absichtlich glauben lassen wollen, es wären die Pioneers?", fragte Mac. Er würde lügen, wenn er nicht hoffte, Tess die Belastungsprobe ersparen zu können, die ihr bevorstand, wenn die Presse diese Verbindung herausfand, was jeden Augenblick passieren konnte.

Die Hassverbrechens-Lady lächelte. „Sie sind derjenige, der gestern mit David Hines' Tochter in Idaho war. Was denken Sie?"

Das erinnerte ihn an etwas. Er wühlte in seiner Jackentasche, dann warf er Walsh die Audioaufnahme der Begegnung zwischen Tess und Eddie zu. „Tess Fallon hat ihren Bruder seit zwanzig Jahren nicht besucht, aber sie hatte sich bereiterklärt, mit ihm zu sprechen und sich verkabeln zu lassen, nachdem ich ihr erzählt hatte, dass Ellie, ihre Schwester, zum Zeitpunkt ihres Todes im vierten Monat schwanger gewesen war." Und wenn schon ... wenn er über den genauen Zeitablauf etwas vage blieb, damit Tess besser dabei wegkam? Tess war nicht die Täterin. „Die

Schwangerschaft bedeutete, dass jemand auf der Anlage Sex mit Ellie Hines hatte."

„Nein wirklich!", spottete Walsh.

„Und", Mac schickte einen tadelnden Blick in Richtung der billigen Plätze, „da sie David Hines' Tochter war, und die Pioneers diesen Kerl verehrt haben und vor seiner Frau noch mehr Schiss hatten, bin ich mir schon damals ziemlich sicher gewesen, dass Ellie das Opfer von Inzest war. Ich habe den Gerichtsmediziner gebeten, während der Autopsie ein paar Tests durchzuführen, die schließlich bestätigt haben, dass ein Bruder der Vater von Ellies Baby war. Diese Informationen wurden nie öffentlich gemacht, weder in den Medien noch vor Gericht. Der Staatsanwalt hat keine Anklage erhoben. Walt war tot und Eddie saß schon für absehbare Zeit im Gefängnis."

„Die jüngere Schwester hatte nicht mitbekommen, dass die ältere sexuell missbraucht wurde?", fragte der Agent der Hassverbrechensabteilung skeptisch.

Mac musste an den Schmerz in Tess' Augen denken, als sie es herausgefunden hatte. „Nein, sie hat nichts davon gewusst. Eddie hat sie am Ende ihres Besuchs angegriffen. Sie hatte Glück, dass sie relativ unbeschadet davongekommen ist." Sein Mund wurde trocken, als er sich daran erinnerte, wie nahe sie dem Tod gekommen war.

„Sind Sie sicher, dass sie nicht mit Ihnen spielt, Boss?", fragte Walsh.

Mac zwang sich, mit den Schultern zu zucken. Er wusste, dass auch andere das denken mussten, wenn Walsh es aussprach. „Ich beschreibe nur, was ich aus meiner Zeit als verdeckter Ermittler auf der Anlage und von dem, was ich gestern im Gefängnis mitbekommen habe, weiß. Ich glaube ihr, aber wir werden diese Sache genau nach Vorschrift machen. Ich möchte, dass jemand ihre Aktivitäten überprüft, damit alles protokolliert ist. Sie", er deutete auf Walsh, weil er dem Kerl vertraute. Tess würde ihn hassen, wenn sie das wüsste. Er dachte an die Bücher auf ihrem eReader. Ihr Bedürfnis nach Privatsphäre. „Hören Sie sich die Aufnahme aufmerksam an. Ich bin sicher, es gibt Hinweise darauf, aber ich war zu abgelenkt, als Eddie sie angegriffen hat. Außerdem", er deutete auf Carter, „glaubt Tess, dass sowohl ihr Vater als auch Eddie eine Freundin hatten. Eddies Freundin war ein Mädchen namens Brandy, und ich vermute, dass sie seit damals Kontakt mit ihm hatte. Agenten aus Coeur d'Alene versuchen gerade, sie ausfindig zu machen. Ich will, dass Sie und Walsh meine alten Notizen zu der Kodiak-Ermittlung nach den Namen möglicher Verdächtiger durchsehen. Und nach Hinweisen hinsichtlich jeglicher Frauen in David Hines' Leben."

„Sie glauben, unser Täter könnte eine Frau sein?", fragte Carter.

„Warum nicht?", blaffte Agent Makimi. „Jeder Idiot kann doch eine Pistole abfeuern."

Miki war eine große Verfechterin von Gleichberechtigung.

„Das ist eiskalt", gab Carter zurück und blickte sie unverwandt an.

„Es ist eiskalt, unabhängig davon, wer den Abzug betätigt", wandte Mac ein.

Mac dachte zurück an Tess' Treffen mit Eddie und was sie dem Kerl gesagt haben könnte, das sie verraten hatte. „Hören Sie sich die Unterhaltung an und sagen Sie mir, was Sie denken. Und finden Sie heraus, wie es bei den Marshalls aussieht und ob sie das Arschloch mittlerweile geschnappt haben." Ihm fiel noch etwas anderes ein. „Eddie hat während der Unterhaltung mit Tess angedeutet, er würde eine der Gefängniswärterinnen flachlegen, aber das kann auch nur Prahlerei gewesen sein. Stellen Sie sicher, dass Sie das an die Marshalls weiterleiten. Er hat außerdem angedroht, Tess aufzuspüren und sie umzubringen." Sein Magen zog sich zusammen, als er an Eddies genaue Wortwahl dachte. „Vermutlich alles Knastprahlereien, aber das kann man bei Psychopathen nie wissen, vor allem nicht bei dummen." Vor allem nicht, wenn sie aus dem Gefängnis ausgebrochen waren.

Walsh notierte sich alles. „Sollen wir einen Personenschutz für sie organisieren?"

Mac nickte. „Schicken Sie einen Streifenwagen in ihre Straße." Er wollte, dass Tess in Sicherheit war, und auch wenn er nicht glaubte, dass Eddie es bis nach D.C. schaffen würde, konnte er sich nicht erlauben, die Gefahr für sie zu unterschätzen. Tess würde die zusätzliche Aufmerksamkeit hassen, die der Personenschutz mit sich brachte, aber vermutlich hasste sie ihn ohnehin schon. Dann war das eben so.

„Um es festzuhalten, ich glaube nicht, dass Tess Fallon in die Morde involviert ist, aber sie steht auf irgendeine Weise damit in Verbindung. Wir scheinen es hier mit einer Verschwörung zu tun zu haben, wenn wir von der Beteiligung von Henry Jessop und der Verbindung zu den Pioneers ausgehen. Computerexperten der Fallanalyse überprüfen Tess' Onlineaktivität, haben aber bisher nichts Verdächtiges gefunden. Die Experten haben außerdem irgendein Wunderkind darauf angesetzt, die Nutzer des One-Drop-2-Many-Chatrooms im Darknet zu identifizieren."

Hernandez ließ in einer überschwänglichen Geste ihren Kugelschreiber auf ihren Notizblock fallen. „Unmöglich."

Mac gestattete sich ein kleines Grinsen. „Anscheinend ist

der Junge ein Genie, und wir haben nichts zu verlieren, wenn er es probiert. Ich will, dass jemand von uns den jüngeren Bruder, Cole, gründlich durchleuchtet. Tess behauptet, er wüsste nicht, wer seine leiblichen Eltern waren, aber irgendjemand anderes kann es ihm ohne ihr Wissen gesteckt haben. Atherton." Der Agent schaute von seinen Notizen auf. „Sprechen Sie mit seinen Uni-Professoren. Ich brauche richterliche Beschlüsse, um auf seine Handydaten, E-Mail-Konten und alle Internetaktivitäten zugreifen zu können. Finden wir heraus, was es wirklich mit ihm auf sich hat. Diese Leute haben es verdient, respektvoll behandelt zu werden, bis wir belastende Beweise finden, die auf ihre Beteiligung hinweisen. Cole war zum Zeitpunkt des Todes seiner Eltern ein Baby, und Tess hat schon als junges Mädchen genug unter ihnen gelitten." Er zwang die Erinnerung daran, wie sie aus dieser verfluchten Scheune gestürzt kam, aus seinen Gedanken. Allein bei dieser Erinnerung juckte es ihm in den Fäusten. Walt hatte seine Lektion nicht ohne Widerworte angenommen, und Mac hatte jede Sekunde genossen, diesem Typen einzubläuen, die Finger von seiner eigenen Schwester zu lassen.

„Jetzt zu Henry Jessop. Wer kümmert sich darum?"

Eine Reihe von Händen schoss in die Höhe. Ein Agent bestätigte die Anrufe auf das Prepaidhandy, das Parker erwähnt hatte. „Verfolgen Sie den Erwerb dieser zwei Handys zurück und finden Sie heraus, ob derselbe Käufer noch weitere Handys erworben hat. Vielleicht können wir die SIM-Karten zurückverfolgen. Wo, wann, wie und von wem wurde dafür bezahlt. Diese Leute müssen irgendwo einen Fehler gemacht haben."

Im Augenblick allerdings ließen sie die Strafverfolgungsbehörden im Kreis rennen und die Brotkrumen aufsammeln, die sie ihnen hinwarfen.

Der Agent lieferte noch ein paar Details zu Jessop, aber der Kerl hatte nie Probleme mit dem Gesetz gehabt, und im Gegensatz zu den meisten anderen regierungsfeindlichen Personen hatte er auch seine Steuern immer pünktlich bezahlt.

„Was ist mit seiner Familie?", fragte Mac.

Hernandez antwortete. „Seine Frau ist vor fünf Jahren gestorben. Die Tochter ist bei einem Autounfall vor fast zwanzig Jahren umgekommen."

Mac runzelte die Stirn und schüttelte den Kopf. „Jessop hat es so klingen lassen, als ob sie noch lebte. Was ist mit dem Enkelsohn?"

Hernandez blinzelte. „Was für ein Enkelsohn?"

Mac ging auf und ab. Das passte alles nicht zusammen. „Beim Abendessen gestern hat er eine Tochter erwähnt, die an der Ostküste wohnt. Er hatte ein Foto an seinem Kühlschrank hängen, auf dem ein kleiner Junge die Hand einer Frau hielt."

„Vielleicht hat er nach ihrem Tod vor lauter Trauer den Verstand verloren?", schlug der Analyst vor."

Mac verzog das Gesicht. „Es ist möglich, dass er nicht mehr bei klarem Verstand war. Er hat immerhin sein Haus in Brand gesteckt, keine zwanzig Minuten, nachdem er mir den besten Eintopf serviert hat, den ich jemals gegessen habe." Er strich seinen Schlips glatt, stellte sich Jessops Haus vor und dachte an all die Dinge, die ihn störten. „Das Schlafzimmer im Erdgeschoss, in dem ich den Computer gefunden habe, gehört einem Teenager. Ich würde sagen, einem Jungen, den Farben und der Bettwäsche nach zu urteilen. Außerdem habe ich im Badezimmer einen Rasierer gesehen und Jessop hatte einen Bart, der hässlicher war als ich."

„Hätte der Rasierer nicht auch der Frau gehören können,

als sie noch gelebt hat?"

„Nein, das war ein Herrenrasierer."

„Kein alberner Damenrasierer", stieß Miki grimmig aus.

Mac versteckte ein Grinsen. Makimi aufzuziehen war einer der vielen Gründe, weshalb er gerne mit ihr zusammenarbeitete. Die Frau war als Kind aus Japan hierhergezogen und hatte sich voll und ganz der feministischen Sache verschrieben.

„Genau. Ich sage hier nicht, dass Herrenrasierer besser sind als Damenrasierer, sie sehen einfach anders aus."

Sie musterte ihn grimmig.

„Es ist auf jeden Fall verdächtig." Er deutete auf Hernandez. „Wühlen Sie weiter in Jessops Geschichte herum, graben Sie noch viel tiefer. Kontaktieren Sie die örtliche Schulbehörde, bitten Sie die örtliche Polizei und das FBI um weitere Informationen. Fragen Sie, ob die Agenten aus Pocatello die Rancharbeiter zu Jessops Familie befragen können. Finden Sie heraus, was die Beamten aus dem brennenden Haus retten konnten. Ich glaube nicht, dass die Tochter und der Enkelsohn vor zwanzig Jahren umgekommen sind. Sie könnten in die Morde involviert sein. Ich will, dass sie aufgespürt werden."

„Warum sind Sie an der Anlage vorbeigefahren?", fragte der Hassverbrechens-Typ.

„Ich bin zehn Meilen entfernt daran vorbeigekommen und dachte, es könnte nicht schaden. Ich hatte vermutet, dass alles abgerissen wurde. Ein paar der Gebäude standen nicht mehr, aber das Haupthaus und die Scheune sind noch da. Jessop hat uns erklärt, er hätte das Haus renoviert und würde es vermieten – ohne die Erlaubnis der Besitzer. Er hat gehofft, Eddie könnte dort einziehen, nachdem er entlassen wird." Was jetzt noch eine ganze Weile auf sich warten lassen würde, angenommen, der Kerl wurde wieder geschnappt.

Warum war er jetzt ausgebrochen, so kurz vor dem Ende seiner Haftstrafe?

Mac glaubte nicht, dass Eddie durchgedreht war, weil er Tess gesehen hatte. Aber vielleicht hatte es das Fass zum Überlaufen gebracht, Kenny Travers zu sehen… Der Kerl wusste, dass irgendwas im Gange war, und Mac wollte wissen, was das war. „Finden Sie heraus, ob es irgendwelche Berichte über die Leute gibt, die auf der Kodiak-Anlage gewohnt haben. Könnte mir denken, dass es eine hübsche Urlaubsdestination für eine Kleinfamilie von Durchschnittsrassisten ist.“

Walshs Mund verzog sich zu einem Grinsen. Wenigstens einer außer Tess, der seinen Sinn für Humor verstand.

„Und vergleichen Sie das mit der Liste von Eddies Besuchern.“

„Wem gehört das Grundstück jetzt?“, fragte Walsh.

Mac trank einen Schluck kalten Kaffee und fühlte sich, als ob er nun Nägel in den Sarg einer unschuldigen Frau schlagen würde. „Es gehört noch immer Tess und Cole Fallon. Ihre Adoptivmutter, interessanterweise eine wohlhabende schwarze Frau, hat es gekauft und die Grundsteuer bezahlt, bis sie gestorben ist. Auch darüber weiß Cole nichts, wenn man Tess Glauben schenkt. Ich habe den Eindruck bekommen, dass sie das Land nicht verkaufen will, bis sie ihm von ihrer Familiengeschichte erzählt hat. Aber dazu ist sie noch bereit, also gehört ihnen auch weiterhin das Land.“ Eine Zwickmühle.

„Etwas sagt mir, dass er die Wahrheit sehr bald herausbekommen wird“, bemerkte Walsh trocken.

Mac nickte. Entweder, wenn das FBI ihn befragte, oder wenn ein Mitglied der Presse es herausbekommen sollte. Sein Magen knurrte vor Hunger. Für ein Stück Pizza würde er im Augenblick töten. „Okay, Leute, machen wir weiter. Ich will, dass der Täter identifiziert wird, bevor er oder sie noch jemanden umbringt.“

Er konnte es nicht erwarten, wieder auf den Straßen zu ermitteln, aber er zwang sich, in sein Büro zu gehen und sich die Ermittlungsberichte vorzunehmen. Zeit, andere die Laufarbeit machen zu lassen. Zeit, die spannenden Aufgaben abzugeben.

EIN GERÄUSCH LIEß Tess die Augen aufreißen. Es war dunkel, und sie brauchte ein paar Sekunden, um zu begreifen, warum es nicht dunkel sein sollte.

Sie erstarrte, lauschte angestrengt nach dem, was auch immer sie aufgeweckt hatte. Sie griff sich ihre Pistole vom Nachttisch und schob die Decke so leise sie konnte zur Seite, dann schwang sie ihre Füße auf den Boden.

Lauschend neigte sie den Kopf zur Seite.

Jemand war in ihrem Haus, in ihrer Küche. Die Person war leise, aber das Geräusch eines Reißverschlusses und von Klettverschlüssen, die aufgerissen wurden, war in der Stille der Nacht ohrenbetäubend.

Was machte er?

Tess griff nach ihrem Handy und wählte den Notruf, legte aber sofort wieder auf. Nie im Leben würde sie mit dem Telefonisten sprechen können, ohne dass der Eindringling das hörte. Und wenn es Eddie war, wollte sie nicht, dass er abhaute. Sie wollte, dass er für die Dinge, die er getan hatte, zurück ins Gefängnis wanderte.

Mit der Taschenlampe ihres Handys leuchtete sie Macs Visitenkarte an und wählte seine Nummer. Sie hörte, wie er den Anruf entgegennahm, und flüsterte leise, „Schick Hilfe."

Sie ließ das Handy in die Tasche ihres Pyjamas gleiten, ohne seine Antwort abzuwarten. Sie machte sich darauf gefasst, zu tun, was sie tun musste, und hoffte, Mac würde ihr genug vertrauen, um in der Leitung zu bleiben. Nach ein paar Augenblicken vernahm sie das Knarzen von Holzdielen unter verstohlenen Schritten. Ihre Nackenhaare stellten sich auf.

Jemand kam die Treppe herauf.

Zögernd schlich sie über den Teppichboden ihres Schlafzimmers, bis sie an der offenen Tür ankam. Im Flur bewegte sich ein Schatten in der Dunkelheit.

Ihr Herz hämmerte, als sie sich zurück hinter die Wand duckte. Ihr Schlafzimmer hatte keine abschließbare Tür. Keinen Stuhl, den sie unter den Türknauf klemmen konnte, um sich zu verbarrikadieren. Ihr Griff um die Ruger wurde enger. Die Pistole lag schwer in ihrer Hand, die Vorstellung, sie tatsächlich benutzen zu müssen, lastete noch schwerer auf ihrem Herzen.

Sie beruhigte ihren Herzschlag, dehnte ihren Nacken und atmete langsam aus. Dieses Arschloch würde den Schrecken seines Lebens bekommen.

Sie trat in den Flur und schaltete das Deckenlicht ein. Die Person auf der Treppe erstarrte erschrocken, während Tess mit der Pistole auf sie zielte. Durch den Schlitz einer wollenen Sturmhaube funkelten Augen sie an, aber sie waren zu weit entfernt, um die Farbe zu erkennen. Der Typ sah schmal, aber fit aus, trug schwarze Hosen und einen einfachen, dunklen Kapuzenpulli. Eddie? Sie konnte es nicht erkennen. Er starrte auf die Waffe in ihren Händen, als ob er abschätzen wollte, ob sie die Pistole auch wirklich benutzen würde.

„Nehmen Sie die Maske ab und gehen Sie langsam die Treppe hinunter. Legen Sie sich auf den Boden, die Hände über dem Kopf ausgestreckt. Machen Sie, was ich sage, und ich drücke vielleicht nicht ab."

Der Eindringling schniefte laut und wischte sich die Nase mit dem Ärmel seines Pullis ab. Dann steckte er seine Hand in die Jackentasche.

„Halt! Die Hände bleiben da, wo ich sie sehen kann!"

Aber es war zu spät. Er zog eine Waffe hervor und feuerte einen Schuss ab, der in die Wand ein paar Zentimeter von ihrem Gesicht entfernt einschlug. Gottverdammt. Sie schnellte hinter die Wand zurück, ihr Herz raste wie ein panischer Präriehase.

Das Hallen von Schritten verriet ihr, dass er davonrannte. Zu spät, um das Feuer zu erwidern.

Verdammt.

Sie wollte nicht in ständiger Angst leben. Sie wollte, dass das hier endlich vorbei war. Tess blickte sich im Eingangsbereich um, dann beugte sie sich schnell über das Geländer, um einen Blick in den Flur unter ihr zu werfen. Nichts.

Sie hörte, wie er die Hintertür aufriss und sie gegen den Rahmen knallte, als er floh. Verdammt. Er musste geschnappt werden. Es musste endlich vorbei sein. Schnell rannte sie nach unten und bemerkte die offene Küchentür und das Geschepper von Mülltonnen, die umgerissen wurden, als der Kerl davonrannte.

Der Eindringling hatte ihren Laptop und ihre Handtasche durchsucht. Ihr Portemonnaie lag auf dem Fußboden.

Sie bemerkte ein weiteres Geräusch, ein seltsamer, scheppernder Ton wie Musik durch Kopfhörer. Plötzlich wurde ihr klar, was es war, und sie ließ ihre Waffe sinken. Sie fischte ihr Handy aus der Tasche und nahm es ans Ohr. Mac brüllte ihren Namen, immer und immer wieder.

„Ich bin okay."

Er stieß den Atem aus. „Warum sprichst du denn nicht mit mir, verdammt nochmal? Die Ersthelfer sind auf dem Weg. Ich bin zwanzig Minuten entfernt. Was zur Hölle war da los?"

„Jemand war in meinem Haus." Ihre Zähne klapperten als Antwort auf den Schock. So viel zum Thema, tapfer zu sein.

„Wer?"

„Weiß ich nicht. Er trug eine Sturmhaube. Ich konnte sein Gesicht nicht erkennen."

„War es definitiv ein Mann?"

„Ja. Ich denke schon."

„Eddie?"

„Keine Ahnung. Vielleicht? Ich kann es wirklich nicht sagen." Wer hätte es denn sonst sein sollen? Sie ging zur Eingangstür und riss sie weit auf. Dann sackte Tess auf die Eingangsstufen, als ihre Knie nachgaben. „D-du musst nicht herkommen. Die Polizei ist ja auf dem Weg. Ich wusste nur nicht, was ich machen soll."

„Ich bin gleich da." Er klang kurz angebunden.

Sie nickte und legte auf, als ein Wagen der Feuerwehr vorfuhr und ein Nachbar von gegenüber auf sie zugelaufen kam, um zu sehen, ob alles in Ordnung war. Sie bemerkte, dass sie noch immer die Pistole in der Hand hielt und nahm das Magazin heraus. Dann leerte sie das Patronenlager und legte die Patronen und die Waffe neben sich auf die Stufen, damit die Polizei ihr Ding machen konnte. Sie ließ das Gesicht in die Hände sinken, um das überwältigende Gefühl von Stress und Erleichterung zu bekämpfen, das sie zu Boden ringen wollte.

Sie hatte geglaubt, die Gefahr in Idaho zurückgelassen zu haben. Stattdessen war sie ihr bis nach Hause gefolgt.

ZWEIUNDZWANZIGSTES KAPITEL

S O FAND MAC sie vor.

Ein Streifenpolizist hockte neben ihr, während sie weiterhin auf den Eingangsstufen saß. Sie trug einen weich aussehenden, pinken Pyjama, einen anderen als letzte Nacht – den, den er ihr kurz vor Sonnenaufgang vom Leib gerissen hatte. Den ganzen Tag über hatte er versucht, die Erinnerung an das, was sie getan hatten, zu verdrängen, aber Tess so aufgewühlt und verängstigt zu sehen, ließ einen spitzen Schmerz in seiner Brust aufbrechen. Nicht wegen dem, was sie getan hatten, sondern wegen dem, was er nicht tun konnte. Er konnte keine Beziehung mit ihr anfangen. Konnte es nicht riskieren, sie in sein Herz zu lassen. Er war zu kurz davor, seine Ziele zu erreichen, als sie jetzt einfach so aufzugeben. Aber die Vorstellung, Tess nie wiederzusehen, außer in offizieller Angelegenheit, schmerzte wie ein Hieb in die Magengrube.

Es tat nichts zu Sache. Sein Job war, was ihn ausmachte. Sein Job hatte ihm eine Bestimmung gegeben und einen bettelarmen Jungen aus der falschen Gegend von Montana glauben lassen, einen Unterschied machen zu können.

Tess' Haus schwirrte vor Polizisten

Scheiße. Für einen Augenblick stand Mac neben seinem Truck auf dem Bürgersteig, sein Herz raste noch immer wie wild, nachdem er vorhin ihren Anruf erhalten hatte. Er war in seinem Büro gewesen und hatte zuerst geglaubt, sie hätte ihn versehentlich angerufen und war neugierig gewesen, was er wohl hören konnte. Dann hatte sie so leise, dass er geglaubt hatte, es sich einzubilden, „Schick Hilfe", geflüstert.

Er hatte Walsh befohlen, genau das zu tun, und hatte ihm ihre Adresse zugerufen. Während er in die Tiefgarage gesprintet war, in der er mittlerweile einen Parkplatz ergattert hatte, hatte er zugehört, wie sie jemandem befohlen hatte, er solle die Maske abziehen und sich auf den Boden legen.

Nie im Leben hatte er sich so hilflos gefühlt.

Er hatte gewusst, dass sie in Schwierigkeiten steckte, aber erst, als er den Schuss gehört hatte, war ihm klar geworden, in welcher Gefahr sie schwebte. Und ihm war nicht bewusst gewesen, wie verrückt vor Sorge ihn das machen würde. Sie hätte sterben können. Schon wieder.

Sie organisierten gerade ein Team, das sie bewachen würde, aber die designierten Agenten würden frühestens morgen zur Verfügung stehen. Es sei denn, Tess stimmte zu, in Schutzhaft zu gehen – was sein Boss noch nicht bereit war, abzusegnen. In jedem Fall würde sie sich daran gewöhnen müssen, vom FBI beschattet zu werden.

War es Eddie gewesen? Die Vorstellung, dass dieser Psycho in der Stadt war, pisste Mac an. Warum hatten die verfluchten Marshalls ihn noch nicht geschnappt?

Verdammte Nichtsnutze.

Und wenn er es nicht gewesen war, wer dann? Warum war Tess ein Ziel? Was verschwieg sie ihm? Was übersah er?

Sie blickte von ihrem Platz auf der Stufe auf und entdeckte ihn. Der Erleichterung in ihren Augen folgte augenblicklich eine Flut von Tränen, und es schien die natürlichste Sache der Welt zu sein, auf sie zuzugehen und sie in die Arme zu nehmen, damit sie sich an ihm festhalten konnte, während sie weinte.

Wenigstens war sie nicht mehr sauer auf ihn.

Und in diesem Augenblick wurde ihm noch etwas anderes klar – wie isoliert sie war. Wie die Ereignisse vor zwanzig Jahren immer noch ihre Existenz beeinflussten.

„Wurde schon jemand gefunden?", fragte Mac den Polizisten, der interessiert seine Dienstmarke beäugte.

Der Kerl hakte die Daumen in seinen Einsatzgürtel. „Die Dame hier schwört, sie hätte sein Gesicht nicht gesehen und hätte auch ihre Waffe nicht abgefeuert. Die Pistole ist kalt, also scheint das zu stimmen." Der Beamte hielt ihm die Pistole hin, eine hübsche kleine Ruger 9 mm, die Mac zusammen mit der Munition in seine Tasche gleiten ließ.

„Wir haben ein Einschussloch in der Wand vor ihrem Schlafzimmer entdeckt und die Nachbarn geben an, einen einzelnen Schuss gehört und gesehen zu haben, wie eine Person aus dem Haus rannte. Keine Anzeichen für ein gewaltsames Eindringen."

Mac runzelte die Stirn.

Tess löste sich von ihm und schien zu verstehen, was der Polizist gerade gesagt hatte. „Wie ist er denn dann ins Haus gekommen?"

„Bist du sicher, dass du dir Tür abgeschlossen hattest?", fragte Mac.

Ein ungläubiger Blick huschte über ihr Gesicht. „Mit Eddie auf der Flucht? Ist das dein Ernst?"

„Eddie?", fragte der Polizist.

Mac erbarmte sich, als er Tess' Augen groß vor Betroffenheit werden sah. „Ein flüchtiger Insasse, der Ms. Fallons Leben bedroht hat. Das FBI wird diesen Tatort übernehmen."

„Eddie Hines? Der Typ, der aus dem Gefängnis ausgebrochen ist, nachdem er fast alle zwanzig Jahre abgesessen hat? Der Typ hat doch 'ne Schraube locker."

„Da haben Sie recht", stimmte Mac ihm zu. „Vielen Dank für Ihre Hilfe."

Tess zitterte in seinen Armen. Mit klappernden Zähnen bedankte sie sich bei dem Beamten und den anderen Polizisten, die den Tatort verließen, während die Leute von der Sondereinheit nach und nach eintrudelten.

Walsh, Carter und Makimi kamen zusammen in einem Wagen angefahren. Agent Ross und Agent Atherton stiegen aus einem anderen Auto aus. Detective Dunbar hielt in einem Crown Vic mit einer Beule in der Stoßstange vor dem Haus. Sie musterten Tess wie ein Rudel Löwen ihre Beute.

„Gehen wir ins Haus", sagte Mac leise.

Tess nickte stumm und ging voran. Sie schien wie benommen zu sein, weggetreten, unter Schock. Mac folgte ihr und seine Kollegen aus der Sondereinheit marschierten hinterher.

Carter bedankte sich beim letzten Streifenpolizisten, der das Haus verließ, und schloss die Eingangstür mit einem leisen Klacken, das durch das ganze Haus widerhallte. Tess saß auf der Couch, zog eine Decke zu sich und wickelte sie eng um ihre Schultern. Ihre Haare hatte sie hochgebunden, ein paar wellige Strähnen fielen widerspenstig in ihre Stirn. Ihre Haut hatte jegliche Farbe verloren.

Mac stand am Fenster und schaute auf die Straße. Dann drehte er sich zu ihr herum, war seltsam befangen in seiner Rolle als Einsatzleiter, in der er jetzt diese Frau befragen musste, die so viel durchgemacht hatte, und die er mehr als nur als Bekannte zu mögen begann.

Er verschränkte die Arme vor der Brust. Vermutlich hatte es etwas damit zu tun, letzte Nacht das Bett mit ihr geteilt zu haben und zu wissen, wie sie aussah, wenn sie kam.

„Warum erzählst du uns nicht einfach, was heute Nacht hier passiert ist. Wann bist du nach Hause gekommen?"

Tess griff nach einer Box Taschentücher, trocknete sich die Augen und schnäuzte ihre Nase. „Ich habe bis zum frühen Nachmittag in Denver festgesessen, wegen technischer Probleme an der Maschine, und bin daher erst nach fünf wieder hier gewesen."

Sie berichtete ihnen von ihrem Unbehagen, allein in das Haus zu kommen. Dann erzählte sie ihnen vom hochgeklappten Klodeckel, als sie sich gerade in der Wanne entspannen wollte.

Wut ließ Macs Kiefer verkrampfen. Warum zur Hölle hatte sie ihm nicht Bescheid gesagt?

Aber er wusste, warum. Sie hatte ihm gesagt, dass sie nicht leicht vertraute. Als er den Sex mit ihr nicht bis zum Ende durchgezogen hatte, hatte sie das als Zurückweisung empfunden und hatte sich hinter ihre Schutzmauern zurückgezogen. Das verstand er. Sie musste geglaubt haben, er hätte kein Interesse an dem, was sie zu bieten hatte – auch wenn er sie in Wahrheit so sehr wollte, dass es ihm beinahe das Herz herausgerissen hatte, davonzugehen.

Mac ignorierte die Last der Schuldgefühle. Er würde mit seinen Fehlern leben können. Aber er würde sie nicht noch schlimmer machen, indem er sich erneut mit einer Frau einließ, die seine Verpflichtung gegenüber seiner Arbeit nicht wertschätzen konnte. Er knirschte mit den Zähnen. Wenn er sich mit Tess einließ, würde er keine Karriere mehr haben, die es sich noch zu verfolgen lohnte.

Er wandte sich an Walsh. „Lass die Kriminaltechnik kommen."

„Was? Willst du meine Toilette nach Fingerabdrücken absuchen lassen?" Tess klang entsetzt.

„Warum nicht?"

„Ich hoffe, die kriegen Gefahrenzulage. Sag ihnen, dass sie auch meine Schreibtischschubladen untersuchen sollen. Ich bin sicher, jemand hat darin herumgewühlt, auch wenn nichts mitgenommen wurde."

„Sie haben also vermutet, dass jemand in Ihrem Haus war, aber Sie sind zu Bett gegangen, ohne die Polizei zu rufen?", fragte Walsh.

„Ich habe meine Waffe geholt und das Haus von oben bis unten durchsucht. Ich habe genau null Hinweise auf einen Eindringling finden können, bis auf meine immer größer werdende Paranoia. Ich war zu erschöpft." Ihre hellbraunen Augen blickten Mac an, dann wandten sie sich ab. „Ich habe entschieden, dass ich mir das alles nur einbilde und überreagiere, also habe ich sichergestellt, dass alle Türen abgeschlossen sind, und bin ins Bett gegangen."

„Was hat Sie wieder aufgeweckt?"

„Ein Geräusch." Ihr blasses Gesicht bekam etwas Farbe. Vermutlich erinnerte sie sich an das Geräusch, das sie gestern Nacht beide aufgeweckt hatte. „Ich habe die Augen geöffnet und gemerkt, dass jemand das Licht im Flur ausgeschaltet hat. Es gibt oben und unten an der Treppe einen Schalter", erklärte sie. „Jemand hat meine Taschen durchwühlt." Ihre Finger schossen zu ihrem Mund und die Decke rutschte ihr von den Schultern. „Mein Laptop! Meine Arbeit."

Sie drängte sich zwischen Dunbar und Ross hindurch zur Küche. Mac folgte ihr auf den Fersen, die anderen schlossen sich an.

„Er ist noch da. Gott sei Dank.“

Mac griff nach ihrem Arm, als sie den Rechner anfassen wollte. „Wir müssen ihn auf Fingerabdrücke untersuchen.“

Ihre Augen blitzten auf. „Ich brauche ihn für die Arbeit.“

„In spätestens einer halben Stunde wird ein Kriminaltechniker hier sein. Er soll sich den Laptop als allererstes vornehmen.“

„Oder sie“, ließ Miki verlauten.

„Oder sie“, räumte Mac ein. „Kannst du uns sagen, ob hier irgendetwas fehlt, ohne deine Sachen anzufassen?“

Tess biss sich nervös auf die Lippen. „Ich müsste in mein Portemonnaie schauen.“

Mac wandte den Blick von ihren harten Nippeln ab. Er versuchte, nicht daran zu denken, dass sie unter ihrem Pyjama vermutlich keine Unterwäsche trug oder dass das Haus eiskalt war, weil die Polizei vorhin alle Türen sperrangelweit offenstehen gelassen hatte. Kein Wunder, dass der Beamte sie draußen befragt hatte.

Er ermahnte sich, kein Idiot zu sein, fischte ein Paar Gummihandschuhe hervor und zog sie an. Zuerst machte er ein paar Fotos, dann hob er vorsichtig ihr Portemonnaie hoch. Auf dem Küchentisch lagen Stifte, Notizblöcke, Taschentücher und Tampons verstreut. Mac öffnete das Portemonnaie und hielt es auf, damit Tess hineinschauen konnte. Es waren mehrere Banknoten zu erkennen, außerdem eine Handvoll Karten und ihr Führerschein.

Sie verschränkte die Arme vor der Brust, vielleicht wurde ihr klar, dass ihre Nippel sich gegen den dünnen Stoff ihres Pyjamas abzeichneten. Er wollte ihr seine Jacke anbieten, aber er war sich bewusst, dass alle Anwesenden seine Interaktion mit ihr beobachteten, seine Fähigkeiten, den Job zu erledigen, beurteilten. Beurteilten, welche Wirkung sie auf ihn hatte. Und ihre Fähigkeiten beobachteten, eine Geschichte zu erfinden.

„Ist alles da?" Seine Stimme klang barsch und sie hob das Kinn.

„Soweit ich sehen kann, ja."

„Ist es möglich, dass der Eindringling ins Haus gekommen ist, als du in Idaho warst? Vielleicht bist du überstürzt abgereist und hast die Eingangstür offengelassen?"

„Nein."

„Nein? Bist du sicher?"

Ihre Augen flackerten streitlustig auf. „Ich habe abgeschlossen, bevor ich zum Flughafen bin. Ich habe dir schon gesagt, dass ich keine Idiotin bin."

„Aber statt die Polizei zu rufen, als Sie dachten, es wäre jemand im Haus, haben Sie es selbst durchsucht und haben dann die Waffe auf den Nachttisch gelegt und sind ins Bett gegangen?" Diese Frage kam von Agent Ross.

„Ich dachte, die Polizei würde mich als verängstigte, alleinlebende Frau abtun. Oder womöglich als jemand, der nur Aufmerksamkeit erregen will." Sie lachte spöttisch auf. „Glauben Sie mir, ich will alles, nur keine Aufmerksamkeit erregen."

„Haben Sie dann irgendeine Vorstellung, wie er hier hereingekommen ist?"

Tess' Mund öffnete und schloss sich wieder. Dann schüttelte sie den Kopf.

„Wer hat alles einen Schlüssel?" Dieser gottverdammten MC Hammer plärrte los und Mac war kurz davor, sein Handy in den Müllhäcksler zu werfen.

Tess schluckte. „Ich natürlich. Und mein Bruder Cole."

„Gibt es irgendeinen Grund, weshalb Ihr Bruder Ihnen etwas antun wollen würde, Ms. Hines?", fragte Ross.

„Fallon", blaffte sie ihn an. „Und nein, Cole würde mir nie etwas antun wollen."

Ross nickte, als ob er damit zufrieden wäre. Mac nahm es ihm keineswegs ab.

Er musterte sein Team. Sie warteten auf Instruktionen, unsicher, ob sie hier wirklich gebraucht wurden oder nicht. „Er hat kein Bargeld, Schmuck oder andere Wertsachen mitgenommen. Es sieht eher so aus, als hätte er nach etwas gesucht. Fällt dir irgendetwas hier ein, was ihn interessieren könnte, Tess?"

„Wenn du Dinge im Zusammengang mit meinen Eltern meinst, dann nein." Sie ballte die Hände zu Fäusten und presste eine davon gegen ihre Lippen. „Ich habe nicht einmal Fotos." Sie wandte den Blick ab.

Gab es da etwas, was sie ihnen nicht erzählte?

Die Haustür flog auf und Mac stand einem jungen Mann gegenüber, der dunkle Jeans und ein grünes T-Shirt trug. Er war ohne Weiteres als Tess' kleiner Bruder zu identifizieren, denn er sah David Hines so ähnlich, dass Mac zweimal hinschauen musste. Verschwunden war der pickelige Junge mit der dicken Brille, den er auf dem Foto in Tess' Wohnzimmer gesehen hatte. Dieser Kerl war jünger und schlanker als der Mann, den Mac früher gekannt hatte, aber abgesehen davon war die Ähnlichkeit frappierend. Warum hatte Tess das nicht erwähnt?

„Tess?" Der Junge bahnte sich seinen Weg durch die Ansammlung von Agenten und nahm seine Schwester in den Arm. Alle beäugten ihn wie hungrige Geier, fragten sich, was er wusste.

„Was ist los? Ich habe deine Nachricht abgehört und zurückgerufen, aber du bist nicht rangegangen."

Ihre Finger krallten sich in die Arme ihres kleinen Bruders und sie zog ihn fest an sich, als ob ihr bewusst wurde, dass der Moment der Abrechnung endlich gekommen war.

„Mir geht es gut", sagte sie. „Es war ein Einbrecher im Haus." Nach ein paar Augenblicken der Stille ließ sie ihn los und trat einen Schritt zurück. „Cole, diese Leute sind vom FBI." Sie biss sich auf die Lippe. „Es gibt da etwas, das ich dir nicht erzählt habe."

TRÄNEN DER WUT strömten Cole über das Gesicht, als er aus dem Haus stürmte und die Tür hinter sich zuknallte. Er war so zornig, dass er kaum sehen konnte, wo er hinlief. Er hielt für einen Moment inne und versuchte, wieder zu Atem zu kommen.

„Ich nehme an, das waren unerwartete Neuigkeiten?" Der Kommentar kam von einer schlanken Brünetten, die draußen neben der Tür an der Hauswand lehnte. Sie sah aus, als ob sie sich rausgeschlichen hätte, um eine Kippe zu rauchen, aber er konnte keine Zigarette entdecken, nur eine hautenge Lederhose, ein schwarzes T-Shirt und eine Motorradjacke, die ihr Schulterholster nicht verbergen konnte.

„Die Tatsache, dass meine Schwester mich mein Leben lang angelogen hat? Ja, man könnte sagen, das kam unerwartet."

Sie lachte ungläubig auf. „Wollen Sie mir ernsthaft erzählen, dass Sie das nicht gewusst haben?"

Er musterte sie von Kopf bis Fuß. Ein spöttisches Grinsen

spielte um seine Lippen. „Und wer zum Teufel sind Sie? Lara Croft?"

Das nachsichtige Lächeln, das sie ihm schenkte, verriet verborgene Krallen. „Vorsichtig, Bürschchen. Ich bin einer der Menschen, die Sie auf Ihrer Seite haben wollen."

Bürschchen? „Sie meinen, jetzt, wo ich des Mordes bezichtigt werde?"

„Niemand hat Sie des Mordes bezichtigt."

Aber er hatte die Andeutung in ihren Augen gesehen, als er über seine Aufenthaltsorte diese Woche ausgefragt worden war. „Meine Schwester erzählt mir, unsere Familie wäre die Idaho'sche Antwort auf den Klan gewesen, und der Arsch, der sie bewacht, fragt, wo ich an bestimmten Zeitpunkten dieser Woche war – Zeitpunkte, die alle mit den Tatzeiten der Morde in D.C. übereinstimmen. Aber ich werde nicht des Mordes bezichtigt?"

„Geben Sie uns ein Alibi und die ganze Sache ist vorbei."

Er biss die Zähne zusammen. Warum zur Hölle sollte er? „Lassen Sie mich mit meinem Anwalt sprechen …"

„Unschuldige Menschen brauchen keinen Anwalt", argumentierte sie.

„Blödsinn." Cole ließ sich nicht verarschen.

Ihre Augen wurden hart. „Wenn Sie nichts zu verbergen haben, erzählen Sie uns die Wahrheit."

Er schaute sie aus schmalen Augen heraus an. „Als die Radiomoderatorin erschossen wurde, war ich mit Tess zusammen."

Ihre akkurat gezupften Augenbrauen zuckten. „Es wäre ganz toll, wenn Sie beide einen dritten Zeugen finden könnten, der das bestätigt, vorzugsweise jemand, der nicht blutsverwandt ist."

Er verzog den Mund. „Lecken Sie mich."

Ihr Blick musterte seinen Körper und ein schmales Lächeln erschien auf ihren Lippen. Sie kam auf ihn zu und tippte mit ihrem Zeigefinger auf seine Brust. „Verlockend, aber Sie sind ein bisschen jung für mich."

Cole hob das Kinn. Sie hatte keine Ahnung. Aber er musste aufpassen, was er sagte. Er würde Carolyn nicht in einen Skandal verwickeln. Ihr Ansehen war alles für sie. Sie war nervös genug wegen ihres Altersunterschieds. Wenn er den Ärger direkt zu ihr brachte, wäre er Geschichte.

„Ich schaue in meinen Kalender und lasse Sie meine Aufenthaltsorte wissen, Officer…?"

Schwarze Augen funkelten ihn an, aber er war kein Narr. Sie war nicht amüsiert. Sie war versessen darauf, jemanden für diese Morde festzunageln.

„Detective. Detective Dunbar." Sie rauschte an ihm vorbei zurück ins Haus und ihm wurde klar, dass sie mit ihm spielte, ihre unverhohlene Sexualität einsetzte, damit er sein Schutzschild fallen ließ. Das würde nicht passieren. Er war reifer als das. Ein anderer Agent beobachtete sie verstohlen aus dem Wohnzimmerfenster. Cole schüttelte den Kopf und ging davon, stieg in seinen Prius und wünschte sich, er könnte die ganze Nacht ungeschehen machen.

Tess war offensichtlich sehr aufgewühlt gewesen, als er aus dem Haus gestürmt war. Er war so wütend auf sie, er war sich nicht sicher, dass es zwischen ihnen jemals wieder sein würde wie vorher. Er liebte sie, aber er würde ihr nie vergeben können. Wann würde sie verdammt nochmal endlich begreifen, dass er kein kleines Kind mehr war? Er war alt genug, seine eigenen Entscheidungen zu treffen.

Was würden die Leute sagen, wenn sie herausfanden, dass

er mit den Pioneers der Kodiak-Anlage verwandt war? Sein Mund wurde trocken. Was würde seine Freundin sagen?

Er war sich nicht sicher. Er musste diesen Mist für sich klären, bevor er sie wiedersah.

Seine Hände zitterten, als er den Schlüssel in der Zündung umdrehte. So ehrlich er auch mit ihr sein wollte, er würde nicht riskieren, dass Carolyn sich von ihm abwandte. Er brauchte mehr Zeit, um das FBI dazu zu bringen, woanders nach dem Mörder zu suchen.

Er schaute auf. Tess stand im Wohnzimmerfenster und beobachtete ihn. Die Sorge in ihren Augen regte ihn wieder maßlos auf. Er legte den Rückwärtsgang ein und fuhr aus der Einfahrt. Dann rauschte er davon und wünschte sich, er hätte ihre Nachricht nie abgehört.

DREIUNDZWANZIGSTES KAPITEL

T ESS ZITTERTE, ALS der letzte Kriminaltechniker mit seinen schweren Stiefeln durch die Haustür stapfte. „Danke", rief sie ihm noch hinterher, aber er war schon verschwunden.

Sie stand in der Mitte ihres Wohnzimmers und lauschte der Stille des leeren Hauses.

Vorhin, als ihr klar geworden war, dass das FBI so schnell nicht wieder verschwinden würde, hatte sie sich eine Kapuzenjacke geschnappt und über ihren Pyjama gezogen, damit sie nicht noch der letzten Person der Washingtoner Strafverfolgungsbehörde ihre harten Nippel präsentieren musste. Selbst jetzt noch wurde sie das Frösteln nicht los, das sie bei der Begegnung mit dem Eindringling überlaufen hatte – und schlimmer noch, bei dem Blick in Coles Augen, als sie ihm die Wahrheit über ihre Eltern erzählt hatte.

Er war entsetzt gewesen und hatte sich verraten gefühlt, hatte seinen Schock und seine Wut gegen sie gerichtet. Tess hatte es verdient, aber sie hatte auch ziemlich solide Gründe gehabt, ihn vor der Wahrheit zu schützen. Ihr Stammbaum war nichts, womit man sich brüsten konnte.

Nun lagen ihre Gefühle blank und sie wollte am liebsten wegrennen und sich verstecken. Aber wie sich herausgestellt hatte, konnte man seiner Vergangenheit nicht davonlaufen. Sie fand immer einen Weg, um einen heimzusuchen.

Was also sollte sie jetzt tun?

Dunkle Schmutzflecken des Fingerabdruckpuders dekorierten ihr Haus wie Flecken von schwarzem Schimmel. Das Display am Fernseher zeigte 1:15 Uhr an, und sie sollte eigentlich vollkommen erschöpft sein, aber die wenigen Stunden Schlaf, die sie heute Nacht abbekommen hatte, hatten sie belebt und sie fühlte sich eher aufgedreht als müde. Mac war mit seiner Truppe vor zehn Minuten verschwunden und hatte sich nicht verabschiedet. Sie hatte gehört, wie er ihnen gesagt hatte, dass sie sich vor der nächsten Besprechung um acht noch etwas erholen sollten.

Es klang nicht so, als ob das FBI irgendwie damit weitergekommen wäre, Eddie oder den Mörder zu finden.

Sie versuchte, sich das Ausbleiben von Macs Verabschiedung nicht zu sehr zu Herzen zu nehmen. Er hatte besseres zu tun und sie war Teil des Jobs – das verstand sie. Ein Teil des Jobs, der ihn schon einmal dazu gebracht hatte, seine Prinzipien zu kompromittieren. Nicht, dass sie vorhatte, dies irgendjemandem mitzuteilen. Es gab eine Grenze, wie viel Blamage sie ertragen konnte, und die Details ihres Sexlebens dem FBI mitzuteilen, überschritt diese Grenze.

Aber das wusste Mac nicht.

Sein unnahbarer Tonfall und die Art, wie er sich distanziert hatte, als sein Team aufgetaucht war, hatten sie bestürzt. Es war ihm peinlich, was sie in dem dunklen Hotelzimmer getan hatten. Sie konnte ihm keinen Vorwurf dafür machen, aber sie würde lügen, wenn sie behaupten würde, dass es nicht wehtat.

Wenn ihre Geheimnisse offenbart werden würden – und es würde nicht lange dauern, bis die Medien die Verbindungen zu den Pioneers mitbekamen und ihre und Coles neue Identitäten aufspüren würden –, dann wäre sie gesellschaftlich ruiniert. Mac würde sie meiden. Entweder würden ihre Klienten zu ihr halten, als unschuldiges Opfer der Umstände, oder eben nicht. Sie hatte keine Ahnung, wie glaubhaft edle Prinzipien und das Engagement für andere bei der Tochter eines Rechtsnationalisten waren, der Hass statt Liebe gepredigt hatte. Revolution statt Demokratie.

Sie schluckte ihr Unbehagen hinunter. Sie würde umziehen. Irgendwo von vorn beginnen, wo es niemanden interessierte, wie ihr Nachname früher gewesen war.

Wieder einmal davonlaufen.

Oder sie würde ein Buch über ihre Erfahrungen schreiben. Ihre Version der Wahrheit veröffentlichen, unabhängig davon, ob man ihr tatsächlich glaubte.

Womöglich würde sie ihre Gefühle für einen bestimmten Agenten darin nicht erwähnen.

Cole kannte nun das Schlimmste. Sie musste ihn immer noch nach dem Ordner mit dem Foto des Richters fragen, aber nie im Leben hätte sie das vor einem Haufen FBI-Agenten getan – so viel Vertrauen und Loyalität war sie ihm schuldig. Sie kannte ihren Bruder. Selbst die zornige, schmollende Seite, die sie heute Nacht gesehen hatte. Und sie liebte ihn.

Es war nicht blindes Vertrauen. Es waren Jahre der persönlichen Erfahrung. Cole war weder ein Mörder, noch würde er jemandem so Niederträchtigem helfen.

Sie würde morgen mit ihm sprechen, wenn er Zeit gehabt hatte, sich zu beruhigen. Wenn das FBI einen Grund hatte, sein Haus zu durchsuchen, und diesen Ordner fand – völlig egal, was die Erklärung war –, dann wäre es das mit seiner Freiheit gewesen, bis er seine Unschuld absolut eindeutig beweisen konnte. Das konnte Monate dauern.

Sie schloss die Hintertür ab und schaltete das Licht in der

Küche aus. Im selben Moment trat Mac durch die Haustür und sie zuckte erschrocken zusammen.

„Ich dachte, du wärst gefahren." Ihre Stimme klang rau vor unterdrückten Emotionen.

„Ich bin habe noch gewartet, um sicherzugehen, dass der Kriminaltechniker alles hat, was er braucht."

Sie wandte sich ab, kämpfte mit den Tränen, kam sich undankbar und kindisch und verbittert vor. „Natürlich."

Er trat einen Schritt auf sie zu. „Hey, so habe ich es nicht gemeint."

„Wie genau dann?" Zorn brodelte in ihr auf wie Magnesium in Wasser. Explosiv und heiß. Sie machte ihren Rücken gerade und hob ihr Kinn. „Als ob ich nichts weiter als eine Verdächtige bin, die du befragen und auseinandernehmen kannst wie ein wissenschaftliches Experiment? Hast du genug Informationen für deinen Bericht, oder willst du noch den Lügendetektor herausholen?" Sie kam auf ihn zu und begann, ihn in Richtung der Haustür zu drängen. Jeder Nerv in ihrem Körper war eine Lunte, die gerade angezündet worden war.

Er ließ sich von ihr den ganzen Weg bis zur Haustür drängen. Sie hätte wahnsinnig gerne jemanden geohrfeigt, weiß Gott, aber er griff nach ihren Armen, drehte sie um, sodass sie diejenige war, die gegen das kalte, harte Holz der Tür gepresst wurde. Ihre Brust hob und senkte sich, als ob sie gerannt wäre.

Die Lampe im Wohnzimmer warf ein fahles Licht in den Eingangsbereich, und sie konnte seine Augen sehen – blau, wie das Hemd, das er trug. Dunkel in den Schatten. Ihre Intensität fesselte sie.

„Ich wollte es nicht so klingen lassen, als ob es nicht

wichtig wäre, was *du* brauchst", sagte er geduldig. „Ab morgen früh wird eine Zivilstreife vor deiner Tür stehen, und ich habe mit meinem Boss über Personenschutz für dich gesprochen."

Plötzlich brannten Tränen in ihren Augen, und sie blinzelte schnell, dann schluckte sie den spitzen Schmerz des Verlangens hinunter. Die Berührung seiner Hände auf ihren Armen, und der herbe Geruch seiner Haut ließ sie sich all die Dinge wünschen, die sie nicht haben konnte. Sie wusste, dass es verrückt war, wusste theoretisch, dass diesen Mann zu begehren ihr nichts als Herzensqualen bereiten würde, aber sie wollte ihn trotzdem. Sie hatte die schreckliche Vermutung, dass sie diese Kindheitsschwärmerei niemals hinter sich lassen würde.

„Kein Problem. Tut mir leid, dass ich dich angeblafft habe." Sie versuchte, sich aus seinem Griff zu winden, aber er traute ihr offensichtlich nicht und ließ ihre Arme nicht los.

„Danke, dass du vorbeigekommen bist. Ich bin jetzt wieder in Ordnung. Du kannst gehen." Ihre Hände zitterten.

Er hob einen Finger und strich ihr eine Haarsträhne aus der Stirn. Sein Gesichtsausdruck veränderte sich, seine Augen wurden warm. Er presste die Lippen zusammen, als ob er nicht recht wusste, was er sagen sollte, um all die Dinge zu überwinden, die zwischen ihnen standen.

Sie wollte seine Entschuldigungen nicht hören. Wollte sein Mitleid nicht.

Er trat noch einen halben Schritt näher und neigte seinen Kopf zu ihrem hinunter. Ihr Herz hämmerte gegen ihre Rippen, als sie erschrocken aufblickte. Sie hielt still, wagte nicht, zu atmen.

Seine Lippen hielten einen Millimeter vor ihrem Mund inne, seine Selbstdisziplin war deutlich an den angespannten

Linien um seine Augen zu erkennen. „Du hast mich mit deinem Anruf zu Tode erschreckt."

Sein Atem strich über ihre Lippen. Ihr Herz wollte ihr aus dem Brustkorb springen.

Sein Griff wurde fester. „Ich dachte, du würdest sterben."

Sie schluckte, wandte den Blick nicht von seinen Lippen ab. Ihr Blut flatterte durch ihre Adern wie tausend Schmetterlinge, die sich in die Luft schwangen.

„Ich werde dich jetzt küssen", ließ er sie wissen. „Hast du ein Problem damit?"

Sie schüttelte kaum merklich den Kopf – Erlaubnis oder Zurkenntnisnahme, sie war sich nicht sicher, was es sein sollte. Dann wartete sie, während er eine Ewigkeit brauchte, um diese winzige Lücke zwischen ihnen zu schließen.

Aus irgendeinem Grund hatte sie einen sanften Kuss erwartet, ein zurückhaltendes, höfliches Küsschen, wie sie es vor dem Haus von Jessop geteilt hatten, als dieser sie beobachtet hatte. Ein flüchtiges Liebkosen ihrer Lippen, wie das Streifen einer Feder. Aber es lag absolut nichts Zaghaftes in diesem Kuss.

Als seine Lippen ihre endlich berührten, fuhr seine Zunge über die Naht ihres Munds, als ob er sie besitzen wollte. Es schien, als ob er genug davon hatte, zu grübeln und zu warten. Tess' Hände waren zwischen ihren Körpern gefangen, als er zwischen ihre Beine trat, sich noch enger an sie presste. Ihr Mund öffnete sich mit einem überraschten Aufatmen, als sie fühlte, wie sich seine harte Erektion gegen ihren Bauch presste. Seine Zunge erforschte ihren Mund, so als ob er sich ihren Geschmack in allen Einzelheiten einprägen würde.

Er schmeckte nach Kaffee und Stärke und Sünde.

Das Feuer in ihren Adern entzündete sich, und sie vergaß,

warum sie nur Augenblicke zuvor noch so wütend auf ihn gewesen war. Er hörte nicht auf, sie zu küssen, trieb sie mit einer solchen Intensität an, dass sie schließlich aufgab und gegen ihn sank. Er hob ihre Hände neben ihren Oberkörper und kam noch näher, sodass sein großer, starker Körper sich ganz und gar gegen ihren presste, seine Erektion hart an ihrem Bauch.

Er hob ihr Kinn an, vertiefte den Kuss, ihre Zungen verschlangen sich ineinander. Seine Finger hielten ihren Mund fest, als sie sich zurückziehen wollte, sich lösen und Luft holen wollte. Diese starken Finger ließen sie wissen, dass er noch längst nicht bereit war, diesen Kuss zu beenden.

Wer brauchte schon Luft?

Seine andere Hand arbeitete sich zwischen die Lagen ihrer Kleidung, um ihre Hüfte zu finden, dann zögerte er, als ob er sich entscheiden müsste, welche Richtung er einschlagen wollte. Er entschied sich für hoch, streichelte mit seinem Daumen über ihren Bauch, seine Finger umschlossen ihre Taille, dann fuhren sie über die schmalen Schwellen ihrer Rippen, bis sie endlich die sanfte Schwere ihrer Brüste erreichten. Ihre Zehen rollten sich ein vor Lust, und nachdem ihr vorhin so kalt gewesen war, hatte sie jetzt das Gefühl, in Flammen zu stehen.

Tess stelle sich auf die Zehenspitzen, presste sich auf eine Art und Weise gegen ihn, die ihm genau verriet, wie gierig sie nach ihm war. Seine Berührungen wurden zärtlicher, seine rauen Finger liebkosten ihre empfindliche Haut.

Es erinnerte sie daran, dass er lange, bevor er ein knallharter FBI-Agent wurde, ein Cowboy gewesen war, der ein verängstigtes Fohlen mit unendlicher Geduld und mitfühlender Entschlossenheit besänftigt hatte. Kein Wunder, dass alle Mädchen auf der Anlage in ihn verknallt gewesen waren.

Sein Daumen und sein Zeigefinger fanden ihren Nippel und rollten die Spitze zwischen den Fingerkuppen, kniffen gerade fest genug zu, um sie in den Augenblick zurückzuholen und aufstöhnen zu lassen. Lust erfüllte sie. Verlangen explodierte in ihr, als sie sich gegen ihn drängte, eine köstliche Reibung aufbaute, die sie daran erinnerte, dass er schon einmal bewiesen hatte, dass Sex mit ihm nicht bloß große Worte waren, auf die keine Taten folgten.

Sie wollte ihn. Die Millionen Gründe, weshalb sie das nicht tun sollten, waren ihr egal. Sie war es leid, immer im Hintergrund zu verschwinden und nicht aufzufallen, das brave Mädchen, das bemitleidenswerte Mädchen zu sein. Das Mädchen, das ignoriert oder verarscht oder für eine beste Freundin, die sich selbst zur Sexgöttin erklärt hatte, sitzengelassen wurde.

Diesmal wollte sie selbst die verdammte Sexgöttin sein.

Ihr war klar, was das hier war. Körperlich. Vorübergehend. Sie machte sich keine Illusionen über Liebe oder ein Happy End mit ihrem Märchenprinzen. Ein winziger Teil ihres Herzens würde immer Steve McKenzie und seinem Alter Ego, das sie vor all den Jahren gerettet hatte, gehören. Sie redete sich nicht ein, dass er ihre Liebe jemals erwidern würde. So masochistisch war sie nicht.

Aber sie wollte es nicht bereuen müssen, nicht die Nerven aufgebracht zu haben, sich das zu nehmen, was sie wollte, als sie die Chance dazu gehabt hatte. Sie wollte Steve McKenzie. Ganz und gar. Und wenn er sie wieder auf halber Strecke sitzen lassen würde, dann wollte sie das jetzt wissen, bevor sie blamiert und beschämt über ihr riesiges Verlangen zurückblieb.

Sie griff nach seinem Gürtel und sein ganzer Körper spannte sich an, während seine Finger ihren empfindlichen Nippel quälten und sein Mund den ihren verschlang. Sie fuhr mit der Handfläche über seinen Schritt, legte ihre Finger um seinen dicken Ständer und seufzte anerkennend. Er ließ ihren Mund los, zog ihre Pyjamahose herunter und sie trat sie zur Seite. Dann machte er den Reißverschluss ihres Kapuzenpullis auf, zog ihr die Jacke aus und hob das Pyjamaoberteil über ihren Kopf, sodass sie komplett nackt vor ihm stand, bis auf das Tattoo der Zahlenreihe, das sich wie eine symbolische blaue Schlange um ihren Oberarm wand.

„Du bist wunderschön." Seine Augen waren dunkel, ein Muskel zuckte in seinem Kiefer. Er wollte noch etwas sagen, aber sie streckte sich nach oben und bedeckte seinen Mund mit ihren Lippen.

Als Kind hatte sie diesen Mann geliebt. Jetzt begehrte sie ihn als Frau. In diesem Augenblick waren seine Dienstmarke und seine Waffe egal. Sie wollte ihn und er wollte sie ebenfalls.

Mac lehnte sich zurück, atmete tief ein, umfing mit seinen Fingern ihre Brust, während er mit dem Daumen ihren Nippel neckte, zusah, wie er sich zusammenzog und hart wurde, als ob er ihn um Aufmerksamkeit anflehte. Er starrte sie fasziniert an, seine Finger dunkel auf Tess' blasser Haut. „Wunderschön."

Das Verlangen in seinen Augen zu sehen, während er sie berührte, war beinahe so erregend wie die Berührung selbst. Er wandte sich ihrem anderen Nippel zu, spielte mit ihr, als ob er alle Zeit der Welt hätte, ihren Körper zur Ekstase zu treiben. Die Erregung, die er in ihren Brüsten heraufbeschwor, zog heftig zwischen ihren Beinen.

Als ob ihm plötzlich sehr heiß wäre, schüttelte er sein Jackett ab und ließ es zu Boden fallen. Dann schob er mit einem Schnippen seiner Hand den Riegel an der Tür hinter ihr zu. Das klackende Geräusch halte durch das Haus wie ein Schuss. Sie würden nicht aufhören. Es gab kein Zurück mehr.

Sie öffnete den Reißverschluss seiner Hose und seine Erektion sprang aus seiner Boxershorts hervor. Sie liebkoste seinen langen, dicken Ständer, wickelte ihre Finger um die samtweiche Haut, die den darunterliegenden Stahl bedeckte. Er schloss die Augen und stützte sich mit den Händen an der Tür hinter ihr ab.

Tess löste seine Krawatte und zog die weiche Seide aus seinem Kragen, bevor sie sie zu Boden fallen ließ. Dann knöpfte sie Macs Hemd auf und enthüllte breite Schultern und eine muskulöse Brust mit Sprenkeln von braunen Haaren. Er brauchte einen Augenblick, um die Manschettenknöpfe zu öffnen, aber sein Blick war immer nur auf sie gerichtet, während er das Hemd zur Seite warf. Mac schlüpfte aus Schuhen und Socken, dann trat er aus seiner Hose. Er stupste ihre Beine auseinander und streichelte leicht über die kurzen Haare zwischen ihren Beinen. Sie zuckte zusammen, als er mit einem Finger langsam über ihren Kitzler fuhr, dann hinunter zu dem feuchten Schlitz ihrer Mitte, bevor er in einer langen, entschlossenen Bewegung mit seinem Finger in sie hineinglitt.

Tess stellte sich auf die Zehenspitzen, als er den Finger in ihr krümmte. Sie krallte sich an seinen Schultern fest, als er den Finger wieder aus ihr herauszog, dann immer wieder in sie hinein und hinausglitt, bis ihre Hüften der Bewegung seiner Hand unbewusst folgten und sie vor Verlangen wimmerte.

Ihre Haut war unfassbar sensibel, und ihre Erregung

wuchs und breitete sich in ihrem ganzen Körper aus, bis sie an nichts anderes mehr denken konnte, als dass sie ihn in sich spüren wollte.

Macs Zunge glitt über die Senke ihres Schlüsselbeins. Eine Hand presste sich gegen sie, übte mit jedem Eindringen seines Fingers Druck auf ihren Kitzler aus. Er behielt einen langsamen Rhythmus bei, der ihren ganzen Körper zum Beben brachte. Sein Mund glitt tiefer, fand einen ihrer Nippel und saugte fest daran. Ihre Knie zitterten.

Sie versenkte die Finger in seinen Haaren. „Bitte sag mir, dass du ein Kondom dabei hast."

Mac trat einen Schritt zurück, atmete tief ein und beugte sich hinunter, um sein Portemonnaie aus der Hintertasche seiner Hose zu fischen. Er hielt es ihr hin und machte sich wieder daran, ihren Körper mit Aufmerksamkeit zu überschütten, fand all die Stellen, die sie beben und sich nach ihm verzehren ließen. Endlich fand sie das quadratische Päckchen neben den Dollarnoten und ließ das Portemonnaie wieder zu Boden fallen.

Tess streichelte seinen heißen Ständer und rollte das Kondom sanft darüber, um sie beide zu schützen.

Er griff nach ihren Handgelenken. Sein Kiefer war angespannt, seine Augen schmal, als er sie anschaute. Sie wussten beide, dass sie das nicht tun sollten. Es war schlecht für seine Karriere. Gefährlich für ihr Herz. Aber niemand musste es je erfahren. Dies konnte ihr kleines, schmutziges Geheimnis bleiben.

Sie wollte ihn so sehr, dass ihr Körper vor Verlangen pulsierte. Tess hatte die schreckliche Vermutung, dass sie ihn anbetteln würde, wenn er es sich diesmal anders überlegen würde.

Anstatt zurückzuweichen, hob er sie hoch, bis ihre Beine um seine Hüften geschlungen waren, und drückte sie gegen die Eingangstür. Dann hob er ihre Arme an und presste sie fester gegen die Tür, blickte ihr tief in die Augen, während er langsam in sie eindrang. Ihr Kopf fiel ihr in den Nacken, als sie aufschrie und ihr Rücken sich krümmte.

Ihr wurde schwarz vor Augen, als die Lust durch sie hindurchschoss.

Er ließ ihre Hände los und krallte seine Finger in ihren Hintern. Tess klammerte sich an Macs Schultern fest, während er tiefer in sie eindrang. Schweißperlen traten auf seine Stirn und liefen über seine Schläfen. Sie schmeckte sie auf ihrer Zunge.

Mit einem letzten Stoß vergrub er sich vollkommen in ihr, und Tess schnappte nach Luft, während sie sich an das Gefühl gewöhnte. Er war groß, und sie hatte noch nie Sex im Stehen gehabt.

Er schien zu bemerken, dass sie einen Augenblick brauchte, oder vielleicht ging es ihm ähnlich. Es dauerte ein paar Sekunden, sich daran zu gewöhnen, so ausgefüllt zu sein, und ihre Muskeln spannten sich um ihn an. Nicht, dass sie sich beschwert hätte. Ihr Körper bebte bei diesem wundervollen Gefühl. Sex war für sie immer schlichter Blümchensex gewesen. In der Horizontalen und schnell. Nach ein paar Sekunden zog sie ihre Muskeln um ihn zusammen und er knurrte anerkennend. Er begann, sich zu bewegen, pumpte mit langen, tiefen Stößen in sie hinein.

Herr im Himmel. Es fühlte sich göttlich an. Sie wimmerte vor Lust, die all ihre Sinne umfing. Jeder Muskel in ihrem Körper bebte vor purem Verlangen danach, auf diesen steilen Abgrund der Erlösung zuzurasen, aber sie wollte auch, dass es andauerte. Sie wollte langsam machen. Und schnell. Und alles dazwischen. Mac veränderte seine Position, und sie konnte ihn in sich spüren, wie er eine Stelle berührte, die sie wahnsinnig vor Begehren machte.

„Oh, Gott." Ihre Fingernägel gruben sich in seine Schultern, und ihr Körper klammerte sich an ihn. Sie wollte die Frau aus ihren Fantasien sein, die nach dem verlangte, was sie wollte, und es auch bekam. „Mehr."

„Ist es das, was du wolltest?" Er stieß immer wieder in sie hinein, hielt sich an ihr fest, während er tief in sie eindrang.

„Ja." Sie schnappte nach Luft. „Das ist es, was ich will. Du in mir. Es ist perfekt. Du bist perfekt."

Sein Körper bebte und verriet, dass ihm gefiel, was sie sagte, und er ließ sich nicht lange bitten. Tess biss sich auf die Lippen, überkreuzte die Fußgelenke hinter seinem Rücken, klammerte sich mit ihren Oberschenkeln an seine Hüften. Ihr Höhepunkt überraschte sie vollkommen. Er schoss durch sie hindurch wie eine Explosion. Sie schrie auf, schluchzte, spürte die Lust durch sich hindurch rauschen, während etwas in ihr zu zerbersten schien.

Er wurde langsamer und ihre Finger gruben sich in die Muskeln seines Rückens, aber sie hatte keine Kraft mehr, sich festzuhalten.

Sie wollte nicht, dass es vorbei war. Sie wollte ihn nicht loslassen.

Um zu verbergen, dass ihre Gefühle sie zu überwältigen drohten, flüchtete sie sich in Humor. „Ich erkläre dich hiermit zu einem Sexgott."

Er lachte und das Geräusch rumpelte durch seine Brust und bis tief in ihn Innerstes hinein.

„Wir sind hier noch nicht fertig", murmelte er.

Sie zitterte trotz der Hitze, die sein Körper ausstrahlte. Er war wie ein Ofen und sie wollte ihn nackt unter sich, hinter sich, auf sich spüren. Sie wollte all das mit diesem Mann machen, wovon sie immer gelesen hatte. Alles erforschen und voll ausschöpfen. Necken und foltern. Nichts als Lust verspüren. Er würde sie nicht unbefriedigt zurücklassen. Er würde lachen und ihr geben, was immer sie wollte. Zumindest für heute Nacht.

Sie fing an, zu rutschen, und er griff fest nach ihrem Hintern, und noch in ihr trug er sie hinüber in die Küche.

DIE POLIZISTEN UND die FBI-Agenten waren alle gegangen, bis auf einen. Was machte er noch hier? Wie viele Fragen konnte er denn haben? Was konnte die kleine, naive Tess Fallon diesem Kerl denn erzählen, das so verflucht lange dauerte?

Die arme kleine Tess hatte einen Eindringling überrascht. Eddie? Sie verzog das Gesicht. Sie wünschte, sie wüsste, wo er war und warum er ausgebrochen war. Hoffte er, den Ruhm für sich selbst zu sichern? Nachdem sie sich all die Jahre aufgeopfert hatte? Andererseits, trotz allem, was ihr Vater auf ihn hielt, war Eddie Hines immer irgendwie ein Arschloch gewesen. Er hatte sich vermutlich in einem Schrank versteckt, während David Hines um sein Leben gekämpft hatte. David hatte vorgehabt, Francis loszuwerden, aber er hätte es geschickt anstellen müssen, da das Grundstück auf ihren Namen lief.

Diese Schlampe hatte ihn mit Erde an sich gebunden.

Sie riskierte es und schlich um Tess Fallons Grundstück herum, mied das Haus mit dem kläffenden Hund, drückte sich weit genug in die Schatten, um nicht gesehen zu werden. Irgendwo in Tess' Haus brannte ein Licht und beleuchtete genug der Räume, dass sie ihr Ziel durch das Fernglas erkennen konnte. Die Linsen beschlugen.

Ihre Augenbrauen bogen sich zeitgleich mit ihrem Grinsen.

Sieh mal einer an. ASAC McKenzie, was haben Sie für große... Hände. Und er verstand sie offensichtlich zu benutzen, wenn man dem verzückten Ausdruck auf Tess Fallons Gesicht Glauben schenken konnte.

Das war so perfekt, es war beinahe zu gut, um wahr zu sein. Sie dachte über den weiteren Ablauf nach, während sie die beiden Tiere dort vor sich hin brunften ließ. Sollten sie diesen Augenblick genießen. Sie lächelte. Die Realität würde früh genug über sie hereinbrechen.

Einen halben Straßenblock später zog sie ein neues Prepaidhandy aus der Tasche und rief eine Nummer an, die sie auswendig konnte. „Es ist so weit. Du musst es jetzt sofort tun. In diesem Augenblick."

Sie hörte ihn schlucken und seine Unsicherheit knisterte durch die Leitung.

„Okay..."

Sie runzelte die Stirn. Sie konnten sich keinen Fehler leisten. „Kriegst du das hin oder soll ich es machen?" Sie war sich nicht sicher, ob sie genug Zeit hatte, aber sie würde sich die Zeit nehmen. Es war kritisch für ihre Mission. McKenzie loszuwerden, würde ihnen lange genug Luft verschaffen, um die Sache zu Ende bringen zu können. Was danach passierte, war ihr egal.

„Ich kriege es hin", sagte er.

Sie starrte in den Sternenhimmel und dachte an ihren

Vater. Was würde er wohl sagen?

„Ich weiß, dass du es schaffst. Ich glaube an dich." Näher war sie einem „Ich liebe dich" nie gekommen. Sie dachte an McKenzie und Tess, die gerade miteinander Spaß hatten. „Du hast eine Stunde, vielleicht zwei, aber…" Sie erklärte ihm, was er zu tun hatte, dann zögerte sie. Was sagte man in solchen Situationen? „Lass dich nicht erwischen."

Er lachte, aber es lag eine Bitterkeit in seiner Stimme, die sie nie zuvor gehört hatte.

„Nichts kommt der Mission in die Quere. Schon verstanden." Er hatte vom alten Herrn gehört und war sauer, dass sie sich nicht bei ihm gemeldet hatte, um ihn gemeinsam zu betrauern. Glühender Zorn schwelte in ihr. Sentimentalität war etwas für Narren und sie würden um ihn trauern, wenn diese Sache vorbei war.

Tess Fallon und Steve McKenzie waren irgendwie in Henry Jessops Ableben involviert, und sie war entschlossen, die beiden dafür bezahlen zu lassen. Sie warf das Handy in eine Mülltonne und die SIM-Karte in eine Hecke.

Jetzt brauchte sie ein Alibi.

VIERUNDZWANZIGSTES KAPITEL

„WIE STABIL IST dein Küchentisch?", fragte Mac.

Tess schüttelte den Kopf, sah herrlich zerzaust und durchgefickt und perplex aus. „Ist massive Eiche."

Ihr letzter Freund war ein Idiot gewesen. Mac wusste, dass sie das nicht tun sollten, aber er dachte sich, wenn er schon richtig Mist baute, dann wenigstens mit Stil.

Er hatte noch etwa drei Stunden, um ihr zu beweisen, dass sie eine Sexgöttin war. Dann würde er unter die Dusche springen, einen Liter Kaffee trinken und zur nächsten Teambesprechung zurück in die Zentrale fahren.

Es war vielleicht nicht romantisch, an Morde und Teambesprechungen zu denken, während er eine nackte Frau in den Armen hielt, aber er wagte es nicht, an ihre süße Hitze oder die langen Beine zu denken, die sich um seine Hüften schlangen, sonst wäre er nicht besser als dieser Idiot von Ex-Freund, der diese wunderschöne Frau nicht verdient hatte.

Mac schob einen Stuhl zur Seite, wischte die Überbleibsel der Handtaschendurchsuchung vom Küchentisch und ließ sie behutsam auf die polierte Holzplatte sinken. Ihre Augen wurden groß, als ihr Rücken den kalten Tisch berührte, aber er ließ ihr keine Zeit, um nachzudenken. Er hob ihre Knie an und genoss die Aussicht darauf, wie sie ihn tief in sich aufnahm.

Herrgott, war sie schön. Er hatte geglaubt, das Gesicht war hübsch, aber der Rest ihres Körpers war spektakulär. Brüste, genau eine Handvoll, mit perfekten, pinken Nippeln, an denen er sich tagelang laben konnte.

So sehr er auch die Aussicht genoss, er wusste, dass sie sich nach mehr verzehrte. Nicht nur Sex, sondern diesen Anflug von sexueller Verwegenheit. Er zog sich aus ihr heraus und drehte sie auf den Bauch, hielt ihre Schenkel neben seinen, während er sich über ihrem Rücken ausstreckte.

Bedächtig drang er wieder in ihre feuchte Wärme ein und drängte langsam vorwärts, gab aber acht, sie nicht zu sehr gegen die unnachgiebige Oberfläche zu drücken. Tess hielt sich an der Tischkante fest. Sie war ihm komplett ausgeliefert, konnte nichts weiter tun, als anzunehmen, was er ihr gab und sich auf den Ritt einzulassen. Wieder trieb er sie höher und höher, erhitzte ihr Blut, wollte ihre atemlosen Schreie hören, die ihn schon einmal fast in den Abgrund gejagt hätten.

Er ließ kurz nach, lächelte über ihre quengelige Beschwerde, führte ihre Füße auf den Fußboden und zog sie wieder auf seinen Schwanz. Jetzt konnte sie seine Stöße abfangen, und als er spürte, wie sie sich gegen ihn drängte, es so sehr wollte wie er, trat ihm der Schweiß auf die Stirn.

Er war jetzt offiziell ein Tier, und es machte ihm überhaupt nichts aus. Er fuhr mit einer Hand über die Erhebung ihrer Wirbelsäule, wiegte ihre Brüste in seinen Händen und brachte sie erneut zum Stöhnen. Sie war perfekt. Sie zog sich um seinen Schwanz zusammen, und er glitt mit einer Hand weiter hinunter, rieb ihren Kitzler zwischen zwei Fingern und tat das Gleiche mit einem ihrer Nippel, dann hämmerte er schneller und härter in sie hinein. Wieder schrie sie auf, ihre inneren Muskeln zogen sich so fest um ihn zusammen, dass er triumphierend aufschrie und die Ekstase ihn überrollte.

Noch während er dalag und sein Gesicht an ihren Rücken

presste, sein Herz bis in seine Ohren pochte, wurde ihm das Ausmaß seiner Entscheidung, Sex mit Tess Fallon zu haben, mit aller Macht bewusst.

Was zum Teufel hatte er da bloß getan?

Er kniff die Augen zusammen, streichelte ihre Haut, warm und nachgiebig unter seinen Fingern. Trotz der Zweifel seines Teams *kannte* Mac diese Frau und wusste, dass sie ein gütiges Herz hatte. Aber es war möglich, dass sie etwas wusste, was sie ihm nicht mitteilte, und er würde herausfinden, was es war. Das konnte er nicht tun, wenn er sie zurückließ – und verdammt, wenn er ehrlich war, wollte er das auch gar nicht. Noch nicht.

Das FBI würde seine Methoden vermutlich nicht gutheißen, aber hoffentlich würde er es auch nie schwarz auf weiß in ein Verhörprotokoll schreiben müssen.

Er zog sich aus ihr heraus, um das Kondom abzunehmen, und warf es in den Müll, fühlte sich wie ein verdammter Hurensohn dafür, auch nur mit dem Gedanken gespielt zu haben, Tess zu benutzen.

Als er sich herumdrehte, stand sie neben dem Tisch. Ihr Gesichtsausdruck war eher beglückt und zeigte nichts von der Verwundbarkeit, die er erwartet hatte.

Weil sie deine Gedanken nicht lesen kann, du Mistkerl. Sie weiß nicht, dass du ein Arsch bist.

Oder vielleicht hielt er sich auch selbst zum Narren. Allein ihr Anblick ließ ihn wieder steif werden.

Was machte es für einen Unterschied, ob er mit ihr schlief? Sie war nicht die Mörderin. Sie war nicht einmal eine Verdächtige, auch wenn sie theoretisch involviert war – warum sonst war jemand in ihr Haus eingebrochen? Und wenn es Eddie gewesen war, dann standen die Chancen, diesen Wichser wieder einzulochen, umso besser, je öfter er hier war.

Tess kam auf ihn zu, eindeutig nicht in der Lage, seine Gedanken zu lesen, und drückte ihren Körper gegen seinen, nahm seinen unstillbaren Schwanz in ihre Hand. Innerhalb von Sekunden war er so hart wie Granit.

„Sexgott", schnurrte sie gegen seinen Hals.

„Ich bin mir ziemlich sicher, dass du was damit zu tun hast", murmelte er.

Ihr Kopf lehnte an seiner Schulter. „Ich will dich wieder in mir spüren."

Bei ihren Worten ballten sich seine Hände zu Fäusten. Er wollte auch wieder in ihr sein. „Ich habe kein Kondom mehr."

Sie zögerte, dann streifte ihr Atem über seine Haut. „Ich nehme die Pille. Ich bin sauber. Ich habe mich testen lassen, nachdem Jason mich betrogen hat. Du bist der einzige, mit dem ich seitdem Sex hatte."

„Ich bin auch sauber." Er hatte einen kompletten Check-up bekommen, als er hierher versetzt worden war. Er hielt ihre Hände fest. „Aber ich mache das nicht."

„Das ist okay. Es gibt noch andere Dinge, die wir machen können" Sie sank auf die Knie.

Sein Magen zog sich zusammen, als ihre seidigen Haare seine Haut berührten.

Macs Hände zitterten, als er daran dachte, wieder in ihr zu sein. Nicht, dass die Aussicht auf einen Blowjob nicht extrem verlockend war, aber…

Die fundamentale Frage war, ob er ihr vertraute? Es ging hier nicht nur um sein Leben. Was war mit der Möglichkeit eines Babys? War es das Risiko wert, sie womöglich zu schwängern? Unglücklicherweise war die Antwort Ja, und das bedeutete, dass er eine noch größere, noch gewaltigere Sünde begehen würde.

Er schob sie ein wenig von sich fort und sank neben ihr zu Boden, das Holz kalt gegen seine warme Haut. Er legte sich hin und zog sie auf sich. Sie grinste auf ihn hinunter, so unfassbar schön im hellen Mondlicht, dass sich sein Hals zuschnürte.

Er strich über ihre Wange. „Was willst du, Tess?"

Ein sehr weibliches Lächeln legte sich auf ihre Lippen, als sie ihre Finger um seinen pulsierenden Schwanz legte. „Das hier."

Sie berührte ihn auf eine Art und Weise, die sexy und natürlich und aufrichtig zugleich war.

„Zeig mir, wo." Seine Finger griffen nach ihrer Hüfte, während er sie die Kontrolle übernehmen ließ. Er wusste, dass das etwas war, wonach sie sich in einer Welt sehnte, in der ihre Eltern das Einzige waren, was die Leute interessierte. Sie versteckte ihr wahres Selbst vor der Welt – die Angst, verurteilt zu werden, war größer als das Bedürfnis, wirklich sie selbst zu sein, wirklich frei zu sein.

Er zwang sich, vollkommen stillzuliegen, als sie ihn in sich aufnahm. Und sein Verstand setzte aus. Er ließ sie den Rhythmus bestimmen, ließ sie seinen Körper benutzen, um sich zu erregen, um ihr Blut unaufhaltsam zum Kochen zu bringen, während seines vor Verlangen bereits siedete. Er spielte mit ihren wunderschönen Brüsten, kniff hart genug in die pinken Spitzen, dass sie sich aufbäumte.

Als sie die Augen schloss, übernahm er die Führung, krallte sich ihre Hüften und rieb sie gegen sich, nahm eine Handvoll ihrer Haare in die Hände und setzte sich auf, versuchte, noch tiefer in sie einzudringen. Mac hatte die

Führung und die Kontrolle, genau bis zu dem Augenblick, in dem sie sich leicht verdrehte, während der sie ihn ritt. Er war verloren. Sie schrie auf und seine Welt versank in Finsternis.

———————

TESS LAG AUF Mac, ihre Arme und Beine verflochten, ihre Herzen schlugen im selben Rhythmus, während sie langsam zu Atem kamen und wieder zur Erde zurücksanken.

Sie konnte seinen Puls in dem zarten Fleisch zwischen ihren Schenkeln spüren und diese Berührung war intim, fast noch mehr als der Sex. Sie leckte sich über die trockenen Lippen und rutschte von ihm fort, aber er hielt sie fest.

„Halt still. Wenn du dich zu schnell bewegst, explodiert mir noch der Kopf.“

„Ich bin mir ziemlich sicher, es war nicht dein Kopf, der da explodiert ist.“

Er öffnete die Augen und ein langsames Grinsen breitete sich auf seinem Gesicht aus. „Du hast eine schmutzige Seite an dir. Ich vermute, das erklärt die Bücher.“

Die kalte Nachtluft trieb Gänsehaut auf ihre Arme und sie zitterte. Sie wollte sich von ihm fortziehen, aber er rollte sie beide zur Seite, bis er auf ihr zu liegen kam und hinunter in ihre Augen starrte.

„Das ist okay, Tess. Es ist nicht verboten, Spaß an Sex zu haben. Wenn das so wäre, dann wäre ich ein Wiederholungstäter.“

Diese Erinnerung daran, dass er mit vielen Frauen im Bett gewesen war und sie nur eine weitere Kerbe in seinem Bettpfosten war, schien tief in ihrem Inneren einen Schmerz heraufzubeschwören. Es war albern. Typischer Frauenfehler.

Sie war alt genug, um es besser zu wissen, also schob sie diese Gefühle fort. Heute Nacht ging es einzig und allein darum, diese knisternde erotische Spannung zu erforschen, die zwischen ihnen entflammt war, und die Neugierde darüber zu befriedigen, wie es wohl wäre, mit diesem Mann zusammen zu sein. Und jetzt wusste sie es. Sie redete sich nicht ein, dass er mit Blumen und Pralinen zurückkommen würde. Sie hatte Glück gehabt hatte, dass er überhaupt so lange geblieben war.

Aus irgendeinem Grund fühlte sich sein Gewicht derart richtig an, wie er da so zwischen ihren Schenkeln lag, dass sie die Beine um ihn schlang und ihn an sich drückte.

Mit einem Stöhnen ließ er seine Stirn auf ihre sinken. „Ich bin nicht mehr der Jüngste. Wenn du es darauf abgesehen hast, mich völlig fertig zu machen, dann gib mir wenigstens noch ein paar Minuten."

Eine Silbersträhne glänzte im Mondlicht. Sie streckte die Hand danach aus und berührte sie. „Du hast graue Haare."

„Ich sollte mittlerweile eigentlich Millionen davon haben." Er klang nicht so, als ob es ihn kümmern würde.

„Wie alt bist du überhaupt?"

Er richtete sich auf. Diese Frage schien ihm unter die Haut zu gehen. „Neununddreißig."

„Uralt." Sie zog ihn auf und seine Mundwinkel zuckten.

„Ich kann noch mithalten." Er kreiste mit den Hüften, um es ihr zu beweisen, und ihre Augen wurden groß. Ein Handy klingelte irgendwo im Flur. MC Hammers „U Can't Touch This" plärrte durch das stille Haus. Mac verspannte sich. Es war seine nervige Ex, die ihn einfach nicht in Ruhe ließ. Tess ließ ihn los, als er sich auf die Ellenbogen aufstützte und fluchte.

„Ich könnte diese Frau erwürgen." Er stand auf und

marschierte in den Flur. Tess sah zu, wie er nach seiner Hose griff und in den Taschen nach seinem Handy wühlte. Es hörte auf zu klingeln und pingte mit einer Textnachricht.

„Verdammt. Sie schreibt, es ist ein Notfall."

Tess stützte sich auf einen Ellenbogen und wischte sich die Haare aus dem Gesicht. „Vielleicht ist es das wirklich?"

Er machte ein Geräusch, das nicht besonders schmeichelhaft war. „Der Notfall ist, dass ihr Ego angekratzt ist, und sie mich an die Wand nageln will, um zu beweisen, dass sie mich noch immer unter ihrer Fuchtel hat. Heather liebt es, Männer mit Sex zu kontrollieren. Vermutlich denkt sie, drei Uhr nachts ist der perfekte Zeitpunkt für sowas."

Er zog seine Boxershorts an, dann seine Hose. Er schien nicht zu bemerkten, dass Tess an Ort und Stelle erstarrt war.

Glaubte er, dass sie das mit ihm hatte versuchen wollen? Sie hatte ihn buchstäblich an die Wand genagelt. Oder er sie. Sie war sich nicht ganz sicher über die Reihenfolge.

Mac schlüpfte in seine Schuhe und fuhr sich mit der Hand durch die Haare, bevor er sich das Hemd zuknöpfte, das er in der Nähe der Eingangstür eingesammelt hatte. Er legte sein Schulterholster an und kontrollierte seine Waffe. Tess lag ausgestreckt auf dem Fußboden, die Schwüle dessen, was sie getan hatte, klebte noch zwischen ihren Schenkeln. Ein Beweis für ihre kolossale Dummheit.

Sie hörte seine Schritte und öffnete die Augen. Er beugte sich zu ihr hinunter, fuhr mit einem Finger über ihre Wange und ganz flüchtig über ihre Brust. Ihr Körper bog sich ihm entgegen wie Eisen einem Magneten.

Sie zwang sich, ihn anzulächeln, als er seine Hand zurückzog. Sie wollte keine Frau sein, die klammerte. Er gehörte ihr nicht. Sie brauchte ihn nicht. Sie wollte ihn nur.

„Vielleicht brauchst du eine einstweilige Verfügung gegen sie?", schlug sie leise vor.

Er grummelte. „Meine Kollegen würden mich auslachen."

Dann beugte Mac sich tiefer hinunter und küsste sie erneut auf den Mund. Er schien nicht zu wissen, was er sagen sollte, aber das hier war eindeutig eine Verabschiedung. Befangenheit breitete sich zwischen ihnen aus, als sie sich von ihm löste und sich zwang, sich auszustrecken, anstatt sich zu einem Ball zusammenzurollen und ihre Wunden zu lecken.

„Na dann … danke für den Ritt, Cowboy." Sie grinste ihn an, als ob sie nicht innerlich zerrissen wäre. „Jetzt kann ich für deinen Sexgott-Status bürgen."

Er zog eine Grimasse. Dann stand er auf, schien verunsichert über das, was sie getan hatten.

Willkommen im Club.

„Tess …"

„Ruf mich an, falls es irgendwelche Entwicklungen im Fall gibt." Sie unterbrach ihn, bevor er ihr irgendwelche Versprechen gab, die er nicht halten konnte. „Oder wenn jemand dieses Arschloch von meinem großen Bruder schnappt."

Mac strich sich die Krawatte glatt, mied ihren Blick und ihr Herz schrumpfte in sich zusammen. „Na klar. Schließ deine Türen ab. Ich habe die Ruger auf deinen Nachttisch gelegt. Munition ist in der Schublade."

„Danke." Sie bewegte sich nicht von ihrem Platz auf dem Fußboden weg. Sie war innerlich zu gelähmt. Stattdessen streckte sie sich aus, lächelte ihn träge an und ließ ihre Hand über ihren Körper fahren, ihre Finger glitten über ihren Nippel. Als ob sie einfach eine sinnliche Kreatur wäre, der die Gefühle egal waren, die sie wie Sedimente in klarem Wasser aufgewühlt hatten, und die nun eine Sache trübten, die eigentlich glasklar sein sollte.

Ihre Körpersprache sagte, dass er sie nicht zu lieben brauchte. Das war etwas für schwächere Menschen als sie. Die traurigen und anhänglichen. Nicht die Göttin, die er erweckt hatte.

„Mach weiter so, und meine Ex-Frau kann es vergessen." Seine Stimme fiel eine Oktave ab, als seine Augen ihren Fingern folgten.

Sie lächelte und hörte nicht auf und er trat einen halben Schritt auf sie zu, bevor eine weitere Nachricht auf seinem Handy pingte. Er stöhnte mit aufrichtiger Frustration auf.

„Mach's gut, Mac." Tess lächelte und ließ nun doch ein klein wenig Traurigkeit durchscheinen, während sie ihn anschaute.

„Wir reden morgen, Tess."

Sie zuckte mit den Schultern, als ob es ihr egal wäre. Anspannung legte sich auf seine Züge. Er sah aus, als ob er sauer darüber wäre, zu seiner Ex zu müssen. Oder vielleicht war es auch nur zur Schau. Vielleicht konnte er gar nicht schnell genug hier wegzukommen, fort von dem möglichen Interessenskonflikt, den Tess darstellte. Und der Sex mit seiner Ex war zu einem Zeitpunkt damals immerhin gut genug für einen Heiratsantrag gewesen, also wer sagte, dass er nicht für eine zweite Runde zu der hübschen Blondine fuhr?

Tess hörte, wie er seine restlichen Sachen vom Fußboden aufsammelte. Die Haustür öffnete sich, dann fiel sie leise ins Schloss, ließ nur die Scham über ihre Begegnung zurück.

Kälte überkam sie. Aber obwohl sie zitterte, stand sie nicht auf. Sie schloss die Augen, als ihr bewusst wurde, dass sie einen monumentalen Fehler gemacht hatte. In ihrer sexuellen

Vernebelung hatte sie sich erlaubt, die Tatsache zu ignorieren, dass ihre Gefühle für diesen Mann immer tiefer geworden waren. Sie bewunderte alles an ihm, seine entschlossene Suche nach der Wahrheit, ganz egal, was es kostete, seine Hingabe an seinen Job. Das, zusammen mit dem heißen Körper, den niedlichen Grübchen und dem tiefen Gefühl der Verbindung, das sie nur bei ihm empfand. Sie war töricht genug gewesen zu glauben, sie könne ihre Gefühle aus der Sache heraushalten. Ihr Herz war so verfangen, als ob sie noch immer das vernarrte Mädchen von damals wäre, das ihrem Idol hinterherschaute.

Steve McKenzie war ein FBI-Agent, der ihr Leben und ihre Seele gerettet hatte. Was nicht bedeutete, dass er sie jetzt nicht opfern würde. Das wurde ihr schmerzvoll klar.

Als ihre Zähne zu klappern begannen, entschied Tess, dass es an der Zeit war, sich zu bewegen. Sie rollte sich auf die Seite und stützte sich mit einer Hand ab, um sich aufzurichten. Ihre Finger landeten auf Coles USB-Stick.

Sie konnte sich nicht erinnern, den Stick vorhin bei ihren Sachen gesehen zu haben.

Wer auch immer heute Nacht hier eingebrochen war, hatte nach etwas gesucht, das weder Geld noch Schmuck war.

Kein Anzeichen für gewaltsames Eindringen…

Cole konnte nicht der Eindringling sein.

Ein so guter Schauspieler war ihr Bruder nicht. Oder doch?

Ihre Finger krallten sich um das harte Plastik. Sie musste Bescheid wissen. Auf der Stelle. Sie musste herausfinden, ob Cole in diesen Mist involviert war. Tess stand auf. Sie würde es nicht länger aufschieben. Sie musste die Wahrheit wissen, und zwar jetzt gleich.

FÜNFUNDZWANZIGSTES KAPITEL

MACS GANZER KÖRPER pulsierte vor herrlicher Befriedigung, während er die Wisconsin Avenue Richtung Georgetown hinunterfuhr. In die Befriedigung hineingemischt war ein anwachsendes Gefühl von „heilige Scheiße, was zur Hölle habe ich gerade getan?" Die Rechtfertigung für Sex mit Tess war ihm solide vorgekommen, als sein Körper vor Lust entflammt war. Sie in seiner Nähe zu wissen, ihr Vertrauen zu gewinnen, die Anziehung zwischen ihnen zu nutzen, um die Ermittlungen voranzutreiben. Ein engagierter FBI-Agent zu sein. Ein Opfer für das Team zu bringen.

Die Tatsache, dass sein Körper noch immer von seinem Hirn bis zu seinen Eiern vibrierte, war ein Bonus.

Sehr nobel.

In Wahrheit hatte er sie so sehr gewollt, dass er nicht über den Fall oder die Konsequenzen nachgedacht hatte, bis er schon zu tief dringesteckt hatte. Er hatte sie verdammt nochmal ohne Kondom genommen, so sehr hatte er sie gewollt. Nie zuvor hatte er so wenig Selbstdisziplin an den Tag gelegt, nicht einmal bei der Frau, der er ein Eheversprechen gegeben hatte. Eine Frau, die er davon überzeugen musste, ihn nicht mehr anzurufen, es sei denn, sie wollte ihn wirklich zur Weißglut treiben.

Nur, dass das Blödsinn war. Er hatte sich so hastig auf

Heathers SMS gestürzt, dass er sich dabei fast ein Schleudertrauma eingefangen hätte. Er lief davon – nicht vor dem, was er mit Tess getan hatte, sondern vor den Gefühlen, die auf ihn eingestürzt waren, vor, während und nach dem Sex. So viel dazu, die beiden Dinge strikt zu trennen.

Tess hatte sich von einer ruhigen, seriösen Steuerberaterin in eine ungehemmte erotische Nymphe verwandelt und hatte seinen Verstand zu Staub reduziert. Aber etwas hatte sich am Ende verschoben, womöglich dank des aufkeimenden Entsetzens über die maßlose Dummheit zweier angeblich intelligenter Menschen, die ungeschützten Sex hatten…

Aber es hatte nicht wie Entsetzen ausgesehen, es hatte eher danach ausgesehen, als ob sie sich an ihre anzüglichsten Fantasien erinnert hatte, die bei jeder anderen Frau darauf ausgerichtet gewesen wären, ihn zum Bleiben zu motivieren, aber bei Tess wie das genaue Gegenteil gewirkt hatten. Als ob sie gewollt hätte, dass er geht – dabei war sie vorher ganz verzweifelt darauf gewesen, ihn zu haben.

Er fuhr sich mit der Zunge über die Zähne. Er konnte sie noch immer schmecken und selbst das war genug, um ihm einen halben Ständer zu bescheren. So viel Mühe, seinen Schwanz in Schach zu halten, hatte er nicht mehr gehabt, seit er sechzehn gewesen war und von einer der Freundinnen seines Vaters in die hohe Kunst des Fellatio eingeführt worden war. Miranda war nebenbei anschaffen gegangen und hatte dem jungen Steve im Gegenzug für eine Tasse Kaffee eine gratis Kostprobe geschenkt. Er war ehrlich gesagt einfach froh gewesen, zu Hause mit jemandem sprechen zu können, der ihn nicht grün und blau prügeln wollte. Und sie war über seine einfache Geste der Freundlichkeit froh gewesen. Vielleicht war er nun reif genug, um zuzugeben, dass es Teil des

Nervenkitzels gewesen war, eine kleinliche Rache gegen diesen erbärmlichen Hurensohn zu erlangen, der damals besoffen im Nebenzimmer gelegen hatte. Und mit sechzehn hatte er in diesem Moment geglaubt, gestorben und in den Himmel gekommen zu sein.

Ganz sicher würde er Miranda Wyatt für das, was sie an diesem Tag in dem erstickenden kleinen Wohnwagen für ihn getan hatte, nie vergessen, aber was Tess heute mit ihm gemacht hatte, war Millionen Mal gewaltiger, Millionen Mal emotionaler gewesen… genau bis zu dem Punkt, an dem es das plötzlich nicht mehr gewesen war.

Es hatte begonnen wie ein Inferno. Zum Teufel, sie hatten es nicht einmal die Treppe hinaufgeschafft, geschweige denn bis ins Bett. Sie hatten anderthalb Stunden damit verbracht, Orte zu erforschen, die keiner von ihnen beiden hätte erforschen dürfen, aber zu dem Zeitpunkt hätte Mac geschworen, dass es guter, ehrlicher Sex war, nur…

Danke für den Ritt, Cowboy?

Als ob sie ihn in irgendeiner Bar abgeschleppt hätte und seinen Namen nicht kannte?

Cowboy? Was zur Hölle?

Er biss die Zähne zusammen und fuhr weiter nach Georgetown. Das war dieser Frau so unähnlich, die er zu kennen glaubte. Er versuchte, den Punkt zu bestimmen, an dem die Stimmung gekippt war, aber das Einzige, was ihm einfiel, war Heathers Anruf.

Ah, verdammt. Mac ließ den Kopf hängen.

Na klar.

Wie verärgert man am besten die nackte Frau, auf und möglicherweise in der man eben noch gelegen hatte? Klar. Indem man einen Anruf von seiner Ex bekommt, alles stehen und liegen lässt und abhaut.

Gottverdammt.

Seine Gedanken drifteten zu dem Moment am Ende, als sie sich selbst berührt hatte, als ob sie irgendein sexy Kätzchen wäre. Er wäre fast ohnmächtig geworden, als ihm alles Blut in die Leistengegend gerauscht war. Jetzt wurde ihm klar, dass sie ihn dafür gequält hatte, das *Arschloch* gewesen zu sein, das verschwunden war, um sich mit seiner Ex *herumzuschlagen*. Mac dachte über die anderen Dinge nach, die er gesagt hatte, aber seine Erinnerungen waren verschwommen. Er erinnerte sich an irgendetwas über Wände, nageln und jemanden mit Sex zu kontrollieren.

Was für ein verfluchter Idiot er doch war.

Er musste über sich selbst den Kopf schütteln.

Er hatte Tess verletzt und sie hatte sich auf die einzige Art und Weise verteidigt, von der sie wusste, dass sie ihn denken ließ, es würde ihr nichts ausmachen. Nicht, indem sie anhänglich und verletzlich war, sondern indem sie eine sexy, selbstbewusste Frau war, die niemanden brauchte. Soweit sie wusste, war er unterwegs zu einem blonden Nachtisch in der Vorstadt.

„Scheiße." Er hieb mit der Faust aufs Lenkrad.

In der Ferne heulte die Sirene eines Streifenwagens auf, der mit Blaulicht zu einem Einsatz davonraste. Der Verkehr war jetzt um drei Uhr früh ruhig. Es hatte definitiv Vorteile, die Nachtschicht zu übernehmen. Er hielt an einem Drive-in und kaufte sich einen Kaffee. Er musste zurückfahren und mit Tess sprechen. Sich dafür entschuldigen, ein Feigling gewesen zu sein, der sich weigerte, sich einzugestehen, dass er Gefühle für sie hatte. Ihr sagen, dass sie ihm wichtig war, und dass sie vielleicht sehen konnten, wo diese Sache zwischen ihnen hinführte, wenn die Ermittlungen abgeschlossen waren.

Eine weitere Nachricht von Heather pingte. Sie schrieb, dass sie ihm etwas Wichtiges über seine neue Freundin zu sagen hatte. Was zur Hölle? Wusste sie über Tess Bescheid oder fischte sie im Trüben?

War Heather betrunken? Glaubte sie, sie könne ihn erpressen und zwingen, zu ihr zurückzukommen? Das war absoluter Wahnsinn. Sollte er die Polizei rufen? Das waren mehr als fünfzehn Nachrichten in zwanzig Minuten. Er hatte ihr schon mit einer alles andere als schmeichelhaften Nachricht geantwortet. Vielleicht hatte sie von Lyles Anwalt gehört oder herausgefunden, dass seine neue Freundin jünger und hübscher als sie war.

Das war sie. Er hatte es überprüft.

Eines war verdammt sicher – wenn es wirklich ein Notfall wäre, dann hätte sie auch den Notruf gewählt.

Scheidung bedeutete, keinen Kontakt mehr zu haben, so sah er das. Sie hatten keine Kinder. Es gab keinen Grund, weshalb sie je wieder miteinander sprechen mussten. Heather schwebte vermutlich eine Verführung vor, aber er hatte sein Soll an Fauxpas heute schon erfüllt, und es war noch nicht einmal vier Uhr.

Er debattierte mit sich, ob er zurück zu Tess fahren sollte oder zu Heather, aber er hatte es satt, ständig von seiner Ex getriezt zu werden. Es war an der Zeit, diesem Irrsinn ein Ende zu bereiten.

Mac parkte seinen Truck vor der Adresse, die Heather ihm geschickt hatte, ein großes Haus am Rande von Georgetown, so nah am Navy-Observatorium, dass die Lichter einiger Gebäude durch die Bäume schienen.

Es war ein hübsches Haus. In der Nähe des Parks, nicht

weit entfernt von der Stelle, an der der Kongressabgeordnete angeschossen worden war. Trettorri lag noch immer im Koma. Mac hatte sich über seinen Zustand informiert, bevor er atemberaubenden Sex mit jemandem gehabt hatte, der womöglich etwas über den Täter wissen konnte.

Er stieg aus dem Auto und drückte die Tür trotz seines Zorns leise ins Schloss. Der weitläufige Rasen vor dem Haus lag voller Blätter, die im Wind raschelten.

Im oberen Stockwerk brannte Licht.

Mac musste Heather davon überzeugen, dass er sie hinter sich gelassen hatte. Dass es jetzt jemanden in seinem Leben gab, der ihm etwas bedeutete. Das Bild von Tess blitzte in seiner Erinnerung auf, und er musste schlucken.

Reue fraß ihn innerlich auf. Er musste mit ihr sprechen. Es ihr erklären... Was erklären? Dass sie trotzdem in seiner Nähe bleiben sollte, damit sie vor Eddie sicher war, auch wenn er im Augenblick keine wirkliche Beziehung mit ihr haben konnte? Und wenn sie schon mal in der Nähe war, dass sie es ja dann vielleicht wie die Karnickel treiben konnten, bis diese ganze Sache vorbei war, weil sein Schwanz nicht genug von ihr kriegen konnte, und sein Kopf ein ähnliches Problem hatte?

Solange nur sein Herz nicht beteiligt war.

Aber das war es. Er wusste, dass es so war. Mit Tess hatte er nicht die Art emotional verkümmerten Sex gehabt, der üblicherweise sein Ding war. Aber er konnte ihr einfach verdammt nochmal nichts versprechen, außer, dass sie es mit beinahe absoluter Sicherheit bereuen würde, sich auf ihn eingelassen zu haben und im Zuge der ganzen Sache tief verletzt werden würde. Das war eine weitere Lage von Scheiße, zusätzlich zu dem ganzen Mist, den sie im Laufe der Jahre hatte ertragen müssen.

Das konnte er ihn nicht antun. Er musste die Sache beenden, bevor sie zu tief drinsteckten, und vielleicht war es für einen von ihnen beiden auch schon zu spät, aber das war sein Problem und er würde es mit ins Grab nehmen.

Und was die Sache betraf, etwas anzufangen, wenn die Ermittlungen abgeschlossen waren … wozu? Er war ein Karriere-Agent. Er würde das FBI nicht verlassen, außer in einem Leichensack. Und Tess Fallon, die einzige überlebende Tochter von David und Francis Hines, passte nicht zu dieser Lebensrealität. Ganz egal, wie unfair das sein mochte.

Und es war unfair.

Es war verdammt unfair, aber er war sich nicht sicher, wie zum Teufel er das ändern konnte.

Während er auf die Haustür zuging, dämmerte es Mac, dass Heathers verrückte Nachrichtenflut ihnen beiden einen Gefallen getan hatte, auch wenn es sich zunächst nicht so angefühlt hatte.

Der eisige Wind kratzte mit scharfen Krallen über seine Haut und ließ ihn wissen, dass der Winter diesen Teil der USA noch fest in seinem Griff hatte. Ein Kranz formte eine Zielscheibe auf der roten Eingangstür der georgianischen Villa. Mac verdrehte über die Situation, in der er sich wiederfand, die Augen. Dann wählte er den Notruf und meldete eine Ruhestörung an dieser Adresse. Heather würde ihm nie wieder eine Nachricht schicken, wenn das hier vorbei war.

Er stieg die drei Stufen zur Tür hinauf und drückte auf den Klingelknopf. Nichts rührte sich. Ein weiterer Windstoß ließ die Eingangstür leicht hin und her schwingen. Mist, sie war nicht richtig zu.

Ein Schauder des Unbehagens lief ihm den Rücken

hinunter, und er zog die Glock aus dem Holster.

Heather hatte während ihrer Ehe eine Phase durchlebt, in der sie ihm Nachrichten geschrieben hatte, als ob zu Hause etwas Schlimmes passiert wäre, nur um dann mit nichts als Reizwäsche bekleidet im Bett auf ihn zu warten, als er nach Hause geeilt kam.

Die ersten paar Male war das noch niedlich gewesen, aber dann fing es an, ihn in seinem Job zu stören. Nicht lange, nachdem er angefangen hatte, ihre Nachrichten zu ignorieren, hatte Lyle angefangen, ein wenig mehr Aufmerksamkeit zu genießen. Heather mochte es nicht, ignoriert zu werden.

Mac zwang sich etwas Mitleid für die Situation seiner Ex ab. Er wusste, wie beschissen es war, betrogen zu werden. Heather hatte diesen Typen womöglich wirklich geliebt und hatte nun ein gebrochenes Herz, aber sie musste endlich verstehen, dass es nicht Macs Aufgabe war, das wieder einzurenken.

Er bekam eine weitere Nachricht.

„Ich bin oben. Komm hoch.“

Er steckte die Waffe zurück ins Holster, ließ den Druckknopf aber offen. Selbst wenn er die letzten zwei Jahre auf einer einsamen Insel gestrandet und seine einzige Gesellschaft seine rechte Hand gewesen wäre, wäre eine Stunde mit seiner Ex nicht im Entferntesten das Jahr an Kummer wert, das mit Sicherheit darauf folgen würde.

Er hatte mehr riskiert, um mit Tess zusammen zu sein…

Was mehr als leichtsinnig gewesen war.

Seit wann waren persönliche Beziehungen wichtiger als seine Karriere? Noch nie.

Entnervt von allem, was heute Nacht vorgefallen war, drückte er die Tür auf. Die Polizei würde jeden Augenblick hier sein.

Verdammt, er steckte mitten in den Ermittlungen zu einer Mordserie und gab sich mit Frauengeschichten ab? Was zur Hölle war eigentlich sein Problem? Er wollte Heather schon zurückschreiben, als ihm klar wurde, wie lächerlich diese ganze Situation war.

Also betrat er das Haus und rief die weiß gestrichene Treppe hinauf. „Heather! Ich hoffe, du hast was an. Die Polizei ist auf dem Weg hierher!"

Irgendwo in er oberen Etage konnte er einen lauten Fernseher hören, der seine Worte übertönte. Verdammt. Er schaltete das Licht ein und nahm zwei Stufen auf einmal. Das Haus war wunderschön, Holzdielen und gerahmte Bilder an den Wänden. Eines der Gemälde hing schief und er rückte es geistesabwesend zurecht. Die meisten der Räume waren dunkel, aber unter einer Tür fiel ein Lichtstrahl hindurch.

Er schüttelte den Kopf und klopfte an. „Heather. Wenn du mit mir sprechen willst, musst du rauskommen. Angezogen. Die Polizei ist auf dem Weg. Du hast gesagt, es wäre ein Notfall." Wieder keine Antwort. Konnte sie ihn über den lärmenden Fernseher überhaupt hören?

Etwas in ihm wollte einfach gehen und nie wieder von Heather Surrey hören. Aber es hatte einen Moment gegeben, in dem er zugunsten dieser Frau ein Gelöbnis abgegeben hatte, und obwohl er sie dafür verachtete, dass sie ihm dieses Gelübde vor die Füße zgeworfen hatte, hatte ein kleiner Teil in ihm Mitleid für ihre Probleme.

„Und das weiß sie auch, verdammt nochmal", musste er sich eingestehen.

Dieser Unsinn musste aufhören. Er atmete tief aus, dann griff er nach der Türklinke.

„Heather?" Noch immer keine Antwort.

Zögernd betrat er den Raum, der aus einem kleineren Wohnbereich neben dem großen Schlafzimmer zu bestehen schien. Im Fernseher liefen die Nachrichten – seltsam, wenn man bedachte, dass Heathers Vorstellung davon, auf dem Laufenden zu bleiben, die war, sich Entertainment Tonight anzuschauen.

Etwas fühlte sich seltsam an. Er hielt inne, nahm wieder seine Glock in die Hand.

„Heather?", fragte er noch einmal, diesmal lauter.

Keine Antwort. Er schaute auf die geschlossene Tür zum Schlafzimmer und stellte beide Füße fest auf den Boden. Seine Augen wurden schmal, er schlich langsam näher und lauschte für einen Augenblick angestrengt. Der Fernseher war zu verdammt laut, um auch nur irgendwas hören zu können.

Seine Hand legte sich auf den Türknauf, und er wusste, dass er sich wie ein verfluchter Narr vorkommen würde, wenn diese Frau ihn tatsächlich verführen wollte, aber er wurde dieses ungute Gefühl nicht los, das durch seine Nerven schoss.

Er platzte mit gezogener Waffe ins Zimmer und schnellte nach links. Sein Herz fuhr zusammen, und Galle stieg in ihm auf.

Heather lag auf dem Bett. Nackt. Ihre Arme waren mit zwei Seidenkrawatten über ihrem Kopf an das Bett gefesselt, ihre Beine gespreizt. Panzertape klebte über ihrem Mund. Die einzige andere Verzierung war eine Goldkette um ihren Hals. Blut aus zwei Einschusswunden tränkte die Laken. Eine Kugel ins Herz. Eine Kugel in den Kopf.

Mac ging mit angehobener Waffe auf sie zu und suchte an ihrem Hals nach dem Puls. Ihre Haut war noch warm, aber sie atmete nicht und war nicht mehr zu retten. Er sah sich um.

War der Mörder noch hier?

Hatte sie nackt auf ihn gewartet, nur um von einem opportunistischen Einbrecher überrascht zu werden? Hatte Mac sich zu viel Zeit gelassen, um hierherzukommen?

War das ein Puls? Er presste seine Finger fester in ihren Hals, versuchte, die Halsschlagader zu finden.

„Herrgott." Er holte sein Handy hervor und wählte erneut den Notruf. „Ich habe eine Frau mit Schusswunden in der Brust und im Kopf aufgefunden." Er nannte die Adresse.

„Die Beamten sind eine Minute entfernt", war die Antwort.

„Sagen Sie ihnen, ein FBI-Agent ist vor Ort. Ich werde das Haus nach dem Täter absuchen."

Er sicherte so effizient wie möglich das Schlafzimmer und das angrenzende Badezimmer, ohne mögliche Beweise zu zerstören. Als die Beamten eintrafen, hatte er sich durch die drei angrenzenden Zimmer gearbeitet.

„Hier oben", rief er. Er hielt seine goldene Dienstmarke hoch. „ASAC Steve McKenzie, FBI. Das Opfer ist hier oben." Er deutete auf Heathers Schlafzimmer. „Ich habe noch nicht das gesamte Haus sichern können."

„Wir kümmern uns darum."

Einer der beiden Beamten, ein bisschen molliger, mit grauen, kurz geschorenen Haaren, beäugte ihn misstrauisch. „Sind sie verletzt?", fragte der Kerl ihn.

„Nein."

„Kennen Sie das Opfer?", fragte der andere Polizist und kam kopfschüttelnd aus dem Zimmer, bestätigte, was Mac schon wusste.

Mac rieb sich mit dem Ärmel über die Stirn und nickte. „Meine Ex-Frau."

„Besuchen Sie ihre Ex-Frau öfter mitten in der Nacht?" Die Augen des Polizisten waren schmale, misstrauische Schlitze.

„Ich bin vor etwa acht Minuten hier angekommen", erklärte Mac dem ersten Beamten. „Habe sie so vorgefunden." Er runzelte die Stirn. „Sie hat mich gebeten, vorbeizukommen. Hat mir Dutzende Nachrichten geschrieben." Er hielt dem Kerl sein Handy hin, damit er es selbst sehen konnte.

Wo zur Hölle war ihr Handy? Er wollte zurück in das Schlafzimmer gehen, um danach zu suchen, aber der Typ mit den kurzgeschorenen Haaren hielt ihn auf. „Tut mir leid, Sir. Sie können da nicht wieder hinein. Das ist nicht ihr Fall."

Scheiße nochmal.

Diese Sache verursachte Mac Bauchschmerzen, und die Galle hatte einen bitteren Geschmack in seinem Mund hinterlassen. „Die Haustür war nur angelehnt und sie hat mir geschrieben, dass ich raufkommen sollte." Er rieb sich die Stirn. „Zumindest hatte ich angenommen, dass sie es war." Der Mörder musste die Nachrichten geschickt haben.

Verdammt. War er reingelegt worden?

Definitiv. Hatte Lyle ihn in eine Falle tappen lassen, um eine Frau loszuwerden, die er nicht mehr länger haben wollte?

„Sie müssen ihren Mann anrufen", sagte Mac.

„Noch ein Mann?", fragte der Polizist überrascht.

Mac nickte. „Sie hatten Probleme. Haben sich an Weihnachten getrennt."

„Hatten die Probleme etwas mit Ihnen zu tun?", fragte der Beamte.

Mac starrte ihn an. Ihm gefiel nicht, welche Richtung das nahm. „Nein. Ich bin erst vor einer Woche in die Zentrale nach D.C. versetzt worden. Heather hat mich angefleht, sie am Dienstag zum Mittagessen zu treffen. Davor hatte ich sie etwa zwei Jahre lang nicht gesehen."

„Einverständlich?"

Mac grinste. „Wie ein Kampf mit bloßen Fäusten."

Er sah, wie die beiden Beamten sich einen Blick zuwarfen, die Sorte Blick, die er mit seinen Kollegen austauschte, wenn er glaubte, der Verdächtige wäre womöglich der Täter. „Muss ich meinen Anwalt anrufen, Officer?"

Der Kerl grinste dreckig. „Nur, wenn Sie was zu verbergen haben."

Das war genau das, was Mac einem Verdächtigen auch sagen würde, damit dieser seine Rechte aufgab. Er blinzelte, erkannte, wie die ganze Sache aussah. Verdammt nochmal. Er hatte keine Zeit für diesen Scheiß.

Mac ging nach unten ins Wohnzimmer und setzte sich auf die Couch. Der kurzgeschorene Polizist kam hinterher. Mac mochte ein Bundesagent sein, der den Notruf gewählt hatte, aber er war jetzt auch der Hauptverdächtige in einem grausamen Mordfall. Er schüttelte den Kopf und legte ihn in die Hände. Dann fluchte er innerlich. „Ich muss zurück in die Zentrale. Ich leite die Sondereinheit in diesen Morden in D.C."

„Ganz sicher tun Sie das." Der Beamte nickte weise, glaubte ihm offensichtlich kein Wort. „Wurden die nicht auch mit zwei Schüssen umgebracht, einer ins Herz und einer in den Schädel? Wie das Opfer oben?"

Mac nickte. Er würde jetzt nicht anfangen, die Unterschiede in den Fällen aufzulisten, aber sie konnten doch nicht wirklich glauben, dass er das getan hatte.

„Sie wissen genauso gut wie ich, dass wir sie befragen müssen, bevor sie irgendetwas anderes machen."

„Dann machen Sie verdammt nochmal hin", blaffte Mac ihn an. Dann schloss er die Augen und merkte, dass er sich wie ein Arschloch verhielt. Heather war ermordet worden, und er musste tun, was er konnte, um ihren Mörder zur Rechenschaft zu ziehen. Und wenn das bedeutete, sich eine Stunde oder zwei mit einem Detective der Mordkommission hinzusetzen, um diesen Schlamassel zu klären, dann war das eben so. „Schön. Aber ich muss in der Zentrale anrufen und ihnen sagen, wo ich bin."

„Das können Sie gerne tun." Der Beamte schenkte ihm die Art Lächeln, bei dem Verbrecher einknickten. „Richten Sie ihnen aus, dass es eine Weile dauern wird."

TESS FUHR ZU Coles Haus in der Nähe des American University Park und hielt am Bürgersteig an. Im Erdgeschoss war das Haus mit Backsteinen verkleidet, und an den Fenstern hingen schwarze Fensterläden. Im Anbau an der Seite befand sich Coles Büro, aber es war dunkel. Im Wohnzimmer brannte Licht. Coles Auto war nicht zu sehen, aber womöglich stand es in der Garage.

Sie ging um das Haus herum, um an der Hintertür zu klopfen. Niemand antwortete, also klopfte sie lauter. Sie wollte ihren Schlüssel nicht benutzen. Sie hörte Schritte und machte sich bereit.

Dave öffnete die Tür. Der rothaarige, untersetzte Kerl schaute sie irritiert an und rieb sich die Augen. „Tess? Ist alles okay?"

„Ich muss mit Cole sprechen. Ist er da?" Sie hatte sich eine Jeans und ein rotes Sweatshirt angezogen. Jetzt wickelte sie sich in ihren Wintermantel, um den eisigen Wind abzuhalten.

Dave trat einen Schritt zurück und sie huschte an ihm vorbei ins Haus.

„Ich weiß nicht. Ich habe einen Film geschaut und bin auf dem Sofa eingeschlafen. Das letzte Mal habe ich ihn gesehen, als er zu dir gefahren ist." Er gähnte und hielt sich beschämt die Hand vor den Mund. „Soll ich nachschauen, ob er in seinem Zimmer ist?"

„Ich mach das schon. Danke. Ich muss erst noch was nachschauen. Steuerkram." Sie sprach leise, damit sie die anderen Leute im Haus nicht aufweckte. Sie würde nicht wieder unverrichteter Dinge wegfahren, jetzt, wo sie endlich den Mut aufgebracht hatte, ihren kleinen Bruder zu konfrontieren. Sie zog ihre Stiefel aus und ließ sie neben der Tür stehen. Der USB-Stick steckte in ihrer Hosentasche und sie wollte den Blick auf Coles Gesicht sehen, wenn sie ihn hervorholte.

Aber zuerst wollte sie nachsehen, ob der Ordner auf wundersame Weise wieder aufgetaucht war.

Sie ging in Coles Büro und begann, jede einzelne Akte durchzuschauen. Nach ein paar Minuten hockte sie sich hin. Nichts.

Frustriert aber entschlossen ging sie nach oben in Coles Schlafzimmer. Im oberen Stockwerk gab es vier Zimmer: Coles, Zanes, Daves und das Gästezimmer, das Joseph oft benutzte. Tess begriff nicht, warum der Kerl nicht einfach hier einzog, aber er behauptete, er wohne einfach zu gerne im Wohnheim. Vermutlich wusste er den Kontakt mit den weiblichen Bewohnern einfach zu sehr zu schätzen, dachte Tess trocken.

Leise klopfte sie an, dann schob sie langsam die Tür zu

Coles Zimmer auf. Das Zimmer war leer. Verdammt. Sie presste die Lippen zusammen und trat ein. Der vertraute Mief von Sportschuhen attackierte ihren Geruchssinn, aber ansonsten war das Zimmer aufgeräumt. Keine Dreckwäsche auf dem Boden. Das Bett gemacht. Tess fragte sich, ob er für diese Frau, mit der er zusammen war, ein neues Kapitel aufgeschlagen hatte. Nur für den Fall, dass sie unerwartet hier auftauchte.

War er jetzt dort? Traurigkeit stieg in ihr auf. Ihre Lügen hatten ihn vertrieben, und sie fühlte sich einsam. Aber sie würde ihre Prinzipien nicht mehr kompromittieren. Nicht für Cole. Nicht für irgendjemanden sonst.

Sie schloss hinter sich die Tür und beäugte den Nachttisch. Es war eine unverschämte Überschreitung aller Grenzen, aber sie begann, die Schubladen zu durchsuchen, ignorierte die persönlichen Gegenstände, die ihr völlig egal waren.

Dann durchsuchte sie die Schubladen seiner Kommode, fuhr mit ihren Fingern unter Pullovern und T-Shirts entlang, über Regalbretter, hinter Jeans. Nichts. Sie tastete unter seinem Kissen herum und fand die Pyjamahose, die sie ihm zu Weihnachten geschenkt hatte. Eines der Bilder, die über seinem Bett hingen, zeigte Cole und sie, als sie letzten Herbst in ihr neues Haus gezogen war. Ein weiteres zeigte ihn, wie er eine Frau auf die Wange küsste, aber Tess konnte keine auffälligen Merkmale erkennen. Sie stand in der Mitte des Raumes und stemmte die Hände in die Hüften. Die Schuldgefühle fraßen sie auf. Sie sollte das nicht tun. Er würde unfassbar wütend sein.

Es war ihr egal.

Sie schaltete die Taschenlampe ihres Handys ein und

kniete sich neben das Bett. Der Teppich war staubig, aber abgesehen von zwei Paar Turnschuhen und einem einzelnen Kugelschreiber war nichts unter dem Bett zu sehen. Sie runzelte die Stirn, als sie etwas Schwarzes zwischen den Brettern des Lattenrostes entdeckte. Tess stemmte die Matratze hoch und da war die Mappe. Ihr Herz hämmerte wie wild gegen ihre Rippen.

Sie zog ihre Handschuhe aus ihrer Manteltasche und zog sie an. Dann öffnete sie die Mappe. Da war das Foto von Richter Thomas. Sie schob die Mappe in ihren Mantel und presste sie fest an ihren Körper, dann zog sie den Reißverschluss zu. Das hatte sich das nicht alles zusammenfantasiert. Sie räumte alles wieder zurück, damit niemand sehen konnte, was sie getan hatte.

Vor der Zimmertür traf sie einen skeptisch aussehenden Dave. „Ich habe ihm einen Zettel geschrieben", sagte sie, um ihren langen Aufenthalt in Coles Zimmer zu erklären, und zog energisch die Tür hinter sich zu. Plötzlich kam ihr Daves verwirrtes Stirnrunzeln ein wenig verschlagen vor. Coles Mitbewohner waren genauso in der Lage, diese Mappe unter seiner Matratze zu verstecken wie er.

Aber welches Motiv sollten sie haben?

Sie lächelte ihn freundlich an. „Tut mir leid, dass ich dich aufgeweckt habe", flüsterte sie. „Tschüss."

Er zuckte mit den Schultern, als ob es vollkommen normal wäre, hier mitten in der Nacht einen Besuch abzustatten. „Kein Problem. Bis zur Party?"

„Na klar", log sie. Eine Geburtstagsparty war das Letzte, womit sie sich im Moment abgeben wollte. Tess spürte seinen Blick in ihrem Nacken, als sie die Treppe hinunter joggte und die Mappe mit ihrem Unterarm festhielt. Sie zwang sich, normal zu gehen und nicht durch das Haus zu rennen, ihre Stiefel anzuziehen, anstatt auf Socken aus dem Haus zu hasten.

Ihre Ohren dröhnten vor Angst, als sie durch die Haustür schlüpfte.

Sie stieg in ihren Mini Cooper und schloss sich ein, während ihr Herz panisch hämmerte. Dann machte sie den Reißverschluss ihres Mantels auf und legte die Mappe auf den Beifahrersitz, bevor sie davonfuhr. Eine halbe Meile später hielt sie am Straßenrand an. Sie wählte Coles Nummer, aber wieder einmal ging er nicht ran. Was machte er nur? Verbrachte er die Nacht mit seiner Geliebten oder heckte er aus, wie er den Tod einer Familie rächen konnte, an die er sich nicht einmal erinnerte?

Tess warf einen Blick auf die Mappe und hob die erste Seite an. Das Papier sträubte sich gegen ihre glatten Handschuhe. Endlich schlug sie die erste Seite um und ihr Herz verwandelte sich in einen Eisklumpen. Ein Foto von Sonja Shiraz, der transsexuellen Radiomoderatorin, war auf der zweiten Seite abgebildet.

Der Eisklumpen in ihrer Brust zersplitterte und sie fühlte sich völlig gebrochen. Sie musste Mac diese Mappe zukommen lassen.

SECHSUNDZWANZIGSTES KAPITEL

COLE VERSCHRÄNKTE DIE Arme hinter seinem Kopf und lächelte die Decke an. Trotz allem war das Leben gar nicht mal so schlecht. Carolyn fluchte, dann lachte sie und suchte nach den schwarzen Pumps, die sie zur Arbeit trug. „Ich kann in diesem Chaos verdammt nochmal nichts finden."

Überall standen Umzugskartons herum.

„Soll ich das Licht anmachen?", fragte er.

„Nein. Schlaf weiter. Es ist noch früh, aber wir haben viel zu tun und ich muss ins Büro. Bleib hier und schlaf aus." Sie setzte sich auf die Bettkante und beugte sich hinunter, um ihm einen Kuss auf die Lippen zu geben.

Sie hatte ihn unerwartet angerufen und ihn das erste Mal überhaupt angefleht, herzukommen und die Nacht mit ihr zu verbringen. Sie hatte ihm gesagt, sie würde ihn vermissen.

Im Gegensatz dazu verlor alles andere an Bedeutung.

Sie fuhr mit ihrer Hand über seine Brust, als ob sie sich nicht aufhören könnte, ihn anzufassen. Er zog sie für einen weiteren Kuss zu sich.

„Ich habe gedacht…" Sie sprach zwischen zwei köstlichen Häppchen. „Anstatt ganz allein in die neue Wohnung zu ziehen…" Sein Herz hörte auf zu schlagen, als er daran dachte, was sie wohl als Nächstes sagen würde.

„Könnten wir vielleicht den nächsten Schritt in unserer Beziehung gehen."

Er löste sich mit hämmerndem Herzen von ihren Lippen. „Du willst mit mir zusammenziehen?"

Ihr Gesichtsausdruck, kaum sichtbar im schummrigen Licht des Weckers, wurde unsicherer. „Nur, wenn du willst. Ich dachte, wir könnten es versuchen. Herausfinden, wie wir zusammenpassen."

„Wir passen hervorragend zusammen."

Das Timing war furchtbar. Alles fuhr gerade gegen die Wand, aber endlich gab es hier etwas, was er wirklich wollte, und von dem er absolut *nicht* wollte, dass es gegen die Wand fuhr. Er könnte das zu seinen Gunsten nutzen. Er zog sie auf sich, bis sie über ihm lag, dann rollte er sich so, dass sie unter ihm war und seine Hände ihre Bluse aus dem Rock zerrten, den sie gerade erst angezogen hatte, damit er an ihre Brüste kam. „Ich würde liebend gerne mit dir zusammenziehen. Zur Hölle, wenn es meine Entscheidung wäre, würde ich zum besten Juwelier der Stadt rennen und ..."

Sie legte ihm zwei Finger auf die Lippen. „Ein Schritt nach dem anderen, mein Lieber." Er hörte auf zu sprechen, aber seine Hände hörten nicht auf, den engen Rock diese köstlichen Schenkel hochzuziehen.

Er griff nach einem Kondom und rollte es sich über. Sie trug noch immer die schwarzen Absatzschuhe und sie bohrten sich in seinen Hintern, als er mit einem einzigen harten Stoß in sie eindrang. Sie begannen, sich im Einklang zu bewegen, sie ebenso versessen auf ihn wie er auf sie.

Er wollte so lange wie möglich eine Rolle in ihrem Leben spielen. Er wusste, der Altersunterschied würde nicht so einfach werden, aber egal. Wenn es den Leuten nicht gefiel, konnten sie sich verpissen. Seine Geheimnisse waren eine andere Sache.

Er sollte ihr auf jeden Fall die Wahrheit sagen, bevor sie sich ihm weiter verpflichtete, aber zur Hölle, er würde es ihr später erzählen, wenn sie sich mit ihm so sicher war wie er sich mit ihr.

Cole hob ihre Hüften an, damit er tiefer in sie eindringen konnte und spürte, wie sie anfing, die Kontrolle zu verlieren, während sie ihr Kinn hob und „Ich liebe dich…" stöhnte.

Das Letzte, was sie sagte, konnte er nicht mehr verstehen, weil das Blut so derart in seinen Ohren rauschte und ein Kribbeln in seiner Wirbelsäule auslöste und seinen Körper in einem Tsunami von Lust überflutete. Im selben Augenblick schrie sie auf und zog sich um ihn zusammen, klammerte sich an ihn, als ob er ihr Rettungsanker wäre.

„Ich will jetzt mit dir zusammen sein", schluchzte sie.

„Wir sind zusammen." Er presste seine Stirn auf ihre, ihr Atem verband sich, warm und feucht auf seinen Lippen. Er wollte sich nicht bewegen, auch wenn sie das mussten. „Wann soll ich dir heute beim Umzug helfen?"

Ihr Grinsen war so breit, dass er es in der Dunkelheit erkennen konnte. Er hatte sein Versprechen nicht vergessen, obwohl sie es nicht noch einmal angesprochen hatte. Er wollte beweisen, dass er es ernst mit ihr meinte. Er war nicht irgendein kleiner Junge. Er hörte zu.

„Trent hat gesagt, er fährt den Umzugswagen heute Vormittag vorbei und lädt vielleicht schon ein paar Kisten ein, bevor er wieder weg muss."

„Trent hat einen Schlüssel?" Unbewusst wurde Coles Stimme tiefer.

„Nein, aber der Hausmeister lässt ihn rein." Sie berührte sein Gesicht. „Kein Grund, eifersüchtig zu sein. Ich liebe dich, nicht ihn."

Sein Mund verzog sich zu einem schiefen Lächeln. Grandios. Er wurde schon wieder steif. Ehrlich, er liebte sie so sehr, sein Körper konnte einfach nicht genug von ihr kriegen.

Sie schubste ihn fort. „Keine Chance. Finger weg. Ich habe wirklich keine Zeit. Wie wär's, wenn wir uns später wieder hier treffen, damit mein Boss nicht ausrastet und du dein Ethik-Seminar besuchen kannst, von dem du immer redest?"

Er lachte. „Du bist so eine Spießerin."

Sie biss in seine Lippe.

Cole zuckte zurück, fluchte und berührte die Wunde. „Aber keine Sorge. Ich werde es nicht als gegeben hinnehmen."

Sie schob ihn von sich herunter und stand auf. „Das ist auch besser so."

Er griff nach ihrer Hand. „Ich liebe dich", sagte er leise.

„Ich liebe dich auch", sagte sie. „Für immer."

DAS HÄMMERN AN Tess' Haustür klang, als ob sie jeden Moment eingetreten werden würde. Sie schreckte aus dem Schlaf auf und schnappte sich die Ruger vom Teppich, wo sie sie neben der Couch abgelegt hatte.

Sie schob die Vorhänge ein wenig zur Seite und schaute aus dem Seitenfenster. Das Morgengrauen schimmerte am Horizont. Schatten vermischten sich mit helleren Farbtönen. Einer der Agenten aus Macs Team, der ohne Haare, den sie heute Nacht kennengelernt hatte, stand auf ihrer Matte. Tess fuhr sich mit den Fingern durch die Haare und gab es auf, die bockigen Strähnen bändigen zu wollen. Es gab wichtigere Dinge, um die sie sich sorgen musste, als um ihr Aussehen. Sie legte die Ruger unter eines der Dekokissen auf der Couch, dann ging sie zur Haustür und schloss auf. Der Agent rauschte an ihr vorbei ins Haus und Tess wich erschrocken zurück.

„Kann ich Ihnen helfen, Agent…?"

Er musterte sie mit harten, blauen Augen. „Walsh. Wir haben uns heute schon einmal getroffen, Sie erinnern sich?"

Sie biss die Zähne zusammen. Sie mochte es nicht besonders, für dumm gehalten zu werden.

„Agent Walsh." Sie nickte und schenkte ihm ein steifes Lächeln.

Ihr war siedend heiß bewusst geworden, dass der Ordner, den sie unter Coles Matratze gefunden hatte, in einer Plastiktüte auf der Kommode in ihrem Wohnzimmer lag, aber sie schloss die Haustür, um den eisigen Wind auszusperren. Diese Informationen nicht zur nächsten Polizeistation getragen zu haben, war ohne Frage ein Vergehen, aber Mac war der einzige Beamte der Strafverfolgungsbehörden, dem sie vertraute. Sie musste mit ihm sprechen, bevor Cole mitbekam, dass die Mappe verschwunden war. Mac musste ihn befragen, und zwar schnell.

Es juckte ihr unter den Fingernägeln, ihn anzurufen, aber erst musste sie diesen Kerl loswerden. Sie zwang sich, höflich zu bleiben. „Was kann ich für Sie tun, Agent Walsh?"

„Wann hat ASAC McKenzie letzte Nacht das Haus verlassen?"

Warum wollte er das wissen? Würde Mac Ärger bekommen, wenn seine Kollegen herausfanden, dass sie Sex gehabt hatten? Natürlich würde er das. Aber lügen wäre womöglich noch schlimmer.

„Warum fragen Sie ihn das nicht selbst?", wich sie aus.

„Liefern Sie mir eine klare Antwort, Lady", patzte er.

Ihr Kinn zuckte trotzig in die Höhe. Was für ein Arschloch. „Er ist gegen drei Uhr gegangen.“

„Sind Sie sicher?“

Ihre Augenbrauen hoben sich und sie lächelte ihn vorwurfsvoll an. „Ja, ich bin sicher.“

Sie sah, wie er einen Blick in ihre Küche warf, die sie nach dem Einbruch letzte Nacht noch immer nicht aufgeräumt hatte. Sie hatte eine Stuhllehne unter den Knauf der Hintertür geklemmt und wollte heute eine Sicherheitsfirma anrufen, um neue Schlösser und ein Alarmsystem installieren zu lassen. Weil die Person, die letzte Nacht hier eingedrungen war, womöglich einen Schlüssel hatte…

Der Gedanke, dass es Cole sein könnte, brach ihr das Herz.

Walshs Augen verweilen einen Augenblick auf den Dingen, die auf dem Boden verstreut lagen. Konnte er erkennen, dass Mac und sie hier Sex gehabt hatten? Oder auf dem Tisch? Oder an der Tür, an die sie sich jetzt gerade anlehnte? Waren ihre Sünden so einfach zu entdecken wie blaue Flecken?

„Warum sind Sie hier, Agent Walsh?“, wollte sie wissen. War Mac etwas zugestoßen? Ging er deshalb nicht ans Telefon? Oder wollte er, dass sie aufhörte, ihn anzurufen, hatte aber nicht die Nerven, es ihr selbst zu sagen? Tess stand sehr still da, machte sich für eine Ladung Realität bereit, die ihr ins Gesicht knallen würde. „Hat Mac Sie geschickt?“

Walshs Augen zuckten, als sie den Namen seines Vorgesetzten erwähnte. Zur Hölle, sie kannte Mac länger als dieser Typ beim FBI war, und jetzt sollte sie auf einmal so tun, als ob sie sich gerade erst kennengelernt hatten?

„Warum war er so lange hier bei Ihnen, nachdem wir

schon gegangen waren? Ich dachte, es wäre alles geklärt gewesen?" Walshs blaue Augen musterten sie eindringlich.

Ein Schauder des Unbehagens durchfuhr sie und sie wandte sich ab. Sie schämte sich nicht für das, was sie getan hatten, aber nie im Leben würde Mac wollen, dass sie es der ganzen Welt verkündete, und ehrlich gesagt wollte sie das auch nicht. Ihre Zeit zusammen war ihre Privatsache.

War es illegal, zu lügen? Oder war es moralisch verwerflich, überhaupt danach zu fragen?

„Wir haben über Eddie gesprochen, haben versucht herauszufinden, wen er um Hilfe gebeten haben könnte. Warum sind Sie hier?"

Walsh schaute sie skeptisch an. „Können Sie nochmal die Zeit bestätigen, wann er gegangen ist?"

Sie verstand nicht. „Ich dachte, das hätte ich gerade getan?"

„Hat irgendetwas sein Gehen veranlasst?", drängte er weiter.

Herrgott, dieser Kerl war ein Arsch.

„Er hat eine Reihe von Textnachrichten bekommen. Hat gesagt, sie wären von seiner Ex-Frau und er müsse hinfahren und irgendetwas klären." Sie verschränkte die Arme, während ihr das vertraute Gefühl von Unbehagen den Nacken hochkroch und sich in ihren Wangen ausbreitete. Sie bezweifelte, dass Mac wollte, dass sie darüber sprach.

„War er verärgert?", fragte Walsh.

Sie blinzelte ihn überrascht an. „Nein. Ich meine, er war genervt. Hat gesagt, dass sie ihm ständig schreibt und sie endlich damit aufhören sollte. Er war nicht verärgert." Er hatte zu viel atemberaubenden Sex gehabt, um wirklich verärgert sein zu können. „Er schien frustriert und entschlossen, etwas dagegen zu unternehmen, dass sie ihm laufend schreibt." Zu entschlossen.

Walsh musterte ihr Gesicht so eindringlich, als ob er jede ihrer noch so winzigen Regungen nach einer Täuschung absuchen würde. „Wo waren Sie?"

Sie runzelte verwirrt die Stirn. „Was meinen Sie, wo war ich? Ich war hier. Offensichtlich." Sie öffnete ihre Hände, um seinen Blick auf ihr Zuhause zu lenken.

„Haben Sie das Haus zu irgendeinem Zeitpunkt verlassen?"

Unbehagen drehte ihr den Magen um. „Ich bin zum Haus meines Bruders gefahren, nachdem Mac weg war, aber Cole war nicht da."

„Also keine Zeugen?" Sein Tonfall schien ein „wie praktisch" andeuten zu wollen.

„Das habe ich nicht gesagt. Einer seiner Mitbewohner hat mich reingelassen. Dave… Gott, ich habe seinen Nachnamen vergessen."

„Adresse?" Er zog sein Handy hervor und blickte sie erwartungsvoll an.

Ihr Mund wurde so trocken wie die Wüste Gobi. Ihre Fingernägel gruben sich durch die Wolle ihres Pullovers in ihre Oberarme. War noch jemand ermordet worden? Stand der Name in der Mappe? Hätte sie die Person retten können, wenn sie direkt zur Polizei gegangen wäre? Ein furchtbarer Gedanke stieg in ihr auf. „Bitte sagen Sie mir nicht, dass Mac erschossen wurde."

„Er wurde nicht erschossen."

Ihre Erleichterung war nicht so enorm, wie sie hätte sein sollen. Walshs Gesichtsausdruck war zu verbissen und humorlos. Irgendwas bekam sie nicht mit. „Worum geht es hier eigentlich, Agent Walsh?"

„Macs Ex-Frau wurde heute früh ermordet aufgefunden", erklärte er ausdruckslos. „Die Polizei denkt, er hätte es getan."

„Was? Nie im Leben." Tess ballte die Hände zu Fäusten. „So jemand ist er nicht."

„Ich habe nie gesagt, dass ich das glaube. Das ist nicht mein Job." Walshs Augen waren wie Laser, die sich in ihr Fleisch schnitten, und sie wäre am liebsten ein paar Schritte zurückwichen. „Ich sage Ihnen, wie es ist, Tess, denn Mac scheint ja irgendwie eine Schwäche für Sie zu haben."

Eine Schwäche?

„Was mit Ihnen passiert, ist mir egal …" – Donnerwetter – „…aber Steve McKenzie ist ein anständiger Mann und ein verdammt respektabler Agent. Er hat der Strafverfolgung sein Leben gewidmet, und jetzt wird seine Karriere zerstört, weil er sich mit Ihnen eingelassen hat."

Ein Anflug von Demütigung umfing Tess. Deshalb hatte sie ihren Namen geändert und ihre Herkunft vertuscht. Ihre Wahrheit hatte die Macht, Leben zu zerstören – nicht nur ihr eigenes Leben, sondern auch das Leben der Leute, denen sie wichtig war. Was nicht fair war. Nichts von alldem war fair.

Zorn flammte in ihr auf und breitete sich aus.

„Weil er sich mit mir eingelassen hat? Wenn er es nicht gewesen ist, dann ist er es nicht gewesen. Und seine …", sie stolperte fast über ihre Worte, „… *Bekanntschaft* mit mir sollte doch irrelevant sein. Ich dachte, Sie sollten eigentlich die Unschuldigen beschützen, Agent Walsh." Tess trat einen Schritt auf ihn zu und sein Mund wurde schmal. Sie erinnerte sich daran, wie sie Mac heute Nacht gegen die Wand gedrängt, und wie das geendet hatte. Sie hielt inne. Die Mappe auf ihrer Kommode verhöhnte sie förmlich. Vielleicht war sie nicht so unschuldig, wie sie ihn glauben lassen wollte. „Warum verdächtigen die Polizisten überhaupt einen Mann wie ASAC McKenzie in einem Mordfall?"

Walshs Gesicht verlor jeglichen Ausdruck. „Ich kann leider keine Einzelheiten des Falls mit Ihnen besprechen."

Ihr Mund öffnete und schloss sich in Verwirrung. „Einzelheiten? Wie kann es Einzelheiten geben, wenn Mac nichts getan hat?"

Er blieb stumm, und Tess stand in ihrem Flur und fühlte sich machtlos und allein. Sie musste mit Mac sprechen. Sie wusste nicht, wem sie sonst vertrauen konnte, sicherlich nicht Walsh. Aber sie konnte Mac die Mappe nicht geben. Vermutlich war ihm der Fall entzogen worden, und sie war sein Alibi für einen weiteren Mord.

„Was kann ich tun?", fragte sie schließlich.

Sie hatte fast erwartet, dass er ihr nahelegen würde, sich von seinem Boss fernzuhalten, aber das tat er nicht.

„Ziehen Sie sich an, und ich fahre Sie zum Dezernat, damit Sie eine Aussage machen können."

Langsam stieß sie den Atem aus. Das würde sie hinbekommen.

„Nehmen Sie Ihr Handy mit."

Sie nickte.

„Hat irgendjemand Sie und Mac gesehen, in der Zeit, nachdem wir hier weg sind und Mac noch bei Ihnen war?"

Sie schüttelte den Kopf.

„Schade." Er presste die Lippen zusammen.

Da war sie allerdings anderer Meinung.

„Eine Untermauerung der Angaben wäre praktisch."

Sie lächelte ihn bissig an. „Ist mein Wort nicht gut genug, um als wasserdichtes Alibi auszureichen?"

Er lachte trocken auf. „Schon mal das Wort *Komplize* gehört, Ms. Fallon?"

Die Augen fielen ihr fast aus dem Kopf. Was zum Teufel? „Sie glauben, ich könnte in den Mord an einer Frau involviert sein, die ich nie im Leben getroffen habe?" Ihre Stimme klang schrill und laut. Was für ein Albtraum.

Er hob das Kinn. „Es ist nicht mein Fall, also glaube ich gar nichts. Aber Sie sollten vielleicht ganz genau darüber nachdenken, was Sie der Polizei erzählen wollen, und ich würde Ihnen raten, bei der Wahrheit zu bleiben."

Als ob sie eine notorische Lügnerin wäre?

Zorn trieb ihr die Röte ins Gesicht und sie warf einen Blick auf den Ordner auf dem Sideboard. Schuld und Scham lieferten sich in ihr einen Kampf. Aber die Logik gewann. „Haben Sie sich jemals gefragt, warum Macs Ex-Frau ausgerechnet jetzt umgebracht wurde? Wurde er suspendiert? Wurde ihm die Leitung der Sondereinheit entzogen? Glauben Sie allen Ernstes, das ist ein Zufall? Wie wäre es damit, wenn Sie endlich Ihren Job machen würden, Agent Walsh?"

Er starrte sie ohne zu Blinzeln an, und sie wusste, dass er sie einschüchtern wollte. Aber so schnell bekam sie keine Angst. Das hatte sie nie.

Alles, was sie wollte, war es, endlich in Frieden gelassen zu werden, aber die Welt ließ das einfach nicht zu. Also würde sie sich damit arrangieren.

Tess schob sich an Walsh vorbei und nahm ihren Laptop und ihre Handtasche vom Küchentisch. Sie schob den USB-Stick und die Mappe in die Tasche. Walsh beobachtete sie neugierig, aber sie traute ihm nicht genug, um sich ihm anzuvertrauen. Sie traute ihm überhaupt nicht.

Nie im Leben hatte Mac seine Ex umgebracht. Zur Hölle,

sie hatte in dem Moment gewusst, dass er ehrenwert war, als sie ihn das erste Mal getroffen hatte. Das hatte sich nicht geändert, trotz allem, was sie zusammen durchgemacht hatten. Sie würde helfen, ihn aus dem Gefängnis zu holen, und dann würde sie diese Beweise dem FBI zukommen lassen... aber wem genau?

Sie wusste es nicht. Ihr Herz setzte einen Schlag aus. Was, wenn Cole involviert war? Konnte Mac den Bruder noch retten, den sie so liebte, oder war es schon zu spät?

EINE GEFÜHLTE EWIGKEIT später wurde Mac noch immer von den zuständigen Polizisten befragt. Er hatte seine Dienstwaffe abgegeben, seine Ersatzwaffe, sein Handy, ganz zu schweigen von seinem gottverdammten Stolz, weil er wollte, dass diese Sache endlich vorbei war. Er wollte einfach, dass die Polizisten verifizierten, was er ihnen erzählte, damit sie weiterarbeiten und den echten Mörder schnappen konnten, und er zurück zu seiner Arbeit konnte. Anscheinend gefiel ihnen, dass er ein Motiv hatte.

Die junge Polizistin, die ihm in der letzten Stunde auf den Zahn gefühlt hatte, rutschte mit ihrem Stuhl an die Seite des Tisches, anstatt ihm gegenüberzusitzen – und überschritt die Grenze zu seiner Privatsphäre, was ihm vermutlich Unbehagen bereiten sollte.

„Sie glauben also, der Täter war noch im Haus, als sie dort ankamen?", fragte sie.

Bei ihrer Haltung erwartete er fast, dass sie eine Kaugummiblase platzen lassen würde. Sie erinnerte ihn an Dunbar, aber Dunbar hatte Herz und Verstand, anstatt nur einen Bundesagenten auf dem Kieker zu haben.

„Nicht zwangsläufig im Haus. Wie ich Ihnen schon gesagt habe, ich habe eine Nachricht bekommen, als ich vor der Haustür stand, dass ich nach oben kommen soll. Der Hurensohn hat mich von irgendwoher beobachtet."

„Aber Sie haben niemanden gesehen?"

„Nein."

„Haben Sie irgendetwas angefasst?", fragte der andere Detective. Er schien kurz vor dem Ruhestand zu stehen. Alt genug, dass er der Vater der Polizistin hätte sein können. Zur Hölle, Mac war theoretisch selbst alt genug, um ihr Vater zu sein.

„Ich habe ein Bild im Flur geradegerückt, vor dem Wohnzimmer im Obergeschoss. Es hing schief." Der Mörder hatte es vermutlich verrückt. „Ich habe die Türklingel berührt, wahrscheinlich den Türknauf ihrer Schlafzimmertür. Und ich habe bei Heather nach einem Puls gesucht." Er wollte diese ganze Sache aus seiner Erinnerung ausradieren. Niemand hatte es verdient, so zu sterben.

„Sie haben keine Spuren angefasst?"

„Ich bin kein Idiot." Er war ja nicht mehr feucht hinter den Ohren.

„Ihr Tod scheint Sie nicht besonders mitzunehmen." Die Polizistin legte den Kopf zur Seite.

Mann, er hoffte, er würde sie eines Tages wegen irgendeiner Anklage grillen können. Er konnte es nicht erwarten.

„Ich meine, Sie vergießen nicht gerade Tränen. Die Streifenpolizisten, die Sie mitgenommen haben, sagen, Sie schienen ihnen auch nicht besonders mitgenommen gewesen zu sein."

Bei den Worten „mitgenommen haben" verspannte sich alles in Mac. Er war nicht mitgenommen worden, er hatte die Polizei gerufen und war freiwillig mitgekommen, um eine Aussage zu machen. Aber er sagte nichts. Er war ein geschulter Profi. Menschen reagierten unterschiedlich auf so ein Ereignis, und manchmal ließ die Art und Weise, wie sie reagierten, sie schuldig erscheinen. Wenn diese beiden Detectives gut in ihrem Job waren, dann wussten sie das.

„Und Sie sagen, Sie sind nur zu ihr gefahren, um mit ihr zu sprechen?", fragte der ältere Detective müde.

„Das habe ich Ihnen bereits erzählt." Ihm wurde zunehmend klar, wie nervtötend wiederholte Fragen sein konnten, und verstand den Grund dahinter – als erfahrener verdammter Bundesagent bewunderte er die verschiedenen Versuche der Polizisten, die Verdächtigen ins Straucheln zu bringen. „Sie hat in den letzten zwei Tagen nicht aufgehört, mich anzurufen. Als ich heute Nacht anfing, Nachrichten von ihr zu bekommen, hatte ich genug. Ich habe mich entschieden, hinzufahren und sie davon zu überzeugen, dass wir nicht wieder zusammenkommen würden und ich nie wieder von ihr hören wollte."

„Sie zu überzeugen?", fragte der ältere Mann.

„Im Sinne von, ihr sagen, dass ich kein Interesse habe."

„Ich kann mir vorstellen, dass ihr das nicht gefallen hat." Die Augen der jungen Frau funkelten, als ob er irgendetwas Wesentliches verraten hätte.

Mac beugte sich vor und sprach langsam und deutlich, nur für den Fall, dass die beiden schwer von Begriff waren. „Das kann ich nicht sagen, Leute. Sie war schon tot, als ich dort ankam."

„Wo waren Sie nochmal? Bevor Sie, wie Sie sagten, zu

Mrs. Surreys Haus gefahren sind?“

Er musterte sie. Ihre Detective-Dienstmarke musste brandneu sein, so jung und enthusiastisch wie sie war. Entweder das oder sie hasste FBI-Agenten. „Ich war in Bethesda, bei einem vermuteten Einbruch, der mit meiner derzeitigen Sonderermittlung in Verbindung steht.“

Sie schaute auf ihre Notizen. „Ich habe mit Agent Walsh gesprochen. Er sagt, die Beamten haben alle gegen ein Uhr das Haus verlassen. Wieso waren Sie um drei Uhr noch dort?“

Nie im Leben würde er zugeben, mit Tess Sex gehabt zu haben. Nicht einmal, um seine Karriere zu retten. Zum Teufel, er war sich nicht einmal sicher, was das FBI mehr verpönen würde, Mord oder eine unangemessene Beziehung zu jemandem, der in den Fall involviert war.

„Ich hatte noch weitere Fragen an sie.“

„Und wie Sie das hatten.“ Das Grinsen der jungen Frau war ein Kunstwerk. „Wir werden das von Ms. Fallon verifizieren lassen.“

Mac zwang sich, sich nicht zu verspannen, als sie Tess’ Namen nannte. Natürlich wussten sie über sie Bescheid. Dies hier war eine Mordermittlung.

Nun war der ältere Detective an der Reihe. „Warum hat Ihre Ex diese Woche so plötzlich damit angefangen, Sie anzurufen, wenn Sie sie seit zwei Jahren nicht gesehen hatten?“

Mac rieb sich die Augen, wünschte verdammt nochmal, er hätte die ganze Sache anders gehandhabt. Vielleicht würde Heather dann noch leben. Aber warum war sie tot? Wer hatte sie umgebracht? Und warum zur Hölle verhörten ihn die Detectives noch immer?

„Heathers Stolz war geknickt, weil ihr neuer Mann sie

betrogen hat, und ich war gerade in die FBI-Zentrale hierher versetzt worden. Vermutlich hat sie geglaubt, sie könnte mich dazu bringen, eine Affäre mit ihr zu beginnen."

„Sie wie dazu bringen?", fragte der Detective und rückte seinen Gürtel zurecht, der unter seinem Bauch hervorschaute.

Mac warf dem Kerl einen Blick zu. „Was glauben Sie wohl?"

„Sie glauben, sie wollte Sie mit Sex um den Finger wickeln?" Die Polizistin grinste ihn spöttisch an.

„Ehrlich gesagt …", Mac beugte sich über den Tisch und blickte sie unverwandt an, „…ich glaube, sie hoffte, Sex mit mir irgendwie dafür benutzen zu können, es ihrem derzeitigen Mann heimzuzahlen. Vielleicht, um ihn eifersüchtig zu machen? Heather hatte die meisten ihrer Beziehungstipps aus der Cosmo. Haben Sie ihren Ehemann schon verhört?"

Sie ignorierte seine Frage. „Hatten Sie heute Abend Sex?"

„Ich hatte seit acht Monaten vor unserer Scheidung keinen Sex mehr mit Heather." Scheiße. Er wollte nicht mehr länger in diesem verfluchten Raum sein. Sein Sexleben ging sie nichts an, und wenn sie weiter drängte, würde er seinen Anwalt anrufen.

Mac starrte auf einen Tintenfleck auf der Tischplatte. Warum war das ausgerechnet jetzt passiert? Warum zwei Schüsse?

„Irgendjemand hatte heute Abend Sex mit ihr."

Macs Magen zog sich zusammen. War Heather vergewaltigt worden? Er blinzelte die in seinen Augen brennenden Tränen zurück. Er hatte schon sehr früh gelernt, keine Schwäche zu zeigen.

Lustig, genau das hatte Tess auch gelernt.

„Hat Ihre Ex Sie betrogen?"

Er hätte am liebsten die Augen verdreht. „Ja, hat sie, mit dem Kerl, den sie dann geheiratet hat – Lyle Surrey. Wenn ich also jemanden umbringen wollte, dann doch wohl ihn."

Die Augen des Detectives funkelten lebhaft. „Also haben Sie darüber nachgedacht?"

Mac hatte einen Witz machen wollen. „Warum? Ist er auch tot?"

Detectives der Mordkommission hatten in der Regel einen sehr schwarzen Humor, aber diese beiden hier kamen ihm eher vor, als ob sie ganz schlimme Magenprobleme hätten. Er hatte geglaubt, es würde eine Routinebefragung werden, aber die Dinge passten nicht zusammen. Wie beispielsweise die Tatsache, dass es fast sieben Uhr morgens war und sie ihn immer noch nicht hatten gehen lassen.

Verdammt.

„Nein. Ich habe nicht darüber nachgedacht, Lyle umzubringen. Ich habe darüber nachgedacht, ihm ein oder zweimal in die Fresse zu hauen, um ihm Manieren beizubringen. Aber sobald ich herausgefunden hatte, dass Heather mich mit ihm betrügt, hatte ich kein wirkliches Interesse mehr daran. Er durfte sie liebend gerne haben."

„Sind Sie nicht von der verzeihenden Sorte?" Detective Teenies Tonfall war höhnisch.

„Ich kann Lügner nicht leiden, Detective." Mac hob seinen Blick zu der verspiegelten Scheibe, hinter der mit Sicherheit ein hohes Tier saß und ihn ebenfalls anstarrte. Er hoffte inständig, dass es nicht sein Boss war. „Und wenn ich entschieden hätte, Heather zu ermorden, dann hätte ich mich nicht am Tatort erwischen lassen, und ihre Leiche wäre nie gefunden worden." Sie hatten seine Klamotten mitgenommen, um sie auf Schmauchspuren zu untersuchen.

Dankenswerterweise hatten sie ihm gestattet, saubere Sachen aus seiner Einsatztasche zu holen, sodass er keine Sträflingsklamotten tragen musste.

„Vielleicht ist es ja im Eifer des Gefechts passiert. Sie haben es um der alten Zeiten Willen nochmal probiert, und dann hat sie etwas gesagt, das Sie verärgert hat …“

„Also habe *ich* sie erschossen?“, fragte Mac fassungslos.

„Haben Sie?“

„Nein. Ich habe sie nicht erschossen. Ich hatte keinen Sex mit ihr. Ich habe ihr keinen Schaden zugefügt, noch würde ich wollen, dass irgendjemand anderes ihr Schaden zufügt.“ War das eindeutig genug für sie? Er fuhr sich mit den Fingern durch die kurzen Haare. Er wollte wetten, dass ihm diese Sache mehr als ein graues Haar verpassen würde. „Hören Sie. Ich stecke mitten in einer riesigen Ermittlung, zu der ich wirklich zurückkehren muss. Als Heathers Nachrichten anfingen, mitten in der Nacht einzutrudeln, habe ich entschieden, von Angesicht zu Angesicht mit ihr zu sprechen und klarzustellen, dass sie damit aufhören muss, mir Probleme zu bereiten.“

„Glauben Sie mir …“, erklärte ihm die junge Frau, „…Heathers Textnachrichten werden das geringste Ihrer Probleme sein.“

„Einfach herrlich.“

Die Polizistin lehnte sich in ihrem Stuhl zurück und streckte ihre Beine aus. „Gehen Sie schnell an die Decke, Steve?“ Sie schlug die oberste Seite ihres Notizblocks um. „Hier steht, Sie hätten letztes Jahr während der Ermittlungen in dem Anschlag auf das Einkaufszentrum in Minneapolis einem US-Marshall einen Faustschlag versetz.“

Mac rollte übertrieben mit den Augen und verschränkte

die Arme vor der Brust. Der Kerl hatte ihn zuerst angegriffen. „Okay. Ich nehme an, wir sind fertig hier? Ich habe Ihnen alles erzählt, was letzte Nacht passiert ist, einschließlich der Tatsache, dass, sollten Sie Heathers Handy nicht am Tatort finden, es der Täter vermutlich noch immer in seinem Besitz hat, und Sie diese Scheiße verdammt nochmal zurückverfolgen müssen." Er stand auf. „Wenn Sie mich also nicht anklagen, dann bin ich jetzt weg hier."

„Ich verstehe nicht, warum Sie es so eilig haben, ASAC McKenzie." Der Mund der Polizistin bog sich genauso gehässig wie ihre Augenbrauen. „Ihnen wurde der Fall bereits entzogen."

„Was?" Mac ließ sich wieder auf den Stuhl fallen. Verdammte Scheiße. „Warum zur Hölle sollten sie das tun?"

Sie bewunderte ihre Maniküre. „Die Medien überschlagen sich förmlich wegen der ganzen Mordgeschichte. Ich habe vor etwa einer Stunde mit Ihrem Boss gesprochen. Er sagt, dass Sie die volle Unterstützung des FBI hätten – bla bla bla – aber leider wurden Sie zum Schreibtischdienst verdonnert, bis die Mordermittlung abgeschlossen ist."

„Soll das ein Witz sein?" Mac schloss für einen Augenblick die Augen. Aber er wusste, dass es kein Witz war. „Sie haben nichts gegen mich in der Hand. Meine Handydaten werden bestätigen, wann ich aus Bethesda weggefahren bin. Ich hätte nie im Leben genug Zeit gehabt, die Nachrichten zu verschicken und Heather umzubringen. Hat der Rechtsmediziner Ihnen schon einen Todeszeitpunkt genannt?"

Der Mund der jungen Kommissarin wurde schmal. „Vielleicht hatten Sie ja einen Komplizen."

Seine Augen wurden groß. Bei der Vorstellung, dass Tess in diesen Mist mit hineingezogen wurde, wurde seine Brust eng. Nachdem er sich so sicher gewesen war, dass sie seine Karriere ruinieren könnte, war er es nun, der ihr Leben zerstören würde.

„Wie auch immer." Die Frau tippte kurz mit den Fingern auf die Tischplatte. „Wir brauchen die Daten der Funkmasten nicht, wenn wir solide Beweise haben, dass Sie sie umgebracht haben. Sie sollten uns die Mühe ersparen und einfach gestehen, Steve."

Er starrte sie entgeistert an. Was zum Teufel?

Sie beugte sich vor, ahmte ihn nach, verspottete ihn. „Ich vermute, Sie hatten geglaubt, das perfekte Verbrechen begangen zu haben, um eine nervige Ex loszuwerden, hm? Es wie einen dieser anderen Morde aussehen lassen, die gerade in D.C. passieren, um das wahre Motiv zu vertuschen, nicht wahr? Oder vielleicht haben Sie darauf spekuliert, selbst die Ermittlungen zu leiten, hm?"

Wenn sie noch einmal „hm" sagte, würde er seine Faust gegen die Wand rammen.

„Nur sind Sie nicht so clever wie Sie glauben, ASAC McKenzie, weil Sie die einfachsten Beweise vergessen haben." Sie erhob sich. „Ihre Fingerabdrücke waren auf den Patronenhülsen, die am Tatort gefunden wurden. Auf den Patronenhülsen neben dem toten Körper ihrer Ex-Frau. Erklären Sie uns also gerne noch einmal, dass Sie nichts angefasst haben oder Heather Surrey nicht umgebracht haben."

SIEBENUNDZWANZIGSTES KAPITEL

MAC TÄTIGTE SEINEN einen gestatteten Anruf und hoffte, Frazer würde sich zusätzlich zu den ganzen anderen Dingen, um die er ihn gebeten hatte, auch daran erinnern, einen Anwalt zu kontaktieren.

Die Tür zum Verhörzimmer ging auf. Walsh kam herein. „Was zur Hölle ist hier los?"

Mac saß an dem festgenieteten Tisch. Vor ihm lag ein Notizblock und ein Kugelschreiber, die sie ihm dagelassen hatten, damit er seine Aussage niederschreiben konnte. Er hatte alles bis ins kleinste Detail aufgeschrieben, abgesehen von der heißen, leidenschaftlichen Begegnung mit Tess. Nicht nur, weil es ihn vor seinen Vorgesetzten schlecht dastehen lassen würde. Es ging sie verdammt nochmal nichts an und er wollte Tess die negative Aufmerksamkeit ersparen. Das hatte sie nicht verdient.

Mac zog eine Augenbraue hoch. „Ich würde ja fragen, wie es mit den Ermittlungen aussieht, aber anscheinend bin ich neuerdings ein Mordverdächtiger, also spare ich mir die Mühe."

Sie hatten ihn noch nicht offiziell angeklagt. Scheiße. Er war auf Verdacht hin verhaftet worden. Er hoffte, dass die Beweise ausreichen würden, um ihn als Täter auszuschließen, bevor der ganze Schlamassel noch schlimmer wurde, aber die Detectives waren ganz versessen auf diese Sache mit den

Fingerabdrücken – als ob er seine Dienstmarke aus einem Kaugummiautomaten gezogen hätte. Zu behaupten, er wäre stinksauer, wäre eine massive Untertreibung, aber er wusste, wie das System funktionierte, also hielt er seinen Mund.

„Was verdammt nochmal ist passiert, nachdem ich dich in Bethesda zurückgelassen habe?" Walshs kahler Schädel glänzte unter dem Neonlicht. „Ich meine, Bethesda, um Himmels Willen. In wie große Schwierigkeiten kann man denn in Bethesda schon kommen?"

Mac verzog das Gesicht. In ziemlich viele Schwierigkeiten, anscheinend.

Er hatte die letzte Stunde damit verbracht, die Dinge immer und immer wieder Revue passieren zu lassen, und je mehr er darüber nachdachte, umso düsterer sah es aus. Jemand hatte sich verdammt viel Mühe gemacht, ihn in eine Falle zu locken.

„Die Polizei denkt, ich hätte den Mord an Heather extra so aussehen lassen wie die anderen Morde der Serie hier in D.C." Sie klammerten sich an Strohhalme, um ihren quadratischen Beweis in ein rundes Loch zu quetschen. „Die Detectives haben außerdem durchscheinen lassen, dass Heather sexuell missbraucht wurde, bevor sie erschossen wurde."

Macs Magen drehte sich um, wenn er nur daran dachte. Heather war unreif und fordernd und nervtötend gewesen, aber das hatte sie nicht verdient.

„Die denken, du bist ein Vergewaltiger, der es nicht hinbekommt, einen Mord vorzutäuschen?" Walsh lehnte sich an die Wand und verschränkte entspannt Arme und Beine.

Mac schaute ihn an. „Sie behaupten, sie hätten meine Fingerabdrücke auf den Patronenhülsen gefunden. Klingt für mich wie ein Volltreffer."

„Offensichtlich halten die nicht besonders viel von deinen geistigen Fähigkeiten." Walsh verzog den Mund.

Mac musterte seinen Stellvertreter. Glaubte der Kerl, er hätte es getan? Walsh hatte ihn nicht geradeheraus gefragt.

„Könnte deine Ex noch Munition aus deiner Waffe im Haus gehabt haben, aus der Zeit, als ihr noch verheiratet wart?"

„Nein." Heather hatte Waffen nicht gemocht. Mac rieb sich über die Stoppeln auf seinem Kinn. Es gab nur einen Ort, wo diese Patronenhülsen realistischerweise herkommen konnten – den Schießstand des FBI. Entweder in Quantico oder hier in der Zentrale.

Und das bedeutete, dass David Hines' wahnsinniger Traum davon, einen Beamten der Strafverfolgungsbehörden zu rekrutieren, womöglich wahr geworden war. Und dass dieser Verräter es aus verschiedenen Gründen auf Mac abgesehen hatte.

Rache. Er wurde für seine Rolle im Untergang der Pioneers bestraft. Vielleicht hatte der Täter gerade erst die Wahrheit über Kenny Travers herausgefunden, in welchem Falle die Vergeltung prompt und brutal gewesen war. Oder vielleicht war es auch die Rache für Jessops Reise in das ewige Höllenfeuer, und Mac sollte ihm dort Gesellschaft leisten.

Oder Mac und sein Team kamen diesem Hurensohn immer näher, und das bereitete ihm Sorgen.

Warum hatte Mac also das Gefühl, noch nie so weit von der Aufklärung eines Falles entfernt gewesen zu sein? Er konnte nicht gerade besonders viel tun, hier in diesem Verhörzimmer – was vermutlich der gottverdammte Punkt war.

Sie waren ihn losgeworden, indem sie ihn in Verruf gebracht und sein Ansehen ruiniert hatten. So viel dazu, mit vierzig Leitender Special Agent zu sein. Er könnte von Glück sagen, wenn er eine Rente beziehen würde.

War es nur ein Täter? Oder mehrere?

Die Maßnahmen des FBI, um derartigen fanatischen Mist zu stoppen, waren rigoros. Er konnte es schwer glauben, dass mehr als einer dieser Bastarde durch sämtliche Netze gerutscht war.

Was war der nächste Schritt ihres Plans?

David Hines' Manifest hatte eine Reihe von Morden vorgesehen, gefolgt von einem Bombenanschlag, was der endgültige Ruf zu den Waffen für all die anderen Holzköpfe hätte sein sollen, die so dachten wie Hines. Es hätte eine Kriegserklärung an die Regierung sein sollen.

Mac würde sie nicht damit durchkommen lassen. So sehr ihn auch jeder einzelne Mord schmerzte, er würde das große Ganze nicht aus den Augen verlieren, und das große Ganze beinhaltete jede Menge Angst, Lärm und mediale Aufmerksamkeit.

Angst. Instabilität. Krieg.

„Ihr müsst die Sicherheitsvorkehrungen in sämtlichen Regierungsgebäuden erhöhen", sagte Mac.

„Was? Warum?" Walsh sah verwirrt aus.

„Ich denke", erklärte Mac bedächtig, „dass wer auch immer hinter diesen Morden steckt, demnächst die nächste Phase der Verschwörung starten wird. Sie sind mich losgeworden, weil ich David Hines' Traum kenne. Hast du meine Notizen von damals schon durchgelesen?"

Walsh blickte ihn finster an. „Ich habe angefangen, aber wir waren ziemlich beschäftigt."

Mit diesem Mist hier. Mac wollte ihn nach den DNA-Ergebnissen von Trettorris Fingernägeln fragen und wie es dem Abgeordneten ging. Ob der Kerl schon aufgewacht war. Aber das konnte er nicht. Walsh durfte ihn nicht weiter über die Ermittlungen auf dem Laufenden halten, jetzt, wo er von dem Fall abgezogen war. Nicht nur abgezogen, sondern ein Verdächtiger in einem Mordfall und damit auf der falschen Seite.

Walshs Augen wurden schmal. „Warum bist du noch so lange in Tess Fallons Haus geblieben, nachdem wir gegangen sind?"

Mac schaute ihn an. „Wir haben geredet."

„Komm schon, Mac", gab Walsh ihm ungeduldig zurück. „Ich bin nicht von gestern. Ich habe doch gesehen, wie du sie angesehen hast."

Mac presste die Lippen zusammen, um nicht auszusprechen, was er sagen wollte. Dann lehnte er sich zurück. „Wie genau habe ich sie denn angesehen?"

Walsh warf die Hände in die Luft. „Als ob sie eine attraktive Frau wäre. Scheiße, ein Blinder mit Krückstock würde doch bei ihr einen Ständer kriegen, vor allem, wenn die gesamte Nachbarschaft ihre Nippel durch dieses alberne Nachthemd sehen kann." Die Augen seines Kollegen flackerten wie Macs Laune. „Ist dir jemals eingefallen, dass sie das vielleicht absichtlich getragen hat?"

„Ihren Pyjama, meinst du?" Mac knirschte mit den Zähnen, wusste, dass sein Kumpel ihn aus einem bestimmten Grund auf die Palme bringen wollte. „Den meisten Leuten, bei denen eingebrochen wird, ist es egal, was sie anhaben, wenn sie die Polizei rufen." Tess hatte sich nicht absichtlich so ausgestellt. Sie war verängstigt gewesen. „Was ist dein Punkt?

Dass Tess Fallon eine attraktive Frau ist, hat nichts zu bedeuten …"

„Ist dir jemals in den Sinn gekommen, dass sie vielleicht mit der Person unter einer Decke stecken könnte, die diese Morde begeht?" Walsh baute sich vor ihm auf. „Dass sie mit der Person unter einer Decke stecken könnte, die deine Ex-Frau ermordet hat, und dich absichtlich länger in ihrem Haus festgehalten hat, um dir den Mord anzuhängen?" Er wurde lauter. „Wenn du nicht mit ihr ‚geredet' hättest, dann wärest du in der Zentrale gewesen und dein Alibi wäre absolut wasserdicht. Aber jetzt ist deine Karriere im Arsch, selbst wenn die Beweise belegen, dass du Heather nicht umgebracht hast, weil du mit Tess Fallon – David Hines' Tochter – ‚geredet' hast, was, denke ich, ‚gevögelt' haben heißt. Zu einem Zeitpunkt, zu dem David Hines' Pioneers die Hauptverdächtigen in einer riesigen Mordserie in der Hauptstadt dieses Landes sind."

Mac zwang seinen Zorn hinunter. Die Fassung zu verlieren, würde ihn wie ein Arschloch dastehen lassen, das sich nicht unter Kontrolle hatte. Ironisch, wenn man bedachte, dass Walsh derjenige war, der herumbrüllte.

Mac wandte den Blick ab. Er musste sich mit der Tatsache anfreunden, dass Tess ihn möglicherweise benutzt hatte, ihn ausgetrickst und mit Sex manipuliert hatte. Dafür hasste er sich, weil sie eine Verbindung hatten, und damit meinte er nicht einfach nur den Sex. Sie bedeutete ihm etwas. Zur Hölle, sie bedeutete ihm viel.

„Was hat Tess gesagt?"

Walsh warf ihm einen vielsagenden Blick zu.

„Hat sie dir gesagt, wir hätten gevögelt?" Mac ließ für keine Sekunde die Züge des Kerls aus den Augen.

Endlich stieß Walsh einen Seufzer aus. „Nein. Sie hat auch gesagt, ihr hättet ‚geredet'. Als ob ich diesen Mumpitz glauben würde."

Was Walsh glaubte, war irrelevant, außer er war der Beamte, der von den Pioneers rekrutiert worden war, um die Sondereinheit zu untergraben. Und das war das eigentliche Dilemma. Sicher, Tess war womöglich involviert, aber wenn es so wäre, hätte sie ihn den Wölfen zum Fraß vorgeworfen, als die Polizei sie nach seinem Alibi gefragte hatte.

Er fühlte sich wie ein Arschloch, weil er ihr misstraut hatte – wieder einmal. Aber irgendjemand wusste, dass er mit Tess allein gewesen war, anstatt mit den anderen Agenten zusammen in die Zentrale zu fahren. Der Täter hatte Tess und ihn zweifelsohne ausspioniert, bevor er Heather umgebracht hatte. Diese Vorstellung ließ Übelkeit in ihm aufsteigen.

Es könnte Walsh sein. Es könnte auch jeder andere sein.

„Haben die Agenten in Coeur d'Alene Brandy Jordan schon aufgespürt?", fragte Mac.

Walshs Mund wurde erneut schmal. Er schüttelte kaum merklich den Kopf.

Mac ballte die Hände zu Fäusten. Wer sonst würde sich noch daran erinnern, ob David Hines eine Freundin gehabt hatte oder nicht?

„Tess Fallon behauptet, sie wäre heute Nacht noch zu ihrem Bruder gefahren, nachdem du ihr Haus verlassen hast. Ich bin gerade auf dem Weg, um mit seinen Mitbewohnern zu sprechen und zu verifizieren, dass sie auch da war, wie sie es behauptet hat. Der Bruder war zu dem Zeitpunkt nicht zu Hause."

Mac speicherte diese Information zusammen mit all den andren Fakten ab, die durch seinen Schädel kreisten. „Du solltest Cole zu einer Befragung in die Zentrale bringen."

Walsh nickte. Das war nicht mehr länger Macs Angelegenheit, also hielt er den Mund.

„Sobald der Rechtsmediziner Heathers Todeszeitpunkt festgestellt hat und das Navi meines Trucks, meine Handydaten und jede verfluchte Verkehrskamera zwischen Bethesda und Georgetown abgeglichen sind, kann die Polizei endlich feststellen, dass ich nicht rechtzeitig an Heathers Haus sein konnte, um sie umzubringen." Die arme Heather, selbst im Tod noch machte sie ihm das Leben schwer. „Ihre Faszination für mich sollte dann endlich vorbei sein und ich komme hier raus." Und zurück an den Schreibtisch. „Mach dich wieder an die Arbeit. Kläre diese Morde auf, bevor noch jemand sterben muss. Und schick diese Sicherheitswarnungen raus. Wer auch immer für diese Sache verantwortlich ist, meint es todernst. Sie werden versuchen, eine gottverdammte Revolution anzuzetteln, und wir müssen darauf vorbereitet sein."

Er klang wie ein verfluchter, paranoider, wahnsinniger Irrer, aber die Statistiken zeigten, dass die Chancen siebenmal höher standen, in den USA durch Inlandsterrorismus als durch muslimischen Terror umzukommen. Mac nahm alle Drohungen ernst, aber er wusste, welche Drohungen die Polizei am meisten beunruhigte – und das waren nicht die Islamisten.

Hassverbrechen traten in letzter Zeit in den Staaten vermehrt auf. Als ob die Morde in D.C. das Signal wären, auf das diese Geisteskranken nur gewartet hätten. Das FBI musste die Agenda dieses Mörders zermalmen und sicherstellen, dass allen klar war, dass sie verhaftet, vor Gericht gestellt und verurteilt werden würden, wenn sie diese Ideologie unterstützten.

Adios Freiheit. Hallo Knast.

Walsh rieb sich die Augen. „Als ob wir nicht schon genug Sorgen hätten."

„Was du nicht sagst", stimmte Mac ihm zu.

„Soll ich deinen Anwalt anrufen?", fragte Walsh.

„Das ist schon geklärt." Hoffte Mac zumindest. „Aber du könntest mir trotzdem einen Gefallen tun."

Walsh hob fragend das Kinn.

„Stelle Personenschutz vor Tess Fallons Haus ab. Eddie ist noch auf freiem Fuß, und der Mord an Heather ist im Prinzip das, was er Tess angedroht hat." Macs Hals schnürte sich zu. Eddie könnte Heather umgebracht haben. Mac hatte keinen Zweifel daran, dass der Typ seinen Spaß daran gehabt hätte.

Walsh erwiderte nichts, aber hoffentlich würde er Tess beschatten lassen, und sei es auch nur aus dem Grund, weil er glaubte, sie hätte sich etwas Heimtückischeres zuschulden kommen lassen als eine attraktive Frau zu sein.

„Sprich mit den Marshalls und finde heraus, wie der letzte Stand ist. Eddie Hines würde es lieben, als die treibende Kraft hinter diesen Attentaten gesehen zu werden, aber das ist er nicht. Er hat in etwa so viel Grips wie eine gebrannte Mandel."

So oder so, Mac wusste, dass er der Grund war, weshalb Heather zur Zielscheibe geworden war, und diese Schuld würde er für den Rest seines Lebens mit sich herumtragen. Er dachte an ihre Eltern, willensschwach und vernarrt. Sie würden am Boden zerstört sein.

Scheiße.

Zumindest sollte Tess in Sicherheit sein, wenn der Personenschutz vor ihrem Haus stand. Der beunruhigende Einbruch bei ihr und die Ermordung seiner Ex-Frau waren ein zu großer Zufall.

Vielleicht war Tess das ursprüngliche Ziel gewesen, und sie hatte den Einbrecher aber mit ihrer Waffe vertrieben.

Gott sei Dank.

„Halt die Ohren steif. Du bist bald wieder hier raus", sagte Walsh, griff nach der Klinke und zog die Tür auf. Etwas, was Mac nicht tun konnte, was ihm nur allzu klar war.

Macs Mund verzog sich. „Nagle diesen Bastard fest." Er selbst würde hier sitzen müssen und Däumchen drehen, bis diese beiden Dorfwachtmeister endlich festgestellt hatten, dass man ihm die Schuld anhängen wollte.

TESS VERLIEß DAS niedrige braune Gebäude, das die Polizeistation von Washington D.C. beherbergte, und fühlte sich, als ob sie am Tag des Stierlaufs durch Pamplona spaziert wäre.

Sie hatte ihre Aussage gemacht, aber der Gesichtsausdruck der Detectives hatte sie wissen lassen, dass sie ihr kein Wort glaubten. Großartig. Wenn ihre Karriere als Steuerberaterin den Bach hinunterging – und so, wie es im Augenblick aussah, würde sie das vermutlich tun –, dann konnte sie immer noch Romane schreiben. Sie hörte, wie jemand ihren Namen rief und schaute auf. Ein Kamerablitz blendete sie. Schwarze Punkte hüpften vor ihren Augen herum.

Die Presse.

Tess schirmte ihr Gesicht ab, senkte den Kopf und ging weiter, aber sie war plötzlich von einer Menschenmenge umringt, die auf sie eindrängte, ihre überdimensionalen Objektive und Mikrofone in ihr Gesicht schubste.

„Was ist Ihre Beziehung zu ASAC Steve McKenzie?"

„Ist es wahr, dass Sie unter falscher Identität leben und tatsächlich die einzige überlebende Tochter von David Hines sind?"

Sie zuckte zusammen und versuchte, weiterzulaufen, aber immer mehr Leute versperrten ihr den Weg und hielten sie davon ab, zu ihrem Auto zu gehen, das passenderweise auf der Idaho Avenue parkte.

Jemand von der Polizei oder dem FBI musste der Presse ihren Namen gesteckt haben. Ihr Magen zog sich zusammen. Hatten sie Cole schon aufgespürt? Sie hatte den Detectives nicht erzählt, was sie letzte Nacht in seinem Haus gefunden hatte und was sie in ihrer Handtasche bei sich trug. Sie musste unbedingt mit Mac sprechen, aber die Polizisten hatten ihr nicht sagen wollen, wo er war.

„Haben Sie McKenzie gestern Nacht dabei geholfen, seine Ex-Frau umzubringen?"

Sie schnappte nach Luft, maßlos schockiert darüber, dass jemand so etwas denken könnte. Sie drehte sich im Kreis, suchte nach einem Ausweg aus der Menge, fand aber keinen. Jemand griff nach ihrem Arm und bugsierte sie auf einen großen, schwarzen Lexus zu, der am Bordstein hielt.

Sie öffnete den Mund, um zu fragen, wer der Mann war und wo er sie hinbrachte, aber dann saß sie schon im Fahrzeug und der Fremde folgte ihr auf die Rückbank, sodass sie über den cremefarbenen Ledersitz bis zum Fenster durchrutschte. Dann schlug die Tür zu und das Auto fuhr los.

„Wer sind Sie? Wo bringen Sie mich hin?" Angst flackerte in ihrer Stimme auf, als ihr klar wurde, dass sie im Prinzip entführt worden war.

Der Mann, der sie aus der Menschenmenge herausgeführt

hatte, lächelte. „Entschuldigen Sie die ausgebliebene Vorstellungsrunde. Sie schienen, als könnten Sie Hilfe gebrauchen." Der Mann hatte silberne Augen und die Sorte selbstironisches Grinsen, das Frauen in die Knie zwang.

„Wer sind Sie?", wiederholte sie. Tess sah sich um. Sie kamen gerade an ihrem Mini vorbei. „Ich brauche mein Auto."

Der Fahrer fuhr um die Ecke und hielt augenblicklich am Straßenrand an, wo sie die Reporter nicht mehr sehen konnten.

„Welches Auto ist es? Geben Sie mir die Schlüssel und ich hole es", bot der Mann mit den silbernen Augen an.

Tess steckte die Hand in die Tasche, bevor ihr klar wurde, was sie da tat. „Ich weiß nicht einmal, wer Sie sind. Warum sollte ich Ihnen meinen Autoschlüssel geben."

Er neigte den Kopf zur Seite. „Warum sollten Sie mit mir in ein Auto steigen?"

„Alex, mach der Frau keine Angst", schalt der Fahrer. „Ich bin ASAC Lincoln Frazer, Ma'am."

Ma'am? Sie wusste nicht, ob sie beleidigt oder angetörnt sein sollte.

„Ich bin ein Freund von Mac."

Der Kerl auf dem Fahrersitz war ein klassisch attraktiver Mann mit blonden Haaren, einem markanten Kiefer und stechend blauen Augen, die sie im Rückspiegel aufmerksam musterten. Sie beäugte ihn misstrauisch, dann wandte sie sich dem Mann neben sich zu. „Warum haben Sie mir geholfen? FBI-Agenten sind eigentlich nicht meine größten Fans."

Alex grinste. „Ich bin nicht vom FBI."

Sie runzelte verwirrt die Stirn.

„Er ist nur ein Berater", erklärte der Mann namens

Lincoln Frazer trocken. „Wie gesagt, Steve McKenzie ist ein Freund von mir. Er hat seine Ex-Frau nicht umgebracht und ich glaube nicht an vererbte Schuld, also werde ich sie nicht dafür an den Pranger stellen, wer ihre Eltern gewesen sind."

Ein unerwarteter Anflug von Emotionen stieg in ihr auf und zeigte ihr, wie verletzlich sie heute war. Vermutlich verarschten die Männer sie nur und sie fiel darauf rein. „Die Detectives, mit denen ich gesprochen habe, glauben, ich hätte ein Motiv, um Mac die Schuld anhängen zu wollen."

„Haben Sie das?", fragte der Mann neben ihr.

„Vergeltung dafür, dass die Polizei meine verhasste Familie umgebracht hat? Ich war dort, erinnern Sie sich? Sie haben eine Art Selbstmord durch die Schießerei mit der Polizei begangen und versucht, mich mit sich zu reißen. Warum sollte ich sie rächen wollen?"

„Ist das ein Nein?", fragte Frazer.

„Nein! Was stimmt denn eigentlich nicht mit euch Leuten?"

„Zu viel, um es aufzuzählen." Der Mann neben ihr hielt ihr seine Hand hin. „Ich bin Alex Parker. Ich berate das FBI in Fragen der Cybersicherheit und anderen Dingen. Freut mich, Sie kennenzulernen, Tess."

Tess schüttelte seine Hand, sein Griff war fest und warm. Diese ganze Woche war absolut bizarr gewesen. „Also haben Sie Henry Jessops Festplatte analysiert?"

Er nickte.

„Haben Sie die Person identifiziert, die diese Morde begeht?"

Er hielt einen Augenblick inne, dann schüttelte er den Kopf. Konnte sie diesen Leuten die Mappe anvertrauen? Sie hatte keine Ahnung, ob sie ihr die Wahrheit erzählten oder nur versuchten, ihr Vertrauen zu gewinnen, um sie dann zu hintergehen.

„Ich glaube Ihnen, Tess", sagte Alex leise.

Er musste ihre Unschlüssigkeit bemerkt haben. „Warum?"

Alex grinste und ihr fiel auf, wie gut er aussah. Nicht so heiß und gut gebaut wie Mac, aber attraktiv und schlank, mit einem mysteriösen Etwas, das nahegelegte, dass er ebenso ein Gentleman sein konnte wie ein knallharter Profi.

Mac sah ganz genau nach dem aus, was er war – ein engagierter Strafverfolgungsbeamter, der keine Angst hatte, es mit Verbrechern aufzunehmen. Trotz seiner Arbeit als verdeckter Ermittler besaß Mac keinen machiavellischen Charakterzug – aber er hatte sie benutzt. Sie schaute auf ihre Hände und wünschte sich, sie wüsste genau, wem sie vertrauen konnte.

„Alex glaubt Ihnen, weil er jeden Aspekt Ihres Lebens und ihrer Geschichte durchleuchtet hat, einschließlich Ihrer E-Mails, Internetaktivität, finanziellem Status und Telefondaten, und dabei keine Warnleuchten entdeckt hat", ließ Frazer sie vom Fahrersitz aus wissen.

Eine Narbe schnitt durch eine von Alex Parkers dünnen Augenbrauen. „Außerdem haben Sie freundliche Augen."

Tess lachte auf und presste ihre Handtasche enger an ihre Brust. „Sie sind verrückt. Ich habe die Augen meiner Mutter, und sie hat selbst Serienmörder warm und kuschlig aussehen lassen."

„Bei Ersterem haben Sie vermutlich recht." Alex legte seine warme Hand auf ihre und ihr wurde bewusst, wie angespannt sie war. Angespannt und verängstigt und paranoid. Er drückte sanft ihre Hand. „Aber nur, weil Sie dieselbe Augenform haben, bedeutet das nicht, dass Sie ihr ähnlich sehen. Augen sind das Fenster zur Seele, Sie erinnern sich?"

„Und sie hatte keine", fügte Frazer hinzu.

Tess blinzelte gegen den plötzlichen Ansturm von Tränen an, der ihr die Sprache verschlug. Warum brachten die Worte dieser fremden Männer sie zum Weinen? Ihre Adoptivmutter hatte immer gesagt, dass Freundlichkeit einer der am meisten unterschätzten menschlichen Werte war, und nach den letzten paar Tagen brauchte Tess dringend ein wenig Mitgefühl.

„Können wir uns den Rest dieser Gefühlsduselei für später aufheben?", schlug Frazer sanft vor. „Oder brauchen wir eine Gruppenumarmung?"

Tess lachte und Alex grinste. Seine Tasche vibrierte und er schaute auf sein Handy. „Er ist draußen. Brauchen Sie nun Ihr Auto oder nicht, Ms. Fallon?"

Wer war draußen? Mac? Sie öffnete und schloss ihren Mund.

„Es sollte dort eigentlich sicher sein. Holen Sie es später ab, wenn die Presse nach Hause gegangen ist." Parker beantwortete seine eigene Frage, nahm korrekterweise an, dass sie gerade nicht in der Lage war, eine Entscheidung zu treffen. Sie wollte Mac sehen. Sichergehen, dass es ihm gut ging.

Frazer fuhr einmal um den Block, dann hielt er wieder am Bordstein vor der Polizeistation an und Tess sah, wie Mac durch die Traube von Reporten schritt, die Beifahrertür des Autos öffnete und einstieg.

Er sah frustriert und wütend aus und schlug energisch die Tür zu. „Nichts wie weg hier."

Tess musste lachen, aber sie war dankbar für die getönten Scheiben, die die Blitzlichter der Kameras abhielten.

Frazer fuhr mit quietschenden Reifen davon und sie

wurde in den Sitz gedrückt. Mac drehte sich herum und sein Blick haftete sich auf sie. „Was machst du denn hier?“

Er sah nicht besonders erfreut aus, sie zu sehen.

Etwas in ihr zog sich zusammen.

„Wir haben sie vor den Paparazzi gerettet, als sie aus dem Polizeigebäude kam“, erklärte ihm Parker.

„Diese Geier“, erwiderte Mac ausdruckslos.

„Ich musste eine Aussage wegen letzter Nacht machen.“ Wie zur Hölle sollte sie ihm mitteilen, dass sie der Polizei nichts davon erzählt hatte, dass sie miteinander geschlafen hatten, ohne Frazer und Parker die Wahrheit zu verraten oder es aussehen zu lassen, als ob sie beide etwas zu verheimlichen hätten?

„Tut mir leid, dass ich dich in diesen Schlamassel mit hineingezogen habe.“ Macs blaugrüne Augen leuchteten lebhaft in seinem Gesicht. Seine vollen Lippen waren eine harte, kompromisslose Linie.

Tess lächelte schief. „Ich dachte, das wäre mein Spruch. Haben sie dich gehenlassen?“

Sie hatte sich solche Sorgen darüber gemacht, was mit ihm passieren würde, aber er war jetzt draußen. Das musste ein gutes Zeichen sein, oder?

„Vorläufig. Sie haben keine Anklage erhoben. Noch nicht. Sie haben meine Handydaten ausgewertet und mich auf verschiedenen Verkehrskameras in der Stadt entdeckt, bevor ich den Notruf abgesetzt habe. Zweimal. Aber sie haben meine Dienstmarke und Waffe konfisziert und hoffen, die DNA-Analyse auf schnellstem Wege durchführen zu können, um mich ans Kreuz zu nageln.“

„Nur, dass du unschuldig bist.“

Sein Lächeln war eine dünne, harte Linie. „Genau.“

Er zog sein Handy hervor und holte die SIM-Karte heraus.

„Was machst du da?", fragte sie überrascht.

„Wo sollen wir dich rauslassen?" Mac antwortete nicht auf ihre Frage.

Sie erstarrte und merkte, wie die beiden anderen Männer es ihr gleichtaten.

„Ich, äh…" Sie hatte nicht so weit vorausgeplant. Ihr Zuhause war vermutlich von Reportern umringt. Dort konnte sie nicht hin.

Und plötzlich wusste sie, dass sie nicht mehr länger Stillschweigen darüber bewahren konnte, was sie im Haus ihres Bruders gefunden hatte, auch wenn es bedeutete, Frazer und Parker ebenfalls zu informieren. Sie konnte nicht glauben, dass Cole involviert war, aber sie konnte auch nicht mehr länger schweigen, wenn Menschenleben in Gefahr waren. Wenn er schuldig war, dann hatte sie sich schon längst mitschuldig gemacht – diese Vorstellung war erschreckend.

Sie räusperte sich, während Frazer sich durch den Verkehr schlängelte. „Ich muss dir etwas sagen. Es wird dir nicht gefallen." Schuld sickerte ihr aus jeder Pore, so dick, dass sie sich sicher war, die Männer könnten es riechen. „Am Montag, als der Richter und seine Frau ermordet wurden …"

Mac starrte sie über seine Schulter an wie ein Strafverfolgungsbeamter, nicht wie ein Liebhaber. Er würde doch sicherlich verstehen, warum sie es vorher nicht erwähnt hatte?

„Ich bin an diesem Morgen in Coles Haus gewesen. Wir wollten uns treffen, um seine Steuererklärung zu machen, aber ich habe angenommen, er hatte es vergessen. Also habe ich in seinen Schreibtischschubladen nach den Unterlagen gesucht, die ich brauchte." Das ganze Auto hielt die Luft an.

Ihr Mund wurde staubtrocken. Sie rieb sich ihren linken

Arm. „Ich habe ein Blatt Papier mit dem Foto des Richters darauf gefunden.“

Die Stille im Wagen war ohrenbetäubend.

„Ich hatte es nicht erwähnt, weil ich meinen Bruder kenne. Er würde nie in so eine Sache involviert sein …“

„Wir kennen die Menschen nicht immer so gut, wie wir denken“, sagte Parker leise.

„Wenn das mal nicht die Wahrheit ist.“ Mac starrte sie an als ob er gerade herausgefunden hätte, dass sie ein Alien war.

„Ich bin am nächsten Tag zurück zu seinem Haus gefahren. Cole war da. Ich dachte, ich könnte ihn wegen der Mappe konfrontieren und herausfinden, ob er mich anlügt, aber die Mappe war verschwunden.“

Sie griff in ihre Tasche und holte den USB-Stick hervor.

„Was ist das?“, fragte Mac.

„Der war im selben Ordner im Aktenschrank meines Bruders. Lag auf dem Boden der Schublade, als ich das zweite Mal nach der Mappe gesucht habe. Ich habe ihn mitgenommen. Ich weiß nicht, warum.“ Macs Augenbrauen schossen nach oben, als ob er „ernsthaft“ sagen wollte. Sie versuchte, die Trockenheit in ihrem Mund hinunterzuschlucken, aber es war unmöglich. „Da ist nichts drauf außer Pornos.“

Alex nahm ihr den Stick aus den Fingern und schaute ihn sich genau an. „Fahren wir zu meiner Wohnung, wo wir uns das genauer ansehen können – nicht die Pornos.“ Sein Grinsen bestand aus purem Schalk.

Frazer nickte.

„Du hast nicht geglaubt, dass es vielleicht gut wäre, das zu erwähnen?“ Macs Stimme war trügerisch ruhig. Sie kannte ihn gut genug, um zu wissen, dass er rasend vor Wut war.

Tess duckte sich in ihren Sitz. „Du verstehst nicht. So ist

Cole nicht. Er ist kein gewalttätiger Mensch. Er ist ein Pazifist.“

„Wo ist er jetzt?“, fragte Mac forsch.

„Ich habe keine Ahnung“, erwiderte Tess.

„Kennst du seinen Stundenplan?“

Sie nickte. „Er hat freitags um viertel nach neun eine Vorlesung. Danach hat er frei.“ Macs Augen wurden dunkel und verwandelten sich in ein aufgewühltes Grün. Sie hatte Mist gebaut.

„Ist dir jemals in den Sinn gekommen“, sagte er sehr langsam, als ob sie begriffsstutzig wäre, und vielleicht war sie das auch, zumindest fühlte sie sich sehr dumm, „dass der USB-Stick womöglich das war, wonach der Einbrecher letzte Nacht gesucht hat?“

„Es sind nur Pornos …“

„Bist du jetzt auch ein Computerexperte? Wie dein Bruder?“ Mac verzog die Lippen. Und sie hielt den Mund.

„Wenn du das den Ermittlern mitgeteilt hättest, hätten wir Coles Haus durchkämmen und womöglich ein Leben retten können. Hätten womöglich Heathers Leben retten können. Hast du daran mal gedacht?“

Ihr Brustkorb schien bersten zu wollen. Nein. Daran hatte sie nicht gedacht. „Cole ist keine gewalttätige Person.“

„Wenn du das wirklich glauben würdest, dann hättest du mir von der Mappe erzählt, als ich bei dir zu Hause aufgetaucht bin.“ Mac wandte sich ab und Tess hatte das Gefühl, völlig von ihrer Verzweiflung verschluckt zu werden.

Sie hatte ihren Bruder beschützt, seit sie ein kleines Mädchen gewesen war, seit der Razzia, die sie beide zu Waisen gemacht hatte.

„Bis Dienstag wusste ich nicht einmal, dass Kenny Travers

diese Schießerei damals überlebt hat, aber ich sollte dir einfach blind vertrauen, wenn du zwanzig Jahre später plötzlich mit einer anderen Identität vor meiner Tür stehst?"

So wütend sie auch war, sie musste diese Sache noch beenden. „Da ist noch etwas."

„Was?" Die Ungeduld und der Zorn in Macs Stimme ließen sie zusammenzucken.

„Ich bin gestern Nacht noch einmal zu Coles Haus gefahren, nachdem du weg warst."

Seine Augen funkelten sie an und sie starrte zurück. Sie hatte ihr schmutziges Geheimnis bewahrt. Sie fing an zu glauben, der größte Narr der Welt gewesen zu sein, weil sie mit ihm geschlafen hatte, und war überzeugt, dass sie eine komplette Niete war, wenn es darum ging, Menschen richtig einzuschätzen.

„Ich hatte vor, ihn damit zu konfrontieren, was ich am Montag gefunden hatte. Aber er war nicht zu Hause, also habe ich sein Zimmer durchsucht. Die Mappe war unter der Matratze versteckt." Sie holte tief Luft, zog die Plastiktüte aus ihrer Handtasche und reichte sie Mac. Dabei passte sie auf, ihn nicht zu berühren. „Ich habe dich mehrmals angerufen, aber du bist nicht drangegangen." Ihre Hände krallten sich ineinander. „Ich habe den Ordner mitgenommen. Ich wusste nicht, was ich tun sollte. Ich wusste nicht, wem ich sonst vertrauen konnte."

Macs Augen wurden groß. Dann nahm er die Latexhandschuhe entgegen, die Frazer ihm hinhielt, und wandte seine Aufmerksamkeit den Papieren zu. Er fluchte und schaute auf. „Wir müssen für jeden auf dieser Liste Sicherheitsvorkehrungen treffen."

Tess starrte aus dem Fenster auf die Straßen von D.C., die

an ihnen vorbeirauschten. Ihr fehlendes Vertrauen hatte andere Menschen womöglich das Leben gekostet und sie war sich nicht sicher, ob sie mit sich selbst leben konnte, wenn das der Fall war.

Frazer bekam einen Anruf. Nachdem er wieder aufgelegt hatte, sagte er: „Eddie Hines wurde gerade in einer abgelegenen Hütte festgenommen, die einer der Gefängniswärterinnen gehört. Im Norden von Idaho."

Wer war also der Eindringling letzte Nacht gewesen? Cole? Hatte ihr Bruder auf sie geschossen? Hatte Cole Macs Ex-Frau umgebracht und versucht, ihm die Schuld anzuhängen?

Eis schien durch ihre Adern zu rauschen und Glasscherben schnitten sich durch ihren Körper. Tess' Zähne klapperten so sehr, dass sie sich in ihrem Mantel vergrub. Wie hatte sie nur so dumm sein können? Wie hatte sie nur einen so dummen Fehler begehen können? Mac blickte sie an und sie wusste, dass er genau dasselbe dachte.

ACHTUNDZWANZIGSTES KAPITEL

„W AS HAST DU jetzt vor?", fragte Frazer Mac.
Mac war längst über das Stadium der Verärgerung hinausgeschossen und bestand nun aus nichts als hochentzündlichem, weißglühendem Zorn. Die Tatsache, dass Tess ihn von Anfang an angelogen hatte, brachte ihn ins Straucheln. Er schloss die Augen und atmete tief durch, um den Zorn in sich zu besänftigen, aber er spürte, wie er explosiv unter seiner Haut rumorte und Mac bis auf die Knochen verbrennen würde, sobald er sich entzündete.

Mac war kurz davor gewesen, darüber nachzudenken, wie eine Beziehung zwischen ihm und Tess funktionieren könnte, wenn dieses ganze Debakel endlich vorbei war.

Wie hatte er sich erlauben können, ihr zu vertrauen, nur davon ausgehend, was für ein Mensch sie als Kind gewesen war? Was für ein Idiot machte denn sowas?

Er, wie es aussah.

Nur dass die Gefühle, die er damals für das kleine Mädchen gehabt hatte, nichts mit dem zu tun gehabt hatten, was sie letzte Nacht zusammen getan hatten. Das war ausschließlich etwas für Erwachsene gewesen.

„Melden wir es der Sondereinheit und lassen sie ein Team zu Coles Haus schicken?", fragte Frazer.

„Nein." Mac befürchtete, dass der eingeschleuste Rassist womöglich sogar in der Sondereinheit arbeitete. „Aber wir müssen ihn oder sie aufspüren und Durchsuchungsbefehle beantragen."

„Ich werde ihn finden." Parker zog sein Handy aus der Tasche und wählte eine Nummer.

Sie mussten reden und Mac musste seinen Kopf freibekommen und diesen Mist aufklären. Aber unabhängig davon, was in den letzten zehn Stunden passiert war, war er noch immer FBI-Agent und FBI-Agenten besprachen keine laufenden Ermittlungen im Beisein von nicht überprüften Zeugen, vor allem nicht vor solchen, die in den Fall verwickelt waren. Er rutschte unruhig auf seinem Sitz hin und her.

„Was ist mit der DNA? Gibt es da schon Ergebnisse?", fragte Parker.

„Wir können das nicht vor einer Zivilistin besprechen", sagte Mac angespannt.

„Er ist auch kein FBI-Agent." Tess deutete auf Parker. Ihr Gesicht war blass, aber ihre Wangen wiesen leuchtend rote Flecken auf. Sie war wütend. Super. Dann waren sie ja quitt.

„Parker ist Berater des FBI", erwiderte Mac. „Ihm wurde eine Unbedenklichkeitsbescheinigung ausgestellt."

Tess' Augen funkelten und ihre Hand zuckte nach dem Türgriff. „Halten Sie an, und lassen Sie mich aussteigen."

„Das wird nicht passieren, Süße."

„Willst du damit sagen, dass ich deine Gefangene bin?" Ihre Stimme bebte vor Wut. „Oder bist du etwa noch nicht fertig damit, mich auszunutzen, um deine Karriere voranzutreiben? Das hast du doch die ganze Zeit über gemacht. Im Gefängnis, auf der Kodiak-Anlage und jedes Mal, wenn du zu mir nach Hause gekommen bist."

Die Stimmung im Auto wurde immer angespannter, bis Mac sich fühlte, als ob ihm eine Garotte den Hals zuschnürte.

„Ich sage nur", er versuchte, vernünftig zu bleiben, „dass ich nicht will, dass du deinen Bruder warnst, weil wir ihm auf den Fersen sind."

„Dann sollte ich dich wohl daran erinnern, dass ich es war, die dir diese Informationen hat zukommen lassen!"

„Da hat sie nicht ganz unrecht", gab Parker zu bedenken.

Macs Augen zuckten. „Damit ist sie aber ein bisschen spät angekommen."

„Ich hätte es dir letzte Nacht schon erzählt, aber du bist ja nicht ans Telefon gegangen."

„Ich war ein zu beschäftigt damit, verhaftet zu werden", knurrte er.

„Was nicht meine Schuld war!", patzte sie ihn an. Dann schien ihr Ärger in sich zusammenzufallen. Sie hielt sich erschrocken die Hand vor den Mund und schloss die Augen. „Tut mir leid mit deiner Frau."

„Ex", sagte Mac scharf und meinte es auch so. „Ex-Frau." Trotz allem, was Tess vermutlich geglaubt hatte, als er sie nackt auf dem Küchenboden zurückgelassen hatte, empfand er nichts mehr für Heather. Seine Ex hatte ihre Beziehung durch Verrat und Betrug ruiniert. Er vergab wirklich nicht so schnell. Was nicht bedeutete, dass es nicht geschmerzt hatte, sie so brutal ermordet dort liegen zu sehen.

Was hieß das für Tess und ihn? Absolut nichts, genau so wie es immer gewesen war. Aber er musste diplomatisch bleiben. Wenn er Tess nicht unsanft behandeln und sie dazu zwingen wollte, zu tun, was er wollte, musste er sie davon überzeugen, freiwillig mit ihnen mitzukommen. Und sie hatte recht. Er hatte sie benutzt. Er hatte sie in Gefahr gebracht. Das bedeutete aber nicht, dass sie ihm egal war. Er konnte ihr nur nicht vertrauen. Nicht mehr. Nie wieder.

„Das FBI hat mit Sicherheit noch weitere Fragen an dich. Es wäre besser, wenn sie wüssten, wo sie dich finden, anstatt ihre Zeit damit zu verschwenden, durch die Stadt zu rennen und nach dir zu suchen. Außerdem sähe es besser aus, wenn du dich stellst."

„Mich stellen? Ich habe dir gerade ein verfluchtes Alibi verschafft." Ihre Lippen pressten sich zusammen und sie schien sich in sich selbst zurückzuziehen.

„Das FBI wollte Personenschutz für dich abstellen, aber jetzt, nachdem die Neuigkeiten über deine Identität bekannt geworden sind, wird deine Straße vor Reportern nur so brummen. Wo genau willst du jetzt also hin?"

Ihr Mund wurde schmal. „Ich weiß es nicht."

Sie starrte angespannt aus dem Fenster und sah so einsam aus, dass etwas in seiner Brust zu zerreißen schien.

Mac glaubte nicht, dass sie in die Morde involviert war, aber sie hatte Informationen unterschlagen. Jetzt musste sie dafür bezahlen. Genau wie er.

Parker meldete sich zu Wort. „Sie können sich in meiner Wohnung ausruhen, während wir versuchen, diese Sache in den Griff zu bekommen, Tess. Ich habe ein Gästezimmer. Keine Reporter. Und niemand würde auf die Idee kommen, dort nach Ihnen zu suchen. Sie wären in Sicherheit."

Mac warf Parker einen Blick zu, war dankbar, ohne es aussprechen zu können. Parker schien zu verstehen.

„Ich mache mir Sorgen um Cole", sagte Tess leise.

„Du bist nicht seine Mutter, Tess."

Ihre Augen flammten auf. „Ich bin die einzige Familie, die er hat. Dafür hast du ja gesorgt."

Autsch.

„An dem Tag, als ich mich in diesem engen

Kleiderschrank über ihn gebeugt habe, um ihn zu schützen, während die Kugeln über uns hinwegschossen, habe ich geschworen, ihn zu beschützen. Seit dem Tag, als wir ins Pflegesystem gesteckt wurden und man uns trennen wollte, weil ich angeblich zu verdorben war. Er ist mein kleiner Bruder, und ich liebe ihn. Das ist offensichtlich ein Gefühl, das du nicht verstehen kannst."

Mac zuckte zusammen, hielt aber seinen Mund. Niemand sagte ein weiteres Wort, aber Tess versuchte auch nicht, Cole weiter zu verteidigen.

Mac blätterte durch die Mappe auf seinem Schoß, versuchte, seinen Atem unter Kontrolle zu bekommen. Der Ordner enthielt Details über alle Opfer sowie über mehrere potenzielle Zielpersonen. Sie mussten diese Leute warnen, was bedeutete, dass er sehr bald die Zentrale kontaktieren musste. Aber er musste auch herausfinden, wer der Verräter in ihren Reihen war, bevor er diese Informationen weiterleitete. Sie konnten nicht riskieren, dass diese Person untertauchte.

Also – wem konnte er vertrauen?

ASC Gerald? Seine Hautfarbe machte ihn zur sichersten Option. Und wenn das Auswahl aufgrund von ethnischer Herkunft war, dann konnten sie ihn alle am Arsch lecken. Regierungsfeindliche Typen waren nicht immer Rassisten, und Rassisten waren nicht immer regierungsfeindlich. Trotzdem, es war unwahrscheinlich, dass Gerald irgendwelche Verbindungen zu den Pioneers hatte.

Hoffentlich enthielt der USB-Stick Details weiterer geplanter Anschläge, die gestoppt werden konnten, bevor sie stattfanden. Es sah nicht gut aus für den jungen Cole.

Mac warf einen Blick auf Tess. So verkrampft wie ihr Kinn aussah, während sie starr aus dem Fenster schaute, war sie sauer, aber sie war auch aufgewühlt.

Er hatte sie verletzt. Wieder einmal. Aber diesmal war es ihre eigene verfluchte Schuld gewesen.

„Stellen Sie sicher, dass uns niemand folgt", sagte er Frazer. Er wollte nicht, dass der Informant herausfand, wo sie waren oder worüber sie sprachen. Die Mühlräder der Justiz mahlten bekanntlich sehr langsam, aber in diesem Fall mussten sie schnell handeln.

„Gib mir dein Handy", sagte er zu Tess.

Sie hielt es ihm widerwillig hin und er holte die SIM-Karte heraus.

Niemand stellte Fragen.

Sie erreichten ein Wohnhaus in der Nähe des Watergate-Gebäudes und Frazer parkte in der Tiefgarage. Dann fuhren sie mit dem Fahrstuhl zu Parkers Wohnung hinauf. Mac wusste, dass Parker und Rooney ein Haus in der Nähe von Quantico kaufen wollten, aber diese Wohnung war ziemlich nobel.

Parker zeigte Tess das Gästezimmer. „Gehen Sie unter die Dusche. Ruhen Sie sich aus. Hier sind Sie sicher." Mac gefiel der leichte Anflug von Schuld nicht, den er in sich verspürte. Er war derjenige, der sich vergewissern sollte, aber er konnte sich nicht dazu durchringen, es zu riskieren. Tess war seine Schwachstelle, aber sie hatte sich diese Sache selbst eingebrockt, weil sie ihn angelogen hatte.

Nur... unter den Umständen konnte er ihr keinen Vorwurf dafür machen, niemandem vertrauen zu wollen.

Zur Hölle, sie hatte nicht einmal gewusst, dass er noch lebte, bis er Dienstagabend plötzlich vor ihrer Tür gestanden hatte. Wenn jemand aus seiner Vergangenheit nach zwanzig Jahren plötzlich wiederauftauchen würde, wäre er dann geneigt, dieser Person seine dunkelsten Geheimnisse anzuvertrauen? Die Antwort war Nein, aber im Augenblick hatte er einfach keine Zeit dafür, Tess zu verzeihen.

Menschenleben standen auf dem Spiel. Und er war momentan so wütend darüber, dass sie ihn hintergangen hatte, dass er nicht einmal sich selbst vertraute, sich in diesem Fall umsichtig zu verhalten.

Seine Karriere war wahrscheinlich am Arsch. Vielleicht konnte er es noch einmal geradebiegen, indem er dabei half, den Informanten auffliegen zu lassen und zu beweisen, dass ihm jemand die Schuld für einen Mord anhängen wollte, aber es sah nicht gut aus, egal, wie er es betrachtete.

Er folgte Frazer in die todschicke Küche mit ihren breiten, marmornen Arbeitsflächen und Schränken im Shaker–Stil.

Mac starrte aus dem Fenster. Die Wohnung bot einen fantastischen Blick über die Watergate-Anlage. „So ironisch es bei dieser Aussicht auch klingen mag, ich muss mir absolut sicher sein, dass niemand mithören kann."

Parker schaute ihn ernst an und holte einen Schlüsselanhänger hervor. „Ich habe die Wohnung gestern nach Wanzen abgesucht." Er drückte auf einen Knopf auf dem Schlüsselanhänger und ein kleines, rotes Licht leuchtete daran auf. „Das unterbindet alle elektronischen Signale in unserem direkten Umfeld und ich habe auch noch ein paar anderer Vorrichtungen gegen Abhörelektronik installiert." Parker schaute vielsagend aus dem Fenster.

Mac blinzelte den Kerl an. Er hatte kurz vergessen, dass Parker im Sicherheitsgeschäft tätig war.

„Wir sind hier so sicher vor Mithörern, wie wir es nur sein können, auch wenn ich nicht garantieren kann, dass es hier keine großen Ohren geben wird." Parker deutete mit dem

Kopf in Richtung des Gästezimmers, in dem er Tess unter-gebracht hatte. Dann zog er seinen Laptop hervor und steckte den USB-Stick in den Anschluss.

Mac sprach gedämpft. „Ich glaube, der Täter ist einer von uns."

„Von uns?" Parker zog eine Augenbraue hoch.

„Du meinst, vom FBI?", fragte Frazer.

Schweres Atmen ertönte aus Parkers Laptop. Mac ging um die Kücheninsel herum, um einen Blick auf den Bildschirm zu werfen. Zwei Männer und eine Frau ließen in einer Waschanlage ihrer Fantasie freien Lauf.

Mac seufzte frustriert auf. „Hat Tess recht? Ist es nur die Porno-Sammlung ihres Bruders?"

Parker runzelte die Stirn. „Vielleicht… aber", er deutete auf den Bildschirm, „schauen Sie mal da."

Mac sah eine Liste verblasster Dateinamen in einem Verzeichnis.

„Versteckte Dateien." Parker klickte auf eine davon. „Verschlüsselt."

„Glauben Sie, das hängt mit den Morden zusammen?"

Parker zuckte mit den Schultern. „Ich habe keine Ahnung. Könnten genauso gut Gartentipps sein." Er ließ seine Fingerknöchel knacken. „Aber ich werde es herausfinden."

„Warum glaubst du, dass es einen Maulwurf innerhalb des FBI gibt?", fragte Frazer, während Parker sich an die Arbeit machte.

Mac holte sich ein Glas Wasser vom Wasserhahn. Er konnte noch immer den bitteren Geschmack des Gefängnisses auf seiner Zunge schmecken.

„Ich hätte es von Anfang in Erwägung ziehen sollen. David Hines war ein cleverer Mistkerl und hat immer auf lange Sicht geplant. Er – zusammen mit anderen rechtsnationalen Gruppierungen – hat einigen seiner Anhänger nahegelegt, ihre rassistischen oder regierungsfeindlichen Ansichten nicht öffentlich zu verkünden und stattdessen den Strafverfolgungsbehörden beizutreten. Hat ihnen gesagt, sie sollten immer weiter in den Rängen aufsteigen und auf dem Weg nach ähnlich denkenden Personen Ausschau halten und somit die Behörden heimlich von innen heraus untergraben. Sie sollten als ein Frühwarnsystem für Gruppen wie die Pioneers fungieren und bereit sein, die Revolution zu starten, wenn er sie rufen würde. Das ist es, was mir jetzt Sorge bereitet."

Diese Sache konnte den Ruf des FBI unwiderruflich ruinieren, vor allem so kurz, nachdem ASAC Guy Clarkson sich als russischer Spion herausgestellt hatte, der einen seiner besten Freunde dafür den Kopf hatte hinhalten lassen. Richard Stone war im Hochsicherheitsgefängnis von Florence beinahe gestorben und galt als einer der meist verhasstesten Männer in der Geschichte des FBI. Frazer und Parker hatten ihren Teil dazu beigetragen, dieses Fehlurteil zu revidieren. Die beiden waren gute Männer. Leute, denen er vertrauen konnte. Im Gegensatz zu Tess.

„Es ist nicht so einfach, diese ganzen Hintergrundchecks zu bestehen", gab Frazer zu bedenken.

Parker neigte nachdenklich den Kopf zur Seite, während er arbeitete. „Aber auch nicht unmöglich, wie wir beide wissen. Außerdem müsste die Person nicht zwangsläufig ein Agent sein, um Zugriff auf sensible Daten zu haben. Könnte ebenso gut ein Techniker sein."

„Also, was wissen wir mit Sicherheit?" Frazer schnappte sich einen Block Post-its und einen Kugelschreiber, die neben

Parkers Telefon lagen. Er schrieb eine Liste mit den Namen der Opfer. Heathers Namen auf dieser Liste zu sehen, war wie ein Schlag in Macs Magengrube. Es schien noch immer unwirklich, dass sie ermordet worden war.

„Wie geht es Trettorri?", fragte er.

„Hält bis jetzt durch. Die Ärzte glauben, dass er durchkommen wird, aber es wird Zeit brauchen."

Zeit war etwas, was in dieser Ermittlung rar war.

„Wurden die DNA-Spuren von seinen Fingernägeln schon analysiert?", fragte Mac.

„Ich rufe an und frage nach. Lass uns zunächst unsere Prioritäten bestimmen." Frazer schrieb eine Notiz und klebte sie auf eine Seite eines Schranks.

DNA.

Mac dachte an all die Beweise, die sie gesammelt hatten, und die gerade durchgesiebt wurden. Irgendwann würden diese Beweise den Täter festnageln, aber bis dahin war es vermutlich schon zu spät.

„Jemand hat auf dem Schießstand meine Patronenhülsen eingesammelt." Mac fuhr sich mit den Fingern durch die Haare. „Kann nur in Quantico oder in der Zentrale gewesen sein."

„Sie haben das von langer Hand geplant, aber die Information über meinen Einsatz als verdeckter Ermittler auf der Kodiak-Anlage ist erst diese Woche ans Licht gekommen, und die Sondereinheit wurde erst am Dienstag aufgestellt." Frazer runzelte die Stirn. „Ich denke, die Hülsen müssen aus der Zentrale kommen."

Mac spürte einen Kloß in seinem Hals. „Warum bist du so sicher, dass ich meine Ex nicht umgebracht habe?"

„Nur ein Idiot würde seine eigene Dienstwaffe benutzen,

um seine Ex-Frau zu erschießen, die Patronenhülsen mit seinen Fingerabdrücken am Tatort zurücklassen und dann auch noch die Polizei anrufen", murmelte Parker. „Zweimal."

Macs Mund zuckte. „Es hat also nichts mit meinem astreinen Charakter und meiner moralischen Standhaftigkeit zu tun? Gut zu wissen." Er stemmte die Hände in die Hüften. „Es macht mich rasend, dass die Polizisten mich für einen solchen Idioten halten."

Frazer lächelte traurig. „Die Tatsache, dass dir jemand die Schuld anhängen will, sollte dich rasend machen. Es sind diese Woche viele unschuldige Leute gestorben, einschließlich deiner Ex-Frau."

Frazer schrieb „Patronenhülsen" auf einen weiteren Post-it-Zettel und klatschte ihn auf die Arbeitsfläche. „Du hast mit ziemlicher Sicherheit das Gesicht des Täters oder der Täterin schon gesehen", sagte er leise.

Mac nickte. „Aber ich habe diese Woche sehr viele Gesichter gesehen. Jessop war involviert und wusste, wer es war." Er schrieb Jessops Namen mit auf Frazers Liste. „Sobald er herausgefunden hatte, dass ich ein FBI-Agent bin, hat er sein Haus abgebrannt, anstatt zu riskieren, dass wir Beweise finden, die uns zu dieser Person führen."

Parker nickte. „Was Jessop angeht, stecke ich im Augenblick etwas fest."

„Ich dachte, du könntest online alles finden?", zog Frazer ihn auf.

Parker hob entschuldigend die Hände, als wollte er da-kann-man-nichts-machen sagen. „Nicht, wenn die Spuren komplett ausradiert wurden. Das FBI muss womöglich auf die ursprünglichen Papierakten in Idaho zurückgreifen."

„Das ist ein weiterer Hinweis darauf, dass ein Informant

im FBI steckt. Diese Person hat sämtliche Hinweise auf Jessop aufgespürt und vernichtet. Sie musste nicht einmal lügen, als sie zum FBI gegangen ist, nur einfach alle Daten über ihn vernichten."

„Also können wir davon ausgehen, dass sie sich mit Computern auskennt." Frazer schrieb weitere Notizen.

Mac fügte hinzu, dass die Tatwaffe höchstwahrscheinlich von der Kodiak-Anlage kam und dass das Datum des ersten Mordes mit David Hines Geburtstag übereinstimmte.

„Ich glaube, es ist eine Frau", sagte Mac leise und starrte auf die bunten Papierquadrate. „Ich musste darüber nachdenken, als ich im Verhörzimmer saß. Ich glaube, der Informant ist Jessops Tochter. Sie ist zum FBI gegangen und hat diese Sache seit Jahren heimlich geplant. Hat es auf mich abgesehen, nachdem ich und Tess dazu beigetragen haben, dass ihr Daddy umgekommen ist."

„Sie glauben, sie ist jetzt in der FBI-Zentrale stationiert?"

Mac nickte.

Frazer schaute ihn nachdenklich an. „Das würde jede Menge Verdächtige eliminieren. Es sind zwar immer noch genug übrig, aber wir können ihr Alter auf was etwa festlegen, dreißig?"

„Jessop war siebzig. Seine Tochter könnte alles zwischen Mitte fünfzig und Mitte zwanzig sein." Mac zuckte mit den Schultern.

„Warum würde sie ihr Leben für David Hines' Mission opfern? Einen Mann, den sie nie kennengelernt hat? Vor allem jetzt, wo ihr Vater tot ist?"

„Wer hat behauptet, dass sie David Hines nie getroffen hat?" Mac sprach seine Gedanken laut aus. Plötzlich war Tess' Vermutung, ihr Vater hätte heimlich eine Freundin gehabt, einer dieser Gedankenblitze, die er sonst immer auf dem Schießstand hatte. „Hines war ein gutaussehender Kerl – charismatisch, charmant. Tess hat erwähnt, dass sie glaubt, er hätte eine Freundin gehabt. Im August ist er zwanzig Jahre tot, also können wir annehmen, dass seine Freundin damals mindestens sechzehn war. Demnach wäre sie jetzt also mindestens Mitte dreißig."

Frazers Handy klingelte.

„Das ist Harm", ließ er sie wissen und nahm den Anruf entgegen. „Die Washingtoner Polizei hat ihm gestern Abend die Patronenhülsen und deine Dienstwaffe zukommen lassen, um deine Verbindung zu den Morden in D.C. beweisen zu lassen."

Mac verdrehte die Augen. „Mein Alibi für die meisten der Morde ist, dass ich mich in der Zentrale aufgehalten habe, als sie sich ereignet haben."

Frazer hörte Harm einen Augenblick zu, dann grinste er, während er in sein Handy sprach. „Dann ist das also offiziell? Ich bin Ihnen was schuldig."

Frazer legte auf. „Du bist aus dem Schneider. Harm hat die Nacht durchgearbeitet und die Patronenhülsen vom Tatort der Ermordung deiner Ex-Frau eindeutig deiner Dienstwaffe zugeordnet."

„Das sind nicht gerade guten Neuigkeiten." Parker tippte noch immer in seinen Laptop und schaute nicht einmal auf.

Mac verschränkte die Arme vor der Brust.

Frazer fuhr fort. „Harm hat die Rückstände aus den Hülsen durch einen Gaschromatografen gejagt. Die Patronenhülsen enthielten ursprünglich Frangible-Patronen."

Die vielleicht ordentlich brannten, wenn man sie abbekam, aber vermutlich niemanden umbrachten. Sie platzten beim Aufprall auseinander.

Mac grinste. „Ich schulde ihm ein Bier.“

„Du schuldest ihm *einen Kasten* Bier“, korrigierte Parker.

„Wir können jetzt also bestätigen, dass die Patronenhülsen aus der Zentrale kamen, wo die Ausbilder auf dem Schießstand derzeit die Bestände der Frangible-Geschosse aufbrauchen, bevor der Wechsel zu den 9 mm-Patronen ansteht. Bin ich zurück in der Sondereinheit?“, fragte Mac, baute sein Handy wieder zusammen und schaute nach, ob er irgendwelche Nachrichten bekommen hatte.

Nichts.

Offiziell war er noch immer an seinen Schreibtisch verbannt. Mist.

Frazer zuckte mit den Schultern. „Harm weiß es nicht. Hat nur gesagt, dass er die Polizei darüber informiert hat, dass man dir den Mord anhängen wollte, da diese Patronen zwar jemanden hätten ablenken können, aber nicht solche Verletzungen verursachen können, wie deine Ex-Frau sie erlitten hat.“

Mac schloss die Augen, als er an die arme Heather dachte. Alles, was sie je gewollt hatte, war es, im Mittelpunkt zu stehen. Er dachte an Tess im Zimmer nebenan. Tess wollte nie im Mittelpunkt stehen. Die beiden Frauen konnten unterschiedlicher nicht sein.

Parker fluchte. „Das wird mehr Rechenkapazitäten brauchen als ich hier bieten kann“, räumte er ein und klappte den Laptop zu. „Kann ich das einem meiner Jungs schicken? Mein Team kann sich intensiver damit auseinandersetzen und hoffentlich herausbekommen, wer die Liste zusammengestellt hat.“

„Ich mache mir im Augenblick mehr Sorgen darüber,

einen Terroranschlag zu verhindern, als ein Gerichtsverfahren vorzubereiten“, sagte Mac. Auch, wenn das Justizministerium das vermutlich anders sah.

Frazer musste das Gleiche gedacht haben. „Solange der Stick sicher ist.“

Parker blickte ihn schräg an.

Diese Beweise waren von Tess aus Coles Haus entwendet worden und waren somit unbrauchbar, wenn es darum ging, Cole Fallon vor Gericht zu zerren. Die einzige Person, gegen die sie verwendet werden konnten, war Tess selbst. Vielleicht war ihr das bewusst. Vielleicht hatte sie die Beweise deshalb mitgenommen. Um jemanden zu schützen, der es nicht verdient hatte.

Ein paar Augenblicke später warf Parker den USB-Stick aus und hielt ihn Frazer hin, der ihn einsteckte.

„Hat dein Wunderkind schon irgendwelche Benutzer des One-Drop-2-Many-Chatrooms identifizieren können?“

„Nein, aber er ist dran. Er hat wirklich Talent für sowas. Wir verfolgen die Profile zurück, aber das passiert nicht über Nacht.“

Die Website war stillgelegt worden. Jemand hatte mitbekommen, dass Jessop aufgeflogen war.

„Den Screenshots nach zu urteilen, die wir noch machen konnten, bevor die Seite abgeschaltet wurde, würde ich sagen, dass es das wichtigste Netzwerk für die Gruppe war. Sobald wir sie geknackt haben, wird das eine Goldgrube sein.“

„Es wird schon jetzt ein riesiger Haufen an Beweismitteln ausgewertet. Es ist nur eine Frage der Zeit, bis wir die richtige Person einkreisen können.“ Mac rieb sich den Nacken. Er konnte das drohende Gefühl des Unheils nicht abschütteln, das ihm über die Schulter zu schauen schien.

„Der Verräter hat den Leiter des Teams ausgeschaltet, um die Sondereinheit auszubremsen und die Ermittlungen ins Chaos zu stürzen." Frazer runzelte die Stirn.

Mac schaute auf die Uhr und starrte aus dem Fenster auf die Betonfassade eines der größten Skandale in Washington. „Es ist fast Wochenende. Wenn man ein Statement gegen die Regierung machen will, dann macht man das vor Freitagnachmittag um vier."

„Ansonsten ist niemand mehr im Gebäude", stimmte Parker zu.

Es war fast elf Uhr morgens. Mac schob die Mappe aus Coles Haus über die Marmoranrichte. „Du musst ASC Gerald anrufen und ihn bitten, alle auf dieser Liste zu warnen, dass sie womöglich ein Ziel sein könnten. Sag ihm nicht, woher du die Informationen hast. Noch nicht."

Frazer überflog die Namen.

„Sollen wir Cole Fallon zu einer Befragung in die Zentrale bringen?", fragte Parker und kontrollierte seine Pistole auf eine Art und Weise, die Mac nicht daran zweifeln ließ, dass er sie auch benutzen konnte.

Mac schüttelte den Kopf. „Wenn der Informant herausfindet, dass ich entlassen worden bin, und wir ihm oder ihr auf der Spur sind, dann ergreift er oder sie womöglich sofort die Flucht. Ich will zuerst wissen, wer es ist. Wir sollten Fallon beschatten. Wo hält sich Cole im Augenblick auf?"

Parker öffnete seinen Laptop und startete ein Programm, dann blickte er sie skeptisch an. „Hat das FBI eine richterliche Anordnung für diese Informationen oder ist das unser kleines Geheimnis?"

Mac hob abwehrend die Hände und wandte sich ab. „Ich habe nichts gesehen."

Er musste mit Tess sprechen, bevor sie aufbrachen. Sie hatten letzte Nacht einen gigantischen Fehler begangen, und so sehr er es auch genossen hatte, sie hatten keine gemeinsame Zukunft. Nicht nach den Lügen, die sie ihm erzählt hatte. Diese rostigen, ätzenden Gefühle, die sein Herz umfingen, waren nichts als Bedauern darüber, diese Grenze überschritten und diesen Fehler begangen zu haben.

Na klar.

Aber es war immer noch möglich, dass sie mit diesen Leuten unter einer Decke steckte und ihn absichtlich verführt hatte. Er musste mit ihr sprechen, aber er durfte sie nicht als Frau behandeln, für die er Gefühle hatte, sondern als Verdächtige. Was Tess Fallon betraf, konnte er es sich nicht erlauben, noch weitere dumme Fehler zu begehen.

NEUNUNDZWANZIGSTES KAPITEL

COLE VERLIEß DEN Hörsaal und hielt Ausschau nach Joseph, aber der Kerl war heute scheinbar nicht erschienen. Hatte vermutlich mal wieder die Nacht bei einer neuen Eroberung verbracht. Cole kannte das Gefühl. Er grinste.

„Hey, Kumpel."

Cole entdeckte Dave, der sich durch die Scharen von Studenten schlängelte und auf ihn zu kam.

„Was gibt's?"

„Du musst mal mit deiner Schwester sprechen, Mann." Dave rieb sich die Augen und gähnte. „Sie ist mitten in der Nacht vorbeigekommen. Irgendwas war los, aber sie hat so getan, als ob alles in Ordnung wäre." Daves Augen folgten einer blonden Studentin in super kurzen Shorts, die an ihnen vorbeischlenderte.

Cole fuhr sich mit der Hand durch die Haare. Tess musste endlich aufhören, sich in sein Leben einzumischen. Er brauchte im Augenblick einfach ein bisschen Abstand. Sie setzten sich in Bewegung, Dave folgte der Blondine, Cole ging in Richtung der U-Bahn. „Ich spreche mit ihr."

Dave nickte. „Hast du schon den Alkohol für Joes Party morgen besorgt?"

Mist. Cole hatte die Party komplett vergessen, die bei ihnen zu Hause stattfinden sollte. Er nickte. Sein gefälschter

Ausweis war besser als so mancher echte. „Ich kümmere mich morgen früh darum."

Dave grinste. „Bringst du deine neue Freundin mit?"

Cole verdrehte die Augen. Eine wunderschöne, reife Frau auf eine Studentenparty mitbringen? Zum Teufel, nein. Er zuckte mit den Achseln. Es war einfacher, zu lügen. „Vielleicht. Bringst du jemanden mit?"

Dave beäugte die Blondine. „Bis jetzt noch nicht. Aber das wird sich gleich ändern. Ich wollte dich nur schnell wissen lassen, dass deine Schwester gerade am Durchdrehen ist, und dich an das Bier erinnern."

„Mach dir keine Gedanken." Cole tippte eine Erinnerung in seinen Kalender. Im schlimmsten Fall würde er mit Tess' Kreditkarte eine Lieferung beim Spirituosenladen bestellen. Er würde ihr das Geld zurückzahlen. „Bis dann."

Er fragte sich, wann genau er sich innerlich von seinen Freunden verabschiedet hatte. Er musste ihnen sagen, dass er nächste Woche ausziehen würde. Aber er wollte Josephs Geburtstagsparty nicht versauen.

Es war ja nicht so, als ob er sie nie wiedersehen würde, aber es würde anders sein. Er hatte kein Interesse mehr an der ewigen Partyszene. Er war sich nicht einmal mehr sicher, warum er noch seinen Abschluss machen wollte, wenn er schon jetzt einen Haufen Geld mit der Entwickelung von Software verdienen konnte.

Sein Handy klingelte und er grinste. „Was kann ich für dich tun, meine Schöne?"

„Schön wär's." Sie lachte. „Hast du dein Ethik-Seminar überlebt?"

„Ich wäre lieber mit dir im Bett gewesen."

„Tja, willkommen in der Wirklichkeit." Ihre Stimme

veränderte sich, wurde tiefer. „Aber vielleicht kriege ich dich in der Mittagspause unter.“

Sein Schwanz stand augenblicklich parat.

„Trent hat mich vor fünf Minuten angerufen“, fügte sie noch hinzu.

Cole verspürte einen leidenschaftlichen Hass auf diesen mysteriösen Trent.

„Der Umzugswagen steht in meiner Tiefgarage, die Schlüssel sind im Wagen. Ich habe in etwa einer Stunde Mittagspause und wollte dann die erste Ladung in die neue Wohnung fahren ...“

„Ich helfe dir.“

„Mach dir meinetwegen keinen Stress.“

„Du machst mir nie Stress. Soll ich dich an deiner Wohnung treffen?“

„Hm...“ Dieses leise Geräusch strich über seine Sinne wie geschickte Finger. „Warum kommst du nicht einfach mit dem Truck her und holst mich ab? Dann muss ich nicht extra in diesen dämlichen Absätzen bis zu meiner Wohnung gehen.“

„Ich liebe diese Absätze.“ Er konnte ihren Abdruck noch immer auf seinem Arsch spüren.

Sie hatte ihn gerade darum gebeten, sie von der Arbeit abzuholen. Sie fing endlich an, an ihn zu glauben. An sie beide zu glauben.

„Halte einfach vor dem Besuchereingang und schick mir eine Nachricht, wenn du da bist. Ich werde mich erkenntlich zeigen, versprochen. Ich muss los. Liebe dich“, sagte sie so leise, er konnte sie kaum hören.

„Liebe dich auch“, flüsterte er zurück.

Er trat auf die Rolltreppe, die zur U-Bahn führte.

TESS SASS AUF der Kante des Doppelbettes und starrte auf die Tür. Sie war schnell unter die Dusche gesprungen und hatte sich die Beweise ihrer stürmischen Begegnung mit Mac abgeschrubbt, auch wenn sie die Erinnerung an ihren kolossalen Fehltritt niemals würde auslöschen können. Ihre Haare fielen ihr in einem dicken Zopf den Rücken hinunter, ließen die Wolle ihres roten Pullovers auf ihrer Haut kratzen. Sie ignorierte das kalte, unangenehme Gefühl, das ihr den Rücken herunterlief.

Sie musste wissen, was los war. Obwohl Alex Parker sie so zuvorkommend behandelt hatte, kam sie sich wie eine Gefangene vor. Warum hatte sie sich nicht in einen netten Kerl wie Parker verlieben können, anstatt diesem nervigen Mistkerl aus Montana mit der butterweichen Stimme zu verfallen?

Ihre Finger krallten sich ineinander, aber sie zwang sich, sie zu entspannen, und strich mit ihren Händen über ihre Beine. Sie wusste, dass es ein Fehler gewesen war, Mac nicht früher von der Mappe zu erzählen. Ihre Gründe waren ihr gerechtfertigt vorgekommen, aber es war falsch gewesen.

Trotzdem, sie konnte einfach noch immer nicht glauben, dass Cole ein Mörder war.

Die Tür ging auf, und Mac kam ins Zimmer. Sie sah ihn misstrauisch an. Seine üblicherweise schimmernden, blaugrünen Augen waren durch seine zusammengekniffenen Lider bedeckt. Sie machte den Mund auf, um ihm zu sagen, wie leid es ihr tat, aber er unterbrach sie.

„Gibt es noch irgendetwas, das du mir nicht erzählt hast?" Er schaute sie nicht an, als er mit ihr sprach. Als ob er sich nicht dazu durchringen konnte. Als ob es ihm peinlich wäre, was sie getan hatten.

Tess biss die Zähne zusammen und hob ihr Kinn. „Nein."

„Irgendwas über Cole, das ich wissen sollte?"

Mac war leger gekleidet, trug Jeans und ein dunkelblaues Sweatshirt, aber der FBI-Agent war unverkennbar und mit voller Kraft zurück. Nicht mehr der Freund oder Liebhaber.

„Hat er eine Waffe?"

Tess blinzelte, dann stand sie auf, trat ans Fenster und betrachtete die Autos, die unten auf der Straße parkten, die Menschen, die ihren Tagesgeschäften nachgingen. Ihr eigenes Leben lag in Schutt und Asche. Ihre Sorge um ihr Unternehmen war nichts im Vergleich zu der Sorge, dass ihr Bruder sterben könnte oder der Tatsache, dass ihr Herz zersplitterte wie trockenes Holz unter einer schweren Axt.

Ihre Finger strichen über eine Linie auf dem Fensterbrett. „Cole mag Waffen nicht. Ich glaube nicht, dass er jemals eine Waffe abgefeuert hat, geschweige denn eine besitzt." Sie presste die Hand auf ihren Magen. Das FBI würde ihren kleinen Bruder mit gezogenen Waffen jagen. Das FBI glaubte, dass er in diese Morde involviert war.

Mac trat weiter in das Zimmer hinein, ließ aber die Tür hinter sich offen.

Ironisch, dass er derjenige war, der Probleme damit hatte, zu vertrauen.

Sie grinste spöttisch, als sie sich zu ihm umblickte. „Du denkst tatsächlich, dass ich mit diesen Leuten unter einer Decke stecke. Oder etwa nicht?" Ihre Stimme brach, verriet, wie kurz davor sie war, zusammenzubrechen.

Unsicherheit flackerte über sein Gesicht. Er wandte den Blick ab, stritt es jedoch nicht ab.

„Was für ein Motiv sollte ich denn überhaupt haben?", verlangte sie zu wissen. „Du weißt, wie ich über meine Familie gedacht habe."

„Ich kann keine laufende Ermittlung mit dir besprechen."

„Ein bisschen spät, um auf einmal nach den Regeln zu spielen, findest du nicht?"

Seine Augen wurden schmal und sie beobachtete, wie das Licht über seine Züge flackerte. Seine breite Stirn und sein stures Kinn. Stoppeln auf seinem Kinn und Hals. Etwas in ihr wollte diese raue Haut berühren, mit ihrer Handfläche über den kratzigen Körper fahren. Ihn zwischen ihren Schenkeln spüren.

Aber diese Gedanken würden in ihr Gedächtnis verbannt und unter der Kategorie „einmaliges Erlebnis" abgespeichert werden müssen.

Sie wandte ihre Aufmerksamkeit wieder dem Blick aus dem Fenster zu. Schwere Wolken bedeckten zunehmend den blauen Himmel. Regentropfen schlugen gegen die Scheibe.

Ihre Gefühle wollten sie vernichten, aber sie ließ es nicht zu. Sie würde keine Schwäche zeigen. Nicht vor Steve McKenzie. Nicht vor der Welt. Sie würde nicht zeigen, wie sehr er sie verletzt hatte.

„Ich habe der Polizei übrigens nicht verraten, dass wir Sex hatten. Nur damit du Bescheid weißt. Nicht, dass dein alles andere als höflicher Kumpel, Agent Walsh, mir glauben würde."

Mac runzelte die Stirn, als sich ihre Blicke in der Reflexion der Scheibe trafen.

„Ich habe ihnen erzählt, du hättest mich noch nach weiteren Details über Eddie befragt, und wo er sich womöglich versteckt hält." Sie zwang den Kloß in ihrem Hals hinunter, der sie ersticken wollte. „Dein Job ist also sicher, es sei denn, du hast selbst deine Sünden gestanden, was ich sehr bezweifle."

Sein Mund wurde schmal.

Tess lächelte grimmig. Macs Gesichtsausdruck ließ sie wissen, dass er kein Sterbenswörtchen verraten hatte. Er glaubte vermutlich, sie würde ihn irgendwann in Zukunft mit diesen Informationen erpressen wollen.

„Was zwischen uns passiert ist, ist also unser kleines, schmutziges Geheimnis, und ich werde niemals zugeben, mich so unfassbar in jemandem geirrt zu haben."

Schmerz spielte über sein Gesicht, dann war der Ausdruck verschwunden. War er verstimmt darüber, dass er nicht mehr ihr Held war? Er würde noch verstimmter sein, wenn sie ihm die ganze, hässliche Wahrheit verraten würde – dass sie sich in ihn verliebt hatte.

Unten auf der Straße schnitt ein Taxi einer Limousine den Weg ab und hupte lauthals. Das Leben ging weiter wie immer, nur ihre Welt brach auf und entlarvte jedes Geheimnis und jede Verletzung, die sie in ihrem zerbrechlichen Herz versteckt gehalten hatte. Na schön, aber dieses Geheimnis würde die Welt nicht zu hören bekommen.

Ein Muskel in seinem Kiefer spannte sich an. „Ich habe dich nie darum gebeten, für mich zu lügen."

Sie lachte, es klang verbittert und gemein. „Ist mir bewusst."

„Mein Job ist mir wichtig." Jetzt klang er defensiv.

„Glaube mir, wenn es einen Menschen auf der Welt gibt, der weiß, dass du dich über die Buchstaben auf deiner Dienstmarke definierst, dann bin ich das."

„Gestern Nacht war ein Fehler."

Diese Worte trafen sie wie die Ladung einer Schrotflinte, und sie stützte die Hände auf der Fensterbank ab, um nicht die Balance zu verlieren, während sie ihre Fassung zu wahren versuchte. Das schmerzte.

Ihr war nicht klar gewesen, wie weit sie ihr Schutzschild für ihn heruntergelassen hatte. Und was sie jetzt spürte, war tausendmal schlimmer als Jasons und Julies Verrat. Dieses Mal war sie töricht genug gewesen, Mac zu vertrauen, nicht nur mit ihrem Körper und ihren Geheimnissen, sondern mit ihrem Herzen.

Sie glaubte nicht an die Liebe. Nicht mehr. Diese billige Illusion war etwas für Dummköpfe, Narren und Einhornjäger. Es war ein Mythos. Ein Schwindel. Eine Marketingstrategie aus dem Hause Disney.

Sie zwang sich, ihn anzusehen und zog gelangweilt die Augenbraue hoch. „Ja, das war es. Das ist mir in dem Augenblick bewusst geworden, als deine Ex-Frau nur mit den Fingern zu schnippen brauchte, und du mich nackt auf dem Küchenfußboden zurückgelassen hast. Sonst noch was?"

Mac hob das Kinn, seine Augen waren schmal und funkelten. Aber was konnte er noch sagen, was nicht schon gesagt war?

„Hab ein schönes Leben, ASAC McKenzie. Ich hoffe, deine Beförderung ist es wert. Und wage es ja nicht, meinem Bruder etwas anzutun."

———

MAC MARSCHIERTE AUS dem Zimmer. Anscheinend war das Einzige, worum Tess sich scherte, ihr verfluchter Bruder.

Er wusste nicht, warum er so sauer war – ach ja, weil

jemand seine Ex-Frau umgebracht hatte und versuchte, ihm den Mord anzuhängen, und weil er beinahe seine Karriere unwiderruflich gegen die Wand gefahren hätte, weil er mit einer Frau geschlafen hatte, um die er einen meilenweiten Bogen hätte machen sollen. Ganz abgesehen davon, dass jemand durch die Straßen von D.C. spazierte und Menschen aufgrund ihrer Hautfarbe, ihres Glaubens oder ihrer sexuellen Orientierung abknallte und vermutlich noch weitere Gräueltaten geplant hatte.

Der Ausdruck von Enttäuschung in Tess' Augen hatte ihn niedergeschmettert, aber es war seine eigene dämliche Schuld gewesen, sie so nah an sich heranzulassen. Er war nicht irgendein naiver Teenager. Er hatte mehr als eine komplizierte Beziehung hinter sich, weshalb er ihnen so lange ab-geschworen hatte. Mittlerweile hätte er seine Lektion eigentlich gelernt haben sollen. Vielleicht würde ihm eine Abmahnung endlich so in die Eier treten, dass er zur Vernunft kam. Sein Herz sollte uneinnehmbar sein, aber anscheinend hatte eine wunderschöne Brünette mit einem Pi-Tattoo auf dem Oberarm es geschafft, an seinem Schutzwall vorbei-zuhuschen.

Seine Arbeit war das Einzige, was in seinem Leben wirklich zählte. Das Einzige, was ihn ein gewisses Maß an Stolz und Stellenwert empfinden ließ – dass das, was er tat, wichtig war. Dass das, was er mit seinem Leben anfing, einen Unter-schied machte.

Treue. Mut. Rechtschaffenheit.

Genau … Wie war das nochmal?

Im FBI war Außenwirkung alles. Regeln waren der König.

Die Wahrscheinlichkeit war groß, dass Tess' Bruder demnächst wegen Verschwörung zum Mord verhaftet werden würde, und eines der wenigen Dinge, mit denen Mac seine Karriere noch retten konnte, war es, Cole Fallon in der Zentrale abzuliefern und alle weiteren Beteiligten zu identifizieren, bevor noch jemand umkam.

Tess würde wirklich nicht besonders froh darüber sein. Scheiße, sie würde womöglich sogar wegen Justizbehinderung angeklagt werden, weil sie ihnen nicht früher von der Mappe erzählt hatte. Und das auch nur, wenn sie tatsächlich unschuldig war.

Im Flur begegnete er Frazer. „Bereit?"

Frazer nickte. „Wir haben einen Standort von Cole Fallons Handy. Er ist in Richtung Capitol Hills unterwegs."

Herrgott nochmal.

Parker trat zu ihnen und hielt Mac eine Glock-22 hin. Mac nickte dankbar und kontrollierte die Waffe.

„Was ist mit ihr?" Mac deutete mit dem Kopf in Richtung von Tess' Zimmer.

„Tess?", fragte Frazer nonchalant. Er war ein Meister darin, selbst mit einem einzigen Wort wie ein Arschloch zu klingen.

„Ja", knurrte Mac. „*Tess.*"

„Ich komme mit."

„Nur über meine Leiche." Mac drehte sich nicht um, um sie anzuschauen.

„Sie kann bei mir mitfahren", schlug Parker vor. „Mit zwei Autos zu fahren, ist sowieso eine gute Idee, falls wir uns aufteilen müssen. Und sobald wir Cole lokalisiert haben, kann ich Tess an ihrem Auto absetzen. Vorausgesetzt, die Presse hat sich verflüchtigt."

Mac blickte Parker an. Er musste sich sicher sein, dass sie nicht entkommen konnte. Er musste wissen, dass sie in

Sicherheit war. Aber was er wollte, war scheinbar scheißegal.

„Ich werde nicht im Weg sein. Ich werde die Operation nicht in Gefahr bringen, aber ich kann vielleicht helfen. Mit Cole." Tränen glänzten in ihren Augen.

Mac spürte, wie sich sein Mund verzog.

Wieder dieser verfluchte kleine Bruder. Wann würde sie endlich begreifen, dass Cole ein erwachsener Mann war, der für seine eigenen Taten verantwortlich war? Mac drehte sich ohne ein weiteres Wort um und ging voraus zur Tiefgarage. Vielleicht konnte Tess auf diese Weise davon überzeugt werden, dass Cole nicht mehr irgendein unschuldiges, kleines Kind war. Und vielleicht war es genau das, was es brauchte, um eine klare Grenze zwischen ihnen zu ziehen. Ihren kleinen Bruder zu verhaften war nichts, was sie ihm je verzeihen würde.

Aber die Vorstellung, dass sie ins Kreuzfeuer geriet, gefiel Mac überhaupt nicht. Nicht schon wieder.

Er sah sie nicht an, als er in Frazers Lexus stieg und sie davonfuhren. Der Abstand zwischen ihnen wuchs mit jeder Sekunde dieser Ermittlung an, mit jedem unausgesprochenem Wort. Und das war es, was er tun musste, auch wenn er sie eigentlich in den Arm nehmen und ihr sagen wollte, dass alles in Ordnung kommen würde.

Aber das würde es nicht.

Es war an der Zeit, zur Vernunft zu kommen und zu beweisen, wem seine Loyalität gehörte. Es war an der Zeit, den Treueschwur zu erfüllen, den er bei seiner Vereidigung den Vereinigten Staaten von Amerika gegenüber abgelegt hatte, und diese Bastarde zu Fall zu bringen. Es war an der Zeit, all das zu vergessen, was er für Tess empfand.

DREIßIGSTES KAPITEL

T ESS STIEG IN den tiefergelegten Audi und sank in den
Beifahrersitz. Sie konnte sich nicht dazu durchringen,
Mac überhaupt anzuschauen, als er mit dem anderen Agenten
im Lexus davonbrauste.

Alex Parker klemmte sein Handy in die Halterung auf
dem Armaturenbrett. Auf dem Bildschirm war eine Karte mit
einem roten, blinkenden Punkt darauf zu sehen. Der rote
Punkt war Cole.

Tess' Herz hämmerte wie das eines Tieres, das seinen Jäger
riechen konnte, auch wenn es Cole war, der gejagt wurde.

Parker legte einen Laptop auf die Rückbank. „Geht es
Ihnen gut?"

„Nur, wenn es normal ist, das Gefühl zu haben, als ob ich
mich jeden Moment übergeben müsste. Haben Sie Familie,
Mr. Parker?"

Seine Finger lagen entspannt aber kompetent auf dem
Lenkrad. Er ließ sich Zeit, auf die Rampe zur Straße zu fahren.
Er ermöglichte ihr Abstand zu Mac. Abstand, den sie dringend
brauchte.

„Viele Jahre lang nicht…" Er schaute sie mit einem
Lächeln an, das sie nicht lesen konnte. „Aber jetzt schon."

Die Bestätigung, dass Familie alles bedeutete, blitzte in
seinen Augen auf.

Die Panik in ihr wurde immer größer und drohte, sie zu

ersticken. „Mit der Ausnahme meiner Adoptivmutter, die letztes Jahr gestorben ist, ist Cole die einzige richtige Familie, die ich hatte, seit ich zehn war." Sie rieb ihre Hände und versuchte, etwas Wärme zu erzeugen. „Ich würde ihn mit meinem Leben beschützen."

„Er ist jetzt erwachsen."

„Ich weiß. Und ich weiß, dass er für seine eigenen Taten verantwortlich ist. Wenn er in diese Morde involviert ist oder in irgendeine andere irrsinnige Verschwörung, dann muss er zur Verantwortung gezogen werden." Sie atmete tief ein. „Dann muss er ins Gefängnis."

„Aber Sie glauben nicht, dass er involviert ist." Parker schnitt gekonnt durch den Verkehr, ein Auge immer auf den roten Punkt auf der Karte gerichtet. Tess wurde immer angespannter, während ihr Blick den Punkt ebenfalls verfolgte. Würde Cole sich gegen die Verhaftung wehren? Vermutlich. Er war ein streitlustiger junger Mann. Würden sie von ihren Schusswaffen Gebrauch machen? Bei diesem Gedanken drehte sich ihr der Magen um.

Er war etwa eine Meile entfernt. Um diese Uhrzeit, an einem Freitagvormittag, war nicht viel Verkehr.

„Sie glauben nicht, dass Cole jemanden erschießen würde?", fragte er.

Tess biss sich auf den Daumennagel und zuckte bei dem spitzen Schmerz zusammen. „Ich weiß, dass er das nicht tun würde."

„Manchmal haben Menschen Geheimnisse."

Tess hätte am liebsten gelacht. Über Geheimnisse wusste sie Bescheid.

„Sie verbergen, wer sie wirklich sind, sogar vor den Menschen, die sie lieben." Parker war einen Augenblick lang still. „Es ist nicht ungewöhnlich, sich gegen die Vorstellung zu sträuben, dass jemand in der Lage ist, einen anderen Menschen umzubringen …"

„Ich bin nicht naiv, Mr. Parker. Ich bin in einer fundamentalistischen Organisation aufgewachsen, mit einem Daddy, dessen Vorstellung von Spaß darin bestand, unschuldige Menschen zu ermorden und die Regierung in die Luft zu jagen. Sie haben jeden verprügelt und womöglich umgebracht, der nicht ihrer Meinung war, und haben ihre Töchter an Perverse verheiratet, um sexuellen Missbrauch zu vertuschen. Ich bin keine dieser Frauen, die die Welt durch eine rosarote Brille betrachten. Und selbst, wenn es so wäre, dann wäre diese rosa Brille eher blutrot und aus scharfen Glassplittern."

Parker musterte sie nachdenklich. „Nennen Sie mich Alex. Und egal, ob Cole schuldig ist oder nicht, der Polizeigewahrsam ist im Moment womöglich der sicherste Ort für ihn." Er hielt inne und dachte nach. „Wenn jemand die Ideologie Ihres Vaters benutzt, um einen Krieg mit der Bundesregierung anzuzetteln, wer sagt dann, dass diese Typen nicht Sie oder Ihren Bruder dafür benutzen würden, ihre Sache voranzutreiben – mit oder ohne Ihre Zustimmung?"

So hatte Tess es noch nicht betrachtet. Sie runzelte die Stirn, während sie die Namen der Straßen las, an denen sie vorbeifuhren. Eine Erinnerung brach sich in ihren Gedanken Bahn. „Es ist seltsam, jetzt hier zu leben. Die einzigen Bücher, die ich als Kind lesen durfte, waren die Bibel und Die Turner-Tagebücher. Zum Teil handeln die Dinge darin in D.C. Haben Sie sie je gelesen?"

Parker schüttelte den Kopf.

Plötzlich wurde ihr Mund trocken, und ihr Herzschlag

donnerte. „Es ist hasserfüllter Dreck. Die sogenannten Helden der Geschichte attackieren die FBI-Zentrale."

Alex starrte sie für eine volle Sekunde an, und sie dachte schon, sie würden einen Unfall bauen. Dann trat er aufs Gaspedal.

Tess musste sich festhalten. Alex raste so schnell durch den Verkehr, dass sie Angst bekam, sie würde bei einem Frontalzusammenstoß umkommen, während er auf der Gegenfahrbahn die breite Pennsylvania Avenue hinunterschoss. In der Ferne thronte das Capitol wie ein Wachposten über der Stadt.

Sie entdeckte es im selben Augenblick wie Parker.

„Scheiße." Er zog die Handbremse und kam mit quietschenden Reifen quer zur Fahrbahn zum Stehen, blockierte zwei der vier Spuren, die Richtung Norden führten. Er sprang aus dem Wagen, rannte auf einen Streifenpolizisten zu und rief ihm zu, den Verkehr anzuhalten. Tess stieg ebenfalls aus, und während Parker ihr den Rücken zuwandte, begann sie, auf den weißen Transporter zuzusprinten, der vor dem Besuchereingang der FBI-Zentrale geparkt war.

MAC UND FRAZER waren gerade von der Ninth Street auf die Pennsylvania Avenue eingebogen und hofften, Cole Fallon zu entdecken, als Macs Mund staubtrocken wurde.

Ein weißer Transporter parkte direkt vor dem südlichen Besuchereingang des J. Edgar Hoover-Gebäudes. Der rote Punkt von Coles Handy leuchtete auf Frazers Bildschirm an genau derselben Position auf. Mac rief Walsh im SIOC an. „Mögliche Autobombe vor der FBI-Zentrale. Penn Avenue.

Sag dem Sicherheitsdienst Bescheid, und schicke so schnell wie möglich die Sprengstoffeinheit hier runter. Evakuiert die Leute in den nördlichen Flügel des Gebäudes." Frazer war ebenfalls am Telefon und sprach mit Parker, erzählte etwas davon, Störsender einzusetzen. Mac stieg aus dem Lexus und schaute sich um. Touristen bevölkerten den Bürgersteig. Die Gegend war nicht völlig überlaufen, aber es waren genug Leute unterwegs, um sicherzustellen, dass eine Explosion ein blutiges Statement überbringen würde. Die Zentrale war so gebaut, dass sie eine Bombenexplosion aushalten konnte, aber mit ausreichend Sprengstoff würde ein McVeigh-Nacheiferer immer noch genug Schaden anrichten können.

Es war der Bombenanschlag von Oklahoma in Neuauflage. In den Turner-Tagebüchern hatte der Schwanzlutscher von Protagonist genau dieses Gebäude angegriffen. Diese bösartige Geschichte zu kopieren war für diese Arschlöcher die perfekte Art und Weise, um ihre Revolution zu starten.

Er hätte es sich denken können.

In seinem Augenwinkel blitzte etwas Rotes auf und sein Herz blieb stehen. Es war Tess, die auf den Transporter zu rannte. Für den Bruchteil einer Sekunde fragte er sich, ob er die ganze Zeit über falsch damit gelegen hatte, dass sie involviert war. Dann hörte er auf zu denken und fing an, zu rennen.

Frazer lief neben ihm her, beide hatten sie ihre Waffen gezogen, und die Zivilisten rechts und links von ihnen ergriffen die Flucht. Tess brüllte den Namen ihres Bruders. Dann, als sie noch etwa zwanzig Meter von dem Transporter entfernt war, warf Parker sie zu Boden. Sie war noch immer gut und gerne in Reichweite der Explosion.

Schweiß rann Mac den Rücken hinunter, und sein Mund

war trocken wie ein Hochofen. Die Vorstellung, dass Tess verletzt werden oder sterben könnte, schickte ihm eine Welle der Angst bis ins Mark.

Tess weinte und rief immer wieder den Namen ihres Bruders, flehte ihn an, nichts Dummes zu tun. Der Zug war längstens abgefahren.

Parker warf Mac seinen Schlüsselanhänger zu, und er fing ihn mit einer Hand auf. Das rote Lämpchen leuchtete, und Mac erinnerte sich, was sein Kollege über die Unterbindung von Elektrosignalen in einem kleinen Radius erzählt hatte. Mac klemmte den Anhänger an die hintere Stoßstange und schickte ein Stoßgebet zum Himmel, dann näherten Frazer und er sich der Fahrertür.

Es war völlig egal, woran man glaubte oder wie viel Training man absolviert hatte – wenn man sich mit einer potenziellen, selbstgebastelten Bombe konfrontiert sah, schickte man einfach ein paar Gebete an den Herrn da oben.

Mac zielte mit seiner Waffe auf den Fahrer des Transporters. Cole Fallon starrte ihn aus weit aufgerissenen Augen und mit offenem Mund an. Nur die Tatsache, dass Mac beide Hände des jungen Mannes sehen konnte, hielt ihn davon ab, ihm eine Kugel direkt zwischen die Augen zu jagen.

Mac öffnete die Autotür und riss Cole vom Sitz. Zum Glück konnte er nirgendwo einen Sprengzünder entdecken. Aber der kalte Angstschweiß ließ nicht nach.

Wenn der Sprengstoff an einen Zeitzünder angeschlossen war, waren sie alle am Arsch.

„Cole, was hast du getan?", schrie Tess.

Parker zog Tess auf die Füße und zerrte sie rückwärts hinter sich her, fort von der Gefahr. Mac wagte nicht, sie anzuschauen.

Frazer legte Cole Handschellen an, während Mac weiterhin mit der Waffe auf ihn zielte. Dann riss er ihn auf die Füße.

„Was zum Teufel machen Sie denn da?", rief Cole.

„Als ob Sie das nicht wüssten", murmelte Mac.

„Ich werde Sie wegen Polizeibrutalität anzeigen. Die Leute filmen das."

Mac blickte sich um. Tatsächlich, Touristen filmten die ganze Show, ohne einen Gedanken an die Gefahr zu verschwenden, in der sie womöglich schwebten. Scheiße. Das FBI musste die Lage augenblicklich in den Griff bekommen. Die Straßen räumen. Berichterstattungen unterbinden. Die Sache eindämmen.

Aber zuallererst mussten sie sicherstellen, dass die Bombe deaktiviert wurde.

Frazer holte Handy und Autoschlüssel aus den Taschen des Kerls. Dann zog Mac Cole zur Hecktür des Transporters. Beamte des Bombenentschärfungskommandos kamen die Stufen des Gebäudes hinuntergerannt. Diesen Job wollte Mac für kein Geld der Welt machen.

„Wir haben Grund zur Annahme, dass sich eine Bombe in dem Fahrzeug befindet", erklärte Mac der Truppe.

Cole klappte der Mund auf.

„Ein Sicherheitsexperte hat einen Signalstörer angebracht. Machen Sie die Tür auf. Wir müssen sehen, was in dem Transporter ist, damit wir wissen, womit wir es zu tun haben", wies Frazer sie ungeduldig an.

„Und legen Sie einen Zahn zu, falls die Bombe einen Zeitzünder hat", fügte Mac hinzu.

Der Sprengstoffexperte warf Mac und Frazer einen vernichtenden Blick zu. „Genau. Das ist der schnellste Weg, um uns alle hier umzubringen. Entfernen Sie sich auf eine sichere Distanz und ich schaue mir das genau an.“

Mac wollte mit ihm diskutieren, aber er hatte keine Wahl. Er entfernte sich von dem Transporter, zog Cole mit sich mit. Tess war von Parker in die entgegengesetzte Richtung fortgebracht worden, und jeder Schritt zwischen ihnen kam ihm vor wie ein schwarzes Loch, dass sich unter seinen Füßen auftat.

„Ihr Typen werdet euch verdammt blöd vorkommen, wenn der Kerl da den Transporter aufmacht. Der ist vollgeladen mit den Möbeln meiner Freundin. Rufen Sie sie an. Carolyn Martin. Sie arbeitet hier. Ich wollte ihr gerade schreiben, dass ich da bin, um sie abzuholen.“ Cole lachte, aber seine Stimme klang schrill und angespannt. „Ich hoffe, die Presse hat eure Blamage mitgeschnitten, ihr Arschlöcher.“

Der Kerl klang so, als ob er tatsächlich glaubte, was er da sagte. Wenn Mac nicht wüsste, was er wusste, dann hätte er Cole womöglich auch geglaubt.

Frazer und Mac gingen hinter Frazers Wagen in Deckung und zerrten Cole mit sich in die Knie. Nach ein paar Minuten öffnete der Sprengstofftechniker langsam die Hecktür des Transporters und stieß einen Pfiff aus.

Die drei Männer schauten hinter Frazers Wagen hervor, und Mac blieb das Herz stehen. Im Transporter standen genug Fässer voller Brennstoff und Düngemittel, um einen kompletten Straßenblock dem Erdboden gleichzumachen. Genug, um alle Personen im näheren Umkreis zu töten oder zu verstümmeln.

„Was zur...“, flüsterte Cole. Sein Gesicht wurde kreidebleich. Er schwankte.

Mac starrte Tess’ Bruder an und wusste, dass sie beide ihr

jetzt das Herz brechen würden. Aber zumindest lebte sie noch. Zumindest hatte dieses Arschloch die Bombe nicht gezündet und den Transporter und sie in die Luft gejagt. Macs Magen zog sich zusammen, als er daran dachte, dass Tess in so etwas verwickelt sein konnte. Er hätte Cole am liebsten dafür ins Gesicht geschlagen, all die Privilegien, mit denen er aufgewachsen war, einfach so wegzuwerfen, aber stattdessen tat er etwas Besseres.

„Cole Fallon, ich verhafte Sie wegen Besitzes von Massenvernichtungswaffen…"

EINUNDDREIßIGSTES KAPITEL

SIE SCHAUTE AUF ihre Uhr und blickte nervös von ihrem Computer auf. Es war zehn vor zwölf. Wo war Cole? Er hätte ihr längst schreiben müssen. Dann bemerkte sie ein aufgeregtes Rumoren, das sich durch das Gebäude ausbreitete.

„Was ist los?", fragte sie einen Techniker, der an ihrem Schreibtisch vorbeikam.

„Widersprüchliche Meldungen über eine mögliche Bombenbedrohung auf der Straße."

„Eine Bombendrohung?"

„Autobombe."

Scheiße. „Sollten wir evakuieren?"

„Wir wurden angewiesen, hier zu bleiben. Das SIOC ist so gebaut, dass es einer Autobombe standhalten kann. Wir sollten keine Probleme bekommen."

Aufregung bebte durch sie hindurch. Sie griff in ihre edle, lederne Aktentasche, um das neueste Prepaidhandy hervorzuholen. Beinahe ehrfürchtig gab sie die Nummer des Handys ein, das an die fünftausend Pfund Sprengstoff auf der Ladefläche des Transporters angeschlossen war – genauso viel, wie McVeigh in Oklahoma benutzt hatte. Sie wartete darauf, dass sich die Verbindung aufbaute, machte sich auf die Explosion gefasst, auch wenn sie eigentlich in Sicherheit sein sollte. Sie hatte nie vorgehabt, für die Sache zu sterben. Vom Grab aus würde sie nicht führen können – ebenso wenig von einer Gefängniszelle aus, wenn sie ehrlich war.

Sie bedauerte, dass Cole sterben würde, aber wie sich herausgestellt hatte, beschränkte sich seine Ähnlichkeit mit seinem Vater allein auf sein gutes Aussehen. Cole war durch die Unreinen korrumpiert worden. Aber im Tod würde er seinen Vater ehren, den Mann, den sie wirklich liebte.

Ihre Lippen wurden schmal, und sie wählte die Nummer noch einmal. Sie wartete weiter darauf, eine Explosion zu spüren, aber nichts passierte. Verdammt. Sie rief ein drittes Mal an. Wieder nichts.

Hatte dieser Idiot es versemmelt, die Bombe ordentlich zu bauen? Trent war Farmer in Virginia, der voll und ganz dafür brannte, die Sklaverei wieder einzuführen. Er war nicht gerade die hellste Kerze auf der Torte. Sie hätte wissen sollen, dass er das schwächste Glied in der Kette war, aber wie schwer konnte es denn verdammt nochmal sein? Sie steckte das Handy zurück in ihre Tasche und machte sie zu. Scheinbar musste man alles selbst machen, wenn es funktionieren sollte.

„Die Show ist vorbei", rief ihr Abteilungsleiter durch den Raum. „Die Bombe ist entschärft worden."

Sie klatschte zusammen mit all den anderen hirnlosen Mitläufern Beifall.

„Wer ist dafür verantwortlich?", rief jemand zurück.

„Irgendein junger Kerl. Steht scheinbar mit dieser rechtsradikalen Gruppierung in Verbindung, den Pioneers."

„Haben sie ihn erschossen?"

„Nein, haben ihn aus der Fahrerkabine gezerrt und seinen schmächtigen Arsch verhaftet. Er wird zum Verhör reingebracht."

Ach, scheiße. Das war's dann also.

Sie hatte versagt.

Alles, was sie getan hatte. Alles, wofür sie gearbeitet hatte. Alles für nichts.

Sie stand auf und streckte ihren Rücken. Cole mochte ihren echten Namen nicht kennen, aber es war nur eine Frage der Zeit, bevor ihm Fotografien gezeigt wurden und er sie als seine Geliebte identifizieren würde. Sie musste verschwinden, bevor sie enttarnt wurde.

In der Nähe des Eingangs entstand eine Unruhe. Der Direktor des FBI und der Generalstaatsanwalt gingen in Richtung eines Besprechungszimmers. Sie schaute auf ihre Uhr. Sie waren später als üblich dran, aber vielleicht lag das an der Bombendrohung. Aufregung kribbelte durch ihre Adern und ihr wurde beinahe schwindelig.

Der Bombenanschlag hatte vielleicht nicht funktioniert, aber das hier war womöglich noch besser. Den FBI-Direktor und den Generalstaatsanwalt im Herzen des Hoover-Gebäudes umzubringen, würde eine Botschaft übermitteln, die noch in hundert Jahren gehört werden würde.

Auf den Bildschirmen im Medienraum konnte sie die Nachrichtenübertragungen über den Transporter auf der Straße sehen. Diese Hunde von Reportern würden um weitere Informationen, um jede Schlagzeile nur so kläffen und winseln. Überall im Land warteten ihre gleichgesinnten Patrioten auf den Startschuss, waren bereit, sich zu erheben und etwas zu unternehmen, sobald sie ein eindeutiges Zeichen sahen, das ihnen verkündete, dass die Revolution begonnen hatte.

Das würde funktionieren.

Sie ging auf das Besprechungszimmer zu, vor dem sich ein paar Berater versammelt hatten. Ihre Hand glitt zu ihrer Waffe. Alle sprachen aufgeregt durcheinander. Niemand beachtete sie. Dann betraten der Direktor und der Generalstaatsanwalt das kleine Besprechungszimmer und schlossen entschieden die Tür hinter sich. Der Mann, der sich vor die Tür stellte, bemerkte sie und musterte sie eindringlich. Ihre Hand rutschte von ihrer Waffe. Ohne innezuhalten, ging sie weiter und bog nach rechts in den äußeren Flur ab. Dann betrat sie die Damentoilette, um sich zu sammeln.

Geduld, sagte sie sich. Sie hatte schon fast zwanzig Jahre gewartet. Also würde sie auch noch ein paar Minuten länger aushalten können.

IHR KÖRPER BEBTE so sehr, dass Tess nicht aufstehen konnte. Sie verzog sich in Parkers Audi, benommen von der Ungeheuerlichkeit dessen, was sie gerade gesehen hatte.

Ihr kleiner Bruder war aus einem Transporter gezerrt worden, der anscheinend mit Sprengstoff vollgeladen war. Cole in diesem Transporter zu sehen, war gleichermaßen furchteinflößend und beschämend gewesen. Was stimmte denn eigentlich nicht mit den Genen ihrer Familie? Warum hatten sie das Bedürfnis, zu hassen und zu zerstören?

Bei der Vorstellung, dass Cole und Mac beide hätten umkommen können, wollte sie sich am liebsten zu einem kleinen Ball zusammenrollen und das Auto nie wieder verlassen. Es wäre allein ihre Schuld gewesen. Die Erkenntnis, dass sie den Agenten liebte, hatte sie mit voller Wucht erwischt, als sie sich mit der Möglichkeit seines augenblicklichen Todes konfrontiert gesehen hatte.

Sie hätte ihm die Informationen früher anvertrauen sollen, die sie über ihren Bruder gehabt hatte. Das FBI hätte Cole verhaften können, ohne dass so viele Menschenleben in Gefahr gebracht worden wären.

Immer wieder musste sie daran denken, wie Mac auf den Transporter zu gerannt war und ihren Bruder auf die Straße gezerrt hatte. Sie liebte Cole. Aber sie liebte auch Steve McKenzie. Er war nervig und lästig und mutig und tapfer. In ihr keimte das schreckliche Gefühl auf, dass sie ihn schon immer geliebt hatte und ihn immer lieben würde. Sie konnte sich nicht länger vor ihren Gefühlen verstecken, aber was machte das schon für einen Unterschied? Sie hatten keine gemeinsame Zukunft. Es gab keine Wiedergutmachung für dieses Desaster.

Neben ihr ließ sich Parker auf den Fahrersitz fallen.

„War das wirklich eine Bombe?", fragte sie ihn leise.

Er nickte, sah vollkommen unbeeindruckt aus. „Das Sprengstoffkommando hat sie entschärft."

Ihr Herz zog sich zusammen. Ihr Bruder war ein Terrorist. Aber … es fühlte sich immer noch falsch an. „Sie werden denken, ich bin verrückt, aber ich bin mit solchen Leuten aufgewachsen." Sie rieb sich ihre kalten Arme. „Mein Bruder passt einfach nicht zu diesen Irren."

Parkers Ausdruck wurde fragend. „Sie bezweifeln immer noch, dass er involviert ist?"

„Haben die nicht versucht, Mac die Schuld am Mord an seiner Ex-Frau anzuhängen?", argumentierte sie. „Warum ist es dann so abwegig zu glauben, dass jemand Cole diese Sache anhängen will?"

„Hm… weil er einen Transporter mit einer Bombe zur FBI-Zentrale gefahren hat und auf frischer Tat ertappt wurde?"

„Aber er hat nur dagesessen! Cole ist nicht dumm, und er

hat sicher keine Todessehnsucht. Hören Sie …“, es fing langsam an, Sinn zu ergeben, „…er hat seit kurzem eine Freundin, die deutlich älter ist als er. Er war sehr verschwiegen, was sie anging, und hat sich geweigert, sie mir vorzustellen. Am Dienstag bin ich ihm heimlich gefolgt, und er hat sie nicht weit von hier entfernt zum Mittagessen getroffen. Könnte *sie* nicht involviert sein? Könnte sie ihn reingelegt haben?“

Alex' Blick fiel auf das riesige FBI-Gebäude, und er runzelte die Stirn. „Sie sprechen da von einem ziemlich komplexen Täuschungsversuch.“

„Die planen das seit zwanzig Jahren, Alex. Ich glaube, sie hatten genug Zeit, um das gründlich durchzudenken.“

Sein Blick wurde durchdringend.

„Niemand wird mir glauben, wenn ich etwas sage. Und vor allem nicht Mac.“

Jemand öffnete die Autotür und quetschte sich neben sie. Tess machte sich darauf gefasst, Mac zu sehen, aber es war Agent Walsh. Ihr Magen nahm sein furchtbares Rumoren wieder auf.

„Sie müssen mit reinkommen und eine Aussage machen.“ Walsh begann, sie aus dem Auto zu zerren, und sie schrie auf, als er so grob nach ihrem Arm griff, dass es schmerzte.

„Hey. Vorsicht.“ Plötzlich war Mac neben ihnen und schob den Kerl entschlossen zur Seite.

Mac hielt ihr seine Hand hin, und Tess ergriff sie widerwillig. Seine Finger drückten ihre, aber es lag keine Bestärkung in seinen Augen.

Sobald sie auf dem Bürgersteig stand, zog sie ihre Hand zurück und verschränkte die Arme. Wie auch immer ihre

Gefühle für diesen Mann sein mochten, sie konnte sich nicht erlauben, ihren Schutzschild fallen zu lassen. Das Einzige, was sie noch besaß, war ihre Würde, und die wurde gerade in tausend Stücke zerrissen.

„Sie muss zu einem Verhör mitkommen", bestand Walsh.

„Du meinst, um eine Aussage zu machen?" Mac zog die Augenbrauen zusammen.

Walsh verdrehte die Augen und seufzte schwer. „Sie könnte involviert sein, Mac. Das musst du doch erkennen?"

„Sie hat nichts damit zu tun", sagte Mac eisern. „Ich war den Großteil der Woche mit ihr zusammen." Er sagte nichts über die Mappe, und Tess ertappte sich dabei, wie sie sein Gesicht musterte, um herauszufinden, welche Information er ihr als Nächstes an den Kopf knallen würde. „Wir haben ihre Internetaktivität analysieren lassen, ebenso ihre E-Mails und Anrufe."

Endlich wurde ihr die Realität der Umstände klar, auch wenn Parker es vorhin schon erwähnt hatte. Mac hatte ihre gegenseitige Anziehung genutzt, um näher an sie heranzukommen und sie zu durchleuchten. Sie hatte es ihm nicht besonders schwer gemacht. Noch ein Grund, um sich selbst und ihn zu verachten.

„Es gibt nichts, was nahelegen würde, dass sie irgendetwas mit den Morden oder der Verschwörung zu tun hat. Darauf verwette ich meine Karriere."

„Welche Karriere?", murmelte jemand.

Tess' Kopf schoss in die Höhe. Was hatte das zu bedeuten? Ihre Augen musterten Macs Gesicht, aber er schaute sie nicht an.

„Ich muss meinen Job machen, Mac", sagte Walsh. „Das ist nicht mehr dein Fall, erinnerst du dich?"

„Du hast schon mitbekommen, dass ich im Mord an meiner Ex-Frau nicht mehr länger unter Verdacht stehe, oder?", entgegnete Mac ungeduldig.

„Und deshalb lasse ich dich auch Cole Fallon hineinbringen und befragen."

Tess wurde übel. „Ist dir jemals in den Sinn gekommen, dass sie Cole womöglich genauso etwas anhängen wollen, wie sie es mit dir gemacht haben?" Sie wich Macs Blick nicht aus, auch wenn der Zweifel, den sie darin erkannte, wie ein Feuer brannte.

Nichts, was sie sagte, würde einen Unterschied machen. Sie atmete tief ein. „Bringen wir es hinter uns." Sie streckte ihre Hände aus.

Walsh fischte ein Paar Handschellen aus seiner Tasche.

„Das ist nicht dein Ernst", presste Mac wütend hervor.

„Ein bisschen spät, um sich wie mein Retter aufzuführen", blaffte sie. „Du hast von Anfang gegen mich ermittelt, tu nicht so, als ob es nicht so wäre. Diese ganzen Nostalgie-Trips, nur um herauszufinden, wieviel ich weiß? Hoffentlich hast du alle Informationen bekommen, die du brauchst."

Bei diesen Worten zog er die Augenbrauen hoch. Das war nicht das, was zwischen ihnen passiert war. Tess bot ihm einen Fluchtweg an und hoffte, er wäre clever genug, diese Chance zu ergreifen. Ihr Leben war ruiniert. Sie musste ganz von vorn beginnen. Aber zumindest konnte sie helfen, seine Karriere zu reparieren.

Mac blickte sie an, seine blaugrünen Augen waren dunkel vor Ärger. „Glaub mir, mich wie ein Retter aufspielen, ist das Letzte, wonach mir gerade zumute ist."

Er sah aus, als ob er am liebsten jemanden umgebracht hätte.

Parker beugte sich zu ihr hinunter und flüsterte ihr ins Ohr. „Sagen Sie kein Wort, zu niemandem. Ich rufe meinen Anwalt an. Er ist der Beste in ganz D.C."

„Den werde ich mir nicht leisten können, Alex. Verschwenden Sie nicht Ihre Zeit."

„Machen Sie sich keine Gedanken über die Kosten." Er drückte ihre Schulter. „Mac macht nur seinen Job. Machen Sie ihm deshalb keinen Vorwurf."

Das tat sie nicht. Wirklich nicht. Sie nickte, aber sie fühlte sich schrecklich.

„Sagen Sie ihm, was ich Ihnen über die Freundin erzählt habe", drängte sie Parker. Nie im Leben würde Mac ihr jetzt noch zuhören.

Walsh ließ die Handschellen um ihre Handgelenke zuschnappen, und der Mann, in den sie sich ja unbedingt hatte verlieben müssen, stand daneben und sah zu. Es fühlte sich wieder an, wie in der Nacht der Razzia, als Mac sie allein zurückgelassen hatte. Dann lief sie über den breiten Gehweg, umringt von Agenten, die alle aussahen, als ob sie einen der meistgesuchten Verbrecher des Landes geschnappt hätten.

Sie konnte nicht glauben, dass sie in die FBI-Zentrale abgeführt wurde, in Handschellen, wie ein gewöhnlicher Krimineller. Ihre Eltern wären so stolz auf sie.

MAC GING ZURÜCK ins FBI-Gebäude, wo Frazer auf ihn wartete. Er griff nach Coles Arm und schob ihn einen anderen Gang entlang als den, den Walsh mit Tess nehmen würde. „Ich habe es überprüft. Hier im Gebäude arbeitet keine Carolyn Martin. Sie brauchen eine bessere Geschichte,

Kumpel."

Mac machte sich Sorgen. Er musste den Informanten aufdecken, aber er musste auch für die Sicherheit der anderen Agenten sorgen.

„Das ist doch lächerlich. Sie irren sich. Sie arbeitet hier. Kontrollieren Sie mein Handy."

„Oh, wir kontrollieren Ihr Handy, Sonnenschein." Mac hatte es schon an Parker weitergereicht, ohne dass es jemand mitbekommen hatte.

„Hören Sie auf, mich wie ein verdammtes Kind zu behandeln", rief Cole.

Ein FBI-Sicherheitsmitarbeiter kam auf sie zu und sah besorgt aus, aber Mac winkte ihn fort. Frazer folgte ihnen auf dem Fuß, als sie über den Innenhof zu den Aufzügen gingen.

„Dann hören Sie auf, uns Geschichten zu erzählen." Mac versuchte, nicht daran zu denken, wie Walsh Tess in Handschellen abgeführt hatte. Für einen Augenblick schloss er die Augen. Als er sie auf diesen Transporter hatte zurennen sehen, hatte es sich angefühlt, als ob ihm jemand den Boden unter den Füßen weggezogen hätte, und jetzt gerade versuchte sie, ihn zu beschützen. Sie hatte den Umstehenden erzählt, er hätte ihre Nähe gesucht, um sie zu benutzen – was er zu jenem Zeitpunkt auch geglaubt hatte, aber jetzt wusste er, dass er sich etwas vorgemacht hatte.

Er hatte ihre Nähe gesucht, weil er keine andere Wahl gehabt hatte. Er hatte Sex mit ihr gehabt, weil er die Finger nicht von ihr hätte lassen können, selbst wenn sein Leben davon abgehangen hätte.

„Wie sieht sie denn aus, Ihre angebliche Freundin?", fragte Mac.

Cole machte zu.

„Ihnen ist klar, dass sie Sie reingelegt hat, wenn das stimmt, was Sie sagen, oder?" Mac klang spöttisch. Er drängte Cole in den Aufzug, ließ deutlich heraushängen, dass er ihm kein Wort glaubte. „Sie hat Sie mit genug Dünger dasitzen lassen, um einen ganzen Straßenblock in Schutt und Asche zu legen. Glauben Sie, dass noch irgendwas von Ihnen übriggeblieben wäre, um Sie überhaupt zu identifizieren?" Er musterte Coles Gesicht. „Sie wären ein verfluchtes Staubkorn gewesen, Blödmann, und ich soll trotzdem glauben, dass Sie dumm genug sind, um sie zu schützen?"

Coles Augen wurden schmal.

„Jetzt sehen Sie wirklich aus wie Ihr Daddy. Wie der Vater, so der Sohn, hm? War das der Plan? Wollten Sie ein Märtyrer für seine Sache werden?"

Cole schüttelte den Kopf und wandte den Blick ab. „Ich verstehe nicht, was hier los ist. Es gibt keine ‚Sache'." Er wollte die Hände heben, aber die Handschellen verhinderten es. Er schaute sie grimmig an, so als ob ein Alien sich in seinem Körper eingenistet hätte. „Carolyn hat mich gebeten, ihr beim Umzug zu helfen. Sie hat gesagt, ihr Freund Trent hätte den Transporter schon mit der ersten Ladung Umzugskisten vollgeladen und hat vorgeschlagen, dass ich sie mit dem Wagen direkt bei der Arbeit abhole, damit wir die Sachen zu ihrer neuen Wohnung fahren können." Coles Gesicht erhellte sich voller Hoffnung. „Es ist dieser Typ, Trent, den Sie suchen müssen. Er muss gewusst haben, wo sie arbeitet, und hat sie reingelegt."

Blödsinn. „Wie sieht sie aus?", wiederholte Mac.

„Schlank. Glatte, braune Haare. Blaue Augen."

„Haben Sie ein Foto?", fragte Mac.

„Sie mochte es nicht, fotografiert zu werden", erwiderte

Cole. Jetzt klang er weniger überzeugt. „Sie ist älter als ich und hat immer gesagt, dass Fotos sie an diese Tatsache erinnern. Aber sie sieht nicht viel älter aus. Sie ist heiß." Seine Erklärung schien ihn selbst nicht zu überzeugen, so als ob er anfing, die Löcher in seiner Geschichte zu bemerken.

„Allerdings. Wenn sie die ist, von der ich glaube, dass sie es ist, dann ist sie alt genug, um auch Ihren Daddy gevögelt zu haben." Mac wägte Coles Reaktion genau ab. „Ich wette, es hat die Lady verdammt geil gemacht, Sie zu vögeln, wo Sie doch genauso aussehen wie David."

Cole schien geschlagen in sich zusammenzusinken. „Ich glaube das alles nicht."

„Fangen Sie besser an, das zu glauben. Und wenn Sie jemals wieder lebend aus dem Gefängnis rauskommen wollen, dann helfen Sie uns besser, sie zu finden."

Tränen traten in Coles Augen und liefen ihm dann über das Gesicht. „Das kann doch alles nicht wahr sein." Dann blickte er Mac durchdringend an. „Warum haben diese Typen Tess Handschellen angelegt? Steckt sie in Schwierigkeiten?"

Mac lächelte ihn verkniffen an. „Ich bin es, der hier die Fragen stellt." Nur dass er das nicht wirklich tat. Ihm blieb nur so lange Zeit, bis er den Kerl hoch ins SIOC gebracht hatte, wo die Sondereinheit übernehmen würde. Er war aufs Abstellgleis verfrachtet worden. Der Mord an seiner Ex und Tess' Beteiligung bedeuteten, dass es zu viele Interessenskonflikte gab. Verdammt. Er musste den Informanten so schnell wie möglich aufdecken. Cole erzählte entweder die Wahrheit oder eben nicht, aber Mac war sich sicher, dass jemand das FBI infiltriert hatte.

Sie traten aus dem Aufzug, aber der Korridor war menschenleer. Gott sei Dank.

„Diese Carolyn hat Ihnen also erzählt, dass sie eine FBI-Agentin ist?"

„Ja."

„Und das haben Sie ihr geglaubt?", spöttelte Mac.

„Sie hatte eine Waffe und eine Dienstmarke. Warum hätte ich ihr nicht glauben sollen?"

„Warum hatten Sie eine Mappe mit den Namen der Mordopfer unter Ihrer Matratze versteckt?"

Cole verzog irritiert das Gesicht. „Wovon zur Hölle reden Sie?"

Seine Verwirrung schien echt. Mac warf Frazer einen Blick zu.

„Denkst du, was ich denke?", fragte Frazer.

Dass Tess womöglich recht hatte. Vielleicht war der Bursche ebenso wie Mac in eine Falle getappt. Mac neigte den Kopf zur Seite. „Es ist möglich."

„Wenn er die Wahrheit erzählt, dann musst du vor Tess so derart zu Kreuze kriechen, dass du noch eine Woche später Dreck spuckst", ließ Frazer ihn wissen.

Cole fuhr zu ihnen herum. „Was soll das heißen?"

Frazer lachte und Mac starrte ihn wütend an. „Dieser Kerl liebt Ihre Schwester."

„Sei kein verdammtes Arschloch", murmelte Mac, aber er fühlte sich, als ob jemand seine Klauen in seine Brust gehauen hätte und ihm das Herz zerquetschte. Natürlich liebte er Tess. Und er hatte die Person verhaftet, die ihr auf dieser Welt am meisten bedeutete. Die einzige Person, die ihr etwas bedeutete. Und deshalb hasste sie ihn jetzt.

Selbst wenn er seine Karriere wegen dieser Scheiße nicht verlieren würde, würden seinen Kollegen Tess nie akzeptieren, und das FBI war vor allem eine Familie.

Aber nichts von alledem spielte jetzt eine Rolle. Er musste herausfinden, wer der Informant war. Plötzlich fiel ihm etwas ein und er holte sein Handy hervor und wählte eine Nummer.

„Miki? Suchen Sie nach FBI-Agenten und Mitarbeitern, die an Außenstellen stationiert waren, wo Morde mit ähnlicher Vorgehensweise aufgetreten sind, und rufen Sie mich dann zurück." Er legte auf.

„Du glaubst, sie ist noch hier?", fragte Frazer skeptisch.

Mac knirschte vor Frust mit den Zähnen. „Ich bezweifle es. Bin mir ziemlich sicher, dass wir gerade ihren Plan für eine riesige Demonstration regierungsfeindlicher Statements vereitelt haben. Sie weiß, dass wir ihr auf den Fersen sind. Sie wird stinksauer sein."

ZWEIUNDDREIßIGSTES KAPITEL

WALSH FASSTE SIE weder grob an, noch war er unwirsch, als er Tess die meilenlangen, weißen Korridore entlangführte.

„Stehe ich unter Arrest?", fragte sie.

„Noch nicht." Aber er klang auch nicht freundlich oder nahbar.

„Sie glauben, ich habe etwas mit dieser Sache zu tun?"

„Ich weiß nicht, ob Sie etwas damit zu tun haben oder nicht, weshalb Sie mir ein paar Fragen beantworten müssen", knurrte er. „Ich glaube allerdings, dass Sie die Karriere eines wirklich hervorragenden Bundesagenten und guten Freundes von mir ruiniert haben."

„Er hat nichts falsch gemacht. Er hat eine alte Bekanntschaft wieder aufleben lassen, um die Ermittlungen voranzutreiben. Ich hätte eigentlich geglaubt, er würde eine Belobigung bekommen."

Walsh biss die Zähne zusammen.

„Was passiert mit meinem Bruder?"

„Ihm werden sehr, sehr viele Fragen gestellt werden. Und anschließend bekommt er lebenslang ohne Bewährung, schätze ich. Was Sie angeht?" Er musterte sie von Kopf bis Fuß. „Wir werden sehen."

Tess zitterte. All die Jahre, in denen sie vor ihrer Vergangenheit davongerannt war, und trotzdem war es so weit gekommen. Vom FBI in Handschellen gelegt. Es musste schon bei ihrer Geburt so vorherbestimmt worden sein. Sie hob ihr Kinn und presste die Lippen zusammen. Sie würde sich Parkers Ratschlag zu Herzen nehmen und ihren Mund halten, bis sein Anwalt hier auftauchte. Sie wollte nicht im Gefängnis landen.

Walsh hielt an einer Tür an und benutzte seinen Dienstausweis, um ihnen Zutritt zu verschaffen.

Das kleine Konferenzzimmer war vollgepackt mit Leuten, und Tess fand sich ihrem schlimmsten Albtraum gegenüber.

Cole stand vor ihnen, links und rechts von Mac und Frazer flankiert, und trug ebenso wie sie Handschellen.

Ein großer, schwarzer Mann blickte sie mit harten Augen an und deutete auf die andere Seite des Raumes. „Warten Sie dort, bis ein sicherer Raum freigeworden ist."

Tess wollte mit ihrem Bruder sprechen, aber sie wusste, das würde die Dinge nur noch schlimmer machen.

Mac blickte über seine Schulter, als ob er ihre Anwesenheit spüren konnte, und ihre Blicke trafen sich. Dieser kurze Augenblick stummer Kommunikation übermittelte jedoch ein Quäntchen von Reue und Schuld.

Die große Tür hinter ihnen ging auf, gleichzeitig öffnete sich eine weitere Tür rechts im Raum. Eine kleine Gruppe Männer und Frauen kamen aus einer Besprechung.

Walsh drückte sie gegen die Wand.

Cole blickte über seine Schulter. Er entdeckte sie, und sein Ausdruck war so verwirrt und elendig, dass sich ihr Herz zusammenzog. Dann wurden seine Augen groß und Tess drehte sich herum, um zu sehen, was er da anstarrte. Eine Frau hielt ein Klemmbrett vor ihrem Oberkörper hoch, aber von ihrem Blickwinkel aus konnte Tess eine Waffe erkennen, die sie dahinter versteckt hielt. Die Frau hob die Waffe, um auf die Leute zu zielen, die aus dem kleinen Besprechungszimmer kamen.

Keine Zeit für eine verbale Warnung. Tess führte einen Kick aus, der die Frau aus der Balance brachte, aber die Schlampe ließ ihre Waffe nicht fallen.

„Sie will an meine Waffe!", schrie die Frau.

„Carolyn!", rief Cole durch den Raum.

Plötzlich setzten sich alle in Bewegung.

Walsh versuchte, Tess festzuhalten, aber sie wusste, dass die andere Frau log. Sie wusste auch, dass sie Coles „Freundin" sein musste, die ihren Bruder verarscht hatte, ihn in eine Falle gelockt und versucht hatte, ihn umzubringen.

Die Waffe war noch immer eine Gefahr und Tess sah, wie die anderen Agenten in geradezu zeitlupenartiger Geschwindigkeit reagierten. Sie wusste, dass sie denken mussten, sie selbst wäre die Gefahr, und bis sie die Wahrheit bemerkt hatten, könnte schon jemand umgekommen sein. Sie wollte nicht, dass es Mac oder Cole traf.

Achtzehn Jahre Kampftraining, und Tess drehte sich aus Walshs Griff. Die Handschellen verhinderten, dass sie einen Gegenangriff abblocken konnte, aber sie schlug das Klemmbrett zur Seite, sodass die Hände der Frau nicht länger verdeckt waren. Alle waren noch immer eine halbe Sekunde langsamer als sie, und Tess dachte nicht mehr nach, reagierte nur. Sie stürmte auf die Frau zu, drängte sie mit ihrem Körper gegen die Wand. Der Schuss der Pistole explodierte durch das Chaos und Feuer versenkte ihre Seite wie ein weißglühender Schürhaken, der sich in ihr Fleisch grub.

———

PAULA SCHRIE VOR Frustration auf, als Coles Schwester – diese verräterische Schlampe – ihren Racheplan durchkreuzte. Zwanzig Jahre Planung und Vorbereitung … und für was?

Sie hatte den Direktor in ihrem Fadenkreuz gehabt. Sie schob die Pistole unter Tess Körper hervor und feuerte einen weiteren Schuss ab, aber der Direktor und der Generalstaatsanwalt waren schon wieder in ihrer sicheren Blase verschwunden, während ihre Kollegen durcheinander wuselten, zu begreifen versuchten, was zur Hölle hier vor sich ging.

Narren. Idioten. Schwachköpfe!

Paula hielt Tess mit ihrem linken Arm fest und presste die Smith & Wesson, die David Hines ihr geschenkt hatte, gegen die Schläfe seiner Tochter.

Der Raum verstummte und Tess' ganzer Körper spannte sich an, selbst während sie schwer auf Paula lag. Eine falsche Bewegung, und sie würde dieser Schlampe mit Freuden eine Kugel in den Schädel jagen.

Agent Walsh lag blutend auf dem Boden

„Paula?" ASAC Steve McKenzie kam langsam mit gezogener Waffe näher, seine Augen starr auf ihr Gesicht gerichtet, aber sie wusste, dass er alles um ihn herum wahrnahm, von seinem Kumpel Walsh, der auf dem Fußboden verblutete, bis hin zu Tess, ihrem menschlichen Schutzschild.

„Lieben Sie sie, McKenzie?" Ihre Stimme klang abgehackt. „Oder haben Sie sie nur gefickt, um an Informationen zu kommen?"

„Ich liebe sie." Macs Worte überraschten sie in ihrer Ehrlichkeit. Sie hätte ihm so viel Aufrichtigkeit nicht zugetraut. „Wenn Sie David jemals wirklich geliebt haben, dann lassen Sie jetzt seine Tochter gehen", forderte er sie auf.

Sie lächelte verbittert. Steve McKenzie war die letzte Person, die Davids Namen aussprechen durfte. Er war der Grund, weshalb der Mann, den sie liebte, tot war.

Und dann wurde es ihr mit einem Schlag klar. Sie konnte sogar in diesem Chaos noch immer Rache üben. „Ich habe dabei zugesehen, wie Sie beide es wie geile Kaninchen getrieben haben. Habe mir gedacht, Sie haben sicher lange genug auf dem Küchenboden zu tun, dass ich Zeit habe, ihre nervige Ex umzubringen. Die Bullen waren dumm genug, darauf reinzufallen, und das FBI ist ihrem Beispiel nur zu bereitwillig gefolgt."

Tess versuchte, sich zu befreien, aber Paulas Griff wurde enger. Die Leute im Zimmer schienen nicht mitbekommen zu haben, dass sie eine Kugel abbekommen hatte und langsam verblutete. „Halt still, oder dein Bruder stirbt", zischte Paula in ihr Ohr.

Paula blickte zu Cole, der vor Schock totenblass war. Armer Junge. In dem verdorbenen Umfeld, in dem er aufgewachsen war, hatte er nie eine Chance gehabt.

„Carolyn?" Cole schluckte hörbar. „Was machst du denn da?"

Sie spitzte die Lippen und schüttelte den Kopf. „Nicht Carolyn, mein Lieber. Paula. Carolyn war nur ein Alias, den ich hin und wieder benutzt habe." Sie beobachtete, wie sich seine Stirn verwirrt runzelte. „Ich habe getan, was dein Daddy von mir gewollte hätte, Cole. Das heißt nicht, dass ich dich nicht geliebt habe."

Tess lag nun schwer auf ihr. Paula konnte das warme, klebrige Blut spüren, das in ihre Kleider sickerte.

Mac kam näher. Paula wusste, wie geschickt er mit einer

Pistole war. Sie hatte ihn auf dem Schießstand aufmerksam beobachtet. Sie wollte, dass er seine Pistole benutzte, um ihr das spektakuläre Ende zu verschaffen, das sie verdient hatte. Sie hoffte nur, ihn lange genug hinhalten zu können, um die Frau, die er liebte, mit in den Tod zu reißen.

„Sie sind Henry Jessops Tochter?", fragte Mac.

Eine neue Woge des Hasses überkam sie, aber je länger sie diese Sache hinauszögerte, umso größer war die Chance, Steve McKenzie das Herz heraus zu reißen.

Sie wusste genau, wie schmerzhaft es war, die Person zu verlieren, die man liebte.

Mac legte den Kopf zur Seite. „Ich erinnere mich nicht daran, Sie damals auf der Anlage gesehen zu haben."

„Davids Schlampe von Frau hat uns verdächtigt, also bin ich nie zur Anlage gekommen. Wir haben uns in der alten Hütte oder in der Stadt getroffen." Die Erinnerungen schnürten ihr den Hals zu.

„Waren Sie mit Brandy Jordan befreundet?", fragte er.

Paula grinste. „Ja, ich habe gehört, dass Sie nach ihr gesucht haben. Sie hätte Ihnen nichts verraten." Endlich konnte sie sich von den Lügen und den Täuschungen befreien. Sie musste nicht mehr vorgeben, irgendeine folgsame, kleine Mitläuferin zu sein. „Brandy hat mich eines Tages mit in die Bar geschleppt, um Eddie und seinen Bruder kennenzulernen. David war auch da." Es war Schicksal gewesen – herrlich und unberechenbar. Trotz all der Schmerzen, die darauf gefolgt waren, würde sie dieses magische Jahr für nichts auf der Welt eintauschen.

„Sie waren jung und beeinflussbar. Er hat sie für Sex ausgenutzt, aber er hätte Francis nie für Sie verlassen." Mitleid flackerte in Macs Augen auf, und sie hätte am liebsten den

Abzug gedrückt und Tess ins Jenseits befördert. Allein dafür, um Macs sämtliche Träume und Hoffnungen zu zerstören. Aber das hier war besser. Seine klassische Verhandler-Taktik, alles zu verlangsamen und den Geiselnehmer zum Reden zu bringen, würde Tess das Leben kosten. Paula war schlauer als er. Sie war schlauer als sie alle.

„Er hätte sie verlassen, aber dann wurde sie mit Cole schwanger." Ihre Augen fielen auf den jungen Mann, den sie verführt hatte. „Deine Mutter war eine echte Schlampe."

Mac ignorierte sie. „Also haben Sie irgendeinen Kerl namens Rice geheiratet, oder ist das auch nur ein Alias?"

Sie zuckte mit den Schultern und fing Tess' Gewicht mit ihrem Oberkörper auf. Jetzt war alles egal. „Er war einer von Daddys Rancharbeitern. Ich habe ihn für das Privileg bezahlt, mein Ehemann zu sein, und ihn ein paar Jahre später ausgezahlt. Er war harmlos." Sie hatte nicht einmal mit ihm geschlafen. Der einzige Mann, mit dem sie seit David geschlafen hatte, war Cole. In ihrer Beziehung war es nicht einfach nur Sex gewesen. Es war um Liebe gegangen.

„Was ist mit Ihrem Sohn passiert, Paula?"

Es lief ihr eiskalt den Rücken hinunter. Woher wusste er, dass sie ein Kind hatte? „Er ist bei Henry aufgewachsen, aber er…" Ihre Stimme brach. „Er ist bei einem Unfall auf der Farm umgekommen, als er fünfzehn war."

Mac bewegte sich nun auf ihre Seite zu, wo sie ungeschützter war. Wie viel länger, bevor er das Blut an Tess' Seite entdeckte? Aber er ließ den Blick nicht von ihren Augen.

„Es ist vorbei, Paula. Lassen Sie Tess gehen, und Sie bekommen ihren großen Auftritt im Gerichtssaal. Sie können damit prahlen, wie einfach es war, uns wie die letzten Idioten dastehen zu lassen. Sie können mit all Ihren Errungenschaften angeben. Wie einfach es war, das FBI zu infiltrieren.“

„Ich denke nicht.“ Paula hielt ihr Schutzschild aufrecht. Es war verlockend, aber Gefängnis war nicht ihre Vorstellung von Ruhm. „Ihr Typen werdet viel zu beschäftigt damit zu sein, zu kämpfen, als irgendwen vor Gericht zu zerren. Gerichte werden überhaupt nicht mehr existieren.“

Er lachte. „Sie glauben, Ihre regierungsfeindliche Spinnerbrigade wird jetzt aus ihren Löchern gekrochen kommen und sich erheben? Weil Sie einen Transporter vor unserer Tür geparkt haben? Wollen Sie mich eigentlich verarschen?“

„Es passiert schon längst, und das wissen Sie auch“, zischte sie.

Tess sackte in ihren Armen endgültig zusammen. Paula musste sich anstrengen, sie aufrecht zu halten, nahm aber zu keinem Zeitpunkt den Finger vom Abzug. War die Schlampe endlich tot? Oder nur ohnmächtig? Paula ging einen Schritt an der Wand entlang. Sie konnte nirgendwo hin. „Sie werden in den Nachrichten von der Autobombe hören …“

„Wir haben es schon als eine Übung verkauft“, unterbrach Mac sie. Ein weiterer Mann, der ihre Meinung, ihren Wert herabsetzte.

„Die Medien wissen es besser“, presste sie hervor. „Ebenso wie all die anderen, die so denken wie ich.“

Mac lachte gehässig auf. „Die werden verdammt nochmal keinen Finger rühren, und das wissen Sie. Das sind allesamt Hosenscheißer. Sie haben ihr ganzes Leben für irgendeinen vergeblichen Vergeltungswunsch verschwendet, und wenn wir ihre Gefolgsleute aufgespürt haben, werden sie singen wie die Kanarienvögel und auf direktem Wege ins Gefängnis wandern.“

„Sie werden sie nie alle finden. Sie sind überall.“ Sie grinste böse. „In jeder Abteilung der Strafverfolgungsbehörden, in jedem Ministerium. Selbst gewählte Regierungsbeamte sind dabei. Die Revolution hat gerade begonnen und Sie können sie nicht aufhalten. Nicht mehr."

Mac schüttelte den Kopf, als ob er mehr wüsste als sie. Gott, wie sie ihn hasste. Sie hasste seine anmaßende Arroganz und sein überhebliches Selbstbewusstsein, während seine Frau in ihren Armen krepierte.

„Wir haben alle Namen und IP-Adressen von der One-Drop-2-Many-Seite."

„Lügner." Nie im Leben konnte er diese Informationen entschlüsseln.

„Ein Highschool-Abgänger hat die Seite gehackt. Das FBI klopft genau in diesem Augenblick an die Türen." Mac grinste und Paula schwang die Pistole in seine Richtung, entschlossen, ihm das rotzfreche Grinsen aus seinem hübschen Gesicht zu wischen.

MAC ZIELTE ZWISCHEN Paula Rices dunkelblaue Augen und drückte ruhig ab.

Sie sackte auf den Boden, kein revolutionärer Mist mehr, der über ihre Lippen kam. Tess fiel wie ein totes Gewicht auf sie. Er hatte sie nicht erwischt – Gott sei Dank. Aber was war los? War sie ohnmächtig geworden?

Andere Agenten drängen sich um sie, versperrten seine Sicht, traten Paulas Waffe von ihrem Körper fort. Jemand hob Tess hoch und legte sie auf den Fußboden. Drei Agenten kümmerten sich um Walsh, der nicht gut aussah. Mac drängte sich an Eban Winters vorbei, der nach Paulas Puls suchte.

„Sie ist tot", erklärte er und blickte Mac an. „Astreiner Schuss."

Astreiner Schuss, zwei Zentimeter von Tess' Kopf entfernt, mit einer Waffe, die er noch nie zuvor benutzt hatte. Er hatte auf Alex Parkers Professionalität vertraut.

Verdammt. Ihm war übel. Warum bewegte Tess sich nicht? Was war los?

Er kniete sich neben sie auf den Boden. Strich ihr das Haar aus der Stirn. „Ist sie ohnmächtig?" Er suchte nach ihrem Puls. Dann fiel sein Blick auf ihren Torso und er sah das Blut, das ihre Jeans tränkte. Er riss ihren dunkelroten Pulli hoch und entdeckte eine Einschusswunde direkt über ihrer Hüfte. „Wir brauchen einen Sanitäter!", brüllte er.

„Üben Sie Druck auf die Wunde aus", befahl ihm Eban, der zu ihm trat.

Schweiß brach Mac aus allen Poren aus, als er sein Sweatshirt auszog, es zusammenknüllte und es auf ihre Wunde presste. Eban suchte erneut nach einem Puls. Frazer verabreichte Walsh eine Herz-Lungen-Wiederbelebung. Scheiße. Wie hatte Rice so weit kommen können?

„Atmet sie?", fragte Mac Eban und schluckte einen Schrei der Angst und der Verzweiflung hinunter.

„Tess?" Coles gepeinigter Ruf erklang hinter ihnen. Mac wollte sich gar nicht vorstellen, was der Junge durchmachte. Er hatte eine Frau geliebt, die nicht existierte, die ihn benutzt hatte, und die womöglich seine Schwester umgebracht hatte.

„Stirb mir jetzt bloß nicht weg, Tess. Wage es ja nicht, jetzt zu sterben. Ich muss doch noch so viel wieder gut machen."

„Sie atmet nicht. Ihr Puls ist schwach." Eban begann, ihr Luft in die Lungen zu blasen, und Mac spürte, wie ihn mit jedem Tropfen von Tess' Blut, das in den Teppich sickerte, die

Hoffnung mehr und mehr verließ.

„Wo sind diese verdammten Sanitäter?“, brüllte er.

Er spürte eine Hand auf seiner Schulter und blickte sich rasend um. Es war der Direktor.

„Gibt es irgendeinen Hinweis darauf, dass sie in diese Verschwörung involviert ist?“, fragte der Direktor.

„Nein, Sir. Wir haben alle ihre Banktransaktionen, Internetaktivitäten und sämtliche bekannten Verbindungen überprüft. Es gibt keinen Hinweis darauf, dass sie involviert war.“

„Dann nehmen Sie ihr die Handschellen ab.“

Eban folgte seiner Anweisung. Mac nahm seine Hände für nichts und niemanden von Tess’ Wunde.

Endlich hörte er eilige Schritte und die Sanitäter stürzten in den Raum.

Cole fiel neben seiner Schwester auf die Knie. Ihr Gesicht hatte eine bläulich-weiße Farbe. Das letzte Mal, dass Mac so blasse Haut gesehen hatte, war im Leichenschauhaus gewesen.

Die Notfallsanitäter schoben ihn aus dem Weg und begannen, Tess’ Kleider zur Seite zu schieben. Cole fluchte, als er das kleine Einschussloch sah, aus dem noch immer Blut quoll.

Mac hätte vor Wut am liebsten aufgeschrien, aber er musste sich zusammenreißen.

„Wir werden auch den letzten dieser Leute aufspüren, die glauben, sie könnten uns im Herzen des FBI angreifen.“ Der Direktor sprach mit Mac, aber Macs Augen waren starr auf Tess gerichtet. „Frazer, ich will, dass Sie und ASAC McKenzie jedes letzte Quäntchen an Informationen aufspüren, das es über diese Leute gibt. Vernichten Sie jedes auch noch so kleine Anzeichen dieser sogenannten Revolution.“

Mac nickte. Ja. Die Strafverfolgungsbehörden mussten sicherstellen, dass sie alle Irren auftrieben, die in diese Sache verwickelt waren, bevor noch jemand irgendeinen Geistesblitz dieser Art hatte. Die Sanitäter legten Tess auf eine Trage und hoben sie hoch. Liefen eilig mit ihr den Korridor hinunter.

Der Direktor ging davon, um sich um das Nachspiel dieses Desasters zu kümmern.

Frazer drückte Macs Arm. „Das ist einer dieser Momente, der uns für den Rest unseres Lebens definieren wird."

Mac riss sich aus seiner Benommenheit. Er lief los. Dann fing er an, zu rennen. Nie im Leben würde er Tess aus den Augen lassen. Sein Job erschien ihm plötzlich irrelevant, verglichen mit der Möglichkeit, sie zu verlieren. Die Sanitäter wollten gerade die Türen zum Krankenwagen schließen, als er in den Wagen stieg.

„Sie können hier nicht rein", sagte einer der Sanitäter.

Mac setzte sich ans Fußende der Trage hin und drückte Tess' Fuß. „Versuchen Sie ruhig, mich aufzuhalten."

DREIUNDDREISSIGSTES KAPITEL

MAC TIGERTE RASTLOS durch den Wartesaal.

In einem Raum auf der anderen Seite des Flurs lief ein junger Mann auf und ab. Tränen rannen über sein Gesicht. Mac fragte sich, wegen wem er wohl hier war.

Agent Makimi hatte die Leitung der Sondereinheit übernommen und bestätigt, dass Paula Rice in allen FBI-Büros stationiert gewesen war, in deren Zuständigkeitsbereich ähnliche Morde begangen worden waren.

Agenten waren zusammen mit einem Sprengstoffkommando zu Paula Rice' Wohnung gefahren, hatten aber keine weiteren Bomben oder Sprengstoff gefunden. Ihr Arbeitsplatz, ihre Wohnung und ihr Auto wurden nun genauestens unter die Lupe genommen. Carter hatte ihm eine Nachricht hinterlassen und mitgeteilt, dass sie die Originalausgabe von David Hines' Manifest in einer von Paulas Schreibtischschubladen gefunden hatten. Alex Parker hatte ihn informiert, dass seine Leute die IP-Adressen von über hundert Nutzern des One-Drop-2-Many-Chatrooms hatten identifizieren können. Strafverfolgungsbeamte überprüften nun jede Adresse und nahmen jeden fest, den sie dort vorfanden.

Die Nachrichten sendeten ununterbrochen Berichterstattungen über den Transporter, der vor der FBI-Zentrale geparkt war, einschließlich der Aufnahmen von Frazer und ihm, wie sie Cole aus dem Wagen zerrten und zu

Boden rissen. Mac war sich ziemlich sicher, dass Cole unschuldig war, aber sie mussten ihn ausführlich befragen und seine Wohnung und seine Rechner auseinandernehmen, um auf keinen Fall etwas zu übersehen.

Wenn Mac sich auf die Ermittlungen konzentrierte, musste er nicht daran denken, wie Tess' Herz im Krankenwagen ausgesetzt hatte oder an die „Wir verlieren sie wieder"-Rufe der Ärzte, als sie mit Tess durch die breiten Gänge des Krankenhauses eilten. Er musste nicht an den Anblick denken, wie einer seiner besten Freunde bleich und blutend auf einer Trage lag und in einen angrenzenden OP gerollte wurde.

Frazer kam in den Wartesaal und hielt die Hand einer Frau mit rotblonden Haaren. Mac kannte sie nicht.

Sie nickte ihm zu, dann ließ sie Frazers Hand los und setzte sich auf einen der Stühle.

Außer Cole gab es niemanden, der wegen Tess kontaktiert werden musste. Mac blickte sich im leeren Wartesaal um und ihm wurde plötzlich klar, wie allein sie war – wie allein sie wegen ihrer verfluchten Familie immer gewesen war.

Der Kloß in seinem Hals wurde größer, als Frazer ihn in eine ungestüme Umarmung zog. Frazer war kein emotionaler Typ. Mac hatte nicht bemerkt, dass er weinte.

„Hast du gesehen, wie sie es in einem Raum voller ausgebildeter Bundesagenten mit einer bewaffneten Frau aufgenommen hat? In Handschellen?"

Frazer nickte.

„Sie wird mir nie verzeihen."

Frazer drückte kurz seinen Arm. „Liebst du sie?"

Mac schloss die Augen. „Ja. Das tue ich."

„Dann musst du betteln und um Gnade flehen, bis sie es

tut. Zur Hölle, wenn sie das überlebt, dann sagst du ihr, dass du dich ändern und ein besserer Mann werden wirst, ob das nun stimmt oder nicht."

Mac zwang sich, seine wild gewordenen Emotionen in Schach zu halten. „Willst du mich nicht deiner Freundin vorstellen?"

„Das ist Izzy. Aber die Vorstellungsrunde machen wir nochmal ordentlich", sagte Frazer. „Nicht heute. Nicht hier."

Mac nickte.

„Irgendwelche Neuigkeiten?", fragte Frazer.

„Noch nicht."

Die Türen zur Notaufnahme gingen auf, und ein Mann in grüner OP-Kleidung blickte sich suchend um. Er öffnete die Tür zum Wartesaal und so sehr Mac auch wissen wollte, wie es Tess ging, etwas in ihm wollte am liebsten die Flucht ergreifen. Wenn sie tot war, würde er das nicht überleben.

War das der Grund, weshalb sein Vater sich zu Tode gesoffen hatte? Trauer? Mac hatte nie zuvor darüber nachgedacht, aber vielleicht war sein Vater am selben Tag gestorben wie seine Mutter, es hatte nur länger gedauert. Zum ersten Mal in seinem Leben verspürte Mac einen winzigen Anflug Sympathie für seinen alten Herrn.

„Wie geht es ihr, Doktor?"

„Ich suche nach Mr. Walshs Familie ..."

„Seine Eltern sind auf dem Weg. Sie werden in etwa zwei Stunden hier sein. Ich bin sein vorgesetzter Special Agent. Wird er durchkommen?", fragte Mac.

„Die Kugel hat Mr. Walshs Milz erwischt und wir mussten sie entfernen. Er hat viel Blut verloren, aber ich denke, wir haben es unter Kontrolle. Es war knapp."

Mac bemerkte, wie Izzy aufstand und zu ihnen trat.

„Und Tess?", fragte Frazer, weil jedes Mal, wenn Mac den Mund aufmachte, seine Zunge den Dienst versagte.

Der Arzt atmete angespannt ein und schüttelte leicht den Kopf. Macs Knie gaben nach, und er spürte, wie sich ein Arm um seine Hüfte legte. Frazers Freundin schien ihn festzuhalten.

„Sie lebt, aber…" Der Arzt schaute sich um, als ob er nach jemand anderem suchen würde. „Sind Sie ein Familienmitglied?"

Mac richtete sich auf. „Ich bin ihr Verlobter."

Es fühlte sich nicht wie eine Lüge an.

Der Chirurg nickte. „Die Kugel hat ihre Hüfte getroffen und ist daran zersplittert. Den größten Schaden haben ihre Eierstöcke davongetragen." Er verzog den Mund. „Ich fürchte, wir musste eine einseitige Salpingo-Oophorektomie durchführen."

„Sie haben einen Eierstock und den dazugehörigen Eileiter entfernen müssen", übersetzte Izzy.

„Sind Sie Ärztin?", fragte der Chirurg an Izzy gewandt.

Sie nickte, und sie sprachen für ein paar Augenblicke Kauderwelsch.

Dann drückte Izzy Macs Arm. „Sie hat viel durchgemacht, und es wird dauern, bis sie wieder auf den Beinen ist. Sie wird vermutlich noch Kinder bekommen können, wenn sie will, aber ihre Fruchtbarkeit wird womöglich beeinträchtigt sein."

Mac schluckte und schluckte, aber er konnte nicht mehr sprechen.

„Aber sie lebt? Hat sie noch weitere Verletzungen?", fragte Frazer.

Der Arzt nickte. „Ihre Hüfte ist gebrochen, und wir mussten eine Platte und Schrauben einsetzen, um sie zu fixieren. Beide Patienten hatten sehr viel Glück, dass sie noch leben. Sie liegen beide auf der Intensivstation. Ich schicke eine Schwester herunter, sobald Sie zu ihnen können."

Mac atmete tief ein, als der Arzt ging. Der Kerl überquerte den Flur und begann, mit dem jungen Mann im anderen Wartesaal zu sprechen. Freitagabends musste in der Notaufnahme verdammt viel los sein.

„Ich muss zurück zur Zentrale", sagte Frazer. „Der Direktor hat mir Anweisungen gegeben, also kümmere ich mich besser darum, auch wenn es nicht meine Sondereinheit ist." Aber Frazer liebte es, involviert zu sein. In dieser Hinsicht war er genau wie Mac. „Wir haben festgestellt, dass Rice jedes der Opfer durch ihre Arbeit als Agentin kannte. Sie hat in Richter Thomas' Gerichtssaal Aussagen gemacht und hat mit Sonja Shiraz und Rabbi Zingel gesprochen, als diese die Drohungen gegen sie zur Anzeige gebracht haben. Wir sind nicht sicher, ob sie Trettorri persönlich kannte oder ihn nur aufgrund seiner Prominenz ausgewählt hat. Er liegt oben in einem Einzelzimmer und erholt sich. Wir werden ihn befragen, sobald es ihm besser geht."

Mac nickte.

Der Direktor hatte auch ihm Anweisungen gegeben. Aber wenn er sich zwischen seinem Job und Tess entscheiden musste, dann würde er Tess wählen. Wenigstens dieses eine Mal verdiente sie es, das Wichtigste für einen anderen Menschen zu sein. Was passieren würde, wenn sie aufwachte, war allerdings eine andere Frage. Ihre Vergebung zu verdienen, würde nicht einfach werden, und womöglich würde sie ihm seine Sünden nie verzeihen. Aber er würde eher alles riskieren, damit sie ihn liebte, als sie noch einmal allein zurückzulassen.

TESS ÖFFNETE IHRE Augen einen winzigen Spalt und musterte die schummrigen Schatten. Sie wusste, dass sie im Krankenhaus war, aber sie konnte sich nicht erinnern, warum.

Ihre Lippen waren aufgesprungen und rau, ihr Mund trocken, ihr Hals wund. Irgendwo in der Nähe piepste ein Monitor, führte sie weiter aus der Dunkelheit heraus. Regelmäßig. Beruhigend beständig. Ihr Herzschlag.

Sie erinnerte sich, wie sie Macs Puls gespürt hatte, nachdem sie miteinander geschlafen hatten. Dieser kräftige, gleichmäßige Rhythmus. Die Wärme seines Körpers. Der Geruch seiner Haut. Dann erinnerte sie sich an alles, was danach passiert war, und der Rhythmus kam ins Stottern.

Sie schluckte angestrengt. So klang also ein gebrochenes Herz.

Sie versuchte, sich zu bewegen, und Schmerzen schossen durch ihren Körper, als sie sich an weitere Details erinnerte. Sie war angeschossen worden. Was war mit der abtrünnigen Agentin im FBI-Gebäude passiert? War Mac in Sicherheit? Cole? Hatte der Plan dieser Verrückten Erfolg gehabt?

Ein Schatten kam um ihr Bett herum und sie blinzelte, versuchte, ihre Augen scharfzustellen.

„Joseph? Was machst du denn hier?" Ihre Stimme war heiser.

Er ließ sich schwer auf einen Stuhl neben ihrem Bett fallen und nahm ihre Hand. Er hatte geweint, merkte sie.

Ihr Herz flatterte. „Ist es Cole?"

Ging es ihm gut? Lebte er?

Joseph drückte ihre Hand, erwischte aber versehentlich den Infusionskatheter und es tat weh.

Sie schnappte nach Luft. Er schaute auf und etwas in seinen Augen veränderte sich. Er drückte absichtlich auf die Infusion und die Nadel stach in ihren Arm.

„Aua! Joseph, was machst du denn?"

Er ließ ihre Hand los und fuhr sich mit den Fingern durch die Haare. „Tut mir leid. Ich weiß nicht mehr, was ich tue."

Er stand auf, trat aus ihrem Sichtfeld heraus und starrte fasziniert auf ihren Monitor.

„Morgen ist mein Geburtstag", sagte er.

Tess runzelte verwirrt die Stirn. Warum erzählte er ihr das? Sie war angeschossen worden. Sie würde auf keine Party gehen. „Ich weiß. Tut mir leid, dass Cole nicht dabei sein kann, um mit dir zu feiern. Ich bin mir sicher, er wird sich bei dir revanchieren."

Das FBI würde ihn gehen lassen müssen, oder nicht? Aber er hatte immerhin eine Autobombe vor die FBI-Zentrale gefahren, auch wenn es ihm nicht bewusst gewesen war. Was würde mit ihm passieren, wenn sie nicht glaubten, dass er unschuldig war?

„Meine Geburtstage waren schon immer irgendwie seltsam. Tatsächlich bin ich am neunundzwanzigsten Februar geboren, also habe ich in den meisten Jahren nicht gewusst, ob ich am achtundzwanzigsten oder am ersten feiern soll. Habe ich dir je von meinen Eltern erzählt?"

„Nein." Tess wünschte, sie könnte einen Schluck Wasser trinken. Sie schaute sich nach der Ruftaste um. Sie begriff nicht, warum Joseph hier war.

„Ich habe meinen Vater nie gekannt." Er hob die Hand, um auf einen der Knöpfe auf dem Monitor zu drücken, und das Piepen wurde leiser.

„Das tut mir leid." Sie versuchte, sich aufzurichten.

Wieder schossen Schmerzen durch ihren ganzen Körper, als ob sie vom Blitz getroffen worden wäre. Schweiß trat ihr auf die Stirn. Es war in Ordnung, solange sie sich nicht bewegte, aber sich nicht zu bewegen erwies sich als schwierig.

„Tut es weh?" Er kam zurück an ihr Bett und setzte sich auf die Bettkante.

Sie nickte. Wo war Mac? Sie wollte wissen, was passiert war. Sie konnte sich kaum an etwas erinnern, nachdem sie angeschossen worden war. Warum war Joseph hier? Warum hatten ihn die Schwestern hier hereingelassen? „Hast du mit Cole gesprochen?"

Er schüttelte den Kopf. „Ich habe gerade mit Zane telefoniert, als das FBI an unserem Haus aufgetaucht ist. Ich habe gehört, wie sie Zane und Dave verhaftet haben. Was ist passiert?", fragte er.

Tess wandte den Kopf auf dem Kissen und ihr Unbehagen wurde größer. „Irgendeine verrückte Schlampe hat mich angeschossen."

Er nickte stumm, als ob Leute jeden Tag angeschossen würden. Wurden sie vermutlich auch, fiel ihr ein, aber das machte es nicht weniger traumatisch oder schmerzhaft.

Sie sah, wie er zuerst eine SIM-Karte, dann den Akku in ein Handy steckte. „Ich glaube, man darf hier keine Handys benutzen, Joseph."

Er nickte, als ob er ihr zuhören würde, dann wählte er eine Nummer und legte das Handy auf ein Regal neben ihrem Bett. „Habe ich dir je erzählt, wo ich aufgewachsen bin, Tess? Oder sollte ich dich besser Theresa Jane nennen?"

Ihre Augen wurden riesig. Ihr Herz blieb stehen.

„Ich glaube, du kennst die Gegend. Ich glaube sogar, dass du diese Woche meinen Großvater in Idaho kennengelernt hast?" Er schmatzte anerkennend mit den Lippen. „Sein Essen vermisse ich wirklich."

Tess' Lippen fühlten sich hölzern an. „Henry Jessop war dein Großvater?" Sie wusste, dass es stimmte, während ihr die Angst den Rücken hochkroch und sich in jede ihrer Nervenzellen krallte. Sie war komplett hilflos, wie sie so in diesem Bett lag. Etwas anderes wurde ihr plötzlich klar. „Das warst du in meinem Haus gestern Nacht. Du hast Coles Schlüssel benutzt."

„Cole ist nicht besonders gut, was Sicherheitsvor-kehrungen angeht. Ist dir vielleicht schon aufgefallen." Joseph lächelte sie an, aber seine dunkelblauen Augen blieben kalt. „Ich habe nach meinem USB-Stick gesucht – hast du ihn mitgenommen?"

Ihr klappte vor Entsetzen der Mund auf.

Dann zuckte er mit den Schultern. „Ist auch egal. Der große Plan ist komplett an die Wand gefahren. Ich habe versucht, ihnen zu erklären, dass es nicht funktionieren wird, dass wir uns darauf konzentrieren sollten, sie per Cyberangriff zu sabotieren, aber sie wollten Blut sehen. Ich glaube, meine Mutter wollte einfach nur Vergeltung üben, weil das FBI damals ihren geliebten David umgebracht hat." Er blickte ihr in die Augen. „Wusstest du, dass Joseph eigentlich ‚Sohn Davids' bedeutet?"

Und auch das letzte Puzzlestück fügte sich zusammen.

Seine Lippen spitzten sich. Die Lippen ihres Vaters. „Hast du es endlich begriffen, liebste Tess?"

„Du bist mein Halbbruder…" Oh, Gott. „Und du hast dich an mich rangemacht!"

„Meine Mutter hat immer behauptet, die McAfees würden Inzucht betreiben, aber ich glaube, dass in Wirklichkeit die

Hines' die Perversen waren."

Tess Mutter war eine McAfee gewesen, bevor sie geheiratet hatte.

„Aber ich hätte es auf jeden Fall mit dir getrieben, wenn ich die Chance dazu bekommen hätte." Joseph lächelte traurig.

Tess weigerte sich, zu glauben, dass es ein Gen für Inzucht gab. Sie musste an Cole und sich selbst denken. Sie waren beide anständige Menschen. „Joseph, du musst nicht so sein wie sie ..."

Ein hässliches Lachen trat ihm auf die Lippen. „Zu spät." Eine weitere Träne lief ihm über das Gesicht und tropfte von seinem Kinn.

„Du kannst zur Polizei gehen. Ihnen erklären, wie sie dir das Gehirn gewaschen haben."

Er ließ den Kopf hängen. „Ich habe zu viele Verbrechen begangen, um jemals wieder in Freiheit zu leben."

„Gib ihnen die Namen der anderen Beteiligten. Vielleicht tauschen sie diese Informationen gegen Immunität ein." Wo zum Teufel war dieser Rufknopf für die Schwestern? Wo waren alle?

Sie beobachtete ihn, wie er den Pulsmesser von ihrem Finger zog und ihn an seinen eigenen steckte.

„Das würde vielleicht bei einer Verschwörung funktionieren, aber nicht, wenn ich selbst den Abzug gedrückt habe." Seine Unterlippe zitterte. „Wie heißt es so schön? Man kann sich seine Freunde aussuchen, aber nicht seine Familie? Tut mir leid, Tess. Ich fürchte, diesmal wirst du deinem Schicksal nicht entkommen."

Ihr Herz hämmerte so sehr, dass es nicht einmal mehr schneller wurde, als er das Kissen unter ihrem Kopf hervorzog.

„Diese verrückte Schlampe, die dich heute angeschossen

hat? Das war meine Mutter." Joseph presste das weiche Kissen zärtlich über ihr Gesicht.

Tess versuchte, sich zu wehren, aber die Schmerzen in ihrer Hüfte waren so stark, dass sie fast ohnmächtig wurde. Die Unfähigkeit, Luft zu holen, versetzte jede Zelle ihres Körpers in wilde Panik. Die Atemnot ließ ihre Lungen schreien. Jemand musste doch zu ihrer Rettung eilen? Aber keiner der Alarme schlug an, also warum sollten sie?

Das Kissen presste sich fester auf ihr Gesicht, die kühle Baumwolle in seltsamem Widerspruch zu der erstickenden Füllung. Während sie nach Luft schnappte und sich damit abrang, einzuatmen, platzen die Nähte an ihrem Bauch auf und begannen, zu bluten. Dunkle Punkte hüpften vor ihren Augen herum, und der Abgrund schrie ihr zu, einfach aufzugeben und hinabzustürzen. Keine Schmerzen mehr. Kein Leid mehr. Kein Hass mehr.

———

FRAZER UND IZZY verabschiedeten sich mit dem Versprechen, später wiederzukommen. Mac ging zur Cafeteria, um sich einen Kaffee zu holen, damit er für die nächsten Stunden die Augen offenhalten konnte. Er hatte letzte Nacht nicht geschlafen. Abgesehen von der Nacht im Motel mit Tess, hatte er diese Woche so gut wie gar nicht geschlafen.

Er schloss die Augen. Vor zwölf Stunden hatten er und Tess Sex gehabt. Jetzt lag sie mit einer Schusswunde im Krankenhaus.

Das, was er ihrem Bruder angetan hatte, würde sie ihm nie verzeihen. Niemals. Aber er musste ihr trotzdem sagen, dass er sie liebte, auch wenn sie seine Liebe nicht erwidern würde.

Diese Wahrheit war Mac ihr schuldig, so viel Ehrlichkeit. Er musste ihr sagen, dass ihm ihre Vergangenheit und ihre Familie egal waren, dass ihm die Geheimnisse egal waren, die sie ihm diese Woche verschwiegen hatte. Er verstand es. Er verstand es wirklich. Sie liebte ihren Bruder, und sie hatte vermutlich recht damit, dass Cole an der ganzen Sache vollkommen unschuldig war. Und Mac hatte ihr nicht geglaubt. Vertrauen war ihr großes Thema. Zu beweisen, dass er ein guter FBI-Agent war, war sein Thema. Anstatt sich also so sehr abzumühen, ein guter Agent zu sein, würde er sich jetzt einfach darauf konzentrieren, ein besserer Mensch zu sein.

Er war nicht länger der Junge aus der Wohnwagensiedlung. Er musste nichts mehr beweisen.

Und wenn sie ihn nicht wollte?

Er schüttelte über sich selbst den Kopf. Warum zur Hölle sollte sie ihn nach diesem Fiasko wollen? Es war nicht einfach nur ein kleines Missverständnis gewesen. Es war um Leben und Tod gegangen.

Sein Handy klingelte. Makimi. Er wollte den Anruf am liebsten ignorieren, aber sie war in der Sondereinheit, weil er sie angefordert hatte. Er war ihr etwas schuldig.

„McKenzie."

„Wir haben gerade die DNA-Ergebnisse von Trettorris Fingernägel erhalten."

„Okay." Mac nickte. Er sollte Trettorri besuchen, nachschauen, ob der Kerl wach war und sich an irgendwelche Details der Schießerei erinnerte.

„Außerdem haben wir die Ergebnisse vom Mord an Ihrer Ex."

„Ebenfalls eine Übereinstimmung mit Paula Rice?"

„Ihre DNA ist noch nicht analysiert worden, also können wir das noch nicht mit Sicherheit sagen. Die Waffe, die sie heute im SIOC dabei hatte, passt zur Tatwaffe in der Ermordung des Rabbis und zum Mordversuch an Trettorri, aber…"

Mac wollte, dass sie es einfach ausspuckte, aber auch Makimi hatte tagelang nonstop durchgearbeitet. Seine Ungeduld durfte nicht bestimmen, wie er seine Kollegen behandelte.

„Die Sache ist die – die DNA, die an den Tatorten gefunden wurde, stimmt nicht hundertprozentig überein."

„Was soll das heißen?" Sein Hirn funktionierte nicht mehr.

„Die DNA, die wir am Tatort ihrer Ex-Frau gefunden haben, ist nicht dieselbe, die wir vom Trettorri-Mordversuch haben, aber es gibt eine Verbindung über die mütterliche DNA. Und die Ergebnisse haben noch ein weiteres interessantes Detail ergeben. David Hines war vermutlich der Vater der Person, die ihre Ex umgebracht hat."

Mac rieb sich den Nacken und versuchte, die Theorie zu begreifen. „Also hat Paula Rice uns angelogen, als sie behauptete, ihr Sohn tot sei. Sie hat ihn beschützen wollen."

„Vermutlich. Tut mir leid, dass ich nicht mehr habe."

„Danke, Miki. Ich weiß es zu schätzen. Sie sind die Beste. Dieser Sohn wird vermutlich untergetaucht sein."

„Ja, ich weiß. Ich wollte es Sie nur wissen lassen. Ich würde es wissen wollen", sagte sie leise. So viel zu scharfen Kanten. Makimi hatte ein Herz aus Gold.

„Irgendwelche Erfolge beim Aufspüren dieser sogenannten Revolutionäre?", fragte er.

Sie lachte trocken auf. „Das FBI sammelt sie gerade ein, ist ausgesprochen bemüht, keine Geiselnahmen heraufzubeschwören. Bisher streiten es alle ab. Es gibt ein paar Leute, die beschattet werden. Leute in interessanten Positionen."

„Das Justizministerium schließt diese Arschlöcher besser weg."

Sie verabschiedeten sich und legten auf. Mac drehte sich um und sah, dass Tess' Arzt ebenfalls für einen Kaffee anstand.

Der Mann nickte ihm zu. „Ich habe gerade mit dem Bruder von Tess gesprochen und ihm gestattet, eine Weile bei ihr zu sitzen."

Mac runzelte irritiert die Stirn. „Ihr Bruder?"

„Ja, er war im anderen Wartesaal. Kennen Sie sich nicht?" Der Chirurg schien verwirrt.

Mac blieb das Herz stehen. „Das war nicht Tess' Bruder." Oh, Scheiße. „Wie komme ich zur Intensivstation?", fragte er, die Hand auf seiner Waffe.

Der Arzt schien zu begreifen, dass es ein Notfall war. „Folgen Sie mir."

Dann plärrte Macs Handy mit der MC Hammer-Nummer los, und Mac hatte das Gefühl, von einem Blizzard in Montana verschluckt zu werden.

MACS AUSBILDUNG SETZTE ein, als sie die Intensivstation erreichten. Auch wenn jede Faser seines Körpers ihn anschrie, die Station zu stürmen und Tess zu retten, wusste er, dass er nicht den Kopf verlieren durfte. Er beruhigte seinen Atem und griff nach dem Arm des Arztes, bevor der Kerl kopfüber in Tess' Zimmer stürzte.

Paula Rice' Bastard erwartete ihn. Mac hatte nicht vor, der Schwachkopf zu sein, der sich opferte.

„Gibt es einen anderen Zugang zu dem Zimmer?"

Der Arzt nickte und führte ihn in das Zimmer nebenan. Walsh lag schlafend im Bett und Mac hoffte inständig, dass heute nicht noch jemand angeschossen werden würde.

Er presste sein Ohr an die Verbindungstür, musste plötzlich daran denken, wie Tess im Motelzimmer in Salt Lake City dem Dreier nebenan hatte lauschen wollen.

Die Vorstellung, sie womöglich zu verlieren, verschmorte den Rest an Hirn, den er noch übrighatte.

Alles war still, bis auf das Piepen von Walshs Monitoren. Mit Handzeichen bedeutete Mac dem Arzt, die Station zu sichern. Wenn noch irgendjemand verletzt werden sollte, würde er sich das nie verzeihen können, aber er hatte keine Zeit, um auf Verstärkung zu warten. Tess schwebte in Gefahr.

Er öffnete die Tür und stürzte in das schummrige Zimmer. Ein junger Mann saß auf dem Stuhl neben dem Bett. Mac runzelte die Stirn. Er konnte keine Waffe entdecken. Der Kerl saß einfach da und lächelte.

Tess lag regungslos auf dem Bett. Dann wurde Mac schlagartig klar, was in dem Raum nicht stimmte. Es war still. Nicht wie in Walshs Zimmer nebenan. Es gab kein unverkennbares Piepen oder andere Geräusche der Monitore.

Tess lag unbeweglich auf dem Bett. Ihre Brust hob und senkte sich nicht.

Mac krallte sich den Burschen und schleuderte ihn zu Boden, stemmte das Knie in seinen Rücken und ließ die Handschellen einrasten.

„Doktor!", brüllte Mac. „Kommen Sie rein! Es ist sicher."
Er konnte verdammt nochmal nur hoffen, dass es sicher

war. Dann hörte er schon eilige Schritte näherkommen.

Mac konnte sich nicht einmal dazu durchringen, Tess anzuschauen.

Dieser Student, dieses verfluchte Kind, hatte höchstwahrscheinlich letzte Nacht seine Ex-Frau ermordet. Und er hatte weitaus mehr getan als Heather nur umzubringen, es war ihm dabei richtig einer abgegangen. Der Kerl war krank und bewies es, indem er sich jetzt totlachte.

Wenn er auch Tess umgebracht hatte, würde Mac diesem Stück Scheiße eine Kugel in den Kopf jagen. Karriere hin oder her.

Mac blickte zum Arzt und der Krankenschwester auf, die beide versuchten, die Frau wiederzubeleben, die er liebte. Alles, was er wollte war, mit ihr zusammen zu sein, aber wieder einmal konnte er wegen seines Jobs nicht bei ihr sein. Er musste sich erneut um den Abschaum kümmern.

Die unerträgliche Leblosigkeit von Tess' Körper und das Schweigen dieser verfluchten Maschinen rammten ihm im Rhythmus seines eigenen Herzschlags Pfähle durch sein Herz.

Dann, plötzlich, ertönte ein einzelner, einsamer Piep. Dann noch einer und noch einer.

„Wir haben sie wieder", rief der Arzt. „Bringen Sie mir Verbandszeug, damit ich ihre Wunde schließen kann." Er grinste Mac an. „Ein paar ihrer Nähte sind aufgeplatzt. Kein Grund zur Sorge."

Mac zerrte den Mistkerl auf die Füße, der versucht hatte, Tess umzubringen, und drehte ihn so, dass er die Frau auf dem Bett anschauen musste, die noch immer gegen das Böse kämpfte, das so viele ihrer Verwandten infiziert hatte. Sie war ein Leuchtfeuer des Guten. Dieser Kerl hingegen war der letzte Dreck.

„Mac?" Tess öffnete die Augen und krächzte seinen Namen.

Mac hielt den jungen Psychopathen fest, der endlich zu lachen aufgehört hatte, und stattdessen lauthals vor sich hin fluchte.

Mac schaute Tess an. „Ja, Süße?"

Ihre Stimme klang dünn und heiser, aber die schiere Willenskraft darin war klar zu erkennen. „Ich liebe dich, Mac."

Erleichterung durchfuhr ihn.

„Ich liebe dich auch. Und jetzt versuche, dich zu erholen und zu schlafen, bis ich wieder da bin. Keine Aufregung mehr, okay? Ich muss diesen Kerl einbuchten, damit wir endlich mit dem Rest unseres Lebens weitermachen können."

Ein Leben, in dem Tess mit absoluter Sicherheit eine Hauptrolle spielen würde.

VIERUNDDREIßIGSTES KAPITEL

MAC RÄUMTE DIE Sachen auf seinem Schreibtisch zusammen, wusste, dass er es nicht mehr länger aufschieben konnte. Er hob die schwere Box mit all seinen Unterlagen hoch und machte sich auf den Weg nach oben ins SIOC. Vor ASC Geralds Büro traf er Libby Hernandez.

„Wollen Sie irgendwo hin?", fragte sie.

„Heute ist mein letzter Tag."

„Haha, der war gut." Sie legte lachend eine Hand auf ihr Brustbein. „Fast hätte ich Ihnen geglaubt."

Mac fiel ein, welches Datum heute war. „Ah. Ich weiß, erster April. Aber das war tatsächlich kein Witz."

Ihre Finger krallten sich um die Akte in ihrer Hand. „Aber Sie haben doch gerade erst hier angefangen." Sie schien bestürzt zu sein, was er nicht erwartet hatte.

Die Wahrheit war, dass er das Gefühl hatte, schon seit tausend Jahren hier zu sein. Tess wurde diese Woche aus dem Krankenhaus entlassen. Es war fast einen Monat her, seit sie angeschossen worden war. Sie hatten noch nicht über eine gemeinsame Zukunft gesprochen, aber er hatte einen Ring, der ein Loch in seine Jackentasche brannte, und er war fest entschlossen, immer für sie da und an ihrer Seite zu sein.

Libby schien ehrlich entsetzt zu sein. „Aber Sie können doch jetzt nicht gehen …"

„Hernandez!" Sie wurde von ASC Gerald unterbrochen,

der die Tür zu seinem Büro aufriss.

ASC Gerald war die einzige Person hier, die von Macs Entscheidung wusste, und Mac hatte ihn gebeten, es nicht weiterzuerzählen.

Frazer und Parker wussten Bescheid. Parker hatte ihm eine Position angeboten, aber Mac war sich noch nicht sicher, welchen Weg er einschlagen wollte. Er wollte nur Tess.

Die Ermittlungen bezüglich Paula Rice' Unterwanderung des FBI und des Schadens, den sie verursacht hatte, liefen noch. Makimi leistete ganze Arbeit darin, die Rechtsextremen aufzuspüren, die in die Verschwörung und die Hetze gegen die US-Regierung verwickelt waren, ganz zu schweigen von den Morden. Ein paar der Glücklichen hatten gesungen wie die Kanarienvögel, und ihr gesamtes Kartenhaus war im darauffolgenden Tsunami eingestürzt.

Makimi würde es weit bringen, und Mac gönnte es ihr.

Gerald trat aus seinem Büro und schüttelte Macs Hand. „Der Direktor will Ihnen noch etwas sagen…"

Der Direktor trat hinter Gerald hervor, und Mac blinzelte überrascht. Er wollte keine Abschiedsreden. Er trat unbehaglich von einem Fuß auf den anderen. Er hätte einfach unbemerkt verschwinden sollen.

Der Direktor hielt ihm die Hand hin. „Sie haben bei HQBOMB großartige Arbeit geleistet, McKenzie."

HQBOMB war der Name der Ermittlung im versuchten Bombenanschlag auf die FBI-Zentrale. Das FBI liebte Akronyme, und dieses erschien ihm sehr passend.

Mac lächelte höflich. „Nicht wirklich, Sir."

Der Mann hielt weiterhin seine Hand fest und drückte noch ein wenig fester zu. „Ich glaube, Sie vergessen, wie Sie und ASAC Frazer auf einen Transporter zugerannt sind, in dem Sie Tonnen von Sprengstoff vermutet haben, einen Verdächtigen aufgehalten und dabei geholfen haben, die Bombe zu neutralisieren, ohne dass es Verletzte gab."

„Wir haben trotzdem die Hauptschuldige übersehen."

Cole Fallon war freigelassen worden, und Mac hatte in den letzten Wochen viel Zeit mit dem jungen Mann verbracht, während sie Tess Gesellschaft geleistet hatten. Cole war jung und beeinflussbar, aber er schien ein guter Kerl zu sein, der durch die Hölle gegangen war. Er hatte erkennen müssen, dass die Frau, die er liebte, ihn benutzt hatte und ihm die Schuld für einen Terrorakt hatte anhängen wollen. Er hatte außerdem dabei zusehen müssen, wie dieselbe Frau seine Schwester angeschossen hatte, bevor Mac ihr eine Kugel zwischen die Augen gejagt hatte.

Paula Rice hatte es verdient, zu sterben. Zum Zeitpunkt der Razzia vor zwanzig Jahren war Paula mit ihrem Sohn Joseph im dritten Monat schwanger gewesen.

Es war eine schwere Zeit gewesen, aber Cole war seiner Schwester nicht von der Seite gewichen und hatte in jedem Aspekt der Ermittlungen vollkommen kooperiert. Er hatte keinen blassen Schimmer gehabt, dass sein bester Freund in Wahrheit sein Halbbruder war, oder dass er mit Josephs Mutter schlief. Er war von ihnen beiden ins Visier genommen und ausgenutzt worden.

„Sie haben an dem Tag Menschenleben gerettet. Womöglich sogar meines." Die Augen des Direktors blickten ihn eindringlich an.

„Tess hat Menschenleben gerettet. Wir hatten Glück." Mac wollte nicht daran denken, was hätte passieren können, wenn die Bombe explodiert wäre, oder wenn Tess Paula nicht gestoppt hätte. Es war schlimm genug, dass Walsh und Tess beide eine Kugel abbekommen hatten.

„Gutes Training und wache Instinkte helfen dabei, Glück zu haben." Der Direktor trat einen Schritt zurück. „Ich möchte Ihnen ein Angebot machen."

„Tut mir leid." Mac schüttelte den Kopf.

„Sie wissen doch noch gar nicht, um was es geht." Der Direktor lachte. „Der SAC des Washingtoner FBI-Büros geht aus gesundheitlichen Gründen in den Ruhestand. Ich will, dass Sie seinen Posten übernehmen."

Emotionen schnürten Mac den Hals zu, und er brachte kein Wort mehr heraus. Das war alles, was er je gewollt hatte, aber er wollte Tess noch mehr.

„Ihr Angebot ehrt mich wirklich sehr, Sir. Das FBI ist mein ganzes Leben." Er schluckte angestrengt. „Aber ich hoffe, Tess Fallon davon überzeugen zu können, meine Frau zu werden, sobald sie wieder auf den Beinen ist."

„Ich verstehe nicht, warum diese beiden Dinge einander ausschließen müssen." Der Direktor nickte mit dem Kinn in Richtung des Büros. „Ms. Fallon, was denken Sie?"

Macs Augen wurden groß, als Frazer die Tür zu Geralds Büro weit aufstieß und er plötzlich Tess gegenüberstand. Die endlich wieder selbst stehen konnte. Ihre lockigen, braunen Haare, die sie so nervten, hatte sie zu einem losen Zopf gebunden. Sie trug ein hübsches Wickelkleid, weil eine Hose an der Wunde noch zu schmerzhaft war.

Ihre Augen lachten, ihr Gesicht war noch blass, aber sie hatte schon wieder ein wenig Farbe auf den Wangen. Frazer hielt ihren Arm.

„Du wolltest die Dame etwas fragen.", erinnerte ihn Frazer, als Mac nur sprachlos dastand.

Es war ein Überfall, aber hier war Tess – lächelnd und

wieder auf den Beinen – und es war ihm egal.

Er stellte die Kiste mit seinen Sachen auf dem Tisch der Sekretärin ab und ging an Gerald und dem Direktor vorbei. Vielleicht würde Tess jetzt endlich begreifen, was sie ihm bedeutete.

Er sank vor ihr auf ein Knie. „Tess Fallon, würdest du mir die sehr große Ehre erweisen, diesen erbärmlichen, einsamen, ehemaligen FBI-Agenten zu deinem Ehemann zu nehmen?"

„Nein." Sie verschränkte die Arme vor der Brust und blinzelte ihn an. „Ein FBI-Agent zu sein, ist nicht nur irgendein Job für dich, Mac. Es ist alles, was du bist. Wenn du meinetwegen aufhörst, dann wirst du mich irgendwann dafür hassen."

„Nein, das werde ich niemals."

Sie lachte trocken auf. „Doch, wirst du."

„Der erste Ehekrach", wisperte der Direktor Gerald hörbar zu.

„Er sollte sich besser dran gewöhnen und tun, was sie sagt", stimmte Gerald ihm zu.

Mac starrte die beiden grimmig an.

Frazer seufzte. „Wenn du die Ermittlung wirklich vermasselt hättest, dann würde ich deiner Kündigung zustimmen, Mac. Aber niemand macht dir wegen Paula Rice einen Vorwurf. Das komplette FBI hat die Hinweise übersehen. Wir haben alle gleich viel Mist gebaut. Ohne dich hätten wir diesen Fall nicht gelöst, bis noch mehr Menschen ermordet und Agenten umgekommen wären."

Frazer gab sich alle Mühe, aber Mac hatte nur Augen für Tess. Er versuchte, diese klaren, hellbraunen Augen und die vollen, lebhaften Lippen zu lesen.

Er musterte sie eindringlich. „Na gut, würdest du es dann

also in Erwägung ziehen, einen erbärmlichen, einsamen, immer noch angestellten FBI-Agenten zu heiraten?"

Sie grinste. „Ja."

Tränen schimmerten in ihren Augen, als er einen Ring aus seiner Tasche fischte.

„Pfadfinder", murmelte Frazer eindeutig angeekelt.

„Allzeit bereit", gab Mac zurück.

„Nicht immer", meldete Tess sich leise zu Wort.

Macs Gesicht begann zu glühen und Frazer hustete in seine Faust.

Mac schob den Platinring mit den rosa Diamanten auf Tess' Finger und war froh, dass er passte. „Wir können ihn umtauschen, wenn er dir nicht gefällt." Er hatte ihn ausgewählt, weil er elegant und feminin war, aber auch stark und beständig. Und der pinke Diamant erinnerte ihn an ihre Lippen.

Für einen Augenblick starrte Tess auf den Ring, dann schaute sie Mac in die Augen. „Ich will ihn nicht umtauschen. Er ist perfekt. Danke."

Mac erhob sich, nahm ehrfürchtig ihr Gesicht in beide Hände, beugte sich langsam hinunter und küsste sie. Tess erwiderte den Kuss, ihre Hände legten sich um seine Schultern und hielten ihn fest in ihrer Umarmung.

Mac löste sich von ihr, ließ sie ihren Kopf auf seine Brust legen. Tess erholte sich gut, aber sie hatte eine schwere Verletzung erlitten, weil sie einen Haufen schwer bewaffneter, bestens ausgebildeter Bundesagenten beschützt hatte, die sie allesamt verachtet hatten.

Er warf einen Blick über seine Schulter. „Vielleicht würde ich meine Kündigung dann doch noch einmal überdenken."

Gerald zog eine Grimasse. „Na, umso besser, dass ich Ihr

Schreiben nie weitergeleitet habe."

„Ist das Ihr Ernst?" Mac legte seinen Arm um Tess' Taille, stützte sie und drehte sich um, um seinen Vorgesetzten anzustarren. Tess lehnte sich an ihn, schon jetzt erschöpft von der Anstrengung. „Was hätten Sie denn gemacht, wenn ich heute gegangen wäre?"

Gerald blickte etwas betreten aus der Wäsche. „Ich hätte meine Urlaubstage verschenkt und nur hoffen können, dass meine Frau es nicht mitbekommen hätte."

Als er das hörte, wurde Macs Mund ganz trocken. „Ich bin Ihnen für Ihr Vertrauen wirklich dankbar, Sir." Dann wandte er sich dem Direktor zu. „So sehr ich den Posten im Washingtoner Büro auch annehmen möchte, ich habe nicht das Gefühl, ihn verdient zu haben – noch nicht. Ich würde gerne meine Stelle hier in der Zentrale behalten, wenn möglich. Es gibt hier noch jede Menge für mich zu tun. Und jede Menge zu lernen."

„Ist das die Buße für irgendwelche Fehler, die Sie begangen zu haben glauben?", fragte der Direktor. „Sie haben den Posten als leitender Agent mehr als verdient."

„Ich weiß es zu schätzen." Mac wünschte, er könnte unter vier Augen mit Tess sprechen. „Aber ich bin die ganze Zeit über den falschen Träumen hinterhergejagt. Ich habe mich nur aufs Ziel konzentriert, nicht auf den Weg." Er küsste Tess auf die Stirn, und sie legte ihre Hand auf sein Herz. „Ich würde den Weg gerne noch ein wenig länger genießen."

Der Direktor nickte. „Na schön." Dann schüttelte er Macs Hand. „Freut mich, dass Sie es sich nochmal anders überlegt haben. Und Glückwunsch." Er beugte sich hinunter und küsste Tess auf die Wange. „Nochmal meinen aufrichtigen Dank, Tess. Sie haben Menschenleben gerettet. Sie sind hier jederzeit willkommen." Der Direktor zwinkerte ihr zu. „Und ich erwarte eine Einladung. Meine Frau liebt Hochzeiten."

Gerald hielt die Tür auf. „Ich lasse Ihnen für ein paar Minuten Privatsphäre."

Frazer setzte sich ebenfalls in Bewegung. „Das ist mein Stichwort. Lass mich wissen, ob du einen neuen Smoking brauchst. Ich habe da Beziehungen." Er grinste ihn breit an. „Herzlichen Glückwunsch."

Endlich waren Tess und Mac allein.

Er strich ihr eine widerspenstige Haarsträhne aus dem Gesicht. „Bist du müde?"

Sie stritt es ab, aber die Blässe in ihrem Gesicht verriet sie.

Er schob sie zu einem Stuhl und kniete sich vor ihr hin.

Sie lächelte, als sie den Ring betrachtete. „Also kann ich schon wieder meinen Namen ändern, hm?"

Mac legte seine Hände auf ihre Beine. „Nur, wenn du willst."

„Ich will." Sie atmete tief ein. „Ich will einen Neustart. Neues Zuhause. Neuer Name."

„Solange ich die Konstante in deinem Leben bin, ist mir alles andere herzlich egal. Wir werden nach einem Haus suchen, sobald du dich besser fühlst."

„Als ich ein kleines Mädchen war, habe ich immer davon geträumt, dich zu heiraten." Sie blickte schüchtern in ihren Schoß. „Ist das verrückt, dass es jetzt wahr wird?"

„Nein. Überhaupt nicht verrückt. Aber es kommt mir vor, als wäre diese Zeit Millionen Jahre her."

Tess schien in ihre Gedanken zu versinken.

„Woran denkst du?"

„Ich habe über ein paar Dinge nachgedacht."

Er wusste, dass sie sehr viel nachgedacht hatte.

„Ich will ein Buch über meine Erfahrungen schreiben. Und ich will die Einnahmen in Ellies Namen an Organisationen spenden, die gegen Kinderehen in Amerika kämpfen."

Macs Stimme klang rau. „Ich finde, das ist eine großartige Idee."

„Und ich habe mit Cole gesprochen. Wir wollen das Grundstück in Idaho einer guten Sache vermachen, wir wissen nur noch nicht, welcher." Sie erschauderte. „Ich will diese ganzen alten Verbindungen ein für alle Mal los sein."

Mac nickte. „Was hat Cole jetzt vor?"

Mac hatte ihm nichts von dem USB-Stick und der Mappe erzählt. Parker hatte sie analysiert, und wie erwartet waren darauf die verschlüsselten Pläne gespeichert gewesen, aber die Dokumente hatten Joseph gehört. Er und Paula hatten geplant, Cole die Sache in die Schuhe zu schieben, damit sie mit den Morden durchkommen und ihre Revolution starten konnten. Cole war nichts weiter als ein Bauernopfer gewesen. Joseph saß im Gefängnis und wartete auf seinen Prozess. Die Chancen standen gut, dass er bis an sein Lebensende inhaftiert sein würde. Eddie war ebenfalls wieder im Gefängnis, und die Wärterin, die ihm bei der Flucht geholfen hatte, wartete auf ihre Anklage.

Mac hoffte, Eddie würde die reduzierten Privilegien eines Hochsicherheitstrakts ausgiebig genießen.

Tess lächelte, und Mac berührte sanft ihre geschwungenen Lippen. „Er hat erzählt, dass er ein paar Kurse in Strafrecht belegen will. Hat gesagt, die Guten könnten ein paar mehr Computerfreaks gebrauchen."

Mac sah es absolut genauso, und er erwähnte nicht, dass er Cole das vorgeschlagen hatte.

„Und außerdem will ich vielleicht auch Kinder haben. Irgendwann." Ihr Blick wurde nachdenklich. „Dass ich laut den Ärzten womöglich keine Kinder haben kann, lässt mich diese Angelegenheit neu betrachten."

Mac holte tief Luft. Bei der Vorstellung, mit Tess zusammen eine Familie zu gründen, verspürte er einen Kloß im Hals. „Machen wir uns keinen Stress. Wenn du in Zukunft Kinder haben willst, können wir es versuchen. Oder wir adoptieren." Er blickte ihr tief in die Augen. „Es gibt jede Menge Kinder, die ein liebevolles Zuhause brauchen."

Tränen traten in ihre Augen, und ihre Hände begannen zu zittern.

„Ich muss dich zurück ins Bett bringen", sagte Mac.

Sie lachte. „Schön wär's."

„Kein Sex für mindestens einen Monat, hat der Arzt gesagt." Er streichelte über ihre Wange. „Aber in der Zwischenzeit können wir ja erfinderisch werden."

Sie wurde rot und fuhr mit ihrem Daumen über seine Unterlippe. „Sexgott."

„Verdammt richtig. Lass uns nach Hause fahren und loslegen, was meinst du? Ich finde, ich habe einen freien Tag verdient." Er zog sie behutsam auf die Füße, dann hob er sie in seine Arme.

Mac öffnete die Tür und blieb abrupt stehen, als eine riesige Menschenmenge zu applaudieren begann. Sein Hals wurde eng. Verdammter Mist.

„Überraschung", flüsterte Tess ihm ins Ohr.

„Heißt das, ich muss noch warten, bevor ich dich wieder ins Bett bringen kann?", flüsterte er zurück.

„Geduld, Geduld. Wir haben alle Zeit der Welt."

Vorsichtig stellte Mac sie wieder auf die Füße, und Frazer

schob einen Rollstuhl herüber, den er aus dem Krankenhaus mitgebracht haben musste. Tess war nicht besonders begeistert davon, in dem Ding sitzen zu müssen, aber Mac wich nicht von ihrer Seite.

Alle im SIOC waren hier, um ihre Verlobung zu feiern und um Tess ihre Dankbarkeit und Zuneigung auszusprechen. Walsh war ebenfalls hier, saß in einem Rollstuhl und war wie Tess frustriert von der langwierigen Genesung. Sie hatten sich einen Sport daraus gemacht, zu sehen, wer sich schneller erholte. Und wie alle anderen, die nur ein bisschen Zeit mit Tess verbrachten, war Walsh ihr komplett verfallen.

„Müde?", fragte Mac sie nach einer halben Stunde voller Kuchen, Champagner und Gratulationen. Jeder der Anwesenden hatte ein bisschen Aufheiterung gebraucht, nach allem, was sie durchgemacht hatten. Sie feierten das Gute, das aus dieser schwierigen Zeit entstanden war.

Tess grinste. „Ich hätte mir nie im Leben vorgestellt, einmal hier zu sein, in der FBI-Zentrale, und mit einem so wundervollen Menschen wie dir verlobt zu sein. Ich habe so ein unfassbares Glück."

Mac runzelte die Stirn. „Du irrst dich, Süße. Ich bin derjenige, der Glück hatte." Er wischte ihr eine Träne ab, die über ihre Wange lief. „Und ich bin schlau genug, das auch zu wissen."

„Treue. Mut. Rechtschaffenheit", schniefte sie.

„Oder ein riesiger Haufen von Idioten, je nachdem, wen du fragst."

„Ich bevorzuge meine Version", sagte sie leise. Aber ihre Lippen waren schmal, und sie sah aus, als ob es Zeit für die nächste Schmerztablette war.

Er legte die Hände um die Griffe des Rollstuhls und schob

sie in Richtung der Tür. „Sag den Idioten auf Wiedersehen. Wir fahren jetzt nach Hause.“

Sie hob die Finger und berührte seine Hand. „Das gefällt mir.“

„Mir auch, Süße. Mir auch.“

Vielen Dank, dass Sie „Kalte Bosheit“ gelesen haben. Ich hoffe, Sie hatten Freude an Tess‘ und Macs Abenteuern. Ich bin nicht sicher, ob Mac so sehr um Gnade gewinselt hat, wie es unter den Umständen angemessen gewesen wäre – vielleicht schreibe ich irgendwann noch einmal eine zusätzliche Szene, um das wiedergutzumachen!

Das nächste Buch der Serie („Eiskaltes Versprechen“) ist die Hochzeitsnovelle von Alex Parker und Mallory Rooney (eigentlich ist es ein klein bisschen länger als eine Novelle, weil es mehr als nur eine Hochzeitsnovelle ist!). Es führt viele der Figuren aus den letzten Büchern zusammen und wartet mit einem überraschenden Spannungselement auf, das das nächste Buch der Serie, „Kaltblütig“, einleitet. Aber keine Sorge, alle Bücher können ebenso gut für sich allein gelesen werden!

Kaufen Sie Eiskaltes Versprechen!

NÜTZLICHE ABKÜRZUNGEN FÜR TONIS BÜCHER

AG: Attorney General – Generalstaatsanwalt

ASAC: Assistant Special-Agent-in-Charge – Rang beim FBI, eine Stufe über dem Supervisory Special Agent (SSA)

ATF: Alcohol, Tobacco, and Firearms – US-Behörde für Alkohol, Tabak, Schusswaffen und Sprengstoffe

BAU: Behavioral Analysis Unit – Abteilung für Verhaltensanalyse

BOLO: Be on the Lookout – Fahndung

BUCAR: Bureau Car – FBI-Auto

CIRG: Critical Incident Response Group – Zentrale Krisen-Interventions-Abteilung des FBI

CMU: Crisis Management Unit – Unterstützt die CIRG

CN: Crisis Negotiator – Krisenverhandler

CNU: Crisis Negotiation Unit – Krisenverhandlungsabteilung

CODIS: Combined DNA Index System – Nationale DNA-Datenbank der USA

CP: Command Post – Befehlsstelle

DEA: Drug Enforcement Administration – US-Drogenbehörde

DOB: Date of Birth – Geburtsdatum

DOJ: Department of Justice – Justizministerium

EMT: Emergency Medical Technician – Rettungssanitäter

ERT: Evidence Response Team – FBI-Spurensicherungsteam

FOA: First-Office Assignment – Erster Büroeinsatz bei Strafverfolgungsbehörden

FBI: Federal Bureau of Investigation – Zentrale Sicherheitsbehörde der USA

FO: Field Office – Außenstelle des FBI

IC: Incident Commander – Einsatzleiter

HRT: Hostage Rescue Team – Geiselrettungsgruppe, FBI-Spezialeinheit

HT: Hostage-Taker – Geiselnehmer

LAPD: Los Angeles Police Department – Polizei der Stadt Los Angeles

LEO: Law Enforcement Officer – Strafverfolgungsbeamter

ME: Medical Examiner – Gerichtsmediziner

MO: Modus Operandi

NAT: New Agent Trainee – Neuer Agent in Ausbildung

NCAVC: National Center for Analysis of Violent Crime – Nationales Zentrum für die Analyse von Gewaltverbrechen

NCIC: National Crime Information Center – zentrale Datenbank der USA zur Sammlung von Informationen in Zusammenhang mit der Kriminalitätsbekämpfung

NYFO: New York Field Office – FBI-Außenstelle New York

OC: Organized Crime – Organisiertes Verbrechen

OCU: Organized Crime Unit – Abteilung zur Bekämpfung von organisiertem Verbrechen

OPR: Office of Professional Responsibility – Büro zur Untersuchung von Fehlverhalten von beim Justizministerium beschäftigten Juristen

POTUS: President of the United States – Präsident der USA

RA: Resident Agency – Kleine Außenstelle des FBI

SA: Special Agent – FBI-Agent

SAC: Special Agent-in-Charge – Leiter eines FBI-Büros oder Region

SAS: Special Air Squadron (British Special Forces unit) – Spezialeinheit der britischen Armee

SIOC: Strategic Information & Operations – Weltweite Kommando- und Kommunikationsabteilung des FBI

SSA: Supervisory Special Agent – FBI-Teamleiter

SWAT: Special Weapons and Tactics – Besonders ausgebildete taktische Spezialeinheit

TC: Tactical Commander – Befehlshaber einer taktischen Spezialeinheit

TOD: Time of Death – Todeszeitpunkt

UNSUB: Unknown Subject – Unbekanntes Subjekt (im Sinne von unbekannter Täter)

ViCAP: Violent Criminal Apprehension Program – Programm zur Aufdeckung von Gewaltverbrechen

WFO: Washington Field Office – FBI-Außenstelle Washington

DANKSAGUNGEN

Wie immer vielen Dank an meine wundervolle Kritikpartnerin Kathy Altman, die die frühen, wirklich schlechten Versionen der Geschichten liest und trotzdem weiterhin an mich glaubt. Und danke auch an Rachel Grant für das erste Korrekturlesen des Manuskripts und ihre Hilfe dabei, ein paar Aspekte meines Helden zu verbessern.

Danke an meine Lektorinnen Alicia Dean und Joan Turner von JRT Editing für das zusätzliche Polieren des Buchs. Ebenso danke an meine Designerin der Einbände, Regina Wamba, die fantastisch ist. Und an Paul Salvette (BB eBooks), der meine Bücher mit unglaublicher Sorgfalt editiert.

Ein besonderer Dank gilt Angela Bell aus der Abteilung für Öffentlichkeitsarbeit der FBI-Zentrale, die mir eine faszinierende Führung durch das Strategische Informations- und Operationszentrum (SIOC) im Hauptquartier in Washington D.C. gegeben hat und meine endlosen, seltsamen Fragen beantwortet hat. Vielen Dank. Entschuldigung für das Ende. Alle Fehler in diesem Buch sind mir geschuldet, ebenso wie der ewig gnädigen künstlerischen Freiheit.

Vor allem möchte ich mich bei meinem Mann bedanken, dafür, die Liebe meines Lebens zu sein, und bei meinen Kindern, dafür, so großartig zu sein.

Vielen Dank auch an Martin Wick und Stefanie Mills für ihre großartige Arbeit bei der Übersetzung dieses Buches ins Deutsche.

ÜBER DIE AUTORIN

Toni Anderson ist eine Autorin, deren Bücher sich auf den Bestsellerlisten der New York Times und USA Today finden, eine RITA®-Finalistin, ein Wissenschaftsnerd, eine professionelle Touristin, Hundeliebhaberin, Gärtnerin und Mutter. Sie stammt aus einer kleinen Stadt in England, studierte dann Marinebiologie an der University of Liverpool (B.Sc.) und der University of St. Andrews (Ph.D.) in der Absicht, nie weit vom Ozean entfernt zu sein. Nun, dieses Vorhaben schlug fehl und sie wohnt nun in der kanadischen Prärie mit ihrem Ehemann, einem Biologieprofessor, zwei Kindern, einem aus dem Tierheim stammenden Hund und einem entspannten Leopardengecko. Ihre größten Leistungen sind es, die Tokioter U-Bahn gemeistert, Ben Lomond erklommen, am Great Barrier Reef geschnorchelt und vierzehn Winter in Winnipeg überlebt zu haben. Sie liebt es, zu Recherchezwecken zu reisen und hatte das Glück, 2016 das Strategic Information and Operations Center im FBI-Hauptquartier in Washington D.C. besuchen zu können. Zudem gelang es ihr, bei einem Verfolgungstraining an der Writer's Police Academy in Wisconsin ein anderes Auto von der Straße zu drängen. Vorsicht, Welt!

Tragen Sie sich für Toni Andersons englischen Newsletter ein: www.toniandersonauthor.com/newsletter-signup

Liken Sie Toni Anderson auf Facebook:
facebook.com/toniannanderson

Sehen Sie sich Toni Andersons aktuelle Titelliste an:
www.toniandersonauthor.com/books-2

Folgen Sie Toni Anderson auf Instagram:
instagram.com/toni_anderson_author